雅思真题

高分核心 800 词

张晓东 编著　李可喻 插图

800 Key Vocabulary for IELTS

真经词汇
学 + 练

扫描二维码
免费听音频
免费下载网址
www.dutp.cn

大连理工大学出版社

图书在版编目（CIP）数据

雅思真题高分核心800词：真经词汇学+练／张晓东
编著. -- 大连 ： 大连理工大学出版社，2023.5
ISBN 978-7-5685-4133-6

Ⅰ. ①雅… Ⅱ. ①张… Ⅲ. ①IELTS－词汇－自学参
考资料 Ⅳ. ①H313.1

中国国家版本馆CIP数据核字(2023)第003896号

大连理工大学出版社出版
地址：大连市软件园路80号　　　　　邮政编码：116023
发行：0411-84708842　邮购：0411-84708943　传真：0411-84701466
E-mail:dutp@dutp.cn　　　　　URL:https://www.dutp.cn
辽宁星海彩色印刷有限公司印刷　　　　大连理工大学出版社发行

幅面尺寸：185mm×260mm　　　印张：17.75　　字数：574千字
2023年5月第1版　　　　　　　2023年5月第1次印刷

责任编辑：李玉霞　　　　　　　责任校对：孙　扬
封面设计：对岸书影　　　　　　内文插图：李可喻

ISBN 978-7-5685-4133-6　　　　　定价：59.80元

为什么推荐这本书？

与晓东老师相识于 2008 年的博客。共同的爱好使我们有颇多互动，我也曾在出差途中顺道拜访过晓东老师，参观了他的教学工作室，听他聊起因为热爱英语而不断学习的种种经历。在我认识而常有交流的朋友中，晓东老师属于对词源、口语、写作、阅读等均有很高造诣的一位。

看了他的书稿，个人认为有以下六个突出的特点：

一、选词定位精准，来源代表性强

（一）书中 800 个词定位于帮助考生掌握雅思阅读达到 6.5~7.5 分需要的核心学术词。

筛选出的词来源于雅思历年真题语料库和官方指南，包括：

1. 近 10 年雅思真题阅读文章

2.《剑桥雅思官方真题集》4~17 的官方真题阅读文章

3.《剑桥雅思官方指南》(OG) 阅读文章

4.《雅思考试官方指南》BC 版阅读文章

（二）以学术词汇表（AWL 即 Academic Word List）作为重要参考

从两个非常权威的语料库中筛选的词：学术词汇表（AWL）中的约 570 个词 +《柯林斯英语词典》(Collins English Dictionary) 五星至一星以及无星的词频部分单词。

二、选词基于多年一线教学实践

作者多年教学中成绩在 6.5~7.5 分的考生直接参与了词汇筛选过程，确保了以本书备考的实战效果。

书的选词标准决定了可以让考生以较少的精力去掌握相对多的高分必备词汇，以雅思阅读 6.5~7.5 分而非 9 分为目标，可以让考生轻松备考。

三、词条设计兼顾词的理解记忆与用法，完美匹配雅思考试中的听、说、读、写四项

要在考试中取得较好的成绩，熟悉词的意思是最基本的要求，基于这一点，作者以词源理解为基础，如对 alleviate、replicate、discard 等大量词进行了详细的构词解析，为考生提供了科学且有效的记忆方法。

记住词义只是英语学习中的第一步,而熟悉且学会在一定的语境中应用,无论对考试还是学好语言本身,都是进一步的要求。

本书每一个主词条下还配有释义、常用短语搭配及例句,部分词条还提供了针对雅思考试中听、说、读、写四项的例句。另外,为了强化记忆效果,书中还配有一定数量的插图。这些设计兼顾了一本词汇书应该具备的各种功能。

四、在800个核心词的基础上扩展的衍生词达4,000以上

作者在800个核心词的基础上,从历年雅思考题中选出了相关的同源词,"同源"使得扩展词更容易被理解与记忆,扎实的词汇基础可保障考生拿到目标分数甚至更高分数。

五、在实用性的基础上兼顾趣味性

在每个单元的结尾按照主题的形式给考生补充了部分需要了解的单词构词法和单词起源等文化知识,以趣味性使考生能更好地掌握词汇。

六、兼顾考生未来学习上的更高目标

从我个人对美国当代英语语料库(COCA)20,000个高级词的同源词分类研究结果看,约300个词根下包含约13,000个同源词。

书中的附录收有常见的核心词根,使考生在掌握单词的同时可以顺便掌握常见词根,为后续的单词倍增计划打下坚实基础。

总体说来,本书结合作者多年一线教学经验,所有词汇经过教学与考试反复检验后筛选出来,帮助考生以词源理解为基础学习与记忆词汇,同时配合语境中的用法和考点,是一本不可多得的理想的雅思备考书,特推荐给各位考生。

袁新民

词源学者,《不再背单词》系列书作者

2023年2月9日

前言 | PREFACE

为什么选择这样一本雅思词汇书?

关于雅思词汇的书太多了,为什么选择这样一本词汇书?

答案很简单:与其多而全,不如少而精!

很多雅思词汇书都太厚,收录词汇太多,大概会有不少考生坚持不到学完一本词汇书就匆匆参加考试了!

本书的核心高分词汇只有800个!

800个精心挑选的、能够满足雅思听说读写高分要求的核心学术词!

什么词才是我们选录的标准?

笔者认为词汇书的选词标准不是求全,不是什么样的词汇都收录,有些词汇书甚至收录像membrane(薄膜)、reverberation(回响)、parasite(寄生虫)、photosynthesis(光合作用)这样的学术专有词汇。以笔者多年的一线教学经历来看,雅思考试更多的是考查考生对一个语句的核心语义,即句子主干的重点语义的理解。在这些构成核心句子成分的单词中,考生能否记住类似上述的单词其实并不影响其做题的正确率,因为它们的含义几乎不影响所考查语句的核心语义,而更多地被用来在文章中做定位词。真正核心主干语义里的关键词几乎可以决定一个句子的含义,比如剑10阅读中的一个句子"It sounds paradoxical.",而对应的题目是"...would initially seem to contradict what...",不认识paradoxical,对应不出题目中contradict这个同义词,也就做不对这道题。还有类似像enhance、undermine、eradicate、advocate、cognitive、substantial等词,它们如果出现在一个句子的主干结构里是会对整个句子的语义有巨大影响的,而这样的词才是备考雅思的考生们必须熟练掌握的核心学术词。

本书的选词标准就是收录影响语义的核心学术词,以雅思考试水平可以达到在6.5~7.5分所需要掌握的核心学术词为基础,让考生花20%的精力掌握80%的高分必备词汇!

本书词汇的取材范围

本书的词汇由两个重要的部分构成:雅思历年真题和两大词汇语料库。

雅思历年真题:

> 近10年雅思考试部分真题还原试卷
> 《剑桥雅思官方真题集》4~17(学术类)
> 《剑桥雅思官方指南》(OG)真题7套
> 《雅思考试官方指南》BC版真题4套

两大词汇语料库:

> AWL(学术词汇表)
> Collins English Dictionary(《柯林斯英语词典》)

这两个语料库也是全球闻名,被很多英语学习者广泛使用。

AWL,即 **Academic Word List**,包含了学术英语中使用频率较高、在学术类(A类)雅思考试中极为常见的570个词目。该表是由惠灵顿维多利亚大学(Victoria University of Wellington)和新西兰的一些应用语言学家统计出来的,是雅思考试必备的核心词汇表。

Collins English Dictionary,即《柯林斯英语词典》,所采用的语料库是英国伯明翰大学英语语料库的一部分。该语料库运用电脑统计,以英、美、澳等英语国家中小说和非小说类多种语体,如广播、电视、日常会话、报纸杂志、文章等语料素材为基础,根据词汇使用的总体频度把单词进行了星级分类:高频五星词680个(★★★★★),核心四星词1,040个(★★★★☆),核心三星词1,580个(★★★☆☆),难点二星词3,200个(★★☆☆☆),低频一星词8,100个(★☆☆☆☆),无星词20,581个(☆☆☆☆☆),共计35,181个单词。

核心词汇的筛选和宏观板块设计

笔者在筛选词汇阶段采用了生词词汇表合并重合的方法,把真题中考生不认识的单词集合成生词表(这部分的选取方式在后记中提及),并把 AWL 和 Collins English Dictionary 中五星到二星的词和部分一星的词纳入生词表进行合并整理。经过五年多的筛选,本书一共收录了 800 个 6.5~7.5 分段考生必备的真题高分核心词汇。

另外,笔者根据自己多年的一线教学经验,精心筛选了很多典型的雅思出题者偏爱的"熟词辟义"的单词,比如 deliberate(深思熟虑)、account(描述)、register(呈现)、contract(收缩,患病)等,虽然在柯林斯词典里,它们属于常见高频词,但是在雅思考试中,上述词汇的语义对很多考生来说是比较陌生的,这也是笔者收录部分高频词的原因。另外,还有一些会给考生带来错误语义理解的单词,如 likelihood(可能性)、undesirable(有害的)、vehicle(途径)、incidence(发生率)等,都有针对性地被收录在内,扫除了考生关键词汇语义认知的障碍。

在版块安排上,每个单元首页是按字母排序的核心词,在每单元的第二页,笔者汇总了部分本单元的核心词根,并给出了语义延伸的逻辑解释和相应的核心词,用来帮助考生提前通过词根线索预习部分核心词汇。每个单元的核心词均以柯林斯词典的标注方式标注其难度,按照从高频(★★★★★词或★★★☆词)到低频(★☆☆☆☆词或☆☆☆☆☆词)的方式排列。从宏观上来说,每个单元的整体词汇难易程度基本相当,即收录少量五星词、四星词和无星低频词,收录部分三星词、二星词和一星词,这样的难度分配主要是让考生能够在学习过程中不会因为某些单元选词过难而放弃。笔者选词的同时也考虑到了雅思考试听说读写的四项要求。

全书一共 10 个 Sublist,每个 Sublist 收录 80 个核心词汇,总计 800 个高分核心词汇。除了800 个核心词外,每个 Sublist 后半部分是同源词模块,笔者根据近几年的雅思考题收录了大量与核心词相关的同源衍生词,想进一步提高的考生可以额外学习一下这些衍生词。此外,为了增加本书的趣味性,帮助考生了解基本的英语单词演化历史并更好地掌握词汇,本书在每个单元的结尾按照主题的形式补充了部分需要了解的单词构词法和单词起源等知识。笔者结合相应单元的词汇来讲解每个主题,力求从多角度把单词的背景呈现给学习本书的考生,这也是本书的特色之一。

结尾的三个附录也是本书的精髓,希望考生能够重视。笔者把雅思考试中阅读和听力涉及的各个<u>学科领域词汇</u>进行了全面的整理和归纳,并以模块的形式放了<u>附录一</u>中,涵盖了近十年雅思真题中所涉及的专业学科词汇。<u>附录二</u>是笔者整理的真题阅读文章中出现的<u>合成词</u>,很多母语为英语的人士常用的合成搭配也被收录其中。这些合成词既能增加考生的阅读词汇量,也为考生的雅思写作提供很好的词语替换素材。<u>附录三</u>则是把全书中出现的核心词根按照字母的顺序汇总,并把本书中大部分涉及相应词根的相关主词在右侧栏中陈列出来,从词源的角度再次梳理整本书中的核心词,使得考生在学习这些单词的同时也加深理解书中的常见词根,为后续扩充词汇量打下坚实的基础。

单词词条模块功能和设计思路

在微观的词条上,每个核心词以**记**(词源讲解或谐音、拼音等记忆法讲解)、**释**(词性、中文释义+同义替换词)、**搭**(常用短语搭配)、**例**(例句)、**谚**(谚语)、**格**(格言)、**听 口 阅 写**(对应雅思考试中听、说、读、写四项)、**衍**(同源或相关派生词)共六大基本模块构建其主体内容。

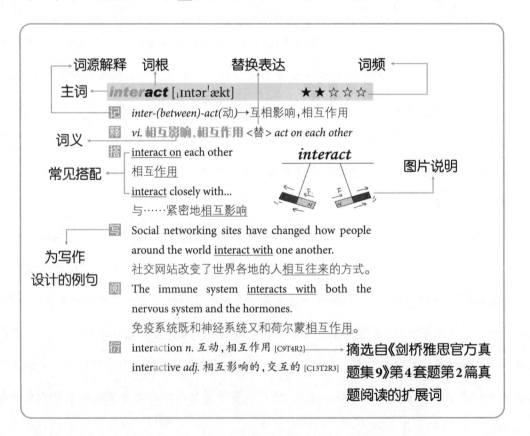

书中部分内容摘自剑桥大学官方出版的雅思真题中的阅读、听力或写作的短语、例句和扩展词。笔者分别以"C4T1R1"(《剑桥雅思官方真题集4》第1套阅读第1篇)、"BCOGT1R3"(《雅思考试官方指南》BC版第1套第3篇阅读)、"COGT3R2"(《剑桥雅思官方指南》第3套第2篇阅读)或"C4T3W1"(《剑桥雅思官方真题集4》第3套小作文范文)这样的方式标记,来说明这些语料的具体出处。除此之外,对于短语和例句部分,笔者均以雅思考试听说读写的需求来摘选语料,力求最大限度地收录6.5分以上高分段所必备的扩展词及其常考语义、搭配和替换。可以说,这是一本满足听说读写四项需求的雅思真题核心必备语料库!

本书的另一个特点是配有插图。为了使单词的学习不那么枯燥,笔者专门为大部分的单词词条配备了漫画图片来凸显每个核心词的常见语义,力求用直观的方式给考生提供单词的记忆线索,进而加深对单词的理解和记忆。

在有同源扩展词的词条里,每个扩展词几乎都是笔者多年来在雅思教学中所遇到的相关词汇,有些摘自剑桥雅思官方真题集4~17,有些则摘自历年的考场真题,十个单元的衍生词总计超过1,600个。如果算上附录一收录的学科词汇和附录二收录的合成词,本书收录的雅思真题相关词汇总计超过了4,000个,为备考雅思的考生提供了真实、动态的雅思真题高分核心语料库。

关于本书的学习和复习方法

大部分人都不喜欢背单词,但残酷的事实是词汇量和雅思分数是成正比的!想要快速提升词汇量其实是有秘诀的,那就是缩短学习周期,增加每天学习单词的数量。

通过短期、快速的大量阅读来增加词汇输入量。这个阶段不求记住,但求多记。记不住是常态,多记几遍才能提高800个词整体的识记率。刷过这些词所留下的印象在雅思备考资料中不断浮现,这才是实现长期记忆的关键。记住:学了也许会忘,但不学连忘的可能性都没有! 具体如何操作呢?每位考生可以按照每天两个单元,160个单词,5天一循环的方式来快速扩充词汇量。初始阶段不需要考虑识记率,重复的遍数越多,整体单词的识记率就越高! 根据"艾宾浩斯遗忘曲线"的规律,按照下表来执行即可:

	第一天	第二天	第三天	第四天	第五天	第六天	第七天
第一周	Sublist 1~2	Sublist 3~4	Sublist 5~6	Sublist 7~8	Sublist 9~10	Sublist 1~10 重点复习每单元标记的生词	休息
第二周	Sublist 1~2	Sublist 3~4	Sublist 5~6	Sublist 7~8	Sublist 9~10	Sublist 1~10 重点复习每单元标记的生词	休息
第三周	Sublist 1~2	Sublist 3~4	Sublist 5~6	Sublist 7~8	Sublist 9~10	Sublist 1~10 重点复习每单元标记的生词	休息

为了提升考生的识记率，每个单元前面的生词表均按照字母顺序排列，并且每个单词前配了两个"□"来标记考生学前自测和学后检测的生词。在学习过程中，笔者建议每一轮的学习重点也要有所区分，整体的循环建议如下：

第一遍，记单词发音、拼写、中文释义和同义词替换；

第二遍，熟记核心词的释义，精读短语搭配和句子范例；

第三遍，熟记核心词的全部释义和对应的替换词、衍生词；

第四遍，拿出本书配套练习册按照章节做好复习。

坚持按照上述要求完成学习后，这些单词就会成为各位考生备考雅思的利器，帮助大家拿到理想的分数。最后，希望本书能够成为每位考生备考路上的助手，为考生们"一飞冲天"打下坚实的基础。祝大家"屠雅"成功！

编　者

2023 年 4 月

天津 南开

目录|CONTENTS

Sublist 1

扫码听音频

本单元核心词学前自测和学后检测 (2次标记生词)

☐☐ abolish
☐☐ absorb
☐☐ abuse
☐☐ accelerate
☐☐ albeit
☐☐ alleviate
☐☐ appealing
☐☐ approach
☐☐ assemble
☐☐ associate
☐☐ assume
☐☐ astonish
☐☐ bargain
☐☐ barrier
☐☐ beneficial
☐☐ boost
☐☐ cease
☐☐ chamber
☐☐ collaborate
☐☐ collapse

☐☐ colossal
☐☐ commitment
☐☐ concrete
☐☐ confine
☐☐ confront
☐☐ constitute
☐☐ convey
☐☐ council
☐☐ crumble
☐☐ deliberate
☐☐ devote
☐☐ discard
☐☐ disparate
☐☐ distinguish
☐☐ distract
☐☐ drain
☐☐ elastic
☐☐ eligible
☐☐ encounter
☐☐ entertain

☐☐ estimate
☐☐ exaggerate
☐☐ excessive
☐☐ fragile
☐☐ frustrate
☐☐ harness
☐☐ impetus
☐☐ innate
☐☐ intricate
☐☐ lethal
☐☐ marine
☐☐ mediate
☐☐ merge
☐☐ opponent
☐☐ outline
☐☐ penetrate
☐☐ permanent
☐☐ pinpoint
☐☐ profound
☐☐ propagate

☐☐ rare
☐☐ readily
☐☐ render
☐☐ replicate
☐☐ significant
☐☐ sceptical
☐☐ smooth
☐☐ sterile
☐☐ substantial
☐☐ supplement
☐☐ tackle
☐☐ tangible
☐☐ tarnish
☐☐ toxic
☐☐ unanimous
☐☐ undermine
☐☐ urgent
☐☐ verify
☐☐ vital
☐☐ worthwhile

本单元部分核心词根词汇预习

核 心 词 根	含 义+延 伸	单 元 核 心 例 词
-anim-	spirit(精气神)→(同一)精气神	unanimous 全体一致的
-ced-	go→-cess-→走出去	excessive 过多的
	go→-ceas-→放手 let go	cease 停止
-cret-	grow(长)→长在一起	concrete 实体的;混凝土
-fic-	-fic-(do 做)→(重要的)做(标记)	significant 重要的
	-fic-(do 做)→做(好的)	beneficial 有益的
-fin-	limit(界,限)→都限制在界限内	confine 限制→confront 与……对抗
-frag-	break(折,碎)→折断→碎	fragile 易碎的
-labor-	-labor-工作→一起做	collaborate 合作
-lig-	-leg-/-lect-(选)→能选出来的	eligible 符合条件的
-med-	middle(中间)→居中(调停)	mediate 调解
-mit-	send(发送)→全身心投入	commitment 承诺
-pel-	-peal-(drive 驱动)→被吸引驱动	appealing 吸引人的
	-pet-(drive 驱动)→内在的驱动	impetus 驱动因素→innate 天生的
-ple-	fill(填充)→(自下而上)填充	supplement 补充
-plic-	fold(折)→折叠→再折出一个	replicate 复制
-pon-	place(放置)→放(对立面)	opponent 对手
-sem-	like(相似)→相似的(做好放一起)	assemble 组装
-st-	stand(站,立)→-stit-(站旁边)	constitute 组成
	-stant-(stand 立)→立得住	substantial 牢固的
	stand(立)→(确立)价值	estimate 估计
	-st-(立)→-ster-(僵硬地)立	sterile 贫瘠的
-sum-	take(拿,持有)→持有(观点)	assume 假设,承担
-tain-	-ten-/tin-(hold 保持)→待一起	entertain 招待
-tang-	touch(触摸)→(能)触摸到	tangible 可触摸的
-tract-	pull(拉,拽)→拉(走注意力)	distract 分心→discard 扔掉

*subst*antial [səbˈstænʃl] ★★★☆☆

记　sub-(under)-st-(stand 站立)-ant(后缀)-ial(的)→
　　立在下面→基础,基石→结实→实质→大量的

释　*adj.* 重大的,大量的 <替> *important, considerable*
　　adj. 结实的,牢固的 <替> *solid, sturdy, strong*
　　adj. 真实的,实质的 <替> *real, true, physical*
　　adj. 基本的,大体上的 <替> *fundamental, basic*

搭　substantial improvement
　　重大的改善
　　substantial house 结实的房屋
　　substantial damage 实质的损害
　　substantial salary 丰厚的薪水
　　substantial evidence 确凿的证据

结实的
substantial

例　The committee were in substantial agreement.
　　委员会成员基本上达成一致意见。

阅　Buildings account for 40%-50% of electricity usage,
　　generating substantial carbon emissions. [C14T2R2]
　　建筑用电量占到四到五成,产生了大量碳排放。

衍　substantially *adv.* 非常,实质上
　　unsubstantiated *adj.* 未经证实的

*med*iate [ˈmiːdieɪt] ★★☆☆☆

记　med-(middle)-i-ate(后缀)→在中间→调解,促成

释　*v.* 调解,调停 <替> *settle, intervene*
　　vt. 促成,解决 <替> *make happen, bring about*
　　adj. 间接的,居间的 <替> *middle, in-between*

搭　mediate in a dispute
　　调解一个纠纷
　　mediate differences
　　用调停解决分歧
　　by mediate contact
　　通过间接的接触

mediate

写　Educational success is mediated by economic
　　factors.
　　经济因素影响(促成)教育的成功。

口　Let us mediate our differences rather than engage
　　in physical conflict.
　　让我们用调停解决分歧,而不要进行肢体冲突。

衍　mediator *n.* 调解人,介质
　　medium *n.* 媒介(在事件和观众间传播)

*mar*ine [məˈriːn] ★★★☆☆

记　mar-(sea)-ine(法语后缀)→海→海洋的,航海的

释　*adj.* 海洋的,海生的 <替> *oceanic*
　　adj. 海运的,航海的 <替> *naval, nautical*

搭　marine chart 航海图
　　marine creature
　　海洋生物
　　marine biologist
　　海洋生物学家

marine

听　Scientists found fossils of marine plants which
　　suggest that the region was once ocean not solid
　　land.
　　科学家发现了海洋植物化石,表明此地区曾经
　　是海洋,而不是坚实的陆地。

衍　submarine *n.* 潜水艇 [C7T1R1]
　　maritime *adj.* 海上的,航海的 [C13T3R1]
　　marina *n.* 小船坞,小港口

alleviate [əˈliːvieɪt] ★☆☆☆☆

记　al-(to)-lev-(light 轻)-i-ate(使)→使变轻→减轻

释　*vt.* 减轻,缓解 <替> *reduce, ease, lessen*

搭　alleviate the situation
　　缓和局势
　　alleviate the pain
　　缓解疼痛
　　alleviate unemployment
　　缓解失业状况

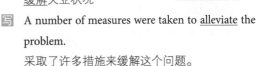
alleviate

写　A number of measures were taken to alleviate the
　　problem.
　　采取了许多措施来缓解这个问题。

衍　alleviation *n.* 缓和,减轻

*coun*cil [ˈkaʊnsl] ★★★★★

记　coun-(com-=together)-cil(-sel=call 喊叫)→喊到一
　　起→喊来一起开会→成立委员会,议会

释　*n.* 地方议会,委员会 <替> *assembly, committee*

搭　city council 市政委员会
　　community council
　　社区委员会(居委会)
　　the UN security council
　　联合国安理会

council

写 The city <u>council</u> is considering a ban on smoking in restaurants.

市政委员会正考虑禁止在饭店里吸烟。

衍 coun<u>sel</u> *vt.* 劝告，建议(叫到一起)

recon<u>cile</u> *vt.* 调和，协调 (又叫到一起) [C13T4R3]

re<u>plic</u>*ate* [ˈreplɪkeɪt] ★☆☆☆☆

记 re-(again)-plic-(-pli-=fold 折，叠)-ate→不断折叠→再复制→复制，使重现，再生

释 *vt.* 重复，复制 <替> copy, duplicate, mimic

v. 再生，再造 <替> reproduce, recreate

搭 hard to <u>replicate</u>

很难复制

replicate
复 制

<u>replicate</u> the experiment

<u>重</u>做这个试验

self-<u>replicating</u> 自我<u>再生</u>

阅 The bark of the cork oak has a particular cellular structure that technology has never succeeded in <u>replicating</u>. [C12T1R1]

软木橡树皮有着特别的细胞结构，树皮的这个细胞结构在技术上从来没有<u>复制</u>成功过。

衍 <u>pli</u>able *adj.* 柔韧的，顺从的(能折能弯)

dis<u>card</u> [dɪˈskɑːd] ★★☆☆☆

记 dis-(away)-card(卡片)→throw the card away→指游戏中照惯例扔掉一张牌→抛弃，丢弃

释 *vt.* 抛弃，丢弃 <替> abandon, drop, get rid of

搭 <u>discard</u> the idea <u>放弃</u>这个想法

<u>discarded</u> food container

<u>丢弃</u>的食品盒

<u>discard</u> common sense

<u>摒弃</u>常识

discard

回 We should <u>discard</u> old beliefs.

我们应该<u>摒弃</u>旧的观念。

写 We do not <u>discard</u> something we know to be true because of something we do not yet understand.

我们不应该仅因为一些我们不能理解的事情就<u>摒弃</u>那些我们已知真实的事情。

ap<u>pro</u>*ach* [əˈprəʊtʃ] ★★★★☆

记 ap-(to)-pro(前)-ach→往前靠→靠近，处理，解决

(向答案靠近)，通道，方法(向解决方案靠近)

释 *n.* 途径，方法，手段 <替> way, means, method

n. 临近，来临 <替> coming, arrival, advance

v. 接近，达到 <替> reach, come close, near

vt. 处理，解决 <替> tackle, handle, set about

搭 <u>approach</u> a problem/task 处理问题/任务

<u>approach</u> the highest level 达到最高水平

with the <u>approach</u> of... 随着……的临近

the <u>approaching</u> crisis 即将到来的危机

favour a more practical <u>approach</u>

赞成一个更实用的<u>方法</u>

写 We need to adopt a flexible <u>approach</u> to solving problems.

我们需要采取一个灵活的<u>方法</u>解决问题。

衍 <u>approach</u>able *adj.* 可接近的

un<u>approach</u>able *adj.* 难以接近的

<u>approach</u>ing *adj.* 即将到来的 [C11T4R2]

im<u>pet</u>*us* [ˈɪmpɪtəs] ★☆☆☆☆

记 im-(in, on)-pet-(rush, fly)-us(名词后缀)→身体的快速移动→内在驱动→冲力，动量→推动力

释 *n.* 推动(力)，促进因素 <替> incentive, spur

n. 动量，冲力 <替> energy, force, momentous

搭 inject the new <u>impetus</u>

注入新的<u>动力</u>

give renewed <u>impetus</u>

带来新的<u>推动力</u>

initial <u>impetus</u> 原始推动力

impetus

阅 The <u>impetus</u> behind the development of these early plastics was generated by a number of factors. [C5T2R1]

这些早期塑料发展背后的<u>推动力</u>是由许多因素产生的。

衍 <u>impet</u>uous *adj.* 冲动的，急躁的

per<u>pet</u>ual *adj.* 持续的(一直推动) [C8T4R2]

ap<u>pet</u>ite *n.* 胃口，强烈欲望 [COGT2R1]

scept<u>ical</u> [ˈskeptɪkl] ★★☆☆☆

记 scept-(-skept-=observe, look)-ical (的)→带着质询的眼光看→怀疑的，质疑的

释 *adj.* 怀疑的 <替> doubtful, dubious, suspicious

搭 remain <u>sceptical</u>

仍有怀疑

look highly <u>sceptical</u>

看上去极度怀疑的

have a <u>sceptical</u> attitude

持有怀疑的态度

sceptical

写 Many people remain <u>sceptical</u> about the theory of global warming.

很多人对于全球变暖的理论仍有怀疑。

衍 <u>sceptic</u> n. 怀疑论者

<u>sceptic</u>ism/skepticism n. 怀疑主义 [C17T1R1]

---

pinpoint [ˈpɪnpɔɪnt]　　★☆☆☆☆

记 pin-(大头针)-point(点)→用大头针钉在一个点上→精确指出位置→确认→精确的

释 vt. 精确指出，确定，确认

<替> identify, locate, discover, distinguish

n. 小点，极小范围 <替> point, spot, small area

adj. 精确的，确切的 <替> precise, exact

搭 <u>pinpoint</u> a mechanism

确定一个机制 [C16T3R3]

<u>pinpoint</u> several factors

精确指出几个因素

a <u>pinpoint</u> of light 一点点光

with <u>pinpoint</u> accuracy 极度精确地

pinpoit

阅 Some factors, like smoking and cooking, can contribute to lung cancer, but doctors usually can't <u>pinpoint</u> a reason.

一些因素，比如吸烟和烹饪，可能导致肺癌，但医生们通常并不能精准确认原因所在。

衍 <u>point</u>less adj. 无意义的

<u>pin</u>nacle n. 顶点，顶峰(pin-→顶尖) [BCOGT4R3]

---

crumble [ˈkrʌmbl]　　★★☆☆☆

记 crumb-(面包屑)-le(后缀)→面包碎屑→碎→塌

释 v. 使破碎，使成碎屑 <替> crush, grind, break up

vi. 坍塌，损坏 <替> collapse, decay, fall into

vi. 衰退，崩溃 <替> rot, degenerate, perish

搭 <u>crumbling</u> relationship

日益恶化的关系

<u>crumbling</u> monument

摇摇欲坠的纪念碑

crumble

<u>crumble</u> the cheese 弄碎奶酪

---

begin to <u>crumble</u> 开始坍塌

例 The government seemed powerless, unable to prevent its weak economy from <u>crumbling</u> further.

政府显得很软弱，无法阻止其低迷的经济进一步衰退。

---

supplement [ˈsʌplɪmənt]　　★★☆☆☆

记 sup-(up from below 自下而上)-ple-(fill 填充) -ment→fill up→填充上→补充→补充物，补充

释 n. 补充(物)，补品 <替> addition, extra, tonic

n. 增刊，附录 <替> appendix, addition

vt. 补充，增补 <替> add, boost, increase

搭 valuable <u>supplement</u>

有价值的补充

dietary <u>supplement</u>

膳食补充品

<u>supplement</u> family income

补充家庭收入

supplements
营养片剂

阅 As an important <u>supplement</u> of the traditional education mode, e-learning can provide a novel teaching method.

作为传统教育模式的重要补充，网络学习可以提供一种新型的教学方法。

衍 <u>supple</u>mentary adj. 补充的，增补的

---

distract [dɪˈstrækt]　　★☆☆☆☆

记 dis-(away 散开)-tract-(拉)→拉散→把注意力拉走→分心，分散

释 vt. 使分心，分散，转移(注意力)

<替> divert, disturb, draw away, puzzle

搭 <u>distracting</u> thoughts

令人分心的想法

try to <u>distract</u> attention

试图转移注意力

distract

be easily <u>distracted</u>

很容易分心

阅 The school students were <u>distracted</u> by the noise outside the classroom.

教室外边的喧闹声使学生们分散了注意力。

衍 <u>distract</u>ion n. 分心 [C17T3R3]

<u>distract</u>ed adj. 分心的

un<u>distract</u>ed adj. 不分心的 [C11T3R2]

render ['rendə(r)] ★★☆☆☆

记 ren-(re-=back 回)-der(do-=give)→give back, return→给予回应,做出回应→呈现,表达

释 *vt.* 给予,提供 <替> give, provide, contribute
vt. 呈现,展现 <替> show, display, exhibit
vt. 翻译,表达 <替> translate, express, perform
vt. 使成为,致使,造成 <替> make, cause to be

搭 render landscape 展现风景
render good for evil 以德报怨
difficult to render it into words
很难用言语表达它
render him a service 给他提供一项服务

写 The Internet has rendered the learning process more effective and efficient.
互联网已经使学习过程变得效果更好、效率更高。

衍 rendering *n.* 表演,翻译
surrender *n.* 投降,认输
donation *n.* 捐赠,赠予(don-=do-=give 给)
donor *n.* 捐赠者(机构)
endow *vt.* 资助,赋予(dow-=do-=give 给)

eligible ['elɪdʒəbl] ★★☆☆☆

记 e-(out)-lig-(-lect=choose 选)-ible-(able 能)→能选出来的→有资格的,合适的

释 *adj.* 有资格的,合格的 <替> entitled, suitable
adj. 合意的,理想的 <替> desirable, qualified

搭 eligible for retirement
符合退休条件
eligible for a grant
有资格得到奖学金
eligible to vote
有资格投票

阅 Only 1% students are eligible for the university scholarship.
只有百分之一的学生有资格获得大学奖学金。

衍 ineligible *adj.* 无资格的,不合格的
eligibility *n.* 参赛资格,合格性

unanimous [juˈnænɪməs] ★★☆☆☆

记 un-(uni-=one)-anim-(与 animal 同源,表示能呼吸的)-ous(的)→同呼吸→统一气息→一致通过的,全体一致的

adj. 一致的 <替> uniform, consistent, united
adj. 一致同意的 <替> in complete agreement

搭 unanimous decision
一致的决定
unanimous support
一致的支持
with unanimous approval
获得一致的同意

例 The country is unanimous in its support of the government's policy.
全国一致同意支持政府的政策。

衍 unanimously *adv.* 一致地 [C14T1R1]
animated *adj.* 活泼的,动画的
inanimate *adj.* 无生命的

exaggerate [ɪgˈzædʒəreɪt] ★★☆☆☆

记 ex-(全部)-ag-(to)-ger(-gest-=carry 搬)-ate→全部堆放到一起→越堆越大→夸大,突出

释 *v.* 夸大,突出 <替> overstate, overstress

搭 exaggerate the difficulty
夸大困难
be artificially exaggerated
被人为地夸大了
be exaggerated by the media
被媒体夸大

写 It is difficult to exaggerate the importance of developing good study habits.
养成良好学习习惯的重要性怎么强调也不过分。

衍 exaggeration *n.* 夸大,夸张 [C16T1R2]
digest *vt.* 消化,领会(摆放开→拆分)
digestive *adj.* 消化的
congestion *n.* 堵塞,拥堵(放一起) [C17T1R1]
gesture *n.* 姿势(摆放身体) [C9T4R3]

toxic ['tɒksɪk] ★★☆☆☆

记 tox-(希腊语源,表示"痛苦"→痛苦时身体会产生毒素)-ic(的)→有毒的

释 *adj.* 有毒的,中毒的
<替> poisonous, noxious
n. 有毒物质

搭 toxic pollutant 有毒的污染物
toxic reaction 中毒的反应

clean up <u>toxic</u> waste

清除<u>有毒</u>的废物

阅 Many pesticides are highly <u>toxic</u>.

许多杀虫剂<u>毒性</u>很大。

写 When spilt into the sea, oil can <u>be toxic to</u> marine plants and animals.

石油溢入海洋时可能<u>危害</u>海洋动植物。

衍 in<u>tox</u>icated *adj.* 陶醉的

de<u>tox</u>ify *vt.* 解毒, 脱瘾(de-=away)

*as***sum**e [əˈsjuːm] ★★★★☆

记 as-(to)-sum(-em-=take 拿→拿着估量, 掂量)-e→假定, 设想, 承担(拿着)

释 *vt.* **假设, 认为** <替> believe, suppose, imagine

vt. **承担, 掌管** <替> take, undertake

vt. **呈现, 具有** <替> begin to have a quality

vt. **表现出** <替> pretend, feign, put on

搭 <u>assume</u> the worst <u>假设</u>最坏情况

<u>assume</u> the responsibility

承担责任

<u>assume</u> a new form

<u>呈现</u>一个新方式

<u>assume</u> considerable importance

<u>具有</u>相当的重要性

写 <u>It is reasonable to assume that</u> such changes have significant social effects.

<u>有理由认为</u>这样的变化有很大的社会影响。

例 He <u>assumed</u> a look of indifference.

他<u>表现出</u>一副无所谓的样子。

衍 as<u>sum</u>ption *n.* 假定, 承担 [C15T3R3]

ex<u>em</u>plify *vt.* 作为……的例证 [BCOGT1R2]

*as***ton**ish [əˈstɒnɪʃ] ★☆☆☆☆

记 as-(ex-=out)-ton-(thunder 雷)-ish(后缀)→被雷击到→吓坏了→使震惊, 惊讶

释 *vt.* **使震惊, 使惊讶**

<替> amaze, astound, startle

搭 at an <u>astonishing</u> rate

以<u>惊人</u>的速度 [C17T1R1]

<u>astonish</u> the scientific world

震惊科学界

---

gain an <u>astonishing</u> success

取得<u>令人惊讶</u>的成功

例 The new houses have been built with <u>astonishing</u> speed.

这些新房的修建速度快得<u>惊人</u>。

衍 <u>aston</u>ishing *adj.* 令人惊讶的

<u>aston</u>ishment *n.* 惊讶, 惊奇

*sign***ific**ant [sɪɡˈnɪfɪkənt] ★★★★☆

记 sign-(标记)-i-fic(做)-ant(形)→做出标记→因为重要而标出→重要的

释 *adj.* **重要的, 显著的** <替> important, noteworthy

adj. **意味深长的** <替> meaningful, indicative

搭 a <u>significant</u> rise in profits

<u>巨大</u>的利润增长

<u>significant</u> improvement

<u>显著</u>的改进

offer <u>significant</u> opportunities

提供<u>重要</u>的机会

回 What he said was <u>significant</u>. 他的话意味深长。

阅 Steve Jobs has become someone much more <u>significant</u> than just a clever money-maker.

史蒂夫·乔布斯已成为一个更<u>重要</u>的人物, 而不仅是个精明的赚钱者。

衍 <u>sign</u>ificance *n.* 重要性, 意义

in<u>sign</u>ificant *adj.* 不重要的

<u>sign</u>al *n.* 信号 *v.* 发信号

<u>sign</u>ify *vt.* 表明, 意味着

<u>sign</u>ature *n.* 签字

*coloss*al [kəˈlɒsl] ★☆☆☆☆

记 coloss-(雕像)-al(的)→古希腊雕像都比真人大很多→巨大的

释 *adj.* **巨大的, 庞大的** <替> huge, enormous

搭 <u>colossal</u> statue

巨型雕像

<u>colossal</u> achievement

<u>巨大</u>的成就

<u>colossal</u> waste of resources

<u>巨大</u>的资源浪费

阅 <u>Colossal</u> numbers of species are becoming extinct across the world. [C14T4R2]

全球<u>大量的</u>物种正在濒临灭绝。

衍 coloss<u>us</u> *n.* 伟人,极重要的事 [C11T4R3]

smooth [smuːð] ★★★☆☆

释 *adj.* 光滑的,流畅的,顺利的,平稳的
<替> *flat, polished, glossy, steady*

adj. 圆滑的 <替> *sophisticated, suave, glib*

vt. 使平整,使光滑 <替> *flatten, iron, polish*

vi. 解决,消除 (out) <替> *get rid of, sort out, solve*

搭 have a <u>smooth</u> journey
旅行顺利

<u>smooth</u> surface
光滑的表面

<u>smooth</u> her shirt 平整她的裙子

<u>smooth out</u> the impact 消除影响

例 Money, in fact, can help to <u>smooth away</u> most problems.
实际上,金钱有助于使大多数问题<u>迎刃而解</u>。

衍 smooth<u>ness</u> *n.* 平滑,顺利

smooth<u>ly</u> *adv.* 光滑地,顺利地

tarnish [ˈtɑːnɪʃ] ★☆☆☆☆

记 *tarn-(darken, hide* 黑,藏→没光→藏在黑暗处→暗淡无光→*污点)-ish)*→玷污,变暗淡

释 *vt.* 玷污,损害 <替> *stain, blemish, darken*

v. (使)变暗,(使)失去光泽 <替> *blacken, discolour*

n. 锈斑,污点 <替> *stain, blemish, rust*

搭 <u>tarnish</u> public image
玷污公众形象

anti-<u>tarnish</u> paper
防锈纸

无光泽的　抛光的

tarnished　*polished*

<u>tarnish</u> the school's reputation
损害该校的名誉

阅 Acid rain <u>tarnished</u> the metal.
酸雨<u>使</u>金属<u>失去了光泽</u>。

例 The firm's good name was badly <u>tarnished</u> by the scandal.
这件丑闻极坏地<u>玷污</u>了该公司的好名声。

profound [prəˈfaʊnd] ★★☆☆☆

记 *pro-(前)-found(fund* 底)→向前延伸到底→深远的

释 *adj.* 深刻的,极度的 <替> *deep, serious, severe*

adj. 深邃的,渊博的 <替> *erudite, learned*

搭 <u>profound</u> social change
深刻的社会变革

profound

<u>profound</u> ignorance
极度的无知

<u>profound</u> thinker
渊博的思想家

写 Beauty is but superficial while mind is <u>profound</u>.
美貌是肤浅的,而思想才是<u>深邃的</u>。

beneficial [ˌbenɪˈfɪʃl] ★★☆☆☆

记 *bene-(-bon-=good* 好*)-fic(-fit-=do)-ial*→*do good*→收益,好处,利益

释 *adj.* 有利的,有益的 <替> *helpful, useful*

搭 have a <u>beneficial</u> effect
产生<u>有益</u>的作用 [C13T2R2]

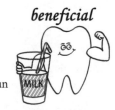

beneficial

<u>beneficial</u> bacteria
<u>有益</u>的细菌 [C13T4R2]

be <u>beneficial</u> in the long run
从长远看是<u>有益</u>的

写 A balanced diet and a moderate amount of sports <u>are beneficial to</u> health.
均衡的饮食和适度的运动<u>有益于</u>健康。

衍 benefit *n.* 益处,好处

beneficiary *n.* 受益人

bonus *n.* 奖金,红利

disparate [ˈdɪspərət] ★☆☆☆☆

记 *dis-(apart* 分开*)-par-(prepare* 准备*)-ate*→分好不同品类的东西→不同的

释 *adj.* 截然不同的,完全不同的,不同元素构成的
<替> *different, contrasting, unlike, diverse*

搭 be <u>disparate</u> in culture
在文化上<u>迥然不同</u>

<u>disparate</u> nation
<u>多元化</u>的国度

disparate

<u>disparate</u> communities
<u>多元构成</u>的社区

例 She has taken two disparate music styles and made them work very well together.
她选取了两种完全不同的音乐风格,并将它们很好地融合在一起。

衍 parachute n. 降落伞(para-备用)
parade n. 游行,阅兵式
apparatus n. 设备,机构
imperative adj. 紧急的 n. 紧急的事(per-=par-准备)

vital ['vaɪtl] ★★★☆☆

记 vit-(生命)-al(的)→有生命→有活力→重要的
释 adj. 重要的,有活力的 <替> essential, crucial
搭 vital ingredient 重要的成分
be of vital importance
非常重要

vital and cheerful manner
充满活力且欢快的举止
阅 The kidney plays a vital part in the removal of waste products from the blood.
肾脏在清除血液中的废料方面发挥重要的作用。
衍 vitality n. 活力,生命力
vitamin n. 维生素
revitalise vt. 使恢复活力

rare [reə(r)] ★★★☆☆

释 adj. 稀有的,珍奇的 <替> few, scarce, unusual
adj. 极好的,非凡的 <替> superb, remarkable
adj. 做得嫩的,半熟的 <替> half-cooked, tender
搭 rare species 稀有的物种
on the rare occasions 在极少数的情况下
keep the steak rare 让牛排保持半熟
rare sense of honor 极高的荣誉感
阅 With the disappearance of habitat, this species of plant is becoming increasingly rare.
随着栖息地的消失,这种植物物种正变得越来越稀有。
衍 rarely adv. 极少地

accelerate [ək'seləreɪt] ★★☆☆☆

记 ac-(to)-celer-(swift 快)-ate→使加快,加速
释 v. (使)加快,加速 <替> speed up, expedite

搭 accelerate production
加快生产
accelerate the process
加速进程

accelerate suddenly 突然加速
例 Our present task is to accelerate economic growth.
我们当前的任务是加速经济增长。
衍 acceleration n. 加速

distinguish [dɪ'stɪŋgwɪʃ] ★★☆☆☆

记 di-(分开)-stingu-(prick 刺)-ish(后缀)→刺开→冒出头→容易辨别→辨别,区分
释 v. 区分,分辨 <替> differentiate, discern
vt. 使出众,使出名 <替> become famous
搭 distinguish between cause and effect
区分因果
distinguish distant objects
分辨远处的物体

distinguishing feature
显著的特征
阅 Our commonly held feelings about smells can help distinguish us from other cultures. [C8T2R3]
我们通常所持有的对气味的感觉能帮我们与其他的文化区分开。
例 She distinguished herself in music.
她在音乐方面成就出众。
衍 distinguishing adj. 显著的
distinguished adj. 尊贵的,卓越的
distinguishable adj. 可辨认的

constitute ['kɒnstɪtjuːt] ★★★☆☆

记 con-(一起)-stit-(立)-ute→站一起→组合到一起
释 vt. 构成,组成 <替> make up, compose, form
搭 constitute a sharp contrast 构成鲜明的对比
constitute nearly 25% 构成了接近25%
constitute a threat to the environment
对环境构成威胁
写 China's ethnic minority groups constitute less than 7 percent of its total population.
中国的少数民族构成不到总人口的7%。
衍 constitution n. 构成,宪法
constitutional adj. 宪法的

chamber ['tʃeɪmbə(r)] ★★★☆☆

记 cham-(-cam-/-com-=room)-ber→室,房间,膛

释 n. 室,房间,腔 <替> room, hall, compartment

搭 chambers of the heart
心室
council chamber
会议室
the burial chamber
墓室 [C16T2R1]

chamber

例 For many people, the dentist's surgery remains a torture chamber.
对许多人来说,牙医的治疗室一直是间受刑室。

衍 camera n. 相机
comrade n. 同志(同在一个房里)

urgent ['ɜːdʒənt] ★★★☆☆

记 urg-(tie, fasten 绑→紧紧地绑→紧压→逼迫,敦促)-ent(的)→紧急的,紧迫的

释 adj. 紧急的,紧迫的 <替> crucial, critical

搭 urgent need 紧迫的需求
urgent aid to victims
对受害者的紧急援助
become increasingly urgent
变得日益紧迫

urgent

例 New facilities are urgently needed. 急需新设备。

▢ Sometimes the most urgent and vital thing you can possibly do is to sit there and do nothing.
有时你能做得最紧急、最重要的事就是坐在那儿什么都不做。

衍 urge vt. 敦促,要求 [COGT6R3]
urgency n. 紧迫,迫切

readily ['redɪli] ★★☆☆☆

记 readi(y)-ly(副词后缀)→准备好地→轻松地,乐意地

释 adv. 乐意地,欣然地
<替> willingly, gladly
adv. 容易地,轻松地
<替> easily, quickly

1+1=( )
A.3 B.2 C.1 D.4

搭 be readily available
容易获得的

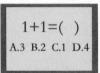
readily

be readily understood 容易懂

readily accept his offer 欣然地接受他的提议

阅 We conform to norms so readily that we are hardly aware they exist.
我们欣然遵守规范,以致几乎没意识到它们的存在。

confront [kən'frʌnt] ★★★☆☆

记 con-(with)-front(前额)→前额顶在一起→对抗

释 vt. 面对,面临 <替> face, encounter
vt. 质问,对抗 <替> challenge, oppose, tackle

搭 confront truth 面对事实
confront difficult situations
面对困境
confront the superior
与上级对抗

confront 对抗

例 It is unwise and useless to confront your boss.
对抗你的老板是不明智而且没有用的。

格 You cannot change what you refuse to confront.
你无法改变你所拒绝面对的事情。

衍 frontier n. 边界,前沿
confrontation n. 对抗,冲突 [COGT3R3]

absorb [əb'zɔːb] ★★☆☆☆

记 ab-(to)-sorb(-sorp-=suck 吸)→to suck in→吸收,掌握,承担(吸收了责任),耗费(吸收了)

释 vt. 吸收,接纳 <替> soak up, take in
vt. 理解,掌握 <替> digest, grasp, learn, master
vt. 耗费,承受 <替> consume, drain, deal with

搭 absorb the nutrients
吸收养分
be absorbed in study
全神贯注于学习
absorb huge losses
承受巨大的损失

absorb

H_2O

阅 Plants absorb carbon dioxide from the air.
植物吸收空气中的二氧化碳。

阅 Agricultural subsidies have absorbed about half the EU's income.
农业补贴已经耗费了欧盟大约一半的收入。

衍 absorption n. 吸收,专注

penetrate ['penətreɪt] ★★☆☆☆

记 penetr-(get in 里→p+enter)-ate(动词后缀)→进里面→进入，穿透

释 v. 进入，穿透 <替> enter, pierce, prick
vt. 了解，洞察 <替> grasp, comprehend, fathom

搭 penetrate (into) the area
穿越该地区
penetrate many objects
穿透很多物体
penetrate his thoughts
看穿他的心思

阅 No one could penetrate the meaning of the inscription.
没有人能够了解这篇碑文的含义。

衍 penetration n. 穿透，穿过
impenetrable adj. 无法穿过的 [C12T8R2]

commitment [kə'mɪtmənt] ★★★★☆

记 com-(全)-mit(send)-ment→保证(send words)，承诺(send all promises)，献身(send all body)

释 n. 保证，承诺 <替> promise, duty, obligation
n. 献身，奉献 <替> dedication, devotion

搭 a sense of commitment
责任感
make a commitment
做出承诺
long-term commitment
长期保证

格 Most people who fail in their dreams fail not from lack of ability but from lack of commitment.
大多数没有实现梦想的人之所以失败不是因为缺乏能力，而是因为缺乏为实现梦想而献身的担当。

例 Once you have commitment, you need the discipline and hard work to get you there.
一旦你有了承诺，你就需要纪律和努力来帮你实现。

衍 commit vt. 做，犯，承诺
committed adj. 忠诚的，坚定的
committee n. 委员会

propagate ['prɒpəgeɪt] ★☆☆☆☆

记 pro-(前)-pag-(fasten 绑)-ate(使)→把树前端砍掉绑住→使枝叶散开长→散开，散播，繁殖

释 vt. 传播，散播 <替> spread, disseminate
v. 繁殖，繁衍 <替> breed, grow, reproduce

搭 propagate by seeds
通过种子繁殖
propagate a false image
传播虚假图像
propagate moods and attitudes
散播情绪和态度 [C7T3R1]

阅 In general, low frequencies propagate farther than high ones.
通常，低频率比高频率振动传播得更远。

衍 propagation n. 传播，繁殖

bargain ['bɑːgən] ★★★☆☆

记 bar-(板条→板条桌台)-gain(获取)→在交易柜台上获取想要的东西→讨价还价，议价→买便宜货

释 vi. 议价，讨价还价 <替> negotiate
n. 便宜货 <替> good deal, discounted item
n. 协议 <替> agreement, contract, deal

搭 strike a bargain
达成一项协议
real bargain
真正的便宜货
offer off-season bargains
提供非当季便宜货品

谚 A bargain is a bargain. 是协议就应当遵守。

例 The Labour Union is bargaining with the employer for better rates of pay next year.
工会正和雇主就明年更好的薪酬率讨价还价。

cease [siːs] ★★★☆☆

记 ceas-(-cess-=go→let go 放弃)-e→停止，终止

释 v. 终止，停止
<替> stop, halt, discontinue

搭 cease growing 停止生长
cease to exist 不再存在

cease one's activities 停止某人的活动

谚 When you cease to dream, you cease to live.
如果你停止了梦想，你就停止了生存。

衍 ceaseless adj. 不停的，不断的
deceased adj. 死去的 [C16T2R1]
incessant adj. 连续的，不停的(in-=not)

devote [dɪˈvəʊt] ★★☆☆☆

记 de-(away)-vot-(vow 誓言)-e→发誓要做→奉献

释 vt. 奉献，付出 <替> dedicate, assign, allocate

搭 be devoted to healthcare
付出在医疗上

devote one's life
奉献出某人的一生

devote one's attention
付出某人的注意力/全神贯注

回 I don't think we should devote any more time to this question.
我认为我们不应该在这个问题上再付出时间了。

衍 devotion n. 献身，投入 [C8T2R3]
devoted adj. 投入的，深爱的
vow vt. 立誓 n. 誓言 [C10T4R2]

convey [kənˈveɪ] ★★☆☆☆

记 con-(together, with 一起)-vey(-voy-/via-= way)→
go along with→输送→传达，传递

释 vt. 运输，运送 <替> carry, move, transport
vt. 表达，传递 <替> tell, impart, reveal

搭 convey the impression
传递这个印象

convey one's views
表达某人的观点

convey electricity
输送电流

convey sounds to the brain 把声音传送到大脑

阅 Gestures can convey meaning as well as words.
肢体动作和语言一样能传达意思。

衍 voyage n. 航行，旅行
viaduct n. 高架桥

deliberate [dɪˈlɪbərət] ★★★☆☆

记 de-(完全)-liber-(Libra 古希腊正义女神手中的天

平→用来思考和称量人的功过)-ate→完全思考
过→深思熟虑的，故意的→仔细考虑

释 adj. 故意的，深思熟虑的 <替> intended, careful
v. 仔细考虑 <替> ponder, mediate, consider

搭 deliberate decision
深思熟虑的决定

deliberate on the details
仔细考虑细节

deliberate insult
故意的侮辱

听 The group has deliberated the question.
该小组已经仔细考虑了这个问题。

衍 deliberation n. 沉思，深思

outline [ˈaʊtlaɪn] ★★★☆☆

记 out-(外)-line(线)→外面画线→画出轮廓→大
纲，轮廓，概述，画出轮廓

释 vt. 概括，画出轮廓 <替> summarise, delineate
n. 梗概，轮廓 <替> summary, synopsis, shape

搭 brief outline 简要的概括

make an outline
做出一个大纲

outline the main points
概述主要观点

例 The methods outlined in this history book are only suggestions.
这本历史书概括的一些方法仅供参考。

衍 outweigh vt. 重于，超过
outsmart vt. 比……精明
outstrip vt. 超过，胜过 [C8T3R2]
outlive vt. 比……活得长久 [C16T2R1]

drain [dreɪn] ★★★☆☆

释 vt. 排出，使流光 <替> flow out, effuse, pump off
vi. 消耗，耗尽 <替> exhaust, consume, deplete
n. 排水管，下水道 <替> pipe, channel, conduit
n. 流失，消耗 <替> depletion, consumption

搭 drain away the public fund
耗尽公共基金

feel drained of energy
感觉精疲力尽

unlock the drain 疏通下水道

brain drain 人才流失

写 Medical spending is a huge drain on the country's resources.

医疗开支是该国家资源的巨大消耗。

衍 drainage n. 排水，排水系统

lethal [ˈliːθl] ★★☆☆☆

记 leth-(希腊神话中冥界的忘忧河，人死后喝了河水就忘却生前事→死→致命)-al→致命的

释 adj. 致命的 <替> deadly, destructive, fatal

搭 lethal weapon
致命的武器
lethal virus 致命的病毒
lethal to aquatic mammals
对水生哺乳动物是致命的

例 If we continue down this road, the results will be lethal.
如果我们沿这条路继续走下去，结果将是致命的。

阅 Mars has no ozone layer to screen out the Sun's lethal radiation.
火星上没有能屏蔽太阳的致命射线的臭氧层。

衍 lethargic adj. 无精打采的
latent adj. 潜在的

abolish [əˈbɒlɪʃ] ★★☆☆☆

记 ab-(off否定)-ol-(al-=grow生长)-ish(后缀)→抑制生长→废除，废止

释 vt. 废除，废止，取消 <替> end, cancel, annul

搭 abolish the pensions
取消养老金
abolish poverty 消除贫困
abolish a restriction
取消一项限制规定

例 The government should abolish income tax for the low-paid.
政府应该取消低收入者的所得税。

harness [ˈhɑːnɪs] ★☆☆☆☆

记 har-(army→军队→武力控制)-ness→控制，操纵，挽具(控制牲畜的工具)

释 vt. 控制，利用 <替> control, exploit, employ
vt. 给(马等)上挽具

n. 挽具，系带 <替> equipment, gear, tack

搭 safety harness
安全系带
harness a horse
给马装挽具
harness the solar energy
利用太阳能

阅 Harnessing the wind would not have been a problem for accomplished sailors like Egyptians.
利用风对于像埃及人这样的有成就的水手来说本就不会是个问题。[C7T4R1]

barrier [ˈbæriə(r)] ★★★☆☆

记 barr-(bar板条状物→做门或栅栏)-ier(名词后缀表示人或物)→阻碍，阻止→障碍物

释 n. 障碍，阻碍 <替> obstruction, hindrance
n. 屏障，障碍物 <替> fence, bar, blockade
n. 关口，界限 <替> boundary, restriction

搭 language barrier
语言障碍
act as a natural barrier
充当一道天然的屏障
protective barrier 保护隔栏
break the barrier of 3 million
突破三百万的关口

阅 Ozone is the earth's barrier against ultra-violet radiation.
臭氧是地球防止紫外线辐射的屏障。

衍 barrage n. 堰，水坝，火力网
embargo n./vt. 禁运
embarrass vt. 使尴尬 [C10T4R2]

undermine [ˌʌndəˈmaɪn] ★★★☆☆

记 under-(下面)-mine(dig挖)→在下面挖→削弱

释 vt. 逐渐削弱，暗中损害(情感、地位、体制等)
<替> weaken, disable, sabotage, impair

搭 undermine health
损害健康
undermine one's authority
削弱某人的威信
undermine one's confidence
损害某人的信心

例 I don't want to do something that would <u>undermine</u> the chances of success.

我不想做会<u>降低</u>成功机会的事情。

frustrate [frʌ'streɪt] ★★★☆☆

记 frustr-(fraud→deceive 欺骗)-ate→被欺骗以后→使沮丧,挫败,妨碍,阻挠

释 vt. 使沮丧,使灰心 <替> discourage, dispirit
vt. 挫败,阻挠,妨碍 <替> defeat, stop, hinder

搭 feel <u>frustrated</u>
感觉沮丧
<u>frustrate</u> one's hope
使某人的希望<u>落空</u>
be <u>frustrated</u> by the climate
受到气候的<u>阻挠</u>

写 The essential job of government is to facilitate, not to <u>frustrate</u> career development.
政府的基本工作是提供便利,而不是<u>妨碍</u>职业发展。

衍 frustration n. 懊恼,沮丧
fraud n. 骗子,诈骗

entertain [ˌentə'teɪn] ★★★☆☆

记 enter-(inter- 中间)-tain(hold)→stick together→待在一起→娱乐狂欢→在心里hold→心存

释 v. 使快乐,招待 <替> amuse, please, treat
vt. 考虑,心存 <替> consider, think, harbour

搭 <u>entertain</u> with music
用音乐<u>助兴</u>
<u>entertain</u> an idea
<u>考虑</u>一个想法
<u>entertaining</u> show
<u>娱乐</u>秀

例 Some people are <u>entertained</u> by the radio and TV.
有些人靠听广播和看电视来<u>消遣</u>。

口 I have never <u>entertained</u> any illusions about him.
我从来没有对他<u>心存</u>幻想。

衍 entertainment n. 娱乐 [COGT1R2]/[C16T4R3]

fragile ['frædʒaɪl] ★★☆☆☆

记 frag-(fract-=break 碎)-ile(能)→能碎的→易碎的

释 adj. 易碎的,易坏的,脆弱的

<替> breakable, frail, weak

搭 remain <u>fragile</u> 仍旧<u>脆弱</u>
<u>fragile</u> excuse <u>站不住脚</u>的借口
<u>fragile</u> material <u>易碎</u>的材料

fragile

阅 <u>Fragile</u> ecosystems are found around the world and include ocean habitats, estuaries, and rainforests.
<u>脆弱</u>的生态系统遍布全球,包括海洋栖息地、入海口和热带雨林地区。

abuse n. [ə'bjuːs] v. [ə'bjuːz] ★★★★☆

记 ab-(off, away from)-use(用)→没好好用→滥用,虐待,辱骂(没用好词儿)

释 vt. 滥用,虐待,辱骂 <替> misuse, hurt, insult
n. 滥用,虐待,辱骂 <替> misuse, maltreatment, insult

搭 <u>abuse</u> of authority
<u>滥用</u>权力
take emotional <u>abuse</u>
感情上受到<u>伤害</u>
<u>abuse</u> human rights <u>侵犯</u>人权
experience verbal <u>abuse</u> 经历语言<u>辱骂</u>

阅 Politicians should beware of the <u>abuse</u> of power.
从政的人应该警惕,不得<u>滥用</u>权力。

衍 abusive adj. 虐待的,侮辱性的
misuse vt. 误用,盗用

merge [mɜːdʒ] ★★☆☆☆

记 merg-(dip, sink in 沉入,没入)-e→合并,融合

释 v. (使)合并,(使)融入 <替> combine, blend, join

搭 <u>merge</u> their differences
<u>消除</u>他们之间的分歧
<u>merge</u> into the background
<u>消失</u>在背景中
<u>merge</u> the two companies
<u>合并</u>两家公司

merge

阅 Tradition and innovation are <u>merged</u> in this new design.
传统和创新在这个新设计中<u>融合</u>。

衍 submerge vt. 淹没,浸没
immerse vt. 专注于,沉浸于(mers-=merg)

opponent [əˈpəʊnənt] ★★★☆☆

记 op-(反)-pon-(-pos-=put 放置→放在位置上)-ent(人)→在反面位置的人→对手,反对者

释 n. 对手,反对者 <替> enemy, rival, adversary

搭 political opponent 政敌
condemn the opponent 谴责对手
opponent of tax reform 税改的反对者

棋逢"对手"

例 She became an outspoken opponent of the old managerial system.
她成为旧的管理体制直言不讳的抨击者。

衍 proponent n. 赞成者,支持者 [C11T1R3]
opposition n. 反对
juxtapose vt. 并列放置(justa-在旁)

elastic [ɪˈlæstɪk] ★☆☆☆☆

记 elast-(柔韧)-ic→柔韧的→灵活的,有弹性的

释 adj. 有弹性的,有弹力的 <替> rubbery, springy
adj. 灵活的,变通的 <替> adaptable, flexible
n. 橡皮筋,松紧带 <替> rubber band

搭 elastic material 有弹性的材料
elastic skeleton 有弹性的骨架
elastic thinking 灵活的思维
a piece of elastic 一条橡皮筋

例 The new policy was sufficiently elastic to accommodate both views.
新政策充分灵活地吸纳两种观点。

衍 elastically adv. 有弹性地
elasticity n. 弹性,伸缩性

confine [kənˈfaɪn] ★★☆☆☆

记 con-(with)-fin-(界限→终止)-e→终止在一定范围内→限定在一个地方→限制,关押→范围,区域

释 vt. 限制,监禁 <替> lock, trap, limit, imprison
n. 边界,范围 <替> area, field, border, bounds

搭 be confined in the office 被关在办公室里

confine one's activity 限制某人的活动
within the confines of curriculum 在课程范围内

confine

阅 Since some species are largely nocturnal, collecting should not be confined to daytime. [C8T4R3]
因为有些物种主要是夜间活动的,采集不应该限制在白天。

衍 confinement n. 限制,监禁
unfinished adj. 未完成的
affinity n. 近似,相似,亲和力

tackle [ˈtækl] ★★★☆☆

记 源于荷兰语,表示 take,引申为 take fish 的渔具或滑轮组→处理问题的用具→处理,解决问题

释 vt. 应对,处理 <替> deal with, address, attempt
vt. 与……交涉,质问 <替> confront, challenge
n. 渔具,锁具,滑轮 <替> fishing tools, kit, gear

搭 tackle this problem 处理这个问题
fail to tackle the issue 没能解决这个问题
lifting tackle 起重滑轮

tackle

例 I tackled him about his negative working attitude.
就他的负面工作态度,我与他进行了交涉。

阅 Without strong and urgent action to tackle this public event, coronavirus will infect the whole area.
没有强有力且紧急的行动来应对这次公共事件,冠状病毒将感染整个地区。

estimate [ˈestɪmeɪt] ★★★★☆

记 e-(out)-st(立)-im-ate(使)→建立价值→评估

释 vt. 估计 <替> judge, evaluate, gauge, reckon
n. 评估,判断 <替> judgement, rough guess

搭 conservative estimate 保守的估计 [C7T2R2]
have a rough estimate 做个粗略的估计
accurate estimate 准确的估计

65583+17297 ≈ 66000+17000

estimate

例 Government sources <u>estimate</u> a long-term 30% increase in oil prices.

政府消息人士估计油价将有一个涨幅达 30% 的长期上调。

衍 estimated adj. 估计的 [C7T2R2]

estimation n. 估计 [C16T3R1]

overestimate vt. 高估

underestimate vt. 低估

appealing [əˈpiːlɪŋ] ★☆☆☆☆

记 ap-(to)-peal-(-pel-=drive 驱动→被兴趣等因素推动)-ing→感兴趣(引起关注)→感兴趣的

释 adj. 迷人的,有兴趣的 <替> attractive, alluring

adj. 恳求的,求助的 <替> tempting, pleasing

搭 appealing personality
迷人的性格

with an <u>appealing</u> look
带着恳求的表情

appealing design
吸引人的设计

appealing

口 He doesn't find his job very <u>appealing</u>.
他并不觉得他的工作非常有趣。

衍 appeal vi. 呼吁,恳求,有吸引力

repeal vt. 废止,废除 (re-=back)

verify [ˈverɪfaɪ] ★★☆☆☆

记 ver-(true 真)-ify(使……)→证实,验证

释 vt. 证实,验证 <替> confirm, prove, back up

搭 verify password
验证密码

verify truth
验证真相

verify the hypothesis
证实假设

例 Pentagon officials say they have no information to <u>verify</u> the claim.
五角大楼官员表示他们没有信息能验证这一说法。

衍 verification n. 证实

verdict n. 裁决,结论(说真话)

tangible [ˈtændʒəbl] ★☆☆☆☆

记 tang-(-tamin-/-tig-=touch 触摸)-ible(able 能)→

able to touch→能摸到的,触摸到→有形的

释 adj. 可触摸的,可感知的 <替> touchable

adj. 有形的,真实的 <替> concrete, solid, real

搭 tangible benefits 实际的好处 [C17T4L2]

tangible assets 有形资产

tangible improvements
明显的改进

tangible evidence
确凿的证据

tangible assets

例 For most poeple, it is hard to imagine that thoughts can be something <u>tangible</u>.
对大多数人来说,很难想象思想可以成为有形的东西。

衍 intangible adj. 无形的

tangent n. 切线,离题(刚碰到边)

contaminant n. 污染物

contiguous adj. 接壤的,相邻的

sterile [ˈsteraɪl] ★☆☆☆☆

记 ster-(solid, stiff 坚固,僵硬)-ile(后缀)→变僵硬→土壤变僵硬→干裂→不能种植→无细菌的

释 adj. 无菌的,消毒的 <替> clean, antiseptic

adj. 不育的,贫瘠的 <替> arid, barren, infertile

adj. 枯燥的,无新意的 <替> uninspired, lifeless

搭 sterile agent 灭菌剂

under <u>sterile</u> conditions
在无菌的条件下

sterile desert land
贫瘠的沙漠土地

sterile argument
无新意的争论

sterile

例 The negotiations proved to be <u>sterile</u>.
这些谈判没有取得结果。

衍 sterilise vt. 消毒,绝育

sterilisation n. 灭菌,杀菌

collapse [kəˈlæps] ★★★★☆

记 col-(together)-laps-(滑下,溜倒 fall)-e→一起倒下去→倒塌,倒闭,垮台,暴跌,崩溃

释 vi. 倒塌,坍塌 <替> fall down, cave in, crumble

vi. 瓦解,失败 <替> fail, come to nothing

n. 倒塌,倒闭,失败 <替> break down, failure

搭 collapse into chaos 乱成一团

the collapse of the roof

房顶坍塌

under the collapsed wall

在倒塌的墙下

collapse on the sofa 瘫坐在沙发上

on the brink of collapse 在崩溃的边缘

collapse

例 In this horrific health event, the country's economy is on the verge of collapse.

在这次可怕的健康事件中，这个国家的经济处在崩溃的边缘。

衍 elapse *vi.* 逝去，过去

permanent ['pɜ:mənənt] ★★★☆☆

记 *per-(through 穿过)-man-(remain 保持)-ent(的)→*从头至尾一直保持→永恒的→长期的

释 *adj.* **永久的，永恒的** <替> *lasting, enduring*

adj. **固定的，常驻的** <替> *fixed, long-term*

搭 permanent job

固定的工作

permanent problem

永恒的问题

permanent settlement

永久的定居点 [C6T2R3]

permanent

阅 The disease can cause permanent damage to the brain.

这种疾病可能导致大脑永久性的损伤。

衍 permanence *n.* 持久性，永久性

collaborate [kə'læbəreɪt] ★☆☆☆☆

记 *col-(一起)-labor-(work)-ate→*合作，勾结敌人

释 *vi.* **合作，协作** <替> *cooperate, work together*

vi. **通敌，勾结**(with) <替> *conspire, collude*

搭 collaborate with colleagines

和同事合作

collaborate with the enemy

和敌人勾结

collaborate on many projects

在很多项目上合作

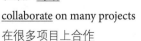

collaborate

例 The government is urging local firms to collaborate with foreign companies.

政府正在督促本地公司和海外公司合作。

衍 laboratory *n.* 实验室

collaborative *adj.* 合作的 [C9T2R1]

excessive [ɪk'sesɪv] ★★★★☆

记 *ex-(out)-cess(-ced-=go 走)-ive(形容词后缀)→*走出去了→太多了→过量的，过多的

释 *adj.* **过量的，过多的，过度的**

<替> *immoderate, extreme, unreasonable*

搭 excessive price

过高的价格

excessive rainfall

过多的降雨

excessive amounts of food

过量的食物

excessive

例 Excessive exercise can sometimes cause health problems.

过度的运动有时会导致健康问题。

衍 excess *n.* 过多，过量 *adj.* 过多的

excessively *adv.* 过多地，过度地

worthwhile [ˌwɜ:θ'waɪl] ★★☆☆☆

记 *worth(值得)-while(时间)→*表示 *worth the while→*值得花时间→有价值的，值得花时间的

释 *adj.* **有价值的，值得花时间或精力的**

<替> *valuable, worth it, beneficial, helpful*

搭 worthwhile effort 值得付出的努力

pursue worthwhile goals 追求有价值的目标

worthwhile investment 有价值的投资

写 The most worthwhile indicator of success at school for a child is not background or test scores but character.

孩子在学校最值得看重的成功标志不是背景或考试成绩，而是性格品质。

衍 worthless *adj.* 无价值的

worthy *adj.* 值得……的，值得尊敬的

innate [ɪ'neɪt] ★☆☆☆☆

记 *in-(里)-nat-(-nasc-=born 新出生)-e→*出生就带在里面→内在的，天生的

释 *adj.* **天生的，固有的** <替> *inborn, inherent*

搭 innate sense of justice 天生的正义感

develop his innate abilities 开发他内在的能力

have an <u>innate</u> talent for music
有<u>天生的</u>音乐才能

例 He believes that humans are <u>innately</u> violent.
他相信人性<u>本</u>恶。

阅 Man's knowledge is not <u>innate</u> but comes from social practice.
人的知识不是<u>先天就有的</u>,而是来自社会实践。

衍 naïve *adj.* 天真的(nai-=nat-)
nascent *adj.* 新生的,新兴的
renaissance *n.* 文艺复兴(naiss-=nat-)

encounter [ɪnˈkaʊntə(r)] ★★★☆☆

记 en-(in)-counter(against)→against, counter to→遭遇,偶遇(好的就是偶遇,坏的就是遭遇)

释 *vt.* 遇到,偶遇 <替> meet, confront, run across
n. 相遇,遭遇,冲突 <替> meeting, conflict

搭 <u>encounter</u> difficulty
<u>遭遇</u>困难

外星人"遭遇"圣诞老人

<u>encounter</u> an old friend
<u>偶遇</u>一位老友

face-to-face <u>encounter</u>
面对面<u>相遇</u>

violent <u>encounter</u> 激烈的<u>冲突</u>

句 Don't be afraid to <u>encounter</u> risks.
不要害怕<u>遭遇</u>风险。

衍 <u>counter</u>act *vt.* 抵消,中和 [C13T2R3]

concrete [ˈkɒnkriːt] ★★★☆☆

记 con-(together)-cret-(grow)-e→长在一起→混凝土(凝固一起)→凝固成有形态的→具体的,明确的

释 *n.* 混凝土 <替> hard, strong building material
adj. 明确的,具体的 <替> actual, definite, firm
adj. 有形的,实物的 <替> solid, real, tangible

搭 <u>concrete</u> barrier
<u>混凝土</u>壁垒

concrete goal 具体的

<u>concrete</u> proposal
<u>具体的</u>提议

<u>concrete</u> object
<u>实物的</u>物体

例 Do you have any <u>concrete</u> evidence to support these allegations?

你有<u>确凿的</u>证据证明这些指控吗?

写 It is sometimes easier to illustrate an abstract concept by analogy with something <u>concrete</u>.
有时通过一些<u>具体的</u>类比解释抽象的概念会更容易。

衍 <u>cre</u>ature *n.* 生物
<u>cre</u>ative *adj.* 有创造力的
<u>cre</u>ativity *n.*创造性,创造力 [C10T4R3]/[C16T1R1]
re<u>cre</u>ation *n.* 娱乐
re<u>cre</u>ational *adj.* 娱乐的
re<u>cru</u>it *vt.* 招募 *n.* 新兵

albeit [ˌɔːlˈbiːɪt] ★★☆☆☆

记 al(though)-be(that)-it→all be it→尽管,虽然

释 *conj.* 尽管,虽然 <替> although, even though

搭 <u>albeit</u> rather slowly 尽管非常慢
<u>albeit</u> difficult 尽管困难
<u>albeit</u> at a high cost 虽然代价高昂

写 The first chart shows low-level of coffee sales in all five countries, <u>albeit</u> to widely varying degrees. [C10T2W1]
第一张图表明的是五个国家低数值的咖啡销售额,<u>尽管</u>程度各异。

阅 Is this some kind of intelligence, <u>albeit</u> of a different kind? [C7T3R1]
这难道是某种智慧,<u>尽管</u>是不同类的(智慧)?

intricate [ˈɪntrɪkət] ★☆☆☆☆

记 in-(里面)-tric-(trick 把戏)-ate(后缀)→陷在错综复杂的把戏里面→错综复杂的

释 *adj.* 错综复杂的 <替> complex, complicated
adj. 难理解的 <替> difficult to understand

搭 <u>intricate</u> system
<u>复杂的</u>系统

<u>intricate</u> social network
<u>复杂的</u>社交网络

intricate

<u>intricate</u> decorative sculpture
<u>复杂的</u>装饰性雕塑 [C10T1R1]

阅 The bugs sustain not only the plant, but an <u>intricate</u> food web of bacteria, plankton and invertebrates.
这些虫子不仅供养着植物,而且供养着由细菌、浮游生物和无脊椎动物组成的一个<u>复杂的</u>食物网。

衍 intricately *adv.* 错综复杂地 [COGT1R1]

intricacy *n.* 复杂性,错综复杂

assemble [əˈsembl] ★★☆☆☆

记 as-(to)-sem-(like)-ble→to make alike→使相似→相似(东西)做好放一起→收集,集合,装配(放一起)

释 *vt.* **装配,组装** <替> *build, construct, fabricate*

v. **(使)集合,(使)聚集** <替> *gather, collect, rally*

搭 assemble evidence
收集证据

assemble a machine
装配机器

assemble in the auditorium
在礼堂里集合

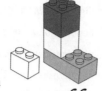

assemble

阅 The processing and assembling business is a component part of our foreign trade.
加工和装配贸易是我国对外贸易的一个组成部分。

衍 assembly *n.* 集会,装配

assemblage *n.* 集合,聚集 [C12T8R2]

reassemble *vi.* 重新召集 *vt.* 重新装配

associate [əˈsəʊʃɪeɪt] ★★★☆☆

记 as-(to)-soc-(unite with 联合)-i-ate(后缀)→把……联系起来,与……有关系,交往,副的,伙伴

释 *adj.* **副的,联合的** <替> *of a lower rank, joined*

n. **同事,伙伴** <替> *colleague, partner, friend*

vt. **把……联系在一起,与……有交往**

<替> *link, connect, relate, affiliate, socialise*

搭 associate professor
副教授 [C15T4R2]

business associate
生意伙伴

employ an associate
雇一个帮手

associate

associate poverty with misery
把贫穷和苦难联系在一起

occupation associated with farming
与农耕相关的职业

□ We are associated with all sorts of people.
我们与各种各样的人打交道。

衍 associated *adj.* 关联的

socialise *vt.* 交往,来往

asocial *adj.* 不合群的

association *n.* 协会,联想 [C13T2R2]

sociable *adj.* 好交际的,社交的

dissociation *n.* 分离,分解

boost [buːst] ★★★☆☆

记 美式英语的产物→按拟声词的 boo-(砰)st(嘶~哒!)→火箭升天→推动,增强,提高

释 *vt.* **提高;增强;推动,促进**

<替> *increase, raise; improve; push up, promote*

n. **提高;促进** <替> *uplift, help; increase, rise*

搭 boost the economy
推动经济

boost one's confidence
增强某人的信心

boost crop yield
提高农作物产量 [C8T4R2]

boost

阅 Some scientists claim that vitamins will boost a child's IQ score.
一些科学家宣称维生素可以提高孩子的智商。

衍 booster *n.* 起推动作用的事物

List of the Key Extended Words and Review(核心扩展词列表及复习)

- [ ] absorption *n.* 吸收,专注
- [ ] abusive *adj.* 虐待的
- [ ] acceleration *n.* 加速
- [ ] affinity *n.* 亲近,近似
- [ ] alleviation *n.* 缓和
- [ ] animated *adj.* 活泼的
- [ ] apparatus *n.* 设备,组织
- [ ] appeal *vi.* 呼吁,有吸引力
- [ ] appetite *n.* 胃口,强烈欲望
- [ ] approachable *adj.* 可接近的
- [ ] approaching *adj.* 即将到来的
- [ ] asocial *adj.* 不合群的
- [ ] assemblage *n.* 集合,聚集
- [ ] assembly *n.* 集会,装配
- [ ] associated *adj.* 关联的
- [ ] association *n.* 协会,联想
- [ ] assumption *n.* 假定,承担
- [ ] astonishing *adj.* 令人震惊的
- [ ] beneficiary *n.* 受益人
- [ ] benefit *n.* 益处
- [ ] bonus *n.* 奖金,红利
- [ ] booster *n.* 起推动作用的事物
- [ ] brain-drain *n.* 人才外流
- [ ] ceaseless *adj.* 不停的
- [ ] collaborative *adj.* 合作的
- [ ] commit *vt.* 做,犯
- [ ] confinement *n.* 限制,监禁
- [ ] confrontation *n.* 对抗,冲突
- [ ] congestion *n.* 堵塞
- [ ] constitution *n.* 构成,宪法
- [ ] constitutional *adj.* 宪法的
- [ ] contaminant *n.* 污染物
- [ ] contiguous *adj.* 接壤的,相邻的
- [ ] counsel *vt.* 建议
- [ ] counteract *vt.* 抵消,中和
- [ ] creative *adj.* 有创造力的

- [ ] creativity *n.* 创造性(力)
- [ ] deliberation *n.* 沉思
- [ ] detoxify *vt.* 解毒
- [ ] devoted *adj.* 投入的
- [ ] devotion *n.* 献身
- [ ] digest *vt.* 消化,领会
- [ ] digestive *adj.* 消化的
- [ ] dissociation *n.* 分离,分解
- [ ] distinguishable *adj.* 可辨认的
- [ ] distinguished *adj.* 尊贵的
- [ ] distinguishing *adj.* 显著的
- [ ] donation *n.* 捐赠
- [ ] donor *n.* 捐赠者(机构)
- [ ] drainage *n.* 排水(系统)
- [ ] elapse *vi.* 逝去,过去
- [ ] elastically *adv.* 有弹性地
- [ ] elasticity *n.* 弹性,伸缩性
- [ ] eligibility *n.* 参赛资格,合格性
- [ ] embargo *n./v.* 禁运
- [ ] endow *vt.* 资助,赋予
- [ ] entertainment *n.* 娱乐
- [ ] estimated *adj.* 估计的
- [ ] estimation *n.* 估计
- [ ] exaggeration *n.* 夸大
- [ ] excess *n.* 过量 *adj.* 过多的
- [ ] excessively *adv.* 过多地
- [ ] fraud *n.* 骗子,诈骗
- [ ] frontier *n.* 边界,前沿
- [ ] frustration *n.* 懊恼,沮丧
- [ ] gesture *n.* 姿势
- [ ] immerse *vt.* 专注于,沉浸于
- [ ] impenetrable *adj.* 无法穿过的
- [ ] imperative *adj.n.* 紧急的 *n.* 紧急的事
- [ ] impetuous *adj.* 冲动的,急躁的
- [ ] inanimate *adj.* 无生命的
- [ ] incessant *adj.* 不停的

☐ ineligible *adj.* 无资格的

☐ insignificant *adj.* 不重要的

☐ intricacy *n.* 错综复杂，复杂性

☐ intangible *adj.* 无形的

☐ intoxicated *adj.* 陶醉的

☐ juxtapose *vt.* 并列放置

☐ latent *adj.* 潜在的

☐ lethargic *adj.* 无精打采的

☐ maritime *adj.* 海上的，航海的

☐ mediator *n.* 调解人，介质

☐ misuse *vt.* 误用

☐ naïve *adj.* 天真的

☐ nascent *adj.* 新生的，新兴的

☐ opposition *n.* 反对

☐ outlive *vt.* 比……活得更久

☐ outsmart *vt.* 比……精明

☐ outstrip *vt.* 超过

☐ outweigh *vt.* 重于，超过

☐ overestimate *vt.* 高估

☐ parachute *n.* 降落伞

☐ parade *n.* 游行，阅兵式

☐ penetration *n.* 穿过

☐ permanence *n.* 持久性

☐ perpetual *adj.* 持续的

☐ pinnacle *n.* 顶点，顶峰

☐ pliable *adj.* 柔韧的，顺从的

☐ pointless *adj.* 无意义的

☐ propagation *n.* 传播，繁殖

☐ proponent *n.* 赞成者

☐ rarely *adv.* 极少地

☐ reassemble *vi.* 重新召集 *vt.* 重新装配

☐ reconcile *vt.* 协调

☐ recreation *n.* 娱乐

☐ recreational *adj.* 娱乐的

☐ recruit *vt.* 招募 *n.* 新兵

☐ renaissance *n.* 文艺复兴

☐ rendering *n.* 表演，翻译

☐ repeal *vt.* 废止

☐ revitalise *vt.* 使恢复活力

☐ sceptic *n.* 怀疑论者

☐ scepticism *n.* 怀疑主义

☐ signal *n.* 信号 *v.* 发信号

☐ significance *n.* 重要性

☐ signify *vt.* 表明，意味着

☐ smoothly *adv.* 光滑地

☐ smoothness *n.* 顺利

☐ sociable *adj.* 好交际的，社交的

☐ socialise *vt.* 交往，来往

☐ sterilise *vt.* 消毒，绝育

☐ sterilisation *n.* 灭菌，杀菌

☐ submarine *n.* 潜水艇

☐ submerge *vt.* 淹没

☐ substantially *adv.* 非常

☐ supplementary *adj.* 补充的

☐ surrender *n.* 投降

☐ tangent *n.* 切线，离题

☐ unanimously *adv.* 一致地

☐ underestimate *vt.* 低估

☐ undistracted *adj.* 未分心的

☐ unfinished *adj.* 未完成的

☐ unsubstantiated *adj.* 未经证实的

☐ urge *vt.* 敦促，要求

☐ urgency *n.* 紧迫

☐ verification *n.* 证实

☐ vitality *n.* 活力

☐ vitamin *n.* 维生素

☐ vow *vt.* 立誓 *n.* 誓言

☐ voyage *n.* 航行

☐ worthless *adj.* 无价值的

☐ worthy *adj.* 值得……的

单词学习之前缀篇

与汉字由偏旁部首构成一样,英语单词也有其独特的构词方法:词根(root)和词缀(prefix or suffix)。了解词根、词缀,通过构词法来学习单词是快速扩充词汇量的有效手段。对于native speakers(英语为母语的人)来说,记忆一些常见的前缀、后缀和词根,就像我们学习汉字偏旁部首一样,是语言学习的必备知识。

本篇我们就先来聊一下前缀。前缀通常情况下对词义是有影响的。一般来说,前缀有方向性,即对词根的语义有加强的作用,比如"as-",表示"to(朝向)",即对词根有加强语义的作用。以单词assemble和associate为例,如果认识了词根"sem-(like)"和"soci-(unit)",则很容易联想出语义:

把相似的(东西)放到一起→组装→assemble;

把东西、人、事件关联到一起→联合体,交往,有关系→associate。

再比如"pro-"也是极其常见的有方向的前缀,表示"前,早",本单元也有很多单词和这个常见前缀有关,例如:

approach (向前靠→接近,靠向解决方案→方法);

profound (向前延伸到底→深远的)。

我们再看一些表示其他方向性的前缀:

"con- = together"和"col- = together"→表示"四面八方向一处汇集",例如:

confine、convey、constitute 和 collapse、collaborate 等词,结合词根和前缀的"加强"语义,这些单词的语义我们就会记牢。

另外,一些前缀也对词根语义有"削弱"的作用,即"反义",例如:

"ab- = off"或"dis-=away"→表示"向反方向"→"反作用"。

所以,我们就很容易关联本单元的一些单词,例如:

distract、disparate、abuse、abolish 等,记住了词根和前缀的"反义"作用,我们就很容易记住这些单词的含义。

想要真正快速提高单词量的同学,花点时间看每个条目里 记 这一模块,里面的解析能够更好地辅助大家通过词根和词缀组合的逻辑来记住单词的含义和其衍生的含义。切记:不要简单地把英文和中文直接对应去记,这样的"死记硬背"是极其低效的(low-efficient)。而且,单纯的中英对照记忆对于扩展词汇的理解也无任何帮助。在所有的留学类考试需要大词汇量支撑的背景下,希望各位同学不仅要 work hard(拼命学),而更要 work smartly(聪明地学)。

Wish you guys a pleasant journey on the following sublists!

祝大家在后续的单词章节里学习快乐!

Sublist 2

扫码听音频

本单元核心词学前自测和学后检测 (2 次标记生词)

☐☐ absurd	☐☐ contingent	☐☐ genuine	☐☐ panel
☐☐ acquire	☐☐ contract	☐☐ hostile	☐☐ participate
☐☐ activate	☐☐ convince	☐☐ impart	☐☐ plausible
☐☐ aggressive	☐☐ defect	☐☐ incur	☐☐ procedure
☐☐ analysis	☐☐ derelict	☐☐ indicate	☐☐ reflect
☐☐ appropriate	☐☐ derive	☐☐ infancy	☐☐ regime
☐☐ articulate	☐☐ dilute	☐☐ inherent	☐☐ relief
☐☐ assess	☐☐ diminish	☐☐ insight	☐☐ rigid
☐☐ assist	☐☐ discrepancy	☐☐ intend	☐☐ rival
☐☐ avert	☐☐ distribute	☐☐ interpret	☐☐ sanction
☐☐ beneath	☐☐ division	☐☐ likelihood	☐☐ scrupulous
☐☐ candidate	☐☐ elicit	☐☐ jeopardise	☐☐ selective
☐☐ category	☐☐ episode	☐☐ juvenile	☐☐ shelter
☐☐ cluster	☐☐ evident	☐☐ legitimate	☐☐ solitary
☐☐ coincide	☐☐ familiar	☐☐ manual	☐☐ spectrum
☐☐ compatible	☐☐ fascinate	☐☐ mature	☐☐ speculate
☐☐ concept	☐☐ feasible	☐☐ multiple	☐☐ sufficient
☐☐ consist	☐☐ forage	☐☐ navigate	☐☐ whereby
☐☐ conspicuous	☐☐ formulate	☐☐ obstruct	☐☐ wholesome
☐☐ context	☐☐ function	☐☐ overlap	☐☐ wither

本单元部分核心词根词汇预习

核心词根	含义+延伸	单元核心例词
-act-	-ag-/-ig-(do 做)→起作用	**act**ivate 激活, na**vig**ate 导航
-ced-	-ced-(go 走)→走(个程序)	pro**ced**ure 流程
-cept-	→抓到(一起)的看法	con**cept** 观念
	-cip-(grasp 抓)→抓(过来参与)	parti**cip**ate 参与
-cur-	run(跑)→跑(进来)	in**cur** 带来→in**s**ight 深入了解
-dic-	show(展示)→展现	in**dic**ate 表明
-fan-	speak(说)→说(不出话的阶段)	in**fan**cy 初期
-fic-	-feas-(do 做)→能做	**feas**ible 可行的
	-fic-(do 做)→做(很多)	suf**fic**ient 充足的
-flect-	bend(弯曲,折)→弯(回去)	re**flect** 反射
-gress-	walk(走)→(朝……)走	ag**gress**ive 挑衅的
-lig-	-leg-(choose 选)→选出(的法条)	**leg**itimate 合法的
	-lect-(choose 选)→选	se**lect**ive 可选择的
-man-	hand(手)→用手	**man**ual 手册
-part-	部分→(每个人做)部分	**part**icipate 参与
	部分→(心里知道的)部分(给出)	im**part** 分享
	-pard-(part 方面)→双方势均力敌	jeo**pard**ize 使危险(结果不知才危险)
-ple-	-pli-(fold 折)→折(很多面)	multi**ple** 多用途的
-riv-	river(河)→文明起源,争夺水	de**riv**e 源自, **riv**al 竞争对手
-spec-	look→-spect-(look 看)→看	**spec**trum 光谱, **spec**ulate 推测
	look→-spic-→都看出来	con**spic**uous 明显的
-st-	stand(站,立)→-stit-(站旁边)	as**s**ist 帮助, con**s**ist 组成
-ten-	-tend-(stretch 伸)→延伸(目的)	in**ten**d 意图
-ting-	-tact-(touch 触摸)→接触着	con**ting**ent 应急的
-tract-	pull(拉,拽)→拉(到一起)	con**tract** 合同,收缩
-vid-	see(看)→看出来	e**vid**ent 明显的
	-vis-(see 看)→(分开了)看见	di**vis**ion 分开

aggressive [əˈgresɪv] ★★★☆☆

记 ag-(to)-gress(walk)-ive→走过去→侵犯性

释 adj. 好斗的,挑衅的 <替> hostile, combative

adj. 积极的,有雄心的 <替> dynamic, ambitious

搭 aggressive behavior
挑衅的行为

aggressive nature
好斗的本性

aggressive plan
积极的计划

aggressive advertising campaign
声势浩大的广告宣传活动

写 The government is very aggressive in pursuing the policy of birth control.
政府积极推行计划生育政策。

衍 aggression n. 侵略,攻击性 [C4T2R3]

regress vi. 倒退,退步(re-=back)

digress vi. 离题,跑题(di-分开)

derelict [ˈderəlɪkt] ★☆☆☆☆

记 de-(完全)-re-(back)-lict(leave)→leave back completely→完全留下→放弃的→荒废的

释 adj. 荒废的,破旧的 <替> run-down, abandoned

n. 无家可归者 <替> homeless person, vagrant

搭 derelict building
荒废的建筑物

derelict warehouse
废弃的仓库

derelicts on the streets
街头的乞丐

例 In the middle of the town is a derelict building that used to be the school.
在城中有一座遗弃的建筑曾经是学校。

衍 relict n. 残存物((re-=back)

relic n. 遗物,遗迹

inherent [ɪnˈherənt] ★★☆☆☆

记 in-(in)-her-(-hes-=stick 粘)-ent(的)→粘在里面的→固有的,内在的,天生的

释 adj. 固有的,内在的,天生的

<替> built-in, inborn, deep-rooted, intrinsic

---

inherent laziness 天生的懒惰

inherent property
固有的特性

inherent weakness
自身存在的缺点

阅 Everyone has his inherent ability which is easily concealed by habits, blurred by time, and eroded by laziness.
每个人都有内在的能力,只是很容易被习惯所掩盖,被时间所迷惑,被惰性所消磨。

衍 coherent adj. 一致的,连贯的

cohesion n. 团结,凝聚力

relief [rɪˈliːf] ★★★★☆

记 re-(加强语气)-lief(-liev-=lift up 轻)→更轻→欣慰(心里轻松)→减轻,缓解→救济金(生活轻松)

释 n. 减轻,消除,缓和,解脱,宽慰,宽心
<替> alleviation, mitigation, comfort, solace

n. 救济(品/金) <替> help, aid, assistance

n. 浮雕,浮雕法,浮雕作品

搭 a sense of relief
如释重负的感觉

relief from the pain
缓解疼痛

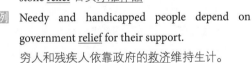

seek relief from the noise
寻找消除噪声的地方

relief agency 救援机构

stone relief 石头浮雕作品

例 Needy and handicapped people depend on government relief for their support.
穷人和残疾人依靠政府的救济维持生计。

衍 relieve vt. 缓和,减轻

consist [kənˈsɪst] ★★★☆☆

记 con-(together)-sist(stand)→组合在一起

释 vi. 组成,在于 (in/of) <替> be made up of, lie in

vi. 与……一致(with) <替> be compatible, accord

搭 consist in its simplicity 在于其简洁

consist of ten members 由十人组成

consist largely of vegetables
主要由蔬菜构成

写 Theory should consist with practice.

理论应与<u>实践</u><u>一致</u>。

阅 The first approach would <u>consist of</u> focusing on road transport solely through pricing. [C10T1R2]
第一种方法<u>包括</u>只通过公路运输的定价来实现。

衍 con<u>sist</u>ent *adj.* 持续的,统一的 [COGT1R3]
con<u>sist</u>ence *n.* 连贯性
in<u>consist</u>ent *adj.* 不一致的 [C6T3R2]

ev<u>id</u>ent [ˈevɪdənt] ★★☆☆☆

记 e-(out)-vid-(see)-ent(的)→看出来的→明显的

释 *adj.* **明显的,清楚的,显而易见的**
<替> *obvious, apparent, noticeable, visible*

搭 <u>self-evident</u> hypothesis
<u>不证自明的</u>假设
become <u>evident</u>
变得<u>明朗的</u>
with <u>evident</u> pride
带着<u>明显的</u>骄傲

写 <u>It is evident that</u> smoking is harmful to health.
很<u>明显</u>,抽烟对健康有害。

衍 <u>evid</u>ence *n.* 证据,迹象
<u>evid</u>ently *adv.* 明显地

scrup<u>ul</u>ous [ˈskruːpjələs] ★☆☆☆☆

记 scrupul-(scruple,与 scribble 在词源上是远亲,表示用有棱角的小石头刻→用小石子仔细刮)-ous(的)→一丝不苟→有良心的(刮在心里)

释 *adj.* **正直的,有良心的** <替> *honest, upright*
adj. **细致的,一丝不苟的** <替> *careful, meticulous*

搭 <u>scrupulous</u> person
<u>正直</u>的人
<u>scrupulous</u> about the dress
衣着<u>细致的</u>
work with <u>scrupulous</u> care
<u>一丝不苟</u>地工作

格 Public money ought to be touched with the most <u>scrupulous</u> consciousness of honor.
公共资金应以最<u>正直的</u>荣誉感去支配。

例 A lawyer must act with <u>scrupulous</u> honesty.
一个律师必须审慎正直。

衍 un<u>scrupul</u>ous *adj.* 不道德的,不诚实的

in<u>cur</u> [ɪnˈkɜː(r)] ★★☆☆☆

记 in-cur(curs-=run→跑进来→进来)→带来,招致

释 *vt.* **带来,招致** <替> *attract, invite, provoke*

搭 <u>incur</u> a loss 遭受损失
<u>incur</u> an additional risk
带来额外的风险
<u>incur</u> great expense
带来巨额的费用

阅 The company has <u>incurred</u> huge losses over the past three years.
公司在过去的3年中<u>蒙受</u>了巨大损失。

衍 in<u>curs</u>ion *n.* 袭击,侵犯
dis<u>curs</u>ive *adj.* 离题的
ex<u>curs</u>ion *n.* 远足

act<u>ivate</u> [ˈæktɪveɪt] ★☆☆☆☆

记 act-(do→起作用)-iv(e)-ate(使)→使起作用→激活,触发,启动

释 *vt.* **激活,启动** <替> *start, energise, initiate*

搭 <u>activate</u> the alarm system
<u>启动</u>警报系统
a <u>voice-activated</u> door
<u>声控</u>的门
<u>activated</u> material <u>活性的</u>物质

写 A rise in inflation <u>activates</u> increases in pensions.
通货膨胀率的上升会<u>引发</u>养老金的增加。

衍 re<u>activ</u>ate *vt.* 重新激活 [C10T4R3]
<u>activ</u>ated *adj.* 激活的,活性的
in<u>activ</u>e *adj.* 不活跃的 [C16T3R3]
<u>activ</u>ation *n.* 激活 [C15T4R2]
re<u>act</u> *vi.* 反应,回应 [C9T2R2]/[C16T3R3]
re<u>act</u>ion *n.* 反应,回应
<u>activ</u>ist *n.* 积极分子 [C14T2R2]

in<u>fan</u>cy [ˈɪnfənsi] ★☆☆☆☆

记 in-(not)-fan-(-fa-/-fam-/-phon-=speak)-cy (名词后缀)→不会说话的阶段→婴儿期→初期

释 *n.* **婴儿期,幼儿期**
<替> *babyhood, childhood*
n. **初期,初创期**
<替> *beginning, early stage*

搭 in one's infancy 处于……的初期阶段

die in infancy 幼年夭折

from infancy to late childhood

从婴儿期到童年快结束时

写 Tourism on the island is still very much in its infancy.

该岛的旅游业很大程度上仍处于初级阶段。

听 The vaccination is given in early infancy.

要在婴儿早期接种疫苗。

衍 infant *n.* 婴儿(can not speak)

infantile *adj.* 婴幼儿(期)的

fable *n.* 寓言(古人说的)

phonetic *adj.* 语音的

symphony *n.* 交响乐(一起发声)

infamous *adj.* 臭名昭著的(fame 不好)

over**lap** [ˌəʊvəˈlæp] ★★☆☆☆

记 over-lap(lap over→互相遮盖)→部分重叠，重叠，交叠，重复，共通之处

释 *v.* 部分重叠，叠加 <替> lap over, cover beyond

n. 重叠部分，部分相似，共通之处

搭 overlap each other 互相叠加

overlap region 重叠区域

a large degree of overlap

很大程度上的重叠

例 His duties and mine overlap.

他的任务和我的任务有重叠。

写 There is a considerable overlap between the two subjects.

这两门科目之间有相当多的共通之处。

di**vis**ion [dɪˈvɪʒn] ★★★★☆

记 di-(apart 分开)-vis-(vid-=separate 分)-ion→分开→分隔，分派→被分→除法

释 *n.* 分开，划分，分配，分隔，分界，除法

<替> dividing, section, boundary

n. 部门，室，科，组 <替> department, branch

n. 分歧，差异 <替> discord, disagreement

搭 cell division 细胞分裂

unfair division

不公平的划分

the division of wealth

cell division

财富的分配

fundamental division 根本的分歧

the firm's sales division 该公司的销售部门

写 Unequal distribution of wealth may cause division in society.

财富分配不均可能会引起社会分裂。

衍 divide *vt.* 分开，除

undivided *adj.* 专注的，统一的

host**ile** [ˈhɒstaɪl] ★★☆☆☆

记 host-(stranger)-ile→对陌生人的状态→敌对的

释 *adj.* 敌对的，恶意的 <替> unfriendly, unkind

adj. 艰苦的，恶劣的 <替> unfavourable, adverse

adj. 否定，反对 <替> opposed, averse

搭 hostile climate 恶劣的气候

remain hostile 仍怀有敌意

be mutually hostile to...

共同反对……

hostile environment

艰苦的环境

hostile

阅 In Arctic or Antarctic regions, the climate is hostile to most wildlife.

在北极或南极地区，气候对大多数野生动物而言是恶劣的。

衍 hostility *n.* 敌意，对抗

host *n.* 东道主，主办方

hostage *n.* 人质

fascin**ate** [ˈfæsɪneɪt] ★☆☆☆☆

记 fascin-(绑→绑住魂→迷住)-ate→使着迷，迷住

释 *vt.* 使入迷，迷住 <替> attract, captivate, enchant

搭 fascinating glimpse

迷人的一瞥 [C16T2R1]

be fascinated by the idea

被这个想法深深吸引

become fascinated by dinosaurs

对恐龙着迷

fascinate
入迷

口 I'd be fascinated to know what you really think about the latest movie.

我非常想知道你对最新的电影的想法。

阅 Collecting can be totally fascinating, and can give a strong sense of personal fulfilment. [C12T5R2]

收藏是非常<u>让人着迷</u>(的事),而且能带来强烈的个人成就感。

衍 fascinated *adj.* 入迷的,感兴趣的

fascination *n.* 着迷,酷爱 [C13T3R2]

episode [ˈepɪsəʊd] ★★☆☆☆

记 *epi-*(在旁边)-*sod-*(*course* 路线,进程)-*e*→从旁边插进故事线→增加的故事→插曲,事件→故事的章节→(疾病从外进入)发作期

释 *n.* 片段,插曲,(人生一段)经历
<替> *part, incident, event, happening, chapter*
n. 一集,一节 <替> *section, chapter, scene, act*
n. 患病期,发作期 <替> *period, attack, phase*

搭 unpleasant episode 不愉快的<u>经历</u>
in the final episode 最后一<u>集</u>
during a brief episode 在一段短暂的<u>时期</u>
episode of pneumonia 肺炎患病的<u>阶段</u>

例 The rest episodes of this TV play will be broadcast next week.
这部电视剧的最后几<u>集</u>将于下周播出。

衍 episodic *adj.* 不定期的,偶尔的 [C13T2L4]

indicate [ˈɪndɪkeɪt] ★★★★☆

记 *in-*(*to*)-*dic-*(*-dict-*=*show*)-*ate*→*show out*→展示

释 *vt.* 表明,显示 <替> *show, imply, suggest*

搭 <u>indicate</u> one's intention
表明某人的意图
<u>indicate</u> an operation
表明(需要)手术
<u>indicate</u> clearly 清楚地<u>显示</u>

indicate
表明

阅 Statistics <u>indicate</u> that depressed patients are more likely to become ill than normal people.
统计数据<u>显示</u>抑郁症患者比正常人更容易生病。

衍 indicative *adj.* 指示的,象征的 [C9T2R1]
indication *n.* 指示,象征 [C7T3R2]/[C13T2R1]
indicator *n.* 指标,指示物 [C14T1R1]

beneath [bɪˈniːθ] ★★★☆☆

记 *be-*(*by* 在旁)-*neath*(*under* 下)→紧贴在下面

释 *prep.* 在……下面 <替> *below, underneath*
prep. 在……背后/掩饰下 <替> *hidden behind*

搭 <u>beneath</u> the surface 在表面<u>之下</u>

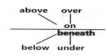

buried <u>beneath</u> the snow
被埋在雪的<u>下面</u> [C16T3R2]

写 Many find themselves having to take jobs far <u>beneath</u> them.
很多人觉得自己在工作上被迫<u>大材小用</u>。

口 She seemed quite calm on the surface, but a great deal of anger lay <u>beneath</u>.
她表面上看起来相当平静,但<u>内心</u>却充满怒火。

衍 underneath *prep.* 在……底下,下面

likelihood [ˈlaɪklihʊd] ★★☆☆☆

记 *likeli-*(*likely* 可能的)-*hood*(名词后缀)→可能性

释 *n.* 可能,可能性 <替> *possibility, probability*

搭 minimise the <u>likelihood</u> 把可能性降到最低
affect the <u>likelihood</u> 影响<u>可能性</u>
<u>in all likelihood</u> 很可能

格 The <u>likelihood</u> is that unemployment figures will continue to fall.
失业人数<u>有可能</u>会继续下降。

衍 likeness *n.* 相像,相似,画像
likeliness *n.* 可能性 [C16T3R3]

jeopardise [ˈdʒepədaɪz] ★☆☆☆☆

记 *jeo-*(*game* 游戏或比赛)-*pard-*(*part-* 方面)-*ise*(动词后缀)→势均力敌、胜败难料(难分)的比赛→充满不确定性→危险

释 *vt.* 使危险,危及 <替> *threaten, endanger*

搭 <u>jeopardise</u> his career
危及他的事业
<u>jeopardise</u> human health
危及人类健康 [C7T1R2]
<u>jeopardise</u> a company
危及一家公司 [C13T2R3]

jeopardise
危险

阅 Prejudice and rumors may <u>jeopardise</u> the global collaboration in the fight against coronavirus.
偏见和谣言会<u>危及</u>抗击冠状病毒的全球合作。

口 I wouldn't do anything to <u>jeopardise</u> my friendship with you.
我不会做出任何会<u>危及</u>你我友谊的事。

衍 jeopardy *n.* 危险(in ~)

function [ˈfʌŋkʃn] ★★★★☆

记 *funct-(use* 起作用)*-ion*→发挥作用→功能,运转

释 *vi.* **起作用,运转** <替> *work, operate, run*

n. **功能,作用** <替> *job, task, purpose, role*

搭 fulfill a <u>function</u>

实现一项功能

primary <u>function</u>

主要的作用

<u>function</u> properly

正常地运转

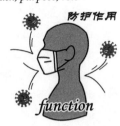

防护作用

function

写 In summary, road transportation has been playing the most vital role, whereas pipeline <u>functions</u> as a minimum way of transportation. [C8T4W1]

概括来说,公路运输一直发挥着最重要的作用,而管道在运输中的<u>作用</u>是最小的。

衍 <u>funct</u>ional *adj.* 功能的,机能的 [C9T1R1]/[C15T2R1]

mal<u>function</u> *n.* 故障,机能不良(mal- = bad)

avert [əˈvɜːt] ★★☆☆☆

记 *a-(off, away from* 远离)*-vert(-vers-=turn* 转向)→转头远离,离开→转移,避免

释 *vt.* **防止,避免** <替> *avoid, stop, prevent*

vt. **转移(目光,想法)** <替> *turn aside, turn away*

搭 <u>avert</u> a crisis

防止危机

<u>avert</u> his eyes

避开他的目光

avert

<u>avert</u> an across-the-board price cut

避免全面的价格削减 [C13T2R3]

例 We tried to <u>avert</u> our thoughts from our massive financial problems.

我们尽量<u>不去</u>想我们面临的严重财政问题。

衍 in<u>vert</u> *vt.* 使反向,使颠倒

re<u>vert</u> *vi.* 恢复,回到,归还 [C16T3R3]/[C17T1R2]

trans<u>verse</u> *adj.* 横向的,横切的

<u>vers</u>atile *adj.* 多用途的,多才多艺的

re<u>verb</u>erate *vi.* 回响,引起轰动

obstruct [əbˈstrʌkt] ★☆☆☆☆

记 *ob-(in the way of)-struct-(stru-=build* 建造)→拦在建造过程中→阻塞,阻止,阻挠

释 *vt.* **阻塞,阻挡,阻止,妨碍,遮挡**

<替> *block, hold up, impede, hinder, block*

搭 <u>obstruct</u> progress

妨碍进展

<u>obstruct</u> the view

遮挡视线

<u>obstruct</u> traffic

阻断交通

obstruct

例 The authorities are <u>obstructing</u> the United Nations' investigation.

当局正在<u>阻挠联合国的调查</u>。

衍 ob<u>struct</u>ion *n.* 路障,障碍物 [C11T2R1]

ob<u>struct</u>ive *adj.* 故意阻挠的

shelter [ˈʃeltə(r)] ★★★☆☆

释 *n.* **避难所,遮蔽物** <替> *protection, shield*

vt. **庇护,遮挡** <替> *protect, defend, cover*

搭 <u>provide shelter from</u> the rain

提供避雨的地方

<u>shelter</u> visitors <u>from</u> heat

为游客遮挡酷热 [C10T1R1]

bus <u>shelter</u> 公交候车亭 [C5T4R2]

shelter

阅 The government was <u>sheltering</u> the homeless.

政府正在<u>收容无家可归者</u>。

rigid [ˈrɪdʒɪd] ★★☆☆☆

记 *rig-(stretch* 拉伸→*tight* 紧→*hard* 硬)*-id*(后缀)→僵硬的→刻板的→严格的

释 *adj.* **刻板的,僵硬的,严格的,固执的**

<替> *stiff, hard, tight, strict, determined*

搭 have <u>rigid</u> rules

有严格的规定

man of <u>rigid</u> principles

恪守原则的人

<u>rigid</u> with fear 吓得<u>僵</u>住了

rigid

回 Don't make <u>rigid</u> restrictions. Allow a certain latitude.

不要限制得<u>太死</u>,要有点灵活性。

衍 <u>rig</u>idity *n.* 僵化,刚性

contract *n.* ['kɒntrækt] *v.* [kən'trækt] ★★★★☆

记 con-(一起)-tract(拉)→拉到一起→签合同,收缩

释 *n.* 合同 <替> agreement, pact, bargain

　　vi. 收缩,缩小,缩短 <替> shorten, shrink, reduce

　　vt. 感染,患(病) <替> become ill, catch

搭 draw up/draft a contract
起草一份合同

sign a contract 签订合同

contract one's brows
皱眉头(收缩眉毛)

contract the disease 患这种疾病

阅 Metals contract as they get cooler. 金属遇冷收缩。

衍 contraction *n.* 收缩 [BCOGT4R1]

　　attractive *adj.* 有吸引力的

　　trait *n.* 特征,特点

reflect [rɪ'flekt] ★★★★☆

记 re-(back)-flect(折)→折回去→反射,反映,思考

释 *vt.* 反映,反射 <替> show, indicate, send back

　　v. 沉思,思考 <替> think, consider, meditate

搭 reflect the reality
反映现实

reflect on a problem
仔细思考一个问题

reflect the sun's heat
反射太阳的热气

格 Rather than learning from experience, we learn
from reflecting on experience.
我们不是从经验,而是从对经验的反思中学习。

衍 reflection *n.* 反射,影像,沉思 [C9T4R2]/[COGT1R3]

　　reflective *adj.* 反射的,沉思的

dilute [daɪ'luːt] ★★☆☆☆

记 di-(分开)-lut-(lav-=wash 洗)-e→wash away→冲
洗开→稀释,冲淡→削弱(冲淡)

释 *vt.* 稀释,冲淡 <替> thin out, water down

　　vt. 削弱,降低 <替> diminish, reduce, lessen

　　adj. 稀释的,冲淡的 <替> thin, watered down

搭 dilute the juice with water
用水稀释果汁

dilute solution
稀释的溶液

dilute public fears
减轻公众的恐慌

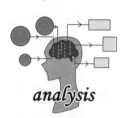

dilute

例 Large classes may dilute the quality of education
that children receive.
大班上课可能会削弱孩子所受教育的质量。

衍 dilution *n.* 稀释物

　　lavatory *n.* 厕所

　　lavish *adj.* 铺张的,挥霍的

analysis [ə'næləsɪs] ★★★☆☆

记 ana-(完全)-ly-(loose 解开)-sis→完全分解开

释 *n.* 分析 <替> examination, investigation

搭 detailed analysis
详细的分析

in-depth analysis
深入的分析

objective analysis
客观的分析

analysis

写 Violence in the last analysis produces more violence.
暴力归根结底会产生更多的暴力。

例 The analysis of a problem is the starting point for
its solution.
分析问题是解决问题的基点。

衍 analyse *vt.* 分析

　　analytical *adj.* 分析的 [C11T3R3]

familiar [fə'mɪliə(r)] ★★★☆☆

记 famili-(family 家→像家人一样)-ar→熟悉的

释 *adj.* 熟悉的,亲密的 <替> customary, friendly

　　adj. 随便的,放肆的 <替> disrespectable, bold

搭 look familiar
看上去熟悉

familiar relationship
亲密的关系

too familiar with the tutor
对辅导老师太随便

familiar

□ I'm pleased to see so many familiar faces here
tonight.

我很高兴今晚在这里看到这么多熟悉的面孔。

衍 familiarity *n.* 亲近，熟悉 [BCOGT1R3]

unfamiliar *adj.* 不熟悉的 [C10T2R2]

familiarise *vt.* 熟悉，了解，通晓

multiple ['mʌltɪpl] ★★☆☆☆

记 *multi-(many 多)-ple(-ply/-pli=fold 折→倍数)*→折成很多倍→倍数→多用途的

释 *adj.* 多个的，多种的 <替> *numerous, many*
n. 倍数，连锁商店

搭 suffer multiple injuries
饱受多处的伤痛之苦

on multiple occasions
在各种各样的场合下 [C16T1R1]

her multiple personalities 她多重的性格

compete against the multiples 与连锁店竞争

阅 Their numerical system, derived from the Babylonians, was based on multiples of the number six.
他们的数制源自巴比伦人，以6的倍数为基数。

衍 multiply *v.* 成倍增加，乘，繁殖
triple *v.* (使)成三倍 *adj.* 三倍的
multifunctional *adj.* 多功能的
multitude *n.* 许多，大量，民众 [C16T2R2]

interpret [ɪn'tɜːprət] ★★☆☆☆

记 *inter-(between)-pret(spread)*→在中间传播→解释，理解，翻译

释 *vt.* 解释，理解，翻译 <替> *explain, translate*

搭 interpret a dream 释梦
interpret these symbols
解释这些符号
interpret her body language
理解她的肢体语言

口 This is how we interpret the data so far.
这是目前我们对数据的解释。

衍 interpretation *n.* 解释，翻译 [C9T2R3]
misinterpret *vt.* 曲解，误解

procedure [prə'siːdʒə(r)] ★★★☆☆

记 *pro-(前)-ced(-ceed=walk)-ure*→朝前走程序

释 *n.* 过程，流程，程序，步骤

<替> *course, process, routine, action*

搭 standard procedure
标准的流程
adhere to procedure
遵循程序
procedure in production
生产过程

例 Stop arguing about procedure and let's get down to business.
别再为程序的事争辩了，咱们着手议正事吧。

衍 precede *vt.* 先于……，在……前面
proceed *vi.* 继续做

discrepancy [dɪ'skrepənsi] ★☆☆☆☆

记 *dis-(apart)-crep-(crack 裂纹)-ancy(名词后缀)*→裂开，分开→差异，出入

释 *n.* 差异，出入 <替> *difference, disparity*

搭 marked discrepancy
明显的差别
discover the discrepancy
发现差异
discrepancy in age
年龄的差异
discrepancy between theory and practice
理论和实践的脱节

marked discrepancy

例 There were wide discrepancies in the evidence.
证据中有很大的出入。

衍 decrepit *adj.* 破旧的
crevice *n.* 裂缝

context ['kɒntekst] ★★★☆☆

记 *con-(一起)-text(言语)*→所有言语→背景，情景

释 *n.* 背景，环境 <替> *situation, background*

搭 in the historical context 在历史背景下
in this context 在这一点上
in a given context 在特定的环境中

口 You have misinterpreted my remark because you took it out of context.
因为断章取义，你误解了我的话。

衍 contextual *adj.* 上下文语境的 [C16T2R2]

legitimate [lɪˈdʒɪtɪmət] ★★★☆☆

记 legit-(legal 法律)-imate(后缀)→合法的→合情理的,有道理的

释 *adj.* **合情理的** <替> *reasonable, justifiable*
adj. **合法的,正当的** <替> *legal, authorised*

搭 legitimate argument
合情理的论据
legitimate heir
合法的继承人
legitimate business expense
合理的商业开支

legitimate

回 Did you have a legitimate excuse for being late?
你迟到有正当的理由吗?

衍 legitimacy *n.* 合法性,合理性 [C5T1R2]
legislate *vi.* 制定法律,立法
legislation *n.* 立法
illegal *adj.* 非法的
legalise *vt.* 使合法化

compatible [kəmˈpætəbl] ★★☆☆☆

记 com-(together)-pati-(suffer 忍受)-ble(able 能)→能忍受在一起的→和睦相处的,兼容的

释 *adj.* **相符的,兼容的,和睦的**
<替> *well-suited, consistent, harmonious*

搭 compatible family relationship
和睦的家庭关系
be compatible with ...
与……相兼容
compatible blood
不产生排斥的血

compatible

回 You should choose a roommate more compatible to your tastes.
你应该挑个和你意气更相投的室友。

衍 incompatible *adj.* 不兼容的 [C11T3R3]
compatibility *n.* 兼容性
impatient *adj.* 不耐烦的,着急的

assess [əˈses] ★★★☆☆

记 as-(to)-sess(sit)→sit beside→罗马帝国时期辅助税务官(坐旁边)收费的助手→看税→评估

释 *vt.* **评估,评价** <替> *judge, evaluate, appraise*

搭 assess objectively 客观地评估
assess aptitude 考察能力
assess a situation 估计形势
assess the damage 评估损失

assess

写 The primary purpose of education is to assess aptitude rather than academic achievement.
教育的主要目的是评估能力而不是学术成就。

衍 assessment *n.* 评估 [C15T2R3]

conspicuous [kənˈspɪkjuəs] ★☆☆☆☆

记 con-(to)-spic-(look 看)-u-ous(……的)→能看见→引人注意的,显眼的,炫耀的

释 *adj.* **显眼的,明显的,引人注意的**
<替> *noticeable, obvious, evident, blatant*

搭 conspicuous advantage
显而易见的优点
be conspicuous among peers
在同龄中出众
conspicuous landmark
显著的地标

conspicuous

写 It is conspicuous that smoking is harmful to health.
很明显,抽烟对健康有害。

衍 despicable *adj.* 卑鄙的(de-否定)

insight [ˈɪnsaɪt] ★★☆☆☆

记 in-(里面)-sight(看)→看进去→洞察,深刻了解

释 *n.* **洞察(力),深入了解** <替> *perception, vision*

搭 person of insight
有洞察力的人
with amazing insight
带有惊人的洞察力
give an insight into...
对……提出深刻见解

insight

回 He was a man with considerable insight.
他是个富有洞察力的人。

衍 insightful *adj.* 有洞察力的
oversight *n.* 疏忽,失察
sightseeing *n.* 观光,旅游

category [ˈkætəgəri] ★★★☆☆

记 cat-(=cata-=total)-egory(=agora 古希腊人集会的地方→汇集)→各个种类汇集一起→种类

释 n. 种类, 类别 <替> class, classification, type

搭 fall into two categories
分两大类
brand-new category
全新的类别
in the same category
在同一个品类里

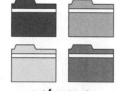
category

例 This popular book clearly falls into the category of biography.
这本流行的书很显然属于人物传记类别。

衍 categorise vt. 分类, 归类 [C5T3R3]/[BCOGT1R1]
categorical adj. 确定无疑的
catalogue n. 目录
gregarious adj. 社交的, 群居的

contingent [kənˈtɪndʒənt] ★★☆☆☆

记 con-(一起)-ting-(-tang-/tag-=touch 接触)-ent(后缀)→接触在一起→相互接触、相互影响而一起变化→视情况而变的→(处理应急情况的)小分队, 分遣队

释 n. 小分队, 代表团 <替> group, delegation
adj. 应急的, 意外的 <替> accidental, possible
adj. 取决于……的, 依情况而定的
<替> dependent, subject to, based on, conditional

搭 police contingent 警察小分队
contingent events 应急的事件
contingent of local residents 当地居民的代表团
contingent on your support 取决于你的支持
see contingent movement [C9T4R2]
看到(依主体对象情况而发生)联动的运动

阅 Managers need to make rewards contingent on performance. [C6T3R2]
经理人须基于绩效给予相应的奖励。

衍 contingency n. 突发事件 adj. 应急的
contagious adj. 传染的(接触一起) [C15T1R1]

concept [ˈkɒnsept] ★★★☆☆

记 con-(加强)-cept(-ceiv-=grasp 抓住→持有)→都持有的想法→概念(应用广泛), 观念

释 n. 概念, 观念 <替> idea, conception, notion

搭 basic concept 基本概念
abstract concept 抽象的概念
grasp the concept 领悟这个概念

例 In the past five decades, the concept of arranged marriage is misunderstood in the west.
在过去的50年, 西方对包办婚姻的概念有误解。

衍 conception n. 概念
conceptual adj. 概念的 [C4T1R1]/[C16T2R2]
misconception n. 误解 [BCOGT1R2]

formulate [ˈfɔːmjuleɪt] ★★☆☆☆

记 form-(成型, 型)-ul-ate(动词)→使成型→按成形的规定做→规定

释 vt. 构想, 制定, 规划 <替> produce, construct
vt. 确切表达, 清楚阐述 <替> express, articulate

搭 formulate a hypothesis
构想一个假设 [C4T4R2]
formulate a plan
制定一个计划
formulate his opinion
清楚地表达他的观点

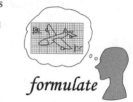
formulate

阅 The two sides have agreed to maintain close communication to formulate global rules for cyberspace.
双方就保持密切沟通以制定网络空间全球规则达成一致。

衍 formula n. 配方, 方案
formulation n. 构想, 配方
informative adj. 增长知识的 [COGT1R3]

regime [reɪˈʒiːm] ★★★☆☆

记 reg-(rule 统治)-ime→统治地区→制度, 政体

释 n. 规则, 制度 <替> system, scheme, code, pattern
n. 政治制度, 政体 <替> government, authorities

搭 the military regime
军事政权
educational regime
教育制度
create a regime
创造一套政治制度

regime

give way to a new climatic regime
给新的气候规则让路 [C8T2R2]

例 Education was seen as a way of bolstering the existing regime.

教育被认为是巩固现有政权的一种方法。

衍 regiment *n.* 大量,大批,军团

regal *adj.* 王者的,豪华的

participate [pɑːˈtɪsɪpeɪt] ★★★☆☆

记 part-i-cip-(take)-ate(动词)→take part in→参与

释 *vi.* 参与,参加 <替> *take part, engage, join*

搭 participate in a discussion 参与讨论

participate in the seminar 参加研讨会

例 People participating in those activities must maintain strict social distancing rules.

参加那些社会活动的人必须要坚持严格的社交距离的规则。

衍 participant *n.* 参与者 [C8T2R3]/[C15T2R3]/[C16T2R2]

participation *n.* 参与

departure *n.* 离开,出发

particle *n.* 粒子,颗粒

partial *adj.* 部分的,偏爱的

impartial *adj.* 公正的,无私的

manual [ˈmænjuəl] ★★☆☆☆

记 man-(hand 手)-u-al→手的,手动的,人力的→手册,指南

释 *adj.* 用手的,人力的 <替> *by hand, labouring*

n. 手册,指南 <替> *handbook, instructions*

搭 manual labourer

体力劳动者

user manual

用户手册

manual control

手动的控制

回 The worst part of the set-up is the poor instruction manual.

安装时最糟糕的就是操作指南讲述得不够清楚。

衍 manuscript *n.* 手稿,原稿(script 写)[C17T2R1]

mandate *n./vt.* 命令,授权(手写 da=do)

assist [əˈsɪst] ★★★☆☆

记 as-(to)-sist-(stand)→to stand by→站旁边→帮助

释 *v.* 帮助(in/with) <替> *help, aid, give support to*

vt. 有助于,促进 <替> *help*

搭 assist financially

资金上的帮助

assist with finance problems

辅助处理财务问题

assist the decision-making process

协助决策过程

assist

阅 He asked us to assist him in carrying through their plan.

他要我们帮助他实施他们的计划。

衍 assistance *n.* 帮助

assistant *n.* 助理 *adj.* 辅助的

subsistence *n.* 勉强生存 *adj.* 勉强生存的 [C16T1R3]

sufficient [səˈfɪʃnt] ★★★☆☆

记 suf-(up to)-fic(do 做)-i-ent(的)→up to make→做得足够多→充足的,足够的

释 *adj.* 充足的,足够的 <替> *enough, adequate*

搭 sufficient experience

足够的经验

sufficient manpower

充足的人力

have sufficient funds

有充足的资金

sufficient

格 The greatest thing in the world is to know how to be self-sufficient.

世上最伟大的事莫过于知道如何实现自给自足。

衍 sufficiency *n.* 充足,足够

insufficient *adj.* 不足的,匮乏的 [C16T1R1]

suffice *vi.* 足够,足以

efficiency *n.* 效率

impart [ɪmˈpɑːt] ★☆☆☆☆

记 im-(in)-part-(share 分享)→传达,透露,带来

释 *vt.* 透露,传授 <替> *communicate, pass on*

vt. 给予,赋予 <替> *give, bestow, confer*

搭 impart knowledge

传授知识

impart a secret to a friend

向朋友透露秘密

impart some protection

$f'(\xi)=\frac{f(b)-f(a)}{b-a}$

拉格朗日中值定理

impart

给予一些保护

写 We should <u>impart</u> our courage and not our despair.

我们应该<u>带来</u>勇气而不是绝望。

衍 a<u>part</u> *adv.* 相距,分开(a- 加强)

<u>parcel</u> *n.* 包裹,一群

<u>partition</u> *n.* 隔板,隔墙 *vt.* 把……分隔开

mat<u>ure</u> [məˈtʃʊə(r)] ★★☆☆☆

记 *mat-*(熟)-*ure*→成熟,成熟的→明事理的

释 *adj.* **成熟的,明白事理的,(酒等)酿好的**
<替> *full-grown, grown-up, wise, ripe, ready*

vi. **变成熟,长成** <替> *develop fully, grow fully*

v. **使成熟,酝酿成熟** <替> *become sensible*

搭 a <u>mature</u> attitude
成熟的态度

after <u>mature</u> consideration
经过慎重的考虑

<u>mature</u> the wines 把酒<u>酿熟</u>

mature

写 Girls <u>mature</u> earlier than boys.
女孩比男孩成熟早。

格 The <u>mature</u> person meets the demands of life, while the <u>immature</u> person demands that life meet his demands.
<u>成熟的</u>人会满足生活的需求,而<u>不成熟的</u>人则要求生活满足他的需求。

衍 <u>matur</u>ity *n.* 成熟

im<u>matur</u>e *adj.* 不成熟的 [C13T3R1]

pre<u>matur</u>e *adj.* 早熟的(pre-前,早)

ac<u>quir</u>e [əˈkwaɪə(r)] ★★★☆☆

记 *ac-*(to)-*quir-*(seek, obtain 得到)-*e*→获得

释 *vt.* **获得,得到** <替> *get, attain, gain, win*

搭 <u>acquire</u> fame and wealth <u>获得名利</u>

<u>acquired</u> taste <u>慢慢养成</u>的品位

<u>acquire</u> foreign firms <u>收购外国的公司</u>

例 The ability to use a language can be <u>acquired</u> by the act of using the language.
运用语言的能力能通过运用语言的行为来<u>获得</u>。

衍 ac<u>quis</u>ition *n.* 获取,获得 [C16T4R2]

se<u>lect</u>ive [sɪˈlektɪv] ★★☆☆☆

记 *se-*(apart)-*lect-*(pick 选)-*ive*(的)→选出来的

释 *adj.* **选择性的,有选择的** <替> *particular*

adj. **严格筛选的,挑剔的** <替> *picky, critical*

搭 <u>selective</u> education
<u>尖子生</u>教育

extremely <u>selective</u> in...
在……<u>极度挑剔的</u>

the <u>selective</u> breeding
<u>选择性培育</u>

selective

回 Sometimes, <u>selective</u> forgetting of the useless is as important as <u>selective</u> remembering of the useful.
有时候,<u>选择性</u>遗忘无用信息跟<u>选择性</u>记忆有用信息同样重要。

衍 se<u>lect</u>ion *n.* 选择

col<u>lect</u>ive *adj.* 集体的,总的 [C6T3R2]

col<u>lect</u>ion *n.* 收集,收藏物

re<u>collect</u>ion *n.* 回忆 [C8T2R3]/[C17T1R3]

for<u>age</u> [ˈfɒrɪdʒ] ★☆☆☆☆

记 *for-*(-*fodd-*=*food* 食物)-*age*→找食物→觅食

释 *vi.* **搜查,搜寻** <替> *search, seek, look around*

vi. **(动物)觅食** <替> *hunt, search, rummage*

n. **草料,饲料** <替> *feed, hay, straw*

搭 <u>forage</u> for food
<u>搜寻食物</u>

<u>forage</u> in the woods
在树林里<u>觅食</u>

<u>forage</u> crops <u>饲料</u>作物

forage

例 The monkeys normally <u>forage</u> for fruit, but the tourists are a much easier source of food.
通常猴群们<u>采食</u>水果,但观光客是更容易得到的食物来源。

衍 <u>forag</u>er *n.* 觅食者 [COGT3R1]/[C8T4R3]

<u>fodd</u>er *n.* 饲料,草料

di<u>min</u>ish [dɪˈmɪnɪʃ] ★★☆☆☆

记 *di-*(分开)-*min-*(小)-*ish*→被分得越来越小

释 *v.* **减少,降低,缩小**
<替> *decrease, reduce, lessen, cut down, decline*

搭 <u>diminish</u> gradually
逐渐<u>减少</u>

diminish the cost/revenue
降低成本/税收

diminishing food resources
逐渐减少的食物资源 [C11T2R2]

diminish

写 To diminish expectation is to increase enjoyment.
降低期待才会提升乐趣。

阅 In order to diminish the negative effects of air pollution, local government has to take specific approaches to tackle this problem.
为了减少空气污染的负面影响，地方政府不得不采取具体措施应对这个问题。

衍 minister n. 大臣，部长

derive [dɪˈraɪv] ★★☆☆☆

记 de-(from)-rive(river→文明源于河流)→起源于

释 vt. 获得，取得 <替> obtain, take, get, acquire
vi. 起源于 <替> originate, stem, arise

搭 derive from one's diligence
源于某人的勤奋

derive

derive pleasure from study
从学习中获得乐趣

写 Some scientific knowledge derives straight-forwardly from experiments and observations.
有些科学知识是直接从实验和观察中得来的。

衍 derivative n. 衍生物 adj. 衍生的

elicit [ɪˈlɪsɪt] ★☆☆☆☆

记 e-(out)-lic-(诱骗)-it→引出来→诱出，探出，引出

释 vt. 诱出，引出 <替> bring out, obtain, draw out

搭 elicit the truth 探出真相

elicit a positive response
引出积极的回应

elicit the support of the public
获取大众的支持

elicit

写 The questionnaire in the bar chart was intended to elicit information on eating habits.
柱图里的调查问卷旨在收集人们饮食习惯方面的资讯。

衍 delicious adj. 美味的
delicate adj. 娇嫩的，精致的

candidate [ˈkændɪdət] ★★★★☆

记 cand-(white or bright，古希腊罗马人政治家穿白袍竞选以示清白、坦诚)-id-ate(后缀)→候选人→适合的人/物

释 n. 候选人，被认定适合者 <替> nominee, prospect
n. 应试者，求职者 <替> examinee, applicant

搭 candidate for a job
求职者

the best candidate
最合适的人选

candidate

candidate for promotion
晋升的候选人

阅 Those who are overweight or indulge in high-salt diets are candidates for hypertension.
体重偏高或口味偏咸者易患高血压。

衍 candid adj. 坦诚的
candor n. 真诚，坦率

defect [ˈdiːfekt] ★★☆☆☆

记 de-(否定)-fect(-fact-/-fac-=do, make)→做得不好，有缺陷→缺点，缺陷

释 n. 缺点，缺陷，瑕疵 <替> error, flaw, blemish

搭 genetic defect
遗传性的缺陷

contain serious defects
包含严重的缺陷

defects in the education system
教育体制里的缺陷

defect

例 All Boeing747 aircraft have been grounded, after a defect in the software system was discovered.
自从发现其软件系统有缺陷之后，所有波音747型飞机都已经停飞了。

衍 defeat vt. 击败，使落空(feat=fect)

wholesome [ˈhəʊlsəm] ★☆☆☆☆

记 whole-(whole)-some(一定程度)→一定程度上是完整的→完好无缺的→没毛病的→健康的

释 adj. 健康的，健全的，有益健康的
<替> good, healthy, nutritious, beneficial

搭 wholesome food 有益健康的食品

wholesome image
健康的形象
wholesome personality
健全的人格

健康的
wholesome

例 We now know smoking is not <u>wholesome</u>, but early cigarette ads claimed physical and mental benefits for smokers.
现在我们知道吸烟不<u>健康</u>,但早期的香烟广告声称(吸烟)给吸烟者带来身体和心理的<u>益处</u>。

衍 <u>un</u>wholesome *adj.* 不健康的
<u>whole</u>sale *n.* 批发
trouble<u>some</u> *adj.* 麻烦的

coincide [ˌkəʊɪnˈsaɪd]　★★☆☆☆

记 co-(一起)-in-(里)-cid-(fall 一件事落下来→发生)-e→同时发生→与……相符合,一致

释 *vi.* **相符,一致** <替> *accord, concur, correspond*
vi. **同时发生** <替> *happen together, synchronise*

搭 <u>coincide</u> occasionally 偶尔<u>同时发生</u>
<u>coincide with</u> the conference <u>与</u>大会<u>同时进行</u>
<u>coincide with</u> their own opinions
<u>与</u>他们自己的观点<u>一致</u> [C16T4R3]

写 A man's appearance and character do not always <u>coincide</u>.
一个人的外貌和他的性格并不总是<u>一致</u>。

衍 <u>coincid</u>ence *n.* 巧合,同时发生 [C8T2R1]
<u>coincid</u>ental *adj.* 巧合的 [C8T1R2]

spectrum [ˈspektrəm]　★★☆☆☆

记 spectr-(spect-看)-um(名词后缀)→能看见的光带→光谱(一定范围内可见光)→范围,系列

释 *n.* **光谱** <替> *a band of coloured lights*
n. **范围,系列** <替> *range, scope, span*

搭 the visible <u>spectrum</u>
可见的<u>光谱</u> [C10TR2]
<u>spectrum</u> analyser
频谱分析仪
the whole <u>spectrum</u>
整个<u>范围</u>

spectrum

写 There's <u>a wide spectrum of opinions</u> on this problem.
对这个问题的说法<u>众说纷纭</u>。

阅 The visible portion of the <u>spectrum</u> includes red at one end and violet at the other.
<u>光谱</u>的可视部分包括在一端的红光和另一端的紫光之间。

衍 <u>spect</u>imen *n.* 样品,标本 [C14T4R2]
<u>spect</u>acle *n.* 大场面,精彩的场景 [C17T1R2]

solitary [ˈsɒlətri]　★☆☆☆☆

记 sol-(alone 独自)-it-ary(的)→独自的,独居的

释 *adj.* **独自的,独处的** <替> *lonely, lonesome*
adj. **孤单的,孤零零的** <替> *isolated, single*

搭 <u>solitary</u> building
孤零零的建筑
<u>solitary</u> person
独居的人

solitary

例 Tigers are <u>solitary</u> animals.
老虎是<u>独居</u>的动物。

例 Mathematical research is a largely <u>solitary</u> pursuit.
数学研究很大程度上是<u>个人独自进行的</u>研究。

衍 <u>sol</u>itude *n.* 孤单,独居

appropriate [əˈprəʊpriət]　★★★☆☆

记 ap-(to)-propr-(proper 恰当)-i-ate→恰当的

释 *adj.* **恰当的,相应的** <替> *suitable, apt, fitting*
vt. **侵吞,挪用,拨款** <替> *seize, steal, allocate*

搭 at an <u>appropriate</u> time
在<u>恰当的</u>时候
take <u>appropriate</u> measures
采取<u>相应的</u>措施
<u>appropriate</u> money <u>挪用资金</u>
<u>appropriate</u> more funding <u>拨更多资金</u>

阅 Now that the problem has been identified, <u>appropriate</u> action can be taken.
既然已经找出了问题,就应该采取<u>适当的</u>行动。

衍 <u>appropri</u>ation *n.* 挪用,拨款
<u>inappropri</u>ate *adj.* 不恰当的 [BCOGT4R2]

cluster [ˈklʌstə(r)]　★★☆☆☆

记 clust-(clog 阻塞,堵塞)-er→堵在一起→聚集

释 *vi.* **聚集** <替> *gather, congregate, collect*
n. **串,丛,束,群** <替> *bunch, bundle, group*

搭 the <u>cluster</u> of galaxies 星系<u>群</u>

a cluster of people 一群人

flowers in clusters 成束的花朵

cluster in this area

聚集在这个区域

cluster

阅 Immature coconut flowers are tightly clustered together among the leaves at the top of the trunk.

没成熟的椰子树花紧密地聚集在树干顶部的叶子中。[C13T3R1]

例 Immigrants tend to cluster in high-income groups.

移民趋于集中在高收入群体中。

feasible ['fiːzəbl]   ★☆☆☆☆

记 feas-(-feat-=do)-ible(able 能)→能做的→可行的

释 adj. 可行的 <替> achievable, viable, attainable

搭 feasible suggestion

可行的建议

feasible schedule

可行的计划

feasible and effective

可行的和有效的

not feasible

口 It's not feasible to comply, but a bit embarrassing to refuse.

答应吧,办不到,不答应吧,又有点难为情。

写 It is financially feasible to use coal as an energy source.

用煤炭作为能源从经济上来说是可行的。

衍 infeasible adj. 不可行的

feasibility n. 可行性

feat n. 壮举,功绩 [C7T1R1]

rival ['raɪvl]   ★★★★☆

记 riv-(river 河流)-al→古代部落争夺水源的地方→产生竞争关系→竞争者,对手

释 n. 竞争者,对手 <替> opponent, adversary

vt. 竞争,与……匹敌 <替> equal, compete

搭 encounter a rival

遭遇一个对手

without rival

无可匹敌

potential rivals

潜在的对手 [C13T2R1]

rival

例 None of us can rival him in strength.

我们谁也没他力气大。

阅 Big supermarkets can undercut all rivals, especially small high-street shops.

超级市场能削弱所有对手,特别是小商业街店铺。

衍 unrivalled adj. 无可匹敌的

intend [ɪn'tend]   ★★★★☆

记 in-(toward 朝向)-tend-(-tens-延伸)→朝某个方向延伸→引导注意力→想要,打算,意指

释 v. 打算,计划,意指 <替> plan, mean, aim

搭 intend no harm

无意图伤害

intend to stay

打算留下来

be intended to solve

打算去解决 [C14T1R2]

intend

例 Lazy people always intend to start doing something.

懒惰的人总是打算开始做事。

格 Never take more out of life that you intend to give back.

永远不要从生活中过多索取你想要回报的东西。

衍 intended adj. 故意的,预期的

unintended adj. 无意的,非存心的 [C16T4R2]

unattended adj. 无人看管的 [C5T3R3]

tendency n. 倾向,偏好(朝……延伸)

convince [kən'vɪns]   ★★★☆☆

记 con-(to)-vinc-(征服)-e→用语言去征服→说服

释 vt. 使确信,使信服 <替> make certain, persuade

搭 convince sb. to do sth.

说服某人做某事

convince the public

说服公众

convincing evidence

令人信服的证据

convince
说服

写 Only by reasoning can we convince people completely.

只有以理服人,才能使人心悦诚服。

格 It is easier to fool people than to convince them

that they have been fooled.

骗人比说服他们接受被骗的事实要容易得多。

衍 convincing *adj.* 令人信服的 [C9T1R2]

unconvincing *adj.* 难以令人信服的

invincible *adj.* 无敌的

juvenile [ˈdʒuːvənaɪl] ★★☆☆☆

记 *juven-(young)-ile*→少年的,幼稚的,少年

释 *n.* 少年,幼崽 <替> *child, minor, infant*

adj. 少年的,未成年的 <替> *young, youthful*

搭 juvenile offender

少年犯

juvenile behavior

幼稚的行为

juvenile delinquency

青少年犯罪

juvenile

阅 The government has released almost 2,000 adult turtles and 5,000 juvenile turtles.

政府已经放生了近2000只成年海龟和5000只幼龟。

听 For a grown man he acted in a very juvenile manner.

作为一个成年人,他的举止显得十分幼稚。

衍 rejuvenate *vt.* 使年轻,使恢复活力

junior *adj.* 年少的 *n.* 小学生(jun-=juven-)

absurd [əbˈsɜːd] ★★☆☆☆

记 *ab-(off)-surd(deaf*聋→听不到)→从没听到过的→荒唐的,可笑的

释 *adj.* 荒唐的,可笑的 <替> *ridiculous, silly*

搭 absurd idea

荒唐的想法

absurd opinion

荒谬的观点

look absurd in this hat

戴这个帽子看上去可笑

absurd hat

例 It was absurd of you to propose such a suggestion.

你居然提出这样的建议,太可笑了。

衍 absurdity *n.* 荒谬,荒唐的想法 [C11T4R2]

sanction [ˈsæŋkʃn] ★★★★☆

记 *sanc-(holy)*→使神圣→用法律来使一种行为变得神圣)-*tion*→批准→处罚,制裁(批准法律来做)

释 *n.* 批准,处罚 <替> *permission, penalty*

vt. 批准,认可 <替> *permit, approve*

搭 impose economic sanctions

实施经济制裁

without sanction

未经批准

get official sanction

获取官方许可

sanction

写 Prison is the best sanction against a crime like this.

为遏止这类罪行,监狱是最佳的处罚手段。

衍 sanctify *vt.* 使神圣化

sanctuary *n.* 圣堂,避难所

articulate [ɑːˈtɪkjuleɪt] ★★☆☆☆

记 *art-(fit together* 适合)-*ic-ul-ate*→把讲话分成几个不同的部分→清晰,清楚→清晰,明确的表达,表达清楚的,发音清晰的

释 *adj.* 表达清楚的,发音清晰的,口齿伶俐的 <替> *expressive, clear, eloquent, fluent*

v. 清楚表达,连接 <替> *express, connect*

搭 articulate one's thoughts

清晰地表达想法

articulate speaker

口才好的演讲者

articulate with the bones

与骨骼连接

articulate

例 Articulate speech is essential for a leader.

对领导来说,口齿清楚的演讲是必不可少的。

衍 articulation *n.* 表达,关节

speculate [ˈspekjuleɪt] ★★★☆☆

记 *spec-(看)-ul-ate(使……)*→看看形势→推测,思索(通过看来),投机(在看形势)

释 *v.* 推测,猜测 <替> *conjecture, guess, postulate*

vi. 投机 <替> *gamble, take a risk, venture*

搭 speculate about the future

推测未来

speculate on the stock market

对股票市场投机

speculate

decline to <u>speculate</u> 拒绝猜测

回 It's hard to <u>speculate</u> what tomorrow may bring.
很难去<u>猜测</u>明天可能会发生什么。

衍 speculation *n.* 推测，投机 [C13T1R3]

wher*eby* [weə'baɪ] ★★☆☆☆

记 where-by→靠那个，凭那个，借此

释 *adv.* 借此，凭借此 <替> *by which, through which*

例 They have introduced a new system <u>whereby</u> all employees must undergo regular training.
他们已经引进了一个新系统，<u>借此</u>，所有雇员都必须接受定期培训。

例 Workers voted to accept a deal <u>whereby</u> the union will receive 10,000 pounds from the Foundation.
工人们表决同意了一项协议，<u>凭借此</u>（协议）工会将收到基金会1万英镑。

衍 where*abouts* *n.* 下落，行踪 *adv.* 在哪儿
where*in* *adv.* 在那里，其中

nav*igate* ['nævɪɡeɪt] ★☆☆☆☆

记 nav-(-nau-=boat)-ig-(move, drive)-ate→开船走→导航，驾驶→通过，穿过

释 *v.* 导航，驾驶 <替> *pilot, steer, guide, direct*
vt. 应付 <替> *deal effectively with a situation*

搭 <u>navigate</u> by the stars
靠星辰<u>导航</u>

<u>navigate</u> crowded street
<u>穿过</u>拥挤的街道

<u>navigate</u> an effective career path <u>走</u>一条有效的职业道路

阅 Most bats <u>navigate</u> by echolocation.
大多数蝙蝠靠回声定位来<u>导航</u>。

衍 navig*ation* *n.* 导航 [C8T1R1]/[C16T3R1]
navig*ational* *adj.* 导航的 [C8T1R2]
navig*ator* *n.* 航海家
nau*sea* *n.* 晕船，恶心

genu*ine* ['dʒenjuɪn] ★★★☆☆

记 genu-(gene=birth)-ine→生出来→真的，真正的

释 *adj.* 真的，真正的 <替> *real, actual, original*
adj. 真诚的，真挚的 <替> *sincere, candid*

搭 <u>genuine</u> antique <u>真品古董</u>

<u>genuine</u> signature
亲笔签名

<u>genuine</u> concern for others
对他人<u>真正</u>的关心

genuine antique
真的

格 <u>Genuine</u> kindness does not have ulterior motive.
<u>真诚的</u>友善不存在别有用心。

with*er* ['wɪðə(r)] ★☆☆☆☆

记 wi-(wind/-vent-=blow 吹)-th(后缀)-er→吹干→枯萎

释 *vi.* 衰弱，破灭，萎缩 <替> *diminish, shrink*
v. (使)枯萎，干枯 <替> *dry up, fade, perish, decay*

搭 <u>wither</u> in the drought
在干旱中<u>枯萎</u>

wither

<u>withering</u> trees
<u>正在枯萎的</u>树

例 The hot sun has <u>withered</u> (up) the grass.
炎热的太阳<u>使</u>草枯萎了。

阅 The question now is whether the railways will flourish or <u>wither</u>.
现在的问题是，铁路是会蓬勃发展还是会<u>逐渐消亡</u>。

衍 vent*ilate* *vt.* 通风，发表 [C14T2R2]
vent*ilation* *n.* 通风 [C9T2R1]/[C14T2R2]/[C17T1R1]

plaus*ible* ['plɔːzəbl] ★☆☆☆☆

记 plaus-(-plaud-=clap 拍手→赞同)-ible→觉得有道理而拍手赞同→似乎有道理的，能说会道的

释 *adj.* 似乎有道理的，花言巧语的
<替> *credible, reasonable, believable*

搭 sound <u>plausible</u>
<u>言之有理</u>

<u>plausible</u> salesman
<u>花言巧语的</u>推销员

plausible

写 Though controversial, it is <u>plausible</u>.
虽有争议，却<u>似乎行得通</u>。

阅 In general, it is <u>plausible</u> to suppose that we should prefer peace and quiet to noise. [C7T4R3]
通常，<u>合理的</u>假设是我们更喜欢安静而不是噪声。

衍 im*plaus*ible *adj.* 不像真实的，不合理的
ap*plause* *n.* 掌声，喝彩
*plaud*it *n.* 拍手喝彩，称赞

*dis*tribut*e* [dɪˈstrɪbjuːt] ★★☆☆☆

记 dis-(away)-tribut-(give)-e→give away→给出→分配, 分布, 发布, 分发

释 vt. **分布, 分配** <替> circulate, hand out, allocate

搭 be widely distributed
广泛地分布
distribute land to settlers
把土地分发给定居者
be distributed into two stages
被分成两阶段

分布, 分配
distribute

写 Mobile phones allow people to distribute information and to promote goods that are bought from overseas.
手机让人能发布信息和推广从海外购买的商品。

衍 distribution n. 分配, 分发 [C15T1R1]/[COGT6R2]
tribute n. 贡品, 礼物 [C16T1R2]
redistribution n. 再分配, 重新分配

*pan*el [ˈpænl] ★★★☆☆

记 pan-(piece of parchment 一块羊皮卷→列出陪审员的羊皮卷→寻求建议、判断的人群)-el→专家组, 全体陪审员→嵌板, 金属板, 盘

释 n. **专家组, 小组** <替> group, team, body
n. **面板, 控制板, 盘** <替> controls, dials

搭 solar panel
太阳能面板 [C15T3R2]
instrument panel
仪表盘
panel of experts
专家小组

solar panel
太阳能面板

panel discussion 小组讨论会
an advisory panel 顾问团 [BCOGT3R1]

例 He spoke at a panel discussion in Washington hosted by Harvard University.
他在由哈佛大学在华盛顿主办的小组讨论会上发言。

List of the Key Extended Words and Review(核心扩展词列表及复习)

- [ ] acquisition *n.* 获得
- [ ] activated *adj.* 激活的,活性的
- [ ] activation *n.* 激活
- [ ] aggression *n.* 攻击性
- [ ] analyse *vt.* 分析
- [ ] analytical *adj.* 分析的
- [ ] apart *adv.* 相距,分离
- [ ] applause *n.* 掌声,喝彩
- [ ] appropriation *n.* 挪用
- [ ] articulation *n.* 表达,关节
- [ ] assessment *n.* 评估
- [ ] assistance *n.* 帮助
- [ ] assistant *n.* 助理 *adj.* 辅助的
- [ ] attractive *adj.* 有吸引力的
- [ ] candid *adj.* 坦诚的
- [ ] catalogue *n.* 目录
- [ ] categorise *vt.* 分类
- [ ] coherent *adj.* 一致的,连贯的
- [ ] cohesion *n.* 团结,凝聚力
- [ ] coincidence *n.* 巧合
- [ ] coincidental *adj.* 巧合的
- [ ] collection *n.* 收集
- [ ] collective *adj.* 集体的
- [ ] compatibility *n.* 兼容性
- [ ] conception *n.* 概念
- [ ] conceptual *adj.* 概念的
- [ ] consistence *n.* 连贯性
- [ ] consistent *adj.* 持续的
- [ ] contagious *adj.* 传染的
- [ ] contextual *adj.* 上下文语境的
- [ ] contraction *n.* 收缩
- [ ] convincing *adj.* 令人信服的
- [ ] decrepit *adj.* 破旧的
- [ ] defeat *vt.* 打败
- [ ] delicate *adj.* 娇嫩的,精致的
- [ ] departure *n.* 离开
- [ ] derivative *n.* 衍生物 *adj.* 衍生的

- [ ] despicable *adj.* 卑鄙的
- [ ] digress *vi.* 离题,偏题
- [ ] dilution *n.* 稀释物
- [ ] discursive *adj.* 离题的
- [ ] distribution *n.* 分配
- [ ] efficiency *n.* 效率
- [ ] episodic *adj.* 不定期的
- [ ] evidently *adv.* 明显地
- [ ] excursion *n.* 远足
- [ ] fable *n.* 寓言
- [ ] familiarity *n.* 熟悉
- [ ] fascinated *adj.* 入迷的
- [ ] fascination *n.* 着迷
- [ ] feasibility *n.* 可行性
- [ ] forager *n.* 觅食者
- [ ] formula *n.* 配方,方案
- [ ] formulation *n.* 构想,配方
- [ ] functional *adj.* 功能的
- [ ] gregarious *adj.* 社交的
- [ ] hostility *n.* 敌意,对抗
- [ ] illegal *adj.* 非法的
- [ ] immature *adj.* 不成熟的
- [ ] impatient *adj.* 不耐烦的
- [ ] implausible *adj.* 不合理的
- [ ] inactive *adj.* 不活跃的
- [ ] inappropriate *adj.* 不恰当的
- [ ] incompatible *adj.* 不兼容的
- [ ] inconsistent *adj.* 不一致的
- [ ] incursion *n.* 袭击,侵犯
- [ ] indication *n.* 指示,象征
- [ ] indicative *adj.* 指示的
- [ ] indicator *n.* 指标
- [ ] infant *n.* 婴儿
- [ ] infeasible *adj.* 不可行的
- [ ] informative *adj.* 增长知识的
- [ ] insightful *adj.* 有洞察力的
- [ ] insufficient *adj.* 不足的

□ intended *adj.* 故意的

□ interpretation *n.* 解释

□ invert *vt.* 使反向,使颠倒

□ invincible *adj.* 无敌的

□ jeopardy *n.* 危险

□ lavish *adj.* 铺张的

□ legalise *vt.* 使合法化

□ legislate *vi.* 立法

□ legislation *n.* 立法

□ legitimacy *n.* 合法性

□ likeness *n.* 相像,相似

□ malfunction *n.* 机能不良

□ mandate *n./vt.* 命令,授权

□ manuscript *n.* 手稿

□ maturity *n.* 成熟

□ misconception *n.* 误解

□ misinterpret *vt.* 曲解

□ multifunctional *adj.* 多功能的

□ multiply *v.* 成倍增加,繁殖

□ multitude *n.* 许多,大量

□ nausea *n.* 晕船,恶心

□ navigation *n.* 导航

□ navigational *adj.* 导航的

□ navigator *n.* 航海家

□ obstruction *n.* 障碍物

□ obstructive *adj.* 故意阻挠的

□ oversight *n.* 疏忽,失察

□ partial *adj.* 部分的,偏爱的

□ participant *n.* 参与者

□ participation *n.* 参与

□ particle *n.* 粒子

□ partition *n.* 分隔,隔墙 *vt.* 把……分隔开

□ plaudit *n.* 拍手喝彩,称赞

□ precede *vt.* 在……前面

□ premature *adj.* 早熟的

□ proceed *vi.* 继续做

□ reaction *n.* 反应

□ reactivate *vt.* 重新激活

□ recollection *n.* 回忆

□ redistribution *n.* 再分配

□ reflection *n.* 反射,沉思

□ reflective *adj.* 反射的,沉思的

□ regress *vi.* 倒退

□ rejuvenate *vt.* 使年轻

□ relic *n.* 遗迹

□ relict *n.* 残存物

□ relieve *vt.* 缓和,减轻

□ reverberate *vi.* 回响,引起轰动

□ rigidity *n.* 僵化

□ sanctify *vt.* 使神圣化

□ sanctuary *n.* 圣堂,避难所

□ selection *n.* 选择

□ sightseeing *n.* 观光

□ solitude *n.* 孤单,独居

□ specimen *n.* 样品

□ spectacle *n.* 大场面

□ speculation *n.* 推测,投机

□ suffice *vi.* 足够,足以

□ sufficiency *n.* 充足

□ tendency *n.* 倾向,偏好

□ transverse *adj.* 横向的,横切的

□ tribute *n.* 贡品,礼物

□ triple *v.* (使)成三倍 *adj.* 三倍的

□ troublesome *adj.* 麻烦的

□ unattended *adj.* 无人看管的

□ underneath *prep.* 在……底下

□ undivided *adj.* 专注的

□ unfamiliar *adj.* 不熟悉的

□ unrivalled *adj.* 无可匹敌的

□ unscrupulous *adj.* 不道德的

□ unwholesome *adj.* 不健康的

□ ventilate *vt.* 通风,发表(看法)

□ ventilation *n.* 通风

□ versatile *adj.* 多用途的

□ whereabouts *n.* 下落

□ wherein *adv.* 在那里,其中

□ wholesale *n.* 批发

单词学习之词根篇

很多备考雅思的同学在备考过程中对于靠词根和词缀记忆单词不以为然,认为简单背背单词通过考试就可以了。殊不知备考雅思的单词量只是去海外留学和生活的第一步,仅凭这些词汇量是无法融入(mingle with)到 native speakers 的主流群体中的。很多人认为"死记硬背"词根、词缀很不容易,但其实词根的总量并不多。常见的词根大概250~300个,如果搭配上前缀和后缀,组合起来就可以构成数以万计的词汇!

本书中标星的核心词汇我们可以看作是"家长词汇(parental lexicon)"。熟记这些词汇的同时顺便记忆一下其中的词根(root),能够更好地帮助我们举一反三,快速扩充单词量。很多"家长词汇"中的同源扩展词便是以此为依据陈列的。

比如"-spec-/-spic-"这个词根在拉丁语、希腊语、古波斯语、梵语(古印度的一种语言)中均有痕迹。源于希腊语进入英语后写成-scop-/-skep-,源于拉丁语进入英语后写成-spec-/-spic-,表示"观察,看"。所以,这个词根有三种拼写方式:-spec-、-spic-和-scop-。

通过本单元中已经学过的三个家长词汇 speculate、spectrum 和 conspicuous,我们就能够记住这个表示"观察,看"的词根,再加上我们认识的 telescope(望远镜→看远处的东西),就可以把这个词根记牢。

学过这几个词根,再遇到后面单元中即将学到的 aspect(方面→看的角度)、perspective(观点→看问题的角度)、scope(范围→看的范畴)等词,记忆就变得容易多了。

其他类似的同源词在雅思阅读中比比皆是,比如 despicable、expect、inspection、retrospect、skeptic、specimen、spectacular 等。细心的读者会在学习时看到与此相关的同源扩展词,会发现语义也都和"观察,看"相关。

我们可以在这种依靠词根、词缀的相互搭配中有线索地记忆更多的同源词,进而提高扩充单词量的速度。可以说几乎所有的 native speakers 都具备基本的构词法知识,就像我们都知道汉字的偏旁部首一样。通过这种方式,他们的单词量才会达到3万甚至更多,而受过高等教育的 native speakers 则会达到惊人的5万~8万的单词量!仅靠死记硬背是很难做到的!

在本书最后的附录中,笔者给大家整理了常见的词根和标星的核心例词,通过这些例词,大家能够更好地回忆和记牢这些单词的含义,从而在雅思考试中充分地运用它们。

在本书的每个单元前面,笔者给大家提前列出了一些该单元常见且重要的词根,并且把相关核心词提前呈现给读者,力求引导读者通过提前领悟词根含义来掌握部分核心词。

Sublist 3

本单元核心词学前自测和学后检测 (2 次标记生词)   扫码听音频

☐☐ accessory   ☐☐ discretion   ☐☐ impact   ☐☐ primary

☐☐ adequate   ☐☐ dismantle   ☐☐ implement   ☐☐ prior

☐☐ adjacent   ☐☐ distinct   ☐☐ incidence   ☐☐ proportion

☐☐ ample   ☐☐ element   ☐☐ inhabit   ☐☐ regulate

☐☐ anomaly   ☐☐ emphasis   ☐☐ liable   ☐☐ relevant

☐☐ aptitude   ☐☐ enforce   ☐☐ modify   ☐☐ resilient

☐☐ benign   ☐☐ enormous   ☐☐ negative   ☐☐ restrict

☐☐ calculate   ☐☐ equation   ☐☐ negotiate   ☐☐ rigorous

☐☐ characteristic   ☐☐ eradicate   ☐☐ nutrient   ☐☐ segment

☐☐ circumstance   ☐☐ evaluate   ☐☐ obscure   ☐☐ session

☐☐ complex   ☐☐ evolution   ☐☐ penalty   ☐☐ sheer

☐☐ compromise   ☐☐ external   ☐☐ perceive   ☐☐ strenuous

☐☐ construct   ☐☐ fabric   ☐☐ perilous   ☐☐ subscribe

☐☐ conviction   ☐☐ feeble   ☐☐ persistent   ☐☐ surge

☐☐ cultivate   ☐☐ flaw   ☐☐ phase   ☐☐ synthetic

☐☐ degrade   ☐☐ foster   ☐☐ pose   ☐☐ technical

☐☐ deplete   ☐☐ fulfil   ☐☐ potential   ☐☐ transfer

☐☐ designate   ☐☐ hinder   ☐☐ prestige   ☐☐ ubiquitous

☐☐ deterrent   ☐☐ household   ☐☐ prevalent   ☐☐ welfare

☐☐ diffuse   ☐☐ illustrate   ☐☐ previous   ☐☐ yield

本单元部分核心词根词汇预习

核 心 词 根	含 义 + 延 伸	单 元 核 心 例 词
-beni-	-bene-/-bon-(good 好)→对人好	**beni**gn 和蔼的
-ceiv-	-cap-/-capt-(grasp 抓)→领悟	per**ceiv**e 意识到
-cess-	go(走)→走(到旁边,周边)	ac**cess**ory 配件
-cid-	fall(降,落)→(事件)降落	in**cid**ence 发生率
-equ-	equal 平等→(达到一个水)平	ad**equa**te 充足的
	equal 等→(数学的)等式	**equa**tion 等式
-fer-	carry(挪,搬)→搬运	trans**fer** 迁移
-grad-	walk(走)→(一步步)走(下坡)	de**grad**e 使退化
-li-	-ly-/-lig-(tie 绑)→绑(一起)	**li**able 有义务的
-mod-	采取恰当方法→(不断)修正	**mod**ify 修改
-neg-	deny(否,负)→负的	**neg**ative 负面的
	deny(否负)→协商就是否定(对方)	**neg**otiate 协商
-str-	-struct-(spread 伸展)→展开	con**struct** 建立
	-strict-(spread 伸展)→往回拉	re**strict** 限制
	-stren-(spread 伸展)→用力	**stren**uous 费力的
-pact-	fasten(绑,系)→绑(进去)	im**pact** 影响
-phas-	shine(光照)→(因重要)照	em**phas**is 强调
	shine(光照)→照(一段时间)	**phas**e 阶段
-ple-	fill(填充)→(全都)填充上	com**ple**ment 补充
	-plet-(fill 填充)→(往里)添加	de**plet**e 减少
-reg-	lead(领导)→调整(领导别人)	**reg**ulate 调整
-seg-	cut(切)→断成一段段	**seg**ment 片段
-st-	stance(站,立)→立着的(周遭)	circum**st**ance 环境
	-sist-(站,立)→(一直)站旁边	per**sist**ent 持续存在的
-val-	strong(物品)强(价值)→value	e**val**uate 评价,pre**val**ent 流行的
-vict-	conquer(征服)→(内心被)征服	con**vict**ion 深信
-vol-	-volut-(转)→演化	e**vol**ution 演化

rigorous [ˈrɪgərəs] ★★☆☆☆

记 rig-(stretch 拉伸→拉紧→严谨)-or-ous(的)→严格→严谨的,一丝不苟的

释 adj. 严格的,严酷的 <替> strict, severe, stern
adj. 谨慎的,仔细的 <替> meticulous, careful
adj. 激烈的,剧烈的 <替> harsh, extreme

搭 rigorous training 严格的训练
rigorous climate 严酷的气候
rigorous analysis 细致的分析
rigorous debate 激烈的辩论

例 The planes have to undergo rigorous safety checks.
这些飞机得接受严格的安全检查。

写 Rigorous exercise can damage health instead of improving it.
剧烈的运动会损害健康而不是改善健康。

衍 rigour n. 严格,缜密,苦难

resilient [rɪˈzɪliənt] ★☆☆☆☆

记 re-(back 回)-sil-(-sal-=jump 跳)-i-ent→跳回去→弹回去→有回弹力的→恢复快的,适应力强的

释 adj. 有弹性的,能复原的 <替> springy, elastic
adj. 适应力强的,恢复快的 <替> adaptable

搭 resilient material
有弹性的材料
prove resilient
证明有韧性的
make us more resilient
使我们更加坚韧

阅 A monoculture of drought-ready trees may look really resilient to drought.
单一栽培的抗旱树种可能看起来的确具有抗旱性。

衍 resilience n. 弹力,适应力 [C7T2R1]
salient adj. 显著的,突出的

distinct [dɪˈstɪŋkt] ★★☆☆☆

记 di-(分开)-stinct(=-stingu-刺)→刺开→区分开

释 adj. 可区分的,明显的,独特的
<替> separate, clear-cut, noticeable, different

搭 distinct character 独特的性格

have some distinct benefits 有些明显的好处
two distinct groups 两个不同类型的群体

阅 Chinese folk music is quite distinct from North American jazz or blues.
中国民俗音乐与北美爵士乐或蓝调有很大区别。

例 One of the distinctive features of this movie is its distinct music.
这部电影显著特点之一是它与众不同的音乐。

衍 distinction n. 区别,区分 [BCOGT1R1]
distinctive adj. 有特色的,特别的 [C7T1R3]
extinct adj. 灭绝的,废除的 [C14T4R2]
extinguish vt. 熄灭,使消亡

accessory [əkˈsesəri] ★★☆☆☆

记 ac-(to 朝向)-cess-(-ced-=go 走)-ory→源于法语,走到边上→成为附属,从犯→附件,附属物→配饰

释 n. 附件,配件 <替> addition, attachment
n. 配饰,装饰品 <替> adornment, ornament
n. 从犯,帮凶 <替> conspirator, accomplice
adj. 附属的,辅助的 <替> extra, additional

搭 must-have accessories
必备的配件
fashion accessory
时尚配饰
car accessories
汽车配件
accessory equipment 辅助的设备

阅 The book offers advice on choosing fabrics, furniture, and accessories.
这本书提供了在选择面料、家具和装饰品方面的建议。

衍 accession n. 正式加入,登基,就职
intercede vi. 调解,斡旋

deterrent [dɪˈterənt] ★☆☆☆☆

记 de-(away 远离)-terr-(filled with fear 害怕)-ent(名词/形容词后缀)→害怕的东西→威慑物(的)

释 n. 威慑物或因素 <替> discouragement, warning
adj. 威慑的,遏止的 <替> inhibiting, dissuading

搭 have a deterrent effect

有<u>威慑</u>的作用

effective <u>deterrent</u>

有效的<u>威慑</u>因素

<u>deterrent</u> to crime

对犯罪的<u>震慑</u>

deterrent

例 In theory, capital punishment is the ultimate <u>deterrent</u>.

理论上讲,死刑是(对犯罪的)终极<u>威慑</u>。

衍 de<u>ter</u> vt. 威慑,阻止(ter=terr) [C6T1R2]/[C14T3R2]

unde<u>terred</u> adj. 不屈不挠的 [C11T3R2]

<u>terr</u>or n. 恐惧,恐怖的事

flaw [flɔ:]　★☆☆☆☆

记 北欧斯堪的纳维亚语,表示fault→缺陷,错误

释 n. 错误 <替> fault, error, mistake, drawback

　n. 缺点,缺陷 <替> defect, shortfall

搭 have serious <u>flaws</u>

存在严重的缺陷

character <u>flaw</u>

性格缺陷

full of fundamental <u>flaws</u>

充满着根本性的<u>错误</u>

flaw

only one foot

阅 The markets have exposed the fatal <u>flaw</u> in the government's economic policy.

市场已暴露出政府的经济政策中存在的致命<u>错误</u>。

衍 <u>flaw</u>less adj. 完美的

anomaly [ə'nɒməli]　★☆☆☆☆

记 an-(not)-oma-(-homo-=same 相同)-ly→不相同→反常,异常

释 n. 反常(事或人),异常 <替> exception, oddity

搭 produce <u>anomalies</u>

造成<u>反常</u>现象

various <u>anomalies</u>

各种各样<u>反常</u>的事

gravitational <u>anomalies</u>

引力<u>异常</u>

anomaly

反常

阅 The <u>anomaly</u> of the social security system is that you sometimes have more money without a job.

社会保障制度下的<u>反常现象</u>是失业有时反而拿钱更多。

衍 <u>anoma</u>lous adj. 反常的,例外的

<u>homo</u>geneous adj. 同种类的,同性质的

<u>homo</u>phone n. 同音异义词

ample ['æmpl]　★★☆☆☆

记 am-(grab 抓)-ple(plus 额外)→额外抓很多的→多的→大量的

释 adj. 大量的,丰富的 <替> plentiful, abundant

　adj. 大的,宽敞的 <替> large, great, spacious

搭 have <u>ample</u> opportunities

有<u>大量的</u>机会

<u>ample</u> supply of food

充足的食物供应

<u>ample</u> room

宽敞的房间

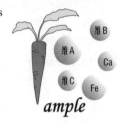

维B　维A　Ca　维C　Fe

ample

阅 There is <u>ample</u> evidence to prove the greenhouse effect on earth.

有<u>大量</u>的证据证明地球上的温室效应。

衍 <u>amp</u>ly adv. 大量地

<u>amp</u>lify vt. 扩大,增强 [C8T2R2]

<u>amp</u>lification n. 扩音,详述

degrade [dɪ'greɪd]　★☆☆☆☆

记 de-(down)-grad-(step, walk)-e→walk or step down→走下坡路→使恶化,退化→使丢脸

释 vt. 使丢脸,侮辱 <替> disgrace, dishonour

　vt. 使恶化,使退化 <替> deteriorate, degenerate

　v. 降解,分解 <替> break down, decay

搭 <u>degrad</u>ing experience

丢脸的经历

<u>degrade</u> in moist soil

在潮湿的土壤中<u>分解</u>

<u>degrade</u> the environment

使环境恶化

degrade

写 Every day the environment is further <u>degraded</u> by toxic wastes.

环境日益受到有毒废物的<u>危害</u>。

衍 <u>degrad</u>ing adj. 丢脸的,侮辱的

<u>degrad</u>ation n. 恶化,堕落 [C13T4R2]/[C16T3R2]

retro<u>grade</u> adj. 倒退的,退化的

bio<u>degrade</u> vt. 生物降解

evaluate [ɪˈvæljueɪt] ★★☆☆☆

记 e-(out 出)-valu-(value 价值)-ate→估计出价值

释 vt. 评估,评价 <替> assess, judge, appraise

搭 evaluate one's ability 评价某人的能力

evaluate sth. fairly 公正地评价某事

evaluate the impact 评估(产生的)影响

回 Don't evaluate a person on the basis of appearance.
不要以相貌评价人。

衍 evaluation n. 评估,评价

reevaluate vt. 再评估,再评价

conviction [kənˈvɪkʃn] ★★★☆☆

记 con-(全部)-vict-(victory 征服)-ion(名词)→内心
被完全征服→坚定的信念→坚信→(坚信)定罪

释 n. 坚定的信念,坚定的看法,说服力
<替> belief, creed, faith, opinion

n. 深信,坚信 <替> certainty, assurance

n. 判罪,定罪 <替> declaration, judgement

搭 personal conviction 个人的信念

speak with conviction 坚信地说

secure a conviction 定罪

例 It's my conviction that I'm right.
我深信我是正确的。

回 His argument doesn't carry much conviction.
他的论据没有多大说服力。

conviction

衍 convict vt. 给……定罪 n. 囚犯

evict vt. 赶出(e-=out)

victorious adj. 胜利的

perilous [ˈperələs] ★☆☆☆☆

记 per-(forward)→向前→探索→冒险-il-ous(的)→
冒险的→有风险的→危险的

释 adj. 危险的,艰险 <替> dangerous, risky

搭 in perilous circumstance
在危险的情况下

take a perilous journey
开始艰险的旅程

in a perilous state
处于危险的状态

perilous

写 Many species are in perilous situation because of
our destruction of their natural habitat.

由于我们破坏了它们的自然栖息地,许多物种
正处于危险的情况中。

衍 peril n. 危险(risk)

strenuous [ˈstrenjuəs] ★☆☆☆☆

记 stren-(-ster-=hard, severe 严峻,艰难)-u-ous(形容
词后缀)→艰苦的,费力的→剧烈的

释 adj. 费力的,艰苦的 <替> demanding, arduous

adj. 劲头足的,剧烈的 <替> energetic, keen

搭 strenuous efforts
极大的努力

strenuous supporter
积极的支持者

take strenuous exercise
做剧烈的运动

strenuous

strenuous opposition 激烈的反对

回 The job involves strenuous work and long hours.
这项工作很艰苦,而且要花很长时间。

例 Doctors and nurses in hospitals work long,
strenuous hours.
医院里的医生和护士工作时间长,工作强度大。

hinder [ˈhɪndə(r)] ★☆☆☆☆

记 hind-(源于 behind 在后面)-er→from behind→来
自背后的→阻力→妨碍,阻止→束缚

释 vt. 阻止,妨碍 <替> stop, halt, impede, inhibit

vt. 牵制,束缚 <替> constrain, restrain, shackle

搭 tend to hinder movement
往往妨碍行动

hinder economic growth
阻碍经济发展

hinder me in my work
阻碍我的工作

hinder

写 This gap hindered education, health care and
economic growth.
这一差距阻碍了教育、医疗保健和经济发展。

衍 hindrance n. 妨碍者,障碍物 [C6T2R3]/[BCOGT3R2]

hindsight n. 事后聪明,后见之明 (hind- 后)

[C12T6R2]

potential [pəˈtenʃl] ★★★★☆

记 potent-(being able→能)-ial→有能力→有潜力

释 n. 潜力,潜质 <替> ability, aptitude, capability
adj. 潜在的,可能的 <替> possible, dormant

搭 potential problem
潜在的问题
potential threat
潜在的威胁
fulfill one's potential
发挥某人的潜能

写 The school strives to treat pupils as individuals and to help each one to achieve their full potential.
学校力求对每一个学生因材施教,帮助他们充分发挥其潜力。

衍 potent adj. 有强效的,有力的
impotent adj. 无能为力的

previous [ˈpriːviəs] ★★★★☆

记 pre-(前)-vi-(way)-ous(的)→前面的路→先前的

释 adj. 先前的,以往的,上次的
<替> before, prior to, earlier than, former

搭 previous experience
以往的经验
previous attempts
以前的尝试
the previous chapter 前一章

now
previous

例 Applicants for that particular job must have previous experience.
申请那份特殊工作的人须先前有过经验。

衍 previously adv. 事先,以前
via prep. 经由,经过(=through)
devious adj. 不诚实的,狡诈的 [C8T4R2]
vehement adj. 激烈的

equation [ɪˈkweɪʒn] ★★☆☆☆

记 equ-(等)-a-tion(名词后缀)→等分→相等,等式

释 n. 相等,等式,方程式
<替> equating, comparison

搭 chemical equation
化学等式

$E=mc^2$
equation

solve an equation 解方程式

写 The equation of wealth with happiness can be dangerous.
把财富与幸福等同起来可能会很危险。

衍 equal adj. 相同的,同样的
equator n. 赤道
equality n. 平等,同等
equitable adj. 公平的 [C6T3R2]

surge [sɜːdʒ] ★★☆☆☆

记 su-(sub-=up from below 自下而上)-rg-(-reg-=直线)-e→直线上升→激增,急剧上升

释 n. / vi. 激增,急剧上升,飞涨
<替> rise, sudden increase, jump, leap, boost
n. / vi. (情感)翻腾,(人群)蜂拥,(波涛)汹涌
<替> rush, blast, swell, heave, make waves

搭 surging imports
进口激增
tidal surge
潮汐猛涨
surged 40% in two months
两个月里激增了40%
surged in consumer spending 消费的激增

surge

例 The company's profits have surged this year.
该公司的利润今年激增。

衍 upsurge n. 急剧增长
resurgent adj. 重新兴起的,复苏的

element [ˈelɪmənt] ★★★★☆

记 earth(土)、air(空气)、fire(火)和 water(水)是古希腊人认为构成万物的 element,即要素→因素

释 n. 成分,要素,元素
<替> component, factor, substance

搭 essential element
关键因素
key element in success
成功的关键要素
be in one's element
适得其所
chemical elements 化学元素

26	2 8 14 2
Fe	
Iron 55.845(2)	

element

□ There's an element of truth in his story.
他说的有些道理。

衍 elementary *adj.* 初步的，基本的

*in***hab**it [ɪnˈhæbɪt]   ★★☆☆☆

记 *in-*(里)-*habit*(*dwell* 居住)→居住在里面→栖息

释 *vt.* 居住于，栖息于 <替> *live in, settle, dwell*

搭 inhabit the area
栖息在这一地区
inhabit his mind
占据他的心灵
mainly inhabited by tortoises
主要栖息着陆龟

阅 This remote island is only inhabited by 100 people.
这个偏远的岛屿仅有100人居住。

衍 inhabitant *n.* 居民 [C9T4R3]/[C11T2R2]
habitat *n.* 栖息地，生长地 [C5T4R3]
uninhabited *adj.* 无人居住的
inhabitable(=habitable) *adj.* 适合居住的

*fee***ble** [ˈfiːbl]   ★☆☆☆☆

记 *fee-*(*weak* 弱)-*ble*→虚弱，站不住脚的，软弱的

释 *adj.* 微弱的，虚弱的 <替> *weak, frail*
adj. 软弱的，胆怯的 <替> *cowardly, timid*
adj. 牵强的，不可信的 <替> *unconvincing*

搭 feeble light
微弱的光线
feeble argument
站不住脚的论据
feeble personality
软弱的个性

阅 In comparison with its importance among animals, the human sense of smell is feeble and underdeveloped. [C8T2R3]
与嗅觉对动物的重要性比起来，人类的嗅觉是微弱的和发育不完全的。

*pen***alty** [ˈpenəlti]   ★★★☆☆

记 *pen-*(*-pain-/-pun-=pay a price* 付出代价)-*al-ty*(后缀)→付出代价→惩罚

释 *n.* 惩罚，处罚 <替> *punishment, fine*

搭 minimum penalty
最轻的处罚

penalty clause
惩罚性条款
pay a heavy penalty
付出沉重的代价

例 Loss of privacy is one of the penalties of success.
失去个人隐私乃是功成名就的代价之一。

衍 penalise *vt.* 处罚，惩罚
painful *adj.* 痛苦的(pain=pen)
punish *vt.* 惩罚，处罚(pun=pen)

*apt***itude** [ˈæptɪtjuːd]   ★☆☆☆☆

记 *apt-*(*grasp* 抓，领悟→有能力抓住→有能力，有资质)-*itude*(抽象名词后缀)→天资，才能，资质

释 *n.* 天资，才能，资质 <替> *gift, talent, faculty*

搭 intellectual aptitude 智力天资
display aptitude for music 展露音乐的才能
have no aptitude for sport 没有运动方面的天赋

阅 Students are more likely to receive an education catering to their individual aptitudes.
学生更有可能接受适合他们个人能力的教育。

衍 apt *adj.* 合适的，恰当的
aptly *adv.* 适当地，恰当地

*mod***ify** [ˈmɒdɪfaɪ]   ★★☆☆☆

记 *mod-*(*measure* 测量→使测量)-*ify*→不断地修正→修改，缓和(修正)

释 *vt.* 修改，改正 <替> *change, adapt, adjust, alter*
vt. 缓和，减轻 <替> *ease, lessen, soften, lower*

搭 modify the term 修改该条款
modify one's tone
缓和某人的口气
modify our behaviour
改正我们的行为

写 Established notions are difficult to modify.
(已经建立的)固定观念是很难更改的。

阅 Realistic sounds may be modified in order to manipulate the audience's response to the film.
写实的声效可能经过了修正，以便引导观众对电影的反馈。 [C11T4R2]

衍 modification *n.* 修正，修改 [C15T2R2]
modest *adj.* 谦虚的，适中的

prestige [pre'stiːʒ] ★★☆☆☆

记 *pre-(before 在前)-stig-(tie, fasten 绑，系)-e*→捆绑在人身上的幻象→呈现在人前的→声望

释 *n.* 声望，威望 <替> *status, fame, reputation*
adj. 有威望的，受尊重的 <替> *famous, admirable*

搭 international prestige
国际声望

prestige job
令人尊敬的工作

personal prestige 个人声望

carry immense prestige 带来巨大的声望

例 For China, the space program is all about boosting national pride and international prestige.
对于中国来说，这项太空计划提升了民族骄傲和国际威望。

衍 prestigious *adj.* 有威望的，受尊敬的 [BCOGT2R2]

ubiquitous [juːˈbɪkwɪtəs] ★☆☆☆☆

记 *ubi-(where 哪儿)-quit-(any 任何)-ous(的)*→*anywhere*→哪都有→在任何地方→无处不在的

释 *adj.* 无处不在的，随处可见的
<替> *everywhere, omnipresent, pervasive*

搭 the ubiquitous mass media
无处不在的大众媒体

ubiquitous phenomenon
随处可见的现象

例 Smartphones and the Internet have made data abundant, ubiquitous and far more valuable.
智能手机和互联网让数据丰富充裕、无处不在，而且价值飙升。

衍 ubiquity *n.* 无处不在，随处可见

diffuse [dɪˈfjuːs] ★☆☆☆☆

记 *dif-(away)-fus-(fund-=pour 流)-e*→流开→扩散，传播，漫射，模糊的，分散的，含混晦涩的

释 *v.* 传播，普及 <替> *broadcast, circulate*
v. 漫射，扩散，渗透 <替> *scatter, disperse*
adj. 模糊的，分散的，费解的，冗长的
<替> *dispersed, discursive, confused, verbose*

搭 diffuse knowledge
传播知识

diffuse light
漫射光

diffuse writing style
含混晦涩的写作风格

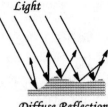

Light

Diffuse Reflection

例 Technologies diffuse rapidly. 技术普及非常快。

例 Oxygen diffuses from the lungs into the bloodstream.
氧气从肺部渗透到血液中。

衍 diffusion *n.* 散播，传播
infuse *vt.* 注入，使充满 [C13T2R3]
refusal *n.* 拒绝
confuse *vt.* 使混乱，使困惑(con-一起)

enforce [ɪnˈfɔːs] ★★☆☆☆

记 *en-(使)-force(力)*→使劲→强制实施，执行

释 *vt.* 强制实施，执行 <替> *force, carry out, impose*

搭 enforce the law
执行法律

enforce this practice
实施这个做法

enforce

enforce security policy
执行安全策略

阅 In response to the embargo, the US government enforced a series of policies designed to reduce reliance on foreign oil.
为了应对禁运，美国政府实施了一系列的政策，旨在降低对外国石油的依赖。

衍 enforcement *n.* 强制执行，加强 [C15T1R2]

transfer [trænsˈfɜː(r)] ★★★☆☆

记 *trans-(across)-fer(carry)*→搬到其他地方

释 *v.* 转移，调动 <替> *move, carry, convey*
n. 转移，调动 <替> *move, movement, shifting*

搭 apply for a transfer
申请调动

transfer to another division
调到另一部门

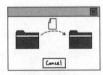

transfer data to the computer
往电脑里转数据

transfer

例 The chances of the disease being transferred to

humans are extremely remote.

该疾病传播到人类身上的概率微乎其微。

衍 transferable *adj.* 可转移的，可转让的

designate [ˈdezɪgneɪt]　★★☆☆☆

记 *de-(out)-sign(mark 标记)-ate(使……)→mark out→* 标记出来→指定，指派

释 *vt.* 指定，指派 <替> *appoint, assign, delegate*

搭 designate a skilled engineer
指派一名熟练的工程师
designated nature reserve
指定的自然保护区
reach the designated area
到达指定的区域

例 Smoking is allowed in designated areas.
允许在指定的区域内吸烟。

衍 designated *adj.* 指定的
designation *n.* 指定，委任

negative [ˈnegətɪv]　★★★☆☆

记 *neg-(-ni-/-nei-/null-=not)-at-ive→*否定，消极

释 *adj.* 否定的，消极的 <替> *opposing, pessimistic*
adj. 负的，阴性的 <替> *denying, contrary*
n. 否定表达 <替> *denial, contradiction*

搭 negative example
反面的例子
negative current
负电流
negative trade balance
贸易逆差

express a negative 表达一个否定观点

回 Don't be so negative about the world.
别对世界存这么消极的态度。

衍 neither *adv.* 两者都不 *conj.* 既不，也不
nullify *vt.* 使无效，取消
deny *vt.* 否认，否定

perceive [pəˈsiːv]　★★☆☆☆

记 *per-(穿过)-ceiv-(-cept-=grasp 抓)-e→*穿过表面抓
本质→洞察出来，觉察出来

释 *vt.* 觉察，意识到 <替> *see, discern, notice*
vt. 认为，视为 <替> *learn, realise, regard*

搭 perceive a change in attitude
觉察到了态度的变化
gradually perceive sth.
逐渐地认识到某事
perceived advantage
明显的优势

perceive

回 East Asians and Westerners perceive the world and think about it in very different ways.
东亚人和西方人对世界的认识与思考方式截然不同。

衍 perceivable *adj.* 可觉察的
perception *n.* 观点，洞察 [C6T3R2]/[C16T3R1]
misperception *n.* 误解 [C14T4R3]
perceptual *adj.* 感性的，感知的 [C12T6R3]
imperceptible *adj.* 难以觉察的

primary [ˈpraɪməri]　★★★☆☆

记 *prim-(前，早)-ary→*最早的→最初的，主要的

释 *adj.* 最初的，原始的 <替> *elementary, chief*
adj. 首要的，主要的 <替> *basic, chief, foremost*
adj. 初级的，初等的 <替> *first, initial*

搭 in the primary stage 在最初的阶段
primary purpose 主要的目的
our primary concern 我们首要的关注
primary education 小学(初等)教育

写 The primary function of our schools is to educate our young people.
我们学校的主要功能就是教育年轻人。

衍 primarily *adv.* 主要地
primitive *adj.* 原始的，早期的 [C10T4R3]/[C13T2R2]

subscribe [səbˈskraɪb]　★☆☆☆☆

记 *sub-(在下)-scrib-(-scrip-=write 写)-e→*写在下面
→签名在下面→签署→订购，捐献，赞同

释 *vi.* 同意，赞成*(to)* <替> *agree, accept, advocate*
vi. 订阅 <替> *pay money for a service*
vt. 签署 <替> *sign, inscribe*
vi. 捐赠，认购 <替> *donate, give money, pay*

搭 subscribe to an idea 赞成一个观点
subscribe a document 签署文件
subscribe to a charity
向慈善机构捐款

subscribe to a magazine
订阅杂志

例 We subscribe to the resolution.
我们赞同这项决议。

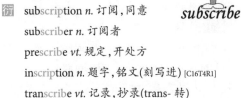
subscribe

衍 subscription n. 订阅，同意
subscriber n. 订阅者
prescribe vt. 规定，开处方
inscription n. 题字，铭文(刻写进) [C16T4R1]
transcribe vt. 记录，抄录(trans- 转)

construct [kən'strʌkt] ★★☆☆☆

记 con-(together)-struct(pile 立→堆)→堆在一起

释 vt. 建立，构建 <替> build, set up, establish
n. 思想，观念，构想 <替> idea, theory, frame
n. 建筑物，组成物 <替> something that is built

搭 construct a theory
建立一套理论
well-constructed essay
结构完善的文章
the same mental construct
同一思想观念

construct

例 Students need the ability to construct a logical argument.
学生们需要构建逻辑论述的能力。

衍 construction n. 建筑，建设
constructive adj. 建设性的 [BCOGT1R3]
reconstruct vt. 重建
destruct n. 破坏行为 v. 破坏(de- = down)
destructive adj. 毁灭性的，破坏的 [C15T4R3]

complex ['kɒmpleks] ★★★★☆

记 com-(together)-plex(折叠)→交错着折在一起→复杂的→(复杂的)建筑群，(复杂心理)情结

释 adj. 复杂的 <替> complicated, sophisticated
n. 建筑群，情结 <替> structure, obsession

搭 complex situation 复杂的情况
complex road system
复杂的公路系统
rebuild the port complex
重建港口建筑群 [C10T4L2]
inferiority complex 自卑情结

complex

阅 This shows that the relationship between obesity and food intake is more complex than we thought.
这表明肥胖与食物摄入之间的关系比我们想象的更复杂。

衍 complexity n. 复杂，复杂性 [C11T2R3]/[C15T2R1]
complexion n. 肤色，特性

deplete [dɪ'pliːt] ★★☆☆☆

记 de-(off, away)-plet-(plen-=fill)-e→从满的状态消失→减少，耗尽

释 vt. 消耗，枯竭 <替> exhaust, use up, consume

搭 deplete the food supply
消耗食品供应
be severely depleted
严重的枯竭
deplete natural resources
消耗自然资源

deplete

写 Stars like our sun swell into bloated red giants when the nuclear fuel in their cores is depleted.
像我们太阳这样的恒星，核心的核燃料耗尽时，就会发生膨胀，成为胀大的红巨星。

衍 depletion n. 消耗，耗尽
plethora n. 大量，过剩
plentiful adj. 丰富的，多的
replenish vt. 补充，重新装满 [C7T1R2]/[C15T2R3]

circumstance ['sɜːkəmstəns] ★★★☆☆

记 circum-(around)-stance(stand)→站立处的周边地区→状况，形势(与事件或行动相关)

释 n. 状况，形势 <替> event, condition, situation

搭 in certain circumstances
在一些情况下 [C13T2R2]
fit the circumstance 符合情况
under no circumstance 无论如何不

写 Circumstance has a far-reaching impact on one's personality.
环境对人的性格有深远的影响。

衍 circumspect adj. 谨慎的，小心的

adjacent [əˈdʒeɪsnt] ★☆☆☆☆

记 ad-(to)-jac-(-ject-=lay 躺→在旁边)-ent(形容词后缀)→躺在旁边→相邻的,临近的

释 adj. 相邻的,临近的 <替> close to, nearby

搭 adjacent community
临近的社区

live in adjacent rooms
住在毗邻的房间

be adjacent to the railway
与铁路相邻

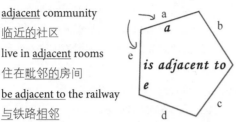

阅 The explosion leveled the house and heavily damaged four adjacent homes.
爆炸将房屋夷为平地,并且严重损坏了临近的四栋房屋。

衍 adjective adj. 从属的 n. 形容词

technical [ˈteknɪkl] ★★★☆☆

记 techn-(art, skill)-ical(……的)→技艺的,技术的

释 adj. 技艺的,技术的 <替> skilled, technological

搭 technical support
技术的支持

technical innovation
技术的革新

require technical knowledge
需要技术知识

口 The guide is too technical for a non-specialist.
这本指南对于非专业人士来说太专业了。

衍 technique n. 方法,技术

technician n. 技师

technology n. 技术,工艺

household [ˈhaʊshəʊld] ★★★☆☆

记 house-hold(抓→一起)→家庭→熟悉→家喻户晓

释 n. 家庭,一家人,家 <替> family, home

adj. 家庭的,家用的 <替> domestic, family

adj. 家喻户晓的 <替> ordinary, common

搭 household chores 家务

household expenses
家庭开支

household name
家喻户晓的名字

one-parent household
单亲家庭

阅 Before the Spring Festival, every Chinese household would have their houses cleaned.
春节前,每个中国家庭都会把自己家打扫一遍。

衍 stronghold n. 据点,主要栖息地

adequate [ˈædɪkwət] ★★★☆☆

记 ad-(to)-equ-(equal)-ate→equal to what is required→达到要求的量→充足的,适当的

释 adj. 充足的,适当的 <替> enough, ample

搭 adequate resource
充足的资源

take adequate measures
采取适当的措施

be adequate to the task
胜任这一任务

阅 The difficulty of finding adequate sources of oil on land has resulted in a greater number of offshore drilling sites.
在陆地上寻找充足的石油资源的难度造成的结果是产生了更大数量的浅海石油钻井点。

衍 inadequate adj. 不充分的,贫乏的

inadequacy n. 缺乏,不足 [C4T2R2]

incidence [ˈɪnsɪdəns] ★☆☆☆☆

记 in-(to)-cid-(fall→降落→发生)-ence→发生率

释 n. 发生率 <替> occurrence, frequency

搭 high incidence of crime
犯罪率很高

reduce the incidence of collision
降低碰撞的发生率 [C15T1R2]

阅 There is still a high incidence of malaria in the area.
这一地区疟疾的发病率仍然很高。

写 The system would greatly reduce the incidence of many infectious disease. [C11T1R1]
这个系统将会极大地降低很多传染性疾病的发生率。

衍 incident n. 事件,事故 [C6T1R3]

accidental adj. 意外的,偶然的 [C17T2R3]

illustrate [ˈɪləstreɪt] ★★★☆☆

记 il-(to)-lustr(light)-ate(动词后缀)→to light out→
(去点亮心里疑惑)→阐明,用插图表明

释 vt. **阐明,用插图表明** <替> explain, elucidate

搭 illustrate a point
说明一个观点

to further illustrate sth.
进一步阐明某事

well-illustrated textbook
有精美插图的教材

苹果 n. [ˈæpl]

illustrate

阅 She illustrated her argument with quotations from Freud.
她引用弗洛伊德的话来阐明她的论点。

衍 illustration n. 插图,例证

cultivate [ˈkʌltɪveɪt] ★★☆☆☆

记 cult-(培育)-iv-ate(使)→使培育→培养,建立

释 vt. **种植,培养** <替> grow, plant, raise, farm

搭 cultivate rice and beans
种植水稻和大豆

cultivate independence
培养独立性

cultivated woman
有教养的女性

cultivate

阅 The key to increasing optimism is through cultivating optimistic behaviour, rather than positive thinking. [C10T4R2]
提升乐观主义的关键是通过培养乐观的行为,而不是积极的思维。

衍 cultivated adj. 种植的,有教养的 [C13T3R1]
cultivation n. 耕种,培养,教养
cult n. 小宗教组织,狂热 [C8T3R2]
aquaculture n. 水产养殖(aqua-水)

regulate [ˈreɡjuleɪt] ★★☆☆☆

记 regul-(正,直)-ate→使其正→调正→调节,控制

释 vt. **调节,调控** <替> adjust, balance, moderate
vt. **约束,管制**
<替> govern, rule, control

搭 regulate one's conduct
约束某人的行为

政策

regulate

state-regulated economy
国家调控的经济

regulate our immune system
调节我们的免疫系统 [C16T2R2]

写 Therefore, the government should formulate and perfect relevant laws to regulate its development.
因此,政府应制定和完善相关法律以规范其发展。

衍 regulation n. 规定,条例 [C8T1R2]
regular adj. 定期的,有规律的
irregular adj. 不规则的
regularity n. 规律性,规则性

implement [ˈɪmplɪment] ★★★☆☆

记 im-(in)-ple-(fill)-ment→fill in→complete 完成→
实施,执行→完成任务所用的→工具,器具

释 vt. **实施,执行** <替> execute, put into effect
n. **工具,器具** <替> tool, instrument, device

搭 gardening implement
园艺工具

implement plans/policies
执行计划/政策

implement one's purpose
实现某人的目的

implement

写 Leadership is about the ability to implement change.
领导才能就是要有实施变革的能力。

衍 implementation n.实施,执行 [C15T1R2]

prevalent [ˈprevələnt] ★☆☆☆☆

记 pre-(早)-val-(strong 强有力的)-ent-(的)→提早露出强劲势头→流行的,盛行的,普遍的

释 adj. **流行的,盛行的,普遍的**
<替> prevailing, widespread, common

搭 prevalent view 普遍的观点
prevalent issue 流行的话题
become too prevalent 变得过于普遍

阅 A survey conducted recently in big cities found that depression was more prevalent in white-collar women.
近日在大城市中开展的一项调查发现,抑郁症在白领女性中变得更为常见了。

衍 prevalence *n.* 流行,普及

valuable *adj.* 有价值的

avail *n.* 效用 *v.* 有助于(-vail-=-val-)

unavailable *adj.* 得不到的,没空的

proportion [prəˈpɔːʃn] ★★★☆☆

记 *pro-(for)-port(part)-ion(名词)→for certain part→*
为了一部分→部分,比例(和部分比较)

释 *n.* **部分,比例** <替> *part, portion, amount, ratio*

搭 in equal proportion
以相同的比例

out of proportion to/with
与……不成比例

in direct proportion to
与……成正比

黄金比例分割
proportion

well-proportioned statue 比例匀称的雕塑

写 Payment will be in proportion to the work done,
not to the time spent doing it.
报酬将与工作量成比例,而不是与工作时间成
比例。

衍 proportional *adj.* 成比例的,匀称的 [C16T3R3]

disproportionate *adj.* 不成比例的 [COGT7R3]/ [C16T4R3]

external [ɪkˈstɜːnl] ★★☆☆☆

记 *ex-(out)-ter-(拉丁语比较级形式)-nal→*更外的
→靠外边的→表面的,外部的

释 *adj.* **表面的,外部的** <替> *outer, outside, surface*

搭 external injury
表面的伤

external dimension
外部的尺寸

external features
外部的特征

external

谚 Do not judge people by their external appearance.
不要以外貌评判人。

阅 A combination of internal and external factors
caused the company to close down.
内外因结合导致了该公司的倒闭。

衍 externality *n.* 外在性

emphasis [ˈemfəsɪs] ★★★☆☆

记 *em-(to)-phas-(show)-is→*展示出来→重要,强调

释 *n.* **重点,强调** <替> *stress, importance, weight*

搭 lay emphasis on discipline 强调纪律

shift the emphasis 转移重点

different emphases and viewpoints
不同的重点和观点

回 They put more emphasis on quality rather than
on quantity.
他们更重质量而不是数量。

衍 emphasise *vt.* 强调

phantom *n.* 幽灵 *adj.* 幻觉的 [C8T1R1]

relevant [ˈreləvənt] ★★☆☆☆

记 *re-(again 再)-lev-(lift 举)-ant-(的)→*抬起→反复被
提起→有关的,相关的

释 *adj.* **有关的,相关的** <替> *related, appropriate*

搭 relevant document
相关的文件

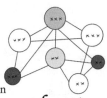

relevant experience
相关的经验

be relevant to our discussion
与我们的讨论有关

relevant

回 What experience do you have that is relevant to
this position?
对于这个职位你有什么相关的经验吗?

衍 relevance *n.* 关联性,适当

irrelevant *adj.* 不相关的 [C13T4R3]

compromise [ˈkɒmprəmaɪz] ★★★☆☆

记 *com-(together)-promise→*共同承诺→妥协,和解
→妥协会损伤或危害部分利益→损害,减少

释 *vi.* **妥协,让步** <替> *concede, meet halfway*

vt. **违背,损害** <替> *dishonour, risk, weaken*

n. **妥协,折中** <替> *agreement, settlement*

搭 reach a compromise 达成妥协

compromise proposal 折中提议

compromise one's dignity 损害某人的尊严

refuse to compromise 拒绝妥协

写 He would rather give up this offer than
compromise his principles.
他宁愿放弃这个提议也不愿意损害他的原则。

衍 promising *adj.* 有前途的

uncompromising *adj.* 坚定的，严酷的

synthetic [sɪnˈθetɪk] ★☆☆☆☆

记 syn-(together)-the-(put)-tic→放到一起→合成的，人造的，合成物，合成纤维

释 *adj.* 合成的，人造的 <替> artificial, fabricated
n. 合成物，合成纤维 <替> artificial substance

搭 synthetic fertiliser
合成肥料 [C13T4R2]
new synthetic material
新的人造材料 [C5T2R1]
natural fiber and synthetics
天然纤维和合成纤维

plastics
synthetic

阅 The continuous and reckless use of synthetic chemicals for the control of pests is proving to be counter-productive. [C8T4R2]
为了控制害虫而持续且不计后果地使用合成化学品证明是起反作用的。

衍 synthesis *n.* 合成，综合
synthesise *vt.* 合成 [C13T3R2]

characteristic [ˌkærəktəˈrɪstɪk] ★★★☆☆

记 charact-(尖的树棍→用尖的树棍刻)-er-ist-ic(……的)→刻进里面的→刻进性格里→特点，特征

释 *n.* 特征，特点 <替> feature, faculty, attribute
adj. 典型的，特有的 <替> distinctive, unique

搭 characteristic feature
典型的特征
display new characteristics
展现新的特征 [C17T2R3]
personal characteristics
个人特征 [C8T3R2]

genetic characteristic

national characteristic 国民特点

阅 Sympathy is the feeling characteristic of mankind.
同情心是人类特有的感情。

例 The two species have several characteristics in common.
这两个物种有几个共同的特征。

衍 character *n.* 性格，特点 [C11T4R2]
characterisation *n.* 人物刻画/塑造 [C11T4R2]
characterise *vt.* 具有……特征，描绘

fulfil [fʊlˈfɪl] ★★★☆☆

记 ful-(full 满)-fil(fill 填)→填满→实现，履行→满足

释 *vt.* 实现，完成 <替> realise, achieve, complete
vt. 满足，使满意 <替> satisfy, meet, answer

搭 fulfil one's potential
发挥某人的潜力
fulfil one's promise
履行某人的诺言
fulfil one's expectation
满足某人的期望

American Dream
fulfil

阅 Fear of failure can become a self-fulfilling prophecy.
害怕失败可能会导致(自我实现)失败。

衍 fulfilment *n.* 完成，实现，满足
unfulfilled *adj.* 无法履行的，未完成的

restrict [rɪˈstrɪkt] ★★☆☆☆

记 re-(back)-strict(pull, tie)→拽回来→限制，禁止

释 *vt.* 限制，禁止 <替> limit, control, hinder
vt. 束缚，阻碍 <替> confine, inhibit, restrain

搭 restrict public access
禁止公众进入
restrict blood flow
阻碍血液流通
restrict the animal's migration
限制动物的迁徙

犬类禁入
restrict

写 The severe smog has greatly restricted children's normal outdoor activities.
严重的雾霾极大地限制了孩子们正常的户外活动。

衍 restriction *n.* 限制，规定 [COGT1R2]
restricted *adj.* 受限制的，有限的
constrict *v.* (使)收缩，(使)约束
strict *adj.* 严厉的，严格的

prior [ˈpraɪə(r)] ★★★☆☆

记 pri-(前，早)-or→在先的，优先的，较早的

释 *adj.* 之前的，较早的
<替> earlier, previous

搭 give a prior notice
预先通知

prior

<u>prior</u> condition

先决条件

<u>prior to</u> implementation

在实施<u>之前</u>

写 I shall have to refuse your invitation because of a <u>prior</u> engagement.

我因有约<u>在先</u>,所以只好谢绝你的邀请。

*calcul*ate ['kælkjuleɪt] ★★☆☆☆

记 calcul-(成分为钙的石灰石→石灰石石子)-ate(动词后缀)→古希腊人用小石子来计数→计算

释 *vt.* **计算,打算** <替> *compute, work out*

搭 <u>calculate</u> the cost

计算成本

<u>calculate</u> accurate distance

计算准确的距离 [C9T2R2]

<u>calculate</u> long-term effects

计算长期影响

```
66379
+    83
+/C MRC M- M+
⇒  7  8  9  √   %
GT 4  5  6  ×   ÷
%  1  2  3  +   -
%  0  00  .  +   =
```

calculate

阅 Conservationists <u>calculate</u> that hundreds of species could be lost in this area.

自然环境保护主义者<u>估算</u>成百上千的物种可能会在此地区消失。

衍 <u>calcul</u>ation *n.* 计算

<u>calcul</u>us *n.* 微积分

mis<u>calcul</u>ate *v.* 算错,错误估计

<u>calc</u>ium *n.* 钙 [C16T1R1]

fabric ['fæbrɪk] ★★★☆☆

记 fabric 过去指用材料编造手工艺品的工匠艺人→织物,布料→(编织的)基本结构

释 *n.* **织物,布料** <替> *cloth, textile, material*

n. **结构,构架** <替> *structure, framework*

搭 cotton <u>fabric</u> 棉织物

weave into <u>fabric</u> 编织成布料

erode the social <u>fabric</u>

侵蚀社会<u>结构</u>

the <u>fabric</u> of the building

这座建筑的<u>结构</u>

fabric

阅 For many centuries the weaving and trading of silk <u>fabric</u> was a strict imperial monopoly. [C11T3R1]

几百年来,<u>丝绸布料</u>的纺织和贸易受到皇家的严格垄断。

*phas*e [[feɪz] ★★★☆☆

记 phas-(shine→show)-e→显露不同阶段→阶段

释 *n.* **阶段,时期** <替> *stage, period, time, part*

vt. **(把……)分阶段** <替> *plan or carry out in steps*

搭 enter a crucial <u>phase</u> 进入关键的<u>阶段</u>

in dormant <u>phase</u> 在休眠的<u>阶段</u>

the rebellious <u>phase</u> <u>叛逆的时期</u>

写 The program <u>is out of phase with</u> the rest of the curriculum.

这个项目<u>与</u>其他的课程<u>格格不入</u>。

例 Subsidies to farmers will <u>be phased out</u> by the year 2030.

对农民的补贴将在 2030 年之前<u>逐步废除</u>。

衍 inter<u>phas</u>e *n.* 分裂间期

*fost*er ['fɒstə(r)] ★★☆☆☆

记 fost-(food)-er→提供食物→养育,培养→促进

释 *v.* **收养,寄养** <替> *raise, nurture, feed, rear*

vt. **促进,鼓励,培养** <替> *promote, bring up*

搭 <u>foster</u> an interest 培养一种兴趣

<u>foster</u> a child 收养一个孩子

<u>foster</u> economic growth

<u>促进</u>经济增长

<u>foster</u> constructive relations

培养建设性的关系 [C14T1R3]

谚 Ignorance <u>fosters</u> superstition. 无知<u>助长</u>迷信。

例 Developed countries had a responsibility to <u>foster</u> global economic growth to help developing regions.

发达国家有责任<u>促进</u>全球经济增长,以帮助发展中地区。

*dis*cretion [dɪˈskreʃn] ★★☆☆☆

记 dis-(off, away)-cret-(-cris-分开)-ion→区分开的→辨别力→谨慎,自行决定

释 *n.* **慎重,谨慎** <替> *carefulness, caution, prudence*

n. **自行决定权** <替> *judgement*

搭 act with <u>discretion</u>

<u>谨慎</u>行事

use one's own <u>discretion</u>

自行做出<u>判断</u>

SHHH!

discretion

谚 Discretion is the better part of valour.
谨慎即大勇。

回 You must choose you friends with discretion.
你一定要慎重地择友。

衍 discrete *adj.* 互不相连的

eradicate [ɪˈrædɪkeɪt] ★☆☆☆☆

记 e-(out)-rad-(根)-ic-ate(使)→把根都清除出去

释 *vt.* 清除, 消除 <替> get rid of, remove, eliminate

搭 eradicate crime
根除犯罪

eradicate domestic violence
消除家庭暴力

eradicate discrimination
消除歧视

阅 The government has a fundamental interest in eradicating racial discrimination in education.
政府对在教育中消除种族歧视非常重视。

衍 eradication *n.* 根除, 清除 [C12T7R2]

evolution [ˌiːvəˈluːʃn] ★★☆☆☆

记 e-(out 出)-volu-(-volv-=roll)-tion→转→转化出→进化→发展

释 *n.* 进化, 发展 <替> development, advancement

搭 process of evolution
进化的过程

in continuous evolution
在不断的发展中

the Theory of Evolution
进化论

大刍草　玉米

阅 In politics, Britain has preferred evolution to revolution.
在政治上, 英国喜欢渐进而不喜欢革命。

衍 evolutionary *adj.* 进化的, 演变的
evolvement *n.* 进化, 发展
re-evolved *adj.* 再次进化的 [C10T4R3]

negotiate [nɪˈɡəʊʃieɪt] ★★★★☆

记 neg-(nei-=no 否定)-o-ti-ate(动词后缀)→否定对方→讨价还价, 洽谈

释 *vi.* 谈判, 协商 <替> deal, bargain, mediate
vt. 商定, 达成 <替> try to reach an agreement

搭 refuse to negotiate
拒绝谈判

negotiate business deals
达成商业交易

negotiate for a new contract
为一个新合同谈判

例 Let us never negotiate out of fear.
让我们永不因畏惧而谈判。

衍 negotiable *adj.* 可协商的
negotiation *n.* 协商, 商议

nutrient [ˈnjuːtriənt] ★★☆☆☆

记 nu-(-nour-=suckle 吃奶→营养供给)-tri-ent(后缀)→营养的, 滋养的, 营养物

释 *n.* 营养素, 营养物 <替> a source of nourishment
adj. 营养的, 养分的 <替> nourishing

搭 nutrient content
营养的成分

nutrient absorption
养分的吸收

suffer from nutrient deficiency
受缺乏营养之苦

nutrient

阅 Plants draw minerals and nutrients from the soil.
植物从泥土中吸收矿物质和养料。

衍 nutrition *n.* 营养, 营养学 [C6T2R2]
nutritious *adj.* 滋养的, 营养的 [C17T2R2]
malnutrition *n.* 营养不良(mal-=bad)

impact [ˈɪmpækt] ★★★★☆

记 im-(=in)-pact(绑, 系)→绑进去→勒进去→产生影响, 产生作用→撞击, 冲击(进去)

释 *n.* 影响, 冲击 <替> effect, influence, collision
v. 撞击, 对……影响 <替> hit, clash, collide

搭 have an impact on
对……有影响

reduce the impact
减少影响

make a profound impact
产生深远的影响

the impact of new technology 新技术的影响

写 The specific impact of the greenhouse effect is still unknowable.

温室效应的具体影响仍旧无法知道。

阅 The site of the large meteorite <u>impact</u> at the end of the Cretaceous Period was identified in 1990.
白垩纪末期的大陨石<u>撞击</u>点在 1990 年得到确认。

衍 com<u>pact</u> *adj.* 紧密的 [C17T1R2]
<u>pact</u> *n.* 条约, 公约, 协定

ben*i*gn [bɪˈnaɪn] ★☆☆☆☆

记 *beni-(bene-good* 好*)-gn-(gen-=birth* 生*)*→生而本善的→好的, 善的, 良性的

释 *adj.* 和蔼的, 温和的 <替> *friendly, amiable*
adj. 良性的, 无害的 <替> *curable, harmless*

搭 <u>benign</u> smile 和蔼的微笑
<u>benign</u> tumour 良性的肿瘤
<u>benign</u> climate 宜人的气候
<u>benign</u> environmental impact
<u>无害的</u>环境影响[真题]

写 The effects of this chemical are fairly <u>benign</u>.
这种化学品的作用相当<u>温和</u>。

e*n*ormous [ɪˈnɔːməs] ★★★☆☆

记 *e-(out* 出*)-norm-(*木匠用的直角尺→量的标准→标准*)-ous(*的*)*→超出标准的→巨大的, 庞大的

释 *adj.* 巨大的, 庞大的 <替> *huge, vast, colossal*

搭 make an <u>enormous</u> effort
付出<u>巨大的</u>努力
<u>enormous</u> expenses
<u>巨大的</u>花费
achieve <u>enormous</u> popularity
获得<u>巨大的</u>欢迎

英国巨石阵 *enormous*

阅 Long ago <u>enormous</u> animals dominated the earth.
很久以前地球上主要由<u>庞大的</u>动物统治。

yield [jiːld] ★★★☆☆

记 地里*(field)*生长*(yield)*庄稼→生长→产量, 收获, 产生, 屈服*(*庄稼受制于天气*)*

释 *n.* (农作物)产量 <替> *produce, harvest, output*
vt. 产生, 提供 <替> *produce, bear, provide*
vi. 屈服, 让步 <替> *surrender, submit, give in*

搭 reduce crop <u>yields</u>

减少农作物产量 [C16T3R3]
<u>yield to</u> desire
<u>屈服</u>于欲望
<u>yield</u> useful information
<u>提供</u>有用的信息

yield

例 We will never <u>yield to</u> terrorists.
我们永远不会<u>屈服</u>于恐怖分子。

例 Blood test can take days or weeks to <u>yield</u> results.
血检需要几天或者几周才能<u>出</u>结果。

衍 <u>yield</u>ing *adj.* 屈服的, 生产的
un<u>yield</u>ing *adj.* 不屈服的

dis*m*antle [dɪsˈmæntl] ★★☆☆☆

记 *dis-(away)-mantle(*衣钵*)*→脱下衣服→拆除, 废除

释 *vt.* 拆开, 拆卸 <替> *take a part, dissemble*
vt. 废除, 取消 <替> *destroy, tear down*

搭 <u>dismantle</u> a building
拆掉一座建筑

<u>dismantle</u> the idea
废除这个想法
<u>dismantle</u> its internal machinery
废除其内在的机制 [C10T3R2]

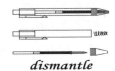
dismantle

写 There were fears that the new government would try to <u>dismantle</u> the state-owned industries.
人们担心新政府会试图<u>废除</u>国有产业。

衍 <u>mantle</u> *n.* 斗篷, 职责, 地幔

wel*f*are [ˈwelfeə(r)] ★★★☆☆

记 *wel-(well)-fare(get along*→过活*)*→生活得好→福利, 福祉, 幸福, 安宁

释 *n.* 福利, 福祉, 幸福 <替> *happiness, well-being*

搭 social <u>welfare</u> system
社会<u>福利</u>体系
promote family <u>welfare</u>
改善家庭<u>福利</u>
animal <u>welfare</u> 动物福祉

welfare

写 Don't turn a blind eye to matters that concern the people's <u>welfare</u>.
不要对关系到民众<u>福祉</u>的事情视而不见。

session [ˈseʃn] ★★★★☆

记 sess-(sit 坐)-ion→坐着的状态→会议,开庭

释 n. 会议,开庭(期) <替> meeting, conference
n. 一段时间,上课期间 <替> time, period

搭 hold a session 主持一场会议

training session
训练期间

closed session
闭门会议

the morning sessions
上午的课程

session

句 She attended the summer session of college.
她参加了大学的暑期班。

liable [ˈlaɪəbl] ★★☆☆☆

记 li-(lia-/-lig-/-ly-=bind, tie 绑,系)-able→被义务和责任绑住→有义务,有责任→可能的,有……倾向的

释 adj. 有义务的,有责任的 <替> responsible
adj. 可能的,有……危险的,有……倾向的
<替> likely, prone, vulnerable, susceptible

搭 be liable for damages
有责任赔偿损失

areas liable to flooding
易遭受洪水的地区

remain liable 继续负有责任

liable

句 This is liable to cause misunderstanding.
这容易引起误会。

衍 liability n. 责任,义务
religion n. 宗教
liaison n. 联系,联络员
rally v. 集合,集结

segment [ˈseɡmənt] ★★★☆☆

记 seg-(-sect-=cut→切成段)-ment(名词后缀)→片段,节,部分→部门→分割

释 n. 片段,部分 <替> part, section, portion
vt. 分割,划分 <替> divide, separate, split up

搭 separate into segments
分成部分/段

the missing segment

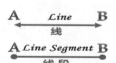

```
A ←———— Line ————→ B
            线

A Line Segment B
      线 段
```

缺失的片段

segment the market share 切分市场份额

写 Insomnia affects an increasingly broad segment of the middle-aged population.
中年人中失眠的人群比例越来越大。

衍 segmentation n. 分割,分段
skinny adj. 皮包骨的,极瘦的(seg-=ski)

sheer [ʃɪə(r)] ★★☆☆☆

记 sheer(shar-/-shear-=cut 切)→陡峭的(像切的),完全的,彻底的(切没了),轻薄的(切片的),避开(切到别的路线了)

释 adj. 完全的,彻底的 <替> total, absolute, utter
adj. 陡峭的,垂直的 <替> steep, abrupt, bluff
adj. 轻薄的,透明的 <替> thin, transparent
vi. 避开,回避 <替> change course, avoid

搭 sheer coincidence/luck 纯粹巧合/全凭运气
sheer curtain 薄窗帘
by sheer chance 完全出于偶然地
sheer rock cliffs 陡峭的岩石悬崖
sheer volume of exhibit 大量的展览 [C10T2R3]

例 Talent, hard work and sheer tenacity are all crucial to career success.
才能、勤奋和顽强的意志对事业成功都至关重要。

句 Nobody can sheer off from the issue.
没有人能回避这个问题。

衍 sharp adj. 锋利的,急剧的
shear n. 大剪刀 vt. 修剪,割
shard n. 碎片 [C5T4R2]

obscure [əbˈskjʊə(r)] ★★☆☆☆

记 ob-(over)-scure(cover)→cover over→盖住的→模糊的,费解的,偏僻的,使……费解,掩盖

释 adj. 鲜为人知的,默默无闻的 <替> unknown
adj. 费解的,难懂的 <替> confusing, complex
adj. 模糊的,昏暗的 <替> blurred, vague, dim
vt. 隐藏,掩盖 <替> cloud, conceal, cover

搭 remain obscure [C15T4R2]
一直令人费解的

in obscure language
以难懂的语言 [C5T2R3]

obscure village

obscure

偏僻的村庄

obscure the real situation
掩盖真实的情况

踏 We must not let these minor details <u>obscure</u> the main issue.
我们绝对不能让细枝末节的问题掩盖主要问题。

衍 obscurity *n.* 默默无闻, 费解 [C11T2R1]

pose [pəʊz]   ★★★☆☆

记 pos-(put, place 放)-e→摆放好姿势→姿势→摆姿势, 造成(放出), 提出→装腔作势(摆出的)

释 *vt.* 引起, 造成 <替> create, cause, produce
vt. 提出, 询问 <替> raise, ask, put forward
vi. 假装, 冒充 <替> pretend to be, put on airs
n. 样子 <替> posture, position, stance

搭 <u>pose</u> a threat to health
引发对健康的威胁

<u>pose</u> a serious problem
造成一个严重的问题 [C8T3R3]

adopt a relaxed <u>pose</u>
摆个放松的姿势

Allow me to <u>pose</u> several questions .
允许我提出几个问题。

例 His concern for the poor is only a <u>pose</u>.
他对穷人的关心只不过是做做样子罢了。

衍 oppose *vt.* 反对
propose *vt.* 提议
proposition *n.* 任务, 观点, 见解 [C13T2R3]
transpose *vt.* 使掉换位置, 使变调(trans-转)

persistent [pəˈsɪstənt]   ★★☆☆☆

记 per-(through 经过→从始至终)-sist(stand 站立→持久)-ent(的)→从始至终持久的→坚持的, 持续的

释 *adj.* 坚持的, 不屈不挠的, 持续的
<替> persevering, determined, continuing, tenacious

搭 persistent pain
持续的疼痛

persistent rumours
持续的谣言

persistent headache

持续的头痛

例 Smog has been a <u>persistent</u> problem for much part of this country.
雾霾一直是这个国家部分地区所面临的持续的问题。

衍 persist *v.* 坚持 *vi.* 持续 [C17T1R1]
persistence *n.* 坚持不懈
resistant *adj.* 抵抗的, 反抗的 [C13T4R2]
irresistible *adj.* 不可抗拒的 [C4T3R2]

List of the Key Extended Words and Review(核心扩展词列表及复习)

- [ ] accidental *adj.* 意外的
- [ ] adjective *adj.* 从属的 *n.* 形容词
- [ ] amplification *n.* 扩音,详述
- [ ] amplify *vt.* 扩大,增强
- [ ] amply *adv.* 大量地
- [ ] apt *adj.* 恰当的,适当的
- [ ] aquaculture *n.* 水产养殖
- [ ] biodegrade *vt.* 生物降解
- [ ] calcium *n.* 钙
- [ ] calculation *n.* 计算
- [ ] calculus *n.* 微积分
- [ ] character *n.* 性格,特点
- [ ] characterisation *n.* 人物刻画
- [ ] characterise *v.* 具有……特征
- [ ] circumspect *adj.* 谨慎的,小心的
- [ ] compact *adj.* 紧密的
- [ ] complexion *n.* 肤色,特性
- [ ] complexity *n.* 复杂,复杂性
- [ ] conclusive *adj.* 确定的
- [ ] confuse *vt.* 使混乱,使困惑
- [ ] construction *n.* 建筑,建设
- [ ] constructive *adj.* 建设性的
- [ ] convict *vt.* 给……定罪 *n.* 囚犯
- [ ] cultivated *adj.* 栽培的
- [ ] cultivation *n.* 耕种,培养
- [ ] degradation *n.* 恶化,堕落
- [ ] degrading *adj.* 丢脸的,侮辱的
- [ ] deny *vt.* 否认,否定
- [ ] depletion *n.* 消耗,耗尽
- [ ] designated *adj.* 指定的
- [ ] designation *n.* 指定
- [ ] destruct *n.* 破坏行为 *v.* 破坏
- [ ] destructive *adj.* 毁灭性的
- [ ] deter *vt.* 威慑,阻止
- [ ] devious *adj.* 不诚实的,狡诈的
- [ ] diffusion *n.* 散播,传播
- [ ] discrete *adj.* 互不相连的

- [ ] disproportionate *adj.* 不成比例的
- [ ] distinction *n.* 区别,区分
- [ ] distinctive *adj.* 有特色的
- [ ] elementary *adj.* 初步的
- [ ] emphasise *vt.* 强调
- [ ] enforcement *n.* 强制执行
- [ ] equality *n.* 平等
- [ ] equitable *adj.* 公平的
- [ ] eradication *n.* 根除
- [ ] evaluation *n.* 评估
- [ ] evict *vt.* 赶出
- [ ] evolvement *n.* 进化
- [ ] externality *n.* 外在性
- [ ] extinct *adj.* 灭绝的
- [ ] extinguish *vt.* 熄灭
- [ ] flawless *adj.* 完美的
- [ ] fulfilment *n.* 完成,实现
- [ ] habitat *n.* 栖息地
- [ ] hindrance *n.* 障碍物
- [ ] hindsight *n.* 事后聪明
- [ ] homogeneous *adj.* 同类的,同质的
- [ ] illustration *n.* 插图,例证
- [ ] imperceptible *adj.* 难以觉察的
- [ ] implementation *n.* 实施
- [ ] impotent *adj.* 无能为力的
- [ ] inadequacy *n.* 缺乏
- [ ] inadequate *adj.* 不充分的
- [ ] incident *n.* 事件
- [ ] infuse *vt.* 使充满
- [ ] inhabitable *adj.* 适宜居住的
- [ ] inhabitant *n.* 居民
- [ ] inscription *n.* 题字,铭文
- [ ] intercede *vi.* 调解,斡旋
- [ ] irregular *adj.* 不规则的
- [ ] irrelevant *adj.* 不相关的
- [ ] liability *n.* 责任,义务
- [ ] liaison *n.* 联络,联络官

☐ malnutrition *n.* 营养不良

☐ mantle *n.* 斗篷，职责，地幔

☐ miscalculate *v.* 算错

☐ modification *n.* 修正

☐ neither *adv.* 两者都不 *conj.* 既不，也不

☐ nullify *vt.* 使无效，取消

☐ negotiable *adj.* 可协商的

☐ negotiation *n.* 协商，商议

☐ nutrition *n.* 营养，营养学

☐ nutritious *adj.* 滋养的，营养的

☐ obscurity *n.* 默默无闻，费解

☐ oppose *vt.* 反对

☐ pact *n.* 条约，协定

☐ painful *adj.* 痛苦的

☐ penalise *vt.* 处罚，惩罚

☐ perceivable *adj.* 可觉察的

☐ perception *n.* 知觉，观点

☐ perceptual *adj.* 感知的

☐ peril *n.* 危险

☐ persevere *v.* 坚持不懈

☐ persist *v.* 坚持 *vi.* 持续

☐ persistence *n.* 坚持不懈

☐ phantom *n.* 幽灵 *adj.* 幻觉的

☐ plentiful *adj.* 丰富的，多的

☐ plethora *n.* 大量，过剩

☐ potent *adj.* 有力的，强效的

☐ prescribe *vt.* 规定，开处方

☐ prevalence *n.* 流行，普及

☐ previously *adv.* 以前

☐ primarily *adv.* 主要地

☐ primitive *adj.* 原始的

☐ promising *adj.* 有前途的

☐ proportional *adj.* 成比例的

☐ propose *vt.* 提议

☐ proposition *n.* 任务，观点

☐ rally *v.* 集合

☐ reconstruct *vt.* 重建

☐ re-evolved *adj.* 再次进化的

☐ refusal *n.* 拒绝

☐ regular *adj.* 定期的

☐ regularity *n.* 规律性，规则性

☐ regulation *n.* 规定

☐ relevance *n.* 关联性，适当

☐ religion *n.* 宗教

☐ resistant *adj.* 抵抗的，反抗的

☐ restricted *adj.* 受限制的

☐ restriction *n.* 限制

☐ resurgent *adj.* 再度兴起的

☐ retrograde *adj.* 倒退的，退化的

☐ rigour *n.* 严格，苦难

☐ segmentation *n.* 分割，分段

☐ shard *n.* 碎片

☐ shear *n.* 大剪刀 *vt.* 修剪，割

☐ skinny *adj.* 皮包骨的，极瘦的

☐ subscription *n.* 订阅，同意

☐ synthesis *n.* 合成

☐ synthesise *vt.* 使合成

☐ technician *n.* 技师

☐ technique *n.* 方法，技术

☐ terror *n.* 恐惧，恐怖的事

☐ transcribe *vt.* 记录，抄录

☐ transferable *adj.* 可转移的

☐ undeterred *adj.* 不屈不挠的

☐ unfulfilled *adj.* 无法履行的

☐ uninhabited *adj.* 无人居住的

☐ unyielding *adj.* 不屈服的

☐ upsurge *n.* 急剧增长

☐ valuable *adj.* 有价值的

☐ vehement *adj.* 激烈的

☐ via *prep.* 经由，经过

☐ victorious *adj.* 胜利的

☐ yielding *adj.* 屈服的，生产的

单词学习之后缀篇

在大多数情况下,前缀和词根对单词的语义有决定性的作用,而后缀对于单词的语义影响主要体现在语法方面,即决定了单词的词性。

了解并准确地把握词性是语言学习的一个非常重要的环节。在雅思写作、雅思口语或雅思听力的填空题里都需要通过精准把握和运用词性来写出正确的单词。

比如,很多同学分不清 principal 和 principle 两个词。以-al 为后缀的单词通常是形容词或/和名词词性。所以,根据 prin-是"first"的含义,principal 就有"首要的"和"校长"这两个不同词性的语义。而-le 结尾的 principle 只有"原则"这个名词性语义。这两个词就可以通过对后缀的理解记准确。

在学习每个单词的过程中通过对于记这一栏中对单词的解析,大家可以慢慢地积累一些后缀的知识,以便更好地记忆单词。比如,本单元中以-al 结尾的单词,像"potential"和"external",有形容词和名词双重词性。再比如,后缀-ous 和-ic 是常见的源于拉丁语的形容词后缀,本单元中也有很多单词的结尾有这两个后缀,如 previous、rigorous、characteristic 和 synthetic,它们都是形容词。通过每个词条的搭配了解它们的具体语境应用,我们对一个单词的记忆和理解就这样具体而精确地建立起来了。

另外,常见的动词后缀也需要各位同学在学习中注意观察和积累。以-ate 结尾的单词,在很多情况下是动词词性,比如 calculate、cultivate、designate、eradicate、illustrate 和 regulate。例外的是 adequate 这个词,源自拉丁语,以动词的过去分词形式进入了英语,现在当作形容词,表示"充足的"。

我们通过观察可以注意到以-ion、-ment 结尾的单词是名词,比如本单元中涉及的 equation、session、implement、segment、conviction、discretion 等。

对于词汇的掌握要用心,在学习过程中多去了解词汇的基本结构,并通过前缀、词根和后缀全方位地建立起对一个单词的拼写和词义的记忆。记住,这不是什么秘籍,而是每个英语为母语的人士必备的语言常识,就像我们最初学习中文时要学习的偏旁部首一样。

Sublist 4

扫码听音频

本单元核心词学前自测和学后检测 (2次标记生词)

□□ abrupt	□□ criteria	□□ hierarchy	□□ peculiar
□□ absent	□□ cycle	□□ humanity	□□ plague
□□ alienate	□□ decay	□□ imply	□□ precipitate
□□ alternative	□□ deduction	□□ indigenous	□□ preliminary
□□ apparent	□□ demonstrate	□□ initial	□□ register
□□ assure	□□ deposit	□□ instant	□□ reliance
□□ campaign	□□ depression	□□ intact	□□ relish
□□ compensate	□□ detrimental	□□ interact	□□ routine
□□ component	□□ disseminate	□□ intermittent	□□ scheme
□□ consent	□□ distort	□□ intrinsic	□□ sequence
□□ considerable	□□ dominate	□□ invest	□□ shift
□□ constant	□□ dwindle	□□ justify	□□ stem
□□ constrain	□□ eccentric	□□ landscape	□□ strengthen
□□ contribute	□□ elusive	□□ layer	□□ territory
□□ convention	□□ eminent	□□ locate	□□ undesirable
□□ converse	□□ epidemic	□□ maximise	□□ unravel
□□ coordinate	□□ erupt	□□ monument	□□ uphold
□□ core	□□ exclude	□□ numerous	□□ valid
□□ corporate	□□ expel	□□ oblige	□□ volume
□□ correspond	□□ framework	□□ outcome	□□ whereas

本单元部分核心词根词汇预习

核心词根	含义+延伸	单元核心例词
-al-	beyond(越)→-ali-(越来越)远	**ali**enate 疏远
	beyond(越过)→-alter-另一个	**alter**native 备选的(二选一的)
-dem-	people(人)→(在)人群(中)	epi**dem**ic 流行
-dom-	-domin-(家)→家,国,统治	**dom**inate 占统治(地位)
-duc-	-duct-(lead引导)→(往下)推导	de**duc**tion 推断→de**c**ay 衰败
-gen-	-gn-(born出生)→长(在当地)	indi**gen**ous 土生土长的
-gest-	-gist-(carry搬)→搬(到本子上)	re**gist**er 登记
-hum-	-hum-(湿泥)→human(泥)人	**hum**anity 人类
-li-	tie绑→绑(紧)	re**li**ance 依赖
	-lig-(tie绑)→绑(上)	ob**lig**e 强迫
-men-	-mon-凸显→monstr显露出来	de**mon**strate 展示
	-min-凸显→显出来	e**min**ent 杰出的
-mitt-	-miss-(go走)→(时不时)放走	inter**mitt**ent 断断续续的
-pel-	strike打→(往外)推搡	ex**pel** 驱逐→ex**cl**ude 不包括
-ply-	fold(折)→(从里面)折出	im**ply** 暗指
-pon-	place(放置)→-pon-放(一起)	com**pon**ent 组成部分
	place(放置)→-pos-放(下)	de**pos**it 押金,存款
-rupt-	break折碎→(突然)断→(地表)断裂	ab**rupt** 突然的,e**rupt** 喷发
-sequ-	-sic-(follow跟随)→随着带来	intrin**si**c 固有的
	-sequ-(follow跟随)→排着队	**sequ**ence 一系列
-sid-	-sider-(星星)→看星空(思考)	con**sider**able 大量的
	-sir-(星星)→(渴望)星空	unde**sir**able 令人讨厌的
-st-	stand站,立→(一直)立着	con**st**ant 持续不断的
	stand站,立→随时准备动	in**st**ant 即刻的
-str-	spread(伸展)→strain绷紧	con**str**ain 约束
	string(绳子)→streng-(用力)绷	**streng**then 增强
-tact-	touch(触摸)→没碰过	in**tact** 完好无损的
-vers-	turn转→(轮流)说	con**vers**e 交谈

assure [əˈʃʊə(r)] ★★☆☆☆

记 as-(to 使)-sure(safe)→使安全→向……保证,确保

释 vt. 确保,向……保证 <替> ensure, reassure

搭 assure you of its quality
向你保证其质量

rest assured that...
可以放心的是……

offer an assurance 提供保证

assure

This may sound trivial, but I assure you it is quite important!
这听上去也许微不足道,但你相信我,它十分重要!

例 I can assure you of the reliability of the information.
我可以向你保证这消息是可靠的。

衍 assurance n. 确保,保证
reassure vt. 使……安心

stem [stem] ★★★☆☆

记 stem(sta-=stand 站立)→站牢固→使植物牢固树立的部分→树干→茎,杆→提供养分→养分来源

释 n. 茎,柄,梗 <替> trunk, cane, stalk, shoot
vi. 源于,由……造成 (from)<替> arise from, caused by
vt. 阻止,遏制,止住 <替> stop, halt, restrain

搭 long-stemmed glass
长柄酒杯

cut off the base of the stem
减去茎的基部

stem from ignorance
源于无知

stem

茎

例 Police are attempting to stem the rising tide of rural crime.
警方正试图遏制农村地区犯罪率上升的趋势。

例 Their disagreement stemmed from a misunderstanding.
他们的分歧源自误会。

monument [ˈmɒnjumənt] ★★☆☆☆

记 mon-(men-=think)-u-ment(后缀)→to make think of→让人能够想起的→纪念碑,历史遗迹

释 n. 纪念碑,纪念馆 <替> pillar, memorial, tomb
n. 历史遗迹 <替> gravestone, tombstone
n. 见证,丰碑 <替> testament, reminder

搭 ancient monument
古代的遗迹 [C11T1R2]

national monument
国家纪念馆

perpetual monument
永久的丰碑

monument

阅 This hotel is a monument to mass tourism.
这家旅馆堪称大众旅游业的典范。

衍 monumental adj. 巨大的,不朽的 [C16T1R2]
mentor n. 良师益友

routine [ruːˈtiːn] ★★★☆☆

记 rout-(route 路线)-ine(法语后缀)→按照既定路线→例行公事,惯例→例行的,日常的→乏味的

释 n. 常规,惯例 <替> procedure, schedule, plan
n. 固定动作,固定节目 <替> a regular act
adj. 常规的,平常的 <替> standard, regular
adj. 乏味的,平淡的 <替> boring, tedious

搭 follow the routine
墨守成规

dance routine
舞蹈常规动作

routine check
常规的检查

routine

routine office jobs 乏味的办公室工作

例 Bags of all visitors to the museum are searched as a matter of routine.
所有参观者的包在进博物馆之前都要进行例行检查。

衍 routinely adv. 例行地,常规地

epidemic [ˌepɪˈdemɪk] ★☆☆☆☆

记 epi-(among)-dem-(people 人)-ic(的)→在人群中→流行在人群中→疾病流行,传染

释 n. 流行,流行病 <替> outbreak, plague

n. 泛滥,蔓延 <替> outbreak, flood, spate

adj. 盛行的,肆虐的 <替> widespread, rampant

搭 global epidemic 世界性的传染病

epidemic of crime

犯罪的猖獗

diseases and epidemics

疾病和流行病

reach epidemic proportions

达到盛行的程度

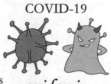

COVID-19

epidemic

例 Crime and poverty are epidemic in the city.

犯罪和贫穷在这个城市肆虐。

衍 epidemiology n. 流行病学 [C12T7R2]

pandemic n. (疾病)大流行

democracy n. 民主,民主制度

demographic adj. 人口(学)的 [C4T4R3]

---

uphold [ʌpˈhəuld]   ★★☆☆☆

记 uphold = hold up→赞成,坚持,维护

释 vt. 赞成,维护 <替> advocate, maintain

搭 uphold justice 维护正义

uphold a principle

赞成一项原则

uphold ancient traditions

维持古老的传统

Do you agree with this comment?

uphold

例 We have a duty to uphold the law.

维护法律是我们的责任。

衍 upright adj. 诚恳的,热忱的

update n./vt. 更新

upgrade v. 使升级,提升

---

dwindle [ˈdwɪndl]   ★☆☆☆☆

记 d-(away)-windle(waste)→waste away→浪费掉→减少→原始日耳曼语源,莎士比亚首次引入英语。可以记忆为 d(大)-wind(风)-le(了)→大风吹散了→吹得变少,变小→减少,缩小

释 vi. 减少,降低 <替> decrease, diminish, reduce

搭 dwindling resources

越来越少的资源

dwindling labour force

日益减少的劳动力

1940 1970 2000

dwindle

例 Her hopes for success dwindled away to nothing.

她成功的希望逐渐化为泡影。

写 Exports are dwindling, and the trade deficit is swelling.

出口在缩减,贸易赤字在增长。

---

landscape [ˈlændskeɪp]   ★★★☆☆

记 land-(地)-scape(shape 形)→地面的形态→风景,景色,面貌,状态

释 n. 景色,风景(画) <替> scenery, scene, view

n. 地形,地貌 <替> topography, terrain

n. 面貌,局势 <替> environment, prospect

搭 barren landscape 荒凉的景色

change the social landscape 改变社会面貌

landscape painting 风景画/山水画

competitive landscape 竞争的格局

阅 Glaciers can erode landscapes swifter than rain and rivers.

冰河侵蚀地貌的速度远快于雨水和河流。

衍 landmark n. 地标

landmass n. 陆地板块

townscape n. 城市风光

---

considerable [kənˈsɪdərəbl]   ★★★★☆

辨 consider-able(能)→able to be considered→pretty large 量足够大(才能考虑)

释 adj. 大量的 <替> large, great, plentiful

搭 considerable quantity

相当大的数量

require considerable time   *considerable*

需要相当多的时间

cause considerable damage

造成大量的损伤

阅 A considerable number of people object to the government's attitude to immigration.

相当多的人反对政府对待移民问题的态度。

衍 consideration n. 考虑

considerate adj. 体贴的

---

consent [kənˈsent]   ★★☆☆☆

记 con-(together)-sent(sense 感受)→感受一致→同意

释 n. 同意,许可 <替> agreement, approval

vi. 同意,许可 (to) <替> agree to, allow, accept

搭 by common <u>consent</u> 经一致同意

refuse to <u>consent</u> 拒绝同意

without parental <u>consent</u>

未经家长同意

<u>consent to</u> surgery 同意手术

例 Shakespeare is, <u>by common consent</u>, the greatest English dramatist in human history.

莎士比亚被<u>公认</u>是人类史上最伟大的英国剧作家。

衍 di<u>ssent</u> *n./vi.* 意见不一致

re<u>sent</u> *vt.* 愤恨,憎恨(re-=against)

<u>sent</u>imental *adj.* 多愁善感的,情绪的

un<u>ravel</u> [ʌnˈrævl]　　★☆☆☆☆

记 un-(not)-ravel(绳子的缠绕)→绳子不再缠绕→解开,拆开→揭开,揭示→崩溃,失败(绳子断了)

释 *v.* 解开,拆散 <替> *untangle, unwind, untie*

　　vi. 瓦解,解体 <替> *fall apart, collapse, fail*

　　v. 揭开,澄清 <替> *solve, resolve, work out*

搭 <u>unravel</u> the string 解开绳子

<u>unravel</u> the mystery 揭开奥秘

<u>unravel</u> all the clues 揭开所有的线索

start to <u>unravel</u> 开始瓦解

阅 The discovery will help scientists <u>unravel</u> the mystery of the Ice Age.

这一发现将有助于科学家<u>揭开</u>冰川时代的奥秘。

in<u>st</u>ant [ˈɪnstənt]　　★★★☆☆

记 in-(in)-st-(stand 立)-ant(的)→立在那里→随时提供帮助→立刻的→速食的(立即能吃的)

释 *adj.* 立刻的,速食的 <替> *immediate, rapid*

　　n. 时刻,刹那 <替> *second, flash, moment*

搭 <u>instant</u> coffee/food

速溶的咖啡/即食的食品

in an <u>instant</u> 在一瞬间

gain <u>instant</u> feedback

获得<u>即刻</u>的反馈 [C15T2R1]

<u>instant</u> commercial success

快速的商业成功 [C8T2R1]

例 I recognised him the <u>instant</u> I saw him.

我<u>一眼</u>就认出是他。

衍 <u>instant</u>ly *adv.* 立即,即刻地

ex<u>pel</u> [ɪkˈspel]　　★★☆☆☆

记 ex-(out)-pel(drive 驱动)→drive out→赶出去→驱逐,除名→喷出

释 *vt.* 驱逐,除名 <替> *ban, banish, get rid of*

　　vt. 排出,喷出 <替> *let out, discharge, eject*

搭 be <u>expelled</u> from school

被学校开除

<u>expel</u> the journalist

驱逐这名记者

<u>expel</u> carbon dioxide

排出二氧化碳

阅 Blood is only <u>expelled</u> from the heart when it contracts.

血液在心脏收缩的时候才从心脏<u>流出</u>。

衍 com<u>pel</u> *vt.* 强迫,迫使

im<u>pel</u> *vt.* 激励,驱使(im-=to) [BCOGT1R3]

ab<u>s</u>ent [ˈæbsənt]　　★★☆☆☆

记 ab-(off 离开)-s-(-esse-/-es-=to be 存在)-ent(形容词后缀)→离开不存在→缺席,心不在焉

释 *adj.* 不在的,缺席的 <替> *away, off-duty*

　　adj. 走神的,心不在焉的 <替> *distracted*

搭 <u>absent</u> from work

缺勤工作

<u>absent</u> expression

心不在焉的神情

remain <u>absent</u>

仍旧缺席

阅 Some of the senses that we and other terrestrial mammals take for granted are either reduced or <u>absent</u> in cetaceans or fail to function well in water. [C4T1R2]

我们和其他哺乳动物当拥有的一些感官对鲸类动物而言,要么已经弱化或者<u>缺失</u>,要么就是在水中无法正常发挥作用。

衍 ab<u>sence</u> *n.* 缺乏,缺席

<u>ent</u>ity *n.* 实体(ent-=-es-存在)

hierarchy [ˈhaɪərɑːki] ★★☆☆☆

记 hier-(high 高等级大祭师)-arch-(穹顶→教堂的穹顶→统治)-y(名词后缀)→宗教统治→等级制度

释 n. 等级制度 <替> ranking, grading, ladder
n. 统治集团 <替> the group of people in control
n. 层次体系 <替> social order, social stratum

搭 complex hierarchy
复杂的等级制度
establish hierarchy
创建等级制度
a hierarchy of cultures
文化等级体系

hierarchy

例 A new management hierarchy was created within the company.
公司内部建立了一套新的管理等级制度。

衍 anarchy n. 无政府状态
architecture n. 建筑学,建筑风格

scheme [skiːm] ★★★★☆

记 sche-(希腊语源, hold)-me→hold 在心里→计划

释 n. 计划,方案 <替> plan, strategy, plot
v. 计划,谋划 <替> plan, plot, collude, intrigue

搭 pension scheme
养老金方案
half-baked scheme
不靠谱的计划
carry out a scheme
实行一个计划
scheme a new method 谋划一个新方法

scheme

例 When you started working, you might work out a practical scheme.
当你开始工作时,你应制定一个可行的计划。

阅 The bike-sharing scheme failed when a partner withdrew support. [C14T1R1]
当一个合作者不再支持,共享自行车计划失败了。

detrimental [ˌdetrɪˈmentl] ★☆☆☆☆

记 de-(away)-tri-(-tour-=rub, turn 摩擦, 旋转→表示脱谷壳)-ment(名词)-al(形容词后缀)→rub away→磨损掉壳→磨损→有害的,不良的

adj. 有害的,不良的 <替> harmful, damaging

搭 have a detrimental effect
有不良的影响
detrimental side-effect
不良的副作用 [C8T4R2]
reduce the detrimental impact
减少有害的影响 [C11T1R1]

detrimental

写 Statistics show that poor eating habits are detrimental to health.
统计数据表明不良的饮食习惯对健康有害。

例 The government's policy of high interest rates is having a detrimental effect on industry.
政府的高利率政策正对工业产生不利影响。

衍 contour n. 轮廓,外形
detour n. 绕道,迂回

deposit [dɪˈpɒzɪt] ★★★☆☆

记 de-(down)-pos-(put)-it→put down→把钱、物质等放下→存款,押金,定金或沉积物(放下)

释 n. 定金,存款 <替> down payment, money
n. 沉积物,沉淀物 <替> sediment, deposition
vt. 沉积,淤积 <替> set down, precipitate
vt. 放下,放置,存入(银行)
<替> place, put down, bank, house, store

搭 a minimum deposit
最低存款
deposit of mud
泥巴淤积物
deposit the luggage
放下行李

key deposit

deposit in a bank account 存入银行账户

阅 The phosphate was deposited by the decay of marine microorganisms.
海洋微生物腐烂后沉积形成磷酸盐。

衍 composite n. 合成物 adj. 合成的
disposition n. 性情,倾向

dominate [ˈdɒmɪneɪt] ★★★★☆

记 domin-(-dom-=dome 圆屋顶→家→国家→统治)-ate(动词)→支配,主宰,占优势

释 v. 支配,主宰,主导,占优势
<替> rule, govern, control, be in charge of

搭 dominate the discussion
主导这场讨论

dominated by housework
被家务劳动占据

dominate our minds
主宰我们的想法

dominate

阅 Apple and Google, together, dominate the smartphone market.
苹果和谷歌共同主导着智能手机市场。

衍 dominant *adj.* 支配的, 重要的 [C9T4R3]/[C16T4R2]

dominance *n.* 支配地位 [C11T2R2]/[C15T1R1]

---

*in**tact*** [ɪnˈtækt] ★★☆☆☆

记 in-(not)-tact(touch 触摸)→没碰过的→完整无损

释 *adj.* **完整的, 完好无损的**

<替> *undamaged, complete, entire, unscathed*

搭 remain intact 保存完好

be left largely intact
剩余的大部分完好

keep one's reputation intact
保持某人荣誉未受损

"完整的"骨骼
intact bones

例 Despite his misfortunes, his faith and optimism remained intact.
虽然他遭遇了不幸,他的信心和乐观丝毫未减。

衍 tact *n.* 机敏, 圆滑

tactual *adj.* 触觉的, 凭触觉的

tactile *adj.* 肢体接触的, 手感好的

contact *n.* 接触, 联系

---

*de**duction*** [dɪˈdʌkʃn] ★★☆☆☆

记 de-(down)-duc-(lead 引导)-tion(名词后缀)→往下推导→推论, 推演→减除, 扣除(引导出去了)

释 *n.* **推论, 推断** <替> *conclusion, assumption*

n. **扣除, 减除** <替> *reduction, removal*

搭 tax deduction
税的扣除

make a deduction from...
从……得出结论

make one's own deduction
做出某人自己的推断

deduction

写 The statement and deduction in the topic are imprecise.
这个题目中的陈述和推断是不确切的。

---

deduce *vt.* 推论, 推演 [C10T2R1]

reduce *vt.* 减少, 降低

introduce *vt.* 介绍, 引入

---

*im**ply*** [ɪmˈplaɪ] ★★★☆☆

记 im-(in)-ply(-pli-=fold 折叠)→折在里面→暗示

释 *vt.* **暗示, 意味着** <替> *hint, signify, indicate*

搭 imply superiority
意味着高人一等

carry an implied threat
带有暗含的威胁(意味)

implied criticism
隐含的批评

imply

写 Rights imply obligations. 权力意味着义务。

例 Exports in June rose 1.5%, implying that the economy was stronger than many investors had realised.
六月出口增长了1.5%, 表明经济比许多投资者预料的要好。

衍 implication *n.* 暗示, 暗指 [C8T2R3]/[C15T1R2]

---

*num**erous*** [ˈnjuːmərəs] ★★★☆☆

记 num-(number 数量)-er-ous(的)→数量多的

释 *adj.* **许多的** <替> *many, abundant, copious*

搭 numerous attempts
多次的尝试

too numerous to mention
多得不胜枚举

on numerous occasions
在很多的情况下

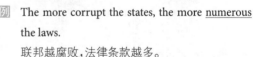
numerous

例 The more corrupt the states, the more numerous the laws.
联邦越腐败, 法律条款越多。

衍 outnumber *vt.* 数量上比……多

numerate *adj.* 识数的, 有计算能力的

innumerable *adj.* 无数的, 数不清的

---

*re**liance*** [rɪˈlaɪəns] ★☆☆☆☆

记 re-(to)-li-(bind 绑)-ance(名词后缀)→绑在一起→依靠, 依赖

释 *n.* **依靠, 依赖** <替> *dependence, trust*

搭 reliance on pesticides 对杀虫剂的依赖

reliance on her expertise 依靠她的专业知识

heavy reliance on chemicals 高度地依赖化学品

写 We should avoid reliance on a single mode for our energy supplies.

我们应该避免只依赖单一方式的能源供应。

衍 rely vi. 依赖,依靠

reliable adj. 可靠的,可信赖的

reliability n. 可靠性 [C15T1R2]/[COGT7R1]/[C16T4R3]

self-reliance n. 自立,自主 [C6T2R2]/[C10T2R2]

component [kəmˈpəʊnənt] ★★★☆☆

记 com-(together)-pon-(put)-ent(的)→放在一起→构成的,组成的→成分

释 adj. 构成的,组成的 <替> constituent, basic

n. 成分 <替> part, piece, element

搭 component parts
构成的部分

component element
组成的元素

essential component
重要的成分

component

阅 The processing and assembling business is a component part of our foreign trade.

加工装配贸易是我们对外贸易的一个组成部分。

core [kɔː(r)] ★★★☆☆

记 cor-(heart→心)-e→核心

释 n. 核心,要点 <替> centre, heart, kernel

搭 the core of the argument
讨论的核心

core

get to the core of a problem
进入问题的核心

写 The core of democracy is the freedom of speech.
民主的核心是言论自由。

衍 cordial adj. 诚恳的,热忱的

eminent [ˈemɪnənt] ★☆☆☆☆

记 e-(out)-min-(hill 山→凸出来)-ent(的)→杰出的,突出的

释 adj. 杰出的 <替> distinguished, esteemed, notable

adj. 突出的,明显的 <替> elevated, conspicuous

搭 eminent architect 杰出的建筑师

eminent peak
高耸的山峰

eminent landmark
显著的地标

eminent

贝多芬

例 Churchill was one of the world's most eminent statesmen at his time.

丘吉尔是他那个时代世界上最卓越的政治家之一。

衍 eminence n. 卓越,显赫

preeminent adj. 出类拔萃的

imminent adj. 即将发生的,逼近的

alternative [ɔːlˈtɜːnətɪv] ★★★★☆

记 alter-(altru-=the other)-nat-(生)-ive→生出另外一个→选另外一个→非主流,非传统

释 n. 另一个选择 <替> choice, option, selection

adj. 另类的,非传统的,可替代的
<替> different, unconventional, substitute

搭 alternative culture 另类的文化

alternative source of energy
非传统的能量来源

practical alternative
另一个实用的选择 [C16T4R1]

阅 Alternative treatments can provide a useful back-up to conventional treatment.

替代疗法能为传统的治疗提供有效的辅助。

衍 alternation n. 交替,轮流

alternator n. 交流发电机

altruism n. 利他主义,无私(altru-→另外)

layer [ˈleɪə(r)] ★★★☆☆

记 lay(铺设→薄薄一层)-er→层→阶层

释 n. 层,阶层,等级 <替> sheet, rank, level

vt. 分层放置 <替> arrange something in layers

搭 the innermost layer
最里面的那层 [C13T3R1]

managerial layer
管理层

a layer of foam
一层泡沫 [C9T3L4]

layer

layer the potatoes and onions in a dish

把土豆和洋葱分层放在盘子里

阅 The ozone <u>layer</u> surrounding the earth protects our skin from being hurt by the ultraviolet rays.
围绕地球的臭氧层保护我们的皮肤免受紫外线的伤害。

justify [ˈdʒʌstɪfaɪ] ★★★☆☆

记 just-(公正)-ify(使)→公正就是表明……是正当的

释 vt. 证明……正当 <替> explain, give reason for

搭 justify one's behavior
证明某人行为正当
justify your answer
证明你的答案对

谚 The end <u>justifies</u> the means.
能达到目的可以不择手段。

口 Don't try to <u>justify</u> your mistakes.
不要试图为自己的错误辩护。

衍 justice n. 正义
justification n. 证明正当

justify

converse v. [kənˈvɜːs] adj./n. [ˈkɒnvɜːs] ★☆☆☆☆

记 con-(with)-vers-(turn 轮流,翻过来)-e 交替着轮流说话→交谈→相反的,逆向的(翻过去的)

释 vi. 交谈,说话 <替> talk, speak, chat
adj. 相反的 <替> opposite, reverse
n. 相反,反面,反面的事 <替> contrary, reverse

搭 converse effect 相反的效果
converse with the president 和总统交谈
hold converse opinions 持相反的观点

口 This statement is <u>converse to</u> that one.
这个声明和那个相反。

衍 conversely adv. 相反地
conversation n. 对话

decay [dɪˈkeɪ] ★★☆☆☆

记 de-(off)-cay(-cad-/-cid-=fall 落下)→fall off→掉落→分解→腐蚀,衰败

释 n. 腐蚀,衰败,堕落 <替> rot
v. 腐蚀,(使)衰败
<替> decompose, deteriorate

搭 signs of <u>decay</u> 衰败的迹象

decay

moral <u>decay</u> 道德败坏
reverse industrial <u>decay</u> 扭转工业的衰退
<u>decaying</u> leaves 腐败的叶子

听 Smoking accelerates age-related <u>decay</u> in the heart and arteries.
吸烟加速心脏和动脉的年龄老化。

衍 decadence n. 堕落,腐朽
deciduous adj. 落叶的

initial [ɪˈnɪʃl] ★★★☆☆

记 in-(to)-it(go)-i-al(……的)→进入(新状态)→去开始→开始的,最初的,(开头的)首字母

释 adj. 开始的,最初的 <替> beginning, starting
n. 首字母 <替> beginning letter

搭 initial letter 首字母
in the initial stage 在初始的阶段 [C5T2R3]
correct the initial error 纠正最初的错误 [C16T4R1]
have the same initials 有相同的首字母

例 In the <u>initial</u> stage, the current economic crisis is likely to tear many factories apart.
在最初的阶段,当前的经济危机有可能会击垮很多的工厂。

衍 initially adv. 最初地 [C4T3R1]

corporate [ˈkɔːpərət] ★★★☆☆

记 corpor-(body 体→整体)-ate(后缀)→共同的(体)→公司(商业体)

释 adj. 公司的 <替> relating to a company
adj. 共同的 <替> collective, shared, joint

搭 corporate culture 公司的文化
corporate responsibility 共同的责任
make a corporate effort 做出共同的努力

例 As time passes, smaller companies are being forced out by the <u>corporates</u>.
随着时间的推移,规模较小的公司逐渐被(大型)企业集团淘汰出局。

衍 corporation n. 公司 (business body)
corpse n. 尸体(dead body)

framework [ˈfreɪmwɜːk] ★★☆☆☆

记 frame-(框架)-work→做出来的框架→结构,体系

释 *n.* 结构, 体系 <替> *structure, frame, skeleton*

搭 wooden <u>framework</u>
木质<u>结构</u>

the <u>framework</u> of the economy
经济<u>体系</u>

within a <u>framework</u>
在一个<u>体系</u>内

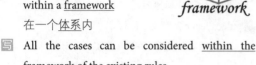
framework

写 All the cases can be considered <u>within the</u>
<u>framework</u> of the existing rules.
一切情况都可<u>依据</u>现行的规章<u>体系</u>加以考虑。

corespond [ˌkɒrəˈspɒnd] ★★☆☆☆

记 *cor-(together)-respond*(回应)→一起相互回应→
通信→(保持信息的)一致→相符合

释 *vi.* 相一致, 相符合(with/to)
<替> *accord, agree with, be consistent with*

vi. 与⋯⋯通信(with) <替> *keep in touch, write*

搭 <u>correspond</u> with one's need
<u>符合</u>某人的需要

<u>correspond</u> with sb.
与某人<u>通信</u>

<u>correspond</u> to public perceptions
与公众的看法<u>一致</u> [C9T4R3]

correspond

例 The written record of the conversation doesn't
<u>correspond to</u> what was actually said.
对话的书面记录<u>与实际的说辞</u>不<u>相符</u>。

衍 cor<u>respond</u>ence *n.* 联系, 通信 [C14T3R1]
cor<u>respond</u>ing *adj.* 相当的, 相应的 [C7T2R1]

outcome [ˈaʊtkʌm] ★★★☆☆

记 *outcome=come out*→出来的就是→结果

释 *n.* 结果, 后果 <替> *result, consequence, end*

搭 the desired <u>outcome</u>
期待的<u>结果</u>

the inevitable <u>outcome</u>
必然的<u>结果</u>

the final/ultimate <u>outcome</u>
最终的<u>结果</u>

outcome

例 It would be premature to forecast the <u>outcome</u>.
预言<u>结果</u>还为时过早。

衍 <u>out</u>fit *n.* 用具, 装备 *vt.* (使)配备
<u>out</u>rageous *adj.* 可耻的, 荒诞的

<u>outermost</u> *adj.* 最远的, 最外面的

<u>outright</u> *adj.* 直率的, 完全的 [C15T3R2]/[COGT1R3]

shift [ʃɪft] ★★★☆☆

释 *vt.* 使移动, 转移 <替> *move, displace*

vt. 推卸, 有变动 <替> *get rid of, change, alter*

n. 轮班, 变换, 改变 <替> *work period, change*

搭 day/night <u>shift</u> 白班/夜班

the <u>shift</u> in public opinion
公众舆论的<u>转变</u>

<u>shift</u> responsibility
<u>推卸</u>责任

<u>shift</u> one's ground <u>转变</u>某人立场

写 With the urbanisation of villages, the gradual
<u>shift</u> of people from the country to the town is on
the way.
随着村庄的城镇化, 人口正逐渐从乡村<u>转移</u>到
城镇。

invest [ɪnˈvest] ★★★☆☆

记 *in-(in)-vest(dress→clothe)*→提供衣服→是衣食
父母→给钱→投资, 投入

释 *v.* 投资, 投入 <替> *spend, devote, put in*

vt. 赋予 <替> *give power*

搭 <u>invest</u> a lot of effort
<u>投入</u>很多的精力

<u>invest</u> in new technology
<u>投入</u>到了新技术里

invest

<u>invest</u> heavily <u>in</u> public transport
大量<u>投资</u>在公共交通上

写 The buildings <u>are invested with</u> a nation's history.
这些建筑<u>承载着</u>一个国家的历史。

衍 <u>invest</u>ment *n.* 投资
re<u>invest</u> *v.* 重新投资
re<u>invest</u>ment *n.* 再投资 [C4T3R1]

elusive [ɪˈluːsɪv] ★☆☆☆☆

记 *e-(out)-lus-(-lus-=play* 表演)*-ive*→*play out*→在表
演中取笑, 哄骗观众→(演技)难以捉摸

释 *adj.* 难以捉摸的, 琢磨不定的
<替> *difficult to find or catch, indefinable*

搭 <u>elusive</u> concept
难以捉摸的概念
remain <u>elusive</u> [C5T3R3]
仍旧捉摸不定
<u>elusive</u> person
谜一样的人

elusive

听 Unfortunately, another dolphin, Echo, is being rather <u>elusive</u> this year and hasn't yet been sighted by our observers. [C10T3L2]
不走运的是,另外一只海豚Echo今年的行踪仍旧相当捉摸不定,而且还没有被我们的观察者看到。

阅 Smell, however, is a highly <u>elusive</u> phenomenon.
然而,嗅觉是非常难捉摸的现象。 [C8T2R3]

衍 il<u>lus</u>ion *vt.* 幻想,假象
de<u>lud</u>e *vt.* 欺骗,哄骗 [C8T3R2]
de<u>lus</u>ive *adj.* 欺骗的,错觉的

*inter**act*** [ˌɪntərˈækt] ★★☆☆☆

记 *inter-*(between)-*act*(动)→互相影响,相互作用
释 *vi.* 相互影响,相互作用 <替> *act on each other*
搭 <u>interact on</u> each other
相互<u>作用</u>
<u>interact</u> closely with...
与……紧密地<u>相互影响</u>

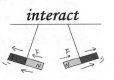

interact

写 Social networking sites have changed how people around the world <u>interact with</u> one another.
社交网站改变了世界各地的人<u>相互往来</u>的方式。

阅 The immune system <u>interacts with</u> both the nervous system and the hormones.
免疫系统既和神经系统又和荷尔蒙<u>相互作用</u>。

衍 inter<u>act</u>ion *n.* 互动,相互作用 [C9T4R2]
inter<u>act</u>ive *adj.* 相互影响的,交互的 [C13T2R3]

*com**pens**ate* [ˈkɒmpenseɪt] ★★☆☆☆

记 *com-*(together)-*pens-*(weight→交易时都要称→支付)-*ate*(使……)→把欠的都支付了→补偿,偿还
释 *v.* 补偿,赔偿,弥补
<替> *make up, pay back*
搭 <u>compensate</u> loss
补偿损失

compensate

promise to <u>compensate</u> 承诺<u>弥补</u>
<u>compensate</u> for inflation <u>抵消</u>通货膨胀

阅 People who sense that they are inferior have to <u>compensate</u>, and often <u>over-compensate</u> by way of outward achievement.
自卑的人只有通过外在成就来<u>弥补</u>自己的不足,并且经常是<u>过分弥补</u>自己的不足。

衍 com<u>pens</u>ation *n.* 补偿
ex<u>pens</u>e *n.* 费用,代价
indis<u>pens</u>able *adj.* 不可缺少的 [C4T4R3]
<u>pens</u>ion *n.* 养老金,年金

*volu**me*** [ˈvɒljuːm] ★★★★☆

记 *volu-*(roll 卷轴→书)-*me*→册,卷,音量,容量
释 *n.* 数量,额度 <替> *quantity, amount, portion*
n. 册,卷 <替> *book, publication*
n. 音量,容量 <替> *sound, size, capacity*
搭 a <u>volume</u> of poetry 一本诗集
<u>volume</u> of traffic 车流量
turn the <u>volume</u> up 把音量打开
huge <u>volume</u> of work 巨大的工作量

volume

例 The containers have different <u>volumes</u>.
这些容器的<u>容量</u>不同。

阅 New roads are being built to cope with the increased <u>volume</u> of traffic.
新道路正在修建以应付增加的<u>车流量</u>。

*inter**mitt**ent* [ˌɪntəˈmɪtənt] ★☆☆☆☆

记 *inter-*(between)-*mitt-*(-*mit-*/-*miss-*=*send, go* 发射,去)-*ent*→时不时地发射出去→有间隔,时断时续
释 *adj.* 断断续续的 <替> *periodic, fitful, occasional*
搭 <u>intermittent</u> rain 阵雨
<u>intermittent</u> noise <u>时断时续的</u>噪音
<u>intermittent</u> power failures <u>间歇性的</u>断电

口 Did you hear <u>intermittent</u> sound outside?
你听见外面<u>时断时续</u>的声音了吗?

衍 inter<u>mitt</u>ently *adv.* 断断续续地 [C11T2R1]
inter<u>miss</u>ion *n.* 幕间休息
re<u>mit</u> *vt.* 汇款,寄钱

exclude [ɪkˈskluːd] ★★☆☆☆

记 ex-(out)-clude(-cluse-=close)→关在外面→排除

释 vt. 除外，拒绝，对……不予考虑

<替> keep out, shut out, rule out, eliminate

搭 exclude... from...

把……从……中排除

feel excluded by peers

感觉被同龄人排斥

exclude the possibility

排除这种可能性

例 Many people contend that excluding carbo-
hydrates from the human diet is a form of
starvation.

许多人认为人们饮食中排除掉碳水化合物就是
一种形式的饥饿。

衍 exclusion n. 排除，除外

exclusive adj. 排外的，独占的 [C7T1W2]/[C9T4R3]

seclude vt. 使隔开，使隔绝

erupt [ɪˈrʌpt] ★★☆☆☆

记 e-(out)-rupt-(break 折，裂)→从裂开的地方出去
→喷发，爆发

释 vi. 喷发，爆发 <替> burst out, explode, blow up

vi. 突然发生，突然出现 <替> break out, appear

搭 erupt from the volcano

从火山中喷出

erupt into violent fighting

突然变成暴力斗殴

阅 He erupted with fury

when I suggested he was wrong.

当我暗示他错了的时候，他勃然大怒。

阅 An immense volume of rocks and molten lava
was erupted.

大量岩石和熔岩喷发出来。

衍 eruption n. 喷发

register [ˈredʒɪstə(r)] ★★★☆☆

记 re-(back)-gist(carry 搬)-er→事件被搬回本子上
→登记注册(簿)，音区→登记，流露出，显示

释 n. 登记簿，音区 <替> list, log, voice, notes

vt. 登记，注册 <替> record, enlist

vt. 表明，表示，显示 <替> show, express

搭 register a trademark

注册一个商标

register a complaint

提出一项申诉

call/take the register 点名

speak in a lower register

用低音说话

register

写 The retail price index is expected to register a rise
of 0.6% this month.

预计零售价格指数本月将显示出 0.6% 的上升。

例 The delegate registered his disapproval by walking
out of the meeting room.

该代表离开了会议室以表示反对。

衍 registration n. 登记，注册

coordinate v. [kəʊˈɔːdɪneɪt] n. [kəʊˈɔːdɪnət] ★★☆☆☆

记 co-(together)-ordin-(order)-ate→按次序组织到
一起→协调，(协调位置的)坐标

释 v. 调和，协调 <替> cooperate, work together

n. 坐标 <替> numbers used to show the position

搭 coordinated approach

协调的方法

the X coordinate on a graph

图上的 X 坐标

coordinate our efforts

同心协力

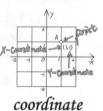

coordinate

coordinate with the kitchen 和厨房协调

听 The manager's job is to plan, organise and
coordinate.

管理者的工作是计划、组织和协调。

衍 coordination n. 协调 [C10T4R1]

coordinator n. 协调者，协调器

extraordinary adj. 惊人的 [C5T4R3]/[C9T2R2]

apparent [əˈpærənt] ★★★☆☆

记 appar(=appear 出现)-ent(的)→明显的

释 adj. 明显的 <替> clear, evident, plain, obvious

搭 apparent change 明显的变化

for no apparent reason 无缘无故

become apparent 变得明显

写 It becomes <u>apparent</u> that traffic congestion can slow down the economic development.
很<u>明</u>显,交通拥堵会减缓经济发展。

衍 re<u>appear</u> *vi.* 重现,再现
<u>appear</u>ance *n.* 外表,露面 [C7T1R3]

contribute [kənˈtrɪbjuːt] ★★★☆☆

记 *con-(together)-tribute(奉献)→*全奉献出→奉献

释 *v.* **奉献,捐助** <替> *give, donate, bestow*
vi. **促成,促使** <替> *add to, encourage*

搭 <u>contribute</u> money 捐钱
<u>contribute to</u> global warming
促使全球变暖
<u>contribute</u> nothing to the program
对项目毫无<u>贡献</u>

格 Both optimists and pessimists <u>contribute to</u> our society. The optimist invents the airplane and the pessimist the parachute.
乐观主义者和悲观主义者<u>对</u>我们的社会都有<u>贡献</u>。乐观主义者发明了飞机而悲观主义者发明了降落伞。

衍 <u>contribut</u>ion *n.* 奉献
<u>contribut</u>or *n.* (事件)促成因素
<u>contribut</u>ory *adj.* 促成的,导致的 [C15T1R2]

eccentric [ɪkˈsentrɪk] ★★☆☆☆

记 *ec-(out of)-centr-(centre 中心)-ic(的)→*远离中心的→偏离中心的→古怪的,反常的

释 *adj.* **古怪的,怪异的** <替> *strange, odd, weird*
n. **古怪的人** <替> *oddball, weirdo*

搭 <u>eccentric</u> person
古怪的人
<u>eccentric</u> behavior
古怪的行为
a world full of <u>eccentrics</u>
充满怪人的世界

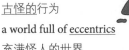
eccentric

阅 Geniuses, in most people's eyes, are supposed to be <u>eccentric</u> and hopelessly impractical.
天才,在大多数人眼中,都被认为<u>行为古怪</u>而且毫无实践能力。

衍 <u>eccentric</u>ity *n.* 古怪,怪癖
<u>central</u> *adj.* 中央的,中心的

<u>central</u>ise *vt.* 集中
self-<u>centred</u> *adj.* 以自我为中心的

sequence [ˈsiːkwəns] ★★☆☆☆

记 *sequ-(follow 跟着)-ence(名词)→*跟在后面的→顺序,序列

释 *n.* **顺序,次序,一连串** <替> *order, series*
vt. **按……排序** <替> *arrange in a particular order*

搭 follow a logical <u>sequence</u>
遵照逻辑的顺序
in historical <u>sequence</u>
按照历史的顺序
the <u>sequence</u> of events
一连串的事件 [C6T2R3]

sequence

阅 Please <u>sequence</u> the names in alphabetical order.
请<u>按</u>字母顺序排列姓名。

衍 <u>sequ</u>ential *adj.* 顺序的,序列的 [C12T6R3]

valid [ˈvælɪd] ★★☆☆☆

记 *val-(strong→*强壮→强权即是法律)*-id* 有法律效力的→有效的,合理的

释 *adj.* **有效的** <替> *in force, proper, lawful*
adj. **正当的,合理的** <替> *logical, convincing*

搭 <u>valid</u> contract
有法律效力的合同
<u>valid</u> evidence
确凿的证据
<u>valid</u> reasons
合理的理由
<u>invalid</u> argument 站不住脚的论据

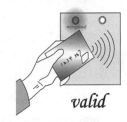
valid

回 Do you have <u>valid</u> reasons for your absence from work?
你不来工作有<u>正当的</u>理由吗?

衍 <u>valid</u>ity *n.* 有效性 [C14T4R3]
<u>in</u>valid *adj.* 无效的
<u>valid</u>ate *vt.* 证实,确认
<u>val</u>iant *adj.* 英勇的
<u>val</u>or *n.* 英勇

campaign [kæmˈpeɪn] ★★★★★

记 *camp-(champ-=field* 场地→军事场地)*-aign*(法语化拼写)→集体活动→运动→战役(军事运动)

释 *n.* 运动, 战役 <替> operation, movement, war

vi. 发起运动 <替> crusade, fight, work

搭 launch a <u>campaign</u>
发起运动

<u>campaign</u> against poaching
反对偷猎的<u>运动</u>

advertisement <u>campaign</u>
广告宣传(运动)

literacy campaigns

写 The government should intensify a health awareness <u>campaign</u> to promote a healthy lifestyle.
政府应当加强为推广健康生活方式而进行的增强健康意识的<u>活动</u>。

衍 <u>champ</u>ion *n.* 冠军 *vt.* 拥护

---

demonstrate [ˈdemənstreɪt] ★★★☆☆

记 de-(完全)-mon-(show 展示, 显露)-str-(站立)-ate (动词后缀)→立在那里展示→证明→示范

释 *vt.* 表露, 证明, 展示

<替> show, display, prove, exhibit, illustrate

demonstrate

搭 <u>demonstrate</u> one's concern
<u>表露</u>某人的关心

<u>demonstrate</u> self-control
<u>表现出</u>自控力

写 It has been <u>demonstrated</u> that this drug is effective.
一直以来<u>表明</u>这种药是有效的。

衍 <u>demon</u>stration *n.* 展示, 示范

<u>mon</u>ster *n.* 怪物

---

maximise [ˈmæksɪmaɪz] ★☆☆☆☆

记 max(great 大)-im(使)-ise(使)→使其不断变大→(使其)最大化

释 *vt.* 使……最大化 <替> increase as great as possible

搭 <u>maximise</u> one's potential
<u>充分发挥</u>某人的潜力

<u>maximised</u> efficiency
<u>最大化</u>的效率

<u>maximise</u> profits
利润<u>最大化</u> [C15T4R3]

maximize

例 The only way to <u>maximise</u> potential for performance is to be calm in the mind.
潜能发挥<u>最大化</u>的唯一方式就是保持头脑冷静。

衍 <u>maxim</u>um *n.* 最大量 *adj.* 最大的 [C6T3R3]

<u>maxim</u>al *adj.* 最大的 [C5T4R3]

---

locate [ləʊˈkeɪt] ★★☆☆☆

记 loc-(place 放置→位置)-ate(使)→找到位置

释 *vt.* 找到, 坐落于…… <替> find, detect, situate

vt. 把……设在, 把……建在 <替> build, place

搭 <u>locate</u> the position
<u>找出</u>位置

be <u>located</u> in the city centre
<u>坐落于</u>城市中心

<u>locate</u> a branch in New York
把分店<u>设在</u>纽约

locate

例 The scientists want to <u>locate</u> the position of the gene on a chromosome.
这些科学家想<u>找出</u>一段染色体基因的位置。

衍 <u>loc</u>ation *n.* 位置, 场所

<u>loc</u>alise *vt.* 使……本地化, 使局部化

re<u>loc</u>ate *vt.* 重新安置, 再配置 [C17T1R1]

---

disseminate [dɪˈsemɪneɪt] ★☆☆☆☆

记 dis-(away)-semin(seed 种子)-ate→把种子撒出去→撒种→散播种子→散播, 传播

释 *vt.* 散布, 传播

<替> spread, broadcast, disperse

搭 <u>disseminate</u> knowledge
<u>传播</u>知识

be widely <u>disseminated</u>
被广为<u>传播</u>

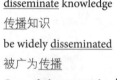
disseminate

例 One of the researches' aims is to <u>disseminate</u> information about this specific ailment.
这些研究的目的之一就是<u>宣传</u>关于这种特定疾病的知识。

衍 <u>dissemin</u>ation *n.* 散播, 传播

<u>semin</u>ar *n.* 研讨会

---

criteria [kraɪˈtɪəriə] ★★☆☆☆

记 crit-(cris-=judge 判断)-er-ia(集合名词)→(判断的)标准, 准则 (单数 criterion)

释 *n.* 标准, 准则 <替> *standard, norm, basis*

搭 meet a criterion
满足一项标准
fulfil the criteria
满足标准
several key criteria
几个关键的标准 [C14T3R3]
a set of criteria 一系列标准

"标准" 姿势
criteria

回 Success in making money is not always a good criterion of success in life.
能挣钱并不总是衡量人生成功的好标准。

衍 crisis *n.* 危机
critical *adj.* 批评的, 决定性的
critic *n.* 文学评论家

preliminary [prɪˈlɪmɪnəri] ★★☆☆☆

记 pre-(前)-limin-(threshold 门槛→在门槛前)-ary→
准备开始讲话→开场话→初步的→套话

释 *adj.* 初步的, 预备的 <替> *opening, initial*
n. 套话, 初赛, 准备工作 <替> *prelude*

搭 preliminary estimate
初步的估计
conduct preliminary analysis
进行初步的分析
preliminary remarks 开场白
essential preliminary
必要的准备工作

雅思学习
主评人: ××
preliminary

例 The company is taking preliminary steps in preparation for an economic recession.
公司正在为应付一场经济衰退做初步的准备。

convention [kənˈvenʃn] ★★★☆☆

记 con-(together)-ven(come)-tion(名词后缀)→来到
一起→开会, 习俗, 惯例(来到一起所遵守的)

释 *n.* 开会, 公约 <替> *meeting, conference, accord*
n. 习俗, 惯例 <替> *custom, rule, code, practice*

搭 by convention 按照惯例
social convention
社会习俗
hold an annual convention
召开年会
rules and conventions

convention

规则和公约

写 All new fashion starts out as a reaction against existing convention.
所有新时尚都是从打破现有的习俗开始的。

衍 conventional *adj.* 传统的 [C7T4R1]/[C13T2R3]
unconventional *adj.* 非传统的 [C17T2R1]
invention *n.* 发明

constant [ˈkɒnstənt] ★★★★☆

记 con-(to)-st-(站)-ant(的)→站立不动的→衡量

释 *adj.* 不变的, 持续的 <替> *continual, consistent*
adj. 忠实的 <替> *faithful, loyal, staunch*
n. 恒量, 常量 <替> *unchanging factor*

搭 remain constant 保持不变
constant threat 持续的威胁
constant supporter 忠实的支持者
significant constant 重要的常量

谚 Constant effort yields sure success.
持续的努力铸就成功/功到自然成。

衍 constancy *n.* 持久不变

constrain [kənˈstreɪn] ★☆☆☆☆

记 con-(together)-strain(拉)→拉到一起→拉到一起
的方式就是→限制, 强迫

释 *vt.* 限制, 强迫 <替> *limit, curb, confine, restrain*

搭 constrain one's creativity
限制某人的创造力
feel constrained to do...
被迫做……
time constraint 时间限制

3.5m
限高
constrain

回 I felt constrained to do what he told me.
迫于无奈, 我做了他叫我做的事。

衍 constraint *n.* 限制, 克制 [BCOGT1R2]
overstrain *n.* 过度紧张 *vt.* (使)过度紧张

undesirable [ˌʌndɪˈzaɪərəbl] ★☆☆☆☆

记 un-(not)-desir-(desire 想要)-able→不能要的→有
害的, 不良的→不良分子, 危险人物

释 *adj.* 有害的, 不良的 <替> *harmful, unwanted*
adj. 令人讨厌的, 不受欢迎的 <替> *nasty*
n. 不受欢迎的人, 不良分子

搭 undesirable consequences 不良的后果

highly undesirable

极不受欢迎的

undesirable people

令人讨厌的人

keep out undesirables

阻止不良分子

undesirable

阅 It was felt that the ageing of society was socially and economically undesirable.

人们感到老龄化对于社会和经济有不良影响。

indigenous [ɪnˈdɪdʒənəs] ★☆☆☆☆

记 indi-(in, within)-gen-(give birth 生)-ous(的)→本地出生→土生土长的,本地的

释 adj. 当地的,土生土长的 <替> native, local

搭 indigenous inhabitants

土著的居民

indigenous tribes

土著部落 [C15T2R3]

indigenous species

本地的物种

indigenous

写 Each country has its own indigenous cultural tradition.

每个国家都有其土生土长的文化传统。

例 Love and hate are emotions indigenous to all humanity.

爱和恨是人类固有的情感。

衍 degenerate vi. 退化,变质

engender vt. 产生,造成,引起

congenial adj. 意气相投的,适宜的(长一起)

gene n. 基因 [C10T4R3]

humanity [hjuːˈmænəti] ★★☆☆☆

记 human-(-hum-泥土+-an)-ity(名词后缀)→远古神话中人类是用湿润的泥土捏出来的→人类→人性

释 n. 人类,人 <替> people, mankind, man

n. 人性,仁慈,博爱 <替> human nature, love

n. (pl.) 人文学科 <替> subjects of literature

搭 crimes against humanity

有违人道的罪行

courage and humanity

勇气和仁慈

friends of humanity

人类的朋友

major in humanities

主修人文学科

humanity

例 Humanity is a mixture of good and bad qualities.

人性是善与恶的混合体。

衍 inhuman adj. 不人道的,野蛮的

humble adj. 谦虚的,卑贱的

humiliate vt. 羞辱,使蒙羞

humility n. 谦虚,谦逊 [C16T2R2]

oblige [əˈblaɪdʒ] ★★☆☆☆

记 ob-(to)-lig(bind 绑)-e→绑在一起→强迫,强制,帮助→使感激

释 vt. 强迫,强制 <替> compel, constrain, force

v. 帮助,效劳 <替> help, assist, do a favour

vt. 使感激 <替> gratify, appreciate

搭 be obliged by law 受法律的约束

happy to oblige 乐于效劳

句 Much obliged for your assistance.

不胜感激您的帮助。

例 The law obliges parents to send their kids to school.

法律上要求父母送子女入学。

衍 obligate vt. 使负义务,使感激

obligation n. 义务,责任 [C10T4R2]/[C15T4R3]

obligatory adj. 强制性的

distort [dɪˈstɔːt] ★★☆☆☆

记 dis-(apart 分开)-tort(twist 拧,绞→变形)→扭曲,变形,歪曲,失真

释 vt. 歪曲,扭曲 <替> misrepresent, falsify

vt. 失真,变形 <替> deform, bend, contort

搭 distort the facts

歪曲事实

distort history

歪曲历史

the distorted signal

失真的信号

distort

写 The bias of a reporter can easily distort the news.

记者的偏见很容易歪曲新闻的报道。

衍 distortion *n.* 扭曲,失真 [C8T1L4]

torture *vt./n.* 折磨,拷问

cycle [ˈsaɪkl] ★★★☆☆

记 cycl-(roll 滚动)-e→循环,轮转,周期→骑自行车

释 *n.* **循环,周期** <替> era, period, rotation

vi. **骑(自行车)** <替> ride a bicycle

搭 economic cycle

经济周期

favourable/vicious cycle

良性/恶性循环

business cycle

商业循环

阅 Sunspots increase and decrease in intensity in all 11-year cycle.

太阳黑子以十一年为周期增强或减弱。

衍 cycling *n.* 自行车运动

recycle *vt.* 再循环,回收

encyclopedia *n.* 百科全书 [C5T2R3]

whereas [ˌweərˈæz] ★★★☆☆

释 *conj.* **然而** <替> while, but, nevertheless

阅 Pensions are linked to inflation, whereas they should be linked to the cost of living.

养老金与通货膨胀挂钩,而它们应该和生活成本挂钩。

写 One's life is finite, whereas one's passion for life is infinite.

人的生命有限,而他们对生命的热情是无限的。

alienate [ˈeɪliəneɪt] ★★☆☆☆

记 ali-(beyond→other 其他→strange 陌生)-en-ate (使)→使疏远,冷淡,使脱离

释 *vt.* **使疏远,脱节** <替> estrange, divide, distance

搭 alienate a friend 疏远一个朋友

be alienated from society

与社会脱节

feel alienated from the peers

感觉被同龄人疏远

alienate

例 The company prefers to forgo short-term profit rather than to alienate a potential client.

公司宁愿放弃短期利益也不会疏远一个潜在客

户。

回 Would they dare risk alienating public opinion?

他们竟敢置公众观点于不顾?

衍 alienation *n.* 疏远,冷漠 [BCOGT2R1]

alien *n./adj.* 外国人,外国的

alias *n.* 别名,化名(其他名)

abrupt [əˈbrʌpt] ★★☆☆☆

记 ab-(off)-rupt(break 折)→一下子 break off→突然的,粗鲁的,冒昧的,陡峭的,不连贯的

释 *adj.* **突然的,意外的** <替> sudden, unexpected

adj. **粗鲁的,冒昧的** <替> surprising, brusque

adj. **陡峭的,不连贯的** <替> steep, disconnected

搭 abrupt climate change

突然的天气变化

abrupt manner

粗鲁的言行

abrupt sentence

不连贯的句子

abrupt

阅 We walked down an abrupt slope.

我们沿着陡峭的斜坡走下来。

回 Excuse me for my abrupt questions.

恕我冒昧地提出这些问题。

衍 abruptly *adv.* 突然地 [C8T2R2]

bankrupt *adj.* 破产的

corrupt *adj.* 腐败的 *vt.* (使)堕落(cor-)

interrupt *vt.* 中断(inter- 中间) [C9T1R1]

intrinsic [ɪnˈtrɪnzɪk] ★☆☆☆☆

记 intrin-(intra-=within)-sic(sec-=follow)→follow within →从里面带来的→内在的,固有的,本质的

释 *adj.* **内在的,固有的** <替> inborn, inherent

搭 intrinsic value

内在的价值

intrinsic goodness

固有的善良

intrinsic motivation

内在的动机 [C14T3R3]

intrinsic

写 Improving the environment for development is an intrinsic requirement of China's energy development.

为了发展而改善环境是中国能源发展的<u>内在</u>需要。

衍 extrinsic *adj.* 外在的，外表的

consecutive *adj.* 连续的 [C15T2R3]

persecute *vt.* 迫害，烦扰

strengthen [ˈstreŋkθn] ★★★☆☆

记 streng- (strong 强壮)-th(名词后缀)-en(动词后缀)→加强，巩固

释 *v.* 加强，坚定，强化 <替> *fortify, reinforce*

搭 <u>strengthen</u> one's faith
坚定某人的信念

<u>strengthen</u> cooperation
加强合作

<u>strengthen</u> physical capabilities
增强体力

<u>strengthen</u> commitment to an idea
强化对一个想法的认同 [C10T1R3]

听 We must <u>strengthen</u> our unity in the face of powerful opponents.
在强大的对手面前，我们必须<u>加强</u>团结。

plague [pleɪɡ] ★★☆☆☆

记 plagu- (plak-=strike 打)-e→折磨，使苦恼，纠缠，瘟疫，灾祸→(像瘟疫一样)令人烦恼的人或事

释 *n.* 瘟疫，灾祸 <替> *disease, epidemic, disaster*
n. 令人烦扰的人/事 <替> *bane, evil, blight*
vt. 折磨，困扰，使受煎熬 <替> *bother, afflict*

搭 <u>plague</u> vaccine
瘟疫疫苗

<u>plagues</u> and famines
瘟疫和饥荒

be <u>plagued</u> by questions
被问题所<u>困扰</u>

阅 Many nineteenth-century urban problems were those that continue to <u>plague</u> cities today — crime, pollution, noise.
许多十九世纪的城市问题仍旧<u>困扰</u>着今天的城市——犯罪、污染和噪音。

depression [dɪˈpreʃn] ★★★☆☆

记 de-(down)-press(压)-ion(名词后缀)→压下去→

萧条，沮丧，消沉→抑郁症，凹坑

释 *n.* 萧条，衰退 <替> *recession, slump, decline*
n. 沮丧，抑郁 <替> *misery, sadness, sorrow*
n. 凹坑，低压区 <替> *hollow, cavity, bowl*

搭 <u>depression</u> of business
经济<u>萧条</u>

suffer from <u>depression</u>
受抑郁折磨

rain-filled <u>depressions</u>
布满雨水的<u>洼地</u>

阅 Lack of exercise can lead to feelings of <u>depression</u> and exhaustion.
缺乏锻炼会导致<u>抑郁</u>和疲劳。

衍 depressed *adj.* 沮丧的，消沉的

depressive *adj.* 压抑的，沉闷的

oppression *n.* 压抑，沉闷

peculiar [pɪˈkjuːliə(r)] ★★☆☆☆

记 pecul- (of one's own 自由的，自己的)-iar→自己的，个体的→独特的，特别的→奇怪的

释 *adj.* 古怪的，怪异的 <替> *strange, unusual*
adj. 独特的，特有的 <替> *distinct, different*

搭 <u>peculiar</u> smell <u>奇怪</u>的气味

<u>peculiar</u> breed <u>独特</u>的物种 [C15T1R3]

<u>peculiar</u> properties <u>特有</u>的性质

□ These problems are by no means <u>peculiar</u> to this country.
这些问题绝不是这个国家所<u>特有</u>的。

例 Each person's handwriting has its own <u>peculiar</u> characteristics.
每个人的笔迹都有其<u>独特</u>之处。

衍 peculiarity *n.* 独特之处，怪癖

territory [ˈterətri] ★★★★☆

记 terr- (dry 干→没水的地→陆地)-it-ory→土地

释 *n.* 领土，领地，地区 <替> *land, region, area*
n. (知识/经验)领域 <替> *domain, field, sphere*

搭 uncharted <u>territory</u>
未知的<u>领域</u>

occupied <u>territory</u> 占领<u>区</u>

fight for <u>territory</u>
争夺<u>地盘</u>

mountainous <u>territory</u>

多山的<u>地区</u>

阅 A vast and uninhabited <u>territory</u> has become a new target for international tourists.

一片广阔的无人居住<u>区</u>已成为国际旅行者的新目标。

衍 ter<u>rit</u>orial *adj.* 领土的, 土地的 [C11T3R2]

ter<u>r</u>ace *n.* 阳台, 露台

ter<u>r</u>ain *n.* 地势, 地形 [C6T1R3]/[C12T7R1]/[C16T3R2]

re*lish* [ˈrelɪʃ] ★★☆☆☆

记 re-(back)-lish(lax-=loose 放松)→leave behind→抛之脑后→放松→喜欢, 玩味, 享受, 盼望

释 *vt.* 喜欢, 欣赏 <替> *appreciate, like, love*

vt. 期盼, 憧憬 <替> *look forward to, long for*

n. 佐料, 调味品 <替> *sauce, condiment*

n. 享受, 乐趣 <替> *enjoyment, delight, glee*

搭 <u>relish</u> the challenge 喜欢挑战

<u>relish</u> on the chicken 鸡肉上的<u>调味品</u>

<u>relish</u> the idea of travelling

期<u>盼</u>旅行的想法

read <u>with relish</u> 享受地阅读

句 I have no <u>relish</u> for pop music.

我对流行乐没<u>兴趣</u>。

衍 re<u>lax</u> *vt.* 放松, 松弛

re<u>lax</u>ation *n.* 放松

re<u>lease</u> *vt.* 释放, 使免除(leas-=lax-)

pre*cipit*ate [prɪˈsɪpɪteɪt] ★☆☆☆☆

记 pre-(前)-cipit-(-capit-=head 头)-ate→冲在前头→俯冲的→下降→抛下, 陷入, 引发→鲁莽的, 仓促的→冷凝物, 沉淀物

释 *vt.* 引发, 突然陷入 <替> *cause, lead to, trigger*

vt. 沉淀, 落下, 降(雨、雪) <替> *fall, deposit*

adj. 鲁莽的, 仓促的 <替> *hasty, impulsive*

n. 冷凝物, 沉淀物 <替> *a solid substance*

搭 yellow <u>precipitate</u>

黄色<u>沉淀物</u>

be <u>precipitated</u> as rain

凝结成雨

<u>precipitate</u> sb. <u>into</u> danger

使某人<u>陷入</u>危险

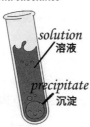

solution
溶液

precipitate
沉淀

make a <u>precipitate</u> decision

做个<u>鲁莽的</u>决定

写 A slight mistake could <u>precipitate</u> a disaster.

小错误可能会<u>引发</u>大灾难。

衍 pre<u>cipit</u>ation *n.* 降雨(雪) [C6T1R3]/[C10T1R3]/[C11T1R3]

<u>capit</u>alism *n.* 资本主义

de<u>capit</u>ate *vt.* 斩首, 杀头(de-去)

List of the Key Extended Words and Review(核心扩展词列表及复习)

- [ ] abruptly *adv.* 突然地
- [ ] absence *n.* 缺乏
- [ ] alien *n.* 外国人 *adj.* 外国的
- [ ] alienation *n.* 疏远,冷漠
- [ ] alternation *n.* 交替
- [ ] alternator *n.* 交流发电机
- [ ] altruism *n.* 利他主义,无私
- [ ] appearance *n.* 外表,露面
- [ ] architecture *n.* 建筑学
- [ ] assurance *n.* 确保
- [ ] bankrupt *adj.* 破产的
- [ ] capitalism *n.* 资本主义
- [ ] central *adj.* 中心的
- [ ] centralise *vt.* 集中
- [ ] champion *n.* 冠军 *vt.* 拥护
- [ ] compel *vt.* 强迫
- [ ] compensation *n.* 补偿
- [ ] composite *n.* 合成物 *adj.* 合成的
- [ ] congenial *adj.* 适宜的
- [ ] consecutive *adj.* 连续的
- [ ] considerate *adj.* 体贴的
- [ ] constancy *n.* 持久不变
- [ ] constraint *n.* 强制
- [ ] contact *n.* 接触,联系
- [ ] contribution *n.* 奉献
- [ ] contributor *n.* (事件)促成因素
- [ ] conventional *adj.* 传统的
- [ ] conversation *n.* 对话
- [ ] conversely *adv.* 相反地
- [ ] coordination *n.* 协调
- [ ] coordinator *n.* 协调者(器)
- [ ] cordial *adj.* 诚恳的
- [ ] corporation *n.* 公司
- [ ] corpse *n.* 尸体
- [ ] correspondence *n.* 通信
- [ ] corresponding *adj.* 相应的
- [ ] corrupt *adj.* 腐败的 *vt.* (使)堕落

- [ ] critical *adj.* 批评的,决定性的
- [ ] cycling *n.* 自行车运动
- [ ] decadence *n.* 腐败,颓废
- [ ] deciduous *adj.* 落叶的
- [ ] deduce *vt.* 推论,推演
- [ ] degenerate *vi.* 退化,变质
- [ ] delusive *adj.* 欺骗的
- [ ] depressed *adj.* 沮丧的
- [ ] depressive *adj.* 压抑的
- [ ] disposition *n.* 性情,倾向
- [ ] dissemination *n.* 散播,传播
- [ ] dissent *n./vi.* 意见不一致
- [ ] distortion *n.* 扭曲,失真
- [ ] dominance *n.* 支配地位
- [ ] dominant *adj.* 支配的
- [ ] eminence *n.* 卓越,显赫
- [ ] encyclopedia *n.* 百科全书
- [ ] engender *vt.* 产生
- [ ] entity *n.* 实体
- [ ] epidemiology *n.* 流行病学
- [ ] exclusion *n.* 排除,除外
- [ ] exclusive *adj.* 排外的
- [ ] extraordinary *adj.* 非凡的
- [ ] extrinsic *adj.* 外在的
- [ ] gene *n.* 基因
- [ ] humble *adj.* 谦虚的,卑贱的
- [ ] humiliate *vt.* 羞辱,使蒙羞
- [ ] humility *n.* 谦虚,谦逊
- [ ] illusion *n.* 幻想,假象
- [ ] imminent *adj.* 即将发生的
- [ ] impel *vt.* 激励,驱使
- [ ] implication *n.* 暗指
- [ ] indispensable *adj.* 不可缺少的
- [ ] inhuman *adj.* 不人道的,野蛮的
- [ ] initially *adv.* 最初地
- [ ] innumerable *adj.* 无数的
- [ ] instantly *adv.* 立即

☐ insurance *n.* 保险	☐ reinvestment *n.* 再投资
☐ interaction *n.* 相互作用	☐ relaxation *n.* 放松
☐ interactive *adj.* 相互影响的	☐ release *vt.* 释放,使免除
☐ intermittently *adv.* 时断时续地	☐ reliability *n.* 可靠性
☐ interrupt *v.* 中断 *n.* 中断	☐ reliable *adj.* 可靠的
☐ invalid *adj.* 无效的	☐ relocate *vt.* 重新安置
☐ invention *n.* 发明	☐ rely *vi.* 依赖
☐ investment *n.* 投资	☐ remit *vt.* 汇款,寄钱
☐ justice *n.* 正义	☐ resent *vt.* 憎恨
☐ justification *n.* 证明正当	☐ routinely *adv.* 例行地
☐ landmark *n.* 地标	☐ seclude *vt.* 使隔开
☐ landmass *n.* 陆地板块	☐ seminar *n.* 研讨会
☐ localise *vt.* 使……本地化	☐ self-centred *adj.* 以自我为中心的
☐ location *n.* 位置,场所	☐ self-reliance *n.* 自立
☐ maximal *adj.* 最大的	☐ sentimental *adj.* 多愁善感的
☐ maximum *n.adj.* 最大量 *adj.* 最大的	☐ sequential *adj.* 顺序的
☐ mentor *n.* 良师益友	☐ tact *n.* 机敏
☐ monumental *adj.* 不朽的	☐ tactile *adj.* 接触的,手感好的
☐ numerate *adj.* 识数的	☐ tactual *adj.* 触觉的
☐ obligate *vt.* 使负义务,使感激	☐ terrace *n.* 阳台,露台
☐ obligation *n.* 义务,责任	☐ terrain *n.* 地势,地形
☐ oppression *n.* 压抑,沉闷	☐ territorial *adj.* 领土的,土地的
☐ outermost *adj.* 最外面的	☐ torture *vt./n.* 折磨,拷问
☐ outfit *n.* 用具,装备 *vt.* (使)配备	☐ unconventional *adj.* 非传统的
☐ outnumber *vt.* 数量上比……多	☐ update *n./vt.* 更新
☐ outrageous *adj.* 可耻的,荒诞的	☐ upgrade *v.* 使升级
☐ outright *adj.* 直率的,完全的	☐ upright *adj.* 诚恳的
☐ overstrain *n.* 过度紧张 *vt.* (使)过度紧张	☐ valiant *adj.* 英勇的
☐ pandemic *n.* (疾病)大流行	☐ validate *vt.* 证实
☐ pension *n.* 养老金,年金	☐ validity *n.* 有效性
☐ persecute *vt.* 迫害,烦扰	☐ valor *n.* 英勇
☐ precipitation *n.* 降雨(雪)	
☐ preeminent *adj.* 出类拔萃的	
☐ reaction *n.* 反应	
☐ reappear *vi.* 重现,再现	
☐ reassure *vt.* 使……安心	
☐ recycle *vt.* 再循环,回收	
☐ registration *n.* 登记	
☐ reinvest *v.* 重新投资	

单词学习之记忆篇

很多人都不喜欢背单词！It's a very painful labour.

实际上，很多英语学习者在背单词的时候总是喜欢拿起一本单词书，开始认认真真、一个词一个词地精读，越读越觉得记不住。而且读了一段时间往前看，发现之前试图背的单词都忘了，于是又从头开始再来一遍。如此反复，大家会发现只对单词书前面的一小部分内容掌握最熟练，后面的单词几乎没有碰过。这种背单词的经历几乎人人都有，这种"挫败感(a sense of frustration)"让绝大多数的人都放弃了背单词。

其实，除了前面我们了解的构词法知识外，大家学习单词也要符合记忆规律。无论学习哪本单词书，一定要记住单词学习的最核心要点：周期越短越好！战线拖得越长，记忆的效率反而越低！所以，单词的记忆一定要遵循"量大是关键，重复是秘诀"这个原则，在短期内提高复习遍数来巩固整体识记率。

比如，像我们这样一本单词书，一共10个Sublist，每个Sublist有80个主词条。与其两天背一个Sublist，10天背完，不如一天读2个Sublist，5天读完一遍。这样，一个月能循环读5遍。整体来看，25天读过5遍远比为了追求短期的识记率反复在前面的篇章中打转转的情况好得多。如果时间拖得很长，而且没有不同语境下的大量复现，我们一定会忘掉的！

在大多数情况下，当背了十几天的单词，再重新复习Sublist 1或Sublist 2的时候，我们发现很多的单词又重新变得"陌生"起来。为了记住这些"生"词，很多英语学习者又开始从头学起，反复在前几个章节中"徘徊"，最后导致他们基本上没看过后面章节的单词的结果。

短期内快速、大量地记忆单词，看似增加了很多负担，但是这种高频度、高密度的学习过程非常短暂。同时，在新单词还没有忘记的时候，通过阅读、听力和写作等其他方式的学习，让这些单词在不同的场景里复现。这样就可以在不同的语境下反复地刺激大脑记住这些单词。

大量并且不停地重复才是我们能够快速巩固记忆率的关键。不要过分地追求一遍的识记率，因为人脑不是电脑，忘是必然结果。只有在短时记忆的周期里快速重复，才能把短期记忆转成中期记忆。之后，再通过其他场景的反复浮现，我们才能对单词慢慢地融会贯通，实现长期记忆。

这样学习单词的方式才是高效且实用的方法！

Sublist 5

扫码听音频

本单元核心词学前自测和学后检测 (2次标记生词)

☐☐ access	☐☐ domestic	☐☐ integrity	☐☐ principal
☐☐ accommodate	☐☐ elaborate	☐☐ interfere	☐☐ provision
☐☐ acute	☐☐ embark	☐☐ internal	☐☐ rampant
☐☐ allergic	☐☐ emerge	☐☐ invoke	☐☐ reckon
☐☐ annual	☐☐ encompass	☐☐ label	☐☐ reclaim
☐☐ attribute	☐☐ entangle	☐☐ launch	☐☐ resolution
☐☐ authentic	☐☐ ethnic	☐☐ malign	☐☐ retain
☐☐ baffle	☐☐ extensive	☐☐ manifest	☐☐ sector
☐☐ civil	☐☐ fabricate	☐☐ mechanism	☐☐ statistics
☐☐ code	☐☐ forthcoming	☐☐ nourish	☐☐ subsequent
☐☐ conceive	☐☐ grant	☐☐ occupation	☐☐ substitute
☐☐ contrast	☐☐ graphic	☐☐ ongoing	☐☐ supervise
☐☐ deceive	☐☐ gravity	☐☐ output	☐☐ surpass
☐☐ deficit	☐☐ halt	☐☐ overtake	☐☐ trace
☐☐ definite	☐☐ hypothesis	☐☐ parallel	☐☐ transmit
☐☐ disclose	☐☐ immune	☐☐ parameter	☐☐ undergo
☐☐ divergent	☐☐ inferior	☐☐ poison	☐☐ undertake
☐☐ demolish	☐☐ inflict	☐☐ possess	☐☐ verge
☐☐ dimension	☐☐ ingredient	☐☐ predict	☐☐ vicious
☐☐ disperse	☐☐ integrate	☐☐ premium	☐☐ wreck

本单元部分核心词根词汇预习

核心词根	含义+延伸	单元核心例词
-ann-	-enn-(year 年)	**ann**ual 每年的
-ceiv-	grasp 抓→(都)抓(一起)	con**ceiv**e 构想
	grasp 抓→抓(不住)	de**ceiv**e 欺骗
-cess-	go(走)→走(的通道)	ac**cess** 通道
-dict-	show(展示)→(提前)展示	pre**dict** 预测
-fer-	strike(打)→(在中间)打	inter**fer**e 干涉→**inter**nal 内部的
-go-	go 进展→(在底下)有进展	under**go** 经历
	go 进展→进展(中……)	on**go**ing 进行中的……
-grav-	heavy(重)→有重量	**grav**ity 重力
-labour-	work(劳作)→(仔细)做(出来的)	e**labor**ate 复杂的→e**merge** 冒出来
-me-	-mens-(measure 测量)→(分开)量	di**mens**ion 维度
	-meter(measure 测量)→测量单位	para**meter** 参数
-mit-	send(发送)→送出去	trans**mit** 传送
-sect-	-seg-(cut 切)→切(成一段段)	**sect**or 部门
-sess-	sit(坐)→(有权势地)坐	pos**sess** 占有
-solut-	loose(松开)→(清晰度)松开(内心)	re**solut**ion 解析度,决心
-st-	stand 站立→-st-立着(参照)	contra**st** 对比
	stand 站立→-stat-(建立)数据	**stat**istics 统计数据
	stand 站立→-stit-立(旁边)	sub**stit**ute 代替
-tag-	-tegr-(touch 触摸)→(没)碰过	in**tegr**ate 融合, in**tegr**ity 完整
-take-	take 拿→(在底下)拿着	under**take** 承担
	take 拿→拿(过去)	over**take** 超过
-the-	set(设置)→(往下)看	hypo**the**sis 假设
-ten-	-tain(stretch 伸→保持)→保留	re**tain** 保持→re**claim** 声称要回
	-tens-(stretch 伸)→(向外)伸展	ex**tens**ive 广泛的
-verg-	turn(转向)→(朝边界)转(开)	di**verg**ent 有分歧的, **verg**e 边缘
-vis-	see(看)→(从上往下)看→监视	super**vis**e 监督
	see(看)→(往前)看→提前准备	pro**vis**ion 准备

possess [pəˈzes] ★★☆☆☆

记 pos- (poti-=powerful 有权势的)- sess- (sed-=sit 坐)→居中而坐的权势人→拥有一切→拥有

释 *vt.* 占有，拥有 <替> *own, have, be gifted with*
vt. 控制，支配 <替> *take control of, dominate*
vt. 具有……品质/才能
<替> *have the property of*

搭 possess technical knowledge
拥有技术知识

possess a sense of humour
具有幽默感

口 We should possess ourselves in face of fear.
我们在面对恐惧时要保持镇静。

例 In the past the root of this plant was thought to possess magical power.
过去，这种植物的根被认为具有神奇的力量。

衍 possession *n.* 拥有，占有
possessive *adj.* 占有欲强的

premium [ˈpriːmiəm] ★★★☆☆

记 pr-(pre-前，先)-em-(take, distribute-拿，分配)-ium (拉丁语后缀)→表示优先拿到的奖励或分配的东西→优质的，高端的→附加的→附加款

释 *n.* 保险费 <替> *insurance charge/payment*
n. 附加费，津贴，奖励
<替> *extra payment, additional fee, bonus*
adj. 高昂的，优质的 <替> *expensive, higher quality*
n. 稀少，难得 <替> *unusual or high value*

搭 insurance premiums
保险费

benefit premium
福利津贴

premium products
优质的产品

pay premium prices 花费高昂的价格

at a premium 稀缺，稀少

例 Employers put a premium on honesty and hard work.
雇主们对诚实和勤奋工作很重视。

衍 exempt *vt.* 免除 *adj.* 被免除的
exemption *n.* 免除

extensive [ɪkˈstensɪv] ★★★☆☆

记 ex-(out)-tens-(-tend-=stretch 伸展)-ive(的)→向外延伸→广泛的，广阔的，大量的

释 *adj.* 广阔的，广大的，范围广的
<替> *wide, broad, far-flung, large, vast*
adj. 广泛的，全面的 <替> *comprehensive*

搭 extensive knowledge
知识丰富

extensive reading
泛读(广泛阅读)

cause extensive damage
造成大范围的损失

例 The original novel had undergone fairly extensive modifications.
原小说已经做了相当大范围的修改。

衍 extensively *adv.* 广泛地，大量地 [C12T8R3]
extend *v.* 延伸，涉及，包括
extension *n.* 延伸，延长期

rampant [ˈræmpənt] ★☆☆☆☆

记 ramp-(climb 四处乱爬)-ant(的)→到处乱爬、无管制的猛兽→猖獗的，泛滥的

释 *adj.* 猖獗的，泛滥的，失控的
<替> *uncontrolled, widespread, unrestrained*
adj. 猛烈的，暴力的 <替> *violent, aggressive*
adj. 繁茂的，蔓生的 <替> *luxuriant, exuberant*

搭 rampant corruption 腐败猖獗

rampant growth of weed
杂草蔓生

rampant crimes
暴力罪行

rampant growth of weed

rampant use of plastic bags
无节制地使用塑料袋

例 Malaria was still rampant in the rural areas of this country.
疟疾在这个国家的农村地区仍旧泛滥。

衍 rampage *vi.* 横冲直撞

grant [grɑːnt] ★★★★☆

记 grant=cred-(相信，拼写成 grant 是因为受到古法语影响)→相信而→准许，发放→助学金→批准，承认

释 *n.* 拨款,助学金 <替> *allowance, subsidy*

vt. 批准,给予,承认

<替> *agree to, consent to, give, admit, concede*

搭 grant one's request
批准某人的要求

grant permission
给予许可 [C7T4R2]

take... for granted
认为……理所应当

student grants 学生助学金

例 We grant the truth of what you said.
我们承认你说的是事实。

---

inflict [ɪnˈflɪkt] ★★☆☆☆

记 *in-(in)-flict(strike 打)*→使遭受,强加给(打进去)

释 *vt.* 使遭受,把……强加给 <替> *deliver to, impose on*

搭 inflict pain on others
把痛苦强加给别人

inflict stress on a person
给人强加压力

例 Don't inflict damage on any person.
不要伤害任何人。

例 Some people inflict pain on others in the selfish pursuit of their own happiness or satisfaction.
为了自私地追求个人的幸福或满足,有些人把痛苦强加给别人。

衍 infliction *n.* 处罚,施加
afflict *vt.* 使苦恼,折磨

---

retain [rɪˈteɪn] ★★★☆☆

记 *re-(back)-tain(拉,伸)*→拉回来→保持,保留

释 *vt.* 保持,保留 <替> *keep, maintain, keep hold of*

搭 retain a deep respect
怀有深深的敬意

retain a good nature
保留善良的本性

retain a sense of independence
保持独立感 [C6T2R2]

阅 Canada and the United States are the only industrialised countries that retain birthright citizenship.
加拿大和美国是仅有的两个保留出生地公民权的工业化国家(出生即是本国公民)。

衍 retainable *adj.* 可保留的
detain *vt.* 扣留,耽搁(de-=away)
abstain *vi.* 戒除,弃权(abs-=off)

---

surpass [səˈpɑːs] ★☆☆☆☆

记 *sur-(自下而上)-pass(过)*→超过,越过

释 *vt.* 超过,越过

<替> *exceed, outstrip, outdo*

搭 surpass expectations
超越期待

surpass my comprehension
超出我的理解

surpass limits 超越极限

谚 Life is not to surpass others, but to surpass ourselves.
人生不是要超越别人,而是要超越自己。

例 The beauty of the scenery surpassed all my expectations.
美丽的风景远超我的期待。

衍 surreal *adj.* 离奇的,荒诞的

---

baffle [ˈbæfl] ★☆☆☆☆

记 *baff-(拟声词,通常是由于厌恶而发出的声音)-le*→现在语义变化,表示"使困惑,难倒"

释 *vt.* 使困惑,难住 <替> *puzzle, confuse*

搭 baffling question
令人困惑的问题

baffle experts
把专家难住

be baffling to outsiders
让外行人充满困惑

例 I do not baffle the readers with disputable statistics.
我不会拿一些有争论的统计数据来迷惑读者。

---

civil [ˈsɪvl] ★★★★☆

记 *civ-(=city)-il*→城市→国内的,公民的,文明的

释 *adj.* 国内的 <替> *domestic*

adj. 民事的 <替> *relating to citizens*

adj. 公民的, 平民的 <替> *civic, public*

adj. 文明的, 有教养的 <替> *polite, courteous*

搭 American Civil War 美国内战

civil case 民事案件

protect civil rights 保护公民的权利

civil engineer 土木工程师

construct a civil society 构建文明社会

例 The boy was so cold and even didn't return a civil greeting.

这男孩真冷酷, 甚至都没回敬一个礼貌的问候。

衍 civilise *vt.* 使开化, 使有教养

civilisation *n.* 文明

uncivilised *adj.* 无礼的, 粗野的

*re**claim*** [rɪˈkleɪm] ★☆☆☆☆

记 *re-(back)-claim(cal-=to call)→call back→喊回来 →要求归还, 开垦→感化(把人心喊回来)*

释 *vt.* 拿回, 收回 <替> *get back, claim back*

vt. 开垦, 开拓 <替> *salvage, restore, rescue*

vt. 挽救, 感化 <替> *save, rescue*

vt. 回收(再利用) <替> *reuse*

搭 reclaim the tax

收回税款

reclaim my luggage

取回我的行李

reclaimed building materials

回收的建筑材料

reclaim land from the sea 填海拓地

写 Society could reclaim criminals by teaching them useful skills.

社会可以通过教给罪犯有用的技能来改造他们。

衍 acclaim *n./vt.* 称誉 [BCOGT2R2]

reclamation *n.* 开垦, 改造

calendar *n.* 日历 [C8T1R1]

wreck [rek] ★★☆☆☆

记 *wreck* 本意是 "*drive, push*"→最初是为了报复而发生的破坏行为→毁坏→失事(船或飞机)

释 *vt.* 破坏, 毁坏 <替> *crush, ruin, smash, damage*

vt. 使失事, 使遇难 <替> *shipwreck, sink*

n. 沉船, 残骸, 损毁的建筑

<替> *shipwreck, debris, wreckage, destruction*

搭 wreck the building

毁坏这栋建筑

a wrecked cargo ship

一艘失事的货船

salvage the wreck

抢救这艘沉船 [C11T2R1]

wreck *wreck his career* 毁掉他的职业生涯

阅 No one else approached the wreck site or even learned of the crash during the next half century.

在此后的半个世纪, 没有其他人靠近过失事地点, 甚至都没有人知道这次失事。

衍 wreckage *n.* 残骸, 残余物

shipwreck *n.* 船舶失事, 沉船 [C17T1L2]

launch [lɔːntʃ] ★★★★☆

记 *laun-长矛-ch→投掷长矛→发射出去→发动, 实施, 开始*

释 *vt.* 发射, 发起, 发布, 实施

<替> *propel, introduce, begin, start*

搭 launch a satellite

发射一颗卫星

launch a new product

发布一个新产品

launch a campaign

发起一项运动

写 The police have launched an investigation into the incident.

警方已对该事件发起调查。

衍 lance *n.* 长矛

nourish [ˈnʌrɪʃ] ★☆☆☆☆

记 *nour(-nur-=feed 喂)-ish(后缀)→喂养, 养育→助长, 增进*

释 *vt.* 养育, 滋养 <替> *feed, nurture, sustain*

vt. 增进, 助长 <替> *foster, encourage, promote*

搭 be well nourished

被养育得很好

nourish our friendship

增进我们的友谊

写 Journalists on the whole don't create public opinion. They help to <u>nourish</u> it.
大体来说记者不制造舆论。他们会<u>助长</u>舆论。

衍 nourishment *n.* 滋养品,养料 [C7T4R2]

malnourished *adj.* 营养不良的

nursery *n.* 托儿所,育儿室

nurture *vt.* 养育 *n.* 教养 [C5T1R2]

acute [ə'kjuːt]　★★☆☆☆

记 ac-(尖→刺)-ute(后缀)→有针刺感,敏锐感到针刺→刺痛→强烈的,严重的→敏锐的,锐角的

释 *adj.* 急性的,剧烈的 <替> *sharp, urgent*

adj. 严重的,极度的 <替> *severe, serious, extreme*

adj. 敏锐的,灵敏的 <替> *clever, keen, astute*

adj. 锐角的 <替> *an angle less than 90°*

搭 <u>acute</u> shortage of food <u>严重的</u>食物短缺

<u>acute</u> abdominal pain <u>急性</u>腹痛

<u>acute</u> anxiety <u>急性</u>焦虑

<u>acute</u> eyesight <u>敏锐的</u>视觉

<u>acute</u> problem <u>严重的</u>问题

口 Nowadays, competition for jobs is <u>acute</u>.
如今,求职的竞争非常<u>激烈</u>。

衍 acrid *adj.* 辛辣的

acerbic *adj.* 尖刻的,严厉的

acid *n.* 酸 *adj.* 酸性的(针刺的感觉) [COGT2R1]

acupuncture *n.* 针灸(用尖扎)

reckon ['rekən]　★★★☆☆

记 reck-(reg-直线→直线引导→计算,估计如何引导)-on→计算,认为,估计

释 *v.* 认为,被看作 <替> *think, consider*

vt. 计算,估计 <替> *calculate, estimate*

搭 <u>reckon</u> the cost
计算成本

<u>reckon</u> to arrive at night(口语用)
估计晚上会到

<u>be reckoned</u> (to be) a great poet
<u>被认为</u>是一位伟大的诗人

例 The sale of smart phone has been held up because the price <u>is reckoned to</u> be too high.
智能手机的销售停滞是因为大家<u>认为</u>价格太高。

衍 reckoning *n.* 计算,估算

annual ['ænjuəl]　★★★★☆

记 ann-(-enn-=year年)-u-al→每年的→年刊,年报

释 *n.* 年刊,年报 <替> *yearbook*

adj. 每年的,年度的 <替> *yearly, once a year*

搭 <u>annual</u> conference
年会

government's <u>annual</u> budget
政府年度预算

trade journals, <u>annuals</u>
行业杂志、年刊

<u>annual</u> plant 一年生的植物

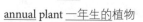

例 The government has just launched their <u>annual</u> Christmas campaign to stop drunken driving.
政府刚刚发起了<u>年度</u>圣诞节停止酒驾的运动。

衍 anniversary *n.* 周年纪念日

millennium *n.* 千禧年,一千年 [C16T4R1]

perennial *adj.* 常年的(per-贯穿) [C15T3R3]

verge [vɜːdʒ]　★★☆☆☆

记 verg-(=vers-turn)-e→转向→接近→边缘,边界

释 *n.* 边缘,边界 <替> *edge, border, boundary*

v. 接近,濒临 <替> *come near, approach*

搭 be <u>on the verge of</u> success
即将要成功

<u>verge on</u> the criminal
几乎等同于犯罪

stand on the <u>verge</u> 站在<u>边缘</u>

听 The economy <u>verges toward</u> inflation.
经济濒临通货膨胀。

例 Large numbers of people have to struggle <u>on the verge of</u> starvation in Africa.
在非洲,许多人不得不挣扎<u>在饥饿的边缘</u>。

allergic [ə'lɜːdʒɪk]　★☆☆☆☆

记 all-(strange)-erg-(work,与 energy 同源)-ic(的)→产生奇怪的作用→变态反应→过敏反应

释 *adj.* 过敏的 <替> *sensitive, susceptible*

adj. 反感的,厌恶的 <替> *averse, opposed*

搭 <u>allergic</u> reaction
过敏反应

allergic to pop music
对流行音乐<u>反感</u>

allergic to medicines
对药物<u>过敏</u>

阅 Nuts can trigger off a violent <u>allergic</u> reaction.
坚果可以引起严重的<u>过敏</u>反应。

allergic reaction

衍 all<u>erg</u>y *n.* 过敏

malign [məˈlaɪn] ★☆☆☆☆

记 *mali-(evil* 坏的*)-gn-(born* 生*)*→生成坏的→恶意的，邪恶的→说恶意的话→诽谤，污蔑

释 *adj.* **有害的，不良的** <替> *evil, harmful, bad*
vt. **诽谤，污蔑** <替> *defame, abuse, disparage*

搭 <u>malign</u> influence
<u>有害的</u>影响

<u>malign</u> innocent persons
<u>中伤</u>无辜的人

have a <u>malign</u> effect
带来<u>不良的</u>影响

malign

阅 Reliance on sponsorship can have a <u>malign</u> effect on our company's reputation.
对赞助的依赖可能会给我们公司的声誉带来<u>不良的影响</u>。

衍 mal<u>ign</u>ant *adj.* 恶性的，恶毒的

hypothesis [haɪˈpɒθəsɪs] ★☆☆☆☆

记 *hypo-(under* 下*)-the-(put* 放*)-sis(*名词后缀*)*→放在下面的→往下发展→假设，假说

释 *n.* **假设，假说** <替> *theory, thesis, speculation*

搭 prove a <u>hypothesis</u>
证实一个<u>假说</u>

confirm one's <u>hypothesis</u>
证实某人的<u>假设</u>

the validity of the <u>hypothesis</u>
<u>假说</u>的可靠性

hypothesis

写 It would be pointless to engage in <u>hypothesis</u> before we have the facts.
在我们掌握事实之前进行<u>假设</u>是没有意义的。

衍 hypo<u>the</u>sise *vt.* 假设，假定
hypo<u>the</u>nsion *n.* 低血压
hypo<u>the</u>tical *adj.* 假定的 [C5T2R3]

resolution [ˌrezəˈluːʃn] ★★★★☆

记 *re-(*加强*)-solu-(-solv-=loose* 解开*)-tion*→解析，分辨率→解决→有决心才能解决(解决问题的态度)→坚定→解析图片的细节→分辨率

释 *n.* **决议，决定** <替> *decision*
n. **坚定，果断** <替> *determination, firmness*
n. **分辨率，清晰度** <替> *clarity, transparency*
n. **解决** <替> *solution, settlement*

搭 the <u>resolution</u> of a problem
问题的<u>解决</u>

adopt a <u>resolution</u>
采纳一项<u>决议</u>

show great <u>resolution</u>
表现得十分<u>坚定</u>

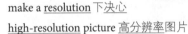
new year's resolution

make a <u>resolution</u> 下<u>决心</u>

high-<u>resolution</u> picture 高<u>分辨率</u>图片

▯ Making a <u>resolution</u> on New Year's Day is a custom that still prevails in western countries.
在新年这一天下<u>决心</u>是一个在西方国家依然流行的习俗。

衍 re<u>solv</u>e *v.* 决心 *vt.* 解决
<u>solu</u>tion *n.* 解决办法，溶液
dis<u>solv</u>e *v.* (使)溶解，解除 [COGT5R1]

output [ˈaʊtpʊt] ★★★☆☆

记 *output = put out*→输出，排出量→产量

释 *n.* **输出量，产量** <替> *production, yield*

搭 industrial <u>output</u>
<u>工业产量</u>

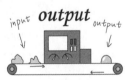
input output output

effective <u>output</u>
有效<u>输出</u>

increase <u>output</u> to meet the demand
增加<u>产量</u>来满足需求

写 In 2017, factory <u>output</u> generated just 12% of GDP and employed barely 9% of the nation's workers.
在 2017 年，工厂的<u>产量</u>只贡献了 12% 的 GDP，并且仅雇用了全国不超过 9% 的工人。

衍 in<u>put</u> *vt.* 输入 *n.* 投入资源

statistic [stəˈtɪstɪk] ★★★☆☆

记 *stat-(=stand* 站立*)*→独立→国家*)-ist-ics(*学*)*→有

关国家信息的学问→统计学,统计数据

释 *n.* 统计学,统计数据

搭 official <u>statistics</u>
官方的<u>统计数据</u>
no reliable <u>statistics</u>
没有可靠的<u>统计数据</u>

阅 According to unofficial <u>statistics</u>, the increasing number of families is planning to immigrate to developed countries.
据非官方<u>统计</u>,越来越多的家庭正在计划移民到发达国家。

衍 <u>statistical *adj.*</u> 统计(学)上的 [C9T2R3]/[C11T4R1]

forthcoming [ˌfɔːθˈkʌmɪŋ] ★★☆☆☆

记 forth-(向前)-coming→即将到来的,可得到的,乐于交流的(走上前去)

释 *adj.* 即将到来的 <替> impending, coming
adj. 可得到的,现成的 <替> available, ready
adj. 乐于助人的 <替> friendly, helpful

搭 the <u>forthcoming</u> week 即将到来的一周
the <u>forthcoming</u> convention 即将到来的会议
a <u>forthcoming</u> person 乐于助人的人

阅 The funds are not <u>forthcoming</u>. 资金尚未就位。

例 The <u>forthcoming</u> week will be busier.
即将到来的一周将更忙。

衍 <u>forthright *adj.*</u> 直接的

disperse [dɪˈspɜːs] ★★☆☆☆

记 di-(dis-away)-spers(scatter 分散)-e→四散分开→(使)分散,散开,散布

释 *v.* (使)分散,驱散 <替> scatter, diffuse
vt. 散布,传播 <替> scatter, spread

搭 <u>disperse</u> population
驱散人口
<u>disperse</u> along the street
沿街道<u>分散</u>
<u>disperse</u> the seeds
<u>散播</u>种子
be widely <u>dispersed</u> 被广泛地<u>散播</u>

阅 When handled by experts, bio-control is safe, non-polluting and self-<u>dispersing</u>. [C8T4R2]

当交由专家处置时,生物控制是安全、无污染且能自行<u>消散的</u>。

衍 <u>dis</u>persion *n.* 分散,驱散

emerge [iˈmɜːdʒ] ★★★★☆

记 e-(out)-merg-(dip 沉没)-e→从沉没的状态出来→冒出来→出现,露出,形成,摆脱出来

释 *vi.* 出现,显露,形成 <替> come out, appear
vi. 熬出头,摆脱出来 <替> come to the end

搭 <u>emerge</u> as a leader
出头当领袖 [C10T3L3]
<u>emerge</u> as a threat
形成了威胁
<u>emerge from</u> recession 摆脱萧条

写 Nuclear weapons have <u>emerged</u> as a threat to the existence of the human race.
核武器的<u>出现</u>已经对人类的生存构成了威胁。

衍 <u>emerge</u>nce *n.* 出现,浮现 [C9T4R2]
re-e<u>merge</u> *vi.* 再次出现 [C12T7R2]

graphic [ˈɡræfɪk] ★★☆☆☆

记 graph-(-graf-=write 写)-ic-(的)→写、画出来的→绘画的,绘图的→形象的

释 *adj.* 绘画的,图案的 <替> depictive, pictorial
adj. 形象的,生动的 <替> vivid, expressive
n. 图表,图样,图形设计 <替> picture, image

搭 <u>graphic</u> description
<u>生动的</u>描述
<u>graphic</u> design
<u>图案的</u>设计(平面设计)
in <u>graphic</u> detail
<u>绘声绘色地</u>描述

new <u>graphic</u> 新的<u>图样</u>(设计)

例 Nowadays, researchers use satellite technology with high-resolution <u>graphics</u>.
现在,研究者们使用高分辨率<u>图像</u>的卫星技术。

衍 photo<u>graphic</u> *adj.* 照片的,精确的
<u>graph</u>ite *n.* 石墨
<u>graf</u>fiti *n.* 涂鸦
calli<u>graph</u>y *n.* 书法艺术(call-美)

encompass [ɪnˈkʌmpəs] ★☆☆☆☆

记 en-(使)-com-(together)-pass(spread)→使其全传递到一起→包含进来,包围在里面,覆盖上

释 vt. 包围,覆盖 <替> surround, circle, enclose
vt. 包含,包括 <替> include, contain, take in

搭 encompass all ages
包含所有的年龄
encompass the whole valley
覆盖整个山谷
encompass a set of regulation
包括一系列的规章制度 [C8T1R2]

encompass

写 The map shows the layout of the sports complex, encompassing four chambers.
地图上显示了这座体育综合建筑的布局,包括四个房间。

衍 compass n. 指南针
bypass vt. 绕过,绕开

principal [ˈprɪnsəpl] ★★★☆☆

记 prin-(prim-=first)-cip-(抓)-al→先抓住的→重要的→重要人物→校长→(金融)本金(重要资金)

释 adj. 首要的,重要的 <替> first, main, essential
n. 校长,院长,本金 <替> head, dean, capital

搭 principal cause of haze 雾霾的主要原因
principal source of revenue 收入的重要来源
principal of a college 学院院长
repay principal and interest 付还本金和利息

例 A company's principal resource is its brainpower.
一个公司首要的资源是其人才资源。

衍 principle n. 原则,准则

dimension [daɪˈmenʃn] ★★☆☆☆

记 di-(一分为二)-mens(measure)-ion(名词后缀)→分开测量的→方面,尺寸,范围,维度,程度

释 n. 方面,范围,尺寸,维,程度
<替> size, extent, range, aspect, measurement

搭 approximate dimension
大致的范围
standard dimension
标准尺寸

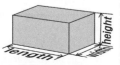
dimension

economic dimension
经济方面的因素

口 I did not realise the dimensions of the problem.
我未曾识到问题的严重程度。

衍 dimensional adj. 维度的

accommodate [əˈkɒmədeɪt] ★★☆☆☆

记 ac-(to)-com-(together)-mod-(measure 测量→衡量适合度)-ate→to fit together→适应,容纳在一起→住宿,容纳,使适应,顾及,考虑到

释 vt. 容纳,提供住宿 <替> house, take, lodge
v. 适应 <替> adapt to
vt. 帮忙,给……提供方便 <替> assist, help, favour
vt. 考虑到,顾及 <替> consider

搭 accommodate ten beds
容纳十张床
accommodate a dispute
调解争端
accommodate the elderly
考虑到老年人

accommodate

口 I shall endeavor to accommodate you whenever possible.
只要有可能,我将尽力帮你。

例 It took a long time for me to accommodate myself to the life in London.
我花了很长时间才适应了伦敦的生活。

衍 accommodation n. 住宿

subsequent [ˈsʌbsɪkwənt] ★★★☆☆

记 sub-(后)sequ-(order)-ent→按顺序排后→随后

释 adj. 随后的 <替> later, next, following

搭 in subsequent years 在随后的几年中
in subsequent sections 在随后的部分中
subsequent generations 后代

口 Subsequent events verified my suspicions.
随后发生的事情证实了我的怀疑。

衍 subsequently adv. 随后,接着 [BCOGT4R2]

domestic [dəˈmestɪk] ★★★★☆

记 dom(dome 穹顶→屋子→家→国家→统治) -est-ic (的)→国内的,家庭的

释 adj. 家庭的,国内的 <替> household, national

搭 domestic dispute
家庭纠纷

domestic market
国内市场

share domestic chores
分担家务

domestic

写 Women are still the main victims of domestic violence.
女性仍然是家庭暴力的主要受害者。

衍 domesticate *vt.* 驯养,驯化 [C17T2R2]

ethnic [ˈeθnɪk] ★★★☆☆

记 *ethn-(在一起的人→一个种族,一个民族)-ic(的)→民族的,种族的*

释 *adj.* 民族的,种族的 <替> *racial, folk, tribal*

搭 ethnic traditions 民族的传统

ethnic minority groups 少数民族

ethnic restaurants 具有民族风味的饭店

例 They've been living and working peacefully with members of various ethnic minority groups.
他们一直和各民族和睦地生活和工作。

衍 ethnics *n.* 人种学

ethnical *adj.* 种族的,人种的

undertake [ˌʌndəˈteɪk] ★★☆☆☆

记 *under+take=take under→从下而上 take→承担*

释 *vt.* 承担,从事 <替> *engage, take on*

vt. 承诺,保证 <替> *promise, agree, guarantee*

搭 undertake a mission 承担任务

undertake the responsibility 承担责任

undertake the initiative 采取主动行动

undertake to finish the job 承诺完成工作

写 I shall be grateful if you would like to undertake this task.
要是你愿意承担这个任务我将不胜感激。

衍 underscore *vt.* 强调 [C11T4R2]

underway *adj.* 在进行中的

intake *n.* 摄取量,吸入量

ongoing [ˈɒngəʊɪŋ] ★★☆☆☆

记 *on-going→going on→继续→进行的,持续的*

释 *adj.* 继续进行的,持续的 <替> *taking palce, continuous*

搭 ongoing debate
持续的辩论

an ongoing project
一个正在实施的项目

ongoing negotiations
继续进行的谈判

正在施工
ongoing

阅 The rescue efforts were ongoing after the tornado.
龙卷风之后,救援工作正在进行中。

衍 onlooking *adj.* 旁观的

code [kəʊd] ★★★☆☆

记 *cod-(律法)-e→律法里写的→准则,条文→密码*

释 *n.* 密码,准则 <替> *cipher, principle, ethics*

搭 zip/post code 邮政编码

break/crack the code
破译密码 [C10T4R3]

post code

dressing code 着装准则

a code of behaviour 行为准则

follow/adhere to a code 遵守规则

听 You'll be informed of the code you need to open the cupboard. [C11T1L1]
你将被告知打开柜子所需要的密码。

衍 encode *vt.* 编码

decode *vt.* 解码,破译 [BCOGT1R1]/[C16T4R2]

codify *vt.* 把……编集成典 [C12T5R3]

integrate [ˈɪntɪgreɪt] ★★★☆☆

记 *in-(not)-tegr-(-tang-=touch)-ate→没碰过过→没损坏过→完整一体→融为一体→使融合,使融入*

释 *v.* (使)融入,成为一体 <替> *unite, join, blend, merge*

搭 integrated design
整体设计

be well integrated
被很好地融合

integrate different ideas
融合不同的想法

green
yellow
blue
integrate

integrate with the community 融入社区

例 Communities have decided that their future depends on integrating tourism more effectively with the local economy. [C5T4R1]
社区已经判定其未来取决于把旅游业更有效地

和当地的经济<u>融</u>合在一起。

衍 inte<u>gral</u> *adj.* 完整的，不可或缺的 [C8T1R1]

inte<u>grated</u> *adj.* 融合的

inte<u>gration</u> *n.* 集成，中和 [COGT3R3]

disinte<u>grate</u> *vi.* 崩溃，瓦解，碎裂 [C16T3R2]

internal [ɪnˈtɜ:nl] ★★★☆☆

记 in-ter(比较级)-nal→里面的，内部的，国内的

释 *adj.* 里面的，内部的，国内的

<替> *inner, inside, domestic*

搭 <u>internal</u> revenue

国内税收

<u>internal</u> machinery

内部机制 [C10T3R2]

make an <u>internal</u> inquiry

进行内部调查

阅 Attitude is an <u>internal</u> state that influences the choices of personal action made by the individual.

态度是一种<u>内在的</u>状态，会影响个人对自己行为的选择。

衍 <u>interior</u> *n.* 内部，内陆 *adj.* 室内的

elaborate [ɪˈlæbərət] ★★☆☆☆

记 e-(out)-labor-(work)-ate→精心做出来的→精美的，复杂的→详细阐述(详细刻画出来)

释 *adj.* 精美的，复杂的 <替> *detailed, complicated*

v. 详细描述 <替> *expand on, give more details*

搭 <u>elaborate</u> designs

精美的设计

<u>elaborate</u> analysis

详尽的分析

an <u>elaborate</u> system

一套复杂的系统

Please <u>elaborate</u> your plan. 请<u>详述</u>你的计划。

阅 Other stepwells are more <u>elaborate</u>, with long stepped passages leading to the water via several storeys. [C10T1R1]

其他的阶梯井更为<u>精巧</u>，有长阶梯通道，经过多层通向水源。

衍 <u>elaboration</u> *n.* 详尽阐述，精巧

<u>labourious</u> *adj.* 艰苦的，费劲的

contrast [ˈkɒntrɑ:st] ★★★☆☆

记 contra-(对抗)-st-(立)→对立的→比较，对比

释 *n.* 比较，对比 <替> *difference, comparison*

vt. 比较，对比 <替> *compare, differ*

搭 draw/make a <u>contrast</u>

形成<u>对比</u>

remarkable <u>contrast</u>

鲜明的对比

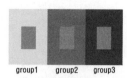

group1 group2 group3

contrast

<u>contrast</u> sharply <u>with</u>...

与……形成鲜明的<u>对比</u>

写 In <u>contrast to</u> other countries, the U. S. has no national college entrance exam.

<u>和</u>其他国家<u>相比</u>，美国没有全国性的"高考"。

ingredient [ɪnˈgri:diənt] ★★★☆☆

记 in-gredi-(-grad-=step)-ent→一步步放进去→形成一个混合物→成分，因素(构成混合物的)

释 *n.* 成分，因素 <替> *component, element, part*

搭 the key <u>ingredient</u>

重要的<u>因素</u>

active <u>ingredient</u>

有效<u>成分</u>

ingredients of success

knowledge talent goal

plan luck effort

<u>ingredients</u> of success

成功的<u>要素</u>

写 Imagination and hard work are the <u>ingredients</u> of success.

想象力和勤劳是成功的<u>要素</u>。

衍 <u>gradual</u> *adj.* 逐渐的(一步步)

deceive [dɪˈsi:v] ★☆☆☆☆

记 de-(否定)-ceiv-(-cept-/-ceit-=capture 抓)-e→抓不住→欺骗，蒙骗

释 *vt.* 欺骗，蒙骗 <替> *cheat, trick, fool, outwit*

搭 <u>deceive</u> oneself

欺骗自己

<u>deceive</u> the public

欺骗公众

deceive

I trust her because I know she would never <u>deceive</u> me.

我信任她是因为我知道她从不<u>欺骗</u>我。

谚 Who are ready to believe are easy to <u>deceive</u>.

轻信的人容易<u>受骗</u>。

衍 deceit *n.* 欺骗, 谎言 [BCOGT2R1]

deceitful *adj.* 欺骗的

deceptive *adj.* 欺骗性的, 靠不住的

deception *n.* 欺骗, 诡计 [BCOGT1R3]

halt [hɔːlt] ★★★☆☆

记 词源复杂, halt 等同于 hold, hold 住了就是停止→停止, 终止, 使停止, 犹豫

释 *n.* 停止, 终止 <替> *stop, close, end*

v. 使停止 <替> *stop, cease, curb*

搭 come to a halt 停下来

halt for a rest 停下来休息

halt between two opinions

在两种观点间犹豫

put a halt to… 叫停…… [C7T4R2]

写 No one can halt the advance of history.

谁也阻挡不了历史的前进。

例 He criticised the government for failing to halt the economic decline.

他批评政府未能遏止经济下滑。

attribute [əˈtrɪbjuːt] ★★☆☆☆

记 at-(to)-tribute(奉献)→给出去→给出原因→归因于→由一些原因产生的特质→品质, 属性

释 *n.* 品质, 属性 <替> *quality, trait, property*

vt. 归因于, 归咎于, 出自 <替> *ascribe, credit*

搭 attribute of kindness

善良的品质

physical and biological attributes

物理上和生物上的属性

attribute success to hard work

把成功归因于辛勤的工作

attribute the drawing to him

画作出自他之手

写 Patience is one of the most important attributes in a teacher.

教师最重要的品质之一就是要有耐心。

衍 attributed *adj.* 归因的

attribution *n.* 归属, 归因

label [ˈleɪbl] ★★★☆☆

记 lab-(lap 衣饰的条带)-el→用带子绑上→标签

释 *n.* 标签 <替> *tag, brand, logo*

vt. 贴标签, 把……称为 <替> *tag, mark, stamp*

搭 a warning label

一个警示标签

attach a label 贴上一个标签

label sb. as a pioneer

把某人称为先驱

例 The air-freshener was labelled "ozone-friendly".

这种空气清新剂标明"对臭氧层无害"。

衍 laptop *n.* 笔记本电脑

occupation [ˌɒkjuˈpeɪʃn] ★★★☆☆

记 oc-(to)-cup-(-cap-抓)-a-tion(名词后缀)→去抓住→占据→居住→职业(占据固定时间)→消遣(占据业余时间)

释 *n.* 职业 <替> *job, career, work*

n. 消遣 <替> *pastime, relaxation*

n. 占领, 居住 <替> *invasion, conquest, residence*

搭 fit for occupation

适合居住

a full-time occupation

一份全职的工作

one's favourite occupation

某人最喜欢的消遣

occupation

写 Of all employees, only 15 percent of the women and 12 percent of the men have occupations with an even distribution of the sexes.

在所有雇员中, 仅有15%的女性和12%的男性所从事的职业里性别比例分配是平均的。

衍 occupy *vt.* 占领, 占据, 从事 [C13T2R1]

occupational *adj.* 职业的 [C16T1R3]

occupant *n.* 房屋使用者, 占据者

preoccupy *vt.* 使全神贯注

parallel [ˈpærəlel] ★★☆☆☆

记 para-(在旁)-(a)ll-(-al-=other)-el→在旁边的另一个→用来做类比的→类似的, 可比较的→相似性

释 *n.* 相似性, 相似 <替> *similarity, counterpart*

adj. 平行的, 类似的 <替> *side by side, similar*

vt. 同时发生, 与……相似 <替> *coincide, resemble*

搭 <u>parallel</u> lines
平行线

draw a <u>parallel</u>
指出<u>相似之处</u>

achievement without <u>parallel</u>
无可<u>比拟</u>的成就

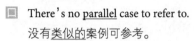
parallel

回 There's no <u>parallel</u> case to refer to.
没有<u>类似</u>的案例可参考。

阅 The rise in greenhouse gases <u>parallels</u> the reduction in the ozone layer.
<u>在</u>温室气体增加的<u>同时</u>臭氧层<u>也</u>在变薄。

衍 un<u>parallel</u>ed *adj.* 无比的, 空前的 [C5T2R1]
para<u>graph</u> *n.* 段落(旁边做标记)
para<u>digm</u> *n.* 范例, 典范 [BCOGT4R1]

dis**close** [dɪsˈkləʊz] ★★☆☆☆

记 *dis-(否定)-close(关)*→不关着→揭露, 泄露

释 *vt.* 揭露, 泄露 <替> *show, expose, reveal*

搭 <u>disclose</u> the information
透露信息

refuse to <u>disclose</u> details
拒绝<u>泄露</u>细节

<u>disclose</u> his view
发表他的看法

disclose

例 He <u>disclosed</u> marketing data to the rival of his company.
他向公司的竞争对手泄露了市场数据。

衍 dis<u>closure</u> *n.* 公开, 透露 [C16T4R3]
en<u>close</u> *vt.* 包围, 围住
<u>closure</u> *n.* 停业, 封锁

fabric**ate** [ˈfæbrɪkeɪt] ★☆☆☆☆

记 *fabric-(make, build)-ate*→做出来→制造, 编造

释 *vt.* 制造, 编造 <替> *fake, forge, create*

搭 <u>fabricate</u> an excuse
编造一个借口

<u>fabricate</u> evidence
捏造证据

<u>fabricate</u> bus components
制造公交车零件

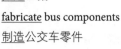
fabricate

阅 We can generate a <u>fabricated</u> world that can mimic the environment of dinosaurs.
我们可以创造一个能够模仿恐龙生活环境的<u>虚构</u>世界。

例 Companies <u>fabricate</u> advertisements to manipulate the consumers to purchase their products.
公司<u>编造</u>广告去操纵消费者购买他们的产品。

衍 fabric<u>ation</u> *n.* 制造, 编造

pre**dict** [prɪˈdɪkt] ★★★☆☆

记 *pre-(前, 早)-dict(说)*→提早说→预知, 预报

释 *vt.* 预言, 预测 <替> *forecast, foretell, foresee*

搭 <u>predict</u> correctly
正确地预言

<u>predict</u> the outcome
预测结果

be widely <u>predicted</u>
被广泛地<u>预言</u>

predict

阅 New government figures <u>predict</u> that one in two marriages will end in divorce.
新政府数据<u>预测</u>每两例婚姻中就有一例会以离婚而告终。

衍 pre<u>dict</u>ion *n.* 预报, 预测 [C15T2R3]/[C16T1R3]
pre<u>dict</u>able *adj.* 可预测的 [C7T4R2]/[BCOGT3R2]
<u>dict</u>ion *n.* 措辞, 用语

over**take** [ˌəʊvəˈteɪk] ★★☆☆☆

记 *over+take*→take over→取代→超越, 超过→突然降临(被一下子 take over)→压倒

释 *v.* 超越, 赶上 <替> *surpass, catch up with*
vt. 突然降临, 意外发生 <替> *befall, hit, strike*

搭 be <u>overtaken</u> by fear
被恐惧所<u>压倒</u>

be <u>overtake</u> by bad weather
<u>遭遇</u>了坏天气

supply <u>overtaking</u> demand
供<u>大</u>于求

龟兔赛跑
overtake

写 The consumption of chicken showed an upward trend, <u>overtaking</u> that of lamb in 1980 and that of beef in 1989. [C7T2W1]
鸡肉消耗呈现上升的趋势, 在 1980 年<u>超过</u>羊肉, 并且在 1989 年<u>超过</u>牛肉。

衍 overcrowded *adj.* 过度拥挤的

overthrow *vt.* 推翻,瓦解

overdo *vt.* 做得过分,过度

oversee *vt.* 监视,监管

inferior [ɪnˈfɪəriə(r)] ★★☆☆☆

记 infer(infra-=below)-ior→低的,次要的,差的

释 *adj.* 差的,次要的,(地位,能力等)低的

<替> *lower, lesser, second-rate, lower in status*

n. 部下,下属 <替> *subordinate, junior*

搭 inferior quality

劣质

inferior goods

劣等货

feel inferior to others

感觉不如其他人

inferior

谚 Women are no inferior to men. 巾帼不让须眉。

衍 inferiority *n.* 下级,劣等,自卑感

deficit [ˈdefɪsɪt] ★★★★☆

记 de-(away 没了)-fic(-fect-=do)-it→做没了→亏空

释 *n.* 亏空,缺损 <替> *shortage, debt, undersupply*

搭 budget deficit

预算赤字

wipe out the deficit

偿清亏空

auditory function deficit

听力功能缺损 [C9T2R1]

■ 销售额

March   April

deficit

写 That would still leave a substantial trade deficit.

这样仍然会出现巨额贸易亏损。

衍 deficient *adj.* 缺乏的,不足的

deficiency *n.* 缺乏,不足

embark [ɪmˈbɑːk] ★★☆☆☆

记 em-(in)-bark(船,源于古北欧海盗用语)→in a small ship→上船/飞机→开始,从事

释 *vi.* 开始,从事(on) <替> *begin, start, commence*

v. (使)上船,(使)登机(on)

<替> *board (a ship/plane)*

搭 embark on a ship 上船

embark on a discussion

开始一场讨论

embark

---

embark on a life of success

走上成功的人生

例 When we embark on any project, it is important that we start well.

当我们从事任何项目时,好的开始是很重要的。

衍 debark *vi.* 下船

barge *n.* 驳船 *v.* 冲撞,乱闯(barg-=bark)

poison [ˈpɔɪzn] ★★☆☆☆

记 poi-(-pot-=drink 饮)-son→含有毒素的药水→毒素,毒药→中毒

释 *n.* 毒药,毒素 <替> *toxin, venom*

n. 有害的事物 <替> *malice, balefulness*

vt. 使中毒,毒杀 <替> *give poison to, murder*

vt. 毒害,毒化,败坏 <替> *corrupt, deprave*

vt. 破坏,污染,在……涂毒 <替> *contaminate*

搭 deadly poison

致命的毒药

contain a poison

包含一种毒素

poison the water supply

污染供水

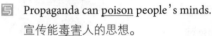

poison

写 Propaganda can poison people's minds.

宣传能毒害人的思想。

例 Some people were poisoned by pesticides.

有些人中了杀虫剂的毒。

衍 poisonous *adj.* 有毒的,恶毒的

potable *adj.* 可饮用的

mechanism [ˈmekənɪzəm] ★★★☆☆

记 mechan(=machine)-ism→机器→机械→机制

释 *n.* 机制,装置 <替> *procedure, system, device*

搭 complicated mechanism

复杂的装置

defense mechanism

防卫机制

incentive mechanism

激励机制

mechanism

例 Discipline is the internal mechanism that self-motivates you.

纪律是自我激励的内在机制。

衍 mechanical *adj.* 机械的 [C14T4R3]/[C17T2R3]

mechanics *n.* 力学，机械学

machinery *n.* 机械，机制 [C10T3R2]/[COGT1R3]

conceive [kənˈsiːv] ★★☆☆☆

记 con-(to)-ceiv-(grasp)-e→grasp from the mind→构思，想出(头脑里抓出)，怀孕

释 *vt.* 构想，想出 <替> *think up, devise, imagine*
　　v. 怀孕 <替> *become pregnant*

搭 conceive a child
　　怀有一个孩子
　　conceive an idea
　　构想一个主意
　　conceive a hatred
　　心怀怨恨

conceive

格 If my mind can conceive it, and my heart can believe it, then I can achieve it.
如果我能构想出来，内心又能相信，我就能做到。

衍 conceivable *adj.* 想象得到的 [COGT4R2]

integrity [ɪnˈtegrəti] ★★☆☆☆

记 in-(not)-tegr-(-tang-=touch)-ity(名词)→未碰过→正直，诚实，完整

释 *n.* 诚实，正直 <替> *honesty, fairness, goodness*
　　n. 完整，完全 <替> *unity, completeness*

搭 preserve their integrity
　　保留他们的正直 [C8T3R2]
　　man of integrity
　　正直的人
　　cultural integrity
　　文化的完整性
　　commercial integrity 商业诚信

integrity

格 The integrity of men is to be measured by their conduct, not by their professions.
衡量一个人是否正直要看他们的行为，而不是职业。

access [ˈækses] ★★★☆☆

记 ac-(to)-cess(walk)→走过→通道，入口，接近

释 *vt.* 进入，获取 <替> *enter, gain, acquire*
　　n. 通道，入口 <替> *entrance, approach*
　　n.(接近的)权利，机会 <替> *right, opportunity*

搭 have access to education
有接受教育的机会
access relevant information
获取相关的信息
have equal access to education
有平等受教育的权利

access

写 Now that lots of books have been digitalised, people can access them from their own computers at home. [C12T5L3]
既然很多书已经电子化，人们可以在家用电脑来获取这些书籍。

衍 accessible *adj.* 可接近的，易获得的 [C8T4R1]/[C17T1R2]
inaccessible *adj.* 难以接近的，难得到的
self-access *adj.* 自主学习的

parameter [pəˈræmɪtə(r)] ★☆☆☆☆

记 para-(在旁)-meter(米→米尺)→在旁边用来参考计量的标准→参数，界限

释 *n.* 参数，界限 <替> *criterion, boundary*

搭 within the parameter
在界限内
an optional parameter
一个可选的参数
define the parameter
定义界限

parameter
半径 radius / 直径 diameter / 圆心 center / 周长 circumference

阅 There are striking differences in life span between different species, but within one species the parameter is relatively constant. [C8T3R3]
不同物种的寿命差异非常大，但同一物种间的参数值却相对恒定。

衍 diameter *n.* 直径 [C17T4L4]
millimeter *n.* 毫米

undergo [ˌʌndəˈgəʊ] ★★☆☆☆

记 under-go(经过)→经历，经受，承受

释 *vt.* 经历，承受 <替>
go through, experience

搭 undergo a rapid change
经历一场快速的变革
undergo extreme conditions

undergo

经历极端情况 [C16T1R1]

undergo regular training
接受定期培训

格 You can't create experience, and you must undergo it.
你无法创造体验,你必须经历它。

阅 Psychologists have long held that a person's character can't undergo a transformation in any meaningful way. [C10T4R2]
心理学家一直认为一个人的性格无论怎样都不能发生转变。

衍 undervalue vt. 低估

man fest ['mænɪfest] ★★★☆☆

记 man-(hand 手)-i-fest(seize 抓)→亲手抓住→被所有人看见→明显的,显而易见的→表明,显露

释 adj. 明显的,显而易见的
<替> obvious, apparent, clear, evident
vt. 显示,表明 <替> show, display, exhibit

搭 manifest their intention 表明他们的意图
manifest error 明显的错误

例 Clearly, social functions come in two types: manifest and latent functions.
很显然,社会功能有两类:显性的和隐性的功能。

阅 The symptoms of the disease manifested themselves ten days later.
十天后,这种病的症状显现出来。

衍 manifestation n. 表现,显示 [C8T3R2]/[BCOGT3R2]
manifesto n. 宣言,声明
emancipate vt. 解放,摆脱束缚

demolish [dɪˈmɒlɪʃ] ★☆☆☆☆

记 de-(down 倒)-mol-(build 建造)-ish(后缀)→建造物倒塌→拆毁,拆除→驳倒

释 vt. 摧毁,拆除 <替> knock down, destroy, level
vt. 驳倒,打败 <替> destroy, ruin, defeat

搭 demolish old buildings
拆毁旧建筑物
demolish this theory
推翻这条理论

demolish her confidence
摧毁她的信心

例 Her article brilliantly demolishes his argument.
她的文章出色地批驳了他的论点。

衍 demolition n. 拆除,拆毁
mold(mould) n. 模具 vt. (用模具)浇铸

inter fere [ˌɪntəˈfɪə(r)] ★★☆☆☆

记 inter-(between)-fere(knock, strike 打)→打在中间→插手,干涉,妨碍

释 vi. 插手,干涉,妨碍 <替> hinder, impede

搭 interfere with friendship
妨碍友情
interfere in other's business
插手别人的事
interfere with my concentration
干扰我的注意力

interfere

阅 If you had not interfered, I should have finished my work by now.
要不是你打扰我,我现在早完成了我的工作。

衍 interference n. 干扰,干涉 [C12T6R3]
interlock vt. 紧密联系

im mune [ɪˈmjuːn] ★★★☆☆

记 im-(not)-mun-(service)-e→not from public service→不再提供服务→免除服务→免除的,免疫的

释 adj. 免除的,免疫的 <替> safe from, not liable to

搭 immune system
免疫系统
trigger immune responses
激发免疫系统的反应

immune

例 Nobody is immune from criticism.
谁都难免受批评。

阅 American economy is not immune to the influence of the global economic crisis.
美国的经济也难免于受到全球经济危机的影响。

衍 immunity n. 免疫,免疫性 [C11T2R2]
communal adj. 公用的,公共的 [C8T1R1]
municipal adj. 市政的 [C15T3R2]/[COGT3R1]

gravity [ˈɡrævəti] ★★☆☆☆

记 grav-(heavy 重)-ity(名词后缀)→重力,严重性

释 *n.* **重力,(地球)引力** <替> pull, weight
n. **严重性,重要性** <替> importance, severity
n. **严肃,庄严** <替> dignity, solemnity

搭 force of gravity 引力作用
behave with the gravity 表现出严肃
the gravity of the situation 形势的严重性

写 Punishment varies according to the gravity of the offence.
处罚根据罪行的严重程度而有所不同。

例 I don't think you understand the gravity of the situation.
我认为你没有明白局势的严重性。

衍 gravitation *n.* 引力
gravitational *adj.* 引力的
gravitas *n.* 庄严,严肃

supervise [ˈsuːpəvaɪz] ★★☆☆☆

记 super-(上)-vis(看)-e→从上往下看→监管,监督

释 *v.* **监管,监督** <替> oversee, look after

搭 supervise an exam 监考
supervise the market 监管市场
supervise the research 监督该项研究

例 The market needs to be supervised by the nation.
市场需要国家监管。

衍 supervision *n.* 监管,监督
superficial *adj.* 肤浅的 [C17T3R1]
supersonic *adj.* 超音速的
supernatural *adj.* 超自然的 [BCOGT1R2]

divergent [daɪˈvɜːdʒənt] ☆☆☆☆☆

记 di-(分开)-verg-(turn)-ent→turn to different directions→有分歧的,不同的,发散的

释 *adj.* **有分歧的,不同的**
<替> different, unlike

搭 divergent thinking
不同的思维
express divergent view

表达有分歧的观点
achieve divergent ends 达到不同的目的 [C12T5R3]

阅 Sociologists hold widely divergent opinions on controversial issues like abortion.
社会学家对堕胎这样有争议的话题分歧很大。

衍 diverge *vi.* 分化,偏离
convergent *adj.* 相交的,汇聚的(con-一起)

trace [treɪs] ★★★☆☆

记 trac-(-tract-=pull 拽)-e→拽出的→痕迹,踪迹,少量,查出,追溯,追踪

释 *vt.* **查出,追溯** <替> find, discover, track down
n. **痕迹,踪迹** <替> track, footmark, trail
n. **微量,少许** <替> bit, drop, hint

搭 reveal trace 显露踪迹
trace amount 少许量 [C5T4R2]
without a trace of emotion
不带一点感情
trace the root of the problem
追溯问题的根源

trace

阅 In China, the practice of acupuncture has been traced back to approximately the 1st millennium B.C..
在中国,针灸的实践可以追溯到大约公元前第一个千年。

衍 traceable *adj.* 可追踪的
track *n.* 轨迹,足迹 [C12T6R2]

definite [ˈdefɪnət] ★★☆☆☆

记 de-(完全)-fin-(界限)-ite→完全有界限→明确的

释 *adj.* **明确的,显著** <替> sure, certain, specific

搭 give a definite answer 给出明确的答案
definite standard 明确的标准
definite improvement 显著的改进

口 You have our definite support. 我们绝对支持你。

例 Let's figure out the situation first before we take any definite steps.
我们先把情况摸清楚,再采取确切的措施。

衍 definitive *adj.* 限定的,决定性的
indefinite *adj.* 不确定的,模糊的
define *vt.* 下定义

definition *n.* 定义 [C11T3R2]/[C13R3R3]

pro*vis*ion [prəˈvɪʒn] ★★★☆☆

记 pro-(前)-vis-(-vid-=look 看)-ion→提前预见所以提前准备→供给,供应量,准备→规定,条款(提前准备的法律依据)

释 *n.* 提供,供应(量) <替> *supply, equipping*
　　n. 计划,准备 <替> *preparation, planning*
　　n. 条款,规定 <替> *term, clause, requirement*

搭 make <u>provisions</u> for the future
　　为将来做准备
　　increased <u>provision</u>
　　更大的供应量
　　according to the <u>provisions</u>
　　根据条款

例 Both sides should act according to the <u>provisions</u> of the agreement.
　　双方都应按该协议条款办事。

衍 provisional *adj.* 临时的,暂时的
　　provide *vt.* 提供,供应
　　provident *adj.* 未雨绸缪的

sector [ˈsektə(r)] ★★★★☆

记 sect-(-seg-=cut 切→节,相切)-or(名词后缀)→切下的→分割开的→行业,部门,领域,扇形

释 *n.* 行业,领域 <替> *part, area, field, branch*
　　n. 区域,扇形 <替> *district, zone, division*

搭 private <u>sector</u>
　　私营领域
　　the manufacturing <u>sector</u>
　　制造行业
　　the north <u>sector</u> of the town
　　城镇的北部区域
　　in distinct <u>sectors</u>
　　在不同的领域 [C13T3R3]

听 The city council counts its library as an important part of service <u>sector</u>.
　　市议会认为图书馆是服务业的一个重要部分。

衍 insect *n.* 昆虫
　　dissect *vt.* 解剖,详细评论
　　intersection *n.* 交叉路口(inter-=between)

***authent*ic** [ɔːˈθentɪk] ★★☆☆☆

记 aut-(self)-hent-(achieve 实现)-ic(的)→自我去实现→亲身做到→真实可信的,真正的,可靠的

释 *adj.* 真正的,可靠的 <替> *genuine, true, reliable*

搭 <u>authentic</u> data
　　真实的数据
　　<u>authentic</u> statement
　　可靠的描述
　　<u>authentic</u> signature
　　亲笔签名

例 All the documents and information that I will provide for you must be true and <u>authentic</u>.
　　我将向你提供的所有资料和信息一定是真实可靠的。

衍 authenticity *n.* 可靠性,真实性
　　authenticate *vt.* 鉴别,鉴定
　　autism *n.* 自闭症(自我)
　　automobile *n.* 汽车

***vic*ious** [ˈvɪʃəs] ★★☆☆☆

记 vic-(fault 错)-i-ous(的)→恶毒的,凶狠的

释 *adj.* 恶毒的,残暴的,剧烈的
　　<替> *brutal, ruthless, spiteful, hateful, violent*

搭 <u>vicious</u> person
　　邪恶的人
　　<u>vicious</u> remarks
　　恶毒的言语
　　<u>vicious</u> circle 恶性循环
　　<u>vicious</u> attack 猛烈的攻击

例 He is a wolf in sheep's clothing, outwardly kind but inwardly <u>vicious</u>!
　　他是个披着羊皮的狼,外表仁慈,但内心狠毒!

***trans*mit** [trænzˈmɪt] ★★☆☆☆

记 trans-(across)-mit(let go)→go across→传播,输送

释 *v.* 传播,输送
　　<替> *transfer, spread, broadcast*

搭 <u>transmit</u> disease
　　传播疾病
　　<u>transmit</u> information
　　传播信息 [C15T4R2]

transmit tradition to next generation

把传统传给下一代

阅 The roots <u>transmit</u> moisture and nutrients to the trunk and branches.

根将水分和养料<u>输送</u>到干和枝。

衍 trans<u>mission</u> *n.* 传输，传送 [COGT4R2]

trans<u>plant</u> *vt.* 移植，移栽

trans<u>itory</u> *adj.* 短暂的 (go across) [C9T4R3]

in<u>vok</u>e [ɪnˈvəʊk] ★ ☆ ☆ ☆ ☆

记 *in-(in)-vok-(call* 呼唤*)-e*→祈求，援引，唤起

释 *vt.* 求助于，借助 <替> *beg, implore, apply*

vt. 唤起，引起 <替> *summon, evoke, cause*

vt. 援引，引用 <替> *cite, refer to*

搭 <u>invoke</u> a law

援引一项法律

<u>invoke</u> new problems

引起新问题

<u>invoke</u> one's memory

唤起某人的记忆

例 The music <u>invoked</u> the wide open spaces of the universe.

该音乐<u>营造出</u>了宽广辽阔的宇宙景象。

sub<u>stit</u>ute [ˈsʌbstɪtjuːt] ★ ★ ★ ☆ ☆

记 *sub-(under)-stit-(stand* 立*)-ute*→立在下面→放下面备用的→代替，代替品，代替者，替代的

释 *n.* 代替物、人 <替> *replacement, deputy*

v. 替换，取代 <替> *replace, change, exchange*

搭 synthetic <u>substitute</u>

合成的<u>替代品</u> [C9T1R1]

<u>substitute</u> violence for dialogue

用对话<u>代替</u>暴力

substitute

写 There is no <u>substitute</u> for practical experience.

实践的经验无可<u>替代</u>。

衍 sub<u>stit</u>ution *n.* 替代，替换 [C4T3R3]

sub<u>stit</u>utional *adj.* 代替的

en<u>tang</u>le [ɪnˈtæŋgl] ★ ☆ ☆ ☆ ☆

记 *en-(in)-tang-(*源于北欧，表示 *seaweed* 海草*)-le*→航海时船缠上海草→缠住→卷入，陷入

释 *vt.* 缠住，套住 <替> *catch, trap, tangle, capture*

vt. 使卷入，使陷入

<替> *involve, entrap*

搭 become <u>entangled</u>

被缠住了

get <u>entangled</u> with the ropes

被绳子<u>缠住</u>了

entangle

阅 The dolphin became <u>entangled</u> with the fishing nets.

那只海豚被渔网<u>缠住</u>了。

口 He became <u>entangled</u> in legal disputes.

他<u>陷入</u>到了法律纠纷之中。

衍 en<u>tang</u>lement *n.* 纠缠，纠葛 [C14T4R3]

un<u>tang</u>le *vt.* 解开，整理 [C10T4R2]

List of the Key Extended Words and Review(核心扩展词列表及复习)

- [ ] abstain *vi.* 戒除
- [ ] accessible *adj.* 可获得的
- [ ] acclaim *n.* 称誉
- [ ] accommodation *n.* 住宿
- [ ] acerbic *adj.* 尖刻的,严厉的
- [ ] acid *n.* 酸 *adj.* 酸性的
- [ ] acrid *adj.* 辛辣的
- [ ] acupuncture *n.* 针灸
- [ ] afflict *vt.* 使苦恼
- [ ] allergy *n.* 过敏
- [ ] anniversary *n.* 周年纪念日
- [ ] attributed *adj.* 归因的
- [ ] attribution *n.* 归属
- [ ] authenticity *n.* 可靠性,真实性
- [ ] autism *n.* 自闭症
- [ ] automobile *n.* 汽车
- [ ] barge *n.* 驳船 *vt.* 冲撞,乱闯
- [ ] bypass *vt.* 绕过
- [ ] calendar *n.* 日历
- [ ] calligraphy *n.* 书法艺术
- [ ] civilisation *n.* 文明
- [ ] civilise *vt.* 使有教养
- [ ] closure *n.* 关闭,封锁
- [ ] codify *vt.* 把……编集成典
- [ ] communal *adj.* 公用的,公共的
- [ ] compass *n.* 指南针
- [ ] conceivable *adj.* 想象得到的
- [ ] convergent *adj.* 相交的,汇聚的
- [ ] debark *vi.* 下船
- [ ] deceit *n.* 欺骗,谎
- [ ] deceitful *adj.* 欺骗的
- [ ] deceptive *adj.* 欺骗性的
- [ ] decode *vt.* 解码
- [ ] deficiency *n.* 缺乏
- [ ] deficient *adj.* 缺乏的
- [ ] define *vt.* 下定义
- [ ] definition *n.* 定义

- [ ] definitive *adj.* 限定的
- [ ] demolition *n.* 拆除
- [ ] detain *vt.* 扣留
- [ ] diameter *n.* 直径
- [ ] dimensional *adj.* 维度的
- [ ] disclosure *n.* 泄露,吐露
- [ ] disintegrate *vi.* 崩溃
- [ ] dispersion *n.* 分散
- [ ] dissect *vt.* 解剖,详细评论
- [ ] dissolve *v.* (使)溶解
- [ ] diverge *vi.* 分化,偏离
- [ ] domesticate *vt.* 驯养
- [ ] elaboration *n.* 详尽阐述
- [ ] emancipate *vt.* 解放,摆脱束缚
- [ ] emergence *n.* 出现
- [ ] enclose *vt.* 包围
- [ ] encode *vt.* 编码
- [ ] ethnical *adj.* 种族的,人种的
- [ ] ethnics *n.* 人种学
- [ ] exempt *vt.* 免除 *adj.* 被免除的
- [ ] exemption *n.* 免除
- [ ] extend *v.* 延伸
- [ ] extension *n.* 延伸,延长期
- [ ] extensively *adv.* 广泛地
- [ ] fabrication *n.* 制造
- [ ] forthright *adj.* 直接的
- [ ] gradual *adj.* 逐渐的
- [ ] graffiti *n.* 涂鸦
- [ ] graphite *n.* 石墨
- [ ] gravitas *n.* 严肃
- [ ] gravitation *n.* 引力
- [ ] hypotension *n.* 低血压
- [ ] hypothesize *vt.* 假设
- [ ] hypothetical *adj.* 假设的
- [ ] inaccessible *adj.* 难以接近的
- [ ] indefinite *adj.* 不确定的
- [ ] infliction *n.* 处罚

□ input *vt.* 输入 *n.* 投入资源

□ intake *n.* 摄取量

□ integral *adj.* 不可或缺的

□ integrated *adj.* 融合的

□ integration *n.* 集成

□ interference *n.* 干扰

□ intersection *n.* 交叉路口

□ interior *n.* 内部 *adj.* 室内的

□ interlock *vt.* 紧密联系

□ labourious *adj.* 费劲的

□ laptop *n.* 笔记本电脑

□ machinery *n.* 机械,机制

□ malignant *adj.* 恶性的

□ malnourished *adj.* 营养不良的

□ manifestation *n.* 表现,显示

□ manifesto *n.* 宣言,声明

□ mechanical *adj.* 机械的

□ mechanics *n.* 力学,机械学

□ mold(mould) *n.* 模具 *vt.* (用模具)浇铸

□ municipal *adj.* 市政的

□ nourishment *n.* 滋养品

□ nursery *n.* 托儿所

□ nurture *vt.* 养育 *n.* 教养

□ occupant *n.* 房屋使用者

□ occupational *adj.* 职业的

□ occupy *vt.* 占据,从事

□ onlooking *adj.* 旁观的

□ overcrowded *adj.* 过度拥挤的

□ overdo *vt.* 做得过分

□ overthrow *vt.* 推翻

□ paradigm *n.* 范例

□ perennial *adj.* 常年的

□ photographic *adj.* 照片的

□ poisonous *adj.* 有毒的

□ possession *n.* 拥有

□ possessive *adj.* 占有欲强的

□ potable *adj.* 可饮用的

□ predictable *adj.* 可预测的

□ prediction *n.* 预报,预测

□ preoccupy *vt.* 使全神贯注

□ provide *vt.* 提供,供应

□ provident *adj.* 未雨绸缪的

□ provisional *adj.* 临时的

□ reckoning *n.* 计算

□ reclamation *n.* 开垦

□ re-emerge *vi.* 再次出现

□ resolve *v.* 决心 *vt.* 解决

□ retainable *adj.* 可保留的

□ self-access *adj.* 自主学习的

□ shipwreck *n.* 船舶失事

□ solution *n.* 解决办法,溶液

□ statistical *adj.* 统计上的

□ subsequently *adv.* 随后

□ substitution *n.* 替代,替换

□ substitutional *adj.* 代替的

□ superficial *adj.* 肤浅的

□ supernatural *adj.* 超自然的

□ supersonic *adj.* 超音速的

□ supervision *n.* 监管,监督

□ surreal *adj.* 离奇的

□ traceable *adj.* 可追踪的

□ track *n.* 轨迹,足迹

□ transitory *adj.* 短暂的

□ transmission *n.* 传输,传送

□ transplant *vt.* 移植,移栽

□ uncivilised *adj.* 粗野的

□ underscore *vt.* 强调

□ undervalue *vt.* 低估

□ unparalleled *adj.* 空前的

□ untangle *vt.* 解开,整理

□ wreckage *n.* 残骸,残余物

单词学习之语音篇

基础薄弱的同学在学习单词时最大的问题就是如何正确拼写单词。雅思听力考试的40道试题中,有20多道题是需要靠拼写对单词来完成答题的,这就对拼写有了更高的要求(higher standard)。

如何能够避免拼写错误呢? 一个比较好的办法就是语音!

很多时候,我们经常拼错一个单词其实是因为对这个词的语音没有把握准确。学习英语的最佳方式之一就是要在发音和拼写之间建立一种联系。西方语系里有很多语言本身就是拼音类语言,即拼写本身就代表着发音,德语就是其中的典型,掌握了字母发音这个词就能读出来。英语虽然不完全是这样,但是拼写和语音也有一些基本的规律可循。比如,很多同学写不对 phenomenon*这个词。字母组合"ph"读[f],这样的例子很多,前面我们学过的 physical*['fɪzɪkl]这个词,"ph"就是读[f]。先记住"f - n - m - n - n"这几个辅音的次序,再观察一下元音,是"e-o-e-o"的次序,这样我们就记住了 phe-no-me-non 这个单词的拼写了。善于观察,记住语音,靠这个方法,单词拼写的正确率就会大大提升。再比如本单元中的 statistics*,根据发音[stə'tɪstɪks],再加上平时对字母在单词中发音的观察,字母 c 读[k]音,我们就可以准确地写出 sta-tis-tics 这个词。

通过语音来记忆单词的拼写是我们学习单词的重要手段。从雅思考试备考的角度而言,拼写不准确是没办法在雅思听力考试中拿到高分的。

所以,学习英语单词一定要语音和拼写同步学习才是正确的方法!

Sublist 6

本单元核心词学前自测和学后检测 (2次标记生词)

☐☐ adhere	☐☐ entail	☐☐ likewise	☐☐ soar
☐☐ adversity	☐☐ equivalent	☐☐ logic	☐☐ solid
☐☐ adjust	☐☐ exacerbate	☐☐ mitigate	☐☐ sponsor
☐☐ alter	☐☐ exotic	☐☐ monitor	☐☐ stable
☐☐ approximate	☐☐ expansion	☐☐ overlook	☐☐ strategy
☐☐ arouse	☐☐ exposure	☐☐ overwhelm	☐☐ suppress
☐☐ bewilder	☐☐ facilitate	☐☐ perspective	☐☐ symbol
☐☐ bizarre	☐☐ facility	☐☐ postpone	☐☐ tactic
☐☐ capacity	☐☐ forge	☐☐ precise	☐☐ tempt
☐☐ chaotic	☐☐ fundamental	☐☐ prime	☐☐ texture
☐☐ climax	☐☐ generate	☐☐ prominent	☐☐ thorough
☐☐ competent	☐☐ hollow	☐☐ pursue	☐☐ thwart
☐☐ compose	☐☐ immense	☐☐ ratio	☐☐ transient
☐☐ compound	☐☐ innocent	☐☐ rear	☐☐ transit
☐☐ conflict	☐☐ inspire	☐☐ reckless	☐☐ vague
☐☐ consult	☐☐ insulate	☐☐ reject	☐☐ version
☐☐ descend	☐☐ intent	☐☐ remain	☐☐ variable
☐☐ dismiss	☐☐ invasion	☐☐ remedy	☐☐ vigorous
☐☐ disruptive	☐☐ levy	☐☐ revenue	☐☐ unaware
☐☐ employ	☐☐ liberal	☐☐ safeguard	☐☐ withstand

本单元部分核心词根词汇预习

核心词根	含义+延伸	单元核心例词
-ag-	-eg-(do 做)→(策略)做(软化)	strat**eg**y 策略
	-ig-(do 做)→有(软化)作用	mit**ig**ate 缓解
-cap-	grasp(抓)→抓(得住才是能力)	**cap**acity 能力
-cis-	cut(切)→(提前)切(去多余的)	pre**cis**e 精确的
-fac-	do(做)→-facil-可做的,用来做的	**fac**ility 设施,**fac**ilitate 使便利
-flict-	strike(打)→打(在了一起)	con**flict** 冲突
-fund-	bottom(底)→到底的	**fund**amental 根本的
-her-	-hes-(stick 粘)→(紧紧地)粘	ad**her**e 遵守
-it-	-i-(go 走)→(短暂地)走(过去)	trans**i**ent 短暂的
	-it-(go 走)→走(过去)	trans**it** 运输
-men-	-mon-凸显→显示(的显示屏)	**mon**itor 显示屏
	-min-凸显→(提前就)显出来	pro**min**ent 杰出的
-mens-	measure(测量)→(无法)测量	im**mens**e 巨大的
-pon-	place(放置)→(往后)放	post**pon**e 推迟
	-pos-(place 放置)→(外)放(一起)	ex**pos**ure 暴露,com**pos**e 组成
	-pound(place 放置)→放(一起)	com**pound** 化合物
-rupt-	break 折碎→打乱了	dis**rupt**ive 引起混乱的
-spec-	-spect-(observe 观察)→看(透)	per**spec**tive 观点
-spir-	breathe(呼吸)→吸(进去灵气)	in**spir**e 启发→in**va**sion 入侵
-st-	站,立→(稳定的)立	**st**able 稳定的
	站,立→(顶着压力)立(着)	with**st**and 承受
-str-	strat-(spread 伸展)→(领导力)延伸	**str**ategy 策略
-tac-	-tact-/-tag-(touch 触摸)→操纵	**tac**tic 战术
-ten-	-tent-(stretch 延伸)→(心里)延伸	in**ten**t 意图
-vers-	turn(转向)→转向(对立面)(不同面)	ad**vers**ity 逆境,**vers**ion 版本
-wer-	-war-(perceive 洞察)→意识到	una**war**e 未注意到
	-guar-(perceive 观察)→看护	safe**guar**d 保护

innocent ['ɪnəsnt] ★★★☆☆

记 in-(not)-noc-(harm 伤害)-ent(的)→没受到伤害的→清白的(没受到伤害),天真的,无邪的(没受到社会的伤害)

释 adj. 清白的,无罪的 <替> guiltless, blameless
adj. 天真的,幼稚的 <替> naïve, ingenuous
adj. 无恶意的,无辜的 <替> harmless, sinless
n. 阅历浅的人,优质的人 <替> naïve person

搭 an innocent child
天真的孩子
innocent to the charge
对于指控是清白的
an innocent victim
无辜的受害者
innocent remark 无恶意的评语

innocent

句 I'm not quite so innocent as to believe that.
我还不至于幼稚到相信那种事的地步。

衍 innocence n. 清白,天真

withstand [wɪð'stænd] ★☆☆☆☆

记 with-(against 对抗)-stand(经受)→stand against→承受,经受→承受住,经受住

释 vt. 承受住,经受住 <替> resist, endure, tolerate

搭 withstand severe tests
经得住严峻的考验
withstand hardship
能吃苦
withstand years of drought
经受住常年的干旱 [C15T4R1]

withstand

阅 Their arguments do not withstand the most superficial scrutiny.
他们的论据经不起一点推敲。

衍 notwithstanding prep. 尽管 [BCOGT4R1]
withhold vt. 拒绝给予,扣留

intent [ɪn'tent] ★★☆☆☆

记 in-(加强)-tent(stretch 延伸,伸展)→stretching out→向外延伸想法→意图,目的→专注,坚定

释 n. 意图,目的 <替> aim, goal, purpose, plan
adj. 专注的,专心的 <替> attentive, engrossed
adj. 决心做的 <替> set, determined

搭 with good intent 目的是好的
original intent 最初的意图
intent look 专注的表情

例 His suggestion is incompatible with my intent.
他的建议与我的意图不符。

句 I've tried persuading her not to go but she's intent on it.
我试图劝她不要去,但她坚决要去。

衍 intently adv. 全神贯注地
intention n. 意图,目的
intentional adj. 故意的 [C4T2R3]

adjust [ə'dʒʌst] ★★★☆☆

记 ad-(to)-just(正好)→去调到正好→调整,使适应

释 vt. 整理,调准 <替> set, alter, regulate, rectify
vi. 适应 <替> accustom, adapt, fit

搭 adjust one's schedule
整理某人的日程安排
adjust a watch
把表调准
adjust to new conditions
适应新环境

adjust

例 Higher education should be adjusted to the practical needs of society.
高等教育应该适应社会的实际需要。

衍 adjustment n. 调整,校正 [C8T3R2]
adjustable adj. 可调节的

remain [rɪ'meɪn] ★★★★★

记 re-(back)-main-(man-/men-=stay 留存→存在)→留下来的→残留物→保持,持续

释 vi. 保持,持续,仍旧是,持续存在
<替> keep, stay, continue, continue to be/exist
vi. 剩余,余留 <替> be left, be leftover
n. (pl.) 残骸,遗迹 <替> remnants, debris

搭 remain fragile
仍旧是很脆弱
remain intact
保持完好无损的
remain a question
仍旧是个问题

帕特农神庙
remains

historical <u>remains</u> 历史的<u>遗迹</u>

回 It <u>remains true that</u> sport is about competing well, not winning.
体育重在勇于竞争而非获胜，<u>一向如此</u>。

衍 <u>remn</u>ant *n.* 残存物(mn-=men-) [C5T1R2]/[C14T4R3]

<u>remain</u>der *n.* 剩余物，余数 [C7T4W1]

pre*cis*e [prɪˈsaɪs] ★★☆☆☆

记 *pre-*(早)-*cis-*(*cut* 切)-*e*→提早切掉多余的→简洁的，精炼的→精确的→明确的→严谨的(人)

释 *adj.* **精确的，准确的，明确的，严谨的**
<替> *exact, accurate, explicit, strict, careful*

搭 to be <u>precise</u> 确切地说

<u>precise</u> instructions
<u>明确</u>的指示

a <u>precise</u> person
<u>严谨</u>的人

precise

阅 Cloning is a very <u>precise</u> and complicated procedure.
克隆是一个非常<u>精确</u>和复杂的过程。

衍 <u>precise</u>ly *adv.* 准确地，正是如此 [C15T4R3]

im<u>precise</u> *adj.* 不清楚的，不精确的 [BCOGT4R2]

<u>precis</u>ion *n.* 精确，精确度 [COGT4R2]

con<u>cise</u> *adj.* 简洁的，简略的

una*war*e [ˌʌnəˈweə(r)] ★★☆☆☆

记 *un-*(*not*)-*a-*(*to*)-*war-*(*watch* 看)-*e*→没看着→没看到的，没意识到的

释 *adj.* **不知道的，未注意到的，未察觉到的**
<替> *unconscious, ignorant, uninformed*

搭 <u>unaware</u> of the problem
没<u>觉察</u>到问题

<u>unaware</u> of my presence
没<u>觉察</u>到我在场

<u>be</u> environmentally <u>unaware</u>
没有环保意识的

没意识到
unaware

听 We <u>are unaware of</u> the potential problems and therefore have taken no precaution.
我们<u>没意识到</u>潜在的问题，因此没采取预防措施。

衍 <u>aware</u>ness *n.* 意识 [C14T1R1]

<u>war</u>y *adj.* 机警的，小心的 [COGT5R1]

forge [fɔːdʒ] ★★☆☆☆

记 *forge*→古法语源，表示锻造金属的铁匠铺→锻造→缔造，开创，创造→伪造

释 *vt.* **缔造，开创** <替> *create, construct, devise*

vt. **伪造，假冒** <替> *copy, counterfeit, fake*

vi. **稳步前进，领先** <替> *move forward, advance*

vt. **锤炼，锻造** <替> *cast, mould, hammer out*

n. **锻造厂，铁匠铺** <替> *smithy*

搭 <u>forge</u> a signature
<u>伪造</u>签名

<u>forge</u> a new career
<u>开创</u>新事业

forge

<u>forge ahead with</u> one's plans
<u>稳步实施</u>某人的计划

be <u>forged</u> with steel 用钢<u>锻造</u>的

例 Each country needs to <u>forge</u> its own industrial development strategy.
每个国家都需要<u>打造</u>自己的工业发展战略。

衍 un<u>forge</u>able *adj.* 无法伪造的 [C13T4R3]

*reck*less [ˈrekləs] ★☆☆☆☆

记 *reck-*(*care* 在乎)-*less*(*not*)→不在乎→轻率的

释 *adj.* **轻率的，鲁莽的** <替> *careless, foolhardy*

搭 <u>reckless</u> criminals
<u>不计后果</u>的罪犯

<u>reckless</u> driving
<u>鲁莽</u>的驾驶

<u>reckless</u> activities
<u>轻率</u>的活动 [C12T5R3]

reckless

格 <u>Reckless</u> words pierce like a sword, but the tongue of the wise brings healing. [圣经-箴言]
<u>鲁莽</u>的言论如刀刺人，但智慧的言辞是医人的良药。

衍 <u>reck</u>lessly *adv.* 鲁莽地

re*ject* *v.* [rɪˈdʒekt] *n.* [ˈriːdʒekt] ★★★★☆

记 *re-*(*back*)-*ject*(投掷)→投回去→拒绝，摒弃

释 *vt.* **拒绝，摒弃** <替> *refuse, decline, turn down*

n. **不合格物品，被拒之人** <替> *discard, failure*

搭 <u>reject</u> the proposal
<u>拒绝</u>该提案

reject sth. completely
彻底地拒绝某事

social reject
社会的弃儿

阅 Nevertheless, the council unanimously rejected the plan. [C14T1R1]
然而,该委员会全体一致地拒绝了这个计划。

衍 rejection n. 拒绝,驳回,排斥 [COGT1R3]
injection n. 注射(扎进去)
dejected adj. 沮丧的,灰心的(de-下)

exotic [ɪɡˈzɒtɪk]　　　★★☆☆☆

记 exo-(ex-=out)-tic(的)→from the outside→从外面来的→外面的

释 adj. 奇异的,不寻常的 <替> unusual, strange
adj. 异国情调的 <替> foreign, alien, external

搭 exotic diet
异国风味的饮食

exotic scenery
异域的景色

with many exotic features
带有众多奇异的特征 [C11T4R3]

例 In most Western visitors' eyes, Japan has a very interesting and exotic culture.
在很多西方游客眼中,日本具有很有趣及充满异国风情的文化。

衍 exoteric adj. 开放的,外界的

stable [ˈsteɪbl]　　　★★★★☆

记 st-(stand→立→稳住)-able(能)→能稳定住的→稳定的,坚固的,马厩(马站立歇着的地方)

释 adj. 稳定的,牢固的 <替> firm, solid, steady
n. 马厩 <替> building in which horses are kept

搭 remain stable 保持稳定
stable relationship
牢固的关系

stable compound
稳定的化合物
三角形具有稳定性
stable

阅 We can infer that strong family and community ties can contribute to stable marriages.
我们可以推断:牢固的家庭和社区纽带可以成就牢固的婚姻。

stability n. 稳定性
stabilise vt. 使安定,使稳固
unstable adj. 不稳定的

vague [veɪɡ]　　　★★☆☆☆

记 vag-(游荡)-ue(后缀)→四处游荡→目的不明确地四处乱走→模糊的,不清楚的

释 adj. 含糊的,不明确的 <替> ambiguous, unclear
adj. 模糊的,不清晰的 <替> blurred, hazy

搭 vague explanation 模糊的解释 [C13T1R3]
give a vague description 提供不清晰的描述
vague outline 模糊的轮廓
vague impression 模糊的印象

例 One must not be vague on matters of principle.
人在原则问题上绝不能含糊。

衍 extravagant adj. 奢侈的

transient [ˈtrænziənt]　　　★☆☆☆☆

记 trans-(beyond)-i(-ir-=go)-ent(的)→go beyond→快速穿过一个地区→短暂的

释 adj. 短暂的,暂时的 <替> temporary, brief, short
n. 流浪者,临时工

搭 transient visitors
短暂停留的访客

transient workers
临时工

transient population
流动的人口

昙花一现
transient

a hotel for transients 收留流浪者的旅店

阅 Most forms of environmental pollution either appear to have been exaggerated, or are transient.
大多数形式的环境污染要么似乎被夸大了,要么就是短暂的。 [C5T1R3]

衍 transience n. 短暂,转瞬即逝

competent [ˈkɒmpɪtənt]　　　★★☆☆☆

记 com-(together)-pet-(strike, attack 攻击,打)-ent→在一起相互打,攻击→有能力竞争的

释 adj. 能胜任的,称职的,有能力的
<替> capable, able, skillful, qualified, proficient
adj. 充分的,能干的 <替> adequate, suitable

搭 <u>competent</u> performance <u>有水准</u>的表演

a highly <u>competent</u> manager 非常<u>称职</u>的经理

<u>be competent at</u> his job <u>胜任</u>他的工作

<u>be competent to</u> carry out the work

<u>有能力</u>完成这份工作

阅 Before you can be a lawyer, you must have a <u>competent</u> knowledge of the law.

在你成为律师之前,你必须有<u>足够</u>的法律知识。

例 She is very <u>competent</u> at communicating.

她很善于沟通。

衍 in<u>competent</u> *adj.* 无能力的,不称职的

<u>competence</u> *n.* 能力,才干 [C14T3R1]

---

post<u>pone</u> [pəˈspəʊn] ★★☆☆☆

记 *post-(后)-pon-(put, place 放)-e→*往后放→拖延

释 *vt.* 拖延,推迟 <替> *put off, defer, delay*

搭 <u>postpone</u> a meeting 延期一场会议

<u>postpone</u> a decision 推迟做决定

<u>postpone</u> going to China 推迟去中国

▢ The meeting has been <u>postponed</u> until next week.

该会议<u>推迟</u>至下周。

格 When we <u>postpone</u> the harvest, the fruit rots, but when we <u>postpone</u> our problems, they keep on growing.

当我们拖延收获,果子会腐烂,但当我们拖延解决问题时,问题会继续增加。

衍 <u>post</u>modern *adj.* 后现代的

---

hol<u>low</u> [ˈhɒləʊ] ★★☆☆☆

记 *holl-(-hel-/-cell-/-cel-/=cover* 遮,盖)-ow→*遮盖的地方→空洞→空的,中空的,凹的,空洞的

释 *adj.* 空的,空心的 <替> *empty, void, vacant*

adj. 凹陷的,低沉的 <替> *sunken, concave, deep*

adj. 虚假的,空洞的 <替> *insincere, false*

n. 凹陷处,坑洼处,洞,孔 <替> *cavity, hole*

vt. 把……挖空,使……变空 <替> *burrow, dig*

搭 <u>hollow</u> space

空心的空间

<u>hollow</u> sound

低沉的声音

<u>hollow</u> promise

虚假的承诺

---

a <u>hollow</u> in a surface 表面的洞

阅 Sand carried by the wind has <u>hollowed out</u> the base of the cliff.

风挟带的沙子将悬崖的底部<u>掏空</u>了。

衍 <u>cel</u>lular *adj.* 细胞的(cell=cover 包围的空间)

<u>hel</u>met *n.* 头盔(hel-=cover)

con<u>ceal</u> *vt.* 掩盖,隐藏(-ceal-=-cel-)

---

chao<u>tic</u> [keɪˈɒtɪk] ★☆☆☆☆

记 *Chaos* 是古希腊混沌之神,有点类似于中国古代神话的盘古开天前的混沌状态→混沌的,混乱的

释 *adj.* 混沌的,混乱的 <替> *disordered, lawless*

搭 <u>chaotic</u> economic policy

混乱的经济政策

a <u>chaotic</u> place

混乱的地方

in a <u>chaotic</u> state

处在混乱的状态

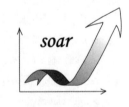
chaotic

例 The traffic in the city is <u>chaotic</u> in the rush hour.

在上下班高峰时间,城市的交通<u>混乱不堪</u>。

衍 <u>chaos</u> *n.* 混乱 [C9T3R1]

---

s<u>oar</u> [sɔː(r)] ★★☆☆☆

记 *s-(ex-=out)-oar(aer-/air-* 空气)→*out in the air→*在外面的上空→上升,急升

释 *vi.* 急升,猛增 <替> *rise, ascend, climb, float*

vi. 高耸,耸立 <替> *look tall, be very high*

vi. (情绪)高涨,高昂 <替> *feel happy or hopeful*

搭 continue to <u>soar</u>

持续<u>激增</u>

<u>soar</u> into the sky

<u>急升</u>到空中

<u>soaring</u> mountains

<u>耸立</u>的群山

soar

阅 During the next five years, urban populations are expected to <u>soar</u>.

在未来的五年里,城市人口预计会<u>飙升</u>。

衍 <u>aer</u>ial *adj.* 航空的,空中的

<u>aur</u>a *n.* 气氛,氛围(aur=air)

<u>aer</u>obic *adj.* 有氧健身的

sponsor [ˈspɒnsə(r)] ★★★☆☆

记 *spons-*(古希腊祭祀仪式上洒酒)*-or*→兑现祭祀仪式上的诺言→倡议,发起→举办→资助

释 *vt.* 赞助,资助 <替> *finance, fund, back*
  vt. 倡议,发起 <替> *promote, provide, give*
  vt. 主办,举办 <替> *patronise, hold, host*
  n. 赞助者,支持者 <替> *patron, promoter*

搭 government-sponsored projects
  政府资助的项目

  sponsor an arts festival
  赞助一个艺术节
  the sponsor of the bill
  该法案的支持者

阅 Earthwatch is an international organisation that sponsors scientific research.
  "地球观察"是一个资助科学研究的国际组织。

衍 sponsorship *n.* 资助(行为),赞助(行为)
  spouse *n.* 配偶(互相支持)
  despondent *adj.* 沮丧的,失望的
  irresponsible *adj.* 不负责任的

climax [ˈklaɪmæks] ★★☆☆☆

记 *cli-*(lean 靠→朝一边靠→倾向)*-max*(最大)→朝向最大或最高→高潮,顶峰

释 *n.* 高潮,顶峰 <替> *peak, height, culmination*

搭 come to/reach a climax
  达到顶峰
  climax of one's career
  某人职业生涯的巅峰

例 The climax of the celebration was a firework display.
  庆祝会的高潮是烟火表演。

衍 proclivity *n.* 倾向,癖好

adhere [ədˈhɪə(r)] ★☆☆☆☆

记 *ad-*(加强)*-her-*(*-hes-*=stick 粘)*-e*→粘得更紧→紧贴→遵守→支持,拥护(紧贴着)→黏附,附着

释 *vi.* 黏附,附着 <替> *stick, attach, glue, paste*
  vi. 坚持,遵守 <替> *abide by, stick to, hold to*
  vi. 拥护,支持 <替> *support, stick with, follow*

搭 adhere to the surface

黏附在表面
adhere firmly / rigidly
坚定地/严格地遵守
adhere to your opinion
坚持你的观点

阅 Once in the bloodstream, the bacteria adhere to the surface of the red cells.
  细菌一进入血液里,就附着在红细胞表面上。

衍 adhesion *n.* 粘附力
  adhesive *n.* 黏合剂 *adj.* 粘合的

exacerbate [ɪgˈzæsəbeɪt] ★☆☆☆☆

记 *ex-*(out)*-acerb-*(*ac-*=sharp→尖刻)*-ate*→表现出尖刻,刻薄→使问题恶化,情势加剧

释 *vt.* 使恶化,使加剧 <替> *aggravate, make worse*

搭 exacerbate the conflict 加剧冲突
  exacerbate the difficulty 使困难加剧
  exacerbate the problem 使这个问题加剧[BCOGT3R2]

阅 Noise in the classroom can only exacerbate their difficulty in comprehending the instructions from the teacher. [C9T2R1]
  教室的噪音只会加剧他们理解老师指令的困难。

衍 exacerbation *n.* 加剧,恶化

insulate [ˈɪnsjuleɪt] ★☆☆☆☆

记 *insul-*(island 被海水隔绝环绕的岛)*-ate*→隔绝的→绝缘的

释 *v.* 使隔离,使隔绝 <替> *isolate, close off*
  v. 使隔热,使隔音,使绝缘 <替> *cover*

搭 insulate electric wires
  使电线绝缘

  insulated chamber
  隔音(隔热)的房间
  insulating property
  绝缘性能 [C6T1R3]
  be insulated from cold 隔绝寒冷

阅 The function of a mammal's fur is to insulate the body.
  哺乳动物皮毛的功能在于使身体保暖。

衍 insulation *n.* 隔绝,绝缘 [C13T2R3]
  peninsula *n.* 半岛(pen-=almost)

*text*ure [ˈtekstʃə(r)] ★★☆☆☆

记 *text-(tect-=weave* 编织，建造)*-ure*→编织出来的质地→质地，纹路，构造

释 *n.* **质地，纹路** <替> *grain, quality, surface*

n. **结构，构造** <替> *structure, composition*

搭 be rough in texture 质地粗糙

the texture of society

社会结构

graphic texture

图形结构

texture

阅 This artificial fabric has the texture of silk.

这种人造织物有丝绸一样的质感。

阅 Such soils vary in texture and fertility.

这种土壤的结构和肥沃度差异很大。

衍 textile *n.* 纺织品 [C16T3R2]

tectonic *adj.* 地壳构造的(tect-=text 构造)

*dis*miss [dɪsˈmɪs] ★★★☆☆

记 *dis-(away)-miss(-mis-=send* 发送)→*send away*→打发走→不理会→抛弃→遣散

释 *vt.* **不理会，不考虑** <替> *put away, reject*

vt. **解雇，开除** <替> *sack, expel, lay off*

vt. **解散，打发** <替> *send away, release*

搭 dismiss an idea

不考虑一个想法

dismiss employees

解雇雇员

dismiss the class

解散课堂

dismiss

例 He dismissed her suggestion out of hand.

他一口拒绝了她的建议。

衍 demise *n.* 终止，消亡

*ex*pansion [ɪkˈspænʃn] ★★★☆☆

记 *ex-(out)-pans-(-pand-*拉，伸)*-ion*→向外伸→扩大，扩充，伸展

释 *n.* **扩大，扩张，伸展**

<替> *enlargement, spread*

搭 economic expansion

经济扩张

expansion and contraction

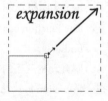

expansion

伸展和收缩

urban expansion 城市扩张

例 The president's economic policy paved the way for industrial expansion.

总统的经济政策为工业的扩张铺平了道路。

衍 expand *v.* 扩大，膨胀

expansive *adj.* 辽阔的，全面的

*ad*versity [ədˈvɜːsəti] ★☆☆☆☆

记 *ad-(against)-vers-(turn)-ity*(名词)→*turn against*→变得不利→逆境，苦难，厄运

释 *n.* **逆境，苦难，厄运** <替> *difficulty, hardship*

搭 face adversity with courage

有勇气面对逆境

cheerful in adversity

在逆境中乐观

overcome adversity 克服困难

adversity

谚 In prosperity our friends know us; in adversity we know our friends.

得意时，朋友识我们；困境时，我们识朋友。

衍 adverse *adj.* 有害的，负面的 [C6T3R2]/[C8T4R2]

adversary *n.* 对手，敌手

*sup*press [səˈpres] ★★☆☆☆

记 *sup-(*下)*-press(*压)→往下压→镇压，制止，抑制

释 *vt.* **镇压，压制** <替> *defeat, subdue, conquer*

vt. **抑制，阻止** <替> *conceal, restrain, stifle*

vt. **禁止，隐藏** <替> *censor, conceal, hide*

搭 suppress the competition

压制竞争

suppress the truth

隐藏真相

suppress the immune system

抑制免疫系统

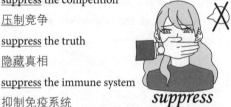

suppress

阅 The growth of cancerous cells can be suppressed by bombarding them with radiation.

通过放疗可以抑制癌细胞的生长。

衍 suppression *n.* 压抑，压制

pressing *adj.* 紧迫的 [C7T1R2]

approximate [əˈprɒksɪmət] ★★☆☆☆

记 ap-(to)-proxim-(pro-前+-xim 最高级→向前靠近
→nearest)-ate(的)→最靠近的→大概的，大约的

释 *adj.* **大约的，大概的，近似的**
<替> *rough, near, estimated, general, vague*
v. **接近，近似** <替> *be close to, come near to*

搭 approximate cost
大概的成本
approximate figure
大约的数据
approximate to the truth
接近事实

approximate

写 Student numbers this year are expected to
approximate 5000.
预计今年学生人数接近5000人。

衍 approximately *adv.* 大概 [C9T4R3]

perspective [pəˈspektɪv] ★★★☆☆

记 per-(穿过)spect-(看)-ive→看透→透视法→比例
(符合透视法规律的)→观点(看透问题的结果)

释 *n.* **观点，角度** <替> *view, viewpoint, aspect*
*n. (in, into/out of)***正确/不正确看待，透视法**

搭 perspective drawing 透视画
be out of perspective 不成比例
from a global perspective 从全球的视角
have a sense of perspective 有洞察力

例 He was clear-sighted enough to keep a sense of
perspective.
他很有见识，能保持正确的洞察力。

写 It's easy to lose perspective on things when you
are under stress.
在压力下容易失去对事物的正确判断。

衍 aspect *n.* 方面
respectively *adv.* 各自地，分别地
expectation *n.* 期望(expect=ekspect)
expectancy *n.* 期待 [C9T1R2]

exposure [ɪkˈspəʊzə(r)] ★★★☆☆

记 ex-(out)-pos-(放)-ure→放外面→暴露→接触

释 *n.* **暴露，接触** <替> *contact with, introduction*
n. **揭露，报道** <替> *uncovering, revelation*

搭 public exposure 当众揭发
exposure to sunlight
暴露于阳光下
low level of exposure
低接触水平
reduce the exposure
减少曝光量

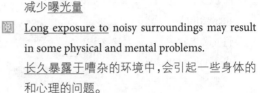

exposure

阅 Long exposure to noisy surroundings may result
in some physical and mental problems.
长久暴露于嘈杂的环境中，会引起一些身体的
和心理的问题。

衍 expose *vt.* 揭发，暴露

symbol [ˈsɪmbl] ★★★☆☆

记 sym-(together)-bol(throw)→扔到一起→把具有
相同特征的东西放一起→特征，符号，标志

释 *n.* **象征，符号** <替> *sign, token, trademark*

搭 symbol of authority
权利的象征
chemical symbol
化学元素符号
identification symbol
识别符号

symbol of authority

例 Dr. King was a worldwide symbol of non-violent
protest against racial injustice.
金博士是世界范围内非暴力抗议种族不平等运
动的象征。

衍 symbolic *adj.* 象征性的，符号的
symbolise *vt.* 标志着 [C11T4R1]

logic [ˈlɒdʒɪk] ★★☆☆☆

记 log-(说→表达的逻辑)-ic(的)→逻辑，理由

释 *n.* **逻辑，理由**
<替> *reason, reasoning, argument*

搭 understand the logic
理解逻辑
compelling logic
让人信服的理由

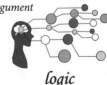

logic

例 There's no logic in spending money on useless
things.
钱花在没用的东西上根本不合理。

衍 logical *adj.* 逻辑的，合理的

illogical *adj.* 不合逻辑的

logistics *n.* 物流(有逻辑的配给货物)

alter [ˈɔːltə(r)] ★★★☆☆

记 al-(-ali-=beyond)-ter(other)→越过另一个→变成另一个→改变,转变

释 *vt.* 改变,转变 <替> change, adjust, modify

搭 alter attitude
转变态度

alter one's mind
改变某人的想法

alter fundamental process
改变基本的过程 [C6T3R3]

alter

写 Only by acceptance of the past can you alter the future.
只有接纳了过去,你才能改变未来。

衍 unalterable *adj.* 无法改变的 [C11T4R1]

compound *n.* [ˈkɒmpaʊnd] *v.* [kəmˈpaʊnd] ★★☆☆☆

记 com-(一起)-pound(-pond=put 放)→放一起→化合物→混合的,复合的→使混合→建筑群(合一起)

释 *n.* 化合物,混合物 <替> blend, mixture, mix
n. 建筑群 <替> enclosed area of land
adj. 混合的,复合的 <替> combined, blended
vt. 使恶化,使加重 <替> worsen, aggravate
vt. 混合,由……构成 <替> mix, combine, blend

搭 organic compound 有机化合物
insect's compound eye 昆虫的复眼
industrial compound 工业建筑群/工业园
compound a problem 使问题恶化
compound various ingredients 混合各种成分

例 When two or more elements combine and form a compound, a chemical change takes place.
当两种或两种以上的元素结合形成一种化合物时,发生化学变化。

衍 ponder *v.* 仔细考虑,琢磨
ponderous *adj.* 笨重的

pursue [pəˈsjuː] ★★★☆☆

记 pur-(pro-前)-sue(-sui-/-suit-=follow→紧跟着)→紧跟着向前→追求,从事,继续

释 *vt.* 追求,追问 <替> go after, follow, chase
vt. 实行,从事 <替> undertake, engage in

搭 pursue his dream
追求他的梦想

pursue

pursue other ventures
从事其他事业

pursue a common goal
追求一个共同的目标

pursue economic reform 实行经济改革

谚 Everyone has the freedom to pursue their dreams.
每个人都有追求梦想的自由。

衍 pursuit *n.* 追求,追赶,爱好
suitable *adj.* 适合的,恰当的

variable [ˈveəriəbl] ★★☆☆☆

记 var-(change 变)-i-able→多变的,可变因素

释 *adj.* 多变的,易变的 <替> changeable, shifting
n. 变量,可变因素 <替> factor, number that vary

搭 variable in shape
在形状上多变的

variable weather systems
多变的天气系统 [C13T3R3]

M	T	W	T	F
☀	⛆	❄	⛅	⛆
10/3	11/3	12/3	13/3	14/3

variable

□ We should take all the variables into account when we make a plan.
我们制订计划时应把所有的可变因素考虑进去。

衍 variability *n.* 可变性
invariable *adj.* 不变的,一贯的 [C10T4R3]
invariance *n.* 不变性 [C11T3R2]/[BCOGT1R1]

generate [ˈdʒenəreɪt] ★★★☆☆

记 gen-(产生)-er-ate(使)→产生,引起

释 *vt.* 产生,引起 <替> cause, create, produce

搭 generate electricity
发电

generate controversy
引起争议

generate new ideas
产生新想法

idea
generate

阅 A neutron star has a gravitational field strong enough to generate X-rays.
中子星上存在强大的重力场,足以产生X射线。

衍 generation *n.* 一代，一代人

genetic *adj.* 基因的，遗传学的 [C17T2R2]

generator *n.* 发电机，制造者

regenerate *vt.* 再生，振兴 [C15T2R2]/[C17T1R2]

prime [praɪm]　★★★☆☆

记 *pri-(前)-me→first in order→*最初的→原始的，基本的→主要的，首要的→全盛期→顶峰

释 *adj.* **主要的，首要的，最佳的，一流的**
<替> *main, chief, key, best, first-class, first-rate*
n. **全盛期，巅峰期** <替> *peak, heyday, zenith*

搭 the Prime Minister
首相，总理

prime requisite
首要的必需品

be in prime condition
处于最佳的状态

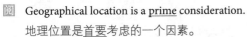

prime of health 最健康的时期

the prime of his career 他事业的顶峰

阅 Geographical location is a prime consideration.
地理位置是首要考虑的一个因素。

fundamental [ˌfʌndəˈmentl]　★★★☆☆

记 *fund-(-found-*底→根基，基础*)-a-ment-(*名词后缀*)-al(*形容词后缀*)→*基本原理，基本的，重要的

释 *adj.* **基本的，重要的** <替> *basic, elemental*
n. **基本原则，基本概念** <替> *principle, rule*

搭 get down to fundamentals 从基本概念着手

fundamental mode 重要的方式

be of fundamental importance 是最重要的

fundamental differences 基本的分歧

阅 The fundamental problem lies in their inability to distinguish between merits and demerits.
最根本的问题在于他们无法分清好处和坏处。

衍 fund *n.* 资金，基金，专款

refund *n.* 退款 *vt.* 退还

foundation *n.* 基础，根基

ratio [ˈreɪʃiəʊ]　★★☆☆☆

记 *rat-(think)-io→*思考数之间的关系→比，比率

释 *n.* **比，比率** <替> *proportion, percentage*

搭 birth/death ratio
出生/死亡率

adult to child ratio
成人与儿童的比率

写 The bottom chart shows the ratio of personal debt to personal income.
下面的图表显示了个人负债与个人收入之比。

衍 rate *n.* 比率，率，估价

ratify *vt.* 批准，认可

overwhelm [ˌəʊvəˈwelm]　★★☆☆☆

记 *over-(*过*)-whelm-(helm=cover* 吞没，覆盖*)→*淹没覆盖过去→被情感、事态等淹没过去→征服

释 *vt.* **(感情上)使受不了，不知所措，使难以承受**
<替> *swamp, submerge, engulf, bury, flood*
vt. **制服，击败** <替> *defeat, beat, conquer*

搭 be overwhelmed by grief
悲痛欲绝(得难以承受)

overwhelming majority
压倒性的大多数

overwhelming consensus
压倒性的意见一致 [C5T1R2]

写 Children are usually overwhelmed by the information on the Internet.
孩子们通常会被互联网信息弄得不知所措。

thorough [ˈθʌrə]　★★★☆☆

记 和 *through(*穿过*)*同源，即从一边到另一边→两边都触及→彻底的，全面的→详尽的，十足的

释 *adj.* **彻底的，全面的** <替> *complete, absolute*
adj. **详尽的，十足的** <替> *scrupulous, careful*

搭 give a thorough change 做了彻底的改变

thorough research 详尽的研究

undergo a thorough examination
经历一次全面的检查

格 Thorough preparation makes its own luck.
全面的准备才能创造出自己的运气。

衍 throughout *prep./adv.* 遍及，贯穿 [C15T1R1]

breakthrough *n.* 突破，新发现 [C9T1R1]

capacity [kəˈpæsəti]　★★★☆☆

记 *cap-(-capt-*抓*)-ac-ity(*名词*)→*抓得住→有能力→

能力,才能,资格,容量

释 *n.* **能力,容量** <替> *ability, aptitude, size, volume*

搭 intellectual <u>capacity</u> 智<u>力</u>

breathing <u>capacity</u> 肺活量

at full <u>capacity</u> 全力以赴

within one's <u>capacity</u>

在某人能<u>力</u>范围内

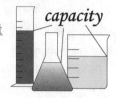

例 Last year the American car industry had the <u>capacity</u> to make 17 million vehicles.

去年,美国汽车工业的产量是1700万辆车。

衍 <u>capt</u>ivate *vt.* 迷惑,迷住

<u>capt</u>ive *adj.* 被俘的 *n.* 俘虏

<u>capt</u>ion *n.* 字幕,标题

<u>capt</u>ure *vt.* 抓住,夺取

---

transit [ˈtrænzɪt] ★★☆☆☆

记 *trans-(across)-it(go)*→走过→运输→运输的

释 *n.* **运输,运送** <替> *transport, shipment*

adj. **运输的,中转的** <替> *transporting*

搭 in <u>transit</u> 在运输中

urban <u>transit</u> system

城市的<u>运输</u>系统

<u>transit</u> of radio signals

无线电信号<u>传送</u>

例 The president wants to improve the nation's highways and mass <u>transit</u> systems.

总统希望改善该国的公路与公共<u>交通</u>系统。

衍 <u>transit</u>ion *n.* 变革,转变

ex<u>it</u> *n.* 出口 *vi.* 离开

---

arouse [əˈraʊz] ★★☆☆☆

记 *a-(to)-rous-(stir up* 搅动起来*)-e*→激起,唤起

释 *v.* **激起,唤起** <替> *stir up, excite, provoke*

搭 <u>arouse</u> one's curiosity 引起某人的好奇

<u>arouse</u> worldwide concern 激起世界范围的关注

<u>arouse</u> discontent 激起不满

写 With the development of the Internet, online shopping has <u>aroused</u> people's extensive interest and attention.

随着互联网的发展,在线购物已经引<u>起</u>人们的广泛兴趣和关注。

衍 <u>arous</u>al *n.* 唤醒,唤起

---

revenue [ˈrevənjuː] ★★★☆☆

记 *re-(back)-ven-(-vent-=come)-ue*→*come back*→回来的钱→收入,税收

释 *n.* **收入,税收** <替> *income, earning, profit*

搭 national tax <u>revenue</u>

国家的税<u>收</u>

a source of <u>revenue</u>

<u>收入</u>的来源

advertising <u>revenue</u> 广告收入

写 The company's <u>revenue</u> rose 12% in its last fiscal year and its net profit rose 28%.

该公司上一个财年营<u>收</u>增长了12%,净利润增长了28%。

衍 ad<u>ven</u>ture *n.* 冒险经历(*come out* 走出去)

<u>ven</u>ture *n.* 企业 *vt.* 敢于去 [C15T3R2]

<u>ven</u>ue *n.* 地点,场所 [COGT1R2]

---

monitor [ˈmɒnɪtə(r)] ★★★☆☆

记 *mon-(men-/-mn-=think*→*remind* 提示*)it- or*(人/物)→起到提示作用的人或物→监视器,显示器,监督警告的人→班长,检查员→监控

释 *n.* **监视器,显示器** <替> *security camera, screen*

n. **班长,监督员** <替> *observer, supervisor*

vt. **监控,监督** <替> *observe, watch, oversee*

搭 UN <u>monitor</u> 联合国核查员

computer <u>monitor</u>

电脑<u>显示器</u>

<u>monitor</u> air quality

监控空气质量

<u>monitor</u> traffic flows

监控交通流量

阅 Modern airplanes have two black boxes: a voice recorder and a flight-data recorder, which <u>monitors</u> fuel levels and other operating functions.

现代的飞机有两个黑匣子:一个录音器和一个飞行数据记录器,用来<u>监控</u>燃油水平和其他操作功能。

衍 ad<u>mon</u>ish *vt.* 警告 [BCOGT4R3]

a<u>mn</u>esia *n.* 健忘,记忆缺失(*a-*=*not*)

pre<u>mon</u>ition *n.* 预感,预兆(*pre-* 前)

conflict n. [ˈkɒnflɪkt] v. [kənˈflɪkt] ★★★☆

记 con-(together)-flict(打)→打在一起→冲突争执

释 vi. 冲突,争执 <替> quarrel, dispute, battle

　　n. 冲突,争执 <替> battle, combat, friction

搭 resolve/settle a conflict
解决冲突

conflict

hold a conflicting opinion
持有相反的(有冲突的)意见

come into conflict 发生冲突

写 We have to acknowledge that personal ethics and professional ethics sometimes conflict.
我们不得不承认,个人道德和职业道德有时会相互抵触。

衍 conflicting adj. 冲突的,相反的 [C10T4R3]

---

prominent [ˈprɒmɪnənt] ★★★☆

记 pro-(前)-min-(=-men-凸起)-ent(形容词后缀)→朝前凸起→突出的,显著的→卓越的,重要的

释 adj. 突出的,显著的 <替> eminent, obvious

　　adj. 卓越的,重要的 <替> renowned, important

搭 prominent position
重要的位置

play a prominent part
发挥重要的作用

prominent teeth/eyes
龅牙/金鱼眼

prominent teeth

prominent landmark 显著的地标

阅 One prominent symptom of the disease is progressive loss of memory.
这种疾病的一个显著的症状就是记忆逐渐丧失。

衍 prominence n. 显著,卓越 [C5T2R3]/[BCOGT1R2]

---

version [ˈvɜːʃn] ★★★★☆

记 vers-(turn)-ion(名词)→转换成新→版本,说法

释 n. 版本,说法 <替> record, report, edition, type

搭 the original/final version 最初/最终版本

revised version 修订版

according to her version 根据她的说法

▢ The second-hand version is, without a doubt, a poor copy of the original.

盗版版本,毫无疑问,是对原版的低劣复制。

衍 universal adj. 全球的,普遍的

versatile adj. 多才多艺的

versus prep. 对

---

overlook [ˌəʊvəˈlʊk] ★★☆☆☆

记 over-(上)-look→在上面看→俯瞰→(细节)忽略

释 vt. 俯瞰,眺望 <替> look over, have a view of

　　vt. 忽略,忽视 <替> miss, neglect, ignore

　　n. 视野开阔的高处 <替> an elevated place

搭 overlook the lake from the balcony
从阳台俯瞰湖泊

scenic overlook
可眺望景色的高处场所

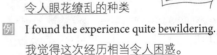
overlook

overlook an error
忽略一个错误

例 Never overlook the power of simplicity.
永远不要忽视简洁的力量。

衍 overview n. 概述

onlooker n. 旁观者

---

bewilder [bɪˈwɪldə(r)] ☆☆☆☆☆

记 be-(thoroughly 完全地)-wild-(野外)-er→完全身处荒郊野外→蒙头转向→不知所措,困惑

释 vt. 使困惑,使不知所措 <替> confuse, puzzle

搭 leave customers bewildered
让消费者不知所措

bewildered look
困惑的表情

bewilder

bewildering range
令人眼花缭乱的种类

例 I found the experience quite bewildering.
我觉得这次经历相当令人困惑。

衍 wilderness n. 荒野,原野

bewildering adj. 令人困惑的

---

solid [ˈsɒlɪd] ★★★☆☆

记 sol-(whole 整体→一体)-id→坚,固,成一体→实心→实心实意→可靠,确定

释 adj. 固体的,坚固的 <替> concrete, hard, rigid

　　adj. 实心的,纯的 <替> pure, unmixed

adj. **可靠的,确凿的** <替> reliable, certain

adj. **连续的,统一的** <替> continuous, uniform

adj. **立体的,立方的** <替> three-dimensional

n. **固体,立体** <替> object, 3D body

搭 <u>solid</u> fuel <u>固体的</u>燃料

<u>solid</u> structure <u>坚固的</u>结构

<u>solid</u> blue background <u>纯蓝色</u>背景

provide <u>solid</u> evidence
提供<u>确凿的</u>证据

three <u>solid</u> hours
<u>连续的</u>三个小时

<u>solid</u> geometric figure
<u>立体的</u>几何图形

分子排列

gas　liquid　solid

阅 All substances, whether they are gaseous, liquid
or <u>solid</u>, are made of atoms.
一切物质,不论它们是气体、液体还是<u>固体</u>,都
是由原子构成的。

衍 solid**ify** *vt.* 使凝固,稳固 [C9T1R1]/[C13T3R1]

solid**ity** *n.* 坚固性,可靠性

con**solid**ate *vt.* 加强,巩固,联合

de**scend** [dɪˈsend] ★★☆☆☆

记 de-(down)-scend(climb 爬)→爬下去→下来,下降

释 *v.* **下来,下降** <替> drop, fall, plummet, dive

vi. **降临,笼罩** <替> come down, fall

v. **陷入,堕落**(into) <替> degenerate, deteriorate

vi. **从……发展而来**(from) <替> derive from

vi. **突然造访**(on) <替> drop by, raid

搭 <u>descend</u> a few steps
<u>走下</u>几阶台阶 [C10T1R1]

<u>descend</u> into chaos <u>陷入</u>混乱

in a <u>descending</u> order
按<u>下降</u>的次序

<u>descend</u> to using violence <u>堕落</u>到使用武力

descend

阅 All three groups appear to <u>be descended from</u> the
same ancestral population. [C7T3R2]
所有三个种群似乎从相同的祖先种群<u>发展而</u>
<u>来</u>。

口 Sorry to <u>descend on</u> you like this.
如此<u>唐突造访</u>非常抱歉。

衍 **a**scend *vt.* 上升,升迁

de**scend**ing *adj.* 递减的

de**scend**ant *n.* 后裔,子孙 [C6T1R3]/[BCOGT2R2]

tran**scend** *vt.* 超越(trans-=beyond) [C7T3R3]/ [C13T2R3]

dis**rupt**ive [dɪsˈrʌptɪv] ★☆☆☆☆

记 dis-(away 分开)-rupt-(break 碎)-ive(的)→碎开,
打碎→形势或专注力被打碎→扰乱的,破坏的

释 *adj.* **扰乱性的,破坏性的**
<替> disturbing, distracting, troublesome

搭 <u>disruptive</u> behaviours
<u>扰乱性的</u>行为

<u>disruptive</u> innovation
<u>破坏性</u>创新

<u>disruptive</u> effect
<u>破坏性的</u>效果 [C16T1R3]

<u>disruptive</u> element in the society
社会<u>不安定的</u>因素

disruptive

例 This <u>disruptive</u> occasion can ripple through the
ecosystem.
这种<u>破坏性的</u>情况会引发生态系统的涟漪反
应。

衍 dis**rupt** *vt.* 扰乱,打断 [C16T2R2]

dis**rupt**ion *n.* 混乱,扰乱 [C15T2R1]

vig**orous** [ˈvɪgərəs] ★★☆☆☆

记 vig-(-veil-=strong, lively 强壮有活力→保持监管
的活力)-or-ous(的)→有活力→活跃的,强劲的

释 *adj.* **激烈的,充满活力** <替> energetic, active

adj. **强壮的,健壮的** <替> robust, strong

搭 take <u>vigorous</u> action
采取<u>积极的</u>行动

<u>vigorous</u> debate
<u>激烈的</u>辩论

<u>vigorous</u> growth
<u>强壮的</u>生长

vigorous

例 Environmentalists have begun a <u>vigorous</u> campaign
to oppose nuclear dumping in the sea.
环保人士已经发起了一场<u>积极的</u>运动反对往海
中倾倒核废物。

衍 **vig**our *n.* 体力,活力

invigorate vt. 使精力充沛

vigilant adj. 警觉的

surveillance n. 监视，监察 [C7T3R3]

likewise [ˈlaɪkwaɪz] ★★☆☆☆

记 like-wise(manner)→in the same manner→同样地

释 adv. 同样地，类似地 <替> also, the same

搭 do likewise
同样地做

likewise heart
同理心

同理心
likewise heart

回 Her second marriage was likewise unhappy.
她的第二次婚姻同样也不幸福。

格 Some have little power to do good, and have likewise little strength to resist evil.
没能力去做善事的人同样也没力量抵制邪恶。

衍 alike adj./adv. 相似的(地)，同样的(地)

liking n. 喜好，爱好

clockwise adj. 顺时针的

liberal [ˈlɪbərəl] ★★★★☆

记 liber-(最初表示people，指古希腊和罗马时期自由之身的自由人，而不是奴隶)-al→自由的→自由人能学的知识→与人有关的人文知识

释 adj. 自由的，开明的 <替> free, open-minded
adj. 慷慨的，大量的 <替> generous, bountiful

搭 liberal attitude 开明的态度

liberal arts 大学文科

make liberal use
大量使用

liberal translation
自由的翻译(意译)

正义女神
liberal

写 More and more people prefer a liberal profession with the development of society.
随着社会进步，越来越多的人更喜欢自由的职业。

衍 liberate vt. 解放

liberation n. 解放，释放

liberty n. 自由，擅自

facilitate [fəˈsɪlɪteɪt] ★☆☆☆☆

记 fac-(-fact-/-feck-=do 做)-il-(=-ile 使)it-(=-ite 使)-

ate (动词后缀)→easy to do→使……便利，促进

释 vt. 促进，利于 <替> make easy, make smooth

搭 facilitate the development 利于发展

facilitate people's life 便利人民的生活

facilitate the cultural exchange 促进文化交流

facilitate social relationship 利于社会关系 [C15T2R3]

写 Modern inventions facilitate housework.
现代发明便利了家务劳动。

衍 facilitated adj. 便利的

faculty n. 才能，教员 [C8T2R3]

feckless adj. 无效的，不负责任的

levy [ˈlevi] ★★☆☆☆

记 lev-(raise)-y→act of raising or collecting money→收钱的行为→征收(税)，税款，征收

释 vt. 征收(税) <替> collect, gather, impose, raise
n. 征收额，税款 <替> collection, tax, toll

搭 impose a levy on alcohol
向酒品征税

levy tax on tobacco
征收烟草税

levy
TAX

阅 Before that, heavy taxes had been placed on the amount of glass melted in the glasshouse, and were levied continuously from 1745 to 1845. [C12T8R1]
在此之前，对玻璃制作工坊熔化的玻璃量征收重税，并且从1745年至1845年间持续地征收。

衍 lever n. 杠杆，撬杠，方法(撬起rise up)

levity n. 轻浮，轻率(行为)

leverage n. 影响力，手段，杠杆作用

consult [kənˈsʌlt] ★★★☆☆

记 con-(一起)-sult(=sel gather 收集)→信息收集到一起→咨询，商讨，查阅

释 v. 咨询，商讨，查阅 <替> ask, confer, seek advice

搭 consult a dictionary
查阅字典

consult a doctor
咨询医生

consult with the tutor
与辅导老师商讨

consult

例 He began to <u>consult</u> doctors, and each had a different diagnosis.

他开始四处<u>咨询</u>医生,但每个的诊断都不相同。

衍 con<u>sult</u>ant *n.* 顾问

con<u>sult</u>ation *n.* 咨询,商讨

com*pos*e [kəmˈpəʊz] ★★☆☆☆

记 com-(一起)-pos-(放)-e→放一起→构成,组成

释 *vt.* **组成,构成** <替> *comprise, constitute*

v. **创作,写** <替> *create, write, produce*

vt. **使平静,使镇静** <替> *calm, control, pacify*

搭 be <u>composed</u> of... 由……构成

<u>compose</u> a lot of music 创作了很多的音乐

<u>compose</u> herself 使她自己<u>平静下来</u>

例 Muscle <u>is composed of</u> two different types of protein.

肌肉是<u>由</u>两种不同类型的蛋白质<u>构成</u>的。

口 Have a cup of tea and <u>compose yourself</u>.

喝杯茶,<u>镇定</u>一下。

衍 com<u>pos</u>ure *n.* 冷静,沉着

de<u>compose</u> *v.* 分解,腐烂(de-=away)[C13T4R2]

em*ploy* [ɪmˈplɔɪ] ★★★☆☆

记 em-(in)-ploy-(fold 折叠)→fold in→折进去→牵扯进去→关联进去→雇佣(产生关联)→运用,使用

释 *vt.* **运用,使用** <替> *engage, use, apply, exert*

vt. **雇用** <替> *hire, recruit, enlist*

n. **雇用** <替> *state of being employed*

搭 <u>employ</u> one's spare time

<u>利用</u>闲暇时间

<u>employ</u> a technique

<u>使用</u>一种技巧 [C16T4R1]

<u>employ</u> a secretary

<u>雇用</u>一个秘书

find a good <u>employ</u> 找一份好差事

例 We <u>employ</u> the mind to rule, the body to serve.

我们<u>运用</u>思想去统治,用身体去服务。

衍 un<u>employ</u>ed *adj.* 失业的,闲置的

em<u>ploy</u>ment *n.* 就业,工作

de<u>ploy</u> *vt.* 部署,调集

m*it*ig*ate* [ˈmɪtɪgeɪt] ★☆☆☆☆

记 mit-(soft parts 软)-ig(-ag=do 做)-ate→soften, make mild or gentle→有软化作用→减轻,缓和

释 *vt.* **减轻,缓和** <替> *reduce, diminish, ease*

搭 <u>mitigate</u> sb.'s anxiety

减轻某人的焦虑

<u>mitigate</u> a punishment

减轻处罚

<u>mitigating</u> circumstance

缓和的形势

写 Local government, in fact, should endeavor to <u>mitigate</u> distress.

实际上,当地政府应努力<u>缓解</u>贫困问题。

衍 <u>agi</u>tate *vt.* 使焦虑,鼓动

<u>agi</u>le *adj.* 敏捷的,灵活的 [C16T1R1]

im*mens*e [ɪˈmens] ★★☆☆☆

记 im-(not)-mens-(measure 测量)-e→因为巨大而无法测量→巨大的→很多的

释 *adj.* **巨大的** <替> *great, colossal, enormous*

搭 <u>immense</u> distance

<u>巨大的</u>差距

<u>immense</u> improvement

<u>巨大的</u>改进

<u>immense</u> natural resources

<u>丰富的</u>自然资源

阅 Pricing new products properly can have an <u>immense</u> impact on company's profits.

恰当地给新产品定价可以对公司利润产生<u>巨大的</u>影响。

衍 im<u>mens</u>ely *adv.* 极大地 [C7T1R1]

im<u>meas</u>urable *adj.* 巨大的,无限的

in*spir*e [ɪnˈspaɪə(r)] ★★☆☆☆

记 in-(in 里)-spir-(与 spirit 的-spir-同源,表示 breath 呼吸)-e→有呼吸的就是有灵性的→(激起)灵感,(鼓舞)精气神→激励,鼓舞,激起,引发思考

释 *vt.* **激励,鼓舞** <替> *stimulate, encourage*

vt. **激起,唤起** <替> *arouse, excite, enkindle*

vt. **引起联想,启发思考** <替> *lead to, give rise to*

搭 be <u>inspired</u> to work harder

受<u>激励</u>更加努力地工作

inspire me with confidence
唤起我的信心

inspire creative thinking
启发创造性的思考 [C8T2R3]

an inspiring speech
鼓舞人心的演讲

回 There is no point in pursuing goals that no longer inspire you.
继续追求那些不再激励你的目标是没有任何意义的。

衍 inspiration *n.* 灵感,激励者 [C13T1R3]/[COGT1R3]
inspirational *adj.* 有启发性的
aspire *vi.* 有志于……,渴望 [COGT4R3]
aspiration *n.* 抱负,志向 [C13T2R3]
expire *v.* 到期,失效,呼气
conspire *vi.* 密谋,共同导致 [COGT3R2]
respiratory *adj.* 呼吸的(re-反复)

thwart [θwɔːt] ★☆☆☆☆

记 thwar-(dwar-源于北欧,更早源于古德语,表示"逆着树木纹路的")→不光滑→阻挠,阻止)-t→阻止

释 *vt.* 阻挠,挫败 <替> stop, prevent, frustrate

搭 thwart his plans
阻止他的计划

be constantly thwarted
受到了持续的阻挠

thwart our purpose
挫败我们的目的

阅 This company deliberately destroyed documents to thwart government investigators.
这家公司故意毁坏文件,阻挠政府调查员的工作。

tactic ['tæktɪk] ★★★☆☆

记 tact-(-tag-=touch, handle 接触→处置)-ic(后缀)→安排处置的艺术→策略,战术,方法,手段

释 *n.* 战术,策略,方法,手段,招数
<替> strategy, scheme, plan, method, policy

搭 strong-arm tactics
强制性手段

resort to other tactics
付诸其他的方法

switch tactics
转变策略

use the same tactic
使用相同的招数

tactic

例 Confrontation is not always the best tactic.
对抗并非总是上策。

invasion [ɪnˈveɪʒn] ★★★☆☆

记 in-(里)-vas-(-vad-=go, walk)-ion(名词后缀)→走进他人的区域→入侵,侵入

释 *n.* 入侵,侵略 <替> conquering, occupation
n. 大批涌入 <替> influx, flood, infestation

搭 invasion of privacy
侵犯隐私

cultural invasion
文化入侵

invasion

invasion of foreign tourists
外国游客的大量涌入

阅 During the invasion of the Romans in Greece, instead of influencing the Greeks, they adopted the culture.
罗马人入侵希腊时期,不仅没有影响到希腊人,反而吸收了他们的文化。

衍 invade *vt.* 入侵
invasive *adj.* 侵入的,扩散的
pervade *vt.* 弥漫于,遍及(per-穿过)
pervasive *adj.* 四处弥漫的
evade *vt.* 逃避,回避(走开) [C17T1R3]

tempt [tempt] ★☆☆☆☆

记 tempt(tent-=stretch 延伸)→stretch one's willpower→向别人施加意志、意愿→引诱,诱惑

释 *vt.* 引诱,诱惑 <替> induce, allure, attract
vt. 怂恿,鼓动
<替> entice, persuade, convince

搭 feel tempted to cheat
想要去欺骗(别人)

tempt him into buying a tablet
鼓动他去买一个平板电脑

tempt

回 You're tempting fate by riding your bike without wearing a cycle helmet.
你不戴骑行头盔骑自行车简直是在玩命。

写 Unemployment undoubtedly increases the number of those <u>tempted</u> into crime.

失业问题毫无疑问增加了被<u>诱惑</u>犯罪的人数。

衍 temptation *n.* 引诱，诱惑

tempting *adj.* 诱人的，吸引人的

strategy ['strætədʒɪ] ★★★★☆

记 *strat-(spread* 延伸)-*eg-(lead)-y*→"战略"就是领导力的延伸→运用"策略"带军→策略，战略

释 *n.* 策略，战略 <替> *plan, approach, policy*

搭 economic <u>strategy</u>

经济策略

long-term <u>strategy</u>

长期<u>战略</u>

develop a <u>strategy</u>

发展<u>战略</u>

more radical <u>strategy</u>

更加激进的<u>策略</u> [C13T2R3]

例 The creatures which live in the river have evolved <u>strategies</u> for surviving sudden floods.

生活在河中的生物已经进化出能应对突发洪水的生存<u>策略</u>。

衍 strategic *adj.* 策略的，战略的

stratum(strata) *n.* 社会阶层，岩层

stratosphere *n.* 平流层

safeguard ['seɪfgɑːd] ★★☆☆☆

记 *safe-*(安全)-*guard*(保护)→保护，保卫

释 *vt.* 保护，保卫 <替> *protect, defend, guard*

n. 保障措施 <替> *protection, defense, guard*

搭 <u>safeguard</u> his interests

维护他的利益

as a <u>safeguard</u>

作为<u>保障措施</u>

<u>safeguard</u> against corruption

防止腐败

写 A good diet will <u>safeguard against</u> disease.

合理的饮食可以<u>预防疾病</u>。

衍 guardian *n.* 监护人，保护者 [C4T3R3]

bizarre [bɪˈzɑː(r)] ★★☆☆☆

记 *biza-(fit of anger* 突然发脾气→不可预测→奇怪的脾气)-*rre*(后缀)→奇怪的，古怪的

释 *adj.* 奇怪的 <替> *strange, eccentric, weird*

搭 <u>bizarre</u> situation

奇怪的情形

in a <u>bizarre</u> fashion

以十分<u>奇怪的</u>方式

<u>bizarre</u> character

奇怪的性格

例 His <u>bizarre</u> behaviour attracted our attention.

他<u>怪诞的</u>行为吸引了我们的注意力。

rear [rɪə(r)] ★★★☆☆

记 法语语源，表示军队阵列里最后一排的人→殿后→后(与拉丁语 *retro-*"后"同源)。还来源于古英语→表示"*raise, build up*"→"养育，培养"起来

释 *adj.* 后面的，后部的 <替> *in the back*

vt. 养育，饲养 <替> *nurture, bring up, breed*

vi. 露头，显露 <替> *raise, uplift, loom*

vt. 耸立，建立 <替> *build, erect, construct*

n. 后部，背面，屁股 <替> *back, end, latter*

搭 <u>rear</u> window 后面的窗户

<u>rear</u> livestock 饲养家畜

<u>rear</u> children 养育子女

<u>rear</u> a monument

建立纪念碑

听 The main entrance is at the <u>rear</u>.

主要入口在<u>后面</u>。

例 The once familiar drought and famine has <u>rear its head</u> again in this region.

人们一度熟悉的干旱和饥荒在这一地区再度<u>显露</u>。

衍 retro *adj.* 怀旧的，复古的

facility [fəˈsɪləti] ★★★★☆

记 *fac-(-feit-=do* 做)-*il(e)-ity*(名词后缀)→*easy to do*→设备，设施(便于做)，天资，天赋(做起来容易)

释 *n.* 设施，设备 <替> *equipment, aid, appliance*

n. 功能,天资 <替> *benefit, talent, aptitude*

搭 recreational facilities

娱乐设施

medical facilities

医疗设施

have a facility for languages

有学习语言的天资

facility

阅 Smell is a very basic sense but humans have lost much of the facility to use it properly.

嗅觉是一种非常基本的官能,但人类已经丧失了恰当使用这种官能的大部分能力。

衍 facsimile *n.* 摹本,传真(simile=same)

forfeit *vt./n.* 被没收,罚金

equivalent [ɪˈkwɪvələnt] ★★★☆☆

记 equi-(equal 等)val-(value 价值)-ent→等价物,相等物→相等的,相当的

释 *n.* 等价物,相等物 <替> *equal, counterpart*

adj. 相等的,相当的 <替> *equal, similar*

搭 equivalent length

等值的长度

equivalent property

等效的属性

equivalent amount

相等的量

equivalent

格 In every adversity, there is a seed of equivalent benefit.

每一次困境里都蕴藏着等价的益处。

衍 equivalence *n.* 同等,等价,等值

equivocal *adj.* 含糊其词的

entail [ɪnˈteɪl] ★☆☆☆☆

记 en-(使)-tail(法律约束的财产继承人→切割财产→分割)→(法律)关联→牵扯,导致,使发生

释 *vt.* 牵涉,导致 <替> *involve, bring about, call for*

vt. 使成为必要,使必然发生 <替> *necessitate*

搭 entail some risk 导致一定的风险

entail a lot of work 需要很多工作

entail enormous expense 牵扯大量花费

回 Constant practice entails more than simply repeating a task.

持续的练习需要的不仅是简单地重复一个任务。

衍 retail *n./vt.* 零售

tailor *n.* 裁缝 *vt.* 专门制作(tail-切割)

curtail *vt.* 缩减,限制

remedy [ˈremədi] ★★☆☆☆

记 re-(again)-med-(heal 治愈)-y→再次治愈→良方,药品→解决方案,解决方法→纠正,补救

释 *n.* 疗法,治疗,药品

<替> *treatment, cure, medicine, drug*

n. 解决方法 <替> *solution, answer, cure*

vt. 纠正,补救 <替> *rectify, solve, fix*

搭 used for herbal remedies

用于草药疗法 [C15T4R1]

the legal remedy

法律解决方法

remedy a problem 纠正一个问题

阅 One remedy for this problem is the implementation of a renewable energy policy.

解决这一问题的一个方法就是实施可再生能源策略。

List of the Key Extended Words and Review(核心扩展词列表及复习)

- ☐ acerbic *adj.* 尖刻的
- ☐ adjustable *adj.* 可调节的
- ☐ adjustment *n.* 调整
- ☐ admonish *vt.* 警告
- ☐ adventure *n.* 冒险经历
- ☐ adversary *n.* 对手
- ☐ adverse *adj.* 有害的
- ☐ aerial *adj.* 航空的,空中的
- ☐ agile *adj.* 敏捷的
- ☐ agitate *vt.* 使焦虑
- ☐ alike *adj./adv.* 相似的(地)
- ☐ amnesia *n.* 健忘,记忆缺失
- ☐ approximately *adv.* 大概
- ☐ arousal *n.* 唤醒
- ☐ ascend *vt.* 上升
- ☐ aspect *n.* 方面
- ☐ aspire *vi.* 有志于……,渴望
- ☐ aura *n.* 气氛,氛围
- ☐ awareness *n.* 意识
- ☐ bewildering *adj.* 令人困惑的
- ☐ breakthrough *n.* 突破
- ☐ caption *n.* 字幕,标题
- ☐ captivate *vt.* 迷惑,迷住
- ☐ captive *adj.* 被俘的 *n.* 俘房
- ☐ capture *vt.* 抓住,俘获
- ☐ cellular *adj.* 细胞的
- ☐ chaos *n.* 混乱
- ☐ clockwise *adj.* 顺时针的
- ☐ competence *n.* 能力,才干
- ☐ composure *n.* 沉着,冷静
- ☐ conceal *vt.* 掩盖,隐藏
- ☐ concise *adj.* 简洁的
- ☐ conflicting *adj.* 冲突的
- ☐ consolidate *vt.* 加强,联合
- ☐ consultant *n.* 顾问
- ☐ consultation *n.* 咨询
- ☐ curtail *vt.* 缩减,限制

- ☐ decompose *v.* 分解,腐烂
- ☐ dejected *adj.* 沮丧的,灰心的
- ☐ demise *n.* 终止
- ☐ deploy *vt.* 部署,调集
- ☐ descendant *n.* 后裔
- ☐ descending *adj.* 递减的
- ☐ despondent *adj.* 沮丧的,失望的
- ☐ disrupt *vt.* 扰乱
- ☐ disruption *n.* 扰乱
- ☐ employment *n.* 就业
- ☐ equivalence *n.* 同等,等价
- ☐ equivocal *adj.* 含糊其词的
- ☐ exacerbation *n.* 加剧
- ☐ exit *n.* 出口 *vi.* 离开
- ☐ exoteric *adj.* 开放的
- ☐ expand *v.* 扩大
- ☐ expansive *adj.* 辽阔的
- ☐ expectancy *n.* 期待
- ☐ expectation *n.* 期望
- ☐ expose *vt.* 揭发
- ☐ extravagant *adj.* 奢侈的
- ☐ facilitated *adj.* 便利的
- ☐ faculty *n.* 才能,教员
- ☐ feckless *adj.* 不负责任的
- ☐ forfeit *n.* 罚金 *vt.* 被没收
- ☐ foundation *n.* 基础
- ☐ generation *n.* 一代(人)
- ☐ generator *n.* 发电机
- ☐ genetic *adj.* 基因的
- ☐ guardian *n.* 监护人,保护者
- ☐ illogical *adj.* 不合逻辑的
- ☐ immeasurable *adj.* 大量的
- ☐ immensely *adv.* 极大地
- ☐ incompetent *adj.* 无能力的
- ☐ injection *n.* 注射
- ☐ innocence *n.* 清白,天真
- ☐ inspiration *n.* 灵感,激励者

□ inspirational *adj.* 有启发性的

□ insulation *n.* 隔绝

□ intention *n.* 意图

□ intentional *adj.* 故意的

□ intently *adv.* 全神贯注地

□ invade *vt.* 入侵

□ invariable *adj.* 不变的

□ invasive *adj.* 侵入的,扩散的

□ invigorate *vt.* 使精力充沛

□ lever *n.* 杠杆

□ liberate *vt.* 解放

□ liberation *n.* 解放

□ liberty *n.* 自由

□ logical *adj.* 逻辑的

□ onlooker *n.* 旁观者

□ overview *n.* 概述

□ pervade *vt.* 弥漫于,遍及

□ pervasive *adj.* 四处弥漫的

□ ponder *v.* 仔细考虑

□ ponderous *adj.* 笨重的

□ postmodern *adj.* 后现代的

□ precisely *adv.* 准确地

□ precision *n.* 精确(度)

□ pressing *adj.* 紧迫的

□ proclivity *n.* 倾向

□ prominence *n.* 卓越

□ pursuit *n.* 追求

□ rate *n.* 比率,率

□ ratify *vt.* 批准

□ regenerate *vt.* 再生

□ rejection *n.* 拒绝,排斥

□ remainder *n.* 剩余物

□ remnant *n.* 残存物

□ respectively *adv.* 各自地

□ respiratory *adj.* 呼吸的

□ retail *n./vt.* 零售

□ solidify *vt.* 使凝固

□ solidity *n.* 坚固性

□ sponsorship *n.* 赞助,资助

□ spouse *n.* 配偶

□ stability *n.* 稳定性

□ stabilise *vt.* 使稳固

□ strategic *adj.* 策略的

□ stratum(strata) *n.* 社会阶层,岩层

□ suitable *adj.* 适合的

□ suppression *n.* 压抑

□ surveillance *n.* 监视,监察

□ symbolic *adj.* 象征性的

□ symbolise *vt.* 标志着……

□ tailor *n.* 裁缝 *vt.* 专门制作

□ tectonic *adj.* 地壳构造的

□ temptation *n.* 诱惑

□ tempting *adj.* 有吸引力的

□ textile *n.* 纺织品

□ throughout *prep./adv.* 遍及

□ transcend *vt.* 超越

□ transform *n.* 变形

□ transience *n.* 短暂

□ transition *n.* 转变

□ unalterable *adj.* 无法改变的

□ unemployed *adj.* 失业的

□ unforgeable *adj.* 无法伪造的

□ universal *adj.* 全球的

□ unstable *adj.* 不稳定的

□ variability *n.* 可变性

□ venture *n.* 企业 *vt.* 敢于去

□ venue *n.* 地点

□ versatile *adj.* 多才多艺的

□ versus *prep.* 对

□ vigilant *adj.* 警觉的

□ vigour *n.* 体力

□ wary *adj.* 小心的

□ wilderness *n.* 荒野,原野

□ withhold *vt.* 拒绝给予

单词学习之古英语篇

　　想要快速提升词汇量,了解一些英语语言的演变历史也是非常有必要的。从历史的角度卡,最初的英国民族来自欧洲大陆北部某些日耳曼部落。历史学家认定的古英语时期从公元449年开始,相当于中国的北魏时期。当时的不列颠岛上居住着操着凯尔特语的凯尔特人(Celts),他们早在恺撒大帝(Julius Caesar)于公元前55年入侵不列颠岛的时候就已经居住在那里了。在现代英语里,极少的凯尔特语词汇被保留了下来,主要表现在地名方面,比如London(伦敦)、Thames(泰晤士河)、York(约克)就来自凯尔特语。除此之外,真正留在现代英语中的凯尔特语言词汇就非常少了,像bin(容器)、clock(钟表)等的少量词汇仍旧有凯尔特语的痕迹。

　　再回头说一下入侵不列颠岛的日欧曼部落,最主要的有三个,来自德国北部沿海地带和现在丹麦南部的盎格鲁人(Angles)、撒克逊人(Saxons)和朱特人(Jutes)。他们陆续登陆不列颠岛,并大约在449年完成了迁徙,定居在岛上。这三个部落都有各自的方言,但彼此能交流。盎格鲁人当时人数最多,最终构成以盎格鲁人的方言为主的古英语,盎格鲁人的国土被称为Land of Angles,即Englaland,也就是England。Angles来自于欧洲大陆,如今德国的一个钩形地带,所以angle也表示"弯钩",即"角"的意思。

　　再之后,英伦岛盎格鲁撒克逊人逐渐成了当地的土著,而凯尔特人则被赶到了威尔士等偏远地区。作为新生代"土著",他们也饱受着北部北欧海盗的入侵和欧洲大陆罗马帝国的统治。很多操着古诺斯语(Old Norse)的北欧海盗和罗马帝国的讲拉丁语(Latin)的罗马人也逐渐来到了岛上,于是很多古诺斯语(古斯堪的纳维亚语)的单词和拉丁语单词也跟着引入。Norse即表示北部的North,还有像give、take等基础词汇(它们的过去分词given和taken就保留了古诺斯语的痕迹)也都源于古诺斯语。

　　古英语和现代英语差别很大,很多单词如果不通过系统的学习,英语为母语的人也是看不懂古英语著作的。但是,古英语中很多特别基础的像water这样的日耳曼语词汇被保留了下来,成为现代英语基础词汇的中坚力量。这也是为什么像take、make、water等4~5个字母构成的词汇搭配如此丰富又如此灵活的原因。因为没有那么多词汇量支撑,自然就得靠现有的词汇搭配(collocation)来表达日常生活的方方面面,而这些基础词汇恰恰是我们初高中学习的重点,掌握好它们,才能打下坚实的英语基础(lay a strong foundation)。

　　其实,了解一门语言的来龙去脉也会让我们对这门语言有着更进一步的了解和认识,更有助于我们学习和掌握其中的单词。

Sublist 7

扫码听音频

本单元核心词学前自测和学后检测 (2次标记生词)

☐☐ abstract
☐☐ account
☐☐ accurate
☐☐ acknowledge
☐☐ affluent
☐☐ aggregate
☐☐ allocate
☐☐ attach
☐☐ assign
☐☐ bond
☐☐ breed
☐☐ capable
☐☐ chronic
☐☐ commonplace
☐☐ comply
☐☐ consequent
☐☐ consume
☐☐ cooperate
☐☐ credence
☐☐ debate

☐☐ deteriorate
☐☐ devoid
☐☐ discipline
☐☐ discriminate
☐☐ domain
☐☐ elevate
☐☐ embellish
☐☐ embrace
☐☐ enhance
☐☐ essential
☐☐ ethic
☐☐ evaporate
☐☐ exceed
☐☐ explicit
☐☐ flexible
☐☐ fragment
☐☐ gender
☐☐ hazard
☐☐ ignorant
☐☐ impair

☐☐ impose
☐☐ incentive
☐☐ incorporate
☐☐ index
☐☐ inhibit
☐☐ initiate
☐☐ instruction
☐☐ intelligent
☐☐ lapse
☐☐ maintain
☐☐ mental
☐☐ migrate
☐☐ motivate
☐☐ negligent
☐☐ neutral
☐☐ occasion
☐☐ overcome
☐☐ overrate
☐☐ portable
☐☐ portrait

☐☐ prolific
☐☐ protocol
☐☐ rational
☐☐ recover
☐☐ redundant
☐☐ reign
☐☐ relentless
☐☐ scope
☐☐ sophisticated
☐☐ spur
☐☐ status
☐☐ stimulate
☐☐ submit
☐☐ subsidy
☐☐ summit
☐☐ transform
☐☐ transparent
☐☐ triumph
☐☐ vanish
☐☐ vessel

本单元部分核心词根词汇预习

核心词根	含义+延伸	单元核心例词
-cap-	grasp(抓)→(有能力)抓	**cap**able 有能力的
	-cip-(grasp 抓)→抓(住了收拾)	dis**cip**line 纪律
-cas-	fall(落下)→发生(事件的场合)	oc**cas**ion 场合
-chron-	time(时间)→耗时间的	**chron**ic 长期的
-corp-	body→(融为一)体	in**corp**orate 合并→**in**centive 激励
-dom-	house家→国,统治→统治范围	**dom**ain 范围
-flu-	flow流→流(出去)	af**flu**ent 富裕的
-frag-	break(折)→折(成一段段)	**frag**ment 片段
-kn-	-kn-(know知晓)→知道	ac**kn**owledge 承认
	-gn-(know知晓)→不知道	i**gn**orant 无知的
-lev-	light(轻)→上升	e**lev**ate 提升→**evap**orate 消散
-lig-	select(选择)→(没去)选	neg**lig**ent 疏忽的→**neu**tral 中立
	select(选)→(有智慧集中)采集	intel**lig**ent 聪颖的
-loc-	place(地点)→(放在不同的)地点	al**loc**ate 分配
-migr-	move(移动)→移动到另一地	**migr**ate 迁徙
	-mon-(移动)→移动到一起→普通	com**mon**place 司空见惯的事
-mit-	-miss-(send发送)→(从下)送上	sub**mit** 顺从
-mot-	move(动)→有动力	**mot**ivate 激励
-plic-	fold(折叠)→(把)折叠(的展开)	ex**plic**it 明确的→ex**ceed** 超过
-port-	carry(搬)→能搬走	**port**able 便携的
-rat-	reason(理性)→有理性	**rat**ional 理性的
	reason(理性)→过高的理性	over**rat**e 高估→**over**come 克服
-st-	-stat-立→在社会"立"足的状态	**stat**us 社会地位
	-sti-(stick直"立"棍子)→去刺	**sti**mulate 刺激
-str-	-struct-(拉伸)→立→(靠指令)立	in**struct**ion 指令
-vas-	-vess-(空)→(船)就是空的容器	**vess**el 轮船
	-van-(空)→消失跑光了就是空	**van**ish 消失
	-void-(空)→空空的	de**void** 缺少

spur [spɜː(r)] ★★★☆☆

记 spur(ankle 脚踝)→早期挂在动物脚踝上的金属→刺激动物→鼓励,激励,促进,加速

释 vt. 促进,加速,激励,鼓舞
<替> stimulate, motivate, propel, urge, stir
n. 鞭策,激励,鼓舞 <替> stimulus, impetus
n. 马刺,山嘴,尖坡 <替> spike, projection

搭 act as a spur 作为激励

spur of the moment
一时冲动

spur economic growth
促进经济增长

boots spurs

use spurs to make a horse faster
用马刺策马加速前进

阅 High food prices inside the resort have spurred debate.
景区内食品的高价格引发了争议。

写 Lower taxes would spur investment and help economic growth.
降低税率将刺激投资,有助于经济增长。

relentless [rɪˈlentləs] ★☆☆☆☆

记 re-(加强语义)-lent-(soft 柔软)-less(否定)→内心不再柔软→坚韧的→无情的,苛刻的

释 adj. 不停的,坚韧的 <替> constant, persistent
adj. 严格的,苛刻的,无情的,残忍的
<替> harsh, fierce, cruel, severe, strict, ruthless

搭 relentless criticism
无情的批评

with relentless efforts
随着不懈的努力

relentless

relentless competition
残酷的竞争

relentless optimism 一贯的乐观

例 In the relentless busyness of modern life, we have lost the rhythm between work and rest.
在这个无情、繁忙的现代生活中,我们已经在工作和休息之间失去了平衡。

衍 unrelenting adj. 不留情面的

overrate [ˌəʊvəˈreɪt] ☆☆☆☆☆

记 over-(高)-rate(评价,评定)→过高地评价

释 vt. 高估 <替> overestimate, overvalue

搭 overrated achievement 被高估的成就

overrate one's ability 高估某人的能力

overrate the significance 过分强调重要性

例 You cannot overrate the importance of self-awareness and personal insight.
你不能高估自我意识和个人洞察力的重要性。

衍 underrate vt. 低估

first-rate adj. 一流的,极好的

embrace [ɪmˈbreɪs] ★★☆☆☆

记 em-(in)-brac-(arm)-e→用手臂抱进来→拥抱→接受(拥抱一个观点)

释 vt. 接受 <替> adopt, accept
v. 拥抱 <替> hug, hold
vt. 囊括,包含 <替> include, take into account
n. 拥抱,接受 <替> hug, cuddle, hold

搭 embrace new ideas 接受新思想

embrace her warmly 热情地拥抱她

embrace an opportunity 抓住一个机会

embrace of modern technology
对现代技术的热切追求

例 The talks embraced a wide range of issues.
这些谈话包含了非常广泛的话题。

account [əˈkaʊnt] ★★★★★

记 ac-(to)-count(数,算)→账目(计算本)→描述,报道,理由,利益(与账目利润有关),重要性,说明

释 n. 账目,账户 <替> financial record or statement
n. 描述,解释 <替> description, explanation
n. 重要性,缘故,理由 <替> importance, reason
vt. 考虑,认为 <替> consider, reckon, regard as
vi. 占比例,解释(for) <替>

搭 open an account
开立账户

detailed account
详细的描述

from all accounts
据大家所述

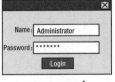
account

on this/that account 由于这个/那个缘故

be of little/no account to... 对……无足轻重

阅 A man is accounted innocent until he is proven

guilty.

一个人未被证明有罪前,被视为是清白的。

写 Exports merely <u>account for</u> 10% of their trade.
出口仅<u>占</u>他们贸易量的10%。

阅 <u>Accounts</u> of what happened to the ship vary.
对于这条船发生了什么的<u>描述</u>各不相同。[C11T2R1]

衍 <u>account</u>ant *n.* 会计
<u>account</u>able *adj.* 负有责任的 [BCOGT3R2]
<u>count</u>less *adj.* 数不尽的 [COGT5R1]

---

incorporate [ɪnˈkɔːpəreɪt] ★★☆☆☆

记 *in-(into)-corpor-(-corp-=body 一体)-ate*→使其成为一体→纳入,合并,融合

释 *vt.* 纳入,包含,包括 <替> *include, contain*
vt. 合并,并入 <替> *integrate, merge*

搭 <u>incorporate</u> all variations <u>包括</u>所有的变量
be <u>incorporated</u> in the plan <u>纳入</u>计划中
<u>incorporate</u> new features into the design
把新的特色<u>融入</u>设计中
<u>incorporate sth. with</u> another 把某项事物与另外一个<u>合并</u>

写 The government should <u>incorporate</u> environmental considerations into all its policies.
政府应该把环境因素<u>纳入</u>它所有的政策当中。

衍 <u>incorpor</u>ated *adj.* 合并的,组成公司的

---

gender [ˈdʒendə(r)] ★★☆☆☆

记 *gen-(生)-der-(=-er d* 为法语带来的音)→生出→物种的繁衍→两性结合→性别

释 *n.* 性别 <替> *sex*

搭 male and female <u>genders</u>
男<u>性</u>和女<u>性</u>
<u>gender</u> equality
<u>性别</u>平等

gender equality

cross-<u>gender</u> friendship <u>跨性别的</u>友谊

写 <u>Gender</u> discrimination is a hotly contested issue.
<u>性别</u>歧视是一个争论激烈的话题。

衍 <u>gen</u>re *n.* 种类,风格,流派 [BCOGT2R2]
<u>gen</u>ius *n.* 天才,天赋 [C8T3R2]

---

occasion [əˈkeɪʒn] ★★★★☆

记 *oc-(down)-cas-(-cid-=fall 下降)-ion*→降下→事情落下→事情发生的→场合,机会,时机,理由

释 *n.* 场合,时机 <替> *event, moment, episode*
n. 机会,理由 <替> *opportunity, reason, cause*
vt. 引起,惹起 <替> *cause, lead to, result in*

搭 formal <u>occasion</u> 正式的场合
social <u>occasion</u> 社交场合
memorial <u>occasion</u> 值得纪念的<u>时刻</u>

口 I'll speak to him if the <u>occasion</u> arises.
有<u>机会</u>我会跟他说说的。

例 His rude attitude <u>occasioned</u> him much distress.
他的无礼态度给他<u>惹来</u>许多痛苦。

衍 <u>occas</u>ional *adj.* 有时候的,偶尔的
<u>cas</u>ualty *n.* 伤亡人员
<u>occ</u>ident *n.* 西方国家

---

commonplace [ˈkɒmənpleɪs] ★☆☆☆☆

记 *common-*(常见的)*-place*(摆放)→常见的摆出来→平常的,不足为奇的→司空见惯的事

释 *adj.* 平常的,普通的 <替> *ordinary, common*
n. 常见的事 <替> *routine, everyday thing*
n. 陈词滥调,老生常谈 <替> *platitude, cliché*

搭 become <u>commonplace</u> 变得<u>常见</u>
exchange <u>commonplaces</u> 互相聊了聊<u>家常</u>
<u>commonplace</u> happening <u>常见的</u>事

写 These ideas are <u>commonplace</u> among the elders.
这些观念在老年人中<u>很常见</u>。

写 It is becoming increasingly <u>commonplace</u> for people to use the Internet at home.
在家里使用因特网已变成越来越<u>平常的</u>事了。

衍 <u>common</u> sense *n.* 常识

---

hazard [ˈhæzəd] ★★☆☆☆

记 *haz-*(掷色子的赌博游戏→冒风险→危险)*-ard*(后缀)→冒风险,危险

释 *n.* 危险,危害 <替> *danger, jeopardy, risk*
vt. 使冒风险 <替> *endanger, jeopardise, risk*

搭 eliminate a <u>hazard</u>
消除一处<u>危险</u>
environmental <u>hazard</u>
环境的<u>危害</u>
occupational <u>hazard</u>
职业的<u>风险</u>

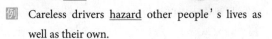

hazard

例 Careless drivers <u>hazard</u> other people's lives as well as their own.

粗心大意的驾驶者拿他人和自己的生命冒险。

🔲 Everybody is aware of the hazards of smoking.
大家都意识到吸烟的危害。

衍 hazardous *adj.* 有危害的 [BCOGT4R2]
haphazard *adj.* 随意的，偶然的 [C11T4R3]

---

status [ˈsteɪtəs] ★★★★☆

记 stat-(stand 站)-us(名词)→站立的→地位，身份

释 *n.* 地位，身份 <替> *position, rank, prestige*

搭 seek social status
追求社会地位

update my status
更新我的状态

maintain status quo
维持现状

grow into a symbol of status
逐渐变成地位的象征 [C11T3R1]

update status

写 Nurses are undervalued, and they never enjoy the same status as doctors.
护士的作用被人们低估了，他们从未享有和医生同样的地位。

衍 statue *n.* 雕像 [C11T2R2]
statement *n.* 声明，陈述
static *adj.* 静态的，静止的 [C4T4R3]/[C9T4R2]
stationary *adj.* 固定的 [C7T2R1]/[C16T3R2]

---

comply [kəmˈplaɪ] ★★☆☆☆

记 com-(完全)-ply(-pli-=fill)→to fill up→填满→完成，实现→遵守或服从了指令而完成→遵守，服从

释 *vi.* 遵守，服从 <替> *obey, abide by, adhere to*

搭 refuse to comply
拒绝服从

comply with the rules
遵守规则

comply with the order

comply with the order
遵守秩序

例 Candidates must comply strictly with these instructions.
候选人必须严格遵守这些指示。

---

compliant *adj.* 服从的，顺从的
compliance *n.* 服从，顺从

---

essential [ɪˈsenʃl] ★★★★☆

记 ess-(存在)-ent-(后缀)-ial(后缀)→存在就有价值→重要的，本质的→要素，要点→必需品

释 *n.* 要素，要点，必需品 <替> *basics, necessity*
adj. 重要的，本质的 <替> *vital, crucial, basic*

搭 basic essentials 基本的必需品
grasp the essentials 抓住要点
essential nutrients 重要的营养
essential character 本质的特征

写 There are essential differences between the two.
这两者之间有本质的区别。

格 Friendship is an essential ingredient in the making of a healthy, rewarding life.
友谊是使人的一生健康且有意义所不可缺少的组成部分。

衍 essence *n.* 本质，要素，精髓 [C13T1R3]
essentially *adv.* 本质上，本来 [COGT1R1]

---

explicit [ɪkˈsplɪsɪt] ★★☆☆☆

记 ex-(out)-plic-(fold 折)-it(后缀)→展开→明确的，清楚的，详细的

释 *adj.* 明确的，详细的 <替> *clear, obvious, specific*
adj. 坦诚的，坦率的 <替> *open, candid, frank*

搭 explicit statement 详细的陈述
give an explicit answer 给出明确的答复

🔲 Let me be explicit. 让我说得更坦诚点。

写 After-class assignments cannot be eliminated without the school explicit consent.
没有学校明确的同意，课后作业无法减掉。

衍 explicable *adj.* 可解释的
inexplicable *adj.* 无法解释的

---

negligent [ˈneɡlɪdʒənt] ★☆☆☆☆

记 neg-(ni-=not)-lig-(-lect-=collect, gather 选，搜集)-ent(的)→不选→疏忽的→不在乎别人的

释 *adj.* 疏忽的，玩忽的 <替> *forgetful, careless*
adj. 放松的，随便的 <替> *slack, indifferent*

搭 careless or negligent

粗心还是<u>疏忽</u>

<u>negligent</u> crimes
<u>过失</u>犯罪

<u>negligent</u> attitude
<u>随便</u>的态度

例 One should not be <u>negligent</u> in traffic regulations.
对交通规则不应该掉以<u>轻心</u>。

衍 negl<u>ect</u> vt. 忽略 n. 忽视
negl<u>ig</u>ence n. 疏忽,失职
negl<u>ig</u>ible adj. 可忽略不计的 [BCOGT2R3]
<u>den</u>ial n. 否认,拒绝

red**und**ant [rɪ'dʌndənt]　★★☆☆☆

记 red-(re-again)-und-(water)-ant(的)→water flow over→
水反复地流→漫过去的→多的,过剩的

释 adj. **被裁员的** <替> sacked, laid off, dismissed
adj. **多余的,不需要的** <替> surplus, unwanted

搭 <u>redundant</u> employees
<u>被裁掉</u>的雇员
<u>redundant</u> labours
<u>过剩</u>的劳动力
too much <u>redundant</u> detail
太多<u>多余</u>的细节

例 Innovations in technology means that once-valued skills are now <u>redundant</u>.
技术的创新意味着那些从前有价值的技术现在变得<u>多余</u>了。

衍 red<u>und</u>ancy n. 裁员,冗余 [C16T1R3]

in**cent**ive [ɪn'sentɪv]　★★☆☆☆

记 in-(里)-cent-(-chant-唱)-ive→唱到心里→受到歌声的鼓舞→刺激,奖励,动力

释 n. **激励,刺激,动力** <替> motivation, impetus

搭 powerful <u>incentive</u>
强有力的<u>推动力</u>
add an <u>incentive</u>
增加一个<u>奖励</u>
lack of <u>incentive</u>
缺乏<u>激励</u>

undermine study <u>incentive</u> 削弱学习<u>动力</u>

阅 Financial <u>incentives</u> ensure companies meet specific revenue goals.

金融<u>奖励</u>确保公司达到具体的收入目标。

衍 in<u>cent</u>ivise vt. 刺激,激励 [C16T4R2]
ac<u>cent</u> n. 口音
<u>chant</u> v. 吟唱,唱圣歌
en<u>chant</u> vt. 对……施魔法,使陶醉

maintain [meɪn'teɪn]　★★★★☆

记 main-(hand)-tain(-ten-=hold)→hold hand→用手hold住→维持(状态),保持(观点),坚称

释 vt. **维持,保持** <替> continue, keep up
vt. **养护,保养** <替> keep in repair, care for
vt. **坚称,宣称** <替> assert, claim, declare
vt. **养活,抚养** <替> support, nurture, sustain

搭 <u>maintain</u> good relations 保持良好的关系
<u>well-maintained</u> car
保养很好的车
maintain one's innocence
坚称某人的无辜
maintain oneself <u>养活</u>自己

写 In order to <u>maintain</u> profit margins, health and safety regulations are often put to one side.
为了<u>保持</u>利润率,卫生和安全规章常被置于不顾。

衍 <u>maint</u>enance n. 维护,保养(tain-=ten-) [C15T3R2]

en**han**ce [ɪn'hɑːns]　★★★☆☆

记 en-(使)-han-(-alt-/-ol-=grow 长)-ce→长大,长高
→提高,增强,改善,增加

释 vt. **增强,增加** <替> increase, strengthen
vt. **提高,改善** <替> improve, boost, heighten

搭 <u>enhance</u> one's reputation
<u>提高</u>某人的声望
<u>enhance</u> friendship
<u>增进</u>友谊
<u>enhance</u> employee motivation
<u>增强</u>雇员动力 [C14T1R3]

写 Some games can <u>enhance</u> children's intellectual ability.
有些游戏能<u>增强</u>孩子的智力。

衍 <u>alt</u>ar n. 祭坛
ad<u>ol</u>escent adj. 青春期的 [BCOGT1R3]

accurate ['ækjərət] ★★★☆☆

记 ac-(to 去)-cur-(care)-ate(后缀)→去关心每个细节→精确的,准确的

释 adj. 精确的,准确的 <替> correct, precise, exact

搭 accurate account
准确的叙述
accurate statistics
精确的统计数据
make accurate observations
做出准确的观察 [C9T2R2]

accurate

例 His account of what happened is substantially accurate.
他对所发生的事情的叙述绝大部分是准确的。

衍 accuracy n. 准确,精确
accurately adv. 准确地
inaccurate adj. 不准确的 [COGT2R1]

stimulate ['stɪmjuleɪt] ★★★☆☆

记 sti-(stick 棍子→戳)-mul-ate(动词后缀)→刺激,激励(通过用棍子戳来实现),激发

释 vt. 刺激,促进 <替> excite, encourage, arouse
vt. 激励,激发 <替> motivate, fire, inspire

搭 stimulate the thinking
促进思考
stimulate economic growth
刺激经济增长
stimulate new ideas
激发新的主意 [C15T2R1]
stimulating effect of caffeine
咖啡因的刺激作用

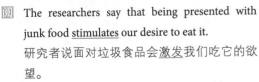
stimulate

阅 The researchers say that being presented with junk food stimulates our desire to eat it.
研究者说面对垃圾食品会激发我们吃它的欲望。

衍 stimulus/stimuli n. 刺激,刺激物 [C9T2R1]
stimulation n. 刺激,激励 [C4T2R3]
stimulant n. 兴奋剂,刺激物

fragment ['fræɡmənt] ★★☆☆☆

记 frag-(-fract-=break 碎)-ment→碎片,片段

释 n. 碎片,片段 <替> bit, particle, piece

vt. 使成碎片 <替> break up, fracture

搭 break into fragments
裂成碎片
fragments of the memory
记忆的片段
fragments of conversation
谈话的只言片语

听 The vase was fragmented in shipment.
花瓶在运送途中被打碎了。

衍 fragmentated adj. 分段的
fracture n. 骨折 vt. 使……折断 [C4T3R2]
fraction n. 少量,分数 [C7T1R1]
refract vt. 使折射 [C9T2R2]

attach [ə'tætʃ] ★★★☆☆

记 at-(to)-tach(粘)→粘上→附上,系,把……归于

释 vt. 系上,贴上 <替> fasten, tie up, connect
vt. 赋予,附加 <替> ascribe, assign, align with

搭 attach a label
贴上标签
attach conditions
附加条件
attach importance to...
认为……重要
be attached to a division 隶属于一个部门

attach

例 China will not attach itself to any Western countries.
中国不会依附任何西方国家。

衍 attachment n. 附件,附属物 [C6T2R3]
detach v. (使)分开,脱离 [C16T3R3]
detachment n. 冷漠,冷静,分遣队

impair [ɪm'peə(r)] ★☆☆☆☆

记 im-(to)-pair-(-ped-=foot)→用脚踩→踩坏→损害

释 vt. 损害,削弱 <替> harm, damage, weaken

搭 impair sb.'s health 损害某人的健康
impaired vision 受损的视力
impair his ability 削弱他的能力

写 Long hours of watching TV impairs our health.
长时间看电视损害我们的健康。

阅 In the beginning, Alzheimer's disease will impair the formation of short-term memory.

在初始阶段,阿尔兹海默病会<u>破坏</u>短期记忆的形成。

衍 impair<u>ment *n.* 损伤,损害 [C9T2R1]</u>

sophisticated [səˈfɪstɪkeɪtɪd] ★★★☆☆

记 *soph-(智慧)-ist(人)-ic(后缀)-ate-(e)d(的)→有智慧的人的想法→久经世故的,复杂的,尖端的*

释 *adj.* **久经世故的,复杂的,尖端的**
<替> *worldly, complicated, advanced*

搭 <u>sophisticated</u> man <u>老于世故的人</u>
<u>sophisticated</u> taste <u>高雅的品位</u>
<u>sophisticated</u> technique <u>尖端的技术</u>

阅 Ants use the most <u>sophisticated</u> communication systems among insects.
蚂蚁间所用的交流体系是昆虫中最<u>复杂的</u>。

衍 soph<u>istication *n.* 精密,高文化修养 [C7T4R1]</u>
un<u>sophisticated *adj.* 单纯的,不懂世故的</u>

recover [rɪˈkʌvə(r)] ★★★☆☆

记 *re-(back)-cover(盖)→把伤的地方盖好→恢复,复原,收回,重新获得,弥补*

释 *vt.* **恢复** <替> *get better, heal, get well*
vt. **收回,追回** <替> *regain, get back, reclaim*

搭 <u>recover</u> one's confidence
恢复某人的信心
<u>recover</u> damage
补偿损失
<u>recover</u> one's consciousness
恢复某人的知觉
<u>recover</u> the invested money <u>收回投资</u>

阅 The stock-market index fell by 40% before it began to <u>recover</u>.
股市指数下跌了40%后开始<u>反弹</u>。

衍 re<u>covery *n.* 恢复,复原,找回</u>
dis<u>cover *vt.* 发现,找到</u>

index [ˈɪndeks] ★★★☆☆

记 *in-(into)-dex(-dict-=show 显示)→用食指指出→指数,标志,索引*

释 *n.* **指数,索引,指标** <替> *indicator, list, guide*
vt. **索引,与……挂钩** <替> *make a list, compare*

搭 <u>index finger</u> 食指
price <u>index</u> 物价指数
cost-of-living <u>index</u>
生活成本指标
<u>index</u> a book 给一本书编索引

index finger

阅 Consumer spending is often a good <u>index</u> of public confidence in a nation's economy.
消费支出往往是显示公众对国家经济的信心的有效<u>指标</u>。

阅 Living expenses will <u>be indexed to</u> inflation.
生活费用会与通货膨胀<u>挂钩</u>。

衍 dict<u>ate *v.* 口述,发号施令 [C16T3R3]</u>
ad<u>dict *n.* 上瘾者</u>
preju<u>dice *n.* 偏见</u>

alloc**ate** [ˈæləkeɪt] ★★☆☆☆

记 *al-(to)-loc-(place 放置)-ate→去放置在不同的地方→分派,分配*

释 *vt.* **分派,分配**
<替> *assign, grant, distribute*

搭 <u>allocate</u> the tasks
分配任务
<u>allocate</u> resources efficiently
有效地<u>分配</u>资源

allocate

阅 The government has <u>allocated</u> over £100 million to the job creation programme.
政府已<u>拨出</u>一亿英镑用于创造就业项目。

衍 all<u>ocation *n.* 分配</u>

subsi**dy** [ˈsʌbsədi] ★★★☆☆

记 *sub-(down)-sid-(-sed-=sit 坐→坐下来解决)-y→坐下来解决→给钱解决→津贴,补贴,补助金*

释 *n.* **津贴,补贴,补助金** <替> *grant, allowance*

搭 government <u>subsidy</u>
政府<u>补贴</u>
unemployment <u>subsidy</u>
失业<u>补助金</u>
health care <u>subsidy</u>
医疗<u>补助</u>

subsidy

阅 Low and moderate-income working parents can receive state <u>subsidies</u> for child care, including preschool instruction.

中低收入工薪层的父母可以拿到儿童保育国家补贴，包括学前指导。

衍 subsidise *vt.* 补助，资助 [COGT6R2]

sediment *n.* 沉降，沉积物，沉淀物

assiduous *adj.* 勤勉的，刻苦的

e*vapor*ate [ɪˈvæpəreɪt] ★☆☆☆☆

记 e-(out, out of)-vapor-(moisture 湿气，热气)-ate(使)→使湿气散出去→蒸发，挥发→消失

释 *vt.* 挥发，蒸发 <替> *vaporise, become gas*

vi. 消失，消散

<替> *disappear, fade away*

搭 evaporate the moisture

蒸发湿气

begin to evaporate

开始消散

阅 The sharp distinction between museums and heritage sites is gradually evaporating. [C9T4R3]

博物馆和古迹遗址的巨大差别正逐渐地消失。

阅 Plants keep cool during summer by evaporating water from their leaves.

夏天植物通过叶子蒸发水分保持清凉。

衍 evaporation *n.* 蒸发 [C15T4R1]

vapour *n.* 水气，蒸汽

vaporise *v.* 蒸发

trans*form* [trænsˈfɔːm] ★★★☆☆

记 trans-(转)-form(形)→转形→变形，改变，变换

释 *vt.* 使改观，转换 <替> *change, alter, convert*

vt. 改造，改善 <替> *reconstruct, rebuild*

搭 transform society

改造社会

transform hope into reality

变希望为现实

transform food into energy

把食物转化成能量

阅 Photosynthesis is a process in which plants use sunlight to transform water, carbon dioxide, and minerals into oxygen and organic compounds.

光合作用是植物用太阳光把水、二氧化碳和矿物质转变成氧气和有机化合物的过程。

衍 transformation *n.* 变形，变化 [C16T4R2]

---

transact *v.* 处理，商议

discipl*ine* [ˈdɪsəplɪn] ★★★☆☆

记 discipl(=disciple 耶稣的门徒→学生)-ine→训练，训导，管教→要守"纪律"，科目

释 *vt.* 训练，惩戒 <替> *train, drill, punish*

n. 纪律，训导，约束 <替> *training, drill, restraint*

n. 学科，科目 <替> *course, subject, field of study*

搭 strict discipline

严格的训练

parental discipline

父母的管教

discipline students patiently

耐心地训练学生

scientific discipline 科学科目

a sense of discipline 有纪律意识

听 This requires rigid self-discipline.

这需要很强的自律。

阅 The ship was mishandled by undisciplined crew.

这艘船被一些不守规矩的船员胡乱操作了。[C11T2R1]

衍 disciplinary *adj.* 惩戒性的

undisciplined *adj.* 不遵守纪律的 [C11T2R1]

con*sum*e [kənˈsjuːm] ★★☆☆☆

记 con-(全，都)-sum-(take)-e→全拿走→消耗，耗尽

释 *vt.* 消耗，花费 <替> *exhaust, eat, utilise*

vt. 吞没，毁掉 <替> *swallow up, destroy*

搭 consume a large quantity

消耗很大的量

time-consuming strategy

耗费时间的策略

be consumed in flames

被火焰吞没

写 Statistics have shown that only 27% of the paper we consume is recycled.

统计数据已经表明我们消耗的纸张只有27%回收了。

衍 consumer *n.* 消费者

consumerism *n.* 消费主义 [C14T1R2]

consumption *n.* 消费，消耗 [C11T1R1]

motivate ['məʊtɪveɪt] ★★★☆☆

记 mot-(-mob-=move 动,改变)-iv(=ive 后缀)-ate(后缀)→动心→给予动机→驱使→激励,激发

释 vt. 激发,激励 <替> drive, inspire, stimulate

搭 be motivated by greed
受贪婪驱使

self-motivated students
自我激励的学生

highly motivated student
积极性很高的学生

阅 Courage is not motivated by fearlessness, but by moral obligation. [C10T4R2]
勇气不是出于无畏,而是出于道义上的责任。

衍 motivation n. 动力,积极性
demotivated adj. 消极的,无兴趣的
motive n. 动机,目的 [C15T1R2]
motion n. 动,运动,提议
remote adj. 远的,偏远的 (re-=away)
mobility n. 流动性,活动性 [C15T2R1]

inhibit [ɪn'hɪbɪt] ★☆☆☆☆

记 in-(使)-hibit(hold→抓住,抓紧)→hold in, hold back→抑制,阻碍,阻止

释 vt. 抑制,约束 <替> restrain, constrain, curb
vt. 阻止 <替> stop, halt, obstruct, hinder

搭 inhibit the impulses 抑制冲动
inhibit wrong desires 制止错误的想法
inhibit a chemical reaction 抑制化学反应

阅 Positive emotions facilitate the creative aspects of learning and negative emotions inhibit them. [C10T2R2]
积极的情绪促进学习的创造性而消极的情绪则会产生抑制作用。

衍 inhibition n. 禁止,抑制
inhibitable adj. 可抑制的

domain [də'meɪn] ★☆☆☆☆

记 dom-(house 房子→居住范围)-ain→领域,范围

释 n. 领域,范围 <替> realm, field, area

搭 in the domain of chemistry
在化学领域 [C5T2R1]

outside one's domain
超出某人的范围

域名

domain name
(网络)域名

阅 The museum was once the exclusive domain of the scientific researcher. [C9T4R3]
博物馆曾经是科学研究者独占的领域。

capable ['keɪpəbl] ★★★☆☆

记 cap-(catch, take)-able(能)→能抓住的→有能力

释 adj. 有能力的,能……的,熟练的
<替> competent, adept, able, skillful, talented

搭 capable man
有才干的人

be capable of taking up the job
有能力从事这工作

阅 A flavour enhancer is a substance which is capable of improving the flavour of the food.
增味剂是一种能提高食物口味的物质。

写 I was impressed by his capable handling of the situation.
他处理情况时的那种精明干练使我印象深刻。

衍 incapable adj. 无能力的 [C8T3R2]
capture vt. 抓取,获得
capability n. 能力,才能 [C15T1R2]

discriminate [dɪ'skrɪmɪneɪt] ★☆☆☆☆

记 dis-(away)-crimin-(-cris-/-cern-=separate 分开)-ate (动词性后缀)→区别开对待,歧视

释 vi. 歧视,区别对待 <替> be biased, be prejudiced
v. 辨别,区别 <替> distinguish, differentiate

搭 discriminate against females 歧视女性
discriminate fact from opinion 区别事实和看法

写 It is important to teach children to discriminate between right and wrong.
教会孩子区分是非很重要。

衍 discrimination n. 歧视
indiscriminate adj. 不加区别的 [C8T4R2]/[C13T4R2]
discern vt. (依稀)看出,分辨出

initiate [ɪˈnɪʃieɪt] ★★☆☆☆

记 in-(加强)-it-(go→启动→开始)-i-ate→开始,发起

释 vt. 起始,发起
<替> begin, start off, launch

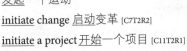

搭 initiate a new plan
起草一个新计划

initiate a movement
发起一个运动

initiate change 启动变革 [C7T2R2]

initiate a project 开始一个项目 [C11T2R1]

写 Yeasts are used in the beer-brewing process to initiate fermentation.
在啤酒酿造的过程中用酵母菌来启动发酵。

衍 initiative n. 主动性

initiation n. 开始,入会仪式

---

intelligent [ɪnˈtelɪdʒənt] ★★★☆☆

记 intel-(between)-lig-(-lect-=choose)-ent(的)→懂得在两者中选择→聪明的,有头脑的→智能的

释 adj. 聪明的,智能的 <替> clever, smart, canny

搭 intelligent decision
聪明的决定

intelligent system
智能的系统

intelligent instrument
智能仪器

例 The problem with the world is that the intelligent people are full of doubts, while the stupid ones are full of confidence.
这个世界的问题就是聪明人心怀疑虑而傻瓜则充满了自信。

衍 intelligence n. 智力,情报

intellectual adj. 智力的

intellect n. 领悟力,知识分子

diligent adj. 勤勉的,用功的

---

mental [ˈmentl] ★★★☆☆

记 ment-(mind)-al→心理的,精神的,大脑的

释 adj. 脑力的,智力的 <替> intellectual
adj. 心理的,精神的 <替> psychological

mental labour 脑力劳动

mental disorder
精神紊乱

mental deficiency
智力缺陷

写 If you want to improve your situation, you must adopt a positive mental attitude.
如果你打算改善自己的境遇,就必须采取一种积极的心态。

衍 mentality n. 智力,心态

---

abstract [ˈæbstrækt] ★★☆☆☆

记 abs-(off)-tract(draw 抽)→抽出来→抽象的→抽取出来→摘要,提取

释 adj. 抽象的 <替> theoretical, conceptual
n. 摘要,概要 <替> summary, synopsis, precis
vt. 提取,概要 <替> extract, summarise

搭 a rather abstract idea
一个相当抽象的想法 [C6T1R3]

the abstract of a contract
合同的摘要

abstract iron from ore
从矿石中提取铁

例 We may talk of beautiful things, but beauty itself is abstract.
我们可以谈论美的事物,但美本身却是抽象的。

衍 tractor n. 拖拉机

---

bond [bɒnd] ★★★★☆

记 谐音"绑的"→绑一起的→捆绑物→枷锁,纽带,契约(用誓言绑住),债券(用利益绑住)

释 v. 粘接,黏合 <替> attach, joint firmly
v. 建立亲密关系 <替> form a close relationship
n. 纽带,束缚 <替> tie, connection, chain
n. 捆绑物,契约,债券 <替> vow, pact, deal

搭 bond the layers together 一层层黏合一起
the bonds of friendship 友情的纽带
break the bonds of routine 打破常规的束缚
government bonds 政府债券

回 Odours are also essential cues in social bonding.
气味也是社会关系中的重要线索。 [C8T2R3]

衍 bondage n. 束缚,约束

consequent [ˈkɒnsɪkwənt] ★☆☆☆☆

记 con-(together)-sequ-(order 次序)-ent(的)→依次来到一起→随之发生的,产生结果的

释 adj. 随之发生的 <替> subsequent, resulting

搭 consequent climate change
随之而来的气候变化
consequent unemployment
随之而来的失业

写 House prices are consequently a product of sociology as well as economics.
房价因此成了一种社会学和经济学的产物。

衍 consequently adv. 所以,因此 [C16T3R3]
consequence n. 结果,后果

neutral [ˈnjuːtrəl] ★★☆☆☆

记 ne-(no)-utr(uter=either)-al→两个都不→中立的,中性的→平静的(不悲不喜)

释 adj. 中立的,平静的 <替> unbiased, unemotional
adj. 中性的,不带电的

搭 remain neutral 保持中立
in a neutral voice 平静地说
neutral solution 中性的溶液

阅 A neutron is simply a neutral particle in the nucleus of an atom.
中子就是原子核里不带电的粒子。

衍 neutralise vt. 使中立,使中和
neutron n. 中子 [C9T4R1]

credence [ˈkriːdns] ★☆☆☆☆

记 cred-(heart)-ence→内心相信→信任,可信度

释 n. 可信性,真实性 <替> credibility, reliability
n. 信任,信念 <替> belief, faith, trust, reliance

搭 gain credence 获得认可
give no credence to the survey 不相信调查
lend credence to the fact 印证了这样的事实

□ Don't give credence to all the rumors you hear.
不要相信你听到的谣言。

例 Alternative medicine has been gaining credence recently.
最近非传统医学越来越得到大众的认可。

衍 credible adj. 可信的,可靠的

---

credibility n. 可靠性,可信度 [BCOGT4R2]
credulous adj. 轻信的,易受骗的
discredit vt. 使丧失名誉,使丢脸

rational [ˈræʃnəl] ★★☆☆☆

记 rat-(think)-ion-(后缀)-al(的)→思考的→理性的,合理的

释 adj. 理性的,合理的 <替> wise, logical

搭 rational argument
合乎情理的论证
make a rational option
做出理性的选择
think rationally
理性地思考

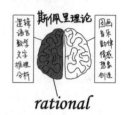
rational

阅 Human beings are rational creatures.
人类是理性的生物。

衍 irrational adj. 非理性的
rationality n. 合理性
rationale n. 基础理论,理论基础 [COGT7R1]
rationalise vt. 使……合理化,精简

deteriorate [dɪˈtɪəriəreɪt] ★★☆☆☆

记 de-(bad, low)-ter(拉丁语比较级)-i-or-(后缀)-ate (后缀)→worse, lower→更坏→恶化,变坏

释 vi. 恶化,变坏
<替> worsen, decay, degrade

搭 deteriorate sharply
急剧地恶化
deteriorate into conflict
恶化成冲突
deteriorating weather condition
不断恶化的天气状况

deteriorate

阅 Food is apt to deteriorate in summer.
食物在夏天容易变质。

写 If morality is corrupted, tastes will surely deteriorate.
如果道德败坏了,品味必然会变坏。

衍 deteriorated adj. 恶化的,变质的
deterioration n. 恶化,变质

flexible [ˈfleksəbl] ★★★☆☆

记 flex-(bend 弯)-ible(能)→柔韧的,灵活的

釋 *adj.* 灵活的,易变通的

<替> *elastic, pliable*

搭 <u>flexible</u> policy 灵活的政策

<u>flexible</u> person 易变通的人

<u>flexible</u> working schedule

灵活的工作计划

例 We should stick to the principles and be <u>flexible</u> as well.

我们既要有原则性,也要灵活。

衍 flexibility *n.* 灵活性 [C15T1R2]/[C15T4R2]

---

instruction [ɪnˈstrʌkʃn] ★★★☆☆

记 in-struct(-stru-拉伸→建立起来)-ion→通过"指令,命令"来建立→给指令→命令,使用说明

释 *n.* 命令,指令 <替> *order, command*

n. 教诲,指导 <替> *teaching, coaching, tutoring*

n. 使用说明 <替> *guide, directions, manual*

搭 give detailed <u>instruction</u> 给出详细的<u>指导</u>

carry out <u>instructions</u> 执行命令

follow the <u>instruction</u> 参照<u>使用说明</u>

例 We can derive pleasure, experience, and <u>instruction</u> from good books.

好书能给我们乐趣、经验和<u>教诲</u>。

衍 instruct *vt.* 教导,训练,吩咐

instructive *adj.* 有教育意义的

instrument *n.* 乐器,器械

instrumental *adj.* 有帮助的

---

exceed [ɪkˈsiːd] ★★☆☆☆

记 ex-(out)-ceed(-ced-=go)→走过→超过,超越

释 *vt.* 超过,超越 <替> *surpass, outstrip, overtake*

搭 <u>exceed</u> every criterion 超过每一条标准

<u>exceed</u> one's expectations 超过某人的期待

<u>exceed</u> average level 超越平均水平

写 The merits far <u>exceed</u> the demerits it brings.

这带来的好处远<u>超过</u>所带来的坏处。

衍 exceeding *adj.* 超过的,非常的

exceedingly *adv.* 非常地(extremely)

recede *vi.* 消退,变模糊

succeed *vi.* 成功,继承

---

aggregate [ˈæɡrɪɡət] ★★☆☆☆

记 ag-(to)-greg-(聚集)-ate→去聚集一起→总计,集合→总的,总和的→使聚集

释 *adj.* 合计的,总计的 <替> *total, whole, gross*

n. 合计,集合,总计 <替> *collection, sum*

vt. 总计,合计 <替> *combine, mix*

搭 <u>aggregate</u> earnings 总的收入

economic <u>aggregate</u> 经济总量

behaviour of <u>aggregates</u> 群体行为

<u>aggregate</u> all the figures 把所有数合起来

写 Sales for December amounted in the <u>aggregate</u> to $100,000.

12月份的销售量<u>总数</u>达到十万美元。

衍 con<u>greg</u>ate *vi.* 聚集,集合 [C16T3R2]

se<u>greg</u>ate *vt.* 分离,隔离(se-=远)

---

impose [ɪmˈpəʊz] ★★★★☆

记 im-(in)-pos-(放)-e→放进去→强加,征收,利用

释 *vt.* 强加于,征(税) <替> *charge with, inflict*

vi. 利用 <替> *take advantage of*

搭 <u>impose</u> one's opinion on...

把某人的观点<u>强加</u>于……

<u>impose</u> on his kindness

<u>利用</u>他的好意

<u>impose</u> a tax on wine

对葡萄酒<u>征税</u>

阅 Hearing impairment can <u>impose</u> a heavy social and economic burden <u>on</u> individuals and families.

听力障碍能<u>给</u>个人和家庭<u>带来</u>沉重的社会和经济负担。

写 Parents of either sex should beware of <u>imposing</u> their own tastes <u>on</u> their children.

父母双方应切记不要<u>把</u>自己的喜好<u>强加给</u>孩子。

衍 sup<u>pose</u> *vt.* 假设

com<u>post</u> *n.* 堆肥 *vt.* 把……制成堆肥

de<u>pose</u> *vt.* 罢免(de-=away)

---

prolific [prəˈlɪfɪk] ★☆☆☆☆

记 pr-(pro-前)-ol-(al-=grow 生长)-i-fic(make, do)→

向前生产出新的(一代)→造的越来越多→多产的

释 *adj.* 多产的,创作丰富的 <替> *rich, plentiful*
adj. 多产的,多育的 <替> *productive, fruitful*
adj. 富饶的,肥沃的 <替> *fertile, fecund*

搭 prolific writer 多产的作家
prolific crop 高产的作物
prolific area 富饶的地区

阅 Rabbits and other rodents are prolific.
兔子和其他啮齿类动物的繁殖能力都很强。

衍 aliment *n.* 食物,滋养品
exalt *vt.* 颂扬(alt-长→高)

---

*as***sign** [əˈsaɪn] ★★☆☆☆

记 as-(to)-sign(mark)→做标记→标出来→指派,分配,确定,布置

释 *vt.* 指派,分配 <替> *appoint, allocate, set*
vt. 确定,归因于 <替> *ascribe, attribute*

搭 assign a mission
分派一项任务
assign a challenging task
分配一个有挑战的任务
assign the reason for the failure
确定失败原因

阅 Influenced by old ideas, some units assign posts according to seniority.
受旧观念影响,有些单位按资历分配岗位。

衍 assignment *n.* 作业,任务 [BCOGT4R2]
resign *v.* 辞职,放弃
design *n./vt.* 设计

---

*migr***ate** [maɪˈgreɪt] ★★☆☆☆

记 migr-(-mut-=change→move)-ate→移动到另一个地方→迁徙,移居

释 *vi.* 迁徙,移居 <替> *move, relocate, travel*

搭 migrate to a city
移居到一个城市
migrate to urban area
向市区迁徙
migrate annually
每年都迁徙

阅 As more farmers migrate to the city to work,

---

elderly people are becoming isolated and feel less secure.
随着越来越多的农民涌入城市去工作,老人们变得更加孤独和缺乏安全感。

衍 migration *n.* 迁徙 [C11T3R2]
migratory *adj.* 迁徙的,迁移的

---

*ign***orant** [ˈɪgnərənt] ★☆☆☆☆

记 i-(not)-gn-(know)-or-ant(的)→不知道→无知的,愚昧的

释 *adj.* 无知的,愚昧的 <替> *unconscious, unaware*

搭 rather ignorant
相当地无知
ignorant person
无知的人
have ignorant notions about...
对……不了解

写 A wise man makes his own decisions, while an ignorant man follows public opinion.
明智的人自己做决定,而无知的人跟从公众观点。

衍 ignorance *n.* 无知,愚昧 [C10T4R2]
ignore *vt.* 忽视,不理睬 [C13T2R2]
recognisable *adj.* 可识别的

---

*de***void** [dɪˈvɔɪd] ★☆☆☆☆

记 de-(out)-void-(empty 空)→empty out→倒空

释 *adj.* 毫无,缺少 <替> *lacking, deficient, empty*

搭 devoid of vegetation 缺少植被
devoid of common sense 毫无常识
devoid of compassion 缺少同情心

例 Without the magnetic field Earth would be an airless waste devoid of life.
如果没有地磁场,地球将没有空气,没有生命。

衍 void *n.* 空白,空虚 *adj.* 无效的

---

breed [briːd] ★★★☆☆

记 breed(boil, burn 古代指烹煮)→用热量→孵化→哺育→培育,养育,饲养→导致,造成(培育出不好的结果)→类型,种类(培育的种类)

释 *vt.* 饲养,繁育 <替> *cultivate, nurture, bear, hatch*
vt. 产生,引起 <替> *produce, cause, create*
n. 种类,品种 <替> *kind, sort, species, type*

搭 <u>breed</u> cattle and horses <u>饲养</u>牛和马

<u>well-bred</u> child <u>有教养</u>的孩子

new <u>breed</u> of vegetable

新种类的蔬菜

leave no <u>breeding</u> reserves

不留下繁殖的储备 [C12T8R2]

写 Unemployment <u>breeds</u> social unrest.

失业会<u>引起</u>社会不安定。

阅 Lack of information <u>breeds</u> false rumors.

信息的缺乏会<u>滋生</u>(导致)谣言。

*port*able ['pɔ:təbl]   ★★☆☆☆

记 *port(carry)-able*→能搬动→可搬运的,轻便的

释 *adj.* 轻便的,便携的 <替> *movable, mobile*

   n. 手提电脑,便携设备 <替> *computer or TV*

搭 <u>portable</u> TV

<u>手提</u>的电视机

<u>portable</u> tool-box

<u>便携</u>的工具箱

<u>portable</u> equipment

<u>便携</u>式的设备

portable

阅 <u>Portable</u> devices such as MP3 players becomes obsolete with the emergence of smart phones.

像 MP3 这样的<u>便携设备</u>随着智能手机的出现而被淘汰了。

衍 trans<u>port</u> *vt.* 运输,交通运输

<u>port</u>ability *n.* 便携性

<u>port</u> *n.* 港口 (搬运)

rap<u>port</u> *n.* 和睦,友善

*ac*knowledge [ək'nɒlɪdʒ]   ★★★☆☆

记 *ac-(to)-knowledge*(知识→有见识)→承认,认可,感谢(承认别人的付出),打招呼

释 *vt.* 承认,认可 <替> *accept, admit, confess*

   vt. 感谢,致谢 <替> *appreciate, thank for*

   vt. 确认收到,理会 <替> *confirm, greet*

搭 <u>acknowledge</u> the fact openl

公开<u>承认</u>实事

<u>acknowledge</u> the truth

<u>承认</u>事实

be widely <u>acknowledged</u>

得到广泛地<u>认可</u>

acknowledge

<u>acknowledge</u> a favour <u>感谢</u>一次帮助

例 He saw her but refused to even <u>acknowledge</u> her.

他看见了她,但却连<u>招呼</u>也不打。

衍 ac<u>knowledge</u>ment *n.* 承认,感谢,认可

   <u>knowledge</u>able *adj.* 博学的,有知识的

*scop*e [skəʊp]   ★★☆☆☆

记 *scop-(observe 观察)-e*→观察周围→眼界→范围,领域,空间

释 *n.* 范围,领域 <替> *range, area, field*

   n. 机会,余地 <替> *opportunity, room*

搭 cover a wide <u>scope</u>

涉及很广的<u>领域</u>

<u>scope</u> of application

适用的<u>范围</u>

beyond the <u>scope</u>

超越<u>范围</u>

scope

<u>scope</u> for further growth 进一步增长的<u>余地</u>

例 There is little <u>scope</u> for initiative in this project.

这项目几乎没有发挥主动性的<u>余地</u>。

衍 tele<u>scope</u> *n.* 望远镜

   micro<u>scope</u> *n.* 显微镜

   horo<u>scope</u> *n.* 占星术

horoscope

*a*fflu*ent* ['æfluənt]   ★☆☆☆☆

记 *af-(to)-flu-(flow 流)-ent*(的)→不停地流→丰富的→富裕的,富足的→繁荣的

释 *adj.* 富裕的,富足的 <替> *wealthy, prosperous*

搭 <u>affluent</u> lifestyle

<u>富足</u>的生活方式

live in <u>affluent</u> time

生活在<u>富裕</u>的年代

<u>affluent</u> circumstance

<u>富裕</u>的环境

affluent

写 In today's <u>affluent</u> society, people are becoming increasingly discontented.

在当今的<u>富裕</u>社会中,人们变得越来越不满足。

衍 af<u>flu</u>ence *n.* 富裕,丰富

   <u>flu</u>ent *adj.* 流利的,流畅的

   <u>flu</u>idity *n.* 流动性,流利性

   in<u>flu</u>ence *n./vt.* 影响

lapse [læps] ★☆☆☆☆

记 lap-(lav-=slide, slip 滑落)-se→一不小心滑落→闪失,疏忽,大意→滑进,陷进→间隔(时间滑走)

释 n. 疏忽,过失 <替> mistake, error, negligence
n. 时间间隔,终止 <替> interval, pause, stop
vi. 失效,期满终止 <替> expire, end, cease
vi. 陷入,进入 <替> drop, slide, deteriorate

搭 lapse of judgement 判断失误
lapse in attention 注意力分散
a lapse of time 一段时间
lapse into silence 陷入沉默

阅 After a lapse of six months we met up again.
相隔六个月之后我们又相遇了。

例 The permit was extended for another year before being left to lapse.
该许可证的有效期又被延长了一年。

衍 relapse vi. 倒退,重新陷入

cooperate [kəʊˈɒpəreɪt] ★★★☆☆

记 co-(together)-oper-(work)-ate(动词后缀)→合作

释 vi. 合作 <替> collaborate, work together

搭 cooperate with each other
相互合作
cooperate closely
密切地合作
cooperate towards the end
合力达到目标

例 Leadership is the activity to influence people to cooperate towards a goal.
领导力就是通过影响他人为朝向一个目标而合作的一种行为。

衍 cooperation n. 合作
cooperative adj. 合作的 n. 合作机构 [C13T2R2]

protocol [ˈprəʊtəkɒl] ★☆☆☆☆

记 proto-(pro-早-to→first)-col(glue 粘贴)→最早粘贴在文件上的→协议,方案,礼仪(印上的)

释 n. 协议,礼仪 <替> agreement, treaty, etiquette

搭 Internet protocol
互联网协议

according to protocol
根据礼节
safety protocols
安全行为规定

safety protocol

阅 The protocol also illustrates that actions may require decades to yield results.
该协议也表明:有些行动需要花上几十年的时间才能产生结果。

衍 prototype n. 原型,模型 [COGT6R3]

debate [dɪˈbeɪt] ★★★★☆

记 de-(down)-bat-(-batt-=beat 打)-e→把对方打压下去→辩论,讨论

释 n. 辩论,讨论 <替> argument, discussion
v. 讨论,辩论 <替> argue, discuss, dispute

搭 heated debate
激烈的讨论
debate (on) a question
讨论一个问题
debate the pros and cons
讨论利弊

debate

阅 The causes of diabetes are much debated.
糖尿病的起因存在颇多争论。

衍 debatable adj. 有争议的 [C5T4R2]
batter v. 击打,痛打 [C7T2R1]
abate vi. 减弱,减轻

embellish [ɪmˈbelɪʃ] ★☆☆☆☆

记 em-(使)-bell-(-bel-=beautiful 美)-ish(后缀)→make beautiful→使漂亮→美化,装饰

释 vt. 美化,装饰 <替> decorate, beautify
vt. 对……以渲染,润饰 <替> elaborate, gild

搭 exaggeratedly embellish
夸张地渲染
embellish accomplishments
美化成就
embellish the truth
对事实添枝加叶

Embellish

例 Just tell the truth and don't embellish the story by any means.
你只要讲述事实,千万不要添枝加叶。

衍 embellishment n. 美化

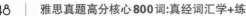

vessel [ˈvesl] ★★★☆☆

记 vess-(vas-=container 容器)-el→容器，舰船，管

释 n. 容器，器皿 <替> container, holder, carrier

　　n. 舰，船，管 <替> boat, ship, duct, tube, pipe

搭 blood vessel 血管

　　storage vessel 储藏容器

　　container vessel

　　集装箱货轮 [C6T1R2]

blood vessel

阅 The remains of Roman earthenware vessels were found during the excavation.

挖掘过程中发现了古罗马陶器皿的残片。

例 Empty vessels make the greatest sound.

满瓶不响，半瓶晃荡。

衍 vase n. 瓶，花瓶

transparent [trænsˈpærənt] ★☆☆☆☆

记 trans-(through)-par-(appear)-ent→穿透而呈现→透明的，明晰的→一目了然的

释 adj. 透明的 <替> clear, glassy, crystalline

　　adj. 易懂的 <替> lucid, explicit, plain

　　adj. 易识破的，易看穿的

　　<替> obvious, apparent

搭 transparent instructions

　　易懂的指令

　　form a transparent sunshade

　　形成透明的遮阳罩 [C11T1R3]

　　transparent disguise

　　易识破的伪装

transparent

阅 Diamond is the only material transparent to infrared.

钻石是唯一红外线能穿透的材料。

衍 transparency n. 透明度，清晰度 [C16T4R3]

reign [reɪn] ★★☆☆☆

记 reig-(-reg-=lead, rule 统治)-n→统治，治理→支配，主宰→统治时期

释 n. 统治时期，支配时期，盛行期

　　<替> period in office, rule, dominion

　　vi. 统治，当政 <替> rule, govern, be in power

　　vi. 占优势，盛行 <替> prevail, predominate

搭 during the reign

在统治期间

consolidate his reign

巩固他的统治

the reigning monarch

当政的君主

reign

例 Complete silence reigned in the classroom.

整个教室被寂静所统治。

例 Half a century ago, the bicycle reigned supreme as China's most popular mode of transport in cities.

半个世纪以前，自行车是中国城市里最盛行的交通工具。

衍 regimen n. 养生之道 [C6T3R3]

elevate [ˈelɪveɪt] ★★☆☆☆

记 e-(out)-lev-(lighten→rise 上升)-ate→升上去→提升，抬升→升高

释 vt. 提高，提升 <替> rise, hoist, lift, heighten

　　vt. 提升，改进 <替> improve, upgrade

　　vt. 晋升，提拔 <替> promote, advance

搭 elevate the status of teachers

提升教师的地位

elevate one's mind

提升某人的修养

remain elevated

处于高位

elevated structure 高架的结构

elevate

例 Emotional stress can elevate blood pressure.

情绪紧张会升高人的血压。

衍 elevator n. 升降梯

　　elevation n. 高地，海拔，立面 [C16T3R2]

summit [ˈsʌmɪt] ★★★★☆

记 sum-(over 在上面)-mit→最上面的→顶峰，峰会

释 n. 顶峰，山顶 <替> peak, apex, top, zenith

　　n. 峰会，首脑会议 <替> meeting, conference

搭 summit talk 峰会

reach a summit

达到顶峰

the summit of the mountains

群山之巅

summit
G20

阅 World leaders will meet next week for their annual economic summit.
全球领袖将在下周的年度经济峰会上会面。

例 He attained the summit of his ambition.
他达到了追求的最高目标。

衍 sum *n.* 总数,总计 *v.* 概括
summary *adj.* 概要的 *n.* 总结
summarise *v.* 总结,概括
consummate *vt.* 完成 *adj.* 完美的

chronic [ˈkrɒnɪk] ★★☆☆☆

记 *chron-(time* 古希腊时间之神的名字)-*ic*→耗费时间的→慢性的,长期的→难以根除的(花时间)

释 *adj.* 慢性的,长期的 <替> *persistent, long-term*
adj. 积习难改的 <替> *inveterate, habitual*
adj. 严重的,顽固的 <替> *constant, continuing*

搭 chronic disease
慢性疾病
a chronic smoker
积习难改的吸烟者
a chronic shortage of food
食物长期的缺乏

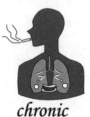
chronic

写 The economy flourishes despite a fairly high rate of chronic unemployment.
尽管失业率长期居高不下,经济仍在蓬勃发展。

衍 chronicle *n.* 编年史(按时间记录)
chronically *adv.* 长期地,慢性地 [C6T2R2]
chronological *adj.* 按时间顺序的 [C16T4R2]
synchronise *vt.* 同步(syn-=same) [C11T4R2]/ [C12T6R1]
synchronous *adj.* 同步的 [C11T4R2]
asynchronous *adj.* 异步的(a-=not) [C11T4R2]

vanish [ˈvænɪʃ] ★★☆☆☆

记 *van-(empty* 空)*-ish*→空了→消失,灭绝

释 *vi.* 消失,灭绝
<替> *disappear, obsolete*

搭 vanish completely
完全消失
vanish from sight
从视野中消失

vanish

vanish into nothing 变得无影无踪

例 This plant is vanishing from the British countryside.
这种植物在英国乡村已逐渐消失。

衍 vanity *n.* 空虚,虚无,虚荣心(空的)
vain *adj.* 徒劳的,无效的(vain=van)

triumph [ˈtraɪʌmf] ★★★☆☆

记 希腊语源,写给酒神的颂歌。可记忆为因为"胜利"而吹(trium)喇叭(ph)→凯旋,胜利,重大成就

释 *n.* 成功,胜利,喜悦 <替> *success, victory, joy*
vi. 成功,获胜 <替> *win, defeat, beat, conquer*

搭 triumph over evil
战胜邪恶
achieve great triumph
获得巨大成功
triumph of modern science
现代科学的成就

triumph

例 I learned that courage was not the absence of fear, but the triumph over it.
我懂得了勇气不是没有恐惧,而是战胜恐惧。

写 Always seek out triumph in every adversity.
永远要在逆境中追求成功。

衍 triumphant *adj.* 欢欣鼓舞的 [C9T4R1]

overcome [ˌəʊvəˈkʌm] ★★★☆☆

记 *over-(*过)*-come*→克服困难而来过→克服,战胜

释 *vt.* 克服,战胜 <替> *conquer, beat, defeat*
vt. 被……压倒 <替> *prevail over, get the better of*

搭 overcome obstacles
克服障碍
overcome local prejudice
克服本地的偏见 [C15T4R1]
overcome their difference
克服他们的分歧

overcome

阅 Several firefighters had been overcome by smoke and fumes.
若干消防人员被烟气熏倒了。

衍 overdue *adj.* 到期未付的,逾期未还的

ethic [ˈeθɪk] ★★☆☆☆

记 eth-(moral 道德)-ic(名词后缀)→道德准则,伦理

释 n. **伦理,道德** <替> moral beliefs and rules

搭 ethic thoughts
伦理思想

ethic standard
道德标准

the prevailing ethic
盛行的道德规范

写 Work ethic is the most important component of being successful.
职业道德是保持成功的最重要的组成部分。

衍 ethical adj. 伦理的

portrait [ˈpɔːtreɪt] ★★★☆☆

记 por-(forward 朝前)-trait(draw 画)→刻画面朝前的正脸→肖像→描写,描绘(细节画好才像)

释 n. **画像,照片** <替> painting, drawing, picture
n. **描绘,描述** <替> description, depiction

搭 family portrait
全家福(照片)

a portrait of life
人生的描述

detailed portrait
详细的描绘

例 He opened a photographic studio, advertising himself as a portrait and landscape photographer. [C14T2R1]
他开了家照相馆,把自己推广成肖像和风景的摄影师。

衍 portray vt. 刻画,描绘 [C11T4R2]

submit [səbˈmɪt] ★★☆☆☆

记 sub-(下)-mit(-miss-=send 送)→向下传达指令→屈服,遵从,提交(往上级提交)

释 v. **遵从,屈服** <替> give in, yield, comply with
vt. **提交,递交** <替> put forward, present

搭 submit to discipline
遵守纪律

submit an application
提交申请

submit a proposal 提出建议

例 Don't suffer from the troubles in front of you. You should submit to circumstances.
眼前亏就别吃了,要识时务啊。

例 The minority should submit to the majority.
少数应该服从多数。

衍 submissive adj. 顺从的 [C15T2R3]
submission n. 屈服,提交 [C12T7R3]
missile n. 导弹(send out)
permit vt. 允许 n. 许可证
emit vt. 发射,排出

List of the Key Extended Words and Review(核心扩展词列表及复习)

- [ ] accent *n.* 口音
- [ ] accountable *adj.* 负有责任的
- [ ] accountant *n.* 会计
- [ ] accuracy *n.* 准确
- [ ] accurately *adv.* 准确地
- [ ] acknowledgement *n.* 承认
- [ ] adolescent *adj.* 青春期的
- [ ] affluence *n.* 富裕
- [ ] allocation *n.* 分配
- [ ] aliment *n.* 食物,营养品
- [ ] altar *n.* 祭坛
- [ ] assiduous *adj.* 勤勉的
- [ ] assignment *n.* 作业,任务
- [ ] asynchronous *adj.* 异步的
- [ ] attachment *n.* 附件,附属物
- [ ] batter *v.* 击打
- [ ] bondage *n.* 束缚,约束
- [ ] capability *n.* 能力
- [ ] casualty *n.* 伤亡人员
- [ ] chronically *adv.* 长期地
- [ ] chronicle *n.* 编年史
- [ ] compliance *n.* 服从
- [ ] compliant *adj.* 服从的
- [ ] compost *n.* 堆肥 *vt.* 把……制成堆肥
- [ ] congregate *vi.* 聚集
- [ ] consequence *n.* 结果
- [ ] consequently *adv.* 所以
- [ ] consumer *n.* 消费者
- [ ] consumerism *n.* 消费主义
- [ ] consummate *vt.* 完成 *adj.* 完美的
- [ ] consumption *n.* 消费
- [ ] cooperation *n.* 合作
- [ ] countless *adj.* 数不尽的
- [ ] credibility *n.* 可靠性
- [ ] credible *adj.* 可信的
- [ ] credulous *adj.* 轻信的
- [ ] debatable *adj.* 有争议的
- [ ] demotivated *adj.* 消极的
- [ ] denial *n.* 否认
- [ ] depose *vt.* 罢免

- [ ] design *n./vt.* 设计
- [ ] detach *v.* (使)分开,脱离
- [ ] deteriorated *adj.* 恶化的
- [ ] deterioration *n.* 恶化
- [ ] diligent *adj.* 勤勉的
- [ ] discern *vt.* (依稀)看出,分辨出
- [ ] disciplinary *adj.* 惩戒性的
- [ ] discrimination *n.* 歧视
- [ ] elevation *n.* 高地,海拔
- [ ] embellishment *n.* 美化
- [ ] emit *vt.* 发射,排出
- [ ] essence *n.* 本质,精髓
- [ ] essentially *adv.* 本质上
- [ ] ethical *adj.* 伦理的
- [ ] evaporation *n.* 蒸发
- [ ] exalt *vt.* 颂扬
- [ ] exceeding *adj.* 超过的
- [ ] exceedingly *adv.* 非常地
- [ ] explicable *adj.* 可解释的
- [ ] first-rate *adj.* 一流的
- [ ] flexibility *n.* 灵活性
- [ ] fluent *adj.* 流利的
- [ ] fluidity *n.* 流动性
- [ ] fraction *n.* 少量,分数
- [ ] fracture *n.* 骨折 *vt.* 使……骨折
- [ ] fragmentated *adj.* 分段的
- [ ] genius *n.* 天才
- [ ] genre *n.* 种类,风格
- [ ] haphazard *adj.* 随意的
- [ ] hazardous *adj.* 有危害的
- [ ] horoscope *n.* 占星术
- [ ] ignorance *n.* 无知
- [ ] ignore *vt.* 忽视
- [ ] impairment *n.* 损伤
- [ ] inaccurate *adj.* 不准确的
- [ ] incapable *adj.* 无能力的
- [ ] incorporated *adj.* 合并的
- [ ] indiscriminate *adj.* 不加区别的
- [ ] inexplicable *adj.* 无法解释的
- [ ] influence *n./vt.* 影响

□ inhibitable *adj.* 可抑制的

□ inhibition *n.* 禁止, 抑制

□ initiation *n.* 开始

□ initiative *n.* 主动性

□ instruct *vt.* 教导, 训练

□ instructive *adj.* 有教育意义的

□ instrument *n.* 乐器

□ instrumental *adj.* 有帮助的

□ intellect *n.* 知识分子

□ intellectual *adj.* 智力的

□ intelligence *n.* 智力

□ irrational *adj.* 非理性的

□ knowledgeable *adj.* 有知识的

□ maintenance *n.* 维护

□ mentality *n.* 智力, 心态

□ microscope *n.* 显微镜

□ migration *n.* 迁徙

□ motion *n.* 动, 运动, 提议

□ motivation *n.* 动力

□ motive *n.* 动机

□ neglect *vt.* 忽略 *n.* 忽视

□ negligible *adj.* 可忽略不计的

□ neutralise *vt.* 使中立

□ neutron *n.* 中子

□ occasional *adj.* 偶尔的

□ permit *vt.* 允许 *n.* 许可证

□ portability *n.* 便携性

□ portray *vt.* 刻画, 描绘

□ prejudice *n.* 偏见

□ prototype *n.* 原型, 模型

□ rationality *n.* 合理性

□ rationalise *vt.* 使……合理化

□ recede *vi.* 消退, 变模糊

□ recognisable *adj.* 可识别的

□ recovery *n.* 恢复, 找回

□ redundancy *n.* 裁员

□ refract *vt.* 折射

□ relapse *vi.* 重新陷入

□ remote *adj.* 远的, 偏远的

□ resign *v.* 辞职

□ sediment *n.* 沉降, 沉积物

□ segregate *vt.* 分离

□ statement *n.* 声明

□ static *adj.* 静态的

□ stationary *adj.* 固定的

□ statue *n.* 雕像

□ stimulant *n.* 兴奋剂

□ stimulation *n.* 刺激

□ stimulus/stimuli *n.* 刺激 (物)

□ submission *n.* 屈服, 提交

□ submissive *adj.* 顺从的

□ subsidise *vt.* 补助

□ succeed *vi.* 成功, 继承

□ summarise *v.* 总结, 概括

□ summary *adj.* 概要的 *n.* 总结

□ suppose *vt.* 假设

□ synchronise *vt.* 同步

□ synchronous *adj.* 同步的

□ transact *v.* 处理

□ transformation *n.* 变形

□ transparency *n.* 透明度

□ transport *n.* 运输, 运输系统

□ triumphant *adj.* 欢欣鼓舞的

□ underrate *vt.* 低估

□ undisciplined *adj.* 不守纪律的

□ unrelenting *adj.* 不留情面的

□ vanity *n.* 空虚, 虚荣心

□ vaporise *v.* 蒸发

□ vapour *n.* 蒸汽, 水汽

单词学习之法语篇

英语单词中除了来自日耳曼语的一部分词汇外,对英语词汇影响非常大的要数与英伦岛隔海相望的法国。他们的祖先被称为高卢人(Gaul),受罗马帝国统治的影响,在五世纪以后逐渐形成了独特的"通俗拉丁语"。在岁月的沉淀下,这种语言与拉丁语渐行渐远,形成了今天我们熟知的语言——法语。

法语对英语的影响起始于1066年。法国的诺曼公爵威廉趁英国发生内乱渡过英吉利海峡入侵英格兰,并在英格兰称王,那段时期史称"诺曼征服"。诺曼征服对英语的最大影响集中体现在词汇和习语表达上,而不是语法和句法结构上。当时的统治阶级是法国人,这也直接导致了大量的食物用词以法语为主,像 beef(牛肉)、pork(猪肉)、mutton(羊肉)等词,而英语则成了被统治的英国人使用的"平民"语言。所以,农民养的牲畜都是英语单词,像 cow(奶牛)、swine(猪)、sheep(羊)等。

法语词汇的涌入极大地丰富了英语词汇,本单元我们学过的 occasion、research、transform、exceed、domain、reveal 等词均直接源自不同时期进入英语的法语词汇,甚至有些法语表达直接原封不动地进入英语,比如"C'est la vie(生活就是如此)""bon appetite(祝你有个好胃口)"等。

法语在语言上的历史强势使得英法之间在语言上的互相调侃也由来已久,造成了英语表达在字面意思上和实际意思上的反差。比如英语里"Excuse my French"表示"抱歉我说脏话",直接把 French 调侃成了"脏话"。还有"French Letter"也与信件无关,出人意料地表示"避孕套"。法国人在语言和文化上一直都有一些优越感,这也使得他们对于英语的使用不那么主动。笔者在欧洲大陆旅行时,在德国、荷兰和奥地利等国家,基本上用英语可以和当地人顺利交流,没有太多障碍,而到了法国则不然,用英语交流的时候,有些人会直接摆手或摇头告诉你他们听不懂,我猜也许是他们不愿意说英文的缘故吧。

不可否认的是,法语对英语的影响是巨大的。法语在英语历史中的大量渗透极大地丰富了英语的表达。一些拉丁语源的法语词汇也随后进入了英语,使得大量同义但拼写不同的单词在英语中出现。这的确对语言属于汉藏语系的中国人造成了不小的困扰。很多欧洲人学起英语来易如反掌,主要是因为从语系上来说,英语发展历史里融合法语、北欧的斯堪的纳维亚语,还有希腊语、拉丁语等,这使得欧洲不同国家的人学起英语来并不太费事,有不少欧洲人都是 bilingualists,甚至是 multilinguists。其实呢,这也没什么了不起,大体上和在中国会各种方言差不多,而真正厉害的是会希腊语、阿拉伯语、法语等完全不同语系的多语言使用者。

Sublist 8

本单元核心词学前自测和学后检测 (2次标记生词)

☐☐ accomplish	☐☐ debris	☐☐ innovation	☐☐ property
☐☐ adapt	☐☐ dedicate	☐☐ insert	☐☐ provoke
☐☐ advocate	☐☐ differentiate	☐☐ interval	☐☐ reverse
☐☐ aggravate	☐☐ dispose	☐☐ intrigue	☐☐ rudimentary
☐☐ ancestor	☐☐ dubious	☐☐ isolate	☐☐ scarce
☐☐ artificial	☐☐ eliminate	☐☐ massive	☐☐ shatter
☐☐ ascribe	☐☐ empirical	☐☐ menace	☐☐ simulate
☐☐ asset	☐☐ endorse	☐☐ mimic	☐☐ sole
☐☐ autonomy	☐☐ entitle	☐☐ offensive	☐☐ spectacular
☐☐ boundary	☐☐ equip	☐☐ paradox	☐☐ spontaneous
☐☐ cautious	☐☐ exhaust	☐☐ paramount	☐☐ successive
☐☐ cement	☐☐ extract	☐☐ pattern	☐☐ tremendous
☐☐ classify	☐☐ foundation	☐☐ perplex	☐☐ trivial
☐☐ cognitive	☐☐ guarantee	☐☐ pragmatic	☐☐ underlying
☐☐ comprehensive	☐☐ identical	☐☐ preserve	☐☐ unique
☐☐ comprise	☐☐ identify	☐☐ presume	☐☐ utilise
☐☐ concession	☐☐ ideology	☐☐ profile	☐☐ vary
☐☐ convert	☐☐ independent	☐☐ prohibit	☐☐ visible
☐☐ contrary	☐☐ infer	☐☐ proliferate	☐☐ voluntary
☐☐ counterpart	☐☐ infinite	☐☐ prompt	☐☐ vulnerable

本单元部分核心词根词汇预习

核心词根	含义+延伸	单元核心例词
-apt-	fitted(延伸到适合尺寸)→有适应能力	adapt 使适应
-cess-	go(走)→(为了目标)走(到一起)	concession 妥协
	go(走)→走(在后面)	successive 相继的
	-cest-(go 走)→走(在前面的)	ancestor 祖先
-dox-	take(持有)→持有相反的(观点)	paradox 自相矛盾
-em-	-(e)mpt-take(拿)→拿(到面前)	prompt 提示→profile 侧面像
-fer-	carry(搬)→搬(开)→因差别分开	differentiate 区别
	carry(带)→带来更多	proliferate 激增
	carry(带)→(内心里)带来(想法)	infer 推断→insert 插入
-fens-	-fend-(strike 打)→打击	offensive 进攻的
-grav-	heavy(重)→(越来越严)重	aggravate 使恶化
-ident-	same(同样的)→(看上去)一样	identify 确认，identical 同样的
-part-	part(部分)→(相对应的)部分	counterpart 对应的人/物
-pend-	hang(悬挂)→(依附一个点)挂	independent 独立的
-pris-	seize(抓)→都抓到一起(组合)	comprise 由……组成
	-prehens-(seize 抓)→都抓住了	comprehensive 综合的
-rud-	rude(粗鲁粗糙的)→低级基础	rudimentary 基本的
-scrib-	-scrip-(cut 划,刻)→去刻上(功绩)	ascribe 归因于……
-serv-	protect(保护)→提前保护	preserve 保护
-spect-	observe(观察)→(值得一)看	spectacular 壮观的
-tract-	draw(拉)→拉(出来)→取出	extract 提炼
-vers-	turn(转)→(往回)转	reverse 逆转
	-vert-(turn 转)→(全都)转向了	convert 转变
-vi-	way(路)→大路分成(三条)小路	trivial 不重要的
-vis	see(看)→能看见	visible 可见的
	-ideo-(看一件事)→看事的思维	ideology 意识形态
-voc-	voice(声音)→(上前去)喊	provoke 挑衅
	voice(声音)→(去支持的)声音	advocate 拥护

_dis_pose [dɪ'spəʊz]　　　　　　　★★☆☆☆

记　_dis-(away)-pos-(put)-e_→到处乱放→丢弃,处理,解决,排列,布置

释　_vi._ **去掉,销毁**_(of)_ <替> _throw away, get rid of_
　　_vi._ **处理,解决**_(of)_ <替> _deal with, perform, settle_
　　_vi._ **击败,战胜**_(of)_ <替> _defeat, dispatch, eliminate_
　　_vt._ **排列,布置** <替> _place, put, arrange_

搭　<u>dispose of</u> argument
　　解决争论
　　<u>dispose of</u> rubbish 处理垃圾
　　<u>dispose</u> the audience in a circle
　　把观众<u>排列</u>成一圈

dispose

　　<u>dispose of</u> his opponent <u>击败</u>他的对手

例　Man proposes, god <u>disposes</u>.
　　谋事在人,<u>成事</u>在天。

回　Your idea at least <u>disposes of</u> the immediate problem.
　　你的主意至少能够<u>应付</u>紧迫的问题。

衍　<u>dis</u>pos<u>al</u> _n._ 处理,支配
　　<u>dis</u>pos<u>able</u> _adj._ 一次性的,自由支配的 [COGT6R3]

_tri_vial ['trɪvɪəl]　　　　　　　★☆☆☆☆

记　_tri-(three)-vi-(road, way_ 道路_)-al(_的_)_→三岔路的→大路分化成三条小路的→不重要的→琐碎的

释　_adj._ **琐碎的,不重要的,微不足道的**
　　<替> _minor, unimportant, insignificant_

搭　<u>trivial</u> matter
　　<u>小</u>事
　　<u>trivial</u> problem
　　<u>微不足道的</u>问题

trivial change

　　make <u>trivial</u> changes
　　做了<u>很小的</u>改动

回　Don't be angry over such <u>trivial</u> matters.
　　别为这种<u>琐</u>事生气。

格　Man often overstates <u>trivial</u> things and understates vital ones.
　　人经常会夸大<u>小</u>事而对重要的事轻描淡写。

衍　<u>trivi</u>a _n._ 琐事
　　<u>dev</u>i<u>ate</u> _vi._ 偏离,背离(de-=away) [C16T4R1]

_pre_serve [prɪ'zɜːv]　　　　　　　★★★☆☆

记　_pre-(_前,早_)-serv-(protect_ 保护_)-e_→把之前的状态保护下来→保持,保护,维护→腌制食物,蜜饯(把之前的状态保留下来)→保护区

释　_vt._ **保护,维护** <替> _protect, conserve, maintain_
　　_vt._ **保鲜储存** <替> _conserve, bottle, dry, can_
　　_n._ **专门领域** <替> _domain, area, field, sphere_
　　_n._ **蜜饯,腌制(保存的)食物** <替>_jam, jelly_
　　_n._ **保护区** <替> _reserve, reservation_

搭　<u>preserve</u> fish stocks
　　保护渔业资源
　　<u>preserve</u> endangered species
　　保护濒危物种

earth

preserve

　　wildlife <u>preserve</u>
　　野生动物的<u>保护地</u>
　　<u>preserved</u> fruit <u>保鲜的</u>水果
　　jars of <u>preserves</u> 几罐<u>蜜饯</u>

例　Golf is increasingly popular, and no longer the <u>preserve</u> of the rich.
　　高尔夫越来越流行,而且不再是有钱人<u>独享(专门领域)</u>的活动了。

衍　<u>pre</u>serv<u>ation</u> _n._ 保护,保持
　　well-<u>pre</u>served _adj._ 保存完好的

_per_plex [pə'pleks]　　　　　　　☆☆☆☆☆

记　_per-(forward_ 向前_)-plex-(fold_ 折叠_)_→往前叠加,折叠→变复杂→使困惑,使茫然

释　_vt._ **使困惑,使茫然** <替> _puzzle, confuse_
　　_vt._ **使复杂化** <替> _complicate, make unclear_

搭　<u>perplexing</u> problem
　　<u>令人不解的</u>问题
　　look <u>perplexed</u>
　　看上去有些<u>迷茫</u>

perplex

　　<u>perplex</u> historians and archaeologists
　　<u>困扰</u>历史学家和考古学家 [C12T6R2]

回　I <u>am perplexed to know</u> what to do.
　　我<u>不知道</u>怎么做才好。

阅　This cosmic problem has <u>perplexed</u> physicists for decades.
　　这个宇宙的问题已经<u>困扰</u>物理学家几十年了。

衍　<u>perplex</u>ity _n._ 困惑,谜团

boundary [ˈbaʊndri] ★★☆☆☆

记 bound-(bound-=limit 限制)-ary→限制任何事物要有的边界→边,边界

释 n. 边界,分界线 <替> border, frontier, brink
n. 界限,范围 <替> limits, bounds, confines

搭 mark the boundary
标识出分界线

cross the boundary
穿过边界

within the city boundary
在市区范围内

例 She had never strayed beyond the city boundaries.
她从未踏足过城市边界以外的地方。

例 Scientists continue to push back the boundaries of human knowledge.
科学家们不断扩大人类知识的范围。

isolate [ˈaɪsəleɪt] ★☆☆☆☆

记 isol-(isl-=island 岛)-ate→使隔离,孤立,分离出

释 vt. 使隔离,孤立,分离 <替> separate, single out

搭 isolate the virus
分离出病毒

feel isolated in the job
在工作中感到被孤立

isolate potential threat
隔离出潜在威胁

isolate the compound 分离化合物

例 A chemist can isolate the oxygen from the hydrogen in water.
化学家能够把水中的氢和氧分离开来。

阅 Isolation breeds linguistic diversity. [C4T1R1]
封闭(环境)孕育了语言的多样性。

衍 isolation n. 隔绝,孤立

mimic [ˈmɪmɪk] ★☆☆☆☆

记 源于古希腊哑剧表演 mime→比划出动作→模仿

释 vt. 模仿,仿效 <替> imitate, copy, look like
vt. 模拟,酷似 <替> imitate, simulate
adj. 模仿的,模拟的 <替> resembling, acting as

搭 mimic human brain 模拟人类的大脑

insect that mimics a twig 拟态树枝的昆虫

例 The goal was attempt to capture or mimic human abilities using machines. [C4T3R3]
目标是尝试使用机器捕捉或模仿人类的能力。

例 Data can be displayed dynamically on mimic diagrams.
数据可以动态地显示在模拟的图上。

衍 mimicry n. 模仿,拟态
biomimicry n. 生物仿生

dubious [ˈdjuːbiəs] ★★☆☆☆

记 dub-(du-=two 两个,二)-ious(的)→在两个想法或判断之间的→有怀疑的,迟疑的,不确定的

释 adj. 可疑的,不可信的 <替> suspicious, unreliable
adj. 含糊的,迟疑的 <替> doubtful, uncertain
adj. 不光彩的,名声不好的 <替> morally suspect

搭 dubious expression
含糊的表达

dubious information
不可信的信息

have a dubious reputation
有着不好的名声

dubious honour 不光彩的荣誉

口 I'm dubious about your honesty. 我怀疑你的诚实。

听 These claims are dubious and not scientifically proven.
这些说法未经科学证实,有些可疑。

衍 duplicate vt. 复制,重复
dual adj. 双重的,双的
duplicity n. 两面派,欺骗

adapt [əˈdæpt] ★★☆☆☆

记 ad-(to)-apt(fit 适应)→为了去适应→使适应

释 v. 适应 <替> adjust, fit
vt. 改编 <替> change, modify

搭 adapt to the climate
适应气候

adapt to arid desert
适应干旱的沙漠

adapt the book for children
把书改编成适合儿童的

adapt to the social norm 遵循社会准则

回 It's amazing how quickly people adapt.
人适应环境的速度真是惊人。

衍 adaptive adj. 能适应的

adaptation n. 适应，改编 [C7T4R3]

vary ['veəri] ★★★☆☆

记 var-(vari-=to change)-y→变化

释 vt. 使变化，使多样化 <替> make diverse
vi. 变化，变更 <替> change, alter, modify

搭 vary the diet 变换饮食
vary with the season 随着季节改变
with varying degrees of...
伴随着不同程度的……

阅 What can be found will inevitably vary according to the area under study.
因所研究区域不同，研究结果会不可避免地有所不同。

衍 variety n. 多样性，种类 [C13T3R1]/[C15T4R2]/[C16T4R2]
variation n. 变化，改变 [C8T4R3]
variant n. 变体，变种 [C7T3R2]

paramount ['pærəmaunt] ★☆☆☆☆

记 par-(per-=forward 向前)-a-(to)-mount-(向上)→
向前走上到山顶→至上的，首要的

释 adj. 至上的，首要的 <替> first, chief, foremost

搭 paramount feature
首要的特征
paramount issue
首要的问题
be of paramount importance
至关重要

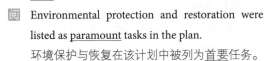

阅 Environmental protection and restoration were listed as paramount tasks in the plan.
环境保护与恢复在该计划中被列为首要任务。

asset ['æset] ★★★★☆

记 as-(to)-set(-sat-=satisfy 满足)→让人获得满足感的东西→资产，财富

释 n. 财富，有用的人/物 <替> boon, advantage
n. 资产，财产 <替> funds, estate, capital

搭 purchase fixed assets

购买固定资产 [C4T3R1]

asset to the team
团队的骨干

intangible assets 无形资产

his best asset 他最大的长处

asset

例 A sense of humor is a great asset for a person.
幽默感是一个人的宝贵资产。

衍 satisfy vt. 使满足，使高兴
insatiable adj. 无法满足的

autonomy [ɔː'tɒnəmi] ★★☆☆☆

记 auto-(self)-nom-(-num-=assign, allot 分配)-y→自我分配→自主去做→自治→独立自主

释 n. 自治 <替> self-rule, self-government
n. 独立自主 <替> freedom, independence

搭 complete autonomy
完全的自治权
individual autonomy
个人自由
learning autonomy
学习自主性 [C10T2R2]

autonomy

阅 New regulations have severely restricted the autonomy of doctors.
新规定已经严重限制了医生的自主权。

衍 autonomous adj. 自治的，独立自主的 [COGT4R2]
nomad n. 游牧民族
nomadic adj. 游牧部落的 [C6T1R3]
astronomy n. 天文学(astr-=star)

proliferate [prə'lɪfəreɪt] ★★☆☆☆

记 prolifer-(offspring 后代→更多的)-ate(动词后缀)→激增，剧增

释 vi. 激增，剧增 <替> grow rapidly, increase

搭 continue to proliferate
持续激增
proliferate throughout the period
整个期间都在剧增

阅 Temperatures climbed more rapidly in the 19th century as the use of fuels proliferated and greenhouse gas levels continued to soar. [C8T2R2]
随着燃料使用剧增，并且温室气体水平持续彪升，气温在19世纪攀升得更快了。

衍 proliferation *n.* 激增，剧增

endorse [ɪnˈdɔːs] ★★☆☆☆

记 en-(to)-dors-(back)-e→*to put on the back*→放在背面→背书→签字支持→支持

释 *vt.* 支持，赞同 <替> *support, back, advocate*
vt. 代言，宣传 <替> *promote, recommend*
vt. 背书，签名 <替> *sign, autograph, inscribe*

搭 endorse sth. entirely
完全赞同某事
endorse someone's opinion
支持某人的观点
endorse the check
在支票上签名
refuse to endorse sth. 拒绝支持某事

endorse

阅 I wholeheartedly endorse his remarks.
我真诚地赞同他的话。

衍 endorsement *n.* 赞同，支持

cement [sɪˈment] ★★☆☆☆

记 ce-(caes-/-cid-/-chis-/-cis-=cut 切)-ment→源于拉丁语，表示"切碎的石头屑"→水泥(石头粉末)→遇水凝固结块→巩固，加强→黏合剂(粘石头)

释 *n.* 水泥，结合剂 <替> *mortar, glue, paste*
n. 纽带，巩固的因素 <替> *bonding, binder*
vt. 巩固，加强 <替> *stick, bond, fasten, unite*

搭 cement concrete
水泥混凝土
tile cement
瓷砖黏合剂
cement of society
社会的凝聚力
cement the friendship 加强友谊

cement

阅 The snow on the ground gradually cemented.
地上的雪逐渐凝结起来了。

例 A belief in freedom is often seen as the cement of a nation.
对自由的信仰常被视为联系一个民族的纽带。

衍 herbicide *n.* 除草剂(herb 草) [C8T4R3]

insecticide *n.* 杀虫剂(insect 昆虫) [C8T4R3]

suicide *n.* 自杀(sui-=self)

caesarean *n.* 剖宫产(caes-)

chisel *n.* 凿子(chis-)

artificial [ˌɑːtɪˈfɪʃl] ★★☆☆☆

记 art-(skill 技艺)-i-fic-(-fact-=do 做)-ial-(的)→用技艺做出来的→人造的，人工的，假的

释 *adj.* 人工的，人造的，假的
<替> *man-made, fabricated, fake, insincere*

搭 artificial intelligence
人工智能 [C5T3R3]
artificial smile
不自然的微笑
artificial rainfall
人工降雨

Hello!

artificial

阅 The product contains no artificial colours, flavours, or preservatives.
该产品不含人造色素、调料或防腐剂。

衍 artistic *adj.* 艺术的，精美的

artisan *n.* 工匠

artifice *n.* 诡计，阴谋

simulate [ˈsɪmjuleɪt] ★☆☆☆☆

记 sim-(like 相似)-ul-ate→做得像→模仿，模拟

释 *vt.* 模仿，模拟 <替> *pretend, imitate, mimic*

搭 simulate the whole process
模拟全过程
simulate surprise
假装吃惊
simulate marine conditions
模拟海洋环境

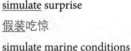

simulate

听 Role-playing is a useful way of simulating real-life situations.
角色扮演是一种有用的模拟真实生活场景的方式。

衍 simulation *n.* 模仿，模拟 [C14T4R3]/[COGT3R1]

similar *adj.* 相似的

similarly *adv.* 相似地，同样地

similarity *n.* 相似，相似处 [C14T3R2]/[C16T2R1]

assimilate *v.* 同化，融入

simultaneous *adj.* 同时发生的 [COGT3R3]

*contr*ary [ˈkɒntrəri] ★★☆☆☆

记 *contr-(against→opposite)-ary(后缀)*→相反的,对立的,相反情况,执拗的(拧着做事的)

释 *adj.* **相反的,对立的** <替> *opposite, opposed*
adj. **故意作对的,执拗的** <替> *disobedient*

搭 on the contrary
恰恰相反
contrary child
执拗的孩子
have a contrary opinion
持相反的意见

contrary

写 Contrary to popular belief, moderate exercise actually decreases your appetite.
与通常看法相反,适度的运动实际会降低你的食欲。

*spect*acular [spekˈtækjələ(r)] ★★★★☆

记 *spect-(看)-acul-(拉丁语后缀)-ar*→引起人们看的兴趣的→引人注目的,壮观的

释 *adj.* **壮观的,令人惊叹的** <替> *impressive*
n. **盛大的演出,表演** <替> *display, performance*

搭 spectacular views 壮丽的景色 [C12T6R2]
suffer a spectacular loss
承受巨大的损失
television spectacular 电视盛宴

阅 The discovery of gravitational waves was a spectacular achievement in science.
引力波的发现是科学上一项惊人的成就。

*compre*hensive [ˌkɒmprɪˈhensɪv] ★★★☆☆

记 *com-(一起)pre-(前)-hens-(-hend-=take 拿)-ive*→take together→全拿到前面→全面的→综合的

释 *adj.* **全面的,综合的** <替> *full, all-inclusive*

搭 comprehensive account
全面的叙述
comprehensive review
综合复习

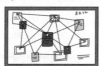
comprehensive

give a comprehensive explanation
做出全面的解释

阅 We should make the plan as comprehensive as possible.
我们做计划应尽量周全。

衍 comprehension *n.* 理解
comprehend *vt.* 理解,包括 [C9T2R1]
apprehend *vt.* 了解,领会
apprehensive *adj.* 不安的,忧虑的

*mass*ive [ˈmæsɪv] ★★★☆☆

记 *mass-(lump 块→大块)-ive(的)*→大量的,巨大的

释 *adj.* **大量的,巨大的** <替> *big, large, huge*

搭 a massive increase
巨大的增长
a massive complex network
庞大的且复杂的网络
massive congestion problems
大量的拥堵问题 [C6T3R1]

massive

阅 Part of the problem is the massive number of cars being driven, in addition to the factories that run on coal power. [C12T7R2]
除了靠烧煤运转的工厂之外,部分问题是大量行驶在路上的车(造成的)。

衍 mass *n.* 堆,大量,质量
amass *vt.* 积聚,堆积

*em*pirical [ɪmˈpɪrɪkl] ★☆☆☆☆

记 *em-(in)-pir-(-per-=forward)*→向前→探索*-ical(的)*→探索得来的→凭经验的,经验主义的

释 *adj.* **凭经验的,经验主义的**
<替> *experimental, practical, hands-on*

搭 empirical data 经验得来的数据
empirical evidence
凭经验获得的证据
empirical investigation
经验主义的调查 [C9T4R2]
empirical scientific research
经验科研 [C5T2R3]

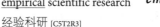
empirical

写 The historical record shows little empirical evidence that free trade leads to economic growth.
历史记录表明,几乎没有凭经验得出的证据表明自由贸易会促进经济的增长。

衍 experimental *adj.* 试验的

well-experienced *adj.* 经验丰富的

foundation [faʊnˈdeɪʃn] ★★★☆☆

记 found-(fund=bottom 底)-a-tion(名词后缀)→基础→根据,根基,创立→基金会

释 *n.* **基础,根基** <替> base, groundwork

n. **依据,根据** <替> ground, reason, basis

n. **基金会** <替> founding, institution

搭 lay the foundation

打下基础

without foundation

没有根据

have a solid foundation

有牢固的根基

National Foundation 国家基金会

听 His view is by no means without foundation.

他的看法决不是凭空产生的。

dedicate [ˈdedɪkeɪt] ★★☆☆☆

记 de-(away)-dic-(say, tell)-ate→说出来→表明心意→奉献,献身于,致力于

释 *vt.* **奉献,献身于** <替> devote, commit, pledge

搭 dedicate youth 奉献青春

dedicate passion 奉献热情

dedicate oneself to science 献身于科学

写 We should dedicate our energy and youth to the development of our country.

我们应为我们国家的发展贡献自己的活力与青春。

衍 dedicated *adj.* 献身的,专注的

dedication *n.* 奉献,献身

debris [ˈdebriː] ★★☆☆☆

记 de-(down)-bris(break)→break down→分成碎片→碎片

释 *n.* **碎片,残骸** <替> remains, remnants

n. **垃圾,废弃物** <替> rubbish, waste

搭 space debris 太空碎片

industrial debris 工业废弃物

clear the debris 清理垃圾

marine debris 海洋垃圾 [C14T4R3]

debris

例 Plastic and other debris block sunlight and spread hostile bacteria.

塑料和其他杂物阻挡阳光,且传播有害细菌。

classify [ˈklæsɪfaɪ] ★★☆☆☆

记 class-(古罗马纳税市民阶层)-ify(动词)→分类

释 *vt.* **分类** <替> categorise, group, grade

搭 classify the samples 将样本分类

classify requirements 将需求分类

classified information 机密的信息(分类的)

例 Would you classify her novels as serious literature or as mere entertainment?

你认为她的小说属于文学类,还是属于纯娱乐类?

衍 classic *n.* 古典作品 *adj.* 第一流的

classical *adj.* 古典的,传统的

classification *n.* 类别 [C13T1R2]

entitle [ɪnˈtaɪtl] ★★★☆☆

记 en-(to)-title(头衔)→给头衔→给……权利,有资格

释 *vt.* **有资格,给……权力**

<替> allow, permit, enable, qualify

搭 entitle him to an interview

给予他一次面试

entitle to one's own opinion

有资格发表自己的见解

entitle you a free entry

给你自由进入的权利 [C10T1L2]

entitle
骑士授勋

口 Your experience entitles you to the raise of your salary.

你的经验使你有资格涨薪。

听 Membership entitles you to reduced season tickets.

凭会员身份可以买到减价的季票。

衍 entitlement *n.* 权利,资格

offensive [əˈfensɪv] ★★★☆☆

记 of-(against)-fens-(-fend-=strike 打击)-ive(的)→打击的→进攻的→无礼的,粗俗的,难闻的

释 *adj.* **冒犯的,无礼的** <替> rude, insulting

adj. **粗俗的,难闻的** <替> nasty, unpleasant

adj. **进攻的,攻击的** <替> hostile, attacking

n. **进攻,攻势** <替> attack, assault, invasion

搭 <u>offensive</u> language
无礼的言语

<u>offensive</u> gesture
粗俗的姿态

<u>offensive</u> weapon
进攻性武器

offensive

<u>take the offensive</u> 先发制人

阅 Smells that are considered to be <u>offensive</u> in some cultures may be perfectly acceptable in others. [C8T2R3]
在一些文化里被认为是难闻的气味在其他的文化里可能是完全可以接受的。

衍 de<u>fens</u>ive *adj.* 防御性的
of<u>fend</u>er *n.* 违法者,罪犯

pro<u>fil</u>e [ˈprəʊfaɪl] ★★★☆☆

记 *pro-(前)-fil-(线→画线)-e*→勾画出线条→轮廓,形象,概况,简介,侧面相

释 *n.* 轮廓,形象,侧面像 <替> figure, form, sketch
n. 概况,简介 <替> outline, account, description
vt. 简介,概述 <替> outline, sketch, describe

搭 handsome <u>profile</u>
英俊的侧面轮廓

the <u>profile</u> of industry
工业概况

profile

be <u>profiled</u> in the newspaper
在报纸上概述

keep a low <u>profile</u> 保持低调(形象)

例 Show business, in our country, is a <u>high profile</u> business.
在我们国家,娱乐业是一个<u>引人注目的</u>产业。

衍 fil<u>ament</u> *n.* 细丝,灯丝

iden<u>tical</u> [aɪˈdentɪkl] ★★☆☆☆

记 *ident-(same)-ical(的)*→相同的,一模一样的
释 *adj.* 相同的,一样的 <替> same, duplicate
搭 hold <u>identical</u> opinions
持有相同的观点

wear <u>identical</u> clothes
穿着一样的衣服

look <u>identical</u> [COGT7R2]
看上去一模一样

identical

阅 There are no two <u>identical</u> fingerprints in the world.
世界上没有两个<u>一模一样</u>的指纹。

an<u>cest</u>or [ˈænsestə(r)] ★★☆☆☆

记 *an-(ant-前,早)-cest-(-cess-=go 走)-or(人)*→走在前面的人→前人→祖先→原型

释 *n.* 祖先,先人 <替> forefather, antecedent
n. 原型,原种 <替> prototype, predecessor

搭 common <u>ancestor</u> 共同的<u>祖先</u>
a distant <u>ancestor</u> 遥远的<u>祖先</u>

阅 The Romans built these monuments to glorify their <u>ancestors</u>.
罗马人修建这些纪念碑来颂扬他们的<u>祖先</u>。

衍 an<u>cest</u>ral *adj.* 祖先的 [C6T1R3]/[C12T7R1]
antique *n.* 古董
antecedent *n.* 先例 *adj.* 先前的

vol<u>untary</u> [ˈvɒləntri] ★★★☆☆

记 *vol-(will 意愿)-unt-ary(形容词后缀)*→自愿的
释 *adj.* 自愿的,义务的 <替> unpaid, unwaged
搭 on a <u>voluntary</u> basis
在<u>自愿</u>的基础上

<u>voluntary</u> contribution
<u>自愿</u>的捐助

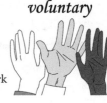
voluntary

<u>voluntary</u> community work
<u>义务性</u>的社区工作

写 Charities rely on <u>voluntary</u> donations.
慈善事业依靠<u>自愿</u>捐赠。

衍 vol<u>unteer</u> *n.* 志愿者
will<u>ingly</u> *adv.* 乐意地,自愿地
will<u>ful</u> *adj.* 任性的,固执的

pro<u>voke</u> [prəˈvəʊk] ★★★☆☆

记 *pro-(前)-vok-(-voc-=call)-e*→上前喊→叫阵→挑衅→激怒,惹起

释 *vt.* 激怒,激起 <替> cause, evoke, stir, annoy
搭 <u>provoke</u> a crisis 引发危机

provoke

<u>provoke</u> a shocked reaction
激起一个令人惊讶的反应

provoke unnecessary conflicts

引发不必要的冲突

阅 Your duty was to conciliate the people, not to provoke them.

你的职责是安抚那些人,而不是去激怒他们。

阅 Dairy products may provoke allergic reactions in some people.

乳制品可能会引起某些人的过敏反应。

衍 provocative *adj.* 挑衅的,引起争议的 [BCOGT1R2]

evoke *vt.* 唤起,引起 [C8T2R3]

irrevocable *adj.* 不能撤销的

paradox [ˈpærədɒks]　★☆☆☆☆

记 *para-(contrary* 反)*-dox-(take* 拿)*m*→拿到反面→放到对立面→自相矛盾,悖论

释 *n.* 自相矛盾,悖论

<替> *contradiction, oddity*

搭 full of paradox

充满悖论

pose something of a paradox

有自相矛盾之处

彭罗斯悖论
paradox

paradox between the real and the ideal

现实和理想之间的矛盾

例 Death itself, in nature, is a paradox, the end yet the beginning.

死亡本身本质上是个悖论,既是结束又是开始。

衍 paradoxical *adj.* 自相矛盾的 [C10T3R2]/[BCOGT4R1]

ideology [ˌaɪdiˈɒlədʒi]　★★☆☆☆

记 *ideo-(idea* 想法→看一件事的思维)*-logy*(学)→有关思想的学问→思想体系,意识形态,观念

释 *n.* 思想体系,意识形态

<替> *beliefs, ethics, creed*

搭 social ideology

社会意识形态

obsolete ideology

过时的意识形态

阅 Literature and art have great influence on people's ideology.

文学和艺术对人们的意识形态有很大影响。

格 A man's ideology is reflected in his behaviour.

一个人的思想体系体现在他的行为上。

衍 ideological *adj.* 意识形态的

vulnerable [ˈvʌlnərəbl]　★★★☆☆

记 *vuln-(wound)-er*(更)*-able*(能)→易受伤害的,易受影响的→脆弱的

释 *adj.* 易受伤的,易受影响的,脆弱的

<替> *weak, sensitive, suscep*

搭 vulnerable group

弱势群体

in a vulnerable position

处在弱势地位

vulnerable to disease

易得病

vulnerable

阅 People with high blood pressure are especially vulnerable to diabetes.

有高血压的人尤其易患糖尿病。

衍 vulnerability *n.* 脆弱性

invulnerable *adj.* 不受伤害的,无懈可击的

unique [juˈniːk]　★★★☆☆

记 *un-(one)- ique(-ic* 的)→唯一的,独特的

释 *adj.* 独特的,唯一的 <替> *distinctive, single, special*

搭 unique style 独特的风格

unique opportunity

难得的机会

unique talent

独特的才能

unique

例 Each person's fingerprints are unique.

每个人的指纹都是独一无二的。

阅 Because of the extreme cold, the Antarctic is a unique and fragile environment.

由于极度严寒,南极洲是个独特而脆弱的环境。

衍 uniqueness *n.* 独特性

uniquely *adv.* 独特地 [C16T1R1]

unify *vt.* 统一,使成为一体

unity *n.* 整体性,统一

equip [ɪˈkwɪp] ★★☆☆☆

释　*vt.* 装备, 配备*(with)* <替> *provide, supply*

　　vt. 使有能力, 使有资格 <替> *qualify, suit*

搭　fully equipped kitchen 设备齐全的厨房

　　be equipped with cutting-edge technology

　　配以最前沿的技术

　　well-equipped building 设施齐全的大楼

写　A good education equips one for life.

　　良好的教育会为人的一生打好基础。

听　We aim to equip young graduates for a competitive business environment.

　　我们的目标是使年轻的毕业生能够适应竞争激烈的商业环境。

衍　equipment *n.* 装备, 设备

---

convert [kənˈvɜːt] ★★★☆☆

记　*con-(together)-vert(-vers-=turn)→*全转过来→转变, 转换, 改变→改变信仰

释　*v.* 转变, 转化 <替> *change, transform, turn*

　　vt. 改变(信仰), 改造 <替> *reform, adapt, modify*

搭　converted cottage

　　改建的茅舍

　　convert to organic food

　　改吃有机食物

　　convert sunlight into electricity

　　把阳光转化成电能

阅　By means of photosynthesis, plants convert the radiant energy of the sun into chemical energy.

　　通过光合作用, 植物将太阳辐射能转为化学能。

衍　convertible *adj.* 可转化的, 可改变的

　　reconvert *v.* 重新转换 [COGT1R2]

　　vertical *adj.* 垂直的(turn to stand) [C16T4R1]

---

ascribe [əˈskraɪb] ★☆☆☆☆

记　*a-(to* 加强语义*)-scrib-(scrip-=cut* 刻上→写*)-e→*写上去→把前因后果写上→归因, 认为……所说

释　*vt.* 归……于, 把……归咎于 <替> *attribute*

　　vt. 把……归属于, 认为……具有 <替> *credit*

搭　ascribe his failure to bad luck

　　把他的失败归因于运气不好

ascribe good health to proper diet

认为好的健康是由于恰当的饮食

be ascribed to Shakespeare

被认为是莎士比亚(写的)

阅　It is surprising to hear him talk this way, because researchers do not usually ascribe human emotions to animals.

　　很吃惊听到他以这种方式讲话, 因为研究者通常不会认为动物具有人类的情感。

衍　circumscribe *vt.* 约束, 限制

---

counterpart [ˈkaʊntəpɑːt] ★★★☆☆

记　*counter-(contra-=opposite* 相对的*)-part(*部分*)→*相对的部分→对应的物/人, 对等物/人

释　*n.* 对应的物/人, 对等物/人 <替> *equal, equivalent*

搭　counterpart contribution

　　对应捐助

阅　The sundial's counterpart, the water clock, was designed to measure temporal hours at night. [C8T1R1]

　　日晷的对应物, 水钟, 被设计用来测量晚间时间。

counterpart

阅　The average captive animal will have a greater life expectancy compared with its wild counterpart.

　　圈养动物平均会比它们对应的野生动物有更长的寿命。 [C14T4R2]

衍　partnership *n.* 伙伴关系

　　counterfeit *vt.* 伪造 *adj.* 假冒的

---

successive [səkˈsesɪv] ★★☆☆☆

记　*suc-(after)-cess-(walk)-ive(*后缀*)→*随后走过来的→*follow after→*连续的, 继承的

释　*adj.* 连续的, 继承的

　　<替> *consecutive, continuous, sequential*

搭　three successive years

　　连续三年

　　successive annual increase

　　连续的每年增长

successive

写　The percentage of female students registered in this school increased with each successive year.

　　在这所学校注册的女性学生的百分比连续每年递增。

衍 recession *n.* 衰退，不景气

necessity *n.* 必要，必要性 [C15T4R3]/[COGT4R2]

property [ˈprɒpəti] ★★★★☆

记 *proper-(one's own* 自身的*)-ty*(名词后缀)→自身所具有的→特性，性质→资产，财产(属于个人)

释 *n.* **特性，性质** <替> *quality, attribute, feature*

n. **资产，财产** <替> *assets, possession, estate*

搭 personal property
私人财产

have medical property
有医用特性

property market
地产市场

例 Cheerfulness is a property of her personality.
开朗乐观是她的性格特征。

衍 proper *adj.* 恰当的，本身的

improper *adj.* 不正当的，不合适的

insert [ɪnˈsɜːt] ★★☆☆☆

记 *in-sert(-ser-=line)→put in the line*→插入，嵌入

释 *vt.* **插入，嵌入** <替> *put, place, add, introduce*

搭 insert a coin
插入一枚硬币

insert an illustration page
插入一个图片页

insert a clause in the contract
在合同里插入一项条款

例 The next procedure is to insert the battery.
接下来的步骤是插入电池。

衍 exert *vt.* 发挥，运用

assert *vt.* 主张，断言

desert *vt.* 抛弃，背离 *n.* 沙漠

identify [aɪˈdentɪfaɪ] ★★★★☆

记 *ident-(same)-ify*(使……)→使确认相同的部分

释 *vt.* **确认，认出** <替> *recognise, make out*

vt. **与……关联**(*with*) <替> *relate to, associate with*

搭 identify the suspect 辨认嫌疑人

identify the key issue 弄清楚关键问题

identify opinions with facts 将看法与事实关联

阅 Scientists claim to have identified natural substances with cancer-combating properties.
科学家们声称已经发现了自然界的某些物质与抗癌特性有关联。

□ You should not identify wealth with happiness.
你不应该把财富与幸福关联在一起。

衍 identity *n.* 身份，特征 [C4T3R3]

identification *n.* 身份

identifiable *adj.* 可辨认的 [C8T4R3]/[BCOGT4R2]

unidentified *adj.* 未被识别的

prohibit [prəˈhɪbɪt] ★★☆☆☆

记 *pro-*(前)*-hibit(habit=hold)*→向前去阻止→禁止

释 *vt.* **阻止，禁止** <替> *prevent, stop, ban, forbid*

搭 prohibit smoking in public
禁止在公共场所吸烟

prohibited drugs
禁用的药品

prohibit copying or plagiarism.
禁止抄袭或剽窃

阅 Laws prohibit sex discrimination in working.
法律禁止在工作场所有性别歧视。

衍 prohibited *adj.* 被禁止的

prohibitive *adj.* 高昂得令人难以承受的，禁止的

extract *n.* [ˈekstrækt] *v.* [ikˈstrækt] ★★☆☆☆

记 *ex-(out)-tract(draw* 拽)→拽出来→取出，拔出，提取，摘录(从文字中拽出一部分)→提取液

释 *vt.* **取出，榨取** <替> *draw out, remove, withdraw*

vt. **提取，摘录** <替> *derive, gather, select*

n. **取出物，选段** <替> *selection, cutting*

搭 extract gold from the rocks
从岩石中采金

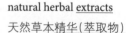
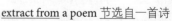

extract a notebook
取出一个笔记本

natural herbal extracts
天然草本精华(萃取物)

extract from a poem 节选自一首诗

例 History teachers often extract historical events in class.
历史老师常在课堂中摘引历史事例。

衍 ex**traction** *n.* 拔出，取出 [C16T4R1]

ex**tract**able *adj.* 可提取的，可摘录的

re**tract** *v.* 撤回，撤销

infinite [ˈɪnfɪnət] ★★☆☆☆

记 *in-(not)-fin-(end)-ite*(后缀)→没有终结→无限的，极大的(没有边界)

释 *adj.* **无限的，极大的** <替> *boundless, limitless*

搭 with <u>infinite</u> care 极其小心地

have <u>infinite</u> faith in him 对他有极大的信心

require <u>infinite</u> patience 需要极大的耐心

格 We must accept finite disappointment, but we must never lose <u>infinite</u> hope.

我们必须接受失望，因为它是有限的，但千万不可失去希望，因为它是<u>无限的</u>。

衍 <u>finite</u> *adj.* 有限的

in<u>finity</u> *n.* 无限，无穷

de<u>finite</u>ly *adv.* 明确地，确切地

guarantee [ˌɡærənˈtiː] ★★★★☆

记 *guar(gar-/war-=cover→protect*, 这里 *gu-=w-* 的拼写变化是受到古法语和日耳曼语，即德语的前身的影响)*-ant-ee*(人/物)→保证，担保

释 *n.* **保证，担保(物/金)** <替> *promise, warranty*
vt. **保证，确保，担保** <替> *promise, assure*

搭 with no <u>guarantee</u>
没有<u>保证</u>

<u>guarantee</u> the quality
<u>保证</u>质量

money-back <u>guarantee</u>
<u>退款保证</u>

写 We <u>guarantee</u> to refund your money if you are not delighted with your purchase.
若您对所购商品不满意，我们<u>保证退款</u>。

例 Unity is the <u>guarantee</u> of victory.
团结是胜利的<u>保证</u>。

衍 **warranty** *n.* 保修，保证书
ward *n.* 病房，选区
garnish *vt.* 为食物加装饰
garment *n.* 衣服
covert *adj.* 隐藏的，秘密的(cover+t)
overt *adj.* 公开的

cognitive [ˈkɒɡnətɪv] ★☆☆☆☆

记 *co-(都)-gn-(-kn-=know* 知晓*)-it-ive*→认知的

释 *adj.* **认知的** <替> *conscious mental process*

搭 <u>cognitive</u> development
<u>认知的</u>发展

<u>cognitive</u> impairment
<u>认知</u>(功能)损伤

<u>cognitive</u> process <u>认知</u>过程

reflect better <u>cognitive</u> control
反映出更好的<u>认知</u>控制 [C12T6R3]

阅 An iconoclastic thinker can avoid <u>cognitive</u> traps.
一个打破常规的思考者能避开<u>认知的</u>陷阱。
[C9T2R3]

衍 **cognition** *n.* 认知，认识力
agnostic *n.* 不可知论者(a-=not)

shatter [ˈʃætə(r)] ★☆☆☆☆

记 与 *scatter* 同源，可谐音记为"撒得"到处都是→东西或梦想破碎了，撒得到处都是→破碎，粉碎

释 *v.* **破碎，粉碎** <替> *smash, break, crush, burst*
vt. **使惊愕，使受打击** <替> *shock, devastate*

搭 <u>shatter</u> his confidence
粉碎了他的信心

be <u>shattered</u> by the news
被这条新闻震惊

<u>shatter</u> a country's economy
粉碎一个国家的经济

<u>shattering</u> experience 备受打击的经历

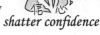
shatter confidence

▢ There has to be a way to take responsibility without <u>shattering</u> everything.
肯定有办法既能担起责任，又不用<u>毁掉</u>一切。

例 The government must reconstruct the <u>shattered</u> economy.
政府必须重建<u>支离破碎</u>的经济。

衍 **scatter** *vt.* 撒，散播

visible [ˈvɪzəbl] *adj.* ★★★☆☆

记 *vis-(see)-ible(able)*→能看见的→可见的，明显的

释 *adj.* **可见的，明显的** <替> *apparent, evident*

搭 <u>visible</u> to the naked eye
肉眼<u>可见</u>

visible improvement
明显的改进

no visible solution
没有明显的解决方案

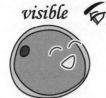

阅 The universe is populated with visible stars, gas and dust, but most of the matter in the universe is invisible.
宇宙中分布着可见的恒星、气体和尘埃，但宇宙中绝大多数物质是不可见的。

衍 invisible *adj.* 看不见的，无形的 [C9T1R1]/[C16T4R2]
visual *adj.* 视觉的 [C4T1R3]/[BCOGT1R1]
visualise *vt.* 使具体化，想象 [C10T4R3]
vista *n.* 景色，前景
advisable *adj.* 明智的
envisage *vt.* 设想，预想 [C13T3R1]/[C16T1R3]

underlying [ˌʌndəˈlaɪɪŋ] ★★☆☆☆

记 under-lying(lie 躺)→躺在下面的→藏在下面的→潜在的，隐含的

释 *adj.* **潜在的，暗含的** <替> *hidden, latent*
adj. **根本的，真正的** <替> *basic, fundamental*
adj. **下层的，下面的** <替> *under the surface of*

搭 underlying meaning 暗含的意义
underlying problem 潜在的问题
address the underlying causes
解决根本的原因 [C12T6R1]
underlying rock 下层的岩石

写 To stop a problem, you have to understand its underlying causes.
要想杜绝问题的发生，必须弄清它潜在的原因。

衍 underlie *vt.* 位于……之下，成为……的基础
undercut *vt.* 削弱

pragmatic [præɡˈmætɪk] ★☆☆☆☆

记 prag-(pract-=do 做)-ma-tic(的)→务实的

释 *adj.* **务实的，实用的** <替> *practical, realistic*

搭 pragmatic approach
务实的方法
take a pragmatic view
采纳一个实用的观点
accept a pragmatic settlement

接受一个务实的解决方案
阅 Our approach is essentially pragmatic.
我们的方法从本质上来说是务实的。

sole [səʊl] ★★☆☆☆

记 sol-(独，一)-e→唯一的，独家的，单独的，底

释 *adj.* **单独的，唯一的，独家的**
<替> *only, single, solitary, exclusive*
n. **脚底，鞋底** <替> *bottom surface*

搭 sole agent
独家代理商
sole winner [C9T4R1]
唯一的获奖者
leather soles 皮制的鞋底

谚 Practice is the sole criterion of truth.
实践是检验真理的唯一标准。

衍 solely *adv.* 唯一地 [C11T3R1]/[C15T2R1]/[BCOGT1R3]
desolate *adj.* 荒凉的(de-完全) [C9T2R2]

eliminate [ɪˈlɪmɪneɪt] ★★★☆☆

记 e-(out)-limin-(limit 限制)-ate→限制在外面→排除在外→消除

释 *vt.* **排除，消除** <替> *remove, terminate, stop*

搭 eliminate differences
消除分歧
eliminate danger
排除危险
eliminate poverty
消除贫困

写 As you begin to eliminate your need for perfect life, you will begin to discover the perfection in life itself.
当你开始放弃对完美生活的追求，你就会开始发现生活本身就是完美的。

衍 limitation *n.* 限制，局限
unlimited *adj.* 不受限制的

innovation [ˌɪnəˈveɪʃn] ★★☆☆☆

记 in-nov-(new)-a-tion(名词后缀)→革新，创新

释 *n.* **革新，创新** <替> *change, revolution*

搭 technical innovation

技术革新
encourage innovation
鼓励创新
radical innovation
彻底的革新

阅 In the age of global competition, technological innovation is vital in promoting products.
在全球竞争时代，技术创新对推广产品至关重要。

衍 innovate *v.* 创新 [C16T4R2]
innovative *adj.* 创新的 [C11T2R2]/[BCOGT2R2]
novelty *n.* 新奇，新鲜的事物
novice *n.* 新手，初学者 [C16T1R3]

differentiate [ˌdɪfəˈrenʃieɪt] ★★☆☆☆

记 *different-*(区别)*-i-ate*(使)→区分，辨别

释 *v.* **区分，辨别，区别对待**
<替> *distinguish, discriminate, make different*

搭 differentiate between good and evil 区分好坏
difficult to differentiate 很难区分

写 It is wrong to differentiate between people according to their family background.
根据家庭出身区别待人是不对的。

衍 indifferent *adj.* 漠不关心的(无差别的)
differ *vi.* 有区别

exhaust [ɪgˈzɔːst] ★★★☆☆

记 *ex-*(*out*)*-haust*(*draw up* 拽出)→拽出精力→用尽，耗尽，使疲惫不堪→废气(从排气筒出来)

释 *vt.* **使筋疲力尽** <替> *tire, drain, fatigue*
vt. **用尽，耗尽** <替> *use up, deplete, empty*
n. **尾气，废气** <替> *emission, fumes*

搭 exhaust oneself
累得筋疲力尽
exhaust one's strength
用尽某人的力气
industrial exhaust
工业废气

例 The soil was exhausted from years of intensive farming and monoculture.
多年的密集种植和单一种植耗尽了土壤。

衍 exhausted *adj.* 精疲力竭的
exhaustive *adj.* 详尽的 [C8T4R3]
inexhaustible *adj.* 用之不竭的，无限的

advocate *n.* [ˈædvəkət] *v.* [ˈædvəkeɪt] ★★★☆☆

记 *ad-*(*to*)*-voc-*(*voice=call*)*-ate*→去支持的声音→支持，拥护，提倡→支持者，拥护者

释 *vt.* **支持，提倡** <替> *support, recommend*
n. **支持者，拥护者** <替> *supporter, promoter*

搭 advocate this strategy
支持这个策略 [C10T4R3]
advocate self-reliance
提倡自力更生
leading advocate
主要的倡导者

写 We don't advocate test-oriented education.
我们不支持应试教育。

衍 vocal *adj.* 声音的，有声的
vocation *n.* 职业，使命感
vocational *adj.* 职业的

comprise [kəmˈpraɪz] ★★☆☆☆

记 *com-*(一起)*-pris-*(抓)*-e*→放到一起→组成，包含

释 *vt.* **包括，构成** <替> *consist of, be composed of*

搭 comprise two bedrooms 包含两个卧室
comprise the overwhelming majority
构成压倒性的大多数

写 People aged 65 and over now comprise nearly 20% of the population.
65岁及以上的人现在占人口的近20%。

衍 imprison *vt.* 关押，拘禁 [COGT7R2]
enterprise *n.* 公司，企业

intrigue [ɪnˈtriːg] ★☆☆☆☆

记 *in-trigu-*(*-tric-=trick* 把戏)*-e*→耍把戏→密谋，耍阴谋，激起……的兴趣(用把戏吸引)

释 *vi.* **密谋，私通** <替> *plot, make secret plans*
vt. **激起兴趣，迷住** <替> *fascinate, interest*
n. **阴谋，密谋**
<替> *conspiracy, plot*

搭 intrigue with each other
相互勾结
political intrigue

政治阴谋

be intrigued to know
有兴趣想知道

□ Does my story intrigue you?
我的故事你感兴趣吗?

例 I'm intrigued to know who spread the rumour.
我很想知道谁散播了这个谣言。

衍 intriguing adj. 吸引人的

inextricably adv. 密不可分地

menace [ˈmenəs] ★☆☆☆☆

记 men-(-mount-=project 突出,冒出)-ace(尖)→act of threatening→拿着尖(刀)冒出来→威胁

释 n. **威胁** <替> threat, risk, intimidation, hazard

n. **讨厌的人/事** <替> pest, nuisance, plague

vt. **威胁,威吓** <替> threaten, intimidate

搭 constitute menace 构成威胁

look menacing
带着威胁的表情

menace to society
对社会的威胁

approaching menace
即将来临的威胁 [C11T4R2]

menace

阅 The forests around the globe are being menaced by industrial pollution.
工业污染正在危及全球的森林。

衍 mountainous adj. 多山的,庞大的 [C15T4R2]

surmount vt. 置于(某物)顶端,克服 [C13T3R1]

insurmountable adj. 难以克服的 [COGT1R1]

reverse [rɪˈvɜːs] ★★★☆☆

记 re-(back)-vers-(-vert-=turn)-e→反转,使颠倒,使倒退→相反,对面→相反的,颠倒的

释 vt. **倒转,撤销** <替> back, annul, undo, overrule

vt. **颠倒,调换** <替> turn around, invert

n. **相反,对面** <替> opposite, contrary

n. **失败,挫折** <替> failure, setback, misfortune

adj. **相反的,颠倒的** <替> opposite, backward

搭 reverse the economic decline
扭转经济下滑

quite the reverse 正好相反

suffer a major reverse

reverse

遭受重大的挫折

in reverse order 按相反的顺序

show a reverse trend 呈现相反的趋势

写 It is impossible to reverse the trend of history.
历史潮流不可逆转。

衍 introvert adj. 内向的 n. 内向的人 [C10T4R2]

extrovert adj. 外向的 n. 外向的人 [C10T4R2]

vertex n. 顶点,最高点

irreversible adj. 不可逆转的 [C10T4R3]

reversion n. 恢复,归还 [C16T3R3]

independent [ˌɪndɪˈpendənt] ★★★★★

记 in-(not)-de-(down)-pend-(hang 悬挂)-ent(形容词后缀)→不在下面挂着的→独立出来的

释 adj. **独立的,自立的,私立的**

<替> separate, self-sufficient, self-reliant, private

搭 financially independent
经济上独立的

independent thinker
独立的思考者

from independent source
来自独立的来源

financial independent

□ He taught chemistry at a leading independent school.
他在一所重点的私立中学教化学。

写 We should learn to be independent of our parents since college.
我们应该学会从大学起就不依赖父母。

衍 dependent adj. 依赖的

pending adj. 悬而未决的,待处理的

pendulum n. 钟摆 [C7T2R1]/[C8T1R1]

appendage n. 附加物 [C10T4R3]

accomplish [əˈkʌmplɪʃ] ★★★★☆

记 ac-(to)-com-(together)-pli-(-ple=fill 填满)-ish(后缀)→去全部填满→圆满→完成,实现

释 vt. **完成,实现**

<替> fulfil, achieve, attain

搭 accomplish the task
完成这个任务

accomplish a promise

accomplish

实现诺言

accomplish the very opposite
适得其反

回 He is a man who will spoil rather than accomplish things.
他这个人成事不足败事有余。

例 Local residents are sceptical about how much will be accomplished by legislation.
当地居民对于立法成效心存疑虑。

衍 accomplishment n. 完成，实现[C15T2R3]/ [C16T1R2]
unaccomplished adj. 未完成的

infer [ɪnˈfɜː(r)] ★☆☆☆☆

记 in-fer(bring, carry)→带进新想法→推断，推理

释 v. 推断，推理 <替> conclude, deduce, presume

搭 infer a conclusion
推理出结论
infer from statistics
从统计中推断
infer an unknown fact
推理未知的事实

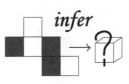

阅 From this study, we can reasonably infer that this behaviour is inherited.
根据这项研究，我们可以合理地推断出这种行为是遗传的。

衍 inference n. 推论[C16T4R2]
defer v. 推迟，延期
confer vi. 协商，商议(with)
reference n. 引用，参考

pattern [ˈpætn] ★★★★☆

记 patter-(patr-=father→孩子模仿的典范)-n→榜样→式样→方式，图案(供他人模仿)→模仿(父辈)

释 n. 方式，图案，模型 <替> plan, design, method
vt. 使形成，仿制 <替> form, establish, copy

搭 follow a set pattern 遵循固定的方式
pattern of behaviour 行为模式
pattern a picture 仿制一幅画
summarise the pattern 概述这种模式 [C4T4R2]

阅 Scientists see a consistent pattern in the global temperature variations that have occurred in the past.

科学家在过去出现的全球气温变化中看到了一致的模式。

写 Adult behaviour is often patterned by childhood experiences.
成年人的行为模式往往是童年经历造成的。

衍 patron n. 赞助人，保护人
patronage n. 赞助[C5T1R1]
patriotic adj. 爱国的，有爱国心的

rudimentary [ˌruːdɪˈmentri] ★☆☆☆☆

记 rud-(粗糙→原始，基本)-i-ment-(后缀)-ary(形容词后缀)→初始，原始的，基本的

释 adj. 基本的，初步的 <替> basic, elementary
adj. 原始的，不完善的 <替> primitive, crude

搭 in the rudimentary way
从基本上来说
rudimentary understanding
基本的了解
have rudimentary equipment
有简陋的设备

阅 Some unusual fish have rudimentary legs.
有些罕见的鱼类长有未发育完全的腿。

衍 rude n. 粗俗的，粗鲁的
rudiment n. 雏形，基本原理

presume [prɪˈzjuːm] ★★☆☆☆

记 pre-(前)-sum-(take)-e→take beforehand→提前取→提前设定→推测→假定，认定，擅自行事

释 v. 假设，假定 <替> think, guess, suppose
vi. 冒昧，擅自做 <替> take the liberty, venture

搭 presume boldly 大胆地假定
be presumed innocent 被认定是清白的
presume to issue orders 擅自去发号施令

回 I hope I'm not presuming.
我希望我没擅自主张。

例 Don't presume upon my forgiveness.
别指望我的宽恕。

衍 presumption n. 假设
presumptuous adj. 放肆的，冒昧的

spontaneous [spɒnˈteɪniəs] ★★☆☆☆

记 spontane-(自主的)-ous(的)→自主,自发的

释 *adj.* **自主的,自然的** <替> *natural, unplanned*

搭 spontaneous reaction 自然的反应

spontaneous performance 即兴表演

例 The audience burst into spontaneous applause.
观众自发地鼓起掌来。

阅 Now my extroverted behaviour is spontaneous.
现在我外向性格的举止变得自然而然。 [C10T4P2]

cautious [ˈkɔːʃəs] ★★★☆☆

记 cau-(observe→观察)-ti-ous(……的)→因小心而观察→谨慎的,小心的

释 *adj.* **谨慎的,小心的** <替> *careful, guarded*

搭 cautious approach
谨慎的方式

remain cautious
保持谨慎

cautious about spending money
谨慎地花钱

cautiously optimistic 谨慎乐观

写 Perhaps a more cautious approach would bring better results.
更谨慎的方法也许会带来更好的结果。

衍 caution *n.* 谨慎,小心 [C16T4R2]

cautionary *adj.* 劝告的,告诫的 [C15T3R3]

precaution *n.* 预防措施

tremendous [trəˈmendəs] ★★★☆☆

记 trem-(颤抖)-end-ous(的)→巨大的,极大的,艰巨的→(因为大而)惊人的→(大就是)极好的

释 *adj.* **巨大的,惊人的** <替> *huge, enormous*

adj. **极好的** <替> *excellent, wonderful*

搭 tremendous sums of money 大笔的钱

tremendous achievement 了不起的成就

tremendous task 艰巨的任务

例 It makes a tremendous difference to me.
这对我来说差别很大。

阅 The coronavirus has taken a tremendous toll on our nation's economy and our individual well-being.

冠状病毒已给我们国家的经济和我们个人的福祉造成了巨大的损失。

衍 tremble *vi.* 颤抖

tremor *n.* 颤动

utilise [ˈjuːtəlaɪz] ★★☆☆☆

记 ut-(use)-il-ise(动词后缀)→使用,利用

释 *vt.* **使用,利用** <替> *make use of, employ*

搭 utilise available resources
利用可用的资源

utilise solar power
利用太阳能

utilise critical thinking
使用批判性思维

utilise solar power

阅 The Romans were the first to utilise concrete as a building material.
罗马人首先使用混凝土作建筑材料。

衍 utilisation *n.* 利用

utilitarian *adj.* 实用的 [C10T1R1]/[C17T3R2]

utensil *n.* 器皿,用具

concession [kənˈseʃn] ★★★☆☆

记 con-(together)-cess-(go)-ion(名词后缀)→走到一起需要互相让步,妥协→妥协,让步,特许权

释 *n.* **让步,妥协** <替> *compromise, surrender*

n. **特许权,优惠** <替> *privilege, right, boon*

搭 make a concession
做出让步

concession stand
小卖部

get travel concession
获得旅行优惠

oil concession
石油开采特许权

concession stand

例 I am prepared to make some concession on minor details, but I cannot compromise on fundamentals.
在一些细节上我准备做些让步,但在基本原则上我是不会妥协的。

衍 predecessor *n.* 前辈 [C16T1R2]/[BCOGT4R1]

concede *vt.* 承认,让步

prompt [prɒmpt] ★★★☆☆

记 pro-(前)-(e)mpt-(-em-=take)→take forth→拿到
前面→提示→及时的,迅速的→激励,促使

释 adj. **及时的,迅速的** <替> timely, quick, rapid
vt. **促使,引起,提示** <替> cause, elicit, remind
n. **提示** <替> reminder, cue, hint

搭 give a prompt
给个提示
call for prompt action
需要迅速的行动
give prompt feedback
给出及时的反馈

prompt action

口 What prompted him to be so generous?
是什么促使他如此大方呢?

阅 Perkin's curiosity prompted early interests in the
arts, sciences, photography, and engineering.
帕金的好奇心引起(他)早期的对艺术、科学、摄
影和工程学方面的兴趣。[C9T1R1]

衍 promptly adv. 迅速地

interval [ˈɪntəvl] ★★☆☆☆

记 inter-(between)-val(wall)→两个墙之间→间隔

释 n. **间隔** <替> break, gap, intermission

搭 during the interval
在间隔(休息)期间
within a short interval
在很短的时间间隔内
at random/regular intervals
随机的/有规律的间隔 [C7T4R3]/[C16T4R1]

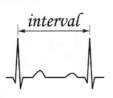
interval

写 The interval between the two trees measures 40
feet.
这两棵树的间距是40英尺。

衍 interface n. 界面,接口 [C13T2R3]
intertwine v. 纠缠,密切关联

aggravate [ˈægrəveɪt] ★☆☆☆☆

记 ag-(to)-grav-(griev-=heavy 重)-ate(动词后缀)→
加重

释 vt. **使加重,加剧** <替> worsen, exacerbate
vt. **使恶化,加重** <替> make an illness worse
vt. **激怒,惹恼** <替> annoy, bother, irritate

搭 aggravate the conflict 使冲突加剧
aggravated damage 加重的损伤
aggravate the situation 使形势加剧
aggravate us 使我们恼怒

阅 The lack of rain aggravated the already serious
lack of food.
缺少雨水加重了业已严重的食物短缺。

衍 aggravation n. 加剧,加重
grieve v. 悲痛,悲伤

scarce [skeəs] ★★☆☆☆

记 s-(ex-=out)-carc-(-carp-=pluck 拔)-e→拔出去→
拔掉了→缺乏的,不足的,稀有的

释 adj. **缺乏的,不足的,稀有的**
<替> insufficient, rare, sparse, inadequate

搭 scarce metal
稀有的金属
scarce resources
稀缺资源
become scarce
变得稀少

become scarce

阅 During economic recession, jobs are becoming
increasingly scarce.
在经济萧条期,工作机会越来越少。

衍 scarcely adv. 几乎不,根本不 [C15T1R3]
scarcity n. 缺乏,不足 [C15T3R2]

List of the Key Extended Words and Review(核心扩展词列表及复习)

- [ ] accomplishment *n.* 完成,实现
- [ ] adaptation *n.* 适应
- [ ] adaptive *adj.* 能适应的
- [ ] advisable *adj.* 明智的
- [ ] aggravation *n.* 加剧,加重
- [ ] amass *vt.* 积聚
- [ ] ancestral *adj.* 祖先的
- [ ] antecedent *n.* 先例 *adj.* 先前的
- [ ] antique *n.* 古董
- [ ] apprehend *vt.* 了解
- [ ] apprehensive *adj.* 忧虑的
- [ ] artisan *n.* 工匠
- [ ] assert *vt.* 主张
- [ ] assimilate *v.* 同化
- [ ] biomimicry *n.* 生物仿生
- [ ] caution *n.* 谨慎,小心
- [ ] cautionary *adj.* 劝告的,告诫的
- [ ] circumscribe *vt.* 约束,限制
- [ ] classical *adj.* 古典的
- [ ] classification *n.* 类别
- [ ] cognition *n.* 认知
- [ ] comprehend *vt.* 理解
- [ ] concede *vt.* 让步,承认
- [ ] convertible *adj.* 可转化的
- [ ] counterfeit *vt.* 伪造 *adj.* 假冒的
- [ ] covert *adj.* 秘密的,隐藏的
- [ ] dedicated *adj.* 献身的
- [ ] dedication *n.* 奉献
- [ ] defensive *adj.* 防御性的
- [ ] defer *v.* 推迟
- [ ] definitely *adv.* 明确地
- [ ] dependent *adj.* 依赖的
- [ ] desert *vt.* 抛弃 *n.* 沙漠
- [ ] desolate *adj.* 荒凉的
- [ ] deviate *vi.* 背离,离开
- [ ] disposable *adj.* 自由支配的
- [ ] disposal *n.* 处理

- [ ] dual *adj.* 双重的
- [ ] duplicate *vt.* 复制
- [ ] endorsement *n.* 赞同
- [ ] entitlement *n.* 权利,资格
- [ ] envisage *vt.* 设想
- [ ] equipment *n.* 装备
- [ ] evoke *vt.* 唤起
- [ ] exert *vt.* 运用
- [ ] exhausted *adj.* 精疲力竭的
- [ ] exhaustive *adj.* 详尽的
- [ ] experimental *adj.* 试验的
- [ ] extractable *adj.* 可提取的
- [ ] extraction *n.* 拔出
- [ ] extrovert *adj.* 外向的 *n.* 外向的人
- [ ] finite *adj.* 有限的
- [ ] garnish *vt.* 为食物加装饰
- [ ] garment *n.* 衣服
- [ ] herbicide *n.* 除草剂
- [ ] identifiable *adj.* 可辨认的
- [ ] identity *n.* 身份
- [ ] ideological *adj.* 意识形态的
- [ ] imprison *vt.* 关押
- [ ] improper *adj.* 不合适的
- [ ] indifferent *adj.* 漠不关心的
- [ ] inexhaustible *adj.* 用之不竭的
- [ ] inextricably *adv.* 密不可分地
- [ ] inference *n.* 推论
- [ ] infinity *n.* 无限,无穷
- [ ] innovate *v.* 创新
- [ ] innovative *adj.* 创新的
- [ ] insatiable *adj.* 无法满足的
- [ ] insecticide *n.* 杀虫剂
- [ ] insurmountable *adj.* 难以克服的
- [ ] interface *n.* 界面,接口
- [ ] intertwine *v.* 纠缠,密切关联
- [ ] intriguing *adj.* 吸引人的
- [ ] introvert *adj.* 内向的 *n.* 内向的人

invisible *adj.* 看不见的

invulnerable *adj.* 无懈可击的

irreversible *adj.* 不可逆转的

irrevocable *adj.* 不能撤销的

isolation *n.* 隔绝

limitation *n.* 局限

mimicry *n.* 模仿

mountainous *adj.* 多山的

necessity *n.* 必要(性)

novice *n.* 新手

offender *n.* 违法者

overt *adj.* 公开的

paradoxical *adj.* 自相矛盾的

partnership *n.* 伙伴关系

patriotic *adj.* 爱国的

patron *n.* 赞助人,保护人

patronage *n.* 赞助

pending *adj.* 悬而未决的

pendulum *n.* 摆锤

perplexity *n.* 困惑

precaution *n.* 预防措施

predecessor *n.* 前辈

preservation *n.* 保护

presumption *n.* 假设

presumptuous *adj.* 放肆的

prohibited *adj.* 禁止的

prohibitive *adj.* 高昂得令人难以承受的

proliferation *n.* 激增

promptly *adv.* 迅速地

proper *adj.* 恰当的

provocative *adj.* 挑衅的

recession *n.* 衰退

reconvert *v.* 重新转回

retract *v.* 撤回

reversion *n.* 归还,恢复

rudiment *n.* 雏形,基本原理

scarcely *adv.* 几乎不,根本不

scarcity *n.* 缺乏,不足

similar *adj.* 相似的

similarity *n.* 相似,相似处

simulation *n.* 模拟

solely *adv.* 唯一地

suicide *n./v.* 自杀

surmount *vt.* 置于(某物)顶端,克服

tremble *vi.* 颤抖

unaccomplished *adj.* 未完成的

undercut *vt.* 削弱

underlie *vt.* 位于……之下

unidentified *adj.* 未被识别的

unify *vt.* 使成为一体

uniqueness *n.* 独特性

unity *n.* 整体性

unlimited *adj.* 不受限制的

utensil *n.* 器皿

utilitarian *adj.* 实用的

utilisation *n.* 利用

variation *n.* 变化

variety *n.* 多样性

vertical *adj.* 垂直的

vista *n.* 景色

visual *adj.* 视觉的

visualise *vt.* 使具体化

vocal *adj.* 声音的

vocation *n.* 职业

vocational *adj.* 职业的

vulnerability *n.* 脆弱性

ward *n.* 病房,选区

warranty *n.* 保修,保证书

well-preserved *adj.* 保存完好的

willful *adj.* 任性的

willingly *adv.* 乐意地,自愿地

单词学习之拉丁语篇

拉丁语作为罗马帝国的官方语言影响了欧洲大陆一千多年。可以说,它是很多现代语言的"祖母",像意大利语、西班牙语、葡萄牙语、罗马尼亚语等众多欧洲语言都源于拉丁语。当时,罗马帝国的官方语言为"古典拉丁语(Latina Classica)",而居住在高卢一带的人讲的拉丁语则称为"通俗拉丁语",即拉丁语的"白话文",这个"白话拉丁语"就是法语的前身。

从语言的角度来说,拉丁语对于英语的影响体现在文化和词汇上,而对于英语语法的影响是很小的。从文化上,早期大量的罗马神话和罗马人抄袭并完善的古希腊神话也进入了英语世界,很多的神话词汇进入了天文学,比如Venus(金星)、Mercury(水星)、Mars(火星)、Jupiter(木星)、Saturn(土星)等太阳系行星都是用神话里的名字命名的。逐渐地,罗马帝国从早期的多神崇拜进入了基督教(Christianity)统治的时代,并且这也深深影响了英国使其成了基督教国家。这种宗教的影响也使得欧洲大多数国家在主流意识形态(ideology)上比较容易相互理解。从词汇上,拉丁语源源不断地从各个时期涌入英语,极大丰富了英语的词汇。在中世纪的上流社会,很多英国的社会名流都是用拉丁文写作的,像牛顿发表的《自然哲学的数学原理》是用拉丁文写的,因为在当时的上流社会,英语的确登不了大雅之堂,拉丁语才算是受过教育的一种体现。加上诺曼征服一百年时间里法语的使用,使得大量拉丁语源的法语词汇涌入了英语。比如,之前我们学过的maintain一词就是典型的法语语源的词汇,受法语影响写成了今天的样子,而其名词maintenance则保留了拉丁语原来的拼写。我们看到表示"拉,伸"的词根"-ten-/-tain-/-tin-/-ton-/-tent-/-tend-/-tens-"有如此多的小的拼写变化,主要是由于其词源不同造成的。很多同源词有的源于拉丁语,有的从拉丁语进入法语,再进入英语,有的则源于意大利语。所以,从学术上来说,英语的词汇直接或间接源于拉丁语的单词量大概占到英语总体词汇量的60%还要多,这就是为什么众多操着不同语言的欧洲人学起英语来要比我们容易得多的原因——同源同宗的拉丁语。

不幸的是,拉丁语流传到今天并没有成为一门鲜活的通用语言(lingua franca),而是以其基础拼写的细微变化存留于众多欧洲语言当中,这不得不说是一种遗憾。

Sublist 9

扫码听音频

本单元核心词学前自测和学后检测 (2次标记生词)

□□ abandon
□□ accumulate
□□ accompany
□□ accord
□□ adopt
□□ advent
□□ allege
□□ ambiguous
□□ appreciate
□□ arbitrary
□□ automatic
□□ bearing
□□ bias
□□ bleak
□□ chart
□□ clarify
□□ commercial
□□ commodity
□□ complement
□□ conform

□□ conscious
□□ contradict
□□ crucial
□□ currency
□□ denote
□□ desperate
□□ detect
□□ devastate
□□ diagnose
□□ displace
□□ dispute
□□ dramatic
□□ exhibit
□□ exploit
□□ fluctuate
□□ guideline
□□ harbour
□□ highlight
□□ implicit
□□ induce

□□ inevitable
□□ infrastructure
□□ ingenious
□□ inspect
□□ intense
□□ intervene
□□ mediocre
□□ minimise
□□ noteworthy
□□ oblivion
□□ occurrence
□□ odd
□□ offset
□□ paralyse
□□ perish
□□ predominant
□□ prevail
□□ prospect
□□ radical
□□ random

□□ reinforce
□□ retreat
□□ revise
□□ restore
□□ stark
□□ subside
□□ subtle
□□ supersede
□□ susceptible
□□ sustain
□□ tension
□□ theme
□□ thereby
□□ thrive
□□ underpin
□□ uniform
□□ unprecedented
□□ vehicle
□□ virtual
□□ widespread

本单元部分核心词根词汇预习

核 心 词 根	含 义 + 延 伸	单 元 核 心 例 词
-auto-	self(自我)→自我能思考的	**auto**matic 自动化的
-cept-	grasp抓→(从下面)抓	sus**cept**ible 易受影响的
-cord-	heart(心)→心向一处	ac**cord** 一致
-curr-	run(跑)→流通的,跑(出来的)→事件	**curr**ency 货币, o**curr**ence 事件
-dict-	show(显露)→显示出(相反的)	contra**dict** 反驳
-form-	form形→(都成统一)形态	con**form** 遵从, uni**form** 制服
-gn-	know(知晓)→(透过表象)知晓	dia**gn**ose 诊断
-ly-	loose(松)→(一边)松弛(下来)	para**ly**se 使瘫痪
-not-	note标注→确认一个标记	de**not**e 是……的标志
	note标注→值得标记的	**not**eworthy 显著的
-opt-	choose(选)→(专门去)选	ad**opt** 收养
-plic-	fold(折)→折叠到里面→不显眼	im**plic**it 含蓄的
	-ploit(折)→翻折出来→开发	ex**ploit** 充分运用→ex**hibit** 展示(出来)
-put-	cut(砍)→(用负面言语)砍(对方)	dis**put**e 争吵→**dis**place 迫使离开
-sci-	know(知道)→都认识到	con**sci**ous 意识到
-sid-	sit坐→坐在下面→慢慢沉下来	sub**sid**e 平息
	-sed-(sit坐)→(自下而上)坐	super**sed**e 取代
-spect-	look看→(往里)看→自习检查	in**spect** 检查
	look看→(往前)看→前景	pro**spect** 希望
-st-	-sta-/-stor-立→再立起来	re**stor**e 恢复
	-struct-立→建筑物→底层建筑	infra**struct**ure 基础设施
	-sta-/-star-立→(僵硬的)立→显眼	**star**k 鲜明的
-tens-	stretch拉伸→(使劲)拉紧,拉(的状态)	in**tens**e 有强度的, **tens**ion 紧张
	-tain-(stretch拉)→(在下面)拉→支撑	sus**tain** 使持续
-ven-	-vent-(come来)→到来	ad**vent** 到来
	-ven-(come来)→来(到中间)	inter**ven**e 介入
-vis-	see(看)→(回头再)看	re**vis**e 修改→re**treat** 回撤
	-guid-/-vid-(see看)→指导	**guid**eline 指导方针
-vehi-	way(路)→在路上行驶的(车辆)	**vehi**cle 车辆

thrive [θraɪv]　★★☆☆☆

记　源于北欧斯堪的纳维亚语,表示 *take hold of*→把握住→能把握好→取得成功→茁壮成长

释　*vi.* **茁壮成长** <替> *grow vigorously, blossom*
　　vi. **兴旺,繁荣** <替> *flourish, prosper, boom*
　　vi. **通过(别人不喜欢的方式)成功**

搭　continue to thrive
　　继续蓬勃发展
　　thriving industry
　　兴旺的行业
　　thrive on stress
　　在压力下获得成功

例　A business cannot thrive without good management.
　　企业没有良好的管理不会兴旺。

衍　thriving *adj.* 兴旺的

diagnose [ˈdaɪəgnəʊz]　★★☆☆☆

记　dia-(through)-gn-(know 知晓)-ose(后缀)→透过表面状况知晓→诊断

释　*vt.* **诊断,判断** <替> *identify, analyse, recognize*

搭　diagnosed with diabetes
　　诊断出糖尿病
　　diagnose the reasons
　　判断原因
　　diagnose an illness
　　诊断疾病

例　The teacher has diagnosed the boy's reading difficulties.
　　老师已经找到了这个男孩阅读困难的原因。

衍　diagnosis *n.* 诊断
　　diagnostic *adj.* 诊断的
　　undiagnosed *adj.* 未诊断出的 [C9T2R1]

subside [səbˈsaɪd]　★☆☆☆☆

记　sub-(下)-sid-(-sed-=to sit, to settle)-e→沉静下来,安静下来→平息,缓和,降低

释　*vi.* **平息,缓和** <替> *abate, alleviate, calm*
　　vi. **减弱,消退** <替> *recede, ebb, diminish*
　　vi. **下沉,下陷** <替> *sink, fall in, collapse*

搭　begin to subside 开始消退
　　subside quickly/rapidly 快速地平息

subside into the earth 沉降到地里

例　Sometimes, the ground at an oil field may subside as oil is removed.
　　有时,油田的地面可能会随着石油开采而下降。

写　The price of crude has subsided from $75 to $60.
　　原油价格已经从75美元降到了60美元。

衍　preside *vt.* 主持,掌管(坐前面)
　　sedative *n.* 镇静剂

underpin [ˌʌndəˈpɪn]　★☆☆☆☆

记　under-(在……下)-pin(钉)→在下面钉上钉子→钉钉子加固→加强,支撑,巩固

释　*vt.* **支撑,加强,巩固,成为……的基础**
　　<替> *hold, support, sustain, hold up*

搭　underpin our lives
　　支撑我们的生命
　　underpin his argument
　　巩固他的论点
　　underpin the exterior wall
　　给外墙做支撑

写　Good schools underpin not only our economy, but the social fabric of our lives.
　　优质的教育不仅支撑着我们的经济,也支撑着我们生活的社会结构。

perish [ˈperɪʃ]　★☆☆☆☆

记　per-(through)-is-(-ir-=go)-h-(...的)→*go through*→走完→终结→毁灭,死亡

释　*vi.* **死亡,丧生** <替> *die, pass away*
　　vi. **腐烂,老化** <替> *rot, decay, decompose*
　　v. **毁坏,使死去** <替> *be destroyed, be killed*

搭　perish in the fire
　　在大火中丧生
　　perish from the earth
　　从地球上死亡
　　perish the thought
　　(毁灭想法)甭想了

阅　Early buildings were made of wood and have perished.
　　早期建筑物为木质结构,已经消失殆尽。

阅　The heavy rain perished all the crops.
　　大雨把所有庄稼都淹死了。

衍 perishable *adj.* 易腐烂的，易变质的

dramatic [drəˈmætɪk] ★★★★☆

记 drama(戏剧)-tic→戏剧性的，惊人的，巨大的

释 *adj.* 惊人的，巨大的，戏剧性的

　　<替> noticeable, considerable, theatrical

搭 <u>dramatic</u> increase
　　<u>惊人的</u>增加

　　have <u>dramatic</u> effect
　　产生巨大的影响

　　present a <u>dramatic</u> rise 呈现<u>巨大的</u>上升

　　experience a <u>dramatic</u> shift 经历<u>戏剧性的</u>转变

回 His speech was <u>dramatic</u>. 他的演说<u>激动人心</u>。

衍 dramatically *adv.* 戏剧性地，突然地 [C6T1R2]

　　dramatise *vt.* 使戏剧化

mediocre [ˌmiːdiˈəʊkə(r)] ☆☆☆☆☆

记 med-(middle 中间)-i-ocr-(-acr-/-ac-=point 尖，顶)-e→在峰顶的中间→中规中矩→既不好也不坏

释 *adj.* 普通的，平庸的，中等的

　　<替> average, commonplace, moderate, fair

搭 <u>mediocre</u> performance <u>平庸的</u>表演

　　<u>mediocre</u> student 成绩中等的学生

　　<u>mediocre</u> viewpoint <u>平庸的</u>看法

阅 The ability to overcome failure is one big difference between successful and <u>mediocre</u> people.
　　成功的人和<u>平庸的</u>人的一个大区别就在于他们战胜失败的能力。

衍 mediocrity *n.* 平庸，平庸之才

infrastructure [ˈɪnfrəstrʌktʃə(r)] ★★☆☆☆

记 infra-(under→次要→基础的)-structure(结构)→基础结构，基础设施

释 *n.* 基础设施，基础结构 <替> basic structures

搭 investment in <u>infrastructure</u>
　　基础设施投资

　　municipal <u>infrastructure</u>
　　市政<u>基础设施</u>

　　dismantle the <u>infrastructure</u>
　　拆除<u>基础设施</u>

阅 Some countries lack a reliable <u>infrastructure</u>.
　　有些国家缺少可靠的<u>基础设施</u>。

衍 structure *n.* 结构，体系

　　infrared *adj.* 红外线的(在红外)

fluctuate [ˈflʌktʃueɪt] ★☆☆☆☆

记 fluct-(flu-=flow 流动→波动)-u-ate(使)→波动

释 *vi.* 波动 <替> vary, change, shift, alter, swing

搭 <u>fluctuate</u> between hope and despair
　　在希望和绝望之间徘徊

　　<u>fluctuating</u> opinions
　　摇摆不定的观点

阅 In the temperate zone in spring, temperatures <u>fluctuate</u> greatly from day to day, but day length increases steadily by a predictable amount. [C5T4R3]
　　在春季，温带地区温度每天的<u>波动</u>很大，但白天的时长可预见地稳定地增加。

衍 fluctuation *n.* 波动

　　fluctuated *adj.* 波动的

abandon [əˈbændən] ★★★☆☆

记 a-(to)-band-(-ban-=speak to stop)-on→喊出停止→放弃，终止，沉溺(说放不下)，放纵

释 *vt.* 放弃，终止 <替> leave, stop, terminate

　　vt. 沉溺，放纵 <替> give way to, indulge in

　　n. 放任，放纵 <替> recklessness, no self-control

搭 <u>abandoned</u> dwelling
　　被遗弃的住所

　　<u>abandon</u> a scheme
　　放弃一项计划

　　<u>abandon</u> oneself to pleasure
　　沉溺于享乐

写 Those who <u>abandon themselves to despair</u> cannot succeed.
　　那些<u>自暴自弃</u>的人无法成功。

commercial [kəˈmɜːʃl] ★★★★☆

记 com- (together)- merc- (market 买卖的地方)- ial(的)→一起买卖的地方→商业的，贸易的

释 *adj.* 商业的，贸易的

　　<替> trading, business

　　n. 商业广告 <替>

　　advertisement, promotion

搭 commercial exploitation 商业开发

commercial product 商业产品

commercial fishing 商业捕鱼 [C7T4R2]

television commercial 电视商业广告

阅 The vaccine is still being tested and will not go into commercial production for at least two years. 该疫苗仍在测试并且至少两年后才能投入商业生产。

衍 commerce n. 商业，贸易 [C6T1R2]

merchant n. 商人(merch-=merc-) [C11T3R1]/[C15T1R1]

marketing n. 市场营销(-c-=-k-)

re*vis*e [rɪˈvaɪz] ★★☆☆☆

记 re-(再)-vis-(look 看)-e→反复看→修正，修改

释 vt. 修正，修改 <替> review, amend, correct

v. 复习，温习 <替> go over, reread

搭 revised proposal 修正的提案

revise a contract 修改一份合同

revise for an exam 温习应对考试

回 You should revise your opinion of him. 你应该修正你对他的看法。

衍 revision n. 校订，修正(re-=again)

ve*hic*le [ˈviːəkl] ★★★★☆

记 veh-(-vey-/-voy=wagon 车辆)-icle(集合名词后缀)→车辆，交通工具，传播媒介→途径

释 n. 车辆，交通工具 <替> automobile, transport

n. 工具，手段，媒介 <替> channel, medium

搭 vehicle emission 机动车废气排放

travel in a vehicle 乘车旅行

be a vehicle for reinvigorating local cultures 成为复兴当地文化的一种媒介 [C5T4R1]

写 Newspaper, in the past, may be used as a vehicle for propaganda. 报纸，在过去，可能被用作宣传的工具。

衍 convoy n. 车队，舰队

ob*liv*ion [əˈblɪviən] ★☆☆☆☆

记 ob-(over)-liv-(smooth 表示打磨光滑)-ion(名词后缀)→打磨光滑→磨掉很多东西→抹掉，遗忘

释 n. 被遗忘，被忘却 <替> extinction, obscurity

n. 沉睡，昏迷 <替> coma, unconsciousness

n. 被摧毁，被毁灭 <替> a state of being destroyed

搭 fade into oblivion 逐渐被遗忘

in a state of oblivion 处于昏迷状态

on the brink of oblivion 在灭绝的边缘

例 Hundreds of homes were bombed into oblivion during the first week of the war. 在战争的最初一周内，数以百计的房屋被炸毁。

衍 oblivious adj. 未觉察的

para*ly*se [ˈpærəlaɪz] ★☆☆☆☆

记 para-(旁)-ly-(loose 松)-se→旁边的肌肉松弛→使瘫痪，使麻痹，终止

释 vt. 使瘫痪，使麻痹，中断 <替> disable, cripple

搭 paralysed arms 瘫痪的上肢

be paralysed with shock 惊呆得一动不动

paralyse the welfare system 使福利体系陷入瘫痪

听 A wave of strikes had effectively paralysed the government. 一连串的罢工使政府完全陷入了瘫痪状态。

衍 paralysis n. 瘫痪，停顿

catalyst n. 催化剂，促进因素

sus*cept*ible [səˈseptəbl] ★☆☆☆☆

记 sus-(up from under 自下而上)-cept-(grasp, take 抓)-ible(能)→从下而上托着→承受着→易受到承受的东西轻重的影响→易受……影响→善变

释 adj. 易受影响的，易受伤害的 <替> subject to, liable to, easily affected by

adj. 多愁善感的，感情丰富的 <替> sensitive

adj. 容许……的，以(某方式)处理的，能……的 <替> capable of, admitting of, allowing

搭 susceptible to infection 容易受感染

susceptible nature 多愁善感的天性

leave us susceptible to false information
使我们易受错误信息影响 [C16T4R2]

阅 Salt intake may lead to raised blood pressure in susceptible adults.
盐的摄入可能导致易病的成年人血压升高。

写 The problem is not susceptible of so simple a solution.
这个问题不能用这么简单的方法解决。

衍 susceptibility n. 敏感性 [BCOGT4R1]

exceptional adj. 优异的,非凡的

intercept vt. 拦截,截住 [C16T3R1]

accumulate [əˈkjuːmjəleɪt] ★★★☆☆

记 ac-(to)-cumul-(heap 堆积)-ate→累积,积聚

释 vt. 积累,积聚 <替> gather, collect, pile up

搭 accumulate wealth
积聚财富

accumulate experience
积累经验

accumulate enough evidence
积累足够的证据

写 The accumulating evidence suggests that traffic congestion will slow down a city's economy.
越来越多的证据表明交通拥堵会减缓一个城市的经济。

衍 cumulative adj. 累积的 [C7T3R3]/[C17T2R1]

accumulation n. 积累,累积 [BCOGT3R3]

bleak [bliːk] ★★☆☆☆

记 blea-(blem-/blan-/bla-/blin-=shine 闪亮→燃烧,光亮→光秃秃)-k→荒凉,凄凉,寒冷,阴郁

释 adj. 荒凉的,阴冷的 <替> bare, barren, cold

adj. 惨淡的,无希望的 <替> unpromising

adj. 沮丧的,无精打采的 <替> cheerless, hopeless

搭 bleak landscape
荒凉的景色

bleak outlook
暗淡的前景

remain bleak
仍然没有希望的

bleak look 沮丧的表情

阅 The polar bear is about to begin an epic journey north through the bleak and forbidding tundra.
北极熊即将开始一场史诗之旅,向北穿越荒凉而寒冷的苔原禁地。

衍 blank adj. 白的,空白的

bleach v. 漂白,使变白

blemish n. 污点,缺点

blindfold n. 眼罩 vt. 蒙住眼睛

harbour [ˈhɑːbə(r)] ★★★☆☆

记 har-(army)-bour(burg-=room)→古日耳曼军队临时驻扎的要塞→临时住所→避风港→港口→收留,庇护(在临时住所里)→怀有(藏在心里)

释 n. 港口,海港 <替> port, dock, pier, haven

vt. 庇护,藏有 <替> conceal, shelter, hide

搭 natural harbour
天然的港湾

harbour refugees
收留难民

harbour no regrets
无怨无悔

阅 Many studies have shown that children harbour misconceptions about "pure", curriculum science.
很多研究已经表明孩子们对于"纯粹的"科学课程怀有很多的错误理解。 [C4T1R1]

advent [ˈædvent] ★☆☆☆☆

记 ad-(to)-vent(come)→to come→到来→出现

释 n. 到来,出现 <替> arrival, appearance

搭 with the advent of... 随着……的到来

the advent of new era 新时代的到来

写 The advent of smartphones, social media and other technologies have altered the way people interact with each other.
智能手机、社交媒体以及其他科技的出现改变了人们相互交流的方式。

衍 covenant n. 协议,盟约

souvenir n. 纪念品

contravene vt. 违反,相抵触(contra-=against)

occurrence [əˈkʌrəns] ★☆☆☆☆

记 oc-(out)-curr-(run 跑)-ence→跑出来→呈现出来→发生，出现→事件

释 *n.* **发生，出现** <替> existence, development

n. **发生的事，事件** <替> incident, event, affair

搭 widespread occurrence 广泛传播的事件

daily occurrence 日常发生的事

frequency of occurrence 出现的频率

例 Unfortunately, computer errors are a common occurrence.

遗憾的是，电脑错误是很常见的事。

阅 The occurrence of cancer increases with age.

癌症的发生随着年龄增长而增加。

衍 reoccur *vi.* 再次出现

concur *v.* 同意，同时发生

concurrent *adj.* 同时发生的

automatic [ˌɔːtəˈmætɪk] ★★★☆☆

记 auto-(self)-mat-(thinking)-ic→自我思考→自动自觉→自动的，无意识的→必然的(下意识的)

释 *adj.* **自动的，无意识的**

<替> mechanical, unconscious, spontaneous

adj. **必然的，当然的** <替> inevitable, certain

搭 automatic camera

自动相机

automatic response

无意识的反应

automatic consequence

必然的结果

automatic

阅 Breathing is an automatic function of the body.

呼吸是身体的一种无意识的功能。

衍 automation *n.* 自动化 [C16T1R3]/[C16T4R3]

autograph *n.* 亲笔签名(graph 写)

autobiography *n.* 自传

restore [rɪˈstɔː(r)] ★★★☆☆

记 re-(again)-store(stand, set up)→stand up again→再次站起来→恢复，修复，使复原

释 *vt.* **恢复，修复，复原** <替> repair, rebuild

搭 restore a building 修复一个建筑物

restore one's confidence

重拾某人的信心

restore ancient traditions

恢复古老的传统

restore a building

例 Volkswagen is trying to restore its image with a massive public relation campaign in America.

大众公司正努力通过在美国开展一次大规模公关运动来挽回它的形象。

衍 restoration *n.* 恢复，归还 [C10T1R1]/[C17T1R3]

storage *n.* 储藏，保管

widespread [ˈwaɪdspred] ★★★☆☆

记 wide-(宽广)-spread(传播)→广泛的，普遍的

释 *adj.* **广泛的，普遍的** <替> extensive, worldwide

搭 raise a widespread concern

引起了广泛的关注

have a widespread influence

有广泛的影响

receive widespread support

获得普遍的支持

阅 Goel found evidence that understanding a joke involves a widespread mental shift. [C5T2R2]

Goel 发现证据表明理解一个笑话需要广泛的思维转化。

衍 widen *v.* 使变宽，使扩大

prevail [prɪˈveɪl] ★★☆☆☆

记 pre-(早)-vail(-val-=have power 有影响力)→提前有影响力→流行，盛行，占优势，战胜，击败

释 *vi.* **占优势，战胜** <替> win, triumph

vi. **流行，盛行** <替> be popular, be rampant

vi. **说服，劝说** <替> persuade, convince

搭 prevail among farmers

在农民中流行

prevailing tradition

盛行的传统

prevailing opinion

占大多数的意见

prevail

region where rainfall prevails 降雨较多的地区

格 Evil prevails when good men fail to act.

邪恶的猖獗在于善者的坐视无为。

□ I told the truth and I have faith the truth will <u>prevail</u>.

我说的是真话，而且我相信真相<u>必胜</u>。

衍 <u>prevail</u>ing *adj.* 流行的，普遍的

*arbitr*ary [ˈɑːbɪtrəri] ★☆☆☆☆

记 *arbitr-(arbiter=arb-*去 *it*走 *er*人)→欧洲中世纪法官，到处走凭主观给人断案的人→主观臆断的法官)-*ary*(的)→武断的，任意的，独断专行的

释 *adj.* **武断的，主观的，任意的**

　　<替> *subjective, random, casual, erratic*

搭 <u>arbitrary</u> leader
<u>专横</u>的领导

<u>arbitrary</u> decision
<u>随意</u>的决定

make an <u>arbitrary</u> choice
做出<u>武断</u>的选择

写 A good leader does not make <u>arbitrary</u> decisions.
一个好领导不会做<u>武断</u>的决定。

衍 <u>arbitr</u>arily *adv.* 武断地

chart [tʃɑːt] ★★★☆☆

记 *layers of papyrus(paper)*→源于古埃及纸莎草→绘图用→图表，表格→绘制……图→标示出，记录

释 *n.* **图表，表格** <替> *graph, diagram*
vt. **标示出，记录** <替> *sketch, draft, outline*

搭 weather <u>chart</u> 天气<u>图</u>

<u>chart</u> a dramatic rise
<u>记录</u>了一个急剧上升

off the <u>charts</u>
非常棒的/超标的

<u>chart</u> the progress of the spacecraft
<u>记录</u>航天器的进展

写 As the <u>chart</u> indicates, male unemployment was 18.5%, compared with 8.5% for women.
如<u>表格</u>所示，相比女性的8.5%，男性失业率为18.5%。

衍 un<u>chart</u>ed *adj.* 未知的，未涉及的
<u>chart</u>ered *adj.* 特许(经营)的

*noteworth*y [ˈnəʊtwɜːði] ☆☆☆☆☆

记 *note-(记笔记)-worth-(值得)-y(形容词后缀)*→值

得记录下来的→值得注意的，显著的，重要的

释 *adj.* **值得注意的，显著的，重要的**
　　<替> *notable, remarkable, important, unique*

搭 <u>noteworthy</u> example
一个<u>值得注意</u>的例子

<u>noteworthy</u> features
<u>显著</u>的特征

<u>noteworthy</u> achievement
<u>重要</u>的成就

□ There is nothing particularly <u>noteworthy</u> in his speech.
他的演讲里没有什么特别令人<u>值得注意</u>的地方。

*the*me [θiːm] ★★★☆☆

记 *the-(put down 放置)-me*→*something put down*→定下的→主题，题目，主旋律(音乐的主题)

释 *n.* **主题，题目，主旋律** <替> *topic, subject, tune*

搭 <u>theme</u> park/music
<u>主题</u>公园/音乐

perennial <u>theme</u>
永恒的<u>题目</u> [C15T3R3]

<u>theme</u> of the conference
会议的<u>主题</u>

听 The <u>theme</u> of this discussion is renaissance Europe.
这个讨论的<u>主题</u>是文艺复兴时期的欧洲。

衍 <u>the</u>sis *n.* 论题，论文
anti<u>the</u>sis *n.* 对立面(anti-相反)

offset [ˈɒfset] ★★☆☆☆

记 *off-set*→*set off*分开→早期模板印刷模块上的墨迹转印到纸上而逐渐减少→抵消，弥补

释 *vt.* **抵消，弥补** <替> *balance out, counteract*
n. **抵消，弥补，残余**

搭 <u>offset</u> the increased cost
<u>抵消</u>增加的成本

tax <u>offsets</u> 税费<u>补偿</u>

<u>offset</u> the impact
<u>抵消</u>影响

<u>offset</u> voltage <u>残余</u>电压

写 The gains <u>offset</u> the losses. 损益<u>相抵</u>。

衍 offbeat *adj.* 不落俗套的，离奇的

offhand *adj.* 漫不经心的，不在乎的

highlight [ˈhaɪlaɪt] ★★★☆☆

记 high(高)-light(亮)→用高亮标注出→(用强光)突出→强调→最精彩的部分

释 *vt.* **强调，突出** <替> emphasise, stress, underline

n. **精彩部分** <替> climax, peak, feature, focus

搭 highlight the importance of...

强调……的重要性

highlight the fact

强调事实

highlight of the show

演出最精彩部分

例 Two events have highlighted the tensions in recent days.

两起事件凸显了最近几天的紧张局势。

衍 enlighten *vt.* 教育，启蒙

lighten *vt.* 点亮，减轻

complement [ˈkɒmplɪmənt] ★★☆☆☆

记 com-(全)-ple-(pli-=fill 填充)-ment(名词后缀)→全填满→补充物，补充，使相互补充，使完美

释 *vt.* **使完美，相互补充** <替> complete, add to

n. **补充，补充物** <替> supplement, addition

搭 necessary complement

必要的补充

complement to each other

互相补充

full complement of workers

充足数量的工人

complement

写 Law and morality are a pair of concepts which complement each other.

法律与道德，是一对相辅相成的概念。

衍 complementary *adj.* 补充的

compliment *n.* 赞美，祝贺

inspect [ɪnˈspekt] ★★★☆☆

记 in-spect(看)→看进去→检查，审查，巡视

释 *vt.* **检查，审查** <替> check, examine, investigate

搭 inspect a school/factory

视察学校/工厂

inspect the damage

检查损失情况

quality inspection

质量检查

inspect

阅 The young plants are regularly inspected for disease and insects.

幼苗定期接受病虫害检查。

衍 inspector *n.* 检察院，视察员

retrospect *vt.* 回忆，追溯

respectable *adj.* 值得尊重的

exploit [ɪkˈsplɔɪt] ★★★☆☆

记 ex-(out)-ploit(做)→(做出来)开发，利用，剥削→英雄事迹(做出来的)

释 *vt.* **剥削，利用** <替> take advantage of, utilise

vt. **开采，开发** <替> draw on, put to use

vt. **运用，发挥** <替> make use of, play on

搭 exploit solar energy 开发太阳能

exploit one's talents 充分发挥某人的才能

exploit new opportunities 利用新的机遇

□ We need to exploit every opportunity for media coverage.

我们需要运用每一次媒体报道的机会。

衍 exploitation *n.* 开发，开采 [C12T7R1]

over-exploited *adj.* 过度开采的

exploitable *adj.* 可开发的

reinforce [ˌriːɪnˈfɔːs] ★★☆☆☆

记 re-(again)-in-(to)-force(力)→不断加力→强化，加固，坚定→证实

释 *vt.* **强化，加固** <替> strengthen, fortify

vt. **进一步证实，加深** <替> confirm, deepen

搭 reinforce the idea

进一步证实了想法

reinforced building

加固的建筑

reinforce his commitment

强化他的承诺

reinforce
(强化)
the determination

写 Feminists often argue that marriage reinforces the inequality between the sexes.

女权主义者常认为婚姻加深了性别间的不平等。

衍 reinforcement *n.* 坚固，强化

forceful *adj.* 强有力的

inevitable [ɪnˈevɪtəbl] ★★★☆☆

记 *in-(not)-e-(out)-vit-(avoid 避免)-able(能)*→不能避免的，必然发生的

释 *adj.* **不可避免的，必然发生的**

<替> *unavoidable, certain, unpreventable*

搭 inevitable consequence

不可避免的后果

inevitable demands

必然的需求

it seems inevitable that...

看来……是不可避免的

inevitable

写 Corruption is the inevitable outcome if without proper supervision.

如果没有恰当的监管，腐败就是不可避免的。

衍 inevitably *adv.* 不可避免地 [C8T2R3]

minimise [ˈmɪnɪmaɪz] ★★☆☆☆

记 *minim-(mini-小)-ise(化)*→最小化，使……最低

释 *vt.* **最小化，使……最低** <替> *reduce, diminish*

搭 minimise the risk

降低风险

minimise fossil fuel usage

减少化石能源使用

minimise the impact

把影响降到最低 [BCOGT3R2]

minimise

写 We can minimise the dangers of driving by taking care to obey the rules of the road.

严格遵守交规，我们就能把行车危险降到最低。

衍 miniature *n.* 缩微模型

minimum *n.* 最小量 *adj.* 最小的 [C8T4R2]

minimal *adj.* 最小的，极少的 [COGT1R2]

detect [dɪˈtekt] ★★☆☆☆

记 *de-(off)-tect(cover 盖)*→揭开盖→发现→察觉

释 *vt.* **发现，测出，察觉**

<替> *find, notice, perceive*

搭 detect the climate change

探寻气候变化

detect and isolate errors

detect

检测并隔离错误

detect the slightest vibration

察觉出微弱的震动

阅 Most cancers can be cured if detected and treated early.

如果早发现早治疗，大多数癌症是可以治愈的。

衍 detective *n.* 侦探

detector *n.* 检测器

undetected *adj.* 未被发现的 [COGT2R3]

detection *n.* 觉察，发现 [C7T1R1]

uniform [ˈjuːnɪfɔːm] ★★★☆☆

记 *uni-(one)-form(形)*→统一一致的外形→制服→统一的，一贯的，不变的

释 *adj.* **统一的，一贯的** <替> *identical, constant*

n. **制服** <替> *suit, outfit, costume*

搭 police/school uniform

警服/校服

uniform standard

统一的标准

uniform rates of pay

统一的薪资标准

uniform

阅 The earth turns around at a uniform rate.

地球以一致不变的速度旋转。

衍 uniformity *n.* 统一性，一致性

intense [ɪnˈtens] ★★★☆☆

记 *in-(加强)-tens(-tent-=-tend-拉伸)-e*→紧张的，强烈的，剧烈的，集中的，热情的

释 *adj.* **强烈的，剧烈的** <替> *acute, fierce, severe*

adj. **热切的，热情的** <替> *nervous, ardent*

adj. **专注的，认真的** <替> *keen, earnest*

搭 intense competition

激烈的竞争

intense emotion 强烈的情感

provide intensive coaching

提供高强度的训练 [C6T1R2]

intense person 热情的人

intense

写 The cause of dinosaur extinction has been the subject of intense scholarly debate.

恐龙灭绝的原因一直是学术讨论的热门话题。

衍 intensify *vt.* 加强

intensity *n.* 紧张，强度

virtual [ˈvɜːtʃuəl] ★★☆☆☆

记 virt-(virtue 品性)-ual(的)→由实际可见的品质所带来的无形的影响→产生无形的效果→虚拟的(电脑)→实质上(展现出来)的→事实上的

释 *adj.* **几乎，事实上** <替> almost the thing
adj. **虚拟的，模拟的** <替> simulated, artificial

搭 virtual operator
实际的操作人
virtual reality
虚拟的现实
virtual network
虚拟的网络

come to a virtual standstill 几乎陷入停顿

回 Car ownership is a virtual necessity when you live in the country.
当你住在乡村时，拥有一辆车事实上很有必要。

衍 virtually *adv.* 几乎，差不多(=almost)

crucial [ˈkruːʃl] ★★★☆☆

记 cruc-(cross 耶稣被钉的十字架→宗教的重要象征)-ial(的)→至关重要的，关键的，决定性的

释 *adj.* **关键的，决定性的，至关重要的**
<替> critical, key, decisive, significant

搭 crucial factor 关键性的因素
at the crucial moment 在紧要的关头
play a crucial role 扮演重要的角色

写 Determination and perseverance are both crucial to career success.
决心和勤奋对事业成功都至关重要。

衍 crucify *vt.* 折磨，虐待

denote [dɪˈnəʊt] ★☆☆☆☆

记 de-(完全)-not-(标记)-e→全标记出→表示，意味

释 *vt.* **预示，表示，代表**
<替> indicate, express, imply, represent

搭 red lights denoting stop
红灯表示停车
denote the passing hour
表示流逝的时光 [C8T1R1]

denote happy

阅 A very high temperature often denotes a serious illness.
高烧经常表示病得很重。

写 Oddly, however, this country has no rating system to denote a film's suitability for certain age-groups.
然而奇怪的是，这个国家没有分级制度说明电影适宜观看的年龄群体。

衍 keynote *n.* 要旨，主题
notable *adj.* 显著的 [C9T4R2]/[BCOGT3R1]

appreciate [əˈpriːʃieɪt] ★★★☆☆

记 ap-(to)-preci-(price 价值)-ate→认识到价值→欣赏，感激，体谅，增值

释 *vt.* **欣赏，感激** <替> acknowledge, thank
vt. **领会，认识** <替> be aware of, perceive
vi. **涨价，增值** <替> increase, inflate, gain

搭 appreciate works of art
欣赏艺术作品
appreciate one's assistance
感谢某人的帮助
appreciate in value
价值增值

appreciate

写 Your early reply will be highly appreciated.
如能尽早回复将不胜感激。

回 I appreciate your problem, but I just can't help you.
我认识到你的困难，但却爱莫能助。

衍 appreciation *n.* 感激，赏识
precious *adj.* 珍贵的(价值) [C11T3R1]
depreciate *vi.* 贬值

exhibit [ɪɡˈzɪbɪt] ★★☆☆☆

记 ex-(out)-hibit(habit=hold)→to hold out→摆出来→to show→展出，陈列，展览

释 *v.* **展出，陈列** <替> put on display, present
vt. **表现，显示** <替> show, reveal, display
n. **展览品，证据** <替> item, object on display

搭 exhibit concern on... 对……展现出关注
exhibit great interest 表现出很大的兴趣
exhibit before the public 在公众面前展示

阅 Many unearthed cultural relics were exhibited at the museum.

博物馆展出了许多出土的文物。

衍 exhibition *n.* 陈列，展示

radical [ˈrædɪkl] ★★★★☆

记 rad-(root 根)-ic-al(的)→根本的→彻底的，完全的→激进的(根本不同的)→激进分子，根数

释 *adj.* **根本的，彻底的** <替> basic, elementary
adj. **激进的，极端的** <替> progressive, extreme
n. **激进分子，根数** <替> reformer, rebel

搭 radical reform/change
彻底的改革/改变
take radical measures
采取极端的手段
have radical views
有激进的观点

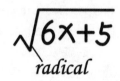

写 There was a radical difference between their views on tertiary education.
他们对高等教育的看法存在着根本性的差异。

衍 radiant *adj.* 发光的，明亮的
radiation *n.* 辐射
radiate *v.* 辐射，流露

displace [dɪsˈpleɪs] ★★☆☆☆

记 dis-(否定)-place(放置，位置)→不在原位→使离开原位→使背井离乡→取代，替换(不放原位)

释 *vt.* **取代，替换** <替> replace, supersede, shift
vt. **离开，背井离乡** <替> dislocate, move

搭 displace from a position
从一个位置离开
displaced refugees
背井离乡的难民
displace existing vegetation
替代现存的植被

例 Coal has been displaced by natural gas as a major source of energy.
作为一种主要能源的煤正为天然气所取代。

衍 displacement *n.* 替代，取代
placement *n.* 放置，布置
replaceable *adj.* 可替换的

currency [ˈkʌrənsi] ★★★☆☆

记 curr-(run 流动)-ency(名词后缀)→流通→货币

释 *n.* **货币** <替> money, banknote, cash
n. **流行，流通** <替> prevalence, circulation

搭 currency exchange
货币兑换处
enjoy wide currency
广为流传
unit of currency
货币的单位 [C11T3R1]

currency

写 Tourism is the country's top earner of foreign currency.
旅游业是该国外汇创收最多的行业。

口 How did the idea gain currency?
这种观念是怎样流行起来的？

衍 current *n.* 电流，水流，气流 *adj.* 当前的
curriculum *n.* 课程(run detail) [COGT6R1]/[C7T1R3]
extracurricular *adj.* 课外的

random [ˈrændəm] ★★☆☆☆

记 ran-(run)-dom→乱跑→随机(的)，随意(的)

释 *adj.* **随机的，随意的** <替> arbitrary, casual

搭 random choice
随意的选择
random remark
胡说八道，随便说的话
on a random basis/at random 随机地

random

阅 Most people know that the outcome of a coin toss is random.
大部分人都知道掷硬币的结果是随机的。

衍 randomness *n.* 随机性

thereby [ˌðeəˈbaɪ] ★★☆☆☆

释 *adv.* **因而，从此** <替> because of that

搭 thereby hangs a tale (Shakespear)
其中大有文章(莎士比亚)
..., thereby preventing unemployment
因此阻止了失业

写 Regular exercise strengthens the heart, thereby reducing the risk of heart attack.
经常锻炼可以增强心脏机能，从而减少心脏病发作的危险。

衍 thereafter *adv.* 之后，随后
therein *adv.* 在那里，此即

adopt [əˈdɒpt]　　　★★★★☆

记　ad-(to)-opt(choose)→to choose→被选出来的→被选出来留着→收养,采纳(选择别人的建议)

释　v. 收养,领养 <替> foster, take in
　　vt. 采纳,采用 <替> choose, select, pick

搭　adopt a child
　　领养一个孩子
　　adopt a proposal
　　采纳一个建议
　　adopt different approaches
　　采用不同的方法

adopt
孤儿院

阅　The council is expected to adopt the new policy at its next meeting.
　　议会计划在下一次会议中采纳新的政策。

衍　adoption n. 领养,采纳
　　adoptive adj. 收养的,移居的

dispute [dɪˈspjuːt]　　　★★★★☆

记　dis-(分开)-put-(count 数算)-e→拆分一个个算→争论就是一件件数算→一件件质疑,争论

释　n. 质疑,争论 <替> disagreement, argument
　　vt. 质疑,争论 <替> doubt, argue, challenge

搭　be in dispute 在争议中
　　stir up a dispute
　　引起争论
　　beyond all dispute
　　毫无争议
　　long-standing dispute
　　长久以来的争议

dispute

写　No one can dispute the fact that men still hold the majority of public offices.
　　没人争论的事实是男人仍旧在公共岗位占主导地位。

衍　disputable adj. 可争议的
　　indisputable adj. 无可争辩的
　　undisputed adj. 无可争议的 [C11T2R2]/[C11T2R1]
　　reputation n. 名声,名气

bias [ˈbaɪəs]　　　★★☆☆☆

记　源于古法语表示斜坡→倾斜→偏颇的→偏见

释　n. 偏见,偏好 <替> prejudice, tendency

vt. 对……偏见 <替> influence unfairly, distort

搭　without bias
　　没有偏见
　　racial/sexual bias
　　种族/性别歧视
　　bias against women
　　对女性的偏见

sexual bias

例　Some Western reporters have a political bias against our country.
　　有些西方记者对我们国家有政治偏见。

衍　unbiased adj. 无偏见的(un-=not) [C4T3R3]

predominant [prɪˈdɒmɪnənt]　　　★☆☆☆☆

记　pre-(before)-domin-(rule 统治)-ant→提前就已经占统治地位→占优势的,主要的,显著的

释　adj. 主要的,占优势的 <替> main, chief, dominant
　　adj. 显著的,盛行的 <替> noticeable, prevalent

搭　predominant characteristic
　　突出的特点
　　predominant contribution
　　主要的贡献
　　play a predominant role
　　发挥主要的作用

predominant

例　Sunny days are predominant over rainy days in desert region.
　　在沙漠地带,下雨天少得可怜,绝大多数的日子是艳阳高照。

衍　predominate vt. 支配,占优势
　　predominance n. 主导地位
　　predominantly adv. 主要地,大多数地

implicit [ɪmˈplɪsɪt]　　　★★☆☆☆

记　im-(in)-plic-(-ply-=fold 折叠)-it→折在里面→含蓄的,固有的→毫无疑问的(内心里的)→绝对的

释　adj. 含蓄的,不言明的 <替> implied, inferred
　　adj. 固有的,内含的 <替> inherent, inbuilt
　　adj. 绝对的,完全的 <替> total, absolute, sheer

搭　implicit agreement
　　默许(含蓄同意)

implicit obedience

绝对的服从

have implicit trust

拥有绝对的信任

implicit bias 固有的偏见

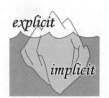

写 The Chinese tend to express their emotions and attitudes in an implicit way.

中国人往往表达感情和态度的方式比较内敛。

衍 complicated *adj.* 复杂的

replica *n.* 复制品 [COGT1R1]

*pro*spect ['prɒspekt]　　　★★★★☆

记 pro-(前)-spect(-spic-=look 看)→向前看→希望，展望，前景，勘探，发掘，潜在客户(向前看)

释 *n.* 希望，展望，前景 <替> hope, expectation

vi. 勘探，勘察 <替> look for, search for

搭 career/market prospect

职业/市场前景

have little prospect

几乎没有希望

prospect for minerals

勘探矿藏

prospect

prospect for customers 挖掘客户

阅 Bingham seems to have been less than keen on the prospect of climbing the hill. [C12T6R2]

宾汉姆似乎不那么热衷于希望爬上这座山。

衍 prospective *adj.* 预期的，将来的

suspect *n.* 嫌疑犯 *adj.* 可疑的

suspicious *adj.* 怀疑的，猜疑的

stark [stɑːk]　　　★★☆☆☆

记 star-(-ster-=stiff 僵硬→棱角鲜明)-k→鲜明的，明显的，完全的，荒凉的，残酷的(僵硬无生命的)

释 *adj.* 严峻的，残酷的 <替> severe, harsh, austere

adj. 荒凉的，粗陋的 <替> barren, bare, desolate

adj. 鲜明的，明显的 <替> distinct, sharp, obvious

adv. 完全地，十足地 <替> completely, utterly

搭 in stark contrast 成鲜明的对比

in stark terror 处于完全的惊恐

stark landscape 荒凉的景象

face a stark choice 面对严峻的选择

写 That speaker is talking stark nonsense.

那个演讲人完全是在胡扯。

衍 startle *vt.* 使惊愕 [COGT2R2]

starve *vi.* 挨饿，饿死

starch *n.* 糨糊，淀粉

stern *adj.* 严厉的，严肃的

accord [əˈkɔːd]　　　★★★★★

记 ac-(to)-cord(heart)→to agree in heart→心里的认同→协议，条约→一致，符合

释 *n.* 协议，条约 <替> agreement, pact, treaty

n. 一致，符合 <替> consensus, harmony

vi. 与……一致/相符(with) <替> match, correspond

vt. 给与，授予 <替> give, grant, present

搭 economic accord 经济条约

reach an accord 达成一致

of one's own accord 自愿地，自动地

in accord with the policy 与该政策一致

阅 Your behaviour is not in accord with your principle.

你的行为与你的原则不符。

写 Certainly in our society teachers don't enjoy the respect that is accorded to doctors and lawyers.

当然在社会中老师并没有得到像医生和律师一样的尊重。

衍 according *adj.* 相符的，相应的

accordingly *adv.* 因此，于是

accordance *n.* 依照，依据 (in ~ with) [C15T4R3]

discord *n.* 纷争，不合

commodity [kəˈmɒdəti]　　　★★☆☆☆

记 com-(together)-mod-(measure 测量→符合尺寸)-ity(名词)→全部都符合尺寸→商品，物品

释 *n.* 商品，物品 <替> product, item, material

搭 valuable commodity

昂贵的商品 [C15T1R1]

profitable commodity

赚钱的商品

household/daily commodity

家居/日常用品

commodity

阅 Like all commodities, price fluctuates with demand.

像所有的商品一样，价格随着需求波动。

衍 mode *n.* 样式,风格,方式

module *n.* 部件,模块

outmoded *adj.* 过时的 [C13T4R3]

contradict [ˌkɒntrəˈdɪkt] ★☆☆☆☆

记 contra-(against)-dict(show)→表露出相反的→表露出与之前相矛盾的→反驳,矛盾

释 *vt.* 反驳,矛盾 <替> oppose, dispute, deny

搭 contradict each other
相互矛盾

contradict earlier results
与之前的结果矛盾

contradict the new logic
与新的逻辑相悖

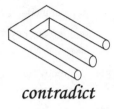
contradict

例 I may contradict myself, but I do not contradict the truth.
我可能自相矛盾,但我不会反驳真理。

写 Recent evidence has tended to contradict established theories on this subject.
关于这一问题,最近的证据与现在已经建立的理论有相抵触的倾向。

衍 contradictory *adj.* 对立的,互相矛盾的 [BCOGT4R2]

contradiction *n.* 矛盾,反驳

tension [ˈtenʃn] ★★★☆☆

记 tens-(-tent-=stretch 拉伸)-ion→拉紧,紧张,张力(持续拉伸的力)

释 *n.* 紧张,焦虑,紧张关系
<替> mental strain, anxiety, strained relations
n. 冲突,分歧 <替> hostility, conflict, pressure
n. 拉伸,张力 <替> tightness, pull, strain, stress

搭 relieve tension
缓解紧张

suffer from tension
饱受焦虑折磨

tension of a wire 铁丝的张力

racial tensions 种族间的紧张关系

tension

例 The incident has further increased the tension between the two countries.
该事件导致两国关系更趋紧张。

衍 tense *n.* 时态,紧张

tensity *n.* 紧张度

intensive *adj.* 集中的,密集的 [C4T3R1]

guideline [ˈɡaɪdlaɪn] ★★☆☆☆

记 guide-(指导)-line(线)→指导方针,纲要,指标

释 *n.* 指导方针,准则,纲要,指标,参考
<替> direction, instruction, regulation, rule

搭 curriculum guideline
课程纲要

follow the guideline
遵循指导方针

establish clear guidelines
建立清晰的准则 [C12T8R3]

guideline

写 The government should issue clear guidelines on the content of tertiary education.
政府应当就高等教育的内容颁布明确的指导方针。

衍 guidance *n.* 指导,领导 [C16T4R3]

ingenious [ɪnˈdʒiːniəs] ★☆☆☆☆

记 in-(里面)-geni-(gene 基因)-ous→基因里就带着的(聪明)→新颖的,精巧的,

释 *adj.* 新颖的,精巧的 <替> inventive, creative
adj. 机敏的,擅长的 <替> sharp-witted, shrewd

搭 ingenious solution
巧妙的解决办法

ingenious device
精巧的装置

ingenious mind
机敏的头脑

ingenious

例 It was an intricate and ingenious system.
这是一个复杂而精致的系统。

衍 ingenuity (genu=gene) *n.* 聪明才智 [COGT6R3]

genial *adj.* 友善的,真诚的

clarify [ˈklærəfaɪ] ★★☆☆☆

记 clar-(clear 清晰)-ify(动词后缀)→make clear→澄清,阐明

释 *vt.* 澄清,阐明
<替> explain, clear up, elucidate

搭 clarify a statement
澄清一项声明

clarify

clarify the intention 阐明意图

clarify rights and wrongs 辨明是非

写 My explanation should clarify any questions that you might have.

我的解释应该可以澄清你可能有的任何疑问。

衍 clarity n. 清楚, 明晰

clarification n. 澄清

declaration n. 宣告, 宣布

accompany [əˈkʌmpəni] ★★★☆☆

记 ac-(to)-company(伙伴→陪伴)→陪同, 伴随

释 vt. 陪同, 陪伴 <替> travel with, keep company

vt. 附带, 伴随 <替> occur with, coincide with

搭 accompany friends 陪朋友

accompany tropical storm
伴随着热带风暴

be accompanied by an adult
由一位成人陪伴

accompany

例 A cough often accompanies a cold.

患了感冒常常兼有咳嗽。

衍 companion n. 同伴, 伙伴

ambiguous [æmˈbɪgjuəs] ★☆☆☆☆

记 amb-(ambi-=between)-ig-(do)-u-ous(的)→两边不知道该怎么做→不明确的, 模棱两可的

释 adj. 不明确的, 模棱两可的

<替> unclear, equivocal, ambivalent, vague

搭 ambiguous gesture
含糊不清的手势

ambiguous reply
模棱两可的回答

remain ambiguous
仍不明确的

ambiguous

写 The government has been ambiguous on this issue.

政府在这一问题上模棱两可。

衍 ambiguity n. 模棱两可 [C4T3R3]/[C15T4R2]

ambiance n. 周围环境

ambivalent adj. 犹豫不决的

odd [ɒd] ★★★★☆

记 odd-(point of land→陆地的尖→突出来的→不一样的)→古怪的, 奇特的, 单数的

释 adj. 古怪的, 奇特的 <替> unusual, bizarre

adj. 少量的, 奇数的 <替> spare, leftover

搭 odd person
怪异的人

do odd jobs 做零散的工作

odd numbers 奇数

odd-looking house
看着奇怪的房子

odd

例 Your body language was a little odd. [C13T2L3]

你的肢体语言有点奇怪。

衍 oddity n. 奇怪, 反常, 怪事/人

devastate [ˈdevəsteɪt] ★☆☆☆☆

记 de-(完全)-vast-(empty 空)-ate(使)→lay waste completely→完全成废墟→毁坏, 破坏, 摧毁

释 vt. 毁坏, 破坏, 摧毁 <替> destroy, demolish

搭 have a devastating effect
造成毁灭性的影响

devastating disease
毁灭性的疾病

devastated region
被损毁的地区

devastating effect

BOOM!

阅 Bad weather has devastated the tourist industry.

恶劣的天气对旅游业造成了严重的破坏。

写 Critics said the construction of the reservoirs may devastate the local ecology.

批评者说这个水库的建设会毁坏当地的生态。

衍 devastation n. 毁坏, 破坏

unprecedented [ʌnˈpresɪdentɪd] ★★☆☆☆

记 un-(not)-pre(前)-ced-(走)-ent-ed→没有其他人在前面→前所未有的, 没有先例的

释 adj. 前所未有的, 没有先例的, 空前的

<替> unparalleled, unmatched, extraordinary

搭 unprecedented success
空前的成功

take the unprecedented step
迈出史无前例的一步

unprecedented

写 We are currently responsible for habitat destruction on an <u>unprecedented</u> scale.
我们要为栖息地遭到的<u>史无前例的</u>破坏负责。

supersede [ˌsuːpəˈsiːd] ★☆☆☆☆

记 *super-(over)-sed-(-sid-=sit* 坐*)-e*→*sit on top of*→坐在上面→取代，替代

释 *vt.* **取代，替代** <替> *replace, take the place of*

搭 <u>supersede</u> manual labour <u>取代</u>手工劳力
<u>supersede</u> all agreements <u>取代</u>所有的协议
be <u>superseded</u> by another theory 被另一理论<u>替代</u>

格 The new <u>supersedes</u> the old. 推陈出新。

写 We should <u>supersede</u> outdated regulations and customs.
我们应该<u>废弃</u>陈规旧习。

衍 in<u>sid</u>ious *adj.* 潜伏的，潜在的(坐里面) [COGT4R3]
dis<u>sid</u>ent *n.* 意见不同的(人) *adj.* 意见不同的
<u>sed</u>entary *adj.* 久坐的

allege [əˈledʒ] ★★★★☆

记 *al-(to)-leg(send)-e*→送出的，拿出的→断言(话说出去)，声称→指责(难听话说出去)

释 *vt.* **声称，断言** <替> *declare, suppose*
vt. **指责，指控** <替> *accuse, charge*

搭 <u>alleged</u> victim <u>据称的</u>受害者
<u>allege</u> one's innocence <u>宣称</u>某人无辜
it was <u>alleged</u> that... <u>据称</u>……

例 The math teacher <u>was alleged to</u> have used abusive language.
这名数学老师<u>被指控</u>使用过侮辱性语言。

阅 Most of our evidence comes from <u>alleged</u> dinosaur rookeries (places where nests are built).
我们的大多数证据来自<u>据称是</u>恐龙的巢群。

衍 <u>alleg</u>edly *adv.* 据说，宣称
<u>alleg</u>ation *n.* 指控，指责 [C10T4R2]

desperate [ˈdespərət] ★★★☆☆

记 *de-(without)-sper-(hope)-ate*→无希望→绝望的，极其渴望的，极度的，危险的

释 *adj.* **绝望的，拼命的** <替> *hopeless, despairing*
adj. **极需要的，渴望的** <替> *wanting, craving*
adj. **极困难的，极危险的** <替> *critical, dangerous*

搭 <u>desperate</u> look
<u>绝望的</u>表情

<u>desperate</u> for help
<u>非常需要</u>帮助

<u>desperate</u> situation
<u>极困难的</u>情况

<u>desperate</u> criminal <u>极其危险的</u>罪犯

make <u>desperate</u> attempts <u>拼命地</u>努力 [C12T6R2]

谚 <u>Desperate</u> times call for <u>desperate</u> measures.
<u>非常的</u>时期需要<u>非常的</u>手段。

subtle [ˈsʌtl] ★★☆☆☆

记 *sub-(under)-tle*(编织)→在编织机绷紧的经线来回穿梭来编织→精细的穿线→精细的，细微的，敏锐的，巧妙的，狡猾的

释 *adj.* **细微的，精细的** <替> *fine, delicate, precise*
adj. **敏锐的，机智的** <替> *sharp, acute, shrewd*
adj. **精妙的，巧妙的** <替> *clever, skillful, adroit*

搭 have a <u>subtle</u> mind 有<u>敏锐的</u>头脑
<u>subtle</u> design <u>巧妙的</u>设计
<u>subtle</u> distinction <u>细微的</u>差别
undergo a <u>subtle</u> change 经历<u>细微的</u>变化

口 There was nothing <u>subtle</u> or sophisticated about him.
他一点也不<u>圆滑</u>，一点也不世故。

写 I think the social climate <u>exerts a subtle influence on</u> people's psychology.
我认为社会氛围<u>微妙地影响了</u>人们的心理。

衍 <u>subtle</u>ty *n.* 细致入微，精细

conscious [ˈkɒnʃəs] ★★★☆☆

记 *con-(together)-sci-(know* 知道*)-ous*(的)→都知道的→意识到的，刻意的，有知觉的

释 *adj.* **意识到，觉察到** <替> *aware, noticing*
adj. **有意识的，有知觉的** <替> *awake, sensible*
adj. **故意的，刻意的**
<替> *deliberate, intentional*

搭 remain <u>conscious</u>
保持<u>有意识的</u>(清醒)

<u>conscious</u> insult

a conscious insult

故意的侮辱

be environmentally <u>conscious</u>

有环保的意识 [C14T1R2]

写 We are <u>conscious</u> of the extent of the problem.

我们<u>意识</u>到问题的严重性。

例 <u>Consciously</u> or <u>unconsciously</u>, you made a choice.

<u>不管是有意还是无意</u>，你已做出了选择。

衍 con<u>sci</u>ousness n. 意识，态度 [C4T4R3]/[C7T1R3]

un<u>conscious</u> adj. 失去意识的(un-=not) [C7T1R3]

sub<u>conscious</u> adj. 下意识的(sub-下) [BCOGT4R1]

con<u>sci</u>ence n. 良心，良知

con<u>sci</u>entious adj. 认真的

---

inter<u>vene</u> [ˌɪntəˈviːn] ★★☆☆☆

记 inter-(between)-ven-(come)-e→来到中间→干涉，干预→调解，阻碍

释 vi. **干涉，干预** <替> interrupt, get involved

vi. **阻碍，阻挠** <替> mediate, conciliate

搭 <u>intervene</u> in a dispute

调解争端

<u>intervene</u> to prevent

干预以便阻止

<u>intervene</u> with the authority

与当局交涉

□ I shall leave on Sunday if nothing <u>intervenes</u>.

如果没有别的事<u>阻碍</u>，我星期天动身。

衍 inter<u>vention</u> n. 干涉 [C6T3R3]/[C8T4R3]/[BCOGT4R2]

a<u>venue</u> n. 大街，途径 [BCOGT3R2]

<u>inter</u>personal adj. 人际的

<u>inter</u>play n. 相互作用，相互影响

---

in<u>duce</u> [ɪnˈdjuːs] ★★☆☆☆

记 in-duc-(-duct-=lead引导)-e→引诱→导致

释 vt. **引起，导致** <替> bring about, cause, lead to

vt. **劝说，引诱** <替> convince, persuade, coax

搭 <u>induce</u> social concern

引起社会关注

<u>induce</u> a heart attack

引发心脏病

pressure <u>induced</u> by competition

由竞争<u>造成</u>的压力

induce vomitting

□ Alcohol can <u>induce</u> a loosening of the tongue.

酒精可<u>让(引诱)</u>人信口开河。

衍 se<u>duce</u> vt. 怂恿，引诱

reintro<u>duce</u> vt. 再次使用，重新引入(re-=again) [C12T8R2]

con<u>duc</u>ive adj. 有益于……的，有助于……的

con<u>duit</u> n. 导管，渠道，通道

aque<u>duct</u> n. 导水管，沟渠(aque-水)

---

sus<u>tain</u> [səˈsteɪn] ★★★☆☆

记 sus-(自下而上)-tain(hold)→在下面托住→维持，承受，遭受(在下面忍受着，兜着)

释 vt. **维持，承受** <替> continue, maintain, endure

vt. **支持，救济** <替> support, uphold

搭 <u>sustain</u> losses

承受损失

with <u>sustaining</u> attention

保持<u>持续的专注</u> [C9T2R1]

make a <u>sustained</u> effort

付出<u>坚持不懈</u>的努力

with sustaining attention

头悬梁

阅 Experts argued that the current pension system in most countries could not be <u>sustained</u> in the long term.

专家称当前大多数国家的养老金体系长远看很难<u>维持</u>。

衍 sus<u>tain</u>able adj. 可持续的 [C11T2R3]/[C7T4R2]/[C15T3R2]

---

bear<u>ing</u> [ˈbeərɪŋ] ★★★☆☆

记 bear-(carry 携带→携带指针移动的指南针)-ing→指针的移动→方位，姿态，行为，举止(身体带来的)，关系(带给对方的影响)

释 n. **关系** <替> relevance, connection, relation

n. **方位** <替> direction, position, location

n. **举止** <替> posture, manner, behavior

搭 lose one's <u>bearings</u> 迷失方向

his dignified <u>bearing</u> 他的庄重的<u>举止</u>

have little <u>bearing</u> 有较小的<u>关系</u>

写 Experts generally agree that diet <u>has an important bearing on</u> your general health.

专家们普遍认为饮食和健康总体状况<u>密切相关</u>。

□ What he said had not much <u>bearing</u> on the problem.

他说的话跟这个问题没有多大<u>关系</u>。

衍 unbearable *adj.* 无法容忍的

conform [kənˈfɔːm] ★★☆☆☆

记 con-(together)-form(形)→形成在一起→一致,符
合,遵从(为了形成在一起)

释 *vi.* 符合,遵从 <替> *comply with, abide by*
vi. 一致,吻合 <替> *fit in, match, suit*

搭 conform to the rules
遵从规则
conform to the fashion
符合潮流

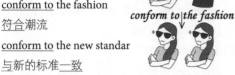

conform to the fashion

conform to the new standar
与新的标准一致

写 We conformed with social and family standards.
我们遵从社会和家庭的标准行事。

衍 conformity *n.* 一致,遵守
format *n.* 形式,格式

retreat [rɪˈtriːt] ★★★☆☆

记 re-(back)-treat(tract-=draw 形拖拽)→拽回去→
退却,撤退→退缩→隐退

释 *vi.* 退却,撤退 <替> *withdraw, fall back*
vi. 离开,后退 <替> *leave, go back*
n. 撤退,退却 <替> *withdrawal*
n. 退养处,休养处 <替> *refuge, haven*

搭 retreat to safe ground
撤回到安全地带
in full retreat 全线撤退
retreating figure
渐渐逝去的身影

retreat to safe ground

retreat from reality
逃避现实
rural retreat 乡下的休养处

阅 As the ice retreats, it reveals a very different
northern hemisphere.
冰融化后露出截然不同的北半球。

衍 retraction *n.* 撤销,收回
subtraction *n.* 减法(sub-下→减回去)

List of the Key Extended Words and Review(核心扩展词列表及复习)

☐ accordance *n.* 依照

☐ according *adj.* 相符的,相应的

☐ accordingly *adv.* 因此

☐ accumulation *n.* 积累

☐ accumulative *adj.* 累积的

☐ adoption *n.* 领养,采纳

☐ adoptive *adj.* 收养的

☐ allegation *n.* 指控,指责

☐ allegedly *adv.* 据说,宣称

☐ ambiance *n.* 周围环境

☐ ambiguity *n.* 模棱两可

☐ ambivalent *adj.* 犹豫不决的

☐ appreciation *n.* 感激,赏识

☐ aqueduct *n.* 导水管,沟渠

☐ arbitrarily *adv.* 武断地

☐ autobiography *n.* 自传

☐ automation *n.* 自动化

☐ avenue *n.* 大街,途径

☐ bleach *v.* 漂白,使变白

☐ blemish *n.* 污点,缺点

☐ blindfold *n.* 眼罩 *vt.* 蒙住眼睛

☐ catalyst *n.* 催化剂,促进因素

☐ chartered *adj.* 特许(经营)的

☐ clarification *n.* 澄清

☐ clarity *n.* 清楚

☐ commerce *n.* 商业,贸易

☐ companion *n.* 同伴

☐ complementary *adj.* 补充的

☐ complicated *adj.* 复杂的

☐ compliment *n.* 赞美,祝贺

☐ concur *v.* 同意

☐ concurrent *adj.* 同时发生的

☐ conducive *adj.* 有益于……的

☐ conduit *n.* 导管,渠道,通道

☐ conformity *n.* 一致,遵守

☐ conscience *n.* 良心,良知

☐ conscientious *adj.* 认真的

☐ consciousness *n.* 意识,态度

☐ contradiction *n.* 矛盾

☐ contradictory *adj.* 互相矛盾的

☐ contravene *vt.* 违反,相抵触

☐ covenant *n.* 协议,盟约

☐ crucify *vt.* 折磨,虐待

☐ current *n.* 水/气/电流 *adj.* 当前的

☐ curriculum *n.* 课程

☐ declaration *n.* 宣告,宣布

☐ depreciate *vi.* 贬值

☐ detection *n.* 觉察,发现

☐ detective *n.* 侦探

☐ detector *n.* 检测器

☐ devastation *n.* 毁坏,破坏

☐ diagnosis *n.* 诊断

☐ diagnostic *adj.* 诊断的

☐ discord *n.* 纷争

☐ displacement *n.* 代替

☐ disputable *adj.* 可争议的

☐ dissident *n.* 意见不同的(人) *adj.* 意见不同的

☐ dramatically *adv.* 戏剧性地

☐ dramatise *vt.* 使戏剧化

☐ enlighten *vt.* 启蒙

☐ exhibition *n.* 陈列

☐ exploitable *adj.* 可开发的

☐ exploitation *n.* 开发

☐ extracurricular *adj.* 课外的

☐ fluctuated *adj.* 波动的

☐ fluctuation *n.* 波动

☐ forceful *adj.* 强有力的

☐ format *n.* 形式,格式

☐ genial *adj.* 友善的

☐ indisputable *adj.* 无可争辩的

☐ inevitably *adv.* 不可避免地

☐ infrared *adj.* 红外线的

☐ insidious *adj.* 潜伏的,潜在的

☐ inspector *n.* 视察员

- [ ] intensify *vt.* 加强
- [ ] intensity *n.* 紧张
- [ ] intensive *adj.* 集中的
- [ ] intercept *vt.* 拦截
- [ ] interpersonal *adj.* 人际的
- [ ] interplay *n.* 相互作用,相互影响
- [ ] intervention *n.* 干涉
- [ ] keynote *n.* 要旨
- [ ] lighten *vt.* 点亮,减轻
- [ ] marketing *n.* 市场营销
- [ ] merchant *n.* 商人
- [ ] miniature *n.* 缩微模型
- [ ] mode *n.* 样式,方式
- [ ] module *n.* 部件,模块
- [ ] notable *adj.* 显著的
- [ ] oblivious *adj.* 未觉察到的
- [ ] oddity *n.* 奇怪,反常
- [ ] offhand *adj.* 漫不经心的,不在乎的
- [ ] outmoded *adj.* 过时的
- [ ] over-exploited *adj.* 过度开采的
- [ ] paralysis *n.* 瘫痪
- [ ] perishable *adj.* 易腐烂的
- [ ] placement *n.* 放置
- [ ] precious *adj.* 珍贵的
- [ ] predominance *n.* 主导地位
- [ ] predominantly *adv.* 大多数地
- [ ] predominate *vt.* 支配
- [ ] preside *vt.* 主持,掌管
- [ ] prevailing *adj.* 流行的
- [ ] prospective *adj.* 预期的
- [ ] radiant *adj.* 发光的
- [ ] radiate *v.* 辐射,流露
- [ ] radiation *n.* 辐射
- [ ] randomness *n.* 随机性
- [ ] reinforcement *n.* 坚固
- [ ] reintroduce *vt.* 重新引入,再次使用
- [ ] reoccur *vi.* 再次出现
- [ ] replaceable *adj.* 可替换的
- [ ] replica *n.* 复制品

- [ ] reputation *n.* 名声
- [ ] respectable *adj.* 值得尊重的
- [ ] restoration *n.* 恢复
- [ ] retraction *n.* 撤销,收回
- [ ] retrospect *vt.* 回忆
- [ ] sedative *n.* 镇静剂
- [ ] sedentary *adj.* 久坐的
- [ ] seduce *vt.* 怂恿,引诱
- [ ] starch *n.* 糨糊,淀粉
- [ ] startle *vt.* 使惊愕
- [ ] starve *vi.* 挨饿
- [ ] stern *adj.* 严厉的
- [ ] storage *n.* 储藏
- [ ] subconscious *adj.* 下意识的
- [ ] subtraction *n.* 减法
- [ ] suspect *n.* 嫌疑犯 *adj.* 可疑的
- [ ] suspicious *adj.* 怀疑的
- [ ] sustainable *adj.* 可持续的
- [ ] tensity *n.* 紧张度
- [ ] thereafter *adv.* 之后,随后
- [ ] thesis *n.* 论题
- [ ] thriving *adj.* 兴旺的
- [ ] unbearable *adj.* 无法容忍的
- [ ] unbiased *adj.* 无偏见的
- [ ] uncharted *adj.* 未知的
- [ ] unconscious *adj.* 失去意识的
- [ ] undetected *adj.* 未被发现的
- [ ] undiagnosed *adj.* 未诊断出的
- [ ] undisputed *adj.* 无可争议的
- [ ] uniformity *n.* 统一性
- [ ] virtually *adv.* 几乎
- [ ] widen *v.* 使变宽

单词学习之希腊语篇

　　从词汇的角度来说,希腊语对英语的影响多半来自拉丁化的希腊语。由于罗马人对古希腊文明的欣赏和借鉴,大量的希腊文字和古希腊神话传说融入了罗马神话,使得很多的希腊语单词在融入拉丁文的过程中被拉丁化了。

　　在大部分初学者看来,很多希腊语源的单词拼写和发音都是比较怪异的。其中最明显的一个单词就是psychology,"p"字母居然不发音,读成[saɪˈkɒlədʒi]。很多人会问为什么"p"不发音呢? 其实psychology这个词在希腊语里写成"ψγχολογια"。第一个字母"ψ"读成[psai],进入拉丁语后虽然写成了"psycho-",其中的"p"音或许是在口耳相传的过程中消失了,但希腊语的拉丁化痕迹却保留了下来。psycho-这个词根在古希腊语里的意思是"breathe",是模拟吹气的声音,人有了气才有了"灵魂",所以,在希腊神话里掌控灵魂的仙女叫"Psyche"。"psycho-"这个词根经由拉丁语进入英语之后存留了"心灵"的语义,很多的同源词像psychological、psychopath等也进入了英语。

　　另一个最普遍的源于希腊语被拉丁化的名字就是"耶稣",英语写成Jesus。细心的人会发现Jesus的读音[ˈdʒiːzəs]与汉语的发音完全不一样,怎么会翻译成"耶稣"这个名字呢? 其实,"耶稣"这个名字是直接从希腊语翻译过来的,而不是从英语翻译过来的。《圣经》(Bible)的《旧约》虽然最初是希伯来文(以色列人的语言),但在公元前就已经被译成希腊文,加上后来《新约》也是希腊文,所以,早期的翻译都是以希腊语的文本作为翻译的范本。在希腊文拉丁化的过程中,Jesus是写成Iesus,发音成[iːesuː],即汉语"耶稣"的音译。进入英语后,I由J所替换,写成了Jesus,所以英语中的Jesus与汉语翻译对不上就不足为奇了。

　　希腊语的确很复杂,很多拉丁化以后进入英语的希腊语单词拼写也比较"怪异",其实主要是古希腊语的发音导致了这种差异。两种语言间的相互渗透其实都不可避免地带入自身语言发音的一些特色,比如英语的Kung Fu来自粤语"功夫"的音译,alchemy带有阿拉伯语的痕迹,表示"炼金术"。希腊语也是一样,像philosophy和paradox,还有下一单元的scenario、sphere、catastrophe等词都保留了希腊语的一些特点。这些词的拼写与我们熟悉的拉丁语单词和英语单词本身在拼写上还是有些不同的。

　　掌握一些词汇历史的演变知识对于我们学习词汇、领悟其拼写和发音是非常有帮助的。

Sublist 10

扫码听音频

本单元核心词学前自测和学后检测 (2次标记生词)

□□ abundant	□□ fertile	□□ norm	□□ scale
□□ analogy	□□ fierce	□□ notion	□□ scenario
□□ anticipate	□□ flourish	□□ objective	□□ secure
□□ attain	□□ fruitful	□□ obsolete	□□ sphere
□□ authority	□□ hamper	□□ optimise	□□ stagnant
□□ barren	□□ imitate	□□ originate	□□ stamina
□□ catastrophe	□□ impede	□□ passive	□□ subordinate
□□ coherent	□□ indulgent	□□ patent	□□ surplus
□□ commission	□□ inherit	□□ plunge	□□ suspend
□□ competitive	□□ instil	□□ portion	□□ temporary
□□ conduct	□□ institute	□□ priority	□□ tentative
□□ contemporary	□□ intermediate	□□ process	□□ terminate
□□ controversy	□□ intrusive	□□ qualify	□□ trigger
□□ device	□□ magnitude	□□ refine	□□ ultimate
□□ diversify	□□ manipulate	□□ repel	□□ utter
□□ duration	□□ manufacture	□□ resemble	□□ unveil
□□ dynamic	□□ margin	□□ resident	□□ viable
□□ endeavor	□□ moderate	□□ restrain	□□ violate
□□ erode	□□ mutual	□□ revolution	□□ vision
□□ evacuate	□□ nonetheless	□□ route	□□ withdraw

本单元部分核心词根词汇预习

核 心 词 根	含 义+延 伸	单 元 核 心 例 词
-auth-	-aug-(increase 增加)→权力增加	**auth**ority 官方
-duct-	lead(带领)→引导到一起	con**duct** 组织,实施
-dyn-	-dynam-(power 力量,力)	**dyn**amic 充满活力的
-fert-	carry(带)→肥沃才能带来(产量)	**fert**ile 肥沃的
-her-	stick(粘)→粘在一起	co**her**ent 连贯的
	stick(粘)→从里面就粘着	in**her**it 经遗传获得
-log-	-leg-(speak 说)→放旁边比较着说	ana**log**y 类比
-man-	hand(手)→用手操作工具	**man**ipulate 操纵→sur**plus** 盈余
	hand(手)→用手做→制造	**man**ufacture 制造
-miss-	send(发送)→派到一起组成	com**miss**ion 委员会
-mut-	change(改变)→一起变的	**mut**ual 相互的
-ord-	-ordin-(order 次序)→跟在后面	sub**ordin**ate 下级
-op-	work(工作)→做出最大的努力	**op**timise 使最优化
-pass-	suffer(忍受)→一直忍受	**pass**ive 被动的
-ped-	foot(足,脚)→一脚踏进去	im**ped**e 妨碍→intrusive 入侵的
-pel-	drive(驱使,推)→往回推	re**pel** 排斥→restrain 阻止
-sc-	-scen-(舞台布景)→看戏的地方	**sc**enario 场景;剧情梗概
-st-	-stag-(stand 立)→立在那静止	**st**agnant 停滞不前的
	-sta-(stand 立)→(持久地)立着	**st**amina 耐力
	-stit-(stand 立)→建立	in**stit**ute 制定,设立;机构
-ten-	-temp-(stretch 伸展)→伸开丈量时间	con**temp**orary 当代的,**temp**orary 暂时的
	-tent-(stretch 伸展)→伸头探脑	**tent**ative 试探性的
	-tain-(stretch 伸展)→伸展着去够到	at**tain** 达到
-vac-	empty(空)→清空出去	e**vac**uate 疏散
-vers-	turn(转)→分别转化成不同的	di**vers**ify 使多样化
	turn(转)→拧着劲儿转	contro**vers**y 争论
-volut-	-volv-(turn 转)→转回去→转变	re**volut**ion 重大变革

sphere [sfɪə(r)] ★★☆☆☆

记 ball, globe, area, field→球，球体，范围，阶层

释 n. 球，球体 <替> ball, globe, round

  n. 范围，阶层 <替> field, domain, realm, layer

搭 form into a sphere
形成球体

  in the public sphere
在公共领域内

  move in different social spheres
进入不同的社会阶层

写 Women were beginning to take responsibility for things outside the domestic sphere.
女性们开始担负起家庭范围之外的责任。

衍 spherical adj. 球面的

  hemisphere n. 半球 [C8T2R2]

route [ruːt] ★★★★☆

记 rout-(road, way)-e→路程，路线

释 n. 路线，航线 <替> course, path, journey

  n. 途径，方法 <替> avenue, passage

  vt. 发送，运送 <替> send, convey, forward

搭 shorten the route
缩短路程

  traffic/bus route
交通/公交路线

  route to success
成功之路

  be routed through ports 通过港口运送

阅 Approaching cars will be routed into two lanes.
驶来的车辆会分流到两条车道上。

衍 reroute vt. 改变线路 [C8T2R2]/[C11T1R3]

process ['prəʊses] ★★★★★

记 pro-(前)-cess(-ced-=walk)→朝前走→过程，加工

释 n. 过程，进程 <替> procedure, course, progress

  vt. 处理，加工 <替> handle, deal with

搭 process of elimination
淘汰制/排除法

  processed cheese
经过加工的奶酪

  semi-processed food
半加工的食品

  process information 处理信息

  shorten the learning process 缩短学习过程

阅 Too much protein in the diet may advance the ageing process.
饮食中摄入过量蛋白质可能会加速衰老过程。

衍 processed adj. 加工的

  procession n. 队伍，行列

  semi-processed adj. 半加工的

inherit [ɪnˈherɪt] ★★★☆☆

记 in-(to)-her-(left behind 留下)-it(的)→留下的→继承→接手，承担

释 vt. 继承，遗传 <替> fall heir to, succeed to

  vt. 接到，接手 <替> receive, take over

搭 inherit property 继承财产

  be genetically inherited
基因上遗传的

  an inherited disease
遗传疾病

  inherit financial problems
接手财务问题

例 Astronomy inherits from astrology.
天文学的前身是占星术。

衍 inheritance n. (继承的)遗产

  heritage n. 遗产，传统 [C9T4R3]

indulgent [ɪnˈdʌldʒənt] ★☆☆☆☆

记 in-(加强语气)-dulg-(engage 参与)-ent(的)→不受限制地参与→想干什么就干什么→纵容的，溺爱的

释 adj. 纵容的，放纵的 <替> lenient, tolerant

  adj. 宽容的，宽厚的 <替>

搭 indulgent parents
纵容(子女)的父母

  indulgent attitude
宽容的态度

  take an indulgent view
以一种宽容的观点看待

  self-indulgent lifestyle 自我放纵的生活方式

写 Fathers and mothers should be neither too strict nor too indulgent.
父母亲对孩子既不能过严也不能过分溺爱。

衍 in**dulg**ence *n.* 纵容，放纵

self-in**dulg**ent *adj.* 放纵自己的

*imped*e [ɪmˈpiːd] ★☆☆☆☆

记 *im-(in* 插入*)-ped-(foot* 脚*)-e*→插进一脚→妨碍，阻止

释 *vt.* **妨碍，阻止** <替> *hinder, obstruct, hamper*

搭 im**ped**e his career 妨碍他的职业生涯

be im**ped**ed by weather 受天气阻碍

im**ped**e relief efforts 阻碍救援工作

阅 They also say that global summits actually im**ped**e cooperation.

他们还坦言全球峰会实际上是在阻碍合作。

阅 Regulation should enhance the effectiveness of competitive markets, not im**ped**e them.

监管应强化竞争市场的效率，而不是阻碍它们。

衍 ex**ped**ite *vt.* 加速，促进

im**ped**iment *n.* 妨碍，障碍物

pessimistic *adj.* 悲观的(pes-=ped-低)

scale [skeɪl] ★★★★☆

释 *n.* **比例，规模，等级，天平，体系**

<替> *ratio, sequence, degree, extent, range*

vi. **增加**(up)**或减少**(down) <替> *increase, cut*

搭 out of scale with...

与……不成比例

scale model

比例模型 [C7T4R1]

a scale of values 价值观体系

scale up manufacture 扩大生产

on an industrial scale 在工业规模上 [C5T2R1]

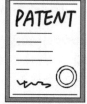

写 Local government needs to legislate in order to scale down the number of trees being cut down.

当地政府需要立法以减少树木砍伐的数量。

口 However, he underestimates the scale of the problem.

然而，他低估了问题的严重性。

norm [nɔːm] ★★☆☆☆

记 *norm* 古希腊木匠的标尺→测量标准→标准规范

释 *n.* **标准，规范** <替> *standard, criterion*

n. **常态，准则** <替> *situation, behaviour, model*

搭 establish the norm 建立标准

social norms 社会准则

conform to the norm 符合这个规范

写 Older parents seem to be the norm rather than the exception nowadays.

人们在年龄较大时才生育子女在今天来看似乎是常态，而不是例外。

衍 normal *adj.* 通常的 [C6T3R3]

abnormal *adj.* 反常的

*pat*ent [ˈpætnt] ★★☆☆☆

记 *pat-(spread→open* 展开*)-ent*→展开的→明显的，清楚的→专利证书(展开的文件)→取得专利权

释 *adj.* **明显的，清楚的** <替> *clear, obvious, evident*

n. **专利证书，专利** <替> *copyright, license*

vt. **取得专利**

搭 **pat**ent lie 赤裸裸的谎言

patent drugs/medicine

专利药物

patent an invention

取得一项发明专利

听 It was **pat**ent to anyone that she disliked the idea.

谁都知道(明显地)她不喜欢那个主意。

阅 Realising the importance of this breakthrough, he lost no time in **pat**enting it. [C9T1R1]

认识到这一突破的重要性，他立刻申请了专利。

*subordin*ate [səˈbɔːdɪnət] ★★☆☆☆

记 *sub-(under* 下*)-ordin-(order* 次序*)-ate*→依次排在下面的→下级的，次要的，使服从，使居下位

释 *vt.* **使服从，使居下位** <替> *put in a less position*

adj. **下级的，次要的** <替> *minor, secondary*

n. **下属，下级** <替> *junior, assistant*

搭 **subordin**ate officers

下级的官员

be **subordin**ate to...

从属于……

have a **subordin**ate role

发挥次要的作用

阅 Environmental considerations were **subordin**ated to commercial interests.

环境因素让位给了商业利益。

写 We should **subordin**ate our personal interests to

those of the collective.

我们应该使个人利益服从集体利益。

衍 disorder *n.* 紊乱, 混乱 [C8T4R2]

ordain *vt.* 任命, 规定 (place order 发号施令)

primordial *adj.* 原始的, 原生的

vision [ˈvɪʒn] ★★★☆☆

记 vis-(see)-ion(名词后缀)→视野, 远见, 想象

释 *n.* **想象**, **展望**, **幻象** <替> *dream, hope, illusion*

n. **视野**, **视力**, **远见** <替> *sight, view, insight*

搭 come into vision 进入视野

man without vision
没有远见的人

have visions of the future
展望未来

格 Leadership is the capacity to translate vision into reality.

领导力就是把远见变成现实的能力。

衍 visionary *adj.* 有远见的

envision *vt.* 设想, 想象 [C15T3R2]

catastrophe [kəˈtæstrəfi] ★★☆☆☆

记 cata-(down 下)-strophe(turn 翻转)→turn down→翻滚倒转→大灾难, 灾祸

释 *n.* **大灾难**, **灾祸** <替> *disaster, calamity*

搭 natural catastrophe
自然灾难

ecological catastrophe
生态灾难 [C11T2R2]

prevent a major catastrophe
阻止了一次重大灾难

例 From all points of view, dumping nuclear waste would be a catastrophe.

不管从哪方面说, 倾倒核废物将是一场灾难。

衍 catastrophic *adj.* 灾难性的

endeavour [ɪnˈdevə(r)] ★★☆☆☆

记 en-(to)-deavour(dever=duty 古法语的责任)→费尽全力去履行责任→费劲, 费力

释 *n.* **努力**, **尝试** <替> *try, attempt, effort, trial*

vi. **努力**, **竭力** <替> *try, attempt, venture*

搭 artistic endeavour 对艺术的努力

cooperative endeavour 共同的努力

make every endeavour 竭尽全力

endeavour to mitigate the distress
努力消除痛苦

例 Learning a foreign language well can be a lifelong endeavour.

学好一门外语可能需要终身的努力。

conduct [kənˈdʌkt] ★★★★☆

记 con-(together)-duct(lead)→引导到一起→指导, 行为, 指挥→管理, 实施→做

释 *n.* **行为**, **举止** <替> *behaviour, manner*

n. **处理方式** <替> *management, handling*

vt. **组织**, **实施**, **处理**, **安排**, **进行**
<替> *manage, carry out, perform, control*

vt. **引导**, **带领**, **指引** <替> *guide, lead, escort*

vt. **传导(热或电)** <替> *transmit, convey*

搭 code of conduct 行为规范

conduct a survey 做调研

conduct electricity 导电

government's conduct
政府的处置方式

conduct a thorough research
进行一个全面的研究 [C9T2R2]

code of conduct

听 We were given a conducted tour of the cathedral.

我们在有人引导下参观了大教堂。

衍 conductor *n.* 指挥, 导体, 售票员

semi-conductor *n.* 半导体

fruitful [ˈfruːtfl] ★☆☆☆☆

记 fruit(水果)-ful(的)→产水果的→有收成的→有收获的→富饶的→子女众多的(多产的)

释 *adj.* **有成果的**, **有成效的**
<替> *effective, rewarding, productive*

adj. **富饶的**, **丰产的** <替> *copious, fertile*

搭 fruitful discussion
富有成效的讨论

fruitful mind
富有创造力的头脑

fruitful in natural resources
自然资源丰富的

阅 Scientists of many nationalities have made fruitful achievements in Antarctic scientific expeditions.
众多国家的科学工作者已经在南极科学考察中取得了丰硕的成果。

衍 fruitless *adj.* 徒劳的，无结果的

*with**draw*** [wɪðˈdrɔː] ★★★★☆

记 with-(away)-draw(拖，拉)→拽走，拽回→收回

释 *v.* 撤回，撤离 <替> *pull out, retract, take back*
vt. 停止提供，取消 <替> *cancel, stop, terminate*
vt. 提取 <替> *take out, draw out*

搭 withdraw abruptly 突然地撤离
withdraw from the competition
退出竞争
withdraw one's support
取消某人的支持 [C14T1R2]
withdraw cash 提取现金

例 Public funding is being withdrawn from the research project.
对这个研究项目的公共拨款正在被取消。

衍 withdrawal *n.* 收回，撤回 [C7T1R2]/[BCOGT4R1]

*in**stil*** [ɪnˈstɪl] ★☆☆☆☆

记 in-(in)-stil(drop 滴)→drop in→滴进去→一点点灌进去→逐渐灌输，逐步培养

释 *vt.* 逐渐灌输 <替> *implant, foster, ingrain*
vt. 逐步培养 <替> *implant, inseminate*

搭 instil confidence 逐渐灌输信心
instil proper values 逐渐灌输恰当的价值观
instil a sense of responsibility 逐步培养责任感

格 Courtesy must be instilled in childhood.
礼仪必须在孩提时代就逐渐灌输。

例 Schools should foster children's interest in sports to instil into them values of teamwork and sportsmanship.
学校应该培养孩子们对运动的兴趣，以逐步灌输给他们合作和体育精神的价值观。

衍 distil *vt.* 蒸馏，提炼 [C15T3R2]
instillation *n.* 灌输，培养

*inter**medi**ate* [ˌɪntəˈmiːdiət] ★★☆☆☆

记 inter-(between)-med-(middle 中间)-i-ate(后缀)→

中间的，中级的，中间物，调停者

释 *adj.* 中间的，中等的 <替> *middle, halfway*
n. 中间物，调停者 <替> *mediator, go-between*

搭 intermediate stage 中间的阶段
intermediate course 中级的课程

例 We need him as the intermediate in the negotiations.
我们需要他做这次谈判的调解人。

衍 meddle (medd=med) *vi.* 干涉，干预
medieval *adj.* 中世纪的

*com**miss**ion* [kəˈmɪʃn] ★★★★☆

记 com-(together)-miss(-mit-=sent)-ion→派送到一起→(组成)委员会，(赚)佣金，(派去)使服役，委托写/做

释 *n.* 委员会，佣金 <替> *committee, board, fee*
vt. 委托做，使服役 <替> *appoint, delegate*
n. 可使用，服役 (out of ~/in ~)

搭 work on commission
以赚取佣金的方式工作
joint commission
联合委员会
commission a review
(受)委托做一个详查 [C7T4R2]
be in commission 在使用中

commission

阅 Several of the airline's planes are temporarily out of commission and undergoing safety checks.
这家航空公司有几架飞机暂时不能使用，它们正在接受安全检查。

衍 mission *n.* 任务，使命
emission *n.* 排放，发射 [C17T1R1]
missionary *n.* 传教士

*qual**ify*** [ˈkwɒlɪfaɪ] ★★★☆☆

记 qual-(degree of goodness "好" 的程度)-ify→使品质达到好的程度→使有资格，适合，具体讲述(以使其合格)

释 *vt.* 使有资格、有权力做 (for)
<替> *certify, empower, be authorised*
v. 符合，适合 <替> *fit, be allowed, be permitted*
vt. 具体讲述 <替> *speak in detail, elaborate*

搭 qualify for the job
适合这个工作

qualify as a doctor
取得医师资格

quality for the scholarship
有资格获得奖学金

合格的
qualified doctor

回 I'd like to qualify my last statement.
我想具体讲述一下我最后的观点。

例 Your job position qualifies you to receive free medical treatment.
你的工作职位可使你享有免费医疗.

衍 qualification *n.* 资格,资历

quality *n.* 品质,特性

overqualified *adj.* 资历过高的

coherent [kəʊˈhɪərənt] ★☆☆☆☆

记 co-(together)-her-(-hes-=stick 粘)-ent(的)→黏在一起的→连贯一致的,有条理的

释 *adj.* **连贯的,有条理的** <替> *consistent, logical*

搭 coherent argument
有条理的论证

coherent essay
条理分明的文章

coherent account
连贯的叙述

coherent

听 If you want to write a clear and coherent essay, you have to work hard on it.
文章要写得清楚连贯,必须下一番苦功。

衍 coherence *n.* 连贯性

cohesion *n.* 结合力,团结

cohesive *adj.* 团结的

hesitate *vi.* 犹豫,迟疑

abundant [əˈbʌndənt] ★☆☆☆☆

记 ab-(away)-und-(water)-ant(的)→水多溢出的→大量的,丰富的,充分的

释 *adj.* **大量的,丰富的** <替> *rich, plentiful, ample*

搭 have abundant proof
有充分的证据

abundant

abundant in minerals
矿产丰富

abundant supply of fuels
充足的燃料供应

写 China is abundant with natural resources.

中国自然资源丰富。

衍 abundance *n.* 丰富,大量 [C8T4R3]

abound *vi.* 大量存在 [COGT5R1]

institute [ˈɪnstɪtjuːt] ★★★★☆

记 in-(to)-stit-(set up)-ute(=-ate)→创立→制定,开始→院,学院,所(开始一个学术研究的地方)

释 *n.* **机构,学院** <替> *academy, association*
vt. **建立,开始** <替> *establish, found, initiate*

搭 research institute
研究院

the Cancer Institute
癌症研究所

institute a new investigation
开始一项新的调查

institute

写 The government will institute a number of measures to better safeguard the public.
政府将制定一系列措施来更好地保护公众安全。

衍 institution *n.* 机构,习俗

institutional *adj.* 机构的,制度性的

competitive [kəmˈpetətɪv] ★★★☆☆

记 com-(全)-pet-(strive 努力去……)-itive(的)→用尽全力去竞争的→竞争的

释 *adj.* **竞争的,好胜的** <替> *aggressive, ambitious*
adj. **有竞争力的,便宜的** <替> *reasonable, cheap*

搭 competitive sports
竞技体育

at competitive price
以便宜的价格

competitive spirit
竞争精神

competitive

回 Nobody can entirely keep away from his competitive world.
没有人能够完全远离他的竞争世界。

衍 compete *vi.* 竞争

competition *n.* 竞争

originate [əˈrɪdʒɪneɪt] ★★☆☆☆

记 ori-(=rise)-gin-(产生)-ate→产生出→起源,引起

释 *vi.* **起源,发源** <替> *arise, derive, emerge*

vt. 开创，发明 <替> *invent, create, conceive*

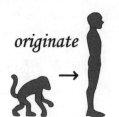

搭 originate from practice
来源于实践

originate a new reform
开创一个新的改革

originate this theory
创立这条理论

阅 The style of the architecture originated from the ancient Greece.
这种建筑风格起源于古希腊。

衍 origin *n.* 起源，起因 [C5T2R1]

original *adj.* 最早的，独创性的 [C13T1R3]

orient *vt.* 确定方向

surplus [ˈsɜːpləs] ★★★☆☆

记 sur-(above 超过，在上面)-plus(加→多)→越来越多→盈余，顺差(贸易)→过剩的

释 *n.* 剩余，盈余，顺差 <替> *excess, remainder*
adj. 过剩的，多余的 <替> *excessive, extra, spare*

搭 labour surplus
劳动力过剩

surplus value 剩余价值

dump surplus commodities
倾销过剩的商品

a labor surplus

写 Britain's budget surplus has fallen from 5.9% in 2016 to an expected 0.1% this year.
英国的预算盈余已经从2016年的5.9%降至今年预计的0.1%。

衍 surface *n.* 表面(above the face)

evacuate [ɪˈvækjueɪt] ★★☆☆☆

记 e-(out)-vac-(vain/van-=empty 空)-u-ate(使)→挪空→排空，抽空，疏散，撤出

释 *vt.* 排空，抽空 <替> *empty, pull out, vacate*
vt. 疏散，撤出
<替> *leave, abandon, desert*

搭 evacuate the residents
疏散居民

evacuate the building
从大楼撤离

evacuate

阅 The firemen evacuated the guests from the burning hotel.

消防队员把客人们从燃烧着的旅馆中疏散出来。

衍 evacuation *n.* 疏散，撤离 [C10T4R1]

vacant *adj.* 空的，空缺的 [C9T4R1]

vacuum *n.* 真空

margin [ˈmɑːdʒɪn] ★★★☆☆

记 marg-(mark→有痕迹和没痕迹的边界→边界)-in(里)→页边空白(页面里)→边缘→差额→空间

释 *n.* 边缘，页边 <替> *edge, side, verge, border*
n. 差额，余地 <替> *gap, difference*

搭 notes in the margin
页边空白处的注解

margin of a lake
湖边

narrow margin of profit
利润空间小

margin

margin of error 误差范围 [C8T1R2]

写 This year's cotton production exceeds last year's by a big margin.
今年的棉花产量大大超过了去年。

衍 marginal *adj.* 边缘的，微不足道的 [COGT7R2]

remarkable *adj.* 卓越的，显著的 [COGT4R1]

flourish [ˈflʌrɪʃ] ★★☆☆☆

记 flour(-flor-=flower 花)-ish(似的)→像开花一样→繁荣，兴旺，挥舞(像花一样摆动)

释 *vi.* 繁荣，兴旺 <替> *thrive, prosper, bloom*
vt. 挥动，挥舞
<替> *wave, display, brandish*

搭 flourish a sword
舞剑

flourishing business
生意兴隆

flourish

阅 If left unchecked, weeds will flourish.
如果不加以遏制，杂草就会疯长。

例 Racism and crime still flourish in this community.
这个社区的种族主义和犯罪仍然猖獗。

衍 flourishing *adj.* 繁荣的

flora *n.* 植物群 [C8T2R2]

device [dɪ'vaɪs] ★★★☆☆

记 de-(di-二分)-vic-(-vis-/-vid-分开)-e→最初为一分为二的方法→策略,手段→装置,设备

释 n. 装置,设备 <替> tool, utensil, instrument
n. 策略,手段 <替> plot, tactic, plan, scheme

搭 install a device
安装一种装置
adopt a device
采用一种手段
through legal device
通过法律手段

electronic device

阅 A computer is a device for processing information.
电脑是用来处理信息的设备。

衍 devise vt. 设计,发明 [C11T3R1]

controversy ['kɒntrəvɜːsi] ★★★☆☆

记 contro- (against)- vers- (- vert-=turn)- y(后缀) →turn against each other→互相反驳→争论,辩论

释 n. 争论,辩论,争议 <替> argument, dispute

搭 arouse bitter controversy
引起激烈的争论
focus of controversy
争论的焦点
without controversy
无可争议

controversy

阅 Controversy began over the use of the chemicals on crops.
对庄稼使用化学物品引起了争议。

衍 controversial adj. 争论的,争议的 [C16T2R1]

optimise ['ɒptɪmaɪz] ☆☆☆☆☆

记 op-(oper-=work 工作→大量生成)-tim(最高级后缀)-ise(动词后缀)→使完美,使完善,充分利用

释 vt. 使完美,使完善,优化,充分利用
<替> make the best use of, make the most of

搭 optimise services
优化服务
optimise the use of water
优化水的利用
optimise the manufacturing process
充分优化生产流程

optimize
the use of resources

例 Web designers will talk about trying to optimise their web pages.
网页设计师会讨论试图去优化他们的网站。

衍 optimum/optimal adj. 最佳的 [C9T2R1]
optimism n. 乐观主义 [C9T1R2]/[C10T4L2]
optimistic adj. 乐观主义的 [C6T3R3]/[C1742R1]
optimist n. 乐观主义者 [C16T4R3]

revolution [ˌrevə'luːʃn] ★★★☆☆

记 re-(back)-volu-(-volv-=roll 转)-tion(名词后缀)→roll back→转回去→转变→重大变革,革命,公转

释 n. 革命,变革 <替> revolt, mutiny, rebellion
n. 旋转,公转 <替> turning, rotation

搭 Industrial Revolution 工业革命 [C10T2R1]
raise a revolution 掀起一场革命
planet's revolution around the sun
行星绕太阳公转 [C8T1R1]

谚 Those who make peaceful revolution impossible, make violent revolution inevitable.
那些无法进行和平革命的人,必会使用武力革命。

衍 revolve vt. 使旋转,反复考虑

contemporary [kən'temprəri] ★★★☆☆

记 con-(一起,都)-tempor-(-tem-=-tent-=stretch 拉伸-por→延伸时间)-ary→在当下延续的时间内→当代的,当代的人

释 adj. 当代的 <替> modern, current, of the day
n. 当代的人 <替> peer, fellow

搭 our contemporaries
我们的同龄人
contemporary perceptions
当代的观点 [C9T4R3]
contemporary style
当代的风格

contemporary

写 Unlike most of my contemporaries, I grew up in a vastly different world.
和大多数同辈人不一样的是,我生长在一个截然不同的环境。

violate ['vaɪəleɪt] ★★★☆☆

记 viol-(force, power)-ate(使……)→使用暴力→滥

用力量去做→违反,侵犯

释 *vt.* **违反,侵犯** <替> *break, disobey, breach*

搭 violate the traffic rule
违反交通规则

violate sb.'s privacy
侵犯某人的隐私

violate the laws of physics
违反物理学定律

violate

阅 They violated the ceasefire agreement.
他们违反了停火协议。

衍 violation *n.* 违反

violence *n.* 暴力

---

analogy [əˈnælədʒi] ★☆☆☆☆

记 *ana- (on,* 根据 *)-log- (- leg-=speak* 说 *)-y* (名词后缀)→放旁边说→类比,类推

释 *n.* **相似,类比** <替> *similarity, resemblance*

搭 draw an analogy 打了个比喻

use an analogy to illustrate the point
用一个类比来说明观点

bear a close analogy 具有极为相似(的特征)

阅 There is a close analogy between the gills of a fish and the lungs of a mammal.
鱼的鳃与哺乳动物的肺很相似。

衍 analogous *adj.* 类似的,相似的

analogical *adj.* 类比的 [C16T4R2]

logo *n.* 商标

dialogue *n.* 对话(dia-透过)

monologue *n.* 独白(mono-独自)

---

passive [ˈpæsɪv] ★★☆☆☆

记 *pass-(pati-=suffer)-ive*→忍受→被动的,消极的

释 *adj.* **被动的,消极的** <替> *inactive, submissive*

搭 passive attitude
消极的态度

play a passive role
产生消极的作用

have a passive expression
带着一个消极的表情

passive

写 It's a sad truth that children are the biggest victims of passive smoking.
不幸的事实是儿童是被动吸烟的最大受害者。

衍 passion *n.* 热情,激情

passionate *adj.* 热情的,热烈的

pathetic (path-=pati-) *adj.* 可怜的

patience *n.* 耐性,忍耐 [C16T4R2]

---

imitate [ˈɪmɪteɪt] ★☆☆☆☆

记 *imit-(im-=copy* 复制→模仿*)-ate*(动词后缀)→模仿

释 *vt.* **模仿** <替> *copy, mimic, duplicate, emulate*

搭 imitate one's accent
模仿某人口音

not imitate others
不要模仿别人

imitate western customs
效仿西方的习俗

imitate

格 Successful people innovate, and those who merely imitate will always be one step behind.
成功的人创新,那些仅靠模仿的人总会落后一步。

衍 imitation *n.* 模仿 [C9T4R2]

---

resident [ˈrezɪdənt] ★★★★☆

记 *re-(back)-sid-(sit* 坐→留下*)-ent*→*sit back*→留下来→居住→居民,居住者,居住的

释 *n.* **居民,居住者** <替> *inhabitant, occupant, local*
adj. **常住的,居住的** <替> *native, local*

搭 local resident association 本地居委会

permanent resident 永久性居民(PR)

resident population 常住人口

写 More than 10 percent of local residents live below the poverty line.
超过10%的本地居民生活在贫困线以下。

衍 reside *vi.* 住,居留

residential *adj.* 住宅的 [C10T4R1]/[C17T1R2]

residual *adj.* 剩余的,残留的

---

priority [praɪˈɒrəti] ★★★☆☆

记 *pri-*(前)*-or-ity*(名词后缀)→优先权,优先的事物

释 *n.* **优先权,优先的事务,当务之急**
<替> *preference, first choice, prime concern*

搭 top priority
最优先的考虑

老人
优先

priority

priority project 重点工程

in order of priority 以轻重缓急为序

回 You must decide what your priorities are.
你应该分清轻重缓急。

写 I disagree with the premise that economic development has priority over the environment.
我不赞成经济发展应优先于环境保护这个前提。

衍 prioritise vt. 给……优先权 [COGT5R1]

ultimate [ˈʌltɪmət] ★★★☆☆

记 ulti-(ultra-/ulter-=beyond 超过)-mate→最终的,最大的,终极的,顶级的,根本的

释 adj. 最终的,基本的 <替> final, eventual, basic
adj. 极度的,顶级的 <替> extreme, supreme
adj. 首要的,最重要的 <替> utmost, pivotal

搭 ultimate conclusion 最终的结论
ultimate principles 基本的原理
take ultimate responsibility 承担最终的责任

写 Parents must have ultimate responsibility for their children's safety.
父母必须对孩子的安全负首要的责任。

衍 ultraviolet n. 紫外线 adj. 紫外线的
ultrasonic adj. 超声波的 n. 超声波
ulterior adj. 隐藏的(ulter-超过表面的)

anticipate [ænˈtɪsɪpeɪt] ★★☆☆☆

记 anti-(前)-cip-(抓)-ate→提前抓→提前领悟,判断→期望,预料

释 vt. 期望,预料 <替> expect, foresee, predict

搭 anticipate profits
预期利润
anticipate the result
预料结果
fail to anticipate
没有料到

anticipate
the weather

名 Losers react, winners anticipate.
失败者应对,成功者预判。

衍 anticipation n. 预期,预料
anticipated adj. 预期的
cable n. 线缆,绳索(cab-=cap 抓)

duration [djuˈreɪʃn] ★★☆☆☆

记 dur-(hard 硬→solid 牢固→持久)-a-tion(名词后缀)→持续时间,期间

释 n. 持续时间,期间 <替> time span, period

搭 duration of rainfall
降雨持续时间
three years' duration
三年的时间
average duration of human life
人类寿命的平均时长 [C8T3R3]

duration

阅 The duration of marriage is related most obviously to the expectation of life.
婚姻的持续时间与人的预期寿命很明显有关。

衍 durable adj. 耐用的,持久的
endure vt. 忍受,忍耐

notion [ˈnəʊʃn] ★★★☆☆

记 not-(know)-ion(名词后缀)→思维方式→想法,观念,见解

释 n. 想法,观念 <替> idea, belief, awareness

搭 favour the notion 赞成这个观点
fundamental notion 基本的观念
preconceived notion 先入为主的想法

阅 The notion of social learning theories is that people learn attitudes, beliefs and behaviours through social interaction.
社交学习理论的观点是人们通过社交互动来学习态度,观念和行为。

衍 notorious adj. 臭名昭著的 [C15T3R1]
notify vt. 通知,报告
noticeable adj. 明显的,显而易见的 [C11T4R2]

temporary [ˈtemprəri] ★★★☆☆

记 temp-(-tem-=-tent-=stretch 拉伸→stretch of time 延伸一段时间)-or-ary→临时的,暂时的

释 adj. 临时的,暂时的 <替> short-term, brief

搭 temporary employment 临时的工作
temporary agreement 临时的协议
temporary solution 暂时的解决方案

格 Never make permanent decisions based on temporary feelings.

不要基于<u>短暂</u>的感受去做一个永久的决定。

衍 temporal *adj.* 暂时的，世俗的

temper *n.* 硬度，脾气

temperate *adj.* 温和的 [C5T4R3]

temperament *n.* 性情，气质 [C10T3R2]

erode [ɪˈrəʊd]　★★☆☆☆

记 *e-(ex-=away* 没)-*rod-(-ros-*咬，磨)-*e*→磨没了→侵蚀，腐蚀，削弱，损害→降低

释 *v.* 侵蚀，腐蚀 <替> *wear away, corrode, decay*

vt. 削弱，损害 <替> *destroy, undermine*

vt. 降低，减少 <替> *weaken, lower, diminish*

搭 <u>erode</u> local traditions
损害地方传统

eroded remnants
<u>腐蚀</u>的残留物 [C14T4R3]

be constantly <u>eroded</u>
被不断地<u>侵蚀</u>

阅 Metals are <u>eroded</u> by acids. 酸<u>腐蚀</u>金属。

例 Competition in the financial marketplace has <u>eroded</u> profits.
金融市场的竞争已经<u>降低</u>了利润。

衍 erosion *n.* 腐蚀，侵蚀 [C5T4R1]

erosive *adj.* 侵蚀的

corrode *vt.* 腐蚀，削弱

rodent *n.* 啮齿动物 [C6T3R3]

moderate [ˈmɒdərət]　★★★☆☆

记 *mod-(measure* 测量)-*er-ate(*的)→确定度量→在边界内→中规中矩→温和的

释 *adj.* 适度的，中等的 <替> *average, modest*

adj. 温和的，不偏激的 <替> *mediocre, common*

vt. 缓和，使适中 <替> *lessen, diminish, slacken*

搭 see a <u>moderate</u> increase
略有上扬

<u>moderate</u> climate
<u>温和的</u>气候

offer <u>moderate</u> price
提供<u>适中</u>的价格

阅 <u>Moderate</u> winds may generate waves that mix deep and shallow water.
<u>温和的</u>风可能会产生混合深水和浅水的波浪。

衍 moderation *n.* 温和，中庸

modulate *vt.* 改变，调节

trigger [ˈtrɪɡə(r)]　★★★☆☆

记 *trigg-(*最初为 *pull*"拉"的意思)-*er(*人/物)→扳机(靠拉拽而扣动)，触发器，导火索，引发，触发

释 *n.* 扳机，触发器，诱因，起因，导火索

v. 引起，触发 <替> *set off, activate, provoke*

搭 pull the <u>trigger</u> 扣动<u>扳机</u>

act as the <u>trigger</u> 成为<u>导火索</u>

<u>trigger</u> breeding behaviour
<u>引发</u>繁殖的行为 [C5T4R3]

<u>trigger</u> a nuclear explosion <u>引起</u>核爆炸

写 It will <u>trigger off</u> a chain reaction.
这将<u>引发</u>一个连锁反应。

nonetheless [ˌnʌnðəˈles]　★★☆☆☆

记 *none-the-less*→虽然如此，但是

释 *adv.* 不过，然而，尽管

<替> *nevertheless, despite that, even so*

阅 The book is too long but, <u>nonetheless</u>, informative and entertaining.
这本书篇幅太长，<u>但是</u>信息量大且有趣味性。

写 The problems are not serious. <u>Nonetheless</u>, we shall need to tackle them soon.
问题不是很严重。<u>不过</u>我们仍需尽快解决。

衍 nevertheless *adv.* 然而，尽管

scenario [səˈnɑːriəʊ]　★★☆☆☆

记 *scen-(*古希腊戏剧舞台→布景)-*ario*→剧本，情节，可能的情况

释 *n.* 剧本，情节 <替> *script, plot, setting*

n. 可能发生的事/局面 <替> *chain of events*

搭 <u>scenario</u> analysis 情况分析

<u>scenario</u> writer <u>剧本</u>编纂者

worse-case <u>scenario</u>
最糟糕的<u>情况</u>

例 Now this was a <u>scenario</u> that the team never even took into account.
现在这种<u>情况</u>就是团队从未考虑到的。

衍 scene *n.* 情景，现场

scenic *adj.* 风景优美的

scenery *n.* 风景，景色

suspend [səˈspend] ★★★☆☆

记 sus-(up from under 自下而上)-pend(-pens-= hang 悬挂)→悬挂→暂停，中止

释 *vt.* 暂停，中止 <替> *delay, defer, postpone*

vt. 悬挂，漂浮 <替> *hang, attach, string*

搭 be suspended in the air
悬挂在空中

suspend negotiations
中止谈判

suspended license 吊销的执照

例 The government will decide on Monday whether to suspend the rescue work.
政府将在周一决定是否暂停救援工作。

衍 suspension *n.* 悬挂，暂停

dependable *adj.* 可靠的，可信任的

impending *adj.* 即将发生的

secure [sɪˈkjʊə(r)] ★★★★☆

记 se-(away)-cur-(care)-e→away from care→不再挂心→安全→可靠的→保证获得

释 *adj.* 可靠的，稳定的，牢固的，绑紧的
<替> *assured, safe, fixed, fastened*

vt. 获得，争取到 <替> *obtain, acquire, gain*

vt. 固定，系紧，缚牢 <替> *fasten, attach, lock*

搭 have a secure job 有一份可靠的工作

feel secure about the future 对未来有信心

secure wages and employment
稳定的工资和工作

secure all the doors and windows 关好所有门窗

写 Students majoring in liberal arts usually have difficulty securing a job.
专业为文科的学生通常会很难找到工作。

衍 security *n.* 安全

insecurity *n.* 不安全，不可靠 [C12T5R2]

curious *adj.* 好奇的(care too much)

hamper [ˈhæmpə(r)] ★★☆☆☆

记 源于法语，表示篮子→放篮子里→阻碍，束缚

释 *vt.* 阻碍，束缚 <替> *hinder, curb, impede*

n. 篮子，大筐 <替> *basket, box, container*

搭 hamper the flow of traffic
阻碍交通运行

laundry hamper 洗衣篮子

hamper economic growth
束缚经济的增长

写 Procrastination hampers academic and work commitment as sufferers fail to meet deadlines.
拖延妨碍学业和工作的投入，因为饱受此习惯困扰的人不能在最后期限前完成任务。[BCOGT3R2]

portion [ˈpɔːʃn] ★★☆☆☆

记 port-(part-=allot 分配)-ion→分配份→份，部分

释 *n.* 份，部分 <替> *part, piece, share, amount*

搭 three equal portions
三等份

damaged portion
破损的部分

considerable portion
大部分

three equal portions

写 The table demonstrates the portion of employees in four nations.
该表格呈现的是四个国家的雇员份额。

阅 These statistics explain only a portion of the problem.
这些统计资料仅仅说明了部分问题。

tentative [ˈtentətɪv] ★★☆☆☆

记 tent-(-ten-=stretch 拉伸)-at-ive(形容词后缀)→伸出去的→伸头探脑的→试探性的，临时的→犹豫的

释 *adj.* 不确定的，试探性的，临时的
<替> *indefinite, experimental, unfirmed*

adj. 犹豫的，踌躇的 <替> *hesitant, uncertain*

搭 tentative attempt
试探性的尝试

tentative conclusions
不确定的结论

tentative look
犹豫的表情

make tentative plans 做出临时的计划

听 Tentative measures have been taken by the government to deal with this crisis.
政府已采取临时措施来应对这次危机。

衍 detention *n.* 扣留，扣押，留校

tenuous *adj.* 脆弱的，站不住脚的

resemble [rɪˈzembl] ★★☆☆☆

记 re-(to)-sem-(-sim-=like 像)-ble→像，相似

释 *vt.* **像，相似** <替> look like, be similar to, take after

搭 resemble in appearance

外表相似

resemble each other in taste

彼此品位相似

bear no resemblance

无相似之处

枯叶蝶
resemble

阅 Despite its forbidding climate, surface temperatures on Mars resemble the Earth's more than any other planet.

尽管气候恶劣，但火星和任何其他行星相比，它的表面温度与地球的表面温度最为相似。

衍 resemblance *n.* 相似性，相似之处 [C15T3R1]

dissemble *vt.* 掩饰，掩盖

obsolete [ˈɒbsəliːt] ★☆☆☆☆

记 ob-(away)-sol-(习惯)-ete(后缀)→抛弃掉习惯→抛弃不再用的习惯→老旧的，废弃的，淘汰的

释 *adj.* **废弃的，淘汰的，过时的**

<替> outdated, discarded, no longer in use

搭 obsolete concept 过时的观念

become obsolete

(变得)被淘汰了

obsolete equipment

废弃的设备

obsolete

阅 Gas lamps became obsolete when electric lighting was invented.

电灯被发明以后煤气灯就过时了。

restrain [rɪˈstreɪn] ★☆☆☆☆

记 re-(back)-strain(-strict-=-string-拉，拽)→拽回来→制止，克制，阻止

释 *vt.* **制止，阻止，克制** <替> control, prevent, curb

搭 restrain consumer spending

抑制消费支出

restrain one's anger

restrain

抑制某人的愤怒

be physically restrained

被限制人身自由

阅 I think the first wisdom is to restrain the tongue.

我认为首要的智慧就是管住嘴。

谚 Shame may restrain what law does not prohibit.

羞耻感或许会阻止法律所不能禁止之事。

衍 restraint *n.* 抑制，克制

strain *vt.* 使劳累，拉紧

authority [ɔːˈθɒrəti] ★★★★★

记 auth-(-aug-增加)-or-ity(名词后缀)→权利增加的地方→当局，权威(名气增加的人)，职权

释 *n.* **当局，权威** <替> government, expert

n. **权力，职权** <替> power

搭 abuse authority

滥用职权

local authority

地方当局

academic authority

学术权威

authority

例 These documents ensure to you the authority you need to authorise this operation.

这些文件确保你获得需要的职权去授权这次行动。

衍 author *n.* 作家

authoritative *adj.* 权威的，可信的

authorise *vt.* 授权，批准 [C17T1R1]

augment *v.* 增加 [C13T2R3]

unveil [ˌʌnˈveɪl] ★★☆☆☆

记 un-(not)-veil(cloth 航海用帆布→揭开覆盖的帆布→揭幕，披露

释 *vt.* **揭幕，揭开覆盖物** <替> launch, uncover

vt. **透露，展示，公开** <替> reveal, exhibit, publish

搭 unveil the latest model

展示最新款的产品

unveil a reform plan

公布一项改革计划

unveiling of the statue

雕像的揭幕

unveil

阅 China has unveiled a development plan for its

new energy vehicle industry in the coming years.

中国<u>公布</u>了一项未来新能源汽车产业的发展规划。

衍 veil *n.* 面纱,遮盖物

mutual [ˈmjuːtʃuəl] ★★★☆☆

记 *mut-(change 改变)-u-al(的)→done in exchange→* 相互的,共同的,共有的

释 *adj.* **相互的,共同的**
<替> *shared, joined*

搭 <u>mutual</u> benefit <u>共同的</u>益处
<u>mutual</u> agreement 共识
<u>mutual</u> respect <u>相互</u>尊重

mutual agreement

写 Language differences are often a barrier to <u>mutual</u> understanding.
语言不同,常常会成为<u>相互</u>了解的障碍。

例 It's our <u>mutual</u> duty and obligation to make sure this happens.
确保这能够发生是我们<u>共同的</u>责任和义务。

衍 mutable *adj.* 可变的,易变的
mutation *n.* 变异,突变 [C8T4R2]/[C10T4R3]/[C16T1R1]
mutant *n.* 变种,突变体
commute *vi.* 通勤

attain [əˈteɪn] ★☆☆☆☆

记 *at-(to)-tain(-tang-=touch 触摸)→*去触摸→摸到,碰到→达到→实现,获得

释 *vt.* **获得,达到,实现** <替> *reach, accomplish*

搭 <u>attain</u> knowledge <u>获取知识</u>
<u>attain</u> one's ambition
<u>实现</u>某人的抱负
<u>attain</u> the top of a hill
<u>到达</u>山顶

attain

口 I'm determined to <u>attain</u> my purpose at any cost.
我决心不惜任何代价<u>达到</u>我的目的。

衍 attainment *n.* 达到,实现 [C6T3R2]
attainable *adj.* 可达到的,可得到的 [C4T4R3]
tenacious *adj.* 固执的,不屈不挠的
attenuate *vt.* 使减弱(ten-拉伸) [C8T2R2]

fertile [ˈfɜːtaɪl] ★★☆☆☆

记 *fert-(carry 带来→产生出来)-ile→*能产生很多的→肥沃的,能生育的,主意多的(生出想法)

释 *adj.* **肥沃的** <替> *rich, abundant, fecund*
adj. **能生育的,可繁殖的** <替> *reproductive*
adj. **主意多的** <替> *imaginative, inventive*

搭 <u>fertile</u> farmland
<u>肥沃的</u>农田
<u>fertile</u> imagination
<u>丰富的</u>想象力
series of <u>fertile</u> debates
一系列<u>有收获</u>的辩论

fertile

阅 The <u>fertile</u> land of the Nile delta is being eroded along Egypt's Mediterranean coast at an astounding rate. [C5T3R2]
沿着埃及地中海海岸线的尼罗河三角洲的<u>肥沃</u>土壤正以惊人的速度受到侵蚀。

衍 fertilise *vt.* 给……施肥/受精
infertile *adj.* 不能生育的
fertiliser *n.* 化肥 [C8T4R2]
fertility *n.* 肥沃度,生育力 [C16T2R1]

repel [rɪˈpel] ★☆☆☆☆

记 *re-(back)-pel(-pul-=drive, thrust 投,驱动)→drive back→*击退,驱逐→排斥→让人讨厌

释 *vt.* **击退,驱逐** <替> *repulse, fight off, fend off*
vt. **使厌恶,使讨厌** <替> *disgust, revolt, sicken*
vt. **防止进入,抵御** <替> *be resistant, keep out*
vt. **排斥,相斥** <替> *push apart, push away*

搭 <u>repel</u> an invader
<u>驱逐</u>一个入侵者
<u>repel</u> insects 抵御害虫
<u>repel</u> many people
使很多人反感

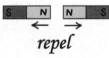
repel

阅 As these electrons are negatively charged, they will attempt to <u>repel</u> each other.
由于这些电子都是带负电荷,它们会互相<u>排斥</u>。

阅 This coat has a special surface that <u>repels</u> moisture.
这件外套的表面是特殊料子做的,可以<u>防潮</u>。

衍 repellent (pell-=pel-) *n.* 驱虫剂 *adj.* 讨厌的
propel *vt.* 推进,推动,激励
propeller *n.* 螺旋桨,推进器 [C9T3R2]
dispel *vt.* 驱散,消除
compulsory *adj.* 强迫的,义务的

refine [rɪˈfaɪn] ★☆☆☆☆

记 re-(again)-fine→再变好→精炼,提纯

释 vt. 精炼,提炼 <替> purify, clean, clarify
vt. 改进,改善 <替> improve, perfect, polish

搭 refine sugar 炼糖

refined foods 精制食品

refine one's manners
使某人举止更优雅

refine earlier designs 改进早些时候的设计

谚 Morals refine manners, as manners refine morals.
道德净化言谈举止,反之亦然。

衍 refinery n. 精炼厂
refinement n. 精致,高尚

dynamic [daɪˈnæmɪk] ★★☆☆☆

记 dynam-(dyna-=power 力)-ic→充满活力→动力

释 adj. 精力充沛的,有活力的,动态的
<替> energetic, active, powerful
n. 活力,动态 <替> a force, interactive process

搭 dynamic personality
充满活力的性格

dynamic relationship
动态的关系

dynamic of the project
项目的动态

写 A dynamic government is necessary to meet the demands of a changing society.
一个有活力的政府有必要去满足一个不断变化的社会的需求。

衍 dynamics n. 动力学
dynasty n. 朝代,王朝
dynamite n. 甘油炸药 [C13T3R1]

utter [ˈʌtə(r)] ★★☆☆☆

记 ut-(源于古英语形容词比较级 ut-=out→更外面的→完全在外→完全的)-ter→完全的→到嘴边→说出

释 vt. 说,讲,发出 <替> speak, say, express
adj. 完全的,彻底的 <替> complete, total

搭 without uttering a word 一言不发(没说一个词)

utter waste of time 完全是浪费时间

utter darkness 一片漆黑(彻底的黑暗)

例 He uttered a few commonplaces about the air pollution.
他泛泛地说了几句关于空气污染的话。

衍 utterly adv. 完全地,彻底地 [C16T2R2]
utterance n. 言辞,言语,吐露 [C4T3R3]/[COGT3R3]
unutterable adj. 难以形容的,莫名的

fierce [fɪəs] ★★★☆☆

记 fierc-(feroc-=wild)-e→表示 wild beast(野兽)→凶猛的,猛烈的,激烈的

释 adj. 凶猛的,激烈的 <替> cruel, brutal, furious
adj. 极度的,强烈的 <替> intense, keen, strong

搭 fierce dog
凶猛的狗

launch a fierce attack
发起一次猛烈的攻击

meet with fierce opposition
遭到激烈的反对

写 Because there is so much unemployment, the competition for jobs is fierce.
因为失业严重,求职竞争激烈。

衍 ferocious adj. 凶猛的,残忍的
ferocity n. 凶猛,残忍 [BCOGT1R2]

barren [ˈbærən] ★☆☆☆☆

记 德语语源,表示"不能生产出的"→贫瘠的,不育的

释 adj. 贫瘠的,不毛的 <替> infertile, desolate
adj. 不育的,不结果的 <替> unfruitful, sterile
adj. 无益的,无效的 <替> useless, futile

搭 barren landscape 不毛之地

barren tree 不结果的树

culturally barren town
无文化特点的城镇

barren argument 无益的争论

阅 The sandstone formations transformed the land into a barren lunarscape.
泥石流把这片地变成一片贫瘠的月球似的地貌。

diversify [daɪ'vɜːsɪfaɪ] ★★☆☆☆

记 di-(分开)-vers-(-vert-=turn)-ify(化)→转化成不同的→使多样化，使不同，使多元化

释 *vt.* **使多样化，使不同，使多元化**
<替> *vary, change, expand, give variety to*

搭 diversify one's interests
使某人兴趣多样化

diversifying economy
多元化的经济体系

diversify the fuel resource
使燃料来源多元化

听 The company is diversifying its products to meet the needs of market.
公司正使自己的产品多样化以满足市场的需要。

衍 diverse *adj.* 不同的，多种多样的 [C16T2R2]
diversity *n.* 多样性，差异 [C8T4R2]/[C13T4R2]
divert *vt.* 转向，转移 [BCOGT1R1]

terminate ['tɜːmɪneɪt] ★★☆☆☆

记 termin-(end终止)-ate(使)→终止，结束

释 *v.* **终止，结束** <替> *bring to an end, abort, close*

搭 terminate the contract
终止合同

terminate

terminate the therapy
终止治疗

be abruptly terminated
被突然地终止了

The train will terminate at Beijing Station.
这列火车的终点在北京站。

衍 terminator *n.* 终结者
terminal *n.* 终点站 *adj.* 终点的 [COGT1R2]
determined *adj.* 坚决的
predetermined *adj.* 预先决定的

magnitude ['mæɡnɪtjuːd] ★☆☆☆☆

记 magn-(mag =great大→重要)-i-tude(抽象名词后缀)→巨大，庞大→重要

释 *n.* **巨大，重大** <替> *hugeness, greatness*
n. **数量级，强度** <替> *amount, extent, volume*
n. **重要性，严重性** <替> *importance, intensity*

搭 magnitude of the problem 问题的重要性
realise the magnitude 认识到重要性
8.2 magnitude earthquake 8.2级地震

阅 They appear to underestimate the magnitude of such influences.
他们似乎低估了这个影响的重要性。

例 Climate change increases the magnitude and the frequency of extreme weather events. [C12T6R1]
气候变化增加了极端天气的强度和频率。

衍 magnify *vt.* 放大 [C16T2R2]
magnificent *adj.* 宏伟的 [C11T4R2]

manufacture [ˌmænjuˈfæktʃə(r)] ★★★☆☆

记 manu-(-man-=hand 手)-fact-(-fac-/-fect-=do 做)-ure→动手做→制造，生产，捏造

释 *vt.* **生产，制造** <替> *make, produce, assemble*
vt. **虚构，捏造** <替> *make up, fabricate*
n. **批量生产，制品** <替> *mass-production*

搭 manufacture products
生产产品

manufacturing industry
制造业

manufacture an excuse
编造一个理由

manufacture

car manufacture 汽车制造

例 His film seems to have been manufactured rather than composed.
他的电影看上去像是机器生产的，根本谈不上创作。

衍 manoeuvre *vt.* 调动，操纵
artifact *n.* 人工制品
infectious *adj.* 传染性的
effective *adj.* 有效的
affection *n.* 喜爱，疾病
affectionate *adj.* 有爱心的，深情的

stamina ['stæmɪnə] ★☆☆☆☆

记 stam(sta-=stand 立→立住→持久)-ina→坚持住→耐力，毅力，持久力

释 *n.* **耐力，毅力，持久力**
<替> *endurance, strength, fortitude*

搭 build up stamina 增强耐力
test of stamina 对耐力的考验

strength and <u>stamina</u> 体力和<u>耐力</u>

阅 <u>Stamina</u>, discipline and organisation are just a few of the skills students learned during these mock debates.

<u>耐力</u>、纪律和组织只是学生在模拟辩论过程中学到的部分技能。

衍 obs<u>ta</u>cle *n.* 障碍(物),困难 [C17T4R1]

stad<u>i</u>um *n.* 体育场

sta<u>le</u> *adj.* 不新鲜的,变味的

sta<u>lk</u> *n.* 茎,杆,梗

---

*ob**ject**ive* [əbˈdʒektɪv] ★★★☆☆

记 ob-(反)-ject-(扔)-ive→扔在对立面→扔在前面→物体→客观的,公正的,物体也是目标→目标

释 *n.* **目标,宗旨** <替> *aim, purpose, goal*

adj. **客观的,公正的** <替> *unbiased, impartial*

搭 <u>objective</u> fact 客观事实

<u>objective</u> report

客观的报道

achieve one's <u>objective</u>

实现某人的<u>目标</u>

objective

口 Don't attribute all your mistakes to <u>objective</u> causes.

不要把你全部的错误都归咎于<u>客观的</u>原因。

衍 obj<u>ect</u>ivity *n.* 客观性

obj<u>ect</u>ion *n.* 反对

---

*v**iable*** [ˈvaɪəbl] ★★☆☆☆

记 vi-(viv-=life→to live 活下来)-able(能的)→能活下来的→可行的,能生存的

释 *adj.* **可行的,可用的** <替> *applicable, feasible*

adj. **能生存的,能存活的** <替> *valid, productive*

搭 <u>viable</u> seeds 能发芽的种子

remain <u>viable</u> [C13T3R1]

保持<u>存活的</u>

scientifically <u>viable</u>

科学上<u>可行的</u>

<u>viable</u> in practice

在实践上<u>可行</u>

remain viable

口 I'm very confident that altogether we can find a mutually <u>viable</u> solution.

我非常确信我们能一起找到一个共同<u>可行的</u>方案。

阅 At that time, quinine was the only <u>viable</u> medical treatment for malaria. [C9T1R1]

在当时,奎宁是唯一<u>可用的</u>治疗疟疾的医疗手段。

衍 <u>vi</u>ability *n.* 生存力,活力

sur<u>vive</u> *vt.* 生存,存活

re<u>vive</u> *vt.* 复兴,复苏

---

*pl**unge*** [plʌndʒ] ★★★☆☆

记 plung(plumb 来源不详,最初表示下垂的铅坠)-e→纵身投入→突然陷入,突然遭受(降临)

释 *vi.* **投入,跳入** <替> *dump, dive, throw oneself*

vi. **暴跌,骤降** <替> *drop, fall, rapid decrease*

vi. **陷入,经历** <替> *be in an unpleasant state*

n. **暴跌,骤降,卷入,参与,果断行事**

<替> *dive, descend, drop, commit oneself*

搭 <u>plunge</u> into the water 跳进水中

<u>plunge</u> into the studies 投入学习中

<u>plunged</u> by 20% 暴跌了 20%

<u>plunge</u> into despair 陷入绝望

expect a <u>plunge</u> in profits 预计利润骤降

take the <u>plunge</u> 果断行事

阅 <u>Plunging</u> down to the sea floor, we find more exotic creatures.

<u>下沉</u>到海床,我们会发现更多奇异的生物。

---

*st**agn**ant* [ˈstægnənt] ★☆☆☆☆

记 stagn(stagn-=sta-立→固定在那)-ant→停滞在那→停滞的,不发展的

释 *adj.* **停滞的,不发展的** <替> *inactive, static*

adj. **不流动的,死的** <替> *motionless, dead*

搭 <u>stagnant</u> pond 死水塘

<u>stagnant</u> economy 停滞的经济

<u>stagnant</u> productivity 停滞的生产力

例 Despite the modest job growth in the past year, wages have remained mostly <u>stagnant</u>.

尽管去年就业率有适度增长,但工资基本<u>没有变化</u>。

衍 <u>stagn</u>ation *n.* 停滞,不发展

<u>stagn</u>ate *vi.* 停滞不前,不发展

manipulate [məˈnɪpjuleɪt] ★★☆☆☆

记 *mani-(-man-=hand→控制)-pul-(fill)-ate→填满手→全抓手里来控制→操纵,操作,控制*

释 *vt.* 操纵,控制 <替> *influence, control, direct*
vt. 操作,使用 <替> *use, work, handle, operate*

搭 manipulate public opinion
操纵大众观点

easy to manipulate
易于操作

manipulate the situation
控制形势

manipulate

阅 Scientists would soon be able to manipulate human genes to control the ageing process.
科学家很快将能操控人类基因来控制衰老过程。

衍 manipulation *n.* 操作,操纵 [C11T1R3]/[C16T1R1]
manipulative *adj.* 操纵的,控制的 [BCOGT1R2]

intrusive [ɪnˈtruːsɪv] ★☆☆☆☆

记 *in-trus-(-trud-=press/push 压/推)-ive→推门而入→侵入,闯入*

释 *adj.* 侵入的,闯入的 <替> *invasive, interrupting*
adj. 唐突的,讨厌的 <替> *annoying, irritating*

搭 intrusive question
唐突的问题

intrusive noise
讨厌的噪音

intrusive

visually intrusive
视觉上有碍观瞻(唐突的)

句 It is intrusive to go into other people's privacy.
窥探别人的隐私是一种侵扰。

写 Many feel that advertising on the Internet has become overly intrusive.
很多人认为互联网广告变得太过具有侵入性。

衍 intrude *vi.* 闯入,侵入
intruder *n.* 闯入者,侵入者
intrusion *n.* 侵入,闯入 [C7T4R3]
protrude *vi.* 凸出(pro-前) [C11T2R1]

List of the Key Extended Words and Review(核心扩展词列表及复习)

- [ ] abnormal *adj.* 反常的
- [ ] abound *vi.* 大量存在
- [ ] abundance *n.* 丰富，大量
- [ ] analogous *adj.* 类似的，相似的
- [ ] anticipated *adj.* 预期的
- [ ] anticipation *n.* 预期，预料
- [ ] artifact *n.* 人工制品
- [ ] attainable *adj.* 可达到的
- [ ] attainment *n.* 达到，实现
- [ ] attenuate *vt.* 使减弱
- [ ] augment *v.* 增加
- [ ] authorise *vt.* 授权，批准
- [ ] catastrophic *adj.* 灾难性的
- [ ] coherence *n.* 连贯性
- [ ] cohesion *n.* 结合力，团结
- [ ] cohesive *adj.* 团结的
- [ ] compete *vi.* 竞争
- [ ] competition *n.* 竞争
- [ ] compulsory *adj.* 强迫的，义务的
- [ ] conductor *n.* 指挥，导体
- [ ] controversial *adj.* 争议的
- [ ] corrode *vt.* 腐蚀，削弱
- [ ] curious *adj.* 好奇的
- [ ] dependable *adj.* 可靠的
- [ ] determined *adj.* 坚决的
- [ ] devise *vt.* 设计，发明
- [ ] disorder *n.* 紊乱，混乱
- [ ] dispel *vt.* 驱散，消除
- [ ] dissemble *vt.* 掩饰，掩盖
- [ ] distil *vt.* 蒸馏，提炼
- [ ] diverse *adj.* 多种多样的
- [ ] diversity *n.* 多样性，差异
- [ ] divert *vt.* 转向，转移
- [ ] durable *adj.* 耐用的，持久的
- [ ] dynamics *n.* 动力学
- [ ] effective *adj.* 有效的
- [ ] emission *n.* 发射，排放

- [ ] endure *vt.* 忍受，忍耐
- [ ] envision *vt.* 设想，想象
- [ ] erosion *n.* 腐蚀，侵蚀
- [ ] erosive *adj.* 侵蚀的
- [ ] evacuation *n.* 疏散，撤离
- [ ] expedite *vt.* 加速，促进
- [ ] ferocious *adj.* 凶猛的，残忍的
- [ ] fertility *n.* 肥沃度，生育力
- [ ] fertilise *vt.* 给……施肥/受精
- [ ] fertiliser *n.* 化肥
- [ ] flora *n.* 植物群
- [ ] flourishing *adj.* 繁荣的
- [ ] fruitless *adj.* 徒劳的
- [ ] hemisphere *n.* 半球
- [ ] heritage *n.* 遗产，传统
- [ ] imitation *n.* 模仿
- [ ] impediment *n.* 妨碍，障碍物
- [ ] impending *adj.* 即将发生的
- [ ] indulgence *n.* 纵容，放纵
- [ ] infectious *adj.* 传染性的
- [ ] infertile *adj.* 不能生育的
- [ ] inheritance *n.* 遗产
- [ ] insecurity *n.* 不安全
- [ ] instillation *n.* 灌输，培养
- [ ] institution *n.* 机构，习俗
- [ ] institutional *adj.* 机构的
- [ ] intrusion *n.* 侵入，闯入
- [ ] magnificent *adj.* 宏伟的
- [ ] magnify *vt.* 放大
- [ ] manipulation *n.* 操作，操纵
- [ ] marginal *adj.* 边缘的
- [ ] meddle *vi.* 干涉，干预
- [ ] medieval *adj.* 中世纪的
- [ ] mission *n.* 任务，使命
- [ ] moderation *n.* 温和，中庸
- [ ] modulate *vt.* 改变，调节
- [ ] mutable *adj.* 可变的

- mutation *n.* 变化,突变
- noticeable *adj.* 明显的
- notify *vt.* 通知,报告
- notorious *adj.* 臭名昭著的
- objection *n.* 反对
- objectivity *n.* 客观性
- obstacle *n.* 障碍(物),困难
- optimism *n.* 乐观主义
- optimistic *adj.* 乐观主义的
- optimum *adj.* 最佳的
- origin *n.* 起源,起因
- original *adj.* 独创性的
- overqualified *adj.* 资历过高的
- passionate *adj.* 热情的
- predetermined *adj.* 预先决定的
- primordial *adj.* 原始的,原生的
- prioritise *vt.* 给……优先权
- processed *adj.* 加工的
- procession *n.* 队伍,行列
- propel *vt.* 推进,推动,激励
- propeller *n.* 螺旋桨,推进器
- protrude *vi.* 凸出,伸出
- qualification *n.* 资格,资历
- quality *n.* 品质,特性
- refinement *n.* 精致,高尚
- remarkable *adj.* 卓越的
- repellent *n.* 驱虫剂 *adj.* 讨厌的
- reroute *vt.* 改变线路
- resemblance *n.* 相似性
- reside *vi.* 住,居留
- residential *adj.* 住宅的
- residual *adj.* 剩余的
- restraint *n.* 抑制,克制
- revolve *vt.* 使旋转,反复考虑
- rodent *n.* 啮齿动物
- scene *n.* 情景,现场
- scenery *n.* 风景,景色
- scenic *adj.* 风景优美的
- self-indulgent *adj.* 放纵自己的

- semi-conductor *n.* 半导体
- spherical *adj.* 球面的
- stagnate *vi.* 停滞不前,不发展
- stagnation *n.* 停滞,不发展
- stale *adj.* 不新鲜的,变味的
- stalk *n.* 茎,杆,梗
- strain *vt.* 使劳累,拉紧
- suspension *n.* 悬挂,暂停
- temper *n.* 硬度,脾气
- temperament *n.* 性情
- temperate *adj.* 温和的
- temporal *adj.* 暂时的,世俗的
- tenacious *adj.* 固执的
- terminal *n.* 终点站 *adj.* 终点的
- ulterior *adj.* 隐藏的
- ultrasonic *adj.* 超声波的 *n.* 超声波
- ultraviolet *n.* 紫外线 *adj.* 紫外线的
- unutterable *adj.* 难以形容的
- utterance *n.* 言辞,言语,吐露
- vacant *adj.* 空的,空缺的
- vacuum *n.* 真空
- veil *n.* 面纱
- viability *n.* 生存力,活力
- violation *n.* 违反
- visionary *adj.* 有远见的
- withdrawal *n.* 收回

单词学习之搭配篇

熟练掌握词语的逻辑和语境搭配是英语运用能力达到高阶的一个标志。很多雅思考生们会发现雅思写作很难考出高分。其中LR(词汇和搭配)是最难提分的一项,因为用词准确、恰当对于英语非母语者来说的确是非常难的,很多时候,光看中文语义是很难把词用得恰到好处的。只知道一个单词的语义很难让我们做到表达准确无误。我们需要把词放到短语搭配里,这样的语言单位才能够辅助我们准确地表达自己的观点。

比如"承担责任"这个语义,相信很多人想不到第一单元里我们学到的短语搭配 assume* the responsibility,再比如"鲜明的对比"在本单元里恰好有个很好的搭配:a stark* contrast,nourish* the friendship 可以用来表示"增进友谊","自我放纵的生活方式"可以写成 self-indulgent* lifestyle。本单元还有一些可以用于写作的高分搭配,比如"富有成效的讨论 (a fruitful* discussion)"和"逐步培养责任感 (instil* a sense of responsibility)"等。

上述这些精彩地道的表达其实也是这本单词书的一大特色。笔者在采集每个核心词的搭配时,除了兼顾不同的语义搭配,更多的是从应用的角度,比如口语、写作,来搜集地道实用的搭配。相信不同的读者学习此书收获是不一样的。考生对词汇的学习其实不仅仅要达到认知的水平,即看见了就认识,更要充分学习并掌握本书中的语料库,这样才能在雅思的输出项——写作和口语中拿到更好的分数。

语言的学习其实遵循"用进废退(If you don't use it, you lose it.)"的原则,而熟练掌握搭配才能够真正地活用这些单词,只有通过"现学现卖,喜新厌旧"的方式,我们才能够把每个学到的新词在搭配中使用出来。

当我们想表达"性别平等"时是否能想到 gender* equality,当我们想说"着装的礼仪规范"时是否能立刻表达出 dressing code*,当我们想写出"发挥重要的作用"时,能否想到用 play a prominent* part,当在口语里表达"精美的设计"时是否能脱口而出 elabourate* design,"经过慎重的考虑"能否立刻想到这本书中的表达 after mature* consideration,写作中想表达"不成比例",能否立刻写出 be out of proportion*/perspective*,想说"素质教育",能否立刻说出 qualify*-oriented education 呢? 类似这样的例子在书中比比皆是!

不要小看本书中的搭配,学透了,用熟了,雅思分数自然就上去了!

注:标"*"为本书的核心词汇

Botany 植物学

algae [ˈældʒiː] 水藻,藻类

alpine [ˈælpaɪn] 高山的

aquatic [əˈkwætɪk] 水生的

arbour [ˈɑːbə(r)] 藤架,棚架

arboreal [ɑːˈbɔːriəl] 树木的,树栖的

bark [bɑːk] 树皮

biodiversity [ˌbaɪəʊdaɪˈvɜːsəti] 生物多样性

biome [ˈbaɪəʊm] 生物群落区

biota [baɪˈəʊtə] 生物群

birch [bɜːtʃ] 白桦树

blight [blaɪt] 枯萎病

bloom [bluːm] 花

boreal forest [ˈbɔːriəl ˈfɒrɪst] 北温带森林

botany [ˈbɒtəni] 植物学

bough [baʊ] 大树枝

cactus [ˈkæktəs] 仙人掌

canopy [ˈkænəpi] 树冠

conifer [ˈkɒnɪfə(r)] 针叶树

culture [ˈkʌltʃə(r)] 栽培,种植

daisy [ˈdeɪzi] 雏菊

damp [dæmp] 潮湿

datura [dəˈtjʊərə] 曼陀罗属植物

deciduous [dɪˈsɪdʒuəs] 落叶的

decompose [ˌdiːkəmˈpəʊz] 分解,腐烂

defoliate [ˌdiːˈfəʊlieɪt] 除去……的叶

diatom [ˈdaɪətəm] 硅藻

fern [fɜːn] 蕨类植物

flora [ˈflɔːrə] 植物群

foliage [ˈfəʊliɪdʒ] 叶子,树叶

germinate [ˈdʒɜːmɪneɪt] 发芽

genus [ˈdʒiːnəs] 属;类;种

herbaceous [hɜːˈbeɪʃəs] 草本的

hypha [ˈhaɪfə] 菌丝

insectivore [ɪnˈsektɪvɔː(r)] 食虫动物

jasmine [ˈdʒæzmɪn] 茉莉

jungle [ˈdʒʌŋgl] 丛林

legume [ˈlegjuːm] 豆科植物

lichen [ˈlaɪkən] 青苔,地衣

microscopic [ˌmaɪkrəˈskɒpɪk] 微小的;细微的

moss [mɒs] 青苔,苔藓

multicellular [ˌmʌltɪˈseljʊlə] 多细胞的

narcissus [nɑːˈsɪsəs] 水仙花

nectar [ˈnektə(r)] 花蜜

niche [niːʃ] 生态位

orchid [ˈɔːkɪd] 兰花

ooze [uːz] 渗出,分泌出

perennial [pəˈreniəl] 多年生的(植物)

phytoplankton [ˌfaɪtəʊˈplæŋktən] 浮游植物

pollen [ˈpɒlən] 花粉

pollination [ˌpɒləˈneɪʃn] 授粉

reproduce asexually [ˌriːprəˈdjuːs ˌeɪˈsekʃəli] 无性繁殖

rhizome [ˈraɪzəʊm] 根茎

sapling [ˈsæplɪŋ] 幼树,树苗

seaweed [ˈsiːwiːd] 海藻,海草

sequoia [sɪˈkwɔɪə] 红杉

shoots and buds [ʃuːts ən bʌdz] 芽和蓓蕾

shrub [ʃrʌb] 灌木丛

speciation [ˌspiːʃiˈeɪʃən] 物种形成

species [ˈspiːʃiːz] 物种

specimen [ˈspesɪmən] 样本

spore [spɔː(r)] 孢子

sprout [spraʊt] 发芽

stigma [ˈstɪgmə] (花的)柱头

succulent [ˈsʌkjələnt] 肉质植物

timberline [ˈtɪmbəlaɪn] 林木线

trunk [trʌŋk] 树干

tulip ['tjuːlɪp] 郁金香

tundra ['tʌndrə] [生态]苔原;[地理]冻原

undergrowth ['ʌndəɡrəʊθ] 矮树丛;灌木丛

vegetation [ˌvedʒə'teɪʃn] 植被,草木

vine [vaɪn] 藤本植物,藤

wilt [wɪlt] 枯萎,凋谢

wither ['wɪðə(r)] 凋谢

yearly plant ['jɪəli plɑːnt] 一年生植物

yew [juː] 紫杉;紫杉木

 Zoology 动物学

adaptation [ˌædæp'teɪʃn] 适应

adulthood ['ædʌlthʊd] 成年

albatross ['ælbətrɒs] 信天翁

amphibian [æm'fɪbiən] 两栖动物

anaerobic [ˌænə'rəʊbɪk] 厌氧的

antelope ['æntɪləʊp] 羚羊

anthropoid ['ænθrəpɔɪd] 类人猿

aphid ['eɪfɪd] 蚜虫

arachnid [ə'ræknɪd] 蛛形纲动物

armadillo [ˌɑːmə'dɪləʊ] 犰狳

arthropod ['ɑːθrəpɒd] 节肢动物

atoll ['ætɒl] 环礁;环状珊瑚岛

baboon [bə'buːn] 狒狒

baleen whale [bə'liːn weɪl] 长须鲸

breed [briːd] 哺育

buffalo ['bʌfələʊ] 美洲野牛

calf [kɑːf] (象,鲸,牛)幼崽

camouflage ['kæməflɑːʒ] 伪装

canary [kə'neəri] 金丝雀

canine ['keɪnaɪn] 犬科动物,犬科的

carcass ['kɑːkəs] 尸体,残骸

caterpillar ['kætəpɪlə(r)] 毛毛虫

centipede ['sentɪpiːd] 蜈蚣

cetacean [sɪ'teɪʃn] 鲸目动物;鲸鱼的

chameleon [kə'miːliən] 变色龙

chimpanzee [ˌtʃɪmpæn'ziː] 黑猩猩

chipmunk ['tʃɪpmʌŋk] 花栗鼠

cicada [sɪ'kɑːdə] 蝉

cobra ['kəʊbrə] 眼镜蛇

cocoon [kə'kuːn] 茧

coelenterate [siː'lent(ə)reɪt] 腔肠动物

coral reef ['kɒrəl riːf] 珊瑚礁

courtship ritual ['kɔːtʃɪp 'rɪtʃuəl] 求偶仪式

crayfish ['kreɪfɪʃ] 淡水鳌虾

cricket ['krɪkɪt] 蟋蟀

cross-breed [krɒs briːd] 杂交动植物

crustacean [krʌ'steɪʃn] 甲壳纲动物

cub [kʌb] (狼、狮子、熊)幼崽

dragonfly ['dræɡənflaɪ] 蜻蜓

dormant ['dɔːmənt] 冬眠的,蛰伏的

earthworm ['ɜːθwɜːm] 蚯蚓

ectotherm ['ektəʊθɜːm] 冷血动物

embryonic cell [ˌembri'ɒnɪk sel] 胚胎细胞

endotherm ['endəθɜːm] 温血动物

entomology [ˌentə'mɒlədʒi] 昆虫学

excretion [ɪk'skriːʃn] 排泄物

falcon ['fɔːlkən] 猎鹰

fauna ['fɔːnə] 动物群

feline ['fiːlaɪn] 猫科动物;猫科的

fertilised egg ['fɜːtəlaɪzd eg] 受精卵

finch [fɪntʃ] 雀科小鸟;雀类

foraging trip ['fɒrɪdʒɪŋ trɪp] 外出觅食

fungus ['fʌŋɡəs] 真菌,霉菌(复数 fungi)

gecko ['gekəʊ] 壁虎

giant squid ['dʒaɪənt skwɪd] 巨型乌贼

gnat [næt] 小飞虫,蚋

gorilla [gə'rɪlə] 大猩猩

hamster ['hæmstə(r)] 仓鼠

hatch [hætʃ] 孵

hawk [hɔːk] 鹰,隼

hedgehog ['hedʒhɒg] 豪猪，刺猬

herbivorous [hɜːˈbɪvərəs] 食草的

hibernation [ˌhaɪbəˈneɪʃn] 冬眠

hive [haɪv] 蜂房

homeotherm ['həʊmɪəθɜːm] 恒温动物

horde [hɔːd] (昆虫等)群

humming bird ['hʌmɪŋ bɜːd] 蜂鸟

humpback whale ['hʌmpbæk weɪl] 座头鲸

incubation [ˌɪŋkjʊ'beɪʃn] 孵化

infestation [ˌɪnfɛsˈteɪʃn] 大量滋生

invertebrate [ɪnˈvɜːtɪbrət] 无脊椎动物

hyena [haɪˈiːnə] 鬣狗

jellyfish ['dʒelifɪʃ] 水母

juvenile ['dʒuːvənaɪl] 幼兽

kangaroo [ˌkæŋgəˈruː] 澳洲袋鼠

krill [krɪl] 磷虾

larva (larvae) ['lɑːvə ('lɑːviː)] 幼虫

lobster ['lɒbstə(r)] 龙虾

mammal ['mæml] 哺乳动物

manatee ['mænətiː] 海牛

mantis ['mæntɪs] 螳螂

marine habitat [məˈriːn ˈhæbɪtæt] 海洋栖息地

marmot ['mɑːmət] 土拨鼠

masquerading [ˌmɑːskəˈreɪdɪŋ] 伪装；假装

megafauna [me'gæfɔːnə] 巨型动物

metamorphose [ˌmetəˈmɔːfəʊz] 变形

microbe ['maɪkrəʊb] 微生物

migration [maɪ'greɪʃn] 迁徙

millipede ['mɪlɪpiːd] 千足虫

mite [maɪt] 螨虫

mollusk ['mɒləsk] 软体动物

mosquito [məˈskiːtəʊ] 蚊子

moth [mɒθ] 蛾子

moult [məʊlt] 脱毛，蜕皮

multiply/breed ['mʌltɪplaɪ / briːd] 繁殖

nit [nɪt] 幼虫，卵

octopus ['ɒktəpəs] 章鱼

omnivorous [ɒmˈnɪvərəs] 杂食的

otter ['ɒtə(r)] 水獭

ox(oxen) ['ɒks('ɒksn)] 牛

pachyderm ['pækidɜːm] 厚皮动物

parasite ['pærəsaɪt] 寄生虫

penguin ['peŋgwɪn] 企鹅

plankton ['plæŋktən] 浮游生物

polymorph ['pɒlimɔːf] 多态动(植)物

polyp ['pɒlɪp] 珊瑚虫

prawn [prɔːn] 对虾

predation [prɪ'deɪʃn] 捕食

predator ['predətə(r)] 捕食者

prey [preɪ] 猎物

primate ['praɪmeɪt] 灵长类动物

pronghorn ['prɒŋhɔːn] 叉角羚

protozoan [ˌprəʊtəˈzəʊən] 原生动物

prowl [praʊl] 觅食

pupa ['pjuːpə] 蛹

rattlesnake ['rætlsneɪk] 响尾蛇

reindeer ['reɪndɪə(r)] 驯鹿

reproduction [ˌriːprəˈdʌkʃn] 繁殖

reptile ['reptaɪl] 爬行动物

rodent ['rəʊdnt] 啮齿动物

ruminant ['ruːmɪnənt] 反刍动物

salamander ['sæləmændə(r)] 蝾螈

scavenger ['skævɪndʒə(r)] 食腐动物

scorpion ['skɔːpiən] 蝎子

sea urchin ['siː 'ɜːtʃɪn] 海胆

sloth [sləʊθ] 树懒

spawn [spɔːn] 产卵

sperm whale ['spɜːm weɪl] 抹香鲸

squid [skwɪd] 枪乌贼，鱿鱼

suckling stage ['sʌklɪŋ steɪdʒ] 哺乳期

swarm [swɔːm] 一大窝，成群飞行

symbiotic [ˌsɪmbaɪ'ɒtɪk] 共生的 (~relationship)

tadpole ['tædpəʊl] 蝌蚪

tentacle ['tentəkl] 触角

termite ['tɜːmaɪt] 白蚁

toad [təʊd] 蟾蜍

tortoise ['tɔːtəs] 陆龟，龟

turtle ['tɜːtl] 海龟

vertebrate ['vɜːtɪbrət] 脊椎动物

vulture ['vʌltʃə(r)] 秃鹫

alcohol ['ælkəhɒl] 乙醇,酒精

aldehyde ['ældɪhaɪd] 乙醛

amber ['æmbə(r)] 琥珀

ambergris ['æmbəgriːs] 龙涎香

amino acid [ə'miːnəʊ 'æsɪd] 氨基酸

aniline ['ænɪliːn] 苯胺

anthocyanin [ænθə'saɪənɪn] 花青素

antibacterial [æntibæk'tɪəriəl] 抗菌的

agent ['eɪdʒənt] 试剂

antibiotic [æntibaɪ'ɒtɪk] 抗生素

antidote ['æntidəʊt] 解毒剂

antitumor [æntɪtjuː'mɔː] 抗肿瘤的

antitoxin [æntɪ'tɒksɪn] 抗毒素

antiseptic [ænti'septɪk] 抗菌剂

antivirus [ænti'vaɪrəs] 抗病毒的

aroma [ə'rəʊmə] 香味,芳香

bacillus [bə'sɪləs] 杆菌(复数 bacilli)

bacteria [bæk'tɪəriə] 细菌

biodegradable [ˌbaɪəʊdɪ'greɪdəbl] 可生物降解的

biofuel ['baɪəʊfjuːəl] 生物燃料

bioluminescence [ˌbaɪəʊluːmɪ'nesns] 生物发光

bioremediation [baɪərmiːd'ɪeɪʃn] 生物降解

biotical agency ['baɪətɪkəl 'eɪdʒənsi] 生物媒介

camphor ['kæmfə(r)] 樟脑

carbohydrate [ˌkɑːbəʊ'haɪdreɪt] 碳水化合物

carbolic acid [kɑː'bɒlɪk 'æsɪd] 石碳酸(苯酚)

cellulose ['seljuləʊs] 纤维素

cocktail ['kɒkteɪl] 混合物

cortisol ['kɔːtɪsɒl] 皮质醇

chlorophyll ['klɒrəfɪl] 叶绿素

cholesterol [kə'lestərɒl] 胆固醇

chromosome ['krəʊməsəʊm] 染色体

coal tar [kəʊl tɑː(r)] 煤焦油

detoxify [ˌdiː'tɒksɪfaɪ] 解毒

dopamine ['dəʊpəmiːn] 多巴胺

enzyme ['enzaɪm] 酶

ethanol ['eθənɒl] 乙醇,酒精

fermentation [ˌfɜːmen'teɪʃn] 发酵

fibrous ['faɪbrəs] 含纤维的

formaldehyde [fɔː'mældɪhaɪd] 醛

fructose ['frʌktəʊs] 果糖

genome ['dʒiːnəʊm] 基因组

germ-free [dʒɜːm friː] 无菌的

glucose ['gluːkəʊs] 葡萄糖

glycerin ['glɪsərɪn] 甘油

glycogen ['glɪkəʊdʒən] 糖原;肝糖

hormone ['hɔːməʊn] 荷尔蒙

jelly ['dʒeli] 胶状物

lipoprotein ['lɪpəprəʊtiːn] 脂蛋白

luminescent [ˌluːmɪ'nesnt] 发冷光的,发弱光的

metabolism [mə'tæbəlɪzəm] 新陈代谢

methane ['miːθeɪn] 甲烷

microbe ['maɪkrəʊb] 微生物,细菌

mucus ['mjuːkəs] 黏液

mutation [mjuː'teɪʃn] 突变

nitroglycerine [ˌnaɪtrəʊ'glɪsəriːn] 硝化甘油

nylon ['naɪlɒn] 尼龙

odour clue ['əʊdə(r) kluː] 气味线索

odorless ['əʊdələs] 没有气味的

one-celled ['wʌn'seld] 单细胞的

oxytocin [ˌɒksɪ'təʊsɪn] 催产素

phenol ['fiːnɒl] 苯酚

pheromone ['ferəməʊn] 外激素;信息素

photosynthesis [ˌfəʊtəʊ'sɪnθəsɪs] 光合作用

phytochrome ['faɪtəʊkrəʊm] 光敏色素

protein ['prəʊtiːn] 蛋白质

resin ['rezɪn] 树脂

ribosome ['raɪbəsəʊm] 核糖体

saliva [sə'laɪvə] 唾液

sap [sæp] 汁液

secretion [sɪ'kriːʃn] 分泌;分泌物

serotonin [ˌserə'təʊnɪn] 血清素

starch [stɑːtʃ] 淀粉

sterilisable [ˈsterəlaɪzəbl] 可消毒的

synthetic fibre [sɪnˈθetɪk ˈfaɪbə(r)] 合成纤维

syrup [ˈsɪrəp] 糖浆

treacle [ˈtriːkl] 糖浆，糖蜜

toxin [ˈtɒksɪn] 毒素

venom [ˈvenəm] 毒液

yeast [jiːst] 酵母菌

Chemistry 化学

acid [ˈæsɪd] 酸

agent [ˈeɪdʒənt] (化学)试剂

alchemy [ˈælkəmi] 炼金术

alkali [ˈælkəlaɪ] 碱

alkaloid [ˈælkəlɔɪd] 生物碱

allotrope [ˈælətrəʊp] 同素异形体

aluminum alloy [əˈluːmɪnəm ˈælɔɪ] 铝合金

ammonia [əˈməʊniə] 氨

asbestos [æsˈbestəs] 石棉

brine [braɪn] 盐水，卤水

calcium carbonate [ˈkælsiəm ˈkɑːbəneɪt] 碳酸钙

carbon dioxide [ˈkɑːbən daɪˈɒksaɪd] 二氧化碳

carbon monoxide [ˈkɑːbən mɒˈnɒksaɪd] 一氧化碳

catalyst [ˈkætəlɪst] 催化剂

chemical bond [ˈkemɪkl bɒnd] 化学键

chemical compound [ˈkemɪkl ˈkɒmpaʊnd] 化合物

chemical resistant [ˈkemɪkl rɪˈzɪstənt] 抗化学的

chlorine [ˈklɔːriːn] 氯气

cobalt oxide [ˈkəʊbɔːlt ˈɒksaɪd] 氧化钴

contaminant [kənˈtæmɪnənt] 污染物

copper [ˈkɒpə(r)] 铜

cosmetic [kɒzˈmetɪk] 化妆品

cyanide [ˈsaɪənaɪd] 氰化物

deoxygenate [dɪˈɒksɪdʒəneɪt] 脱氧

desalination [ˌdiːˌsælɪˈneɪʃn] 脱盐

diesel [ˈdiːzl] 柴油

dilution [daɪˈluːʃn] 稀释

dissolve [dɪˈzɒlv] 溶解

distillation [ˌdɪstɪˈleɪʃn] 蒸馏

dropper [ˈdrɒpə(r)] 滴管

dye [daɪ] 染料

ethylene [ˈeθɪliːn] 乙烯

flammable [ˈflæməbl] 易燃的

funnel [ˈfʌnl] 漏斗

graphite [ˈɡræfaɪt] 石墨

gypsum [ˈdʒɪpsəm] 石膏

hydrocarbon [ˌhaɪdrəˈkɑːbən] 碳氢化合物

hydrogen [ˈhaɪdrədʒən] 氢

hydroxide [haɪˈdrɒksaɪd] 氢氧化物

iodine [ˈaɪədiːn] 碘

lead [led] 铅

litmus test [ˈlɪtməs test] 石蕊测试

magnesium [mæɡˈniːziəm] 镁

mercury [ˈmɜːkjəri] 水银

nickel [ˈnɪkl] 镍

nitrate [ˈnaɪtreɪt] 硝酸盐

nitrogen [ˈnaɪtrədʒən] 氮

noxious [ˈnɒkʃəs] 有毒的

oxygen [ˈɒksɪdʒən] 氧气

periodic table [ˌpɪəriˈɒdɪk ˈteɪbl] 元素周期表

phosphate [ˈfɒsfeɪt] 磷酸盐

phosphorus [ˈfɒsfərəs] 磷

pigment [ˈpɪɡmənt] 色素，颜料

plaster [ˈplɑːstə(r)] 石膏

platinum [ˈplætɪnəm] 铂；白金

pollutant [pəˈluːtənt] 污染物

polymer [ˈpɒlɪmə(r)] 聚合物

potassium [pəˈtæsiəm] 钾

preservative [prɪˈzɜːvətɪv] 防腐剂

property [ˈprɒpəti] 特征，属性

reactant [riˈæktənt] 反应物

salinity [səˈlɪnəti] 盐度，盐分

silicate [ˈsɪlɪkeɪt] 硅酸盐

silicon [ˈsɪlɪkən] 硅

silver nitrate [ˈsɪlvə(r) ˈnaɪtreɪt] 硝酸银

solubility [ˌsɒljʊˈbɪlɪti] 可溶性

solution [səˈluːʃn] 溶液

substance [ˈsʌbstəns] 物质

sulfuric acid [sʌlˈfjʊərɪk ˈæsɪd] 硫酸

sulphur dioxide [ˈsʌlfə(r) daɪˈɒksaɪd] 二氧化硫

test-tube [ˈtest tjuːb] 试管

tint [tɪnt] 色彩，染色

titanium [tɪˈteɪniəm] 钛

valency [ˈveɪlənsi] 化合价

vial [ˈvaɪəl]（装药物的）小瓶

volatile [ˈvɒlətaɪl] 挥发性的，不稳定的

zinc [zɪŋk] 锌

 ## Anatomy 解剖学

abdomen [ˈæbdəmən] 腹，腹部

adipose tissue [ˈædɪpəʊs ˈtɪʃuː] 脂肪组织

alimentary canal [ælɪˈmentəri kəˈnæl] 消化道

amygdala [əˈmɪgdələ] 杏仁核

anterior [ænˈtɪəriə(r)] 前部的，前面的

armour [ˈɑːmə(r)] 盔甲

artery [ˈɑːtəri] 动脉

beak [biːk]（鹰等）嘴

blood vessel [blʌd ˈvesl] 血管

cellular [ˈseljələ(r)] 细胞的

cerebral [ˈserəbrəl] 大脑的

cerebrospinal [ˌserɪbrəʊˈspaɪnəl] 脑脊髓的

cochlea [ˈkɑkliə] 耳蜗

compound eye [ˈkɒmpaʊnd aɪ] 复眼

coronary [ˈkɒrənri] 冠状动脉的

cortex [ˈkɔːteks] 脑皮层

cranial cavity [ˈkreɪniəl ˈkævəti] 颅腔

diaphragm [ˈdaɪəfræm] 横膈膜

digestive system [daɪˈdʒestɪv ˈsɪstəm] 消化系统

dorsal [ˈdɔːsl] 背部的，脊背的

embryo [ˈembriəʊ] 胚胎

endosperm [ˈendəʊspɜːm] 胚乳

exoskeleton [eksəʊskelɪtn] 外骨骼(昆虫)

fang [fæŋ] 毒牙

foetal [ˈfiːtl] 胎儿的

fetus [ˈfiːtəs] 胎儿，胎

fin [fɪn] 鳍

flipper [ˈflɪpə(r)] 鳍状肢

forelimb [ˈfɔːlɪm] 前肢

gustatory [ˈgʌstətəri] 味觉的

gastrointestinal [ˌgæstrəʊɪnˈtestɪnl] 胃肠的

gill [dʒɪl] 鳃

gland [glænd] 腺体

hindbrain [ˈhaɪndbreɪn] 后脑

hormonal system [hɔːˈməʊnl ˈsɪstəm] 内分泌系统

hump [hʌmp] 驼峰

incisor [ɪnˈsaɪzə(r)] 门齿，门牙

intestine [ɪnˈtestɪn] 小肠

iris [ˈaɪrɪs] 虹膜

jaw [dʒɔː] 颚

laryngeal [ləˈrɪndʒiəl] 喉的

lesion [ˈliːʒn] 损伤

limb [lɪm] 肢体

mandible [ˈmændɪbl] 下颚，下颚骨

medulla [mɪˈdʌlə] 髓；髓质

membrane [ˈmembreɪn] 薄膜

nasal [ˈneɪzl] 鼻的

neuron [ˈnjʊərɒn] 神经元

neuroscience [ˈnjʊərəʊsaɪəns] 神经科学

nodule [ˈnɒdjuːl] 小瘤，结节

olfactory [ɒlˈfæktəri] 嗅觉的

pancreatic [ˌpæŋkriˈætɪk] 胰腺的

pectoral [ˈpektərəl] 胸肌

pelvic [ˈpelvɪk] 骨盆的

plasma ['plæzmə] 血浆

prefrontal [priː'frʌntəl] 前额的

pulmonary ['pʌlmənəri] 肺的；与肺有关的

receptor [rɪ'septə(r)] 感受器

respiratory system [rə'spɪrətri 'sɪstəm] 呼吸系统

retina ['retɪnə] 视网膜

rib [rɪb] 肋骨

scale [skeɪl] 鳞片

scalp [skælp] 头皮

sinus cavity ['saɪnəs 'kævɪti] 鼻窦腔

skeleton ['skelɪtn] 骨架；骨骼

skull [skʌl] 颅骨

somatic [səʊ'mætɪk] 躯体的

spinal cord ['spaɪnl kɔːd] 脊髓

spleen [spliːn] 脾

subcutaneous fat [ˌsʌbkjuˈteɪniəs fæt] 皮下脂肪

taste bud [teɪst bʌd] 味蕾

temple ['templ] 太阳穴

temporal lobe ['tempərəl ləʊb] 颞叶

tentacle ['tentəkl] 触角/须/手

thalamic [θə'læmɪk] 丘脑的

thymus ['θaɪməs] 胸腺

torso ['tɔːsəʊ] 躯干

uterus ['juːtərəs] 子宫

vein [veɪn] 血管，静脉

ventral ['ventrəl] 腹部的

vestige ['vestɪdʒ] 退化的器官

vivisection [ˌvɪvɪ'sekʃn] 活体解剖

Philosophy 哲学

Aristotle ['ærɪstɒtl] 亚里士多德

causation [kɔː'zeɪʃn] 因果关系

dialectic [ˌdaɪə'lektɪk] 辩证法

dichotomisation [daɪˌkɒtəmaɪ'zeɪʃn] 二分法

metaphysical [ˌmetə'fɪzɪkl] 形而上学的；抽象的

methodological [ˌmeθədə'lɒdʒɪkl] 方法论的

Nietzsche ['niːtʃə] 尼采

omnipresent [ˌɒmnɪ'preznt] 无处不在的

omniscient [ɒm'nɪsiənt] 无所不知的

Plato ['pleɪtəʊ] 柏拉图

presumed fact [prɪ'zjuːmd fækt] 假设的事实

Socrates ['sɒkrətiːz] 苏格拉底

theology [θi'ɒlədʒi] 神学

ubiquitous [juː'bɪkwɪtəs] 无处不在的

Psychology 心理学

abstract ['æbstrækt] 抽象的

acoustic sense [ə'kuːstɪk sens] 听觉意识

altruistic [ˌæltru'ɪstɪk] 利他主义的

anxiety [æŋ'zaɪəti] 焦虑，忧虑

apathy ['æpəθi] 冷漠

antipathy [æn'tɪpəθi] 憎恶，反感

awareness [ə'weənəs] 意识

charismatic [ˌkærɪz'mætɪk] 有魅力的

cognitive ability ['kɒgnətɪv ə'bɪləti] 认知能力

conceptual shift [kən'septʃuəl ʃɪft] 认知的转化

confirmation bias [ˌkɒnfə'meɪʃn 'baɪəs] 确认偏差

conformity [kən'fɔːməti] 从众

conscious processing ['kɒnʃəs prəʊ'sesɪŋ] 意识处理

conscience ['kɒnʃəns] 良知，良心

disbelief [ˌdɪsbɪ'liːf] 不信，怀疑

discrepancy [dɪs'krepənsi] 差别，差异

egocentric [ˌegəʊ'sentrɪk] 以自我为中心的

egoism ['egəʊɪzəm] 利己主义

egoistic [ˌegəʊ'ɪstɪk] 利己主义的

empathy ['empəθi] 感情移入，同理心

empirical knowledge [ɪmˈpɪrɪkl ˈnɒlɪdʒ] 经验知识

enthusiasm [ɪnˈθjuːziæzəm] 热情，热忱

Extrasensory Perception [ˌekstrəˌsensəri pəˈsepʃn] 第六感

Freud [frɔɪd] 弗洛伊德

habitual behaviour [həˈbɪtʃuəl bɪˈheɪvjə(r)] 习惯行为

habituation [həˌbɪtjuˈeɪʃən] 成瘾，习惯

hindsight [ˈhaɪndsaɪt] 事后聪明

hypnosis [hɪpˈnəʊsɪs] 催眠

hypnotic [hɪpˈnɒtɪk] 催眠的

hysterical [hɪˈsterɪkl] 歇斯底里的

imitation [ˌɪmɪˈteɪʃn] 模仿

imperceptible [ˌɪmpəˈseptəbl] 觉察不到的

infantile amnesia [ˈɪnfəntaɪl æmˈniːziə] 幼儿期遗忘

inspiration [ˌɪnspəˈreɪʃn] 灵感

instinctual [ɪnˈstɪŋktʃuəl] 本能的

intuition [ˌɪntjuˈɪʃn] 直觉

jealousy [ˈdʒeləsi] 嫉妒，羡慕

meditation [ˌmedɪˈteɪʃn] 冥想

mentality [menˈtæləti] 心态，精神力

meta cognition [ˈmetə kɒgˈnɪʃn] 自我思维意识

mindset [ˈmaɪndset] 思维方式，观念模式

object [ˈɒbdʒɪkt] (试验)客体

objective [əbˈdʒektɪv] 客观的

paranoia [ˌpærəˈnɔɪə] 偏执狂

perception [pəˈsepʃn] 感知，认知

physical stamina [ˈfɪzɪkl ˈstæmɪnə] 体力

prejudice [ˈpredʒədɪs] 偏见

presage [ˈpresɪdʒ] 预感，前兆

procrastination [prəʊˌkræstɪˈneɪʃn] 拖延，耽搁

psychiatry [saɪˈkaɪətri] 精神病学

psychic [ˈsaɪkɪk] 心灵的

psychometric test [ˌsaɪkəˈmetrɪk test] 智力测验

reflection [rɪˈflekʃn] 深思

repression [rɪˈpreʃn] 压抑

self-regulation [self ˌregjuˈleɪʃn] 自我约束

sensation [senˈseɪʃn] 感觉，知觉

subconscious [ˌsʌbˈkɒnʃəs] 下意识的

subject [ˈsʌbdʒɪkt] (试验)主体

subjective [səbˈdʒektɪv] 主观的

sublimation [ˌsʌblɪˈmeɪʃn] 升华

suggestion [səˈdʒestʃən] 暗示

superstition [ˌsuːpəˈstɪʃn] 迷信

superego [ˌsuːpərˈiːgəʊ] 超我

sympathy [ˈsɪmpəθi] 同情心

telepathy [təˈlepəθi] 心灵感应

trance [trɑːns] 催眠状态

trauma [ˈtrɔːmə] 创伤

unconsciousness [ʌnˈkɒnʃəsnəs] 失去知觉

unsettled [ʌnˈsetld] 心烦意乱的，动荡不安的

 Sociology 社会学

aboriginal [ˌæbəˈrɪdʒənl] 土著

adornment [əˈdɔːnmənt] 装饰；装饰物

antisocial [ˌæntiˈsəʊʃl] 反社会的

aristocracy [ˌærɪˈstɒkrəsi] 贵族

aristocrat [ˈærɪstəkræt] 贵族

artifact/artefact [ˈɑːtɪfækt] 手工艺品

atheism [ˈeɪθiɪzəm] 无神论

beverage [ˈbevərɪdʒ] 饮料，饮品

bisexuality [ˌbaɪˌsekʃuˈæləti] 双性恋；雌雄同体

caravan [ˈkærəvæn] 大篷车，旅行车

cemetery [ˈsemətri] 墓地，公墓

child abuse [tʃaɪld əˈbjuːs] 虐待儿童

cliché [ˈkliːʃeɪ] 陈词滥调

ceremony [ˈserəməni] 典礼，仪式

civic [ˈsɪvɪk] 市政的，公民的

colonise [ˈkɒlənaɪz] 殖民

colony [ˈkɒləni] 殖民地

contentious [kənˈtenʃəs] 有争议的

convict [kənˈvɪkt] 罪犯

cult [kʌlt] 邪教，小社会团体

culprit ['kʌlprɪt] 罪犯，犯错的人

deforestation [ˌdiːˌfɒrɪ'steɪʃn] 砍伐树林

demography [dɪ'mɒɡrəfi] 人口统计学

democracy [dɪ'mɒkrəsi] 民主制度

despotic [dɪ'spɒtɪk] 残暴的

domestic violence [də'mestɪk 'vaɪələns] 家庭暴力

egalitarianism [ɪˌɡælɪ'teəriənɪzəm] 平等主义

elite [eɪ'liːt] 精英

emblem ['embləm] 徽章，纹章

enigmatic [ˌenɪɡ'mætɪk] 神秘的，费解的

ethical ['eθɪkl] 伦理的

euthanasia [ˌjuːθə'neɪziə] 安乐死

famine ['fæmɪn] 饥荒

federal ['fedərəl] 联邦的

flotilla [flə'tɪlə] 小舰队

folklore ['fəʊklɔː(r)] 民俗，民间传说

geoglyph ['dʒiːɔɡlif] 地画；地质印痕

genocide ['dʒenəsaɪd] 种族灭绝

gentry ['dʒentri] 上流社会，贵族阶层

graffiti [grə'fiːti] 涂鸦

graze [greɪz] 放牧

holocaust ['hɒləkɔːst] 大屠杀，大毁灭

homosexuality [ˌhəʊməʊˌseksjʊ'ælɪtɪ] 同性恋

humanity [hjuː'mænəti] 人性

inhabitant [ɪn'hæbɪtənt] 居民

literacy rate ['lɪtərəsi reɪt] 识字率

monarch ['mɒnək] 君主，帝王

mortality rate [mɔː'tæləti reɪt] 死亡率

mythology [mɪ'θɒlədʒi] 神话故事，错误的信念

ornament ['ɔːnəmənt] 装饰物

parade [pə'reɪd] 庆祝游行

pilgrimage ['pɪlɡrɪmɪdʒ] 朝圣

population density [ˌpɒpjʊ'leɪʃn 'densəti] 人口密度

priory ['praɪəri] 小修道院

referendum [ˌrefə'rendəm] 全民公投

religious [rɪ'lɪdʒəs] 宗教的

ritual ['rɪtʃuəl] 宗教仪式

settlement ['setlmənt] 殖民地

solidarity [ˌsɒlɪ'dærəti] 团结一致

starvation [stɑː'veɪʃn] 饥饿

stereotype ['steriətaɪp] 固定化观念

tyranny ['tɪrəni] 暴政

turmoil ['tɜːmɔɪl] 动荡

uncivilised [ʌn'sɪvəlaɪzd] 野蛮的

urbanisation [ˌɜːbənaɪ'zeɪʃn] 城市化

vandalism ['vændəlɪzəm] 故意破坏

villain ['vɪlən] 恶棍，流氓

witchcraft ['wɪtʃkrɑːft] 巫术

Anthropology 人类学

ancestor ['ænsestə(r)] 祖先

ancestry ['ænsestri] 祖宗，祖先

atavism ['ætəvɪzəm] 返祖现象

clan [klæn] 家族，氏族，部落

descendant [dɪ'sendənt] 子孙，后代

distant ancestor ['dɪstənt 'ænsestə(r)] 远祖

ethnography [eθ'nɒɡrəfi] 人种论

forebear ['fɔːbeə(r)] 祖先，祖宗

gender ['dʒendə(r)] 性别

genotype ['dʒenətaɪp] 基因型

heredity [hə'redəti] 遗传；遗传性

hereditary [hə'redɪtri] 遗传的

heritage ['herɪtɪdʒ] 遗产

hominid ['hɒmɪnɪd] 原始人；类人动物

homogeneous [ˌhɒmə'dʒiːniəs] 同一种族的

indigenous [ɪn'dɪdʒənəs] 当地的，本土的

infant mortality ['ɪnfənt mɔː'tæləti] 婴儿死亡率

infant ['ɪnfənt] 婴儿

life expectancy [laɪf ɪk'spektənsi] 预期寿命

lifespan ['laɪfspæn] 寿命

longevity [lɒn'dʒevəti] 寿命；长寿

mortality rate [mɔː'tæləti reɪt] 死亡率

neonatal [ˌniːəʊ'neɪtl] 新生的；初生的

nomad ['nəʊmæd] 游牧部落的人

offspring ['ɒfsprɪŋ] 子孙，后代

pasture ['pɑːstʃə(r)] 牧场

populated ['pɒpjuleɪtɪd] 有人口居住的

random mutation ['rændəm mjuː'teɪʃn] 随机变异

tattoo [tə'tuː] 纹身

tribe [traɪb] 部落

 Physics 物理学

acoustics [ə'kuːstɪks] 声学

aerodynamic [ˌeərəʊdaɪ'næmɪk] 空气动力的

albedo [æl'biːdəʊ] 反射率

ambient light ['æmbiənt laɪt] 环境光

antenna [æn'tenə] 天线

applied force [ə'plaɪd fɔːs] 作用力

asymmetric [ˌeɪsɪ'metrɪk] 不对称的

biomimetic [baɪɒmɪ'metɪk] 仿生的

bionics [baɪ'ɒnɪks] 仿生学

biosensor [biːəʊ'sensə(r)] 生物传感器

buoyance ['bɔɪəns] 浮力，弹性

cavitation [ˌkævɪ'teɪʃn] 汽穴，汽蚀

circuit ['sɜːkɪt] 电路，回路

coating ['kəʊtɪŋ] 涂层

concave lens [kɒn'keɪv lens] 凹透镜

convex lens ['kɒnveks lens] 凸透镜

co-vibration [kəʊ vaɪ'breɪʃn] 共振

density ['densəti] 密度

desalination [ˌdiːˌsælɪ'neɪʃn] 脱盐

diffusion [dɪ'fjuːʒn] 漫射，扩散

displacement [dɪs'pleɪsmənt] 位移

echolocation [ˌekəʊləʊ'keɪʃn] 回声定位

electrode [ɪ'lektrəʊd] 电极

electron [ɪ'lektrɒn] 电子

evaporate [ɪ'væpəreɪt] 蒸发

field test [fiːld test] 实地试验

free fall ['friː fɔːl] 自由落体

frequency ['friːkwənsi] 频率

friction ['frɪkʃn] 摩擦力

Galileo [gæli'leiəʊ] 伽利略

grid [grɪd] 输电网

hydroelectric [ˌhaɪdrəʊɪ'lektrɪk] 水力发电的

incandescent [ˌɪnkæn'desnt] 白炽的；白热的

inertia [ɪ'nɜːʃə] 惯性

infrared [ˌɪnfrə'red] 红外线

infrasound ['ɪnfrəsaʊnd] 次声(低频声)

insulating property ['ɪnsjuleɪtɪŋ 'prɒpəti] 绝缘性

insulator ['ɪnsjuleɪtə(r)] 绝缘或隔音物

interface ['ɪntəfeɪs] 交界面

ion ['aɪən] 离子

isotope ['aɪsətəʊp] 同位素

linear ['lɪniə(r)] 直线的

lodestone ['ləʊdˌstəʊn] 天然磁石

low frequency [ləʊ 'friːkwənsi] 低频率

medium ['miːdiəm] 媒介

metallurgy [mə'tælədʒi] 冶金

molecule ['mɒlɪkjuːl] 分子

momentum [mə'mentəm] 动量，冲量

nanotechnology [ˌnænəʊtek'nɒlədʒi] 纳米技术

neutron ['njuːtrɒn] 中子

nucleus ['njuːkliəs] 核，原子核

optical lens ['ɒptɪkl lenz] 光学镜头

optics ['ɒptɪks] 光学

particle ['paːtɪkl] 粒子

photon ['fəʊtɒn] 光子

photovoltaic [ˌfəʊtəʊvɒl'teɪɪk] 太阳能光电的

perforated ['pɜːfəreɪtɪd] 有孔的

prism ['prɪzəm] 棱镜

proton ['prəʊtɒn] 质子

radar ['reɪdɑː(r)] 雷达

radioactive [ˌreɪdiəʊ'æktɪv] 放射性的

refraction [rɪ'frækʃn] 折射

reverberation [rɪˌvɜːbəˈreɪʃn] 回响

rotational motion [rəʊˈteɪʃnəl ˈməʊʃn] 转动运动

semiconductor [ˌsemikənˈdʌktə(r)] 半导体

sensor [ˈsensə(r)] 传感器

sonar [ˈsəʊnɑː(r)] 声呐

stereoscopic vision [ˌsteriəˈskɒpɪk ˈvɪʒn] 立体视觉

telegraphic [ˌteliˈgræfɪk] 电报的

thermodynamics [ˌθɜːməʊdaɪˈnæmɪks] 热力学

thermonuclear fusion [ˌθɜːməʊˈnjukliə(r) ˈfjuːʒn] 热核聚变

thermostat [ˈθɜːməstæt] 恒温计

thermometer [θəˈmɒmɪtə(r)] 温度计, 体温表

trajectory [trəˈdʒektəri] 轨道, 弹道

transistor [trænˈzɪstə(r)] 晶体管

ultrasonic [ˌʌltrəˈsɒnɪk] 超声的

ultraviolet rays [ˌʌltrəˈvaɪələt reɪz] 紫外线

wavelength [ˈweɪvleŋθ] 波长

 ## Mechanics & Engineering 机械工程学

anchor [ˈæŋkə(r)] 锚, 锚固钉装置

axle [ˈæksl] 轮轴, 车轴

ballast [ˈbæləst] 压舱物, 镇重物

bearing [ˈbeərɪŋ] 方向; 方位

bolt [bəʊlt] 螺栓

clamp [klæmp] 夹钳, 夹具

cog [kɒg] 齿轮

coiled spring [kɔɪld sprɪŋ] 螺旋弹簧

crane [kreɪn] 起重机, 吊车

cushion [ˈkʊʃn] 缓冲物

cylinder [ˈsɪlɪndə(r)] 汽缸, 圆柱体

fulcrum [ˈfʊlkrəm] 支点

gauge [geɪdʒ] 测量仪

gear [gɪə(r)] 齿轮, 排档

gearwheel [ˈgɪəwiːl] 齿轮

horizontal [ˌhɒrɪˈzɒntl] 水平的

hull [hʌl] 船体, 车身

hydraulic jack [haɪˈdrɒlɪk dʒæk] 水压千斤顶

jerk [dʒɜːk] 急拉, 猛推

lithography [lɪˈθɒgrəfi] 平版印刷术

malleable [ˈmæliəbl] 可延展的

oscillation [ˌɒsɪˈleɪʃn] 震荡

parachute [ˈpærəʃuːt] 降落伞

pedal [ˈpedl] 踏板, 脚蹬

pendulum [ˈpendjələm] 摆锤

propeller [prəˈpelə(r)] 推进器, 螺旋桨

propulsion [prəˈpʌlʃn] 推进力

pulley system [ˈpʊli ˈsɪstəm] 滑轮组

rotate [rəʊˈteɪt] 旋转

shaft [ʃɑːft] 升降井

sledge [sledʒ] 滑板, 雪橇

towing cradle [ˈtəʊɪŋ ˈkreɪdl] 牵引支架

trolley [ˈtrɒli] 小推车

vector [ˈvektə(r)] 矢量

velocity [vəˈlɒsəti] 速度

vertical [ˈvɜːtɪkl] 垂直的

vibration [vaɪˈbreɪʃn] 振动

watertight [ˈwɔːtətaɪt] 不透水的

Computer & Cyber Science 电脑和网络科学

account lockout [ə'kaʊnt 'lɒkaʊt] 账号锁定

adapter [ə'dæptə(r)] 适配器

algorithm ['ælgərɪðəm] 算法

bandwidth ['bændwɪdθ] 带宽

barcode ['bɑːkəʊd] 条形码

binary ['baɪnəri] 二进制的

browser ['braʊzə(r)] 浏览器

buffer ['bʌfə(r)] 缓冲区

capacitive [kə'pæsɪtɪv] 电容性的

CCD 电荷耦合元件

copy cat ['kɒpi kæt] 山寨

cryptanalysis [ˌkrɪptə'nælɪsɪs] 密码分析学

cybernetics [ˌsaɪbə'netɪks] 控制论

database ['deɪtəbeɪs] 数据库

decryption [diː'krɪpʃn] 解密

default route [dɪ'fɔːlt ruːt] 缺省路由

digitalised ['dɪdʒɪtəlaɪzd] 数字化的

domain name [dəʊ'meɪn neɪm] 域名

Ethernet ['iːθənet] 以太网

flat-panel display [flæt 'pænl dɪ'spleɪ] 平板显示器

gadget ['gædʒɪt] 小玩意,小装置

hacker ['hækə(r)] 网络黑客

hard copy [hɑːd 'kɒpi] 硬拷贝

high resolution [haɪ ˌrezə'luːʃn] 高清晰度

humanoid ['hjuːmənɔɪd] 人形机器人

keyboard ['kiːbɔːd] 键盘

login ['lɒgɪn] 登陆

mechanical keyboard [mə'kænɪkl 'kiːbɔːd] 机械键盘

microprocessor [ˌmaɪkrəʊ'prəʊsesə(r)] 微处理器

optical mouse ['ɒptɪkl maʊs] 光电鼠标

password ['pɑːswɜːd] 密码

pixel ['pɪksl] 像素

QR code 二维码

resolution [ˌrezə'luːʃn] 分辨率

robotics [rəʊ'bɒtɪks] 机器人学

scanner ['skænə(r)] 扫描仪

tablet ['tæblət] 平板电脑

virtual reality ['vɜːtjuəl ri'æləti] 虚拟现实

Astronomy 天文学

accretion disk [ə'kriːʃn dɪsk] 吸积盘

asteroid ['æstərɔɪd] 小行星

astrometry [ə'strɒmətri] 天体测量学

astronaut ['æstrənɔːt] 宇航员(美国)

astronomical [ˌæstrə'nɒmɪkl] 天文级的

astrophysics [ˌæstrəʊ'fɪzɪks] 天体物理学

axis ['æksɪs] 轴

Big Bang [bɪg bæŋ] 大爆炸

Big Dipper [bɪg 'dɪpə(r)] 北斗七星

black hole [blæk həʊl] 黑洞

celestial [sə'lestiəl] 天体的

centrifugal force [ˌsentrɪ'fjuːgl fɔːs] 离心力

centrifuge ['sentrɪfjuːdʒ] 离心机

centripetal force [sen'trɪpɪtl fɔːs] 向心力

cluster ['klʌstə(r)] 星团

comet ['kɒmɪt] 彗星

constellation [ˌkɒnstə'leɪʃn] 星座

cosmic radiation ['kɒzmɪk ˌreɪdi'eɪʃn] 宇宙射线

cosmology [kɒz'mɒlədʒi] 宇宙学

cosmonaut ['kɒzmənɔːt] 宇航员(俄罗斯)

cosmonautics ['kɒzmənɔːtɪks] 宇宙航行学

cosmos ['kɒzmɒs] 宇宙

cratered ['kreɪtərd] 有陨石坑的

crust [krʌst] 地壳

eclipse [ɪ'klɪps] 日,月食

ecliptic plane [ɪ'klɪptɪk pleɪn] 黄道平面

galaxy ['gæləksi] 星系

gaseous ['gæsiəs] 气态的

geocentric [ˌdʒiːəʊ'sentrɪk] 地心说的

geomagnetic field [ˌdʒiːəʊmæg'netɪk fiːld] 地磁场

gravitational force [ˌgrævɪ'teɪʃənl fɔːs] 引力

heliocentric [ˌhiːliə'sentrɪk] 日心说的

interplanetary [ˌɪntə'plænɪtri] 行星间的

interstellar [ˌɪntə'stelə(r)] 星际的

Jupiter ['dʒuːpɪtə(r)] 木星

Kuiper Belt ['kuːpə(r) belt] 库伯带

luminous ['luːmɪnəs] 发光的

Mercury ['mɜːkjəri] 水星

metallic [mə'tælɪk] 金属质的

meteor ['miːtiə(r)] 流星

meteorite ['miːtiəraɪt] 陨石

meteoroid ['miːtiərɔɪd] 流星体

nebula ['nebjələ] 星云

Neptune ['neptjuːn] 海王星

orbit ['ɔːbɪt] 绕……轨道转

orbital period ['ɔːbɪtl 'pɪəriəd] 轨道周期

orbital speed ['ɔːbɪtl spiːd] 轨道速度

overlapping gravity [ˌəʊvə'læpɪŋ 'grævəti] 重叠的引力

planetarium [ˌplænɪ'teəriəm] 天文馆

Pluto ['pluːtəʊ] 冥王星

protoplanet ['prəʊtə'plænɪt] 原行星

revolution [ˌrevə'luːʃn] 公转

revolve [rɪ'vɒlv] 自转

rotate [rəʊ'teɪt] 旋转

rotation [rəʊ'teɪʃn] 自转

satellite ['sætəlaɪt] 卫星

Saturn ['sætən] 土星

solar corona ['səʊlə(r) kə'rəʊnə] 日冕

space debris [speɪs 'debriː] 太空垃圾

space probe [speɪs prəʊb] 空间探测器

space shuttle [speɪs 'ʃʌtl] 航天飞机

spectrum ['spektrəm] 光谱

stellar ['stelə(r)] 星球的

sunspot ['sʌnspɒt] 太阳黑子

supernova [ˌsuːpə'nəʊvə] 超新星

taikonaut ['taɪkəʊnɔːt] 宇航员(中国)

terrestrial planet [tə'restriəl 'plænɪt] 类地行星

vacuum ['vækjuːm] 真空

Venus ['viːnəs] 金星

white dwarf [waɪt dwɔːf] 白矮星

 Geography 地理学

alluvial [ə'luːviəl] 冲积的

almanac ['ɔːlmənæk] 年历,年鉴

altitude ['æltɪtjuːd] 高度

Antarctic [æn'tɑːktɪk] 南极

Aral Sea ['ærəl siː] 咸海(内陆)

archipelago [ˌɑːkɪ'peləgəʊ] 群岛

Arctic ['ɑːktɪk] 北极

atlas ['ætləs] 地图集

basin ['beɪsn] 盆地;流域

bog ['bɒg] 沼泽,泥塘

caldera [kɒl'deərə] 火山口

canal [kə'næl] 运河

canyon ['kænjən] 峡谷

cartography [kɑː'tɒgrəfi] 地图制作

cataract ['kætərækt] 大瀑布

catchment ['kætʃmənt] 汇流,径流

cavern (cave) ['kævən (keɪv)] 洞穴

cavity ['kævəti] 洞,凹处

channel (strait) ['tʃænl (streɪt)] 海峡

chasm ['kæzəm] 峡谷,裂缝

coastland ['kəʊstlænd] 沿海岸地区

continent ['kɒntɪnənt] 大陆

continental drift [ˌkɒntɪ'nentl drɪft] 大陆漂移

continental shelf [ˌkɒntɪ'nentl ʃelf] 大陆架

contour ['kɒntʊə(r)] 轮廓

coral island ['kɒrəl 'aɪlənd] 珊瑚岛

coulee ['kuːli] 深谷

crevasse [krə'væs] 裂缝

distributary [dɪs'trɪbjʊtəri] 支流；岔流

dune [djuːn] 沙丘

elevation [ˌelɪ'veɪʃn] 海拔

enclave ['enkleɪv] 孤立地区

equator [ɪ'kweɪtə(r)] 赤道

estuary ['estʃuəri] 河口

expedition [ˌekspə'dɪʃn] 远征；探险

frigid ['frɪdʒɪd] 寒带的

gorge [gɔːdʒ] 峡谷

gully ['gʌli] 小峡谷，水沟

hectare ['hekteə(r)] 公顷

hemisphere ['hemɪsfɪə(r)] 半球

horizon [hə'raɪzn] 地平线

inflow ['ɪnfləʊ] 流入

island ['aɪlənd] 岛屿

islet ['aɪlət] 小岛

jungle ['dʒʌŋgl] 丛林

lagoon [lə'guːn] 环礁湖，咸水湖

landlocked ['lændlɒkt] 内陆的

land mass [lænd mæs] 大陆块

latitude ['lætɪtjuːd] 纬度

loch [lɒk] 狭长海湾；湖

longitude ['lɒŋgɪtjuːd] 经度；经线

lower reach ['ləʊə(r) riːtʃ] 下游

lowland ['ləʊlənd] 低地

marshy area ['mɑːʃi 'eəriə] 沼泽地区

meadow ['medəʊ] 草地，牧场

Mediterranean [ˌmedɪtə'reɪniən] 地中海；地中海的

meridian [mə'rɪdiən] 子午线

oasis [əʊ'eɪsɪs] 绿洲

peninsula [pə'nɪnsjələ] 半岛

plain [pleɪn] 平原

plateau ['plætəʊ] 高原，高低

polar light ['pəʊlə(r) laɪt] 极光

post-glacial [pəʊst 'gleɪʃl] 后冰川时期的

range [reɪndʒ] 山脉

ravine [rə'viːn] 沟壑，深谷

reed bed [riːd bed] 苇地，芦苇床

relief map [rɪ'liːf mæp] 立体地形图

reservoir ['rezəvwɑː(r)] 蓄水池

ridge [rɪdʒ] 山脊

riverbed ['rɪvəbed] 河床

rudder ['rʌdə(r)] 船舵

rugged ['rʌgɪd] 崎岖不平的

saltmarsh ['sɔːltmɑːʃ] 盐沼泽；盐滩

savanna [sə'vænə] 热带草原

sextant ['sekstənt] 六分仪

steppe [step] (西伯利亚) 大草原；干草原

subterranean [ˌsʌbtə'reɪniən] 地下的

swamp [swɒmp] 沼泽地

temperate latitude ['tempərət 'lætɪtjuːd] 温带地区

terrain [tə'reɪn] 地形

terrestrial magnetism [tə'restriəl 'mægnətɪzəm] 地磁

terrestrial [tə'restriəl] 地球的，陆地的

tombolo ['tɒmbələʊ] 连岛沙洲

topography [tə'pɒgrəfi] 地形学

transatlantic [ˌtrænzət'læntɪk] 横跨大西洋的

tributary ['trɪbjətri] 支流

Tropic of Cancer ['trɒpɪk ɒv 'kænsə(r)] 北回归线

Tropic of Capricorn ['trɒpɪk ɒv 'kæprɪkɔːn] 南回归线

upper reach ['ʌpə(r) riːtʃ] 上游

valley ['væli] 峡谷

volcanic island [vɒl'kænɪk 'aɪlənd] 火山岛

wetland ['wetlənd] 湿地

Geology 地质学

aquiclude ['ækwɪkluːd] 不透水层

aquifer ['ækwɪfə(r)] 蓄水层

basalt ['bæsɔːlt] 玄武岩

basin ['beɪsn] 盆地；流域

bedrock ['bedrɒk] 基岩(土层下的岩石)

calcite ['kælsaɪt] 方解石

Cenozoic [ˌsiːnəˈzəʊik] 新生代岩层；新生代

cobble ['kɒbl] 鹅卵石

crevice ['krevɪs] 裂缝

crude oil [kruːd ɔɪl] 原油

crust [krʌst] 地壳

crystallise ['krɪstəlaɪz] 结晶

desertification [dɪˌzɜːtɪfɪˈkeɪʃn] 沙漠化

dormant volcano ['dɔːmənt vɒlˈkeɪnəʊ] 休眠火山

dredge [dredʒ] 清淤

emerald ['emərəld] 绿宝石；祖母绿

extinct volcano [ɪkˈstɪŋkt vɒlˈkeɪnəʊ] 死火山

fault [fɔːlt] 断层

frost-weathered [frɒst ˈweðəd] 冰冻风化的

geochemical [dʒiːɒˈkemɪkl] 地球化学的

geologic [dʒɪəˈlɒdʒɪk] 地质学的

geothermal [dʒiːəʊˈθɜːml] 地热的

glacier ['glæsiə(r)] 冰川

granite ['grænɪt] 花岗岩

humus ['hjuːməs] 腐质土壤

hydrologic system [ˌhaɪdrəˈlɒdʒɪk ˈsɪstəm] 水文系统

hydrothermal [ˌhaɪdrəˈθɜːml] 热水的

ice cap [aɪs kæp] 冰盖

igneous rock ['ɪgniəs rɒk] 岩浆岩

infiltration [ˌɪnfɪlˈtreɪʃn] 渗入，渗透

impermeable [ɪmˈpɜːmiəbl] 不可渗透的

lava ['lɑːvə] 火山岩浆

limestone ['laɪmstəʊn] 石灰岩

magma ['mægmə] 岩浆

magnitude ['mægnɪtjuːd] 震级

mantle ['mæntl] 地幔

metamorphic rock [ˌmetəˈmɔːfɪk rɒk] 变质岩

molten rock ['məʊltən rɒk] 熔岩

obsidian [əbˈsɪdiən] 黑曜石

oceanic crust [ˌəʊʃiˈænɪk krʌst] 海洋地壳

ore [ɔː(r)] 矿石

outcrop ['aʊtkrɒp] 露出地面岩层

outer core ['aʊtə(r) kɔː(r)] 外核

pebble ['pebl] 鹅卵石

percolation [ˌpɜːkəˈleɪʃn] 过滤，渗透

permafrost ['pɜːməfrɒst] 永冻层

permeability [ˌpɜːmiəˈbɪləti] 渗透性

plate [pleɪt] 板块

polynya [pɒˈlɪniə] 冰间湖，冰穴

porosity [pɔːˈrɒsəti] 渗透性，多孔性

porous ['pɔːrəs] 多孔的

pumice ['pʌmɪs] 轻石，浮石

quartz [kwɔːts] 石英

salinity [seɪˈlɪnəti] 盐浓度，盐分

salinisation [səlɪniˈzeɪʃn] 盐碱化

sculpt [skʌlpt] 使成形

sedimentary rock [sedɪˈmentri rɒk] 沉积岩

seepage ['siːpɪdʒ] 渗透；渗液

seismic ['saɪzmɪk] 地震的

seismology [saɪzˈmɒlədʒi] 地震学

shale [ʃeɪl] 页岩

silt [sɪlt] 淤泥，泥沙

sludge [slʌdʒ] 淤泥

soil erosion [sɔɪl ɪˈrəʊʒn] 土壤流失

stratigraphy [strəˈtɪgrəfi] 地层学

stratum ['strɑːtəm] 地层

stromatolite [strəʊˈmætəlaɪt] 叠层

subsoil ['sʌbsɔɪl] 底土，下层土

tectonic movement [tekˈtɒnɪk ˈmuːvmənt] 地壳运动

terrane [təˈreɪn] 岩层

thaw [θɔː] 融化，解冻

tremor ['tremə(r)] 震动，颤动

vadose zone ['veɪdəʊs zəʊn] 渗流层

volcanic crater [vɒlˈkænɪk ˈkreɪtə(r)] 火山口

waterlogged ['wɔːtəlɒgd] 水涝的；水淹的

weathering ['weðərɪŋ] 风化

Archaeology 考古学

ancestral [ænˈsestrəl] 祖先的，祖传的

ancient monument [ˈeɪnʃənt ˈmɒnjʊmənt] 古代遗迹

anthropoid [ˈænθrəpɔɪd] 类人猿

antique [ænˈtiːk] 古物，古董

antiquity [ænˈtɪkwəti] 古代，古迹，古物

Archean [ɑːˈkiən] 太古代的

Bronze Age [brɒnz eɪdʒ] 青铜时代

burial site [ˈberiəl saɪt] 埋葬地点

bury [ˈberi] 埋葬

Cambrian [ˈkæmbriən] 寒武纪

ceramic [səˈræmɪk] 瓷器，陶瓷品

commemoration [kəˌmeməˈreɪʃn] 纪念

Cretaceous Period [krɪˈteɪʃəs ˈpɪəriəd] 白垩纪

dinosaur [ˈdaɪnəsɔː(r)] 恐龙

excavation [ˌekskəˈveɪʃn] 挖掘，发掘

fossil [ˈfɒsl] 化石

Jurassic Period [dʒʊˈræsɪk ˈpɪəriəd] 侏罗纪

lineage [ˈlɪniɪdʒ] 血统，宗谱

manuscript [ˈmænjʊskrɪpt] 手稿

mausoleum [ˌmɔːsəˈliːəm] 陵墓，陵寝

Mesolithic [ˌmesəˈlɪθɪk] 中石器时代的

Mesozoic [ˌmesəʊˈzəʊɪk] 中生代(的)

monument [ˈmɒnjumənt] 纪念碑

mummy [ˈmʌmi] 木乃伊

Neolithic [ˌniːəˈlɪθɪk] 新石器时代的

Paleolithic [ˈpeɪliːəˈlɪθɪk] 旧石器时代的

Paleozoic [ˌpæliːəˈzəʊɪk] 古生代(的)

Permian period [ˈpɜːmiən ˈpɪəriəd] 二叠纪

porcelain [ˈpɔːsəlɪn] 瓷器

postglacial [pəʊstˈgleɪʃl] 后冰川的

pottery [ˈpɒtəri] 陶器

prehistoric [ˌpriːhɪˈstɒrɪk] 史前的

Pyramid [ˈpɪrəmɪd] 金字塔

radiocarbon dating [ˌreɪdiəʊˈkɑːbən ˈdeɪtɪŋ] 放射碳测定

relic [ˈrelɪk] 遗迹，文物

remains [rɪˈmeɪnz] 遗骸；遗迹

ruin [ˈruːɪn] 遗迹；废墟；(古生物)残遗体

shrine [ʃraɪn] 神庙，圣殿

stela/stele [ˈstiːlə / ˈstiːli] 石碑，石柱

Stone Age [stəʊn eɪdʒ] 石器时代

treasure trove [ˈtreʒə(r) ˈtrəʊv] 无主宝藏

Triassic [traɪˈæsɪk] 三叠纪的

trilobite [ˈtraɪləʊbaɪt] 三叶虫

Viking [ˈvaɪkɪŋ] 维京人

wreck [rek] 残骸

 Architecture 建筑学

adobe [əˈdəʊbi] 土砖，砖坯

aisle [aɪl] 通道

altar [ˈɔːltə(r)] 祭坛

apse [æps] 半圆形小室

aqueduct [ˈækwɪdʌkt] 导水管

arcade [ɑːˈkeɪd] 拱廊

arch [ɑːtʃ] 拱门

atrium [ˈeɪtriəm] 中庭，天井

auditorium [ˌɔːdɪˈtɔːriəm] 礼堂

balcony [ˈbælkəni] 阳台

boulevard [ˈbuːləvɑːd] 林荫大道

bungalow [ˈbʌŋɡələʊ] 平房

cabinet [ˈkæbɪnət] 储藏柜

cathedral [kəˈθiːdrəl] 大教堂

cement [sɪˈment] 水泥

chamber [ˈtʃeɪmbə(r)] 房间，室

chimney ['tʃɪmni] 烟囱

cloakroom ['kləʊkruːm] 衣帽间

column ['kɒləm] 柱,圆柱

colonnaded [ˌkɒlə'neɪdɪd] 以廊柱装饰的

concrete ['kɒnkriːt] 混凝土

conduit system ['kɒndjʊɪt 'sɪstəm] 导管系统

corridor ['kɒrɪdɔː(r)] 走廊

cottage ['kɒtɪdʒ] 小屋,茅舍

courtyard ['kɔːtjɑːd] 庭院,天井

culvert ['kʌlvət] 涵洞,排水管

cupboard ['kʌbəd] 橱柜,餐柜,衣柜

dome [dəʊm] 圆顶,穹顶

drainage ['dreɪnɪdʒ] 排水系统

earthenware tile ['ɜːθənweə(r) taɪl] 陶瓷瓦片

embankment [ɪm'bæŋkmənt] 筑堤

extended eave [ɪk'stendɪd iːv] 外展的屋檐

façade [fə'sɑːd] 建筑正面

fortress ['fɔːtrəs] 堡垒,要塞

foyer ['fɔɪeɪ] (剧场)门厅

garage ['gærɑːʒ] 车库

garret ['gærət] 阁楼,顶楼

girder ['gɜːdə(r)] 大梁

high-rise [haɪ raɪz] 高层建筑

igloo ['ɪgluː] 冰屋

jetty ['dʒeti] 码头;突堤

kerb ['kɜːb] 马路牙子

layout ['leɪaʊt] 布局;安排

lobby ['lɒbi] 大厅

lounge [laʊndʒ] 客厅,休息厅,候机厅

mansion ['mænʃn] 公寓,大厦

mason ['meɪsn] 石匠,泥瓦工

mosaic [məʊ'zeɪɪk] 马赛克

mound [maʊnd] 土墩

multi-storey ['mʌlti 'stɔːri] 多楼层

natatorium [ˌneɪtə'tɔːrɪəm] 室内游泳馆

overhang [əʊvə'hæŋ] 突出部分

pagoda [pə'gəʊdə] 塔

passage ['pæsɪdʒ] 通道,走廊

patio ['pætiəʊ] 露台,平台

pavement ['peɪvmənt] (英)人行道

pavilion [pə'vɪliən] 亭子,楼阁

pediment ['pedɪmənt] 三角墙

peg [peg] 栓

pendulum ['pendjələm] 悬锤

pillar ['pɪlə(r)] 柱子

pillared court ['pɪləd kɔːt] 带廊柱的庭院

plumbing ['plʌmɪŋ] 管道工程;水管装置

porch [pɔːtʃ] 门廊,走廊

pylon ['paɪlən] 电缆塔

quay ['kiː] 泊岸,码头

ramp [ræmp] 斜坡

remodel [ˌriː'mɒdl] 重建,改造

scaffold ['skæfəʊld] 脚手架

scale-model [skeɪl 'mɒdl] 比例模型

sewage system ['suːɪdʒ 'sɪstəm] 污水系统

sewer ['suːə(r)] 污水管,下水道

sidewalk ['saɪdwɔːk] (美)人行道

shaft [ʃɑːft] 竖井,通风井

skyscraper ['skaɪskreɪpə(r)] 摩天大楼

slab ['slæb] 板,片

slope [sləʊp] 斜坡,斜面

spherical ['sferɪkl] 球形的,球状的

spotlight ['spɒtlaɪt] 聚光灯

staircase ['steəkeɪs] 楼梯,梯子

storey ['stɔːri] 层

suburb ['sʌbɜːb] 城郊

temple ['templ] 寺庙

terrace ['terəs] 露台

tightrope ['taɪtrəʊp] 拉紧的绳索

tile [taɪl] 瓦片,瓷砖

timber ['tɪmbə(r)] 木材,木料

townhouse ['taʊnhaʊs] 联排房屋

trench [trentʃ] 沟渠

tunnel ['tʌnl] 隧道,地道

turnpike ['tɜːnpaɪk] 收费公路

turret ['tʌrət] 塔楼

vent [vent] 通风孔

veranda [və'rændə] 游廊,走廊

ventilation [ˌventɪˈleɪʃn] 通风

viaduct [ˈvaɪədʌkt] 高架桥

warehouse [ˈweəhaʊs] 仓库，货栈

wedge [wedʒ] 楔子

wharf [wɔːf] 码头

windmill [ˈwɪndmɪl] 风车

 # Meteorology 气象学

acid rain [ˈæsɪd ˈreɪn] 酸雨

aridity [əˈrɪdəti] 干燥性

aurora [ɔːˈrɔːrə] 极光

avalanche [ˈævəlɑːnʃ] 雪崩

blizzard [ˈblɪzəd] 暴风雪

climatic event [klaɪˈmætɪk ɪˈvent] 气候现象

clime [klaɪm] 气候带

cloudburst [ˈklaʊdbɜːst] 骤雨，大暴雨

condensation [ˌkɒndenˈseɪʃn] 凝结

condenser [kənˈdensə(r)] 冷凝器

convection [kənˈvekʃn] 对流

decan [ˈdekən] 旬星；黄道十度分度

downpour [ˈdaʊnpɔː(r)] 暴雨

drizzle [ˈdrɪzl] 细雨

droplet [ˈdrɒplət] 小滴

drought [draʊt] 干旱

equinox [ˈiːkwɪnɒks] 春分；秋分

evaporate [ɪˈvæpəreɪt] 蒸发

frost [frɒst] 霜，结霜

funnel [ˈfʌnl] 漏斗云

gale [geɪl] 大风

hail [heɪl] 冰雹

hailstone [ˈheɪlstəʊn] 雹块

humid [ˈhjuːmɪd] 潮湿的

humidity [hjuːˈmɪdəti] 湿度

hurricane [ˈhʌrɪkən] 飓风

ice pellets [aɪs ˈpelɪts] 冰珠

interglacial period [ˌɪntəˈgleɪsiəl ˈpɪəriəd] 冰川间歇期

inundate [ˈɪnʌndeɪt] 淹没

landslide [ˈlændslaɪd] 山崩，滑坡

moist [mɔɪst] 潮湿的

moisture [ˈmɔɪstʃə(r)] 潮湿，水分

monsoon [ˌmɒnˈsuːn] 季风，雨季

mudflow [ˈmʌdfləʊ] 泥石流

nocturnal [nɒkˈtɜːnl] 夜间发生的

ocean current [ˈəʊʃn ˈkʌrənt] 洋流

overcast [ˌəʊvəˈkɑːst] 乌云密布的

ozone layer [ˈəʊzəʊn ˈleɪə(r)] 臭氧层

precipitation [prɪˌsɪpɪˈteɪʃn] 降雨

semiarid [ˌsemiˈærɪd] 半干旱的

stratosphere [ˈstrætəsfɪə] 平流层

temperate [ˈtempərət] 温带的

tempest [ˈtempɪst] 暴风雨

thunderstorm [ˈθʌndəstɔːm] 雷雨

tidal current [ˈtaɪdl ˈkʌrənt] 潮汐洋流

tornado [tɔːˈneɪdəʊ] 龙卷风

torrential rain [təˈrenʃl reɪn] 倾盆大雨

torrid summer [ˈtɒrɪd ˈsʌmə(r)] 酷热的夏日

trade wind [treɪd wɪnd] 信风

troposphere [ˈtrɒpəsfɪə(r)] 对流层

tropical storm [ˈtrɒpɪkl stɔːm] 热带风暴

tsunami [tsuːˈnɑːmi] 海啸

typhoon [taɪˈfuːn] 台风

Linguistics 语言学

accent ['æksent] 口音

alphabet ['ælfəbet] 字母表

aphorism ['æfərɪzəm] 格言,警句

alphabetical [ˌælfə'betɪkl] 按字母顺序的

antonym ['æntənɪm] 反义词

bilingual [ˌbaɪ'lɪŋgwəl] 会两种语言的

coin [kɒɪn] 创造(新词语)

colloquial [kə'ləʊkwiəl] 口语的

colloquialism [kə'ləʊkwiəlɪzəm] 口语体

connotation [ˌkɒnə'teɪʃn] 言外之意,隐含意义

cuneiform ['kjuːnɪfɔːm] 楔形文字

descriptive [dɪ'skrɪptɪv] 描述性的

dialect ['daɪəlekt] 方言,土语

demotic [dɪ'mɒtɪk] 通俗的

discourse ['dɪskɔːs] 演讲,论述

episodic memory [ˌepɪ'sɒdɪk 'meməri] 情景记忆

fountain pen ['faʊntən pen] 钢笔,自来水笔

grammarian [grə'meəriən] 语法学家

hieroglyph ['haɪərəglɪf] 象形文字

homograph ['hɒməgrɑːf] 同形异义词

homonym ['hɒmənɪm] 同形同音义异字

inscription [ɪn'skrɪpʃn] 铭文,题词

intonation [ˌɪntə'neɪʃn] 语调

lexical ['leksɪkl] 字典的,词汇的

lexicographer [ˌleksɪ'kɒgrəfə(r)] 词典编纂者

lingua franca ['lɪŋgwə 'fræŋkə] 通用语

linguistic diversity [lɪŋ'gwɪstɪk daɪ'vɜːsəti] 语言多样性

literacy ['lɪtərəsi] 读写能力,精通文学

majuscule ['mædʒəˌskjuːl] 大字母;大字体

metaphorical [ˌmetə'fɒrɪkl] 比喻的

minority language [maɪ'nɒrɪti 'læŋgwɪdʒ] 小语种

monolingual [ˌmɒnə'lɪŋgwəl] 讲一种语言的

multilingual [mʌltɪ'lɪŋgwəl] 讲多种语言的

nasal consonant ['neɪzl 'kɒnsənənt] 鼻辅音

nonverbal [nɒn'vɜːbl] 非言语的

phonetic symbol [fə'netɪk 'sɪmbl] 音标

phonics ['fɒnɪks] 拼读法,语音教学法

phonology [fə'nɒlədʒi] 音韵学

phoneme ['fəʊniːm] 音位,音素

phylum ['faɪləm] 语群

pictograph ['pɪktəˌgrɑːf] 象形文字

pitch [pɪtʃ] 音高

plosive ['pləʊsɪv] 爆破音

prescriptive [prɪ'skrɪptɪv] 规定性的

proficiency [prə'fɪʃənsi] 精通

Sanskrit ['sanskrɪt] 梵语

semantic [sɪ'mæntɪk] 语义的,语义学的

slang [slæŋ] 俚语

syllable ['sɪləbəl] 音节

synonym ['sɪnənɪm] 同义词

syntax ['sɪntæks] 句法,句子构造

taboo [tə'buː] 禁忌

templet ['templɪt] 模板

trilingual [traɪ'lɪŋgwəl] 会三种语言的

verbal interaction ['vɜːbl ˌɪntər'ækʃn] 语言的互动

vernacular [və'nækjələ(r)] 本地话

 Literature 文学

Aesop's fables [ˌiːsɒps 'feɪblz] 伊索寓言

aesthetic [iːs'θetɪk] 艺术的,美的

aestheticism [is'θetɪsɪzəm] 唯美主义

allegory ['ælɪgəri] 寓言

anecdote ['ænɪkdəʊt] 轶事,趣闻

austere [ɒ'stɪə(r)] 朴素的,严肃的

autobiography [ˌɔːtəbaɪˈɒgrəfi] 自传

ballad [ˈbæləd] 歌谣，民谣

Baroque [bəˈrɒk] 巴洛克风格

biography [baɪˈɒgrəfi] 传记

caricature [ˈkærɪkətʃʊə(r)] 讽刺画

character [ˈkærəktə(r)] 角色

collection [kəˈlekʃn] 作品集

comparative literature [kəmˈpærətɪv ˈlɪtrətʃə(r)] 比较文学

conceive [kənˈsiːv] 构思

dogmatism [ˈdɒgmətɪzəm] 教条主义

eloquent [ˈeləkwənt] 能言善辩的

encyclopedia [ɪnˌsaɪkləˈpiːdiə] 百科全书

enlightenment [ɪnˈlaɪtnmənt] 启蒙，启蒙运动

epitaph [ˈepɪtɑːf] 墓志铭

fairy-tale [ˈfeəri teɪl] 童话

folklore [ˈfəʊklɔː(r)] 民间传说

forlorn [fəˈlɔːn] 孤苦伶仃的

hymn [hɪm] 圣歌，赞美诗

irony [ˈaɪrəni] 讽刺

literary criticism [ˈlɪtərəri ˈkrɪtɪsɪzəm] 文学评论

lullaby [ˈlʌləbaɪ] 摇篮曲

melodramatic [ˌmelədrəˈmætɪk] 夸张的

memoir [ˈmemwɑː(r)] 回忆录

metaphor [ˈmetəfə(r)] 隐喻

motif [məʊˈtiːf] 主题

narrative [ˈnærətɪv] 叙事，记叙

pastoral [ˈpɑːstərəl] 田园的

phoney [ˈfəʊni] 虚伪的，做作的

plagiarism [ˈpleɪdʒərɪzəm] 剽窃

playwright [ˈpleɪraɪt] 剧作家

poet [ˈpəʊɪt] 诗人

poetry [ˈpəʊətri] 诗歌

prose [prəʊz] 散文

Renaissance [rɪˈneɪsns] 文艺复兴

repertoire [ˈrepətwɑː(r)] 全部曲目；全部技能

romanticism [rəʊˈmæntɪsɪzəm] 浪漫主义

rhyme [raɪm] 押韵

satire [ˈsætaɪə(r)] 讽刺作品

stanza [ˈstænzə] 诗节

storyline [ˈstɔːrilaɪn] 故事情节

tale [teɪl] 传说

tall tale [tɔːl teɪl] 奇闻怪事

theatrical [θiˈætrɪkl] 戏剧性的

vibrato [vɪˈbrɑːtəʊ] 颤音

 Medical Science 医学

abortion [əˈbɔːʃn] 堕胎

acrophobia [ˌækrəˈfəʊbiə] 恐高症

acupuncture [ˈækjupʌŋktʃə(r)] 针灸

Alzheimer's disease [ˈæltsˌhaɪməs dɪˈziːz] 阿尔茨海默症

ADHD 注意缺陷与多动障碍

adrenaline [əˈdrenəlɪn] 肾上腺素

ailment [ˈeɪlmənt] 疾病

allergy [ˈælədʒi] 过敏，变态反应

amnesia [æmˈniːziə] 失忆症

analgesia [ˌænəlˈdʒiːziə] 痛觉缺失

anemia [əˈniːmiːə] 贫血

anthrax [ˈænθræks] 炭疽

antimicrobial [ˌæntɪmaɪˈkrəʊbiəl] 抗菌的，抗菌剂

antiviral [ˌæntiˈvaɪrəl] 抗病毒的

arteriosclerosis [ɑːˌtɪəriəʊskləˈrəʊsɪs] 动脉硬化

arthritis [ɑːˈθraɪtɪs] 关节炎

aspirin [ˈæsprɪn] 阿司匹林

asthma [ˈæsmə] 哮喘

autism [ˈɔːtɪzəm] 孤独症

bandage [ˈbændɪdʒ] 绷带

biopsy [ˈbaɪɒpsi] 活组织检查

bronchitis [brɒŋˈkaɪtɪs] 支气管炎

candida [ˈkændɪdə] 念珠菌

cardiac fitness [ˈkɑːdiæk ˈfɪtnəs] 心脏健康

cardiovascular [ˌkɑːdiəʊˈvæskjələ(r)] 心血管的

case history [keɪs ˈhɪstri] 病历

cataract [ˈkætərækt] 白内障

cholera [ˈkɒlərə] 霍乱

chronic disease [ˈkrɒnɪk dɪˈziːz] 慢性病

cirrhosis [səˈrəʊsɪs] 肝硬化

clinical [ˈklɪnɪkl] 临床的

contagious [kənˈteɪdʒəs] 传染的

decayed tooth [dɪˈkeɪd tuːθ] 蛀牙

dementia [dɪˈmenʃə] 痴呆

dengue [ˈdeŋgi] 登革热

depression [dɪˈpreʃn] 抑郁症

Down syndrome [daʊn ˈsɪndrəʊm] 唐氏综合征

dyslexia [dɪsˈleksiə] 诵读困难

diabetes [ˌdaɪəˈbiːtiːz] 糖尿病

diagnose [ˈdaɪəgnəʊz] 诊断

diarrhea [ˌdaɪəˈrɪə] 腹泻，痢疾

dislocation [ˌdɪsləˈkeɪʃn] 脱臼

disorder [dɪsˈɔːdə(r)] 机能紊乱

dizzy [ˈdɪzi] 眩晕

dressing [ˈdresɪŋ] 敷药

dysentery [ˈdɪsəntri] 痢疾

ECG 心电图

elixir [ɪˈlɪksə(r)] 万灵药

emphysema [ˌemfɪˈsiːmə] 肺气肿

encephalitis [enˌsefəˈlaɪtəs] 脑炎

endocrine system [ˈendəʊkrɪn ˈsɪstəm] 内分泌系统

endometrial cancer [endʌˈmetrɪəl ˈkænsə(r)] 子宫癌

epidemic [epɪˈdemɪk] 传染病

epidemiology [ˌepɪˌdiːmiˈɒlədʒi] 流行病学

epilepsy [ˈepɪlepsi] 癫痫

fatigue [fəˈtiːg] 疲劳

fester [ˈfestə(r)] 化脓，溃烂

frostbite [ˈfrɒstbaɪt] 冻疮

function deficit [ˈfʌŋkʃn ˈdefɪsɪt] 功能缺损

gastrointestinal [ˈgæstrəʊɪnˈtestɪnl] 胃肠的

generic drug [dʒəˈnerɪk drʌg] 非专利的药物

genetics [dʒəˈnetɪks] 遗传学

glycemic index [glaɪˌsiːmɪk ˈɪndeks] 血糖指数

hepatitis [ˌhepəˈtaɪtɪs] 肝炎

homeopathy [ˌhəʊmiˈɒpəθi] 顺势疗法

haemoglobin [hiːməˈgləʊbɪn] 血红蛋白

keratin [ˈkerətɪn] 角蛋白

hygiene [ˈhaɪdʒiːn] 卫生

immunoglobulin [ɪˈmjuːnəʊˈglɒbjʊlɪn] 免疫球蛋白

infectious [ɪnˈfekʃəs] 传染性的

injection [ɪnˈdʒekʃn] 注射

insomnia [ɪnˈsɒmniə] 失眠

insulin [ˈɪnsjəlɪn] 胰岛素

leukemia [luːˈkiːmɪə] 白血病

malaria [məˈleəriə] 疟疾

malady [ˈmælədi] 疾病

mania [ˈmeɪniə] 狂躁，极度热情

measles [ˈmiːzlz] 麻疹

melanoma [ˌmeləˈnəʊmə] 黑素瘤

miasma [miˈæzmə] 瘴气

migraine [ˈmiːgreɪn] 偏头疼

multiple sclerosis [ˈmʌltɪpl skləˈrəʊsɪs] 多发性硬化

muscle tone [ˈmʌsl təʊn] 肌肉张力

nausea [ˈnɔːziə] 反胃，恶心

neurosis [njʊəˈrəʊsɪs] 神经官能症

obesity [əʊˈbiːsɪti] 肥胖症

ointment [ˈɔɪntmənt] 药膏

opiate [ˈəʊpiət] 镇静剂

osteoporosis [ˌɒstiəʊpəˈrəʊsɪs] 骨质疏松

painkiller [ˈpeɪnkɪlə(r)] 止痛片

pandemic [pænˈdemɪk] 疾病的大流行

panic attack [ˈpænɪk əˈtæk] 恐慌症发作

pathogen [ˈpæθədʒən] 病原体

pathology [pəˈθɒlədʒi] 病理学

penicillin [ˌpenɪˈsɪlɪn] 盘尼西林

pertussis [pəˈtʌsɪs] 百日咳

pharmacy [ˈfɑːməsi] 药剂学，药房

physiology [ˌfɪziˈɒlədʒi] 生理学

placebo [pləˈsiːbəʊ] 安慰剂

plastic surgery [ˈplæstɪk ˈsɜːdʒəri] 整形手术

pneumonia [njuːˈməʊniə] 肺炎

polio [ˈpəʊliəʊ] 脊髓灰质炎

prescribe [prɪˈskraɪb] 开药方

prevention [prɪˈvenʃn] 预防

psychiatric [ˌsaɪkiˈætrɪk] 精神病学的

quinine [kwɪˈniːn] 奎宁(治疟疾)

regular medication [ˈregjələ(r) medɪˈkeɪʃn] 常备用药

rehabilitation [ˈriːəˌbɪlɪˈteɪʃn] 康复;复原

remedy [ˈremədi] 治疗

respiratory [rəˈspɪrətri] 呼吸系统的

rheumatism [ˈruːmətɪzəm] 风湿病

rhinitis [raɪˈnaɪtɪs] 鼻炎

rupture [ˈrʌptʃə(r)] 疝气,脱肠

salmonella [ˌsælməˈnelə] 沙门(氏)菌

schizophrenia [ˌskɪtsəˈfriːniə] 精神分裂症

smallpox [ˈsmɔːlpɒks] 天花

sore throat [sɔː(r) θrəʊt] 嗓子疼

stimulant [ˈstɪmjələnt] 刺激物,兴奋剂

stomachache [ˈstʌməkeɪk] 胃疼

stroke [strəʊk] 中风

symptom [ˈsɪmptəm] 症状

syndrome [ˈsɪndrəʊm] 综合征

tetanus [ˈtetənəs] 破伤风

therapeutic [ˌθerəˈpjuːtɪk] 治疗的

toxic [ˈtɒksɪk] 有毒的

trachoma [trəˈkəʊmə] 沙眼

tranquiliser [ˈtræŋkwɪlaɪzə(r)] 镇静药

tuberculosis [tjuˌbɜːkjuˈləʊsɪs] 肺结核

tumor [ˈtjuːmə(r)] 肿瘤

vaccine [ˈvæksiːn] 疫苗

virus [ˈvaɪrəs] 病毒

yellow fever [ˈjeləʊ ˈfiːvə(r)] 黄热病

Economics & Management 经济管理学

appreciate [əˈpriːʃieɪt] 增值

audit [ˈɔːdɪt] 审计

balance [ˈbæləns] 余额

byproduct [ˈbaɪˌprɒdʌkt] 副产品

cargo-handling [ˈkɑːgəʊ ˈhændlɪŋ] 货物装卸

coinage [ˈkɔɪnɪdʒ] 货币制度

collateral damage [kəˈlætərəl ˈdæmɪdʒ] 连带损伤

competitive [kəmˈpetətɪv] 有竞争力的

confiscate [ˈkɒnfɪskeɪt] 没收,充公

consortium [kənˈsɔːtiəm] 联合企业,财团

credit card [ˈkredɪt kɑːd] 信用卡

custom duties [ˈkʌstəm djuːtiz] 关税

debit card [ˈdebɪt kɑːd] 借记卡

deposit [dɪˈpɒzɪt] 押金,存款

depreciate[dɪˈpriːʃieɪt] 贬值

deregulation [ˌdiːˌregjuˈleɪʃn] 解除限制

downturn [ˈdaʊntɜːn] 衰退

down payment [daʊn ˈpeɪmənt] 首付款

downsize [ˈdaʊnsaɪz] 裁员

directorship [dəˈrektəʃɪp] 董事职位

disposable income [dɪˈspəʊzəbl ˈɪnkʌm] 可支配收入

dividend [ˈdɪvɪdend] 红利,股息

embezzlement [ɪmˈbezlmənt] 挪用公款

encasement [ɪnˈkeɪsmənt] 包装

entrepreneurship [ˌɑntrəprəˈnɜːʃɪp] 企业家精神

face value [feɪs ˈvæljuː] 面值

fiduciary [fɪˈdjuːʃəri] 信托的

financial meltdown [faɪˈnænʃl ˈmeltdaʊn] 金融灾难

financial outlay [faɪˈnænʃəl ˈaʊtleɪ] 金融支出

forfeiture [ˈfɔːfɪtʃə(r)] 没收,丧失

franchise [ˈfræntʃaɪz] 特许经营权

haggle [ˈhægl] 讨价还价

handout [ˈhændaʊt] 救济金

hedge fund [hedʒ fʌnd] 对冲基金

import quota [ɪmˈpɔːt ˈkwəʊtə] 进口配额

inferior goods [ɪnˈfɪəriə(r) gʊdz] 低档商品

instalment [ɪnˈstɔːlmənt] 一期付款

Intellectual Property [ˌɪntəˈlektʃʊəl ˈprɒpəti] 知识产权

joined venture [dʒɔɪnd ˈventʃə(r)] 合资企业

lease [liːs] 租，出租

liability [laɪəˈbɪləti] 负债，债务

liquidation [lɪkwɪˈdeɪʃn] 偿还，清算

managerial [ˌmænəˈdʒɪriəl] 管理的

market share [ˈmɑːkɪt ʃeə(r)] 市场份额

meltdown [ˈmeltdaʊn] (金融)崩溃

merger [ˈmɜːdʒə(r)] 合并，归并

monopoly [məˈnɒpəli] 垄断，专卖权

mortgage [ˈmɔːgɪdʒ] 抵押贷款

outsource [ˈaʊtsɔːs] 将……外包

outreach [ˈaʊtriːtʃ] 外展服务

overdraft [ˈəʊvədrɑːft] 透支

ownership [ˈəʊnəʃɪp] 所有权

partnership [ˈpɑːtnəʃɪp] 合伙人身份

pension [ˈpenʃn] 养老金

premium [ˈpriːmiəm] 附加费

promissory note [ˈprɒmɪsəri nəʊt] 期票；本票

proprietorship [prəˈpraɪətəʃɪp] 所有权

realignment [ˌriːəˈlaɪnmənt] 公司的重组

ransom [ˈrænsəm] 赎金

reciprocal [rɪˈsɪprəkl] 互惠的

recompense [ˈrekəmpens] 酬金，奖赏，赔偿

remuneration [rɪˌmjuːnəˈreɪʃn] 薪酬

retirement [rɪˈtaɪəmənt] 退休

retrenchment [rɪˈtrentʃmənt] 紧缩开支

shareholder [ˈʃeəhəʊldə(r)] 股东

stakeholder [ˈsteɪkhəʊldə(r)] 有权益相关者

statement [ˈsteɪtmənt] 结算单

stockholder [ˈstɒkhəʊldə(r)] 股票持有者

subsidy [ˈsʌbsədi] 补贴，补助金

supplier [səˈplaɪə(r)] 供应商

takeover [ˈteɪkəʊvə(r)] 收购

tariff [ˈtærɪf] (进口商品的)关税

trade barrier [treɪd ˈbæriə(r)] 贸易壁垒

trademark [ˈtreɪdmɑːk] 商标

treasury [ˈtreʒəri] 财政部

turnover [ˈtɜːnəʊvə(r)] 营业额

Agriculture 农业

agrarian [əˈgreəriən] 土地的，农业的

agrochemical [ˌægrəʊˈkemɪkl] 农用化学品

agroforestry [ˈægrəʊfɒrɪstri] 农林业

agribusiness [ˈægrɪbɪznəs] 农工联合企业

animal husbandry [ˈænɪml ˈhʌzbəndri] 畜牧业

aquaculture [ˈækwəkʌltʃə(r)] 水产养殖

arable land [ˈærəbl lænd] 可耕作土地

barley [ˈbɑːli] 大麦

barn [bɑːn] 牲口槽，谷仓

barrage [ˈbærɑːʒ] 堰，拦河坝

barren [ˈbærən] 贫瘠的

beet [biːt] 甜菜

broccoli [ˈbrɒkəli] 花椰菜

buffalo [ˈbʌfələʊ] 水牛

cabbage [ˈkæbɪdʒ] 洋白菜

calendar [ˈkælɪndə(r)] 日历，历法

cassava [kəˈsɑːvə] 木薯

cattle [ˈkætl] 牛，家畜

celery [ˈseləri] 芹菜

cereal [ˈsɪəriəl] 谷物，谷类植物

clay [kleɪ] 黏土，湿土

clod [klɒd] 土块

compost [ˈkɒmpɒst] 堆肥

cotton [ˈkɒtn] 棉花

cowshed [ˈkaʊʃed] 牛棚

cucumber [ˈkjuːkʌmbə(r)] 黄瓜

cultivate [ˈkʌltɪveɪt] 耕作

dairy farm [ˈdeəri fɑːm] 乳牛场

domesticate [dəˈmestɪkeɪt] 驯养

edible [ˈedəbl] 可食用的

eggplant [ˈegplɑːnt] 茄子

feces/faeces [ˈfiːsiːz] 粪便，排泄物

fallow [ˈfæləʊ] 休耕

fertile [ˈfɜːtaɪl] 肥沃的

fertiliser [ˈfɜːtəlaɪzə(r)] 肥料

fishery [ˈfɪʃəri] 渔业

fish farm [fɪʃ fɑːm] 养鱼场

fodder [ˈfɒdə(r)] 饲料

forestry [ˈfɒrɪstri] 林业学

fowl [faʊl] 家禽

furrow [ˈfʌrəʊ] 犁沟，车辙

garlic [ˈgɑːlɪk] 大蒜

grain [greɪn] 谷物，谷粒

granary [ˈgrænəri] 谷仓

greenhouse [ˈgriːnhaʊs] 温室

harrow [ˈhærəʊ] 耙

harvest [ˈhɑːvɪst] 收割

haystack [ˈheɪstæk] 干草堆

herbicide [ˈhɜːbɪsaɪd] 除草剂

homestead [ˈhəʊmsted] 农庄

horticulture [ˈhɔːtɪkʌltʃə(r)] 园艺学

husbandry [ˈhʌzbəndri] 农牧业

husk [hʌsk] (谷物)壳

hydroponics [ˌhaɪdrəˈpɒnɪks] 浓液栽培

insecticide [ɪnˈsektɪsaɪd] 杀虫剂

intensive farming [ɪnˈtensɪv ˈfɑːmɪŋ] 密集种植

interbreed [ˌɪntəˈbriːd] 杂交繁殖

irrigate [ˈɪrɪgeɪt] 灌溉

leek [liːk] 韭菜

lettuce [ˈletɪs] 生菜

livestock [ˈlaɪvstɒk] 家畜

mandarin [ˈmændərɪn] 柑橘

manure [məˈnjʊə(r)] 粪肥

maize [meɪz] 玉蜀黍，玉米

mill [mɪl] 碾，磨

millet [ˈmɪlɪt] 粟，小米

molasses [məˈlæsɪz] 糖浆

monoculture [ˈmɒnəkʌltʃə(r)] 单一种植

mustard [ˈmʌstəd] 芥菜

nursery [ˈnɜːsəri] 苗圃

oats [əʊts] 燕麦

onion [ˈʌnjən] 洋葱(头)

orchard [ˈɔːtʃəd] 果园

overgrown [ˌəʊvəˈgrəʊn] 生长快的

paddock [ˈpædək] (牧马的)小围场

pasture [ˈpɑːstʃə(r)] 牧场

pea [piː] 豌豆

peanut/groundnut [ˈpiːnʌt]/[ˈgraʊndnʌt] 花生

pest [pest] 害虫

pesticide [ˈpestɪsaɪd] 杀虫剂

plantation [plɑːnˈteɪʃn] 种植园

plot / patch [plɒt]/[pætʃ] 小块地

plough [plaʊ] 犁，耕

pollard [ˈpɒləd] 修剪树梢

poultry [ˈpəʊltri] 家禽

produce [prəˈdjuːs] 农产品

prune [pruːn] 修剪，修整

pumpkin [ˈpʌmpkɪn] 南瓜

radish [ˈrædɪʃ] 小红萝卜

raisin [ˈreɪzn] 葡萄干

ranch [rɑːntʃ] 农场，牧场

reclaim [rɪˈkleɪm] 开垦荒地

ridge [rɪdʒ] 田埂

roost [ruːst] 栖息

rust [rʌst] 锈病

rye [raɪ] 黑麦

seedbed [ˈsiːdbed] 苗床

seedling [ˈsiːdlɪŋ] 幼苗，树苗

sesame [ˈsesəmi] 芝麻

sorghum [ˈsɔːgəm] 高粱

sow [səʊ] 播种

soybean [ˈsɒɪbiːn] 大豆

spade [speɪd] 铲，锹

spinach [ˈspɪnɪtʃ] 菠菜

spoil [spɔɪl] 变质

spray [spreɪ] 喷洒(农药)

stable ['steɪbl] 马厩

syrup ['sɪrəp] 糖浆

tractor ['træktə(r)] 拖拉机

trough [trɒf] 饲料槽

weed [wiːd] 除草

wheat [wiːt] 小麦

 Arts & Music 艺术与音乐

aesthetic [iːs'θetɪk] 美学的

aria ['ɑːriə] 咏叹调

artistry ['ɑːtɪstri] 艺术才能

auction ['ɔːkʃn] 拍卖

brushstroke ['brʌʃ'rəʊk] 绘画

bust [bʌst] 半身像

Byzantine [baɪ'zæntaɪn] 拜占庭式的

canvas ['kænvəs] 画布，帆布

caricature ['kærɪkətʃʊə(r)] 漫画

chalice ['tʃælɪs] 圣餐杯

choir ['kwaɪə(r)] 合唱团

chorus ['kɔːrəs] 合唱

clarinet [ˌklærə'net] 单簧管

classicism ['klæsɪzəm] 古典主义

composer [kəm'pəʊzə(r)] 作曲家

concerto [kən'tʃɜːtəʊ] 协奏曲

conduct [kən'dʌkt] 指挥

discolouration [dɪskʌlə'reɪʃn] 褪色

D major [diː 'meɪdʒə(r)] D 大调

deep register [diːp 'redʒɪstə(r)] 低音域

depict [dɪ'pɪkt] 描述，描写

duet [dju'et] 二重奏

effigy ['efɪdʒi] 雕像

epilogue ['epɪlɒg] 尾声

folk music [fəʊk 'mjuːzɪk] 民间音乐

frontality [frən'tæləti] 正面描绘

funk [fʌŋk] 乡土爵士乐

gallery ['gæləri] 画廊

harp [hɑːp] 竖琴

impersonate [ɪm'pɜːsəneɪt] 拟人

impressionism [ɪm'preʃənɪzəm] 印象主义

instrumentalist [ˌɪnstrə'mentəlɪst] 乐器演奏者

landscape ['lændskeɪp] 风景画，山水

lithograph ['lɪθəgrɑːf] 平版印刷画

lullaby ['lʌləbaɪ] 催眠曲

marble ['mɑːbl] 大理石，石雕

melody ['melədi] 旋律，曲调

Mozart ['məʊtsɑːt] 莫扎特

mural ['mjʊərəl] 壁画

pastel ['pæstl] 彩色蜡笔画

percussion [pə'kʌʃn] 打击乐器

podium ['pəʊdiəm] 指挥台

portrait ['pɔːtreɪt] 肖像，人像

portraiture ['pɔːtrətʃə(r)] 肖像画法

profile ['prəʊfaɪl] 侧面，侧影，外观

quartet [kwɔː'tet] 四重奏(组合)

range [reɪndʒ] (音)音域

relief [rɪ'liːf] 浮雕

rendition [ren'dɪʃn] 演出，表演

scale [skeɪl] (音)音阶

score [skɔː(r)] 乐谱

sculpture ['skʌlptʃə(r)] 雕塑

serenade [ˌserə'neɪd] 小夜曲

sight-reading [saɪt 'riːdɪŋ] 视唱，视奏

sketch [sketʃ] 素描，草图

solo ['səʊləʊ] 独奏曲

sonata [sə'nɑːtə] 奏鸣曲

statuary ['stætʃuəri] 雕像

tango ['tæŋgəʊ] 探戈

tempo ['tempəʊ] (音)节奏

trumpet ['trʌmpɪt] 小号

verdant ['vɜːdnt] 青翠的，绿油油的

wall niche [wɔːl niːʃ] 壁龛

Occupations & People 职业与人

advocate [ˈædvəkeɪt] 支持者

adherent [ədˈhɪərənt] 追随者，拥护者

agnostic [æɡˈnɒstɪk] 不可知论者

altruist [ˈæltruɪst] 利他主义者

apprentice [əˈprentɪs] 学徒

auditor [ˈɔːdɪtə(r)] 审计员

barmaid [ˈbɑːmeɪd] 酒吧女招待

biographer [baɪˈɒɡrəfə(r)] 传记作家

cadet [kəˈdet] 军校学员

caregiver [keəˈɡɪvə(r)] 护理者

carpenter [ˈkɑːpəntə(r)] 木匠

celebrity [səˈlebrəti] 名人

chiropractor [ˈkaɪərəupræktə(r)] 手疗法医师

choreographer [ˈkɒriəɡrɑːfə(r)] 舞蹈编排家

chronicler [ˈkrɒnɪklə] 编年史家

civil engineer [ˈsɪvl ˌendʒɪˈnɪə(r)] 土木工程师

clerk [klɑːk] 办事员，文书

commissioner [kəˈmɪʃənə(r)] 长官；专员

connoisseur [ˌkɒnəˈsɜː(r)] 鉴赏家，行家

craftsman [ˈkrɑːftsmən] 手工艺者

critic [ˈkrɪtɪk] 批评家

curator [kjuəˈreɪtə(r)] 博物馆馆长

cynic [ˈsɪnɪk] 愤世嫉俗者

dentist [ˈdentɪst] 牙科医生

dietician [ˌdaɪəˈtɪʃən] 饮食学家

dignitary [ˈdɪɡnɪtəri] 显贵，要人

disciple [dɪˈsaɪpl] 门徒

drug addict [drʌɡ ˈædɪkt] 吸毒者

ecologist [iˈkɒlədʒɪst] 生态学者

egghead [ˈeɡhed] 书呆子

emissary [ˈemɪsəri] 特使，密使

entrepreneur [ˌɒntrəprəˈnɜː(r)] 企业家

expatriate [ˌeksˈpætriət] 侨民

extrovert [ˈekstrəvɜːt] 外向的人

feminist [ˈfemənɪst] 女权主义者

fire marshal [ˈfaɪə(r) ˈmɑːʃl] 消防局长

forerunner [ˈfɔːrʌnə(r)] 先驱者

go-between [ɡəu bɪˈtwiːn] 中间人

good-for-nothing [ɡud fɔː ˈnʌθɪŋ] 不中用的人

grazer [ˈɡreɪzə(r)] 放牧人

guru [ˈɡuruː] 专家，权威

hairdresser [ˈheədresə] 美发师，理发师

handler [ˈhændlə(r)] 驯兽员，操作者

helpmate [ˈhelpmeɪt] 帮手，助手

hiker [ˈhaɪkə] 远足者

iconoclast [aɪˈkɒnəklæst] 批评传统信仰的人

internist [ɪnˈtɜːnɪst] 内科医生

introvert [ˈɪntrəvɜːt] 内向的人

interlocutor [ˌɪntəˈlɒkjətə(r)] 对话者，代表

janitor [ˈdʒænɪtə(r)] 看门人

journalist [ˈdʒɜːnəlɪst] 记者

landlord [ˈlænlɔːd] 房东

layman [ˈleɪmən] 外行，门外汉

legislator [ˈledʒɪsleɪtə(r)] 立法者

lobbyist [ˈlɒbiɪst] (政治)说客

mason [ˈmeɪsn] 泥瓦匠

mayor [meə(r)] 市长

merchant [ˈmɜːtʃənt] 商人

miller [ˈmɪlə(r)] 磨坊工人

missionary [ˈmɪʃənəri] 传教士

monk [mʌŋk] 和尚

naturalist [ˈnætʃrəlɪst] 博物学家

naturopath [ˈneɪtʃərəpæθ] 理疗师

nun [nʌn] 修女

nutritionist [njuˈtrɪʃənɪst] 营养学家

opponent [əˈpəunənt] 反对者

optimist [ˈɒptɪmɪst] 乐观主义者

osteopath [ˈɒstiəpæθ] 骨疗医师

outsider [autˈsaɪdə(r)] 局外人

paramedic [ˌpærəˈmedɪk] 护理人员

patriot [ˈpætriət] 爱国主义者

pedestrian [pəˈdestriən] 行人

pensioner [ˈpenʃənə(r)] 领养老金的人

pessimist [ˈpesɪmɪst] 悲观主义者

pharmacist [ˈfɑːməsɪst] 药剂师

philanthropist [fɪˈlænθrəpɪst] 慈善家

philatelist [fɪˈlætəlɪst] 集邮者

physician [fɪˈzɪʃn] 内科医生

pianist [ˈpiənɪst] 钢琴师

pilot [ˈpaɪlət] 领航员, 飞行员

pioneer [paɪəˈnɪə(r)] 先驱者

polymath [ˈpɒlimæθ] 博学者

porter [ˈpɔːtə(r)] 看门人, 勤杂工

practitioner [prækˈtɪʃənə(r)] 从业人员

precursor [priˈkɜːsə(r)] 先驱

predecessor [ˈpriːdəsesə(r)] 前辈, 前任

pretender [prɪˈtendə] 觊觎者, 冒充者

primatologist [ˌpraɪməˈtɒlədʒɪst] 灵长类动物学家

prodigy [ˈprɒdədʒi] 奇才, 神童

proponent [prəˈpəʊnənt] 支持者

prospect [ˈprɒspekt] 潜在客户

protégé [ˈprɒtəʒeɪ] 门徒

proxy [ˈprɒksi] 代理人

receptionist [rɪˈsepʃənɪst] 前台接待员

repository [rɪˈpɒzətri] 博学者, 无所不知的人

satirist [ˈsætərɪst] 讽刺作家

scapegoat [ˈskeɪpgəʊt] 替罪羊

scholar [ˈskɒlə(r)] 学者

scout [skaʊt] 侦查员

sculptor [ˈskʌlptə(r)] 雕塑家

sceptic [ˈskeptɪk] 怀疑论者

stonemason [ˈstəʊnmeɪsn] 石匠

surgeon [ˈsɜːdʒən] 外科医生

surveyor [səˈveɪə] 测量员

tenant [ˈtenənt] 房客, 佃户

trailblazer [treɪlˈbleɪzə(r)] 开创者

trekker [ˈtrekə(r)] 背包客

valedictorian [ˌvælɪdɪkˈtɔːriən] 毕业生代表

vandal [ˈvændl] 蓄意破坏者

vegan [ˈviːgən] 纯粹的素食主义者

vegetarian [vedʒɪˈteəriən] 素食主义者

veteran [ˈvetərən] 老兵, 退伍军人

victim [ˈvɪktɪm] 受害者

voyager [ˈvɒɪɪdʒə(r)] 航海者

zoologist [zəʊˈɒlədʒɪst] 动物学家

A

across-the-board price cut 全面地价格削减
total cover-up 彻底地掩盖事实
all-round ability/development 综合能力/全面发展
all-purpose item 多用途的物品
eye-catching plaque 吸引眼球的牌匾
ill-mannered child 粗鲁无礼的孩子
anti-aging pill 抗衰老的药物

B

back-and-forth negotiation 拉锯式的谈判
badly-lighted chamber 光线昏暗的屋子
be caught flat-footed 被逮个措手不及
bell-shaped flower 钟形的花朵
better-off life 富裕起来的生活
blue-ribbon event of the year 年度瞩目的事件
build the well-off society 构建富裕的社会
build-in radial sensor 内置的光线感应器
bullet-proof vest 防弹背心

C

cafeteria being short-handed 自助餐厅人手不够
capital-intensive business 资本密集型的生意
cast-off cell 脱落的细胞
catch-all term 笼统的术语
catch the man off-guard 让人措手不及
city-bred people 城市长大的人
clear-cut distinction 明显的区别
close-knit operation 亲密无间的合作
close-up picture 近距离的照片
co-opt the competition 拉拢竞争对手
commercial spin-off 商业衍生品
conduct an in-depth research 做深入研究
cost-effective solution 划算的解决方案
corruption and double-dealing 腐败和欺骗
counter-productive 适得其反
cross-country skiing 越野滑雪

cross-cultural difference 跨文化差异
cross-gender friendship 跨性别的友谊
cross-sectional image 横断面的图像
cut-off date 截止日期
cut-rate factory 廉价的工厂

D

deep-laid plot 秘密而精心策划的阴谋
deep-seated problem 根深蒂固的问题
double-edged sword 双刃剑
down-to-earth person 务实的人
duty-bound responsibility 义不容辞的责任

E

early-stage work 早期的工作
earth-shaking change 翻天覆地的变化
epoch-making achievement 划时代的成就
error-free operation 无差错的运行
even-handed leader 不偏不倚的领导
eye-opening experience 大开眼界的经历

F

fair-minded comment 公平公正的评论
far-famed historical building 著名的历史建筑
far-fetched reason 牵强的理由
far-flung trade route 四通八达的通商路线
far-reaching effect 深远的影响
fine-grained sedimentary rock 细砂粒的沉积岩
fine-tune the economy 对经济微调
first-rate quality 一流的质量
food-bearing plant 粮食作物
fool-proof strategy 简单易行的策略
free-ranging herd 自由活动的动物群
free-standing bookshelf 独立式的书架
fruit-bearing tree 果树
full-blown debt crisis 全面的债务危机
full-fledged product 成熟的产品

full-scalere construction 全面建设

G

gender-equal society 性别平等的社会

give the plan the go-ahead 批准了这项计划

H

habit-forming activity 形成习惯的活动

half-baked scheme 不靠谱的计划

hand-picked present 精心挑选的礼物

hands-on experience 实际操作的经验

hard-core football fan 铁杆的足球迷

hard-hitting report 措辞尖锐的报告

hard-wired to demand freedom 本能地追求自由

hard-won victory 来之不易的胜利

heart-felt gratitude 诚心诚意的感谢

high-profile problem 令人瞩目的问题

high-yield crop 高产的农作物

human-modified landscape 人造改良的风景

I

ill-advised decision 欠考虑的、不明智的决定

ill-fated project 倒霉的项目

ill-informed criticism 不了解真相的批评

ill-prepared job applicant 准备不充分的求职人

J

jerry-built house 偷工减料的房子

jack-of-all-trades 万事通/万金油式的人

K

knock-on effect 连锁反应

L

labour-intensive industry 劳动密集型的产业

laid-back attitude 悠闲的态度

laissez-faire approach 放任自由的方法

large-scale survey 大规模的调研

last-ditch effort 最后一搏

launch an all-out attack 发起全面攻击

law-abiding citizen 守法的公民

lesser-known predecessor 鲜为人知的祖先

licensed-in technology 授权的技术

like-minded people 志趣相投的人

load-bearing structure 承重的结构

long-lasting friendship 持久的友谊

long-lost trait 消失很久的特征

long-standing dispute 长期的争论

low-fiber diet 低纤维素的饮食

low-status individual 地位低下的人

lump-sum payment 一次性的付款

M

make in-kind donation 以实物的方式捐赠

make-believe world 虚幻的世界

maintenance-free device 免维护的设备

management shake-up 管理层的巨大变动

market-driven economy 以市场为导向的经济

market-oriented strategy 以市场为导向的策略

mass-produced commodity 大量生产的商品

million-dollar question 非常重要的问题

mind-blowing product 激动人心的产品

mouth-watering dessert 令人流口水的甜点

much-awaised project 备受期待的项目

much-publicised project 备受关注的项目

muddle-headed decision 糊涂愚蠢的决定

multi-layered structure 多层的结构

multi-task oriented 以多功能为导向的

N

narrow-minded person 心胸狭窄的人

no half-measures 没有折中的办法

norm-referenced test 有参照标准的测试

O

odd-looking person 长相奇怪的人

off-beat dressing style 非传统的着装风格

off-hand manner 随和的态度

off-limits to foreign visitors 禁止外国参观者

off-peak period 非高峰的时段

off-putting manner 令人生厌的举止
one-of-a-kind design 独一无二的设计
one-off payment service 一次性的支付服务
out-of-pocket payment 自掏腰包的支付

P

panic-stricken passenger 惊慌失措的乘客
pedestrian-friendly city 行人友好型的城市
penny-pinching manager 吝啬的经理
pent-up emotion 被压抑的情绪
pitch-dark stairwell 漆黑的梯井
post-glacial period 后冰川时代
pre-conceived idea 先入为主的观点
pre-set level 预先设置的水平
present-day standard 当下的标准

R

ready-made component 现成的零件
remote-controlled camera 遥控的摄像机
risk-sharing model 风险分担的模式
run-down farm house 破败的农舍
run-of-the-mill salesperson 平凡的销售员

S

self-access material 自主学习材料
self-evident fact 不言自明的事实
self-fulfilling prophecy 自我实现的诺言
self-styled expert 自封的专家
semi-arid desert 半干旱的沙漠
semi-automatic process 半自动的过程
sensor-laden device 遍布传感器的设备
short-sighted approach 目光短浅的方法
short-tempered teacher 脾气暴躁的老师
side-effect 副作用
sky-rocketing price 惊人的价格
smooth-running machine 运行平稳的机器
smooth-talking politician 口若悬河的政客
socially-disadvantaged child 贫穷的孩子
sought-after athlete 广受欢迎的运动员
spoon-feed teaching method 填鸭式教学方法

state-of-the-art machine 最先进的机械
state-owned enterprise 国有企业

T

tailor-made product 定制的产品
time-consuming strategy 耗费时间的策略
time-lapse video 延时的视频
tip-top performance 最佳的表现
thought-out behaviour 深思熟虑的行为
top-class dancer 一流的舞蹈者
top-notch facility 一流的设备
trade-off analysis 权衡利弊的分析
trend-setting design 引领潮流的设计

U

up-and-coming scholar 有前途的学者
up-to-date information 最新的信息
up-to-minute development 最新的发展
up-to-standard emission 符合标准的排放

V

value-added service 增值的服务
value-free principle 不受主观价值影响的原则
visual-spatial skill 视觉空间的技能

W

wait-and-see attitude 观望的态度
well-defined profile 轮廓清晰的侧面像
well-fed and well-clothed 衣食无忧
well-grounded goal 脚踏实地的目标
well-informed discussion 深入而广泛的讨论
well-lighted shallow water 阳光充足的浅水区
well-meaning proposal 善意的提议
well-versed in English 精通英语
widely-held belief 普遍接受的观点

Y

year-round sunshine 全年的阳光明媚

Appendix 3 常见词根

常见词根	含义	核心同源词范例
-ac-	sharp 尖	acute, exacerbate, menace
-act- -ag- / -ig-	drive, do 做, 驱动	activate, ambiguous, interact, mitigate, navigate, react, strategy
-al(t)- / -all -ol-/-ul(t)-	another 另一个	alienate, alter, parallel, allergic, ultimate, abolish, alternative
-art-	skill 技能	articulate, artificial
-aut- / -auto-	self 自己	authentic, automatic, autonomy
-bene- / -beni-	good 好	benign, beneficial
-cas- / -cid- / - cad-	fall 降落	occasion, coincide, incidence, decay, cement
-cess- / -ceas- -ced- / -ceed- / -cest-	go 走	concession, unprecedented, process, cease, successive, exceed, access, procedure, excessive, accessory, ancestor
-cap(t)- / -cep(t)- -cip- / -cup- / -ceiv-	grasp 抓	anticipate, capable, capacity, deceive, conceive, perceive, occupation, principal, discipline, susceptible, participate, concept
-chap-/ -cipit- -chiev- / -chief-	head 头	achieve, chapter, precipitate
-clud- / -clus-	close 关	conclude, exclude
-corp-	body 体	incorporate, corporate
-crimin- /-crit-	separate 分开	discriminate, criteria
-cur-	care 关心	accurate, secure
-cur- / -curr-	run 跑	incur, currency, occurence
-dict- / -dic- / - dex-	speak 说	contradict, dedicate, index, predict, indicate
-dom- / -domin-	home, rule 家, 统治	domestic, dominate, predominant, domain
-duc- / -duct-	lead 引领	induce, conduct, deduction
-em- / -empt-	take 拿	prompt, premium
-equ-	equal 平等	adequate, equivalent, equation
-ess- / -s-	to be 存在	essential, absent
-fac- / -fact- / -fect- -fit- / -fic- / -feas-	do 做	facility, affect, facilitate, deficit, significant, factor, sufficient, feasible, beneficial

常见词根	含义	核心同源词范例
-frag- / -fract-	break 折	fragment, fragile
-fer- / -fert-	carry 搬	fertile, conference, transfer, proliferate, differentiate, infer
-fin-	limit 界限	financial, definite, refine, infinite, confine
-flict-	strike 打	inflict, conflict
-flex- / -flect-	bend 弯	reflect, flexible
-flu- / -fluct-	flow 流	fluctuate, affluent
-form-	form 形	uniform, transform, formulate, conform
-fund- / -found-	bottom 底	fundamental, profound, foundation
-gen- / -gin-	gene 基因, 创造	genuine, originate, ingenious, gender, generate, indigenous
-gn- / -kn-	know 知晓	acknowledge, cognitive, ignorant, diagnose, benign
-gred-/-grad-/-gress-	step 步	ingredient, aggressive, degrade
-her- / -hes-	stick 粘	coherent, inherit, adhere
-hibit- / -habit-	hold 保持	exhibit, prohibit, inhibit
-i- / -it- / -ir-	go 走	transit, initial, initiate, transient, arbitrary, perish
-ident-	same 同, 一样	identify, identical
-isol- / -insul	island 岛, 隔绝	isolate, insulate
-ject-/-jac-	throw 扔	adjacent, objective, subject, reject
-lev- / -lief-	light 轻, 升	alleviate, relief, levy
-labour-	work 做	collaborate, elaborate
-lap-	slip, slide 滑落	collapse, lapse
-lab-/-lap-	lap 前襟	label, overlap
-leg- / -log- / -lig- -lect-	choose 选	allege, analogy, legal, intelligent, logic, legitimate, selective, ideology, eligible, negligent
-li- / -lig-	bind 绑	oblige, liable, reliance
-loc-	place 地点	locate, allocate
-ly-	loose 松	paralyse, analysis
-just-	just 刚刚好	adjust, justify

常见词根	含义	核心同源词范例
-man- / -main-	stay 保持	permanent, remain
-man-	hand 手	manipulate, manufacture, manner, manual
-med-	middle 中	intermediate, mediate, mediocre, remedy
-men- / -min- / -mount-	project 突出	menace, prominent, demonstrate, eminent, paramount
-mens- / -meter	measure 量	immense, dimension, parameter
-min- / -mini-	small 小	minimum, minimise, minor, diminish
-mon- / -men- / -met-	mind 思，想	monument, monitor, automatic
-miss- / -mit(t)-	send, go 送，走	transmit, submit, commission, committee, dismiss, commitment, intermittent
-mod-	measure 量	moderate, commodity, accommodate, modify
-mun-	service 服务	immune
-mot- / -mut- / -migr-	move, change 动，变化	mutual, migrate, motivate, commonplace
-nat-	born 生	innate, alternative
-neg- / -neu- / -ny-	no 否定	negotiate, deny, neutral, negative, negligent
-not-	note 标，注	notion, denote, noteworthy
-op- / -oper-	work 工作	optimise, operation, cooperate
-opt-	choose 选择	adopt, option
-ord- / -ordin-	order 次序	subordinate, coordinate
-pass- / -path- / -pati-	suffer 饱受……	passive, compatible
-pans- / -pass- / -pat-	spread 散播	expansion, patent, encompass, surpass
-peal - / -pel-	drive 驱动，推动	appealing, expel, propel, repel, impetus
-pend- / -pens-	hang 悬挂	suspend, independent, compensate
-ped-	foot 脚	impair, impede
-pet-	rush, fly 冲，飞	competitive, impetus
-phas-	show 显现	emphasis, phase
-ple- / -pli- / -ply-	fill 填充	accomplish, complement, comply, supplement, implement, deplete, ample
-ply- / -ploy- -plic- / -plex-	fold 折，叠	apply, implicit, perplex, explicit, employ, imply, replicate, multiple, complex, exploit
-port- / -part- / -pard-	part 部分	portion, counterpart, jeopardise, participate, impart, proportion

常见词根	含义	核心同源词范例
-pos- / -pon- -pound-	place 放置	pose, compose, positive, impose, exposure, postpone, component, deposit, opponent, dispose, compound
-press-	press 压	depression, suppress
-pris- / -hens-	take 拿	comprise, comprehensive
-rad-	root 根	radical, eradicate
-rat-	think 思考，理性	ratio, rational, overrate
-reg- / -reig-	lead, rule 引领，统治	reign, regime, regulate
-rig-	hard 硬	rigid, rigorous
-riv-	river 河，竞争	derive, rival
-rupt- / -rout-	break 折断	abrupt, disruptive, erupt, route
-scop- / -scep-	observe 看，观察	scope, sceptical
-scrib-	cut 刻，写	subscribe, ascribe
-sect- / -seg-	cut 切断	sector, section, segment
-sed- / -sid- / -sess-	sit 坐	supersede, session, resident, subsidy, possess, assess, subside
-sem- / -sim-	like 相似	assemble, resemble, simulate
-sic- / -sec- / -sequ-	follow 跟随	intrinsic, execute, pursue, subsequent, sequence
-sid- / -sir-	star 星星	considerable, undesirable
-sol-	one 单，一	sole, solid
-spec- / -spect- -spic- / -spit-	look 看	speculate, prospect, inspect, despite, spectacular, perspective, conspicuous, spectrum, specific, aspect
-spond-	speak 说	respond, correspond
-stit- / -stat- -st- / -sist-	stand 站立	substitute, persistent, institute, restore, stagnant, stimulate, status, stable, withstand, contrast, statistics, constant, instant, stamina, stem, substantial, constitute, estimate, consist, assist, circumstance
-ster- / -stre- / -star-	stiff 僵硬，干	sterile, strenuous, stark
-strain- / -strict-	string 拉，拽	restrain, constrain, restrict

常见词根	含义	核心同源词范例
-sting- / -stinct-	sting 刺	distinguish, distinct
-struct- / -strat-	spread 展开	obstruct, construct, instruction, infrastructure, strategy
-sum-	take 拿	presume, consume, assume
-tact- / -tag- / -teg- -ting- / -tain- / -tang-	touch 触碰	tactic, integrity, integrate, intact, contingent, attain, tangible
-tract- / -treat-	draw, drag 拖,拽	contract, extract, distract, retreat
-tain- / -tend- / -tens- -tent- / -temp-	hold, stretch 托,拉	sustain, intense, maintain, retain, entertain, obtain, temporary, contemporary, tension, intent, tentative, intend, extensive
-tribute-	give 给	attribute, contribute, distribute
-the-	put 放	hypothesis, theme, synthetic
-tric- / -triqu-	trick 把戏,复杂	intricate, intrigue
-ut- / -us-	use 用	utilise, abuse
-und-	water 水,漫,淹	redundant, abundant
-val- / -vail-	strong 强壮	valid, prevail
-val- / -vail-	value 价值	equivalent, evaluate, prevalent, prevail
-vari-	change 改变	vary, variable
-vast- / -van- / -vac- -vass- / -void-	empty 空	devastate, vanish, vessel, evacuate, devoid
-ven- / -vent-	come 来	intervene, advent, revenue, convention
-vers- / -vert- / -verg-	turn 转	diversify, divergent, controversy, reverse, convert, version, adversity, verge, converse
-vi- / -vey- / -veh-	way 路途	viable, vehicle, trivial, convey, previous
-vis- / -vid- / -vic-	divide 分	device, revise, division, individual
-vis- / -vid- / -guid- / -wis-	look 看	provision, supervise, vision, evident, revise, likewise, visible, ideology, guideline
-voc- / -vok-	call 呼叫	invoke, advocate, provoke
-volv- / -volu-	roll 转,卷入	revolution, volume, involve, evolution
-vi- / -viv- / -vit-	life 生命	survive, vital, viable
-war- / -guar-	watch 看,守护	unaware, guarantee, safeguard

Main Glossary

A

abandon
abolish
abrupt
absent
absorb
abstract
absurd
abundant
abuse
accelerate
access
accessory
accommodate
accompany
accomplish
accord
account
accumulate
accurate
acknowledge
acquire
activate
acute
adapt
adequate
adhere
adjacent
adjust
adopt
advent
adversity
advocate
affluent
aggravate
aggregate

aggressive
albeit
alienate
allege
allergic
alleviate
allocate
alter
alternative
ambiguous
ample
analogy
analysis
ancestor
annual
anomaly
anticipate
apparent
appealing
appreciate
approach
appropriate
approximate
aptitude
arbitrary
arouse
articulate
artificial
ascribe
assemble
assess
asset
assign
assist
associate
assume

assure
astonish
attach
attain
attribute
authentic
authority
automatic
autonomy
avert

B

baffle
bargain
barren
barrier
bearing
beneath
beneficial
benign
bewilder
bias
bizarre
bleak
bond
boost
boundary
breed

C

calculate
campaign
candidate
capable
capacity
catastrophe

category
cautious
cease
cement
chamber
chaotic
characteristic
chart1
chronic
circumstance
civil
clarify
classify
climax
cluster
code
cognitive
coherent
coincide
collaborate
collapse
colossal
commercial
commission
commitment
commodity
commonplace
compatible
compensate
competent
competitive
complement
complex
comply1
component
compose

compound
comprehensive
comprise
compromise
conceive
concept
concession
concrete
conduct
confine
conflict
conform
confront
conscious
consent
consequent
considerable
consist
conspicuous
constant
constitute
constrain
construct
consult
consume
contemporary
context
contingent
contract
contradict
contrary
contrast
contribute
controversy
convention
converse

convert
convey
conviction
convince
cooperate
coordinate
core
corporate
correspond
council
counterpart
credence
criteria
crucial1
crumble
cultivate
currency
cycle

D

debate
debris
decay
deceive
dedicate
deduction
defect
deficit
definite
degrade
deliberate
demolish
demonstrate
denote
deplete
deposit

depression	distribute	entail	fabricate	hamper	induce
derelict	divergent	entangle	facilitate	harbour	indulgent
derive	diversify	entertain	facility	harness	inevitable
descend	division	entitle	familiar	hazard	infancy
designate	domain1	epidemic	fascinate	hierarchy	infer
desperate	domestic	episode	feasible	highlight	inferior
detect1	dominate	equation	feeble	hinder	infinite
deteriorate	drain	equip	fertile	hollow	inflict
deterrent	dramatic	equivalent	fierce	hostile	infrastructure
detrimental	dubious	eradicate	flaw	household	ingenious
devastate	duration	erode	flexible	humanity	ingredient
device	dwindle	erupt	flourish	hypothesis	inhabit
devoid	dynamic	essential	fluctuate		inherent
devote		estimate	forage	**I**	inherit
diagnose	**E**	ethic	forge	identical	inhibit
differentiate	eccentric	ethnic	formulate	identify	initial
diffuse	elaborate	evacuate	forthcoming	ideology	initiate
dilute	elastic	evaluate	foster	ignorant	innate
dimension	element	evaporate	foundation	illustrate	innocent
diminish	elevate	evident	fragile	imitate	innovation
discard	elicit	evolution	fragment1	immense	insert1
discipline	eligible	exacerbate	framework	immune	insight
disclose	eliminate	exaggerate	fruitful	impact	inspect
discrepancy	elusive	exceed	frustrate	impair	inspire
discretion	embark	excessive	fulfil	impart	instant
discriminate	embellish	exclude	function	impede	instil
dismantle	embrace	exhaust	fundamental	impetus	institute
dismiss	emerge	exhibit		implement	instruction
disparate	eminent	exotic	**G**	implicit	insulate
disperse	emphasis	expansion	gender	imply	intact
displace	empirical	expel	generate	impose	integrate
dispose	employ	explicit	genuine	incentive	integrity
dispute	encompass	exploit	grant	incidence	intelligent
disruptive	encounter	exposure	graphic	incorporate	intend
disseminate	endeavor	extensive	gravity	incur	intense
distinct	endorse	external	guarantee	independent	intent
distinguish	enforce	extract	guideline	index	interact
distort	enhance	**F**	**H**	indicate	interfere
distract	enormous	fabric	halt	indigenous	intermediate

intermittent	manifest	nutrient	pattern	principal	reflect
internal	manipulate		peculiar	prior	regime
interpret	manual	**O**	penalty	priority	register
interval	manufacture	objective	penetrate	procedure	regulate
intervene	margin	oblige	perceive	process	reign
intricate	marine	oblivion	perilous	profile	reinforce
intrigue	massive	obscure	perish	profound	reject
intrinsic	mature	obsolete	permanent	prohibit	relentless
intrusive	maximise	obstruct	perplex	proliferate	relevant
invasion	mechanism	occasion	persistent	prolific	reliance
invest	mediate	occupation	perspective	prominent	relief
invoke	mediocre	occurrence	phase	prompt	relish
isolate	menace	odd	pinpoint	propagate	remain
	mental	offensive	plague	property	remedy
	merge	offset	plausible	proportion	render
J	migrate	ongoing	plunge	prospect	repel
jeopardize	mimic	opponent	portable	protocol	replicate
justify	minimise	optimise	portion	provision	resemble
juvenile	mitigate	originate	portrait	provoke	resident
	moderate	outcome	pose	pursue	resilient
L	modify	outline	poison		resolution
label	monitor	output	possess	**Q**	restore
landscape	monument	overcome	postpone	qualify	restrain
lapse	motivate	overlap	potential		restrict
launch	multiple	overlook	pragmatic	**R**	retain
layer	mutual	overrate	precipitate	radical	retreat
legitimate		overtake	precise	rampant	revenue
lethal		overwhelm	predict	random	reverse
levy	**N**		predominant	rare	revise
liable	navigate		preliminary	ratio	revolution
liberal	negative	**P**	premium	rational	rigid
likelihood	negligent	panel	preserve	readily	rigorous
likewise	negotiate	paradox	prestige	rear	rival
locate	neutral	parallel	presume	reckless	route
logic	nonetheless	paralyse	prevail	reckon	routine
	norm	parameter	prevalent	reclaim	rudimentary
M	noteworthy	paramount	previous	recover	
magnitude	notion	participate	primary	redundant	**S**
maintain	nourish	passive	prime	refine	safeguard
malign	numerous	patent			

sanction	stem	tension	urgent	
scale	sterile	tentative	utilise	**Y**
scarce	stimulate	terminate	utter	yield
scenario	strategy	territory	unveil	
scheme	strengthen	texture		
scope	strenuous	theme	**V**	
scrupulous	submit	thereby	vague	
sector	subordinate	thorough	valid	
secure	subscribe	thrive	vanish	
segment	subsequent	thwart	variable	
selective	subside	toxic	vary	
sequence	subsidy	trace	vehicle	
session	substantial	transfer	verge	
shatter	substitute	transform	verify	
sheer	subtle	transient	version	
shelter	successive	transit	vessel	
shift	sufficient	transmit	viable	
significant	summit	transparent	vicious	
simulate	supersede	tremendous	vigorous	
sceptical	supervise	trigger	violate	
smooth	supplement	triumph	virtual	
soar	suppress	trivial	visible	
sole	surge		vision	
solid	surpass	**U**	vital	
solitary	surplus	ubiquitous	volume	
sophisticated	susceptible	ultimate	voluntary	
spectacular	suspend	unanimous	vulnerable	
spectrum	sustain	unaware		
speculate	symbol	undergo	**W**	
sphere	synthetic	underlying	welfare	
sponsor		undermine	whereas	
spontaneous	**T**	underpin	whereby	
spur	tackle	undertake	wholesome	
stable	tactic	undesirable	widespread	
stagnant	tangible	uniform	withdraw	
stamina	tarnish	unique	wither	
stark	technical	unprecedented	withstand	
statistics	temporary	unravel	worthwhile	
status	tempt	uphold	wreck	

Extended Glossary

A	adaptation	allocation	approachable	asynchronous	bleach
abate	adaptive	altar	approaching	attachment	blemish
abnormal	addict	alternation	appropriation	attainable	blindfold
abound	adhesion	alternator	approximately	attainment	bondage
abruptly	adhesive	altruism	apt	attenuate	bonus
absence	adjective	amass	aptly	attractive	booster
absorption	adjustable	ambiance	aquaculture	attributed	brain-drain
abstain	adjustment	ambiguity	aqueduct	attribution	breakthrough
absurdity	admonish	ambivalent	arbitrarily	augment	bypass
abundance	adolescent	amnesia	architecture	aura	
abusive	adoption	amplification	arousal	authenticate	C
acceleration	adoptive	amplify	articulation	authenticity	cable
accent	adventure	amply	artifact	author	caesarean
accessible	adversary	analogous	artifice	authoritative	calcium
accession	adverse	analyse	artisan	authorise	calculation
accidental	advisable	analytical	artistic	autism	calculus
acclaim	aerial	anarchy	ascend	autobiography	calendar
accommodation	aerobic	ancestral	asocial	autograph	calligraphy
accomplishment	affection	animated	aspect	automation	camera
accordance	affinity	anniversary	aspire	automobile	candid
according	afflict	anomalous	assemblage	autonomous	candor
accordingly	affluence	antecedent	assembly	avail	capability
accountable	aggravation	anticipated	assert	avenue	capitalism
accountant	aggression	anticipation	assessment	awareness	caption
accumulation	agile	antique	assiduous		captivate
accuracy	agitate	antithesis	assignment	B	captive
accurately	agnostic	apart	assimilate	bankrupt	capture
acerbic	alias	apparatus	assistance	barge	casualty
acid	alien	appeal	assistant	barrage	catalogue
acknowledgement	alienation	appearance	associated	batter	catalyst
acquisition	alike	appendage	association	beneficiary	catastrophic
acrid	aliment	appetite	assumption	benefit	categorical
activated	allegation	applause	assurance	bewildering	categorise
activation	allegedly	appreciation	astonishing	biodegrade	caution
activist	allergy	apprehend	astonishment	biomimicry	cautionary
acupuncture	alleviation	apprehensive	astronomy	blank	ceaseless

cellular	committed	confer	contraction	crevice	definitely
central	committee	confinement	contradiction	crisis	definition
centralise	commonsense	conflicting	contradictory	critic	definitive
champion	communal	conformity	contravene	critical	degenerate
chant	commute	confrontation	contribution	crucify	degradation
chaos	compact	confuse	contributor	cult	degrading
character	companion	congenial	contributory	cultivated	dejected
characterisation	compass	congestion	controversial	cultivation	deliberation
characterise	compatibility	congregate	conventional	cumulative	delicate
chartered	compel	conscience	convergent	curious	delicious
chisel	compensation	conscientious	conversation	current	delude
chronically	compete	consciousness	conversely	curriculum	delusive
chronicle	competence	consecutive	convertible	curtail	demise
chronological	competition	consequence	convict	cycling	democracy
circumscribe	complementary	consequently	convincing		demographic
circumspect	complexion	considerate	convoy	**D**	demolition
civilisation	complexity	consideration	cooperation	debark	demonstration
civilise	compliance	consistence	cooperative	debatable	demotivated
clarification	compliant	consistent	coordination	decadence	denial
clarity	complicated	consolidate	coordinator	decapitate	deny
classic	compliment	conspire	cordial	deceased	departure
classical	composite	constancy	corporation	deceit	dependable
classification	compost	constitution	corpse	deceitful	dependent
clockwise	composure	constitutional	correspondence	deception	depletion
closure	comprehend	constraint	corresponding	deceptive	deploy
codify	comprehension	construction	corrode	deciduous	depose
cognition	compulsory	constructive	corrupt	declaration	depreciate
coherence	comrade	consultant	counsel	decode	depressed
coherent	conceal	consultation	counteract	decompose	depressive
cohesion	concede	consumer	counterfeit	decrepit	derivative
cohesive	conceivable	consumerism	countless	dedicated	descendant
coincidence	conception	consummate	covenant	dedication	descending
coincidental	conceptual	consumption	covert	deduce	desert
collaborative	concise	contact	creative	defeat	design
collection	concur	contagious	creativity	defensive	designated
collective	concurrent	contaminant	creature	defer	designation
colossus	conducive	contextual	credibility	deficiency	desolate
commerce	conductor	contiguous	credible	deficient	despicable
commit	conduit	contingency	credulous	define	despondent

destruct	discrete	dominant	encyclopedia	evidence	extension
destructive	discrimination	donation	endorsement	evidently	extensively
detach	discursive	donor	endow	evoke	externality
detachment	disintegrate	drainage	endure	evolutionary	extinct
detain	disorder	dramatically	enforcement	evolvement	extinguish
detection	dispel	dramatise	engender	exacerbation	extractable
detective	dispersion	dual	enlighten	exaggeration	extraction
detector	disproportionate	duplicate	entanglement	exalt	extracurricular
detention	displacement	duplicity	enterprise	exceeding	extraordinary
deter	disposable	durable	entertainment	exceedingly	extravagant
deteriorated	disposal	dynamics	entitlement	exceptional	extrinsic
deterioration	disposition	dynamite	entity	excess	extrovert
determined	disputable	dynasty	envisage	excessively	
detoxify	disrupt		envision	exclusion	
devastation	disruption	**E**	epidemiology	exclusive	**F**
devious	dissect	eccentricity	episodic	excursion	fable
devise	dissemble	effective	equal	execute	fabrication
devoted	dissemination	efficiency	equality	execution	facilitated
devotion	dissent	elaboration	equator	exemplify	facsimile
diagnosis	dissident	elapse	equipment	exempt	faculty
diagnostic	dissociation	elastically	equitable	exemption	familiarity
dialogue	dissolve	elasticity	equivalence	exert	familiarise
diameter	distill	elementary	equivocal	exhausted	fascinated
dictate	distinction	elevation	eradication	exhaustive	fascination
diction	distinctive	elevator	erosion	exhibition	feasibility
differ	distinguishable	eligibility	erosive	exit	feat
diffusion	distinguished	emancipate	eruption	exoteric	feckless
digest	distinguishing	embargo	essence	expand	ferocious
digestive	distortion	embarrass	essentially	expansive	ferocity
digress	distracted	embellishment	estimated	expectancy	fertility
diligent	distraction	emergence	estimation	expectation	fertilise
dilution	distribution	eminence	ethical	expedite	fertiliser
dimensional	diverge	emission	ethnical	expense	filament
discern	diverse	emit	ethnics	experimental	finite
disciplinary	diversity	emphasise	evacuation	explicable	first-rate
disclosure	divert	employment	evade	exploitable	flexibility
discord	divide	enchant	evaluation	exploitation	flora
discover	domesticate	enclose	evaporation	expose	flourishing
discredit	dominance	encode	evict	extend	fluctuated
					fluctuation

fluent	guardian	impairment	indispensable	insidious	interlock
fluidity	guidance	impartial	indisputable	insightful	intermission
forceful		impatient	inevitably	insignificant	intermittently
forfeit	**H**	impediment	inexhaustible	inspector	interpersonal
format	habitat	impel	inexplicable	inspiration	interphase
formula	haphazard	impending	inextricably	inspirational	interplay
formulation	hazardous	impenetrable	infamous	instantly	interpretation
forthright	herbicide	imperative	infant	instillation	interrupt
foundation	hesitate	imperceptible	infantile	institution	intersection
fraction	hindrance	impetuous	infeasible	institutional	intertwine
fracture	hindsight	implausible	infectious	instruct	intervention
fragmentated	homogeneous	implementation	inference	instructive	intoxicated
fraud	homophone	implication	inferiority	instrument	intricacy
frontier	horoscope	impotent	infertile	instrumental	intricately
fruitless	host	imprecise	infinity	insufficient	intriguing
frustration	hostage	imprison	infliction	insulation	introduce
fulfilment	hostility	improper	influence	insurmountable	introvert
functional	hypotension	inaccessible	informative	intake	intrude
fund	hypothesise	inaccurate	infrared	intangible	intruder
	hypothetical	inactive	infuse	integral	intrusion
		inadequacy	ingenuity	integrated	invade
G		inadequate	inhabitable	integration	invalid
garnish	**I**	inanimate	inhabitant	intellect	invariable
garment	identifiable	inappropriate	inhibitable	intellectual	invariance
gene	identification	incapable	inhibition	intelligence	invasive
generation	identity	incessant	initially	intended	invention
generator	ideological	incident	initiation	intensify	investment
genetic	ignorance	incompetent	initiative	intensity	invigorate
genial	ignore	incompatible	injection	intensive	invincible
genius	illegal	inconsistent	innocence	intention	invisible
genre	illogical	incorporated	innovate	intentional	invert
gesture	illusion	incursion	innovative	intently	involved
gradual	illustration	ineligible	innumerable	interaction	involvement
graffiti	imitation	indefinite	input	interactive	invulnerable
graphite	immature	indication	insatiable	intercede	irrational
gravitas	immeasurable	indicative	inscription	intercept	irregular
gravitation	immensely	indictor	insect	interface	irrelevant
gravitational	immerse	indifferent	insecticide	interference	irresistible
gregarious	imminent	indiscriminate	insecurity	interior	irresponsible
grieve	immunity				

irreversible	likeness	medieval	multifunctional	nurture	outmoded
irrevocable	likeliness	mediocrity	multiply	nutrition	outnumber
isolation	liking	medium	multitude	nutritious	outrageous
	limitation	mentality	municipal		outright
J	localise	mentor	mutable	**O**	outsmart
jeopardy	location	merchant	mutant	objection	outstrip
junior	logical	microscope	mutation	objectivity	outweigh
justice	logistics	migration		obligate	overcrowded
justification	logo	migratory	**N**	obligation	overdo
juxtapose		millennium	naïve	obligatory	overdue
	M	millimeter	nascent	oblivious	overestimate
K	machinery	miniature	nausea	obscurity	over-exploited
keynote	magnificent	mimicry	navigation	obstacle	overqualified
knowledgeable	magnify	minimal	navigational	obstruction	oversee
	maintenance	minimum	navigator	obstructive	oversight
L	malfunction	minister	necessity	occasional	overstrain
labouratory	malignant	miscalculate	neglect	accident	overt
labourious	malnourished	misconception	negligence	occupant	overthrow
lance	malnutrition	misinterpret	negligible	occupational	overview
landmark	mandate	misperception	negotiable	occupy	
landmass	maneuver	missile	negotiation	oddity	**P**
laptop	manifestation	mission	neither	offbeat	pact
latent	manifesto	missionary	neutralise	offender	painful
lavatory	manipulation	misuse	neutron	offhand	pandemic
lavish	manipulative	mobility	nevertheless	onlooker	parachute
legalise	mantle	mode	nomad	onlooking	parade
legislate	manuscript	moderation	nomadic	oppose	paradigm
legislation	marginal	modest	normal	opposition	paradoxical
legitimacy	marina	modification	notable	oppression	paragraph
lethargic	maritime	modulate	noticeable	optimism	paralysis
lever	marketing	module	notify	optimistic	parcel
leverage	mass	mold	notorious	optimum	partial
levity	maturity	monologue	notwithstanding	ordain	participant
liability	maximal	monster	nourishment	orient	participation
liaison	maximum	monumental	novelty	origin	particle
liberate	mechanical	motion	novice	original	partition
liberation	mechanics	motivation	nullify	outermost	partnership
liberty	meddle	motive	numerate	outfit	passion
lighten	mediator	mountainous	nursery	outlive	passionate

pathetic	ponder	primitive	rampage	reflection	rendering
patience	ponderous	primordial	randomness	reflective	reoccur
patriotic	port	principle	rapport	refract	repeal
patron	portability	prioritise	rarely	refund	repellent
patronage	potent	proceed	rate	refusal	replaceable
peculiarity	portray	proclivity	ratify	regal	replica
penalise	possession	prohibited	rationale	regenerate	reputation
pending	possessive	prohibitive	rationality	regimen	reroute
pendulum	postmodern	proliferation	rationalise	regiment	resemblance
penetration	potable	prominence	react	registration	resent
peninsula	precaution	promising	reaction	regress	reside
pension	precede	promptly	reactivate	regular	residential
perceivable	precious	propagation	reappear	regularity	residual
perception	precipitation	propel	reassemble	regulation	resign
perceptual	precisely	propeller	reassure	reinforcement	resilience
perennial	precision	proper	recede	reintroduce	resistant
peril	predecessor	proponent	recession	reinvest	resolve
perishable	predetermined	proportional	recklessly	reinvestment	respectable
permanence	predictable	propose	reckoning	rejection	respectively
permit	prediction	proposition	reclamation	rejuvenate	respiratory
perpetual	predominance	prospective	recognisable	relapse	restoration
perplexity	predominantly	prototype	recollection	relax	restraint
persecute	predominate	protrude	reconcile	relaxation	restricted
persist	preeminent	provide	reconstruct	release	restriction
persistence	prejudice	provident	reconvert	relevance	resurgent
pervade	premature	provisional	recovery	reliability	retail
pervasive	premonition	provocative	recreation	reliable	retainable
pessimistic	preoccupy	punish	recreational	relic	retract
phantom	prescribe	pursuit	recruit	relict	retraction
phonetic	preservation		recycle	relieve	retro
photographic	preside	**Q**	redistribution	religion	retrograde
pinnacle	pressing	qualification	reduce	relocate	retrospect
placement	prestigious	quality	redundancy	rely	reverberate
plaudit	presumption		re-emerge	remainder	reversion
plentiful	presumptuous	**R**	reevaluate	remarkable	revert
plethora	prevailing	radiant	re-evolved	remit	revision
pliable	prevalence	radiate	reference	remnant	revitalise
pointless	previously	radiation	refinement	remote	revive
poisonous	primarily	rally	refinery	renaissance	revolve

rigidity
rigor
rodent
routinely
rude
rudiment

S

salient
sanctify
sanctuary
satisfy
scarcely
scarcity
scatter
scene
scenery
scenic
sceptic
scepticism
seclude
security
sedative
sedentary
sediment
seduce
segmentation
segregate
selection
self-access
self-centreed
self-reliance
semi-conductor
seminar
sentimental
sequential
shard
sharp
shear

shipwreck
sightseeing
signal
signature
significance
signify
similar
similarity
similarly
simulation
simultaneous
skinny
smoothly
smoothness
sociable
socialise
solely
solidify
solidity
solitude
solution
sophistication
souvenir
specimen
spectacle
speculation
sponsorship
spouse
stability
stabilise
stadium
stagnate
stagnation
stale
stalk
starch
startle
starve
statement

static
stationary
statistical
statue
sterilise
sterilisation
stern
stimulant
stimulation
stimulus
storage
strain
strategic
stratosphere
stratum
strict
stronghold
structure
subconscious
submarine
submerge
submission
submissive
subscriber
subscription
subsequently
subsidize
subsistence
substantially
substitution
substitutional
subtlety
subtraction
succeed
suffice
sufficiency
suicide
suitable
sum

summarise
summary
superficial
supernatural
supersonic
supervision
supplementary
suppose
suppression
surface
surmount
surreal
surrender
surveillance
survive
susceptibility
suspect
suspension
suspicious
sustainable
symbolic
symbolise
symphony
synchronise
synchronous
synthesis
synthesise

T

tact
tactile
tactual
tailor
tangent
technician
technique
technology
tectonic
telescope

temper
temperament
temperate
temporal
temptation
tempting
tenacious
tendency
tense
tensity
tenuous
terminal
terminator
terrace
terrain
territorial
terror
textile
thereafter
therein
thesis
thriving
throughout
torture
townscape
traceable
track
tractor
trait
transact
transcend
transcribe
transferable
transformation
transience
transition
transitory
transmission
transparency

transplant
transport
transpose
transverse
tremble
tremor
tribute
triple
triumphant
trivia
troublesome

U

ubiquity
ulterior
ultrasonic
ultraviolet
unaccomplished
unalterable
unanimously
unapproachable
unattended
unavailable
unbearable
unbiased
uncharted
uncivilised
uncompromising
unconscious
unconventional
unconvincing
undercut
underestimate
underlie
underneath
underrate
underscore
undervalue
underway

undetected	unlimited	utterance	vehement	visionary	whereabouts
undeterred	unparalleled	utterly	veil	vista	wherein
undiagnosed	unrelenting		ventilate	visual	wholesale
undisciplined	unrivalled	**V**	ventilation	visualise	widen
undisputed	unscrupulous	vacant	venture	vitality	wilderness
undistracted	unsophisticated	vacuum	venue	vitamin	willful
undivided	unstable	valiant	verdict	vocal	willingly
unemployed	unsubstantiated	validate	verification	vocation	withdrawal
unfamiliar	untangle	validity	versatile	vocational	withhold
unfinished	unutterable	valor	versus	void	worthless
unforgeable	unwholesome	valuable	vertex	volunteer	worthy
unfulfilled	unyielding	vain	vertical	vow	wreckage
unidentified	update	vanity	via	voyage	
uniformity	upgrade	vaporise	viability	vulnerability	**Y**
unify	upright	vapour	viaduct		yielding
uninhabited	upsurge	variability	victorious	**W**	
unintended	urge	variant	vigilant	ward	
uniquely	urgency	variation	vigor	warranty	
uniqueness	utensil	variety	violation	wary	
unity	utilitarian	vary	violence	well-experienced	
universal	utilisation	vase	virtually	well-preserved	

后 记

　　笔者历时六年,历经八次改稿和版式调整,最终完成了这本雅思词汇书。本书在选词的过程中采样了笔者教学中分数段在6.0~7.5分之间的考生,让他们在柯林斯字典中的五星到二星词汇表中标注出不认识的单词,然后笔者再进行一轮轮的筛选,去掉了雅思考试中基本不涉及的宗教、政治等领域的词汇,再结合AWL词汇,最终汇集本书的核心词汇。在这六年的时间里,本书中的核心词库一直处在一个动态的微调状态,但笔者并没有增加太多的单词数量,更多是从单词使用的广度和频率上不断进行筛选,比如书中关于到底选urge还是urgent,笔者花费了大量的精力从备考考生那里获得反馈,发现urgent在文中使用的频度远高于urge。同时参照urgent和urge在雅思阅读文章中出现的频率,最终选定了urgent,而urge则作为扩展词放在了下面。还有一些属于AWL词表的常见词,笔者也进行了筛选。比如sex这个词,在网络时代,这个词虽然有学术价值,但是对于考生来说没有记忆的价值,因为本词的词义单一、简单,且几乎所有的考生都认识,所以这个词也被笔者去掉了。类似这样语义单一且搭配较少的AWL词在经过大量考生的筛选后,仅保留了大概400个高分学术词汇。再加上从柯林斯字典上摘选的部分从高频到低频的学术词汇,全书共计收录了800个单词,这些单词要做到"看得懂,写得对,用得出"的标准。另外,笔者把大量雅思阅读中不同领域的认知词汇进行了汇总,放在了附录一中,而不是收录在必须掌握的核心词中,这样,考生在备考过程中仅需要掌握对语义有重大影响的关键词,而不是像fertilizer、methane、aqueduct、acoustics等专业性很强,在相关领域阅读中常见但不影响基本语义和答题的学科词汇。这样做的目的只有一个:减少额外背单词的负担! 因为在教学过程中笔者发现,很多阅读高分的考生并不是比别人多记住了学科词汇,而是对其中影响语义、影响理解的关键性形容词、动词和名词词义掌握的精准且全面。这恰恰是本书编辑和筛选词汇的核心思想:与其什么词都记,不如把重点学术词全掌握!

　　在编写本书的过程中特别感谢庞礴老师关于单元内难度进阶和用柯林斯字典的星级标注词频的建议,同时去掉了很多累赘的模块。此外,感谢李可喻为本书所配的所有原创插图。每个插图都是精心设计,力求和词汇的含义或短语的含义切合,增加读者对于单词或短语的记忆和理解。

　　最后,也要真心感谢大连理工大学出版社的李玉霞老师,还有其他几位编辑老师对书稿内容进行了详尽细致的审校。同时也感谢我那些可爱的学员们,他们的反馈和建议也对本书的选词、格式和模块设计提供了很多宝贵的想法。最后,笔者希望这本书能够成为广大考生备考雅思学习单词的重要工具,祝未来的考生早日考到理想分数!

Unit 1

总复习

　　本单元的目的是以 Words in Context 的形式来综合复习全书的核心词汇,通过真题阅读文章中的真实句子来巩固并加深理解我们在书中学过的核心词汇。

　　为了便于复习,我们也对书中涉及的核心词进行了醒目化处理,并在右侧栏内单词前添加了标识功能"□"。读者可以盖住分栏右侧的单词语义,并结合左侧句子中的完整语义来理解,回想单词在句子中的含义。对于仍旧回想不出语义的核心词汇,读者可以用☑的方式标出生词,回到书中进行再次学习,尤其对于两次都用☑标记的单词更要格外学习,做到学无遗漏。这种版式设计的目的就是搭建新的上下文语境,激活每位自学者的大脑,进而巩固所记单词的含义,最终熟记吃透这 800 个学术核心词汇。

01. The challenge will be in **optimising scarce** resources to achieve maximum benefits for the town. [真题]
这项挑战将优化稀缺资源去为小镇获取最大的好处。

☐ ☐ optimise　使优化
☐ ☐ scarce　稀缺的

02. Companies **fabricate** advertisements to **manipulate** the consumers to purchase their products. [真题]
公司捏造广告去操纵消费者购买他们的产品。

☐ ☐ fabricate　捏造
☐ ☐ manipulate　操纵

03. Many doctors and researchers believe that loneliness harms the **immune** system, making us more **vulnerable** to a range of minor and major illnesses. [真题]
许多医生和研究者相信孤独能伤害免疫系统,使我们面对大大小小疾病的时候变得更加脆弱。

☐ ☐ immune　免疫的
☐ ☐ vulnerable　脆弱的

04. **Synthetic fabrics** can now **imitate** everything from silk to rubber.
合成纤维现在能仿制出从丝绸到橡胶的任何东西。

☐ ☐ synthetic　合成的
☐ ☐ imitate　仿制
☐ ☐ fabric　纤维

05. The **ongoing** investigations have **revealed** that predation is the most likely cause of sea otter decline after all. [生物学]
毕竟,持续的调查已经表明捕食是最可能导致海獭数量减少的原因。

☐ ☐ ongoing　持续的
☐ ☐ reveal　表明

06. The **collapse** of their **isolated** civilisation, Diamond writes, is a worse-case **scenario** for what may lie ahead of us in our own future. [C11T2R2]
戴蒙德写道,他们与世隔绝的文明的崩溃,是我们未来可能面临更糟糕的情形。

☐ ☐ collapse　坍塌
☐ ☐ isolated　隔绝的
☐ ☐ scenario　情形

07. Full-body scanning **remains** a controversial **procedure** as prolonged **exposure** to radiation is linked to cancer. [真题][医学]
全身扫描仍旧是有争议的程序,因为长时间暴露于辐射之下与致癌相关。

☐ ☐ procedure　程序
☐ ☐ exposure　暴露
☐ ☐ remain　仍旧是

08. When desert ants return from a **foraging** trip, they **navigate** by **integrating bearings** and distances. [C7T3R1]
当沙漠蚁从一次觅食旅途返回时,它们会结合方向和距离来导航。

☐ ☐ forage　觅食
☐ ☐ navigate　导航
☐ ☐ integrate　结合
☐ ☐ bearing　方向

09. A number of theories proposed that the first black holes were essentially "seeds", which then gravitationally attracted and **consumed enormous** quantities of matter found in **adjacent** gas clouds and dust. [真题][天文学]

众多理论提出第一组黑洞是重要的"种子",之后引力吸引并吞噬了大量在邻近的气云和尘埃里发现的物质。

☐	☐	consume	吞噬
☐	☐	enormous	巨大的
☐	☐	adjacent	邻近的

10. Because fresh water is not as dense as salt water, it does not sink, which **impaired** the natural **mechanism** for forming the chimneys.

因为没有咸水密度大,所以淡水不会下沉,这损害了形成通道的天然机制。

☐	☐	impair	损害
☐	☐	mechanism	机制

Review Group 2

01. The **fundamental** reason that birds **migrate** is to find **adequate** food during the winter months when it is in short supply. [真题]

鸟类迁徙的根本原因是在冬季月份食物短缺的时候去找充足的食物。

☐	☐	fundamental	根本的
☐	☐	migrate	迁徙
☐	☐	adequate	充足的

02. Over many thousands of years of **evolution**, those **beneficial characteristics dominate** the gene pool.[真题]

在几千年的进化中,那些有益的特征主宰了基因库。

☐	☐	evolution	进化
☐	☐	characteristic	特征
☐	☐	beneficial	有益的
☐	☐	dominate	主宰

03. Daily caffeine consumption has been **associated** with lowered **incidence** of type II diabetes and Parkinson's disease. [真题]

每日摄取咖啡因与降低二型糖尿病和帕金森病发生率相关。

☐	☐	associate	相关
☐	☐	incidence	发生率

04. Individual systems can play chess or transcribe speech, but a general theory of machine intelligence still **remains elusive**.

个别的系统能够下棋或抄录演讲,但机械智能的通用理论仍旧模糊。

☐	☐	remain	保持
☐	☐	elusive	模糊的

05. Workplace **statistics indicate** that across Europe there exists the best **gender** pay **ratio** between men and women.

工作场所的统计数据表明整个欧洲存在着最佳男女性别薪酬比率。

☐	☐	statistics	统计数据
☐	☐	indicate	表明
☐	☐	gender	性别
☐	☐	ratio	比率

06. Only by **maintaining** rapid economic growth can we **mitigate** the operating problems **plaguing** our enterprises and lighten unemployment pressure.

只有保持经济的快速增长，我们才能缓解困扰企业的经营问题，并减轻失业压力。

☐ ☐	maintain	保持
☐ ☐	mitigate	缓解
☐ ☐	plague	困扰

07. Human beings are the creatures that have the additional **capacity** for **manufacturing symbol** and systems of **symbols**.[真题][语言学]

人类是有额外的能力造出符号和符号系统的生物。

☐ ☐	capacity	能力
☐ ☐	manufacture	制造
☐ ☐	symbol	符号

08. Baby-faced men are better educated and apt to win more trust than their **mature**-looking **counterparts**. [真题][社会学]

娃娃脸的男人与成熟脸的男人相比，受过更好的教育，也更容易赢得更多的信任。

☐ ☐	mature	成熟的
☐ ☐	counterpart	对等人

09. One **graphic** illustration to which children might **readily** relate is the **estimate** that rainforests are being destroyed at a rate **equivalent** to 1,000 football fields every forty minutes — about the **duration** of a normal classroom period. [C4T1R1]

孩子们也许容易联想的一个生动的描述，就是热带雨林目前遭受损毁的速度估计相当于每四十分钟——通常一节课的时长——损毁一千个足球场的面积。

☐ ☐	graphic	生动的
☐ ☐	readily	容易地
☐ ☐	estimate	估计
☐ ☐	equivalent	等量的
☐ ☐	duration	时间长度

10. A **genuine** friend will not desert you in time of **adversity**.

真正的朋友不会在患难时弃你而去。

☐ ☐	genuine	真正的
☐ ☐	adversity	逆境

Review Group 3

01. Olive oil processors in Spain have been taking advantage of talc's **unique characteristics** to help them **boost** the amount of oil they **extract** from crushed olives.

西班牙的橄榄油加工商们一直在利用滑石粉的独特特性，帮助他们大幅提升从碎橄榄中提取的油量。

☐ ☐	unique	独特的
☐ ☐	characteristic	特征
☐ ☐	boost	提高
☐ ☐	extract	提取

02. Evaporation **occurs** when the sun warms surface water and **transforms** it into water vapour.

当太阳升高水表面温度，并把水转化成水蒸气的时候，就发生了蒸发。

☐ ☐	occur	出现
☐ ☐	transform	转化

03. The director used **ingenious devices** to keep the audience in suspense.
该导演用巧妙的方法给观众制造悬念。

☐ ☐	ingenious	巧妙的
☐ ☐	device	方法

04. A cell with **transparent** walls contains the liquid between a pair of **parallel** plates.
有着透明细胞壁的细胞在并列的薄壁间存有液体。

☐ ☐	transparent	透明的
☐ ☐	parallel	并列的

05. Apart from engendering **widespread** ecological disorders, pesticides have **contributed** to the emergence of new **breed** of chemical-resistant, highly **lethal** superbugs. [C8T4R2]
除了造成广泛的生态失调外，杀虫剂还导致了新品种的抗化学性、高度致命性超级细菌的出现。

☐ ☐	widespread	广泛的
☐ ☐	contribute	导致
☐ ☐	breed	品种
☐ ☐	lethal	致命的

06. But if industrial agriculture is to be replaced, what is a **viable alternative**? [C7T2R3]
但是如果工业化的农业被取代，可用的选择又是什么呢？

☐ ☐	viable	可用的
☐ ☐	alternative	选择

07. Seawater temperature is a very important physical **parameter** in the **marine** environment. [真题]
在海洋环境中，海水温度是一个非常重要的物理参数。

☐ ☐	parameter	参数
☐ ☐	marine	海洋的

08. With no insurmountable problems **identified**, the Japanese have used the experience gained from this station to begin their own **massive** residential photovoltaics **campaign**. [真题]
确认没有无法解决的问题，日本人已经使用从这个工作站里获取的经验来开始他们自己的大面积的住宅光伏发电运动。

☐ ☐	identify	确认
☐ ☐	massive	大量的
☐ ☐	campaign	运动

09. Because it **withstands** the effects of high temperatures, rhenium is a valuable **ingredient** in certain alloys.
因为铼能够经受高温的作用，所以它是一些合金的重要成分。

☐ ☐	withstand	经受
☐ ☐	ingredient	成分

10. Diffusion is the **spontaneous** spreading of matter caused by the **random** movement of molecules.
漫射是分子随机运动引起的分子的自发扩散。

☐ ☐	spontaneous	自发的
☐ ☐	random	随机的

01. Although there is an **initial** cost in **attaching** the system to the rooftop, the householder's outlay is soon **compensated** with the savings on energy bills.
尽管在房顶附加一套系统会有一个起始费用,但住户会很快从节省的电费账单中得到补偿。

		initial	开始的
		attach	附加
		compensate	补偿

02. Racial harmony should **encompass** three main factors: **mutual** respect, social harmony and good public security.
种族和睦应该包含三个主要因素:相互尊重、社会和谐和良好的公共安全。

| | | encompass | 包括 |
| | | mutual | 共同的 |

03. The success of this program **stimulated** other European countries to **launch similar** programs. [真题]
这个项目的成功激励了其他欧洲国家去开展类似的项目。

		stimulate	刺激
		launch	实施
		similar	类似的

04. Essentially, a theory is an **abstract**, symbolic representation of what is **conceived** to be reality.
理论在本质上是对所认为的现实的一种抽象的符号化表达。

| | | abstract | 抽象的 |
| | | conceive | 认识,认为 |

05. These problems have led to the **intriguing** suggestion that coconuts **originated** on coral islands in the Pacific and were **dispersed** from there. [C13T3R1]
这些问题已经导致了一个有趣的观点:椰子起源于太平洋的珊瑚岛屿,并且从那里被散播到各地。

		intrigue	激起兴趣
		originate	起源
		disperse	分散

06. **Eventually**, the Dutch began **cultivating** their own cinnamon trees to **supplement** the **diminishing** number of wild trees available for use. [C13T2R1]
最终,荷兰人开始培育他们自己的肉桂树,以补充数量不断消减的野生可用树。

		eventually	最终
		cultivate	培育
		supplement	补充
		diminish	减少

07. The use of robots will someday **supersede manual** labours.
机器人的使用有一天会取代手工劳动力。

| | | supersede | 取代 |
| | | manual | 手工的 |

08. The **impetus** behind the development of these early plastics was **generated** by a number of factors — **immense** technological progress in the **domain** of chemistry.
这些早期塑料发展背后的推动力的产生有一系列的因素,即

		impetus	推动力
		generate	产生
		immense	巨大的
		domain	领域

在化学领域的巨大的技术进步。

09. Buildings in the West **account for** 40-50% of electricity usage, **generating substantial** carbon emissions. [C14T2R2]
西方建筑物占了40~50%的电力使用,产生了大量的碳排放。

☐☐ account for　占据
☐☐ generate　产生
☐☐ substantial　大量的

10. Tourism has had a **massive** economic **impact throughout** the world, but other new forms of travel have also had **considerable** influence in **contemporary** times. [真题]
旅游业在全世界产生了巨大的经济影响,但其他新形式的旅游在当代也产生了相当大的影响。

☐☐ massive　巨大的
☐☐ impact　影响
☐☐ throughout　遍及
☐☐ considerable　大量的
☐☐ contemporary 当代的

Review Group 5

01. A person's ability to pay attention depends on a number of **overlapping cognitive** behaviours.
一个人的专注能力依赖于大量的交叉重合的认知行为。

☐☐ overlap　重合
☐☐ cognitive　认知的

02. Kant gives the example of a doctor and a poisoner, who use the **identical** knowledge to achieve their **divergent** ends.
康德举了一个医生和投毒者的例子,他们用同样的知识来达到不同的目的。

☐☐ identical　相同的
☐☐ divergent　不同的

03. Dissonant music may be used in film to **indicate** an **approaching** (but not yet **visible**) **menace** or disaster.
影片中可能使用刺耳的音乐来暗示即将到来的威胁或灾难(但还没看见)。

☐☐ indicate　表明
☐☐ approach　到来
☐☐ visible　可见的
☐☐ menace　威胁

04. Different economies, with different **currencies**, should not be **aggregated** to produce **uniform** policies.
不同的经济体有着不同的货币,不应该视为一体以制定出统一的政策。

☐☐ currency　货币
☐☐ aggregate　聚集
☐☐ uniform　统一的

05. **Numerous** environmentalists are pressing for international action to **safeguard** the ozone **layer**.
很多环保主义者正敦促采取国际行动以保护臭氧层。

☐☐ numerous　很多的
☐☐ safeguard　保护
☐☐ layer　层

06. With this **approach**, you could **simulate** the various conditions, **sequence** and **variables**.

☐☐ approach　方法
☐☐ simulate　模拟

采用这种方法,你可以模拟各种不同的条件、事件发生次序和变量。

☐ ☐	sequence	次序
☐ ☐	variable	变量

07. Many of the problems of the public services **emerge** because of **rigid** employment practices.
公共服务很多问题的出现是因为严格的就业做法。

☐ ☐	emerge	出现
☐ ☐	rigid	严格的

08. It is one of parents' most **fundamental** responsibilities to **impart** to their children the value of **integrity** and the **infinite** passion of **pursuing** dreams.
做父母的最基本的一项责任就是向其子女传授正直的价值和追求梦想的无限激情。

☐ ☐	fundamental	基本的
☐ ☐	impart	传授
☐ ☐	integrity	正直
☐ ☐	infinite	无穷的
☐ ☐	pursue	追求

09. Early-**phase** tests have shown that the **compounds penetrate** artery walls and block the bad enzyme.
早期阶段的测试已表明化合物穿透动脉壁并阻止有害酶进入。

☐ ☐	compound	化合物
☐ ☐	penetrate	穿透
☐ ☐	phase	阶段

10. The way rewards are **distributed** should be **transparent** so that employees **perceive** that rewards or **outcomes** are equitable and equal to the inputs **given**. [C6T3R2]
奖励分配的方式应该是透明的,这样雇员们会认为奖励或结果是公平的,并且和所投入的付出是对等的。

☐ ☐	distribute	分配
☐ ☐	transparent	透明的
☐ ☐	perceive	认为
☐ ☐	outcome	结果
☐ ☐	given	给予的

Review Group 6

01. When solar radiation strikes water, some is **reflected**, but most **penetrates** the surface and is ultimately **absorbed**.
当太阳射线照到水上,有一些被反射了,但是大多数光线穿透表面并且最终被吸收了。

☐ ☐	reflect	反射
☐ ☐	penetrate	穿透
☐ ☐	absorb	吸收

02. Bamboo's rhizome systems, which lie in the top **layers** of the soil, are **crucial** in preventing soil erosion.
竹子的根系,分布在土壤最上层,对于阻止土壤流失至关重要。

☐ ☐	layer	层
☐ ☐	crucial	关键的

03. Chromosomes **replicate** before cells divide and **multiply**.
染色体自我复制后,细胞便开始分裂和繁殖。

☐ ☐	replicate	复制
☐ ☐	multiply	繁殖

04. The government continues to **restrict** public smoking because of its **detrimental** effects on the body.
由于其对身体的有害影响,政府继续限制公众场所吸烟。

| | | restrict | 限制 |
| | | detrimental | 有害的 |

05. Poverty **entails** fear, and stress, and sometimes **depression**.
贫穷带来恐惧和压力,而且有时候是沮丧。

| | | entail | 导致 |
| | | depression | 沮丧 |

06. In **contrast**, the burial of Tutankhamun **yielded** six complete but **dismantled** chariots of unparalleled richness and sophistication.
比较而言,图坦卡门的墓葬出土了六个完整的、但被拆毁的双轮战车,其华美和复杂程度无与伦比。

		contrast	对比
		yield	产生
		dismantle	拆除

07. The report **endeavours** to expose the facts, **identify** responsibility, **unravel** myths, and help us understand how the crisis could have been avoided.
该报告竭力揭露事实,确认责任,揭开谜团,并且帮助我们理解如何能够避免危机。

		endeavour	努力
		identify	确认
		unravel	揭开

08. Yet another **scheme** for **approximating** Earth's age had been proposed in 1715 by Halley, whose name we **associate** with the famous comet.
然而,另一项估算地球年龄的计划在1715年由哈雷提出,我们把他的名字和这颗著名的彗星联系在一起。

		scheme	计划
		approximate	大概估计
		associate	关联

09. At the conference, Dax **elaborated** on his theory, stating that each half of the brain was responsible for certain **functions** and the left hemisphere controlled speech.
在会议中,Dax详细阐述了他的理论,解释了脑部每半边各对应着一定的功能,且左脑控制着语言区。

| | | elaborate | 详细阐述 |
| | | function | 功能 |

10. With regard to the view that these **complex** organic **compounds** could have begun to shape in Earth's oceans, some researchers **remain sceptical**.
鉴于有观点认为这些复杂的有机混合物可能最初形成了地球的海洋,一些研究者对此保持怀疑。

		complex	复杂的
		compound	化合物
		remain	保持
		sceptical	怀疑的

01. His promotion to vice **executive** marked a **distinctive** milestone in his career.
晋升为副总裁标志着他职业生涯的一个特别的里程碑。

☐ ☐ executive 主管
☐ ☐ distinctive 与众不同的

02. With such **overwhelming evidence**, the decision was, without a doubt, going to be **unanimous**.
鉴于其压倒性的证据，这个决定毫无疑问将是一致通过的。

☐ ☐ overwhelm 淹没
☐ ☐ evidence 证据
☐ ☐ unanimous 一致通过的

03. Learning how to **propagate** plants relies on knowledge of some of the most common ways plants reproduce and some info on the ways to **utilise** each method. [真题]
学习如何繁殖植物依赖于一些最常见的植物繁殖方式的知识和一些使用每种方法的信息。

☐ ☐ propagate 繁殖
☐ ☐ utilise 使用

04. Nobody seriously **disputes** the **notion** that oil is a non-renewable resource that will run out some day. [真题]
石油是迟早会枯竭的不可再生资源，没有人会认真争辨这一观点。

☐ ☐ dispute 争辩
☐ ☐ notion 观念

05. Solar power could become a **viable** energy source, **rendering** fossil fuels **obsolete**. [真题]
太阳能可能会成为一种切实可行的能源，那样就可以淘汰掉矿物燃料了。

☐ ☐ viable 切实可行的
☐ ☐ render 造成
☐ ☐ obsolete 淘汰的

06. In the traditional sense, a molecule is the smallest particle of a chemical substance **capable** of **independent** existence while **retaining** all of its chemical **properties**.
在传统意义上，分子是化学物质中能够单独存在并保持其所有化学特性的最小粒子。

☐ ☐ capable 有能力的
☐ ☐ independent 独立的
☐ ☐ retain 保持
☐ ☐ property 特征

07. Climate is the **primary** force that **distinguishes** one biome, or major terrestrial region from another.
气候是区分生物群或者主要陆地区域的主要因素。

☐ ☐ primary 主要的
☐ ☐ distinguish 区别

08. The **disruptive** colouration uses a **pattern** to break up the contour of the animal's body, confusing observers and making it difficult to **distinguish** an **individual** shape. [真题]
这种扰乱性色彩使用一种图案来打破动物的身体轮廓，迷惑

☐ ☐ disruptive 扰乱的
☐ ☐ pattern 图案
☐ ☐ distinguish 区分
☐ ☐ individual 个体的

观察者,并且使个体的形态难以被区分。

09. Industrialisation often **devastated** the environment with pollution in the **relentless** drive for efficiency and profit.
在无情地追求效率和利润的过程中,工业化常常会污染破坏环境。

| | | devastate | 破坏 |
| | | relentless | 不懈的,无情的 |

10. The pyramids are the most famous **monuments** of ancient Egypt and still hold **enormous** interest for people in the present day. [C16T1R2]
金字塔是古埃及最著名的纪念碑,至今为止仍引起人们巨大的关注。

| | | monument | 纪念碑 |
| | | enormous | 巨大的 |

Review Group 8

01. The earlier children are **diagnosed** with dyslexia, the more likely they are to **overcome** their disabilities and progress to adult reading levels. [真题]
儿童越早被诊断为诵读困难,他们越有可能克服缺陷并且提高到成人的阅读水平。

| | | diagnose | 诊断 |
| | | overcome | 克服 |

02. The **unprecedented** land clearance **released** vast quantities of carbon dioxide into the atmosphere, **triggering** for the first time humanly caused global warming. [C8T2R3]
史无前例的土地开荒向大气释放了大量的二氧化碳,引发了首次由人类造成的全球变暖。

		unprecedented	史无前例的
		release	释放
		trigger	引发

03. Human **bias** is **inevitable**, but another source of **bias** in the representation of history has to do with the **transitory** nature of the materials themselves.[C9T4R3]
人类的偏见是不可避免的,但历史表述中的另一个偏见来源于材料自身的短暂性(存留时间短)。

		bias	偏见
		inevitable	不可避免的
		transitory	短暂的

04. Institutions **aggregate individuals** in order to **maximise** their institutional effectiveness, but that aggregation is not with its costs.
机构把个人聚集在一起是为了使其制度有效性最大化,然而这种聚合并不是没有代价的。

		aggregate	聚集
		individual	个人
		maximise	最大化

05. New research is now **unravelling** the ways in which bacteria aid digestion, **regulate** our **immune** systems, **eliminate** toxins, produce vitamins, affect our behaviour and even combat obesity. [C16T2R2]

新的研究正在揭示诸如细菌辅助消化、调节我们的免疫系统、排除毒素、产生维生素、影响我们的行为甚至帮我们对抗肥胖的方式。

☐☐	unravel	解开
☐☐	regulate	调节
☐☐	immune	免疫的
☐☐	eliminate	消除

06. **Frustrated** by **ambiguous instructions**, the boy was never able to **assemble** the new helicopter toy.

这个男孩被模棱两可的说明书搞得垂头丧气，绝不可能组装出这个新的直升机玩具。

☐☐	frustrate	使沮丧
☐☐	ambiguous	模棱两可的
☐☐	instruction	说明书
☐☐	assemble	组装

07. If you do not **comply** with these rules, the transaction **strategy** will not work.

如果你不遵守这些规则，交易策略将不会发挥作用。

☐☐	comply	遵从
☐☐	strategy	策略

08. By constricting blood **vessels** in the brain, caffeine can **alleviate** headaches and can help counter the drowsiness. [真题]

通过收缩大脑中的血管，咖啡因可以缓解头痛，并有助于对抗困倦。

☐☐	vessel	管；船
☐☐	alleviate	减轻

09. The assessment is based on the **preliminary parameters**.

这一评估是基于初始参数得出的。

☐☐	preliminary	初始的
☐☐	parameter	参数

10. Not **indigenous** to North America, the European honeybees **nonetheless thrived** and often escaped into the wild. [真题]

欧洲蜜蜂并不原产于北美，然而它们还是繁衍生息，并经常逃到野外。

☐☐	indigenous	本土的
☐☐	nonetheless	然而
☐☐	thrive	繁荣

Review Group 9

01. The real risk may not be that power **abuse** will **wreck** the public services, but that **compromises** will neuter the reforms.

真正的风险也许不是权力的滥用会破坏公共服务，而是妥协会使改革无效。

☐☐	abuse	滥用
☐☐	wreck	破坏
☐☐	compromise	妥协

02. While observation **intervals** are **scheduled** systemically, observations within an **interval** are made at **random** times.

尽管观察的时间间隔由系统安排，间隔内的观察却是随机进行的。

☐☐	interval	间隔
☐☐	schedule	安排
☐☐	random	随机的

03. The **widespread** of this virus has warned us that humans are not ready for a serious **epidemic**.

这种病毒的广泛传播警告我们人类并未做好迎战一个严重的传染病的准备。

☐ ☐ widespread　广泛的
☐ ☐ epidemic　传染病

04. The shopping **complex** was being **demolished** when the **collapse** happened.

这座购物综合体在坍塌发生时正在被拆除。

☐ ☐ complex　建筑综合体
☐ ☐ demolish　拆除
☐ ☐ collapse　坍塌

05. Any cable had to be **insulated** and the first **breakthrough** came with the discovery that a rubber-like latex could do the trick.

任何电缆都必须绝缘,第一个突破是发现如橡胶一样的乳胶可以做到这一点。

☐ ☐ insulate　绝缘
☐ ☐ breakthrough　突破

06. The latest research **pinpoints** a molecular **mechanism** in plants that reacts to temperature — often **triggering** the buds of spring we long to see at the end of winter. [C16T3R3]

最新的研究精确指出了植物对温度反应的分子机制——通常会促使我们渴望在冬天结束时看到春天(长)的芽。

☐ ☐ pinpoint　精确指出
☐ ☐ mechanism　机制
☐ ☐ trigger　促使

07. Most astronomers, according to Curtis Peebles, expected little, particularly as the comet was not a **coherent sphere** but a string of twenty-one **fragments**.

据柯蒂斯·皮布尔斯说,大多数天文学家不抱多大希望,尤其因为彗星不是一个连贯的球体,而是一连串 21 个碎块。

☐ ☐ coherent　连贯的
☐ ☐ sphere　球体
☐ ☐ fragment　碎片

08. It begins by attacking the **immune** system's cells and neutralising its responses, allowing the virus to **proliferate**.

病毒首先攻击免疫系统的细胞来减弱免疫反应使自身繁殖。

☐ ☐ immune　免疫的
☐ ☐ proliferate　繁殖

09. **Numerous** companies are seeking government assistance to **offset** losses **spurred** by this **ongoing** strikes and disturbance.

许多公司正在寻求政府援助,以抵消正在进行的罢工和骚乱造成的损失。

☐ ☐ numerous　很多的
☐ ☐ offset　抵消
☐ ☐ spur　刺激
☐ ☐ ongoing　继续进行的

10. The President has not offered an **contingent** plan to **thwart** his **opponent**.

总统还没有提出应急的计划来挫败他的对手。

☐ ☐ contingent　依情况而定的
☐ ☐ thwart　挫败
☐ ☐ opponent　对手

01. The public has witnessed **divergent** opinions regarding this **resolution**.

针对这一决议公众产生了分歧。

☐☐	divergent	分歧的
☐☐	resolution	决议

02. Machines are mastering ever more **intricate** tasks, such as **interpreting** texts or **diagnosing** illness.

机器正在掌握更复杂的任务,例如解释文本或者诊断病情。

☐☐	intricate	复杂的
☐☐	interpret	解释
☐☐	diagnose	诊断

03. For the highest-educated and most **affluent segments** of our society, marriage is **solid** and **thriving**, with divorce rates far down and happiness way up.

对于我们社会中受教育程度最高、最富足的人群,婚姻很牢固且充满活力,离婚率极低且幸福程度极高。

☐☐	affluent	富裕的
☐☐	segment	部分
☐☐	solid	牢固的
☐☐	thrive	欣欣向荣

04. The **notion** of bringing **vanished** species back to life has hovered at the **boundary** between reality and science fiction for more than two decades.

20多年来,让消失的物种复活的观念一直徘徊在现实和科幻小说之间。

☐☐	notion	观念
☐☐	vanish	消失
☐☐	boundary	边界

05. Geneticists and wildlife biologists, now, stood up to present remarkable advances in **manipulating stem** cells, in recovering **ancient** DNA, and in reconstructing lost genomes.

现在,遗传学家和野生生物学家在控制干细胞、恢复古老的DNA和重建丢失的基因组方面取得了显著的进展。

☐☐	manipulate	控制
☐☐	stem	干,茎
☐☐	ancient	古老的

06. Fish **processing** is **dominated** by women, and offers an important survival **strategy** for **households** with **access** to few other physical **assets**, elderly women, or widows.

从事鱼类加工的人以妇女为主,为几乎没有其他有形资产的家庭、老年妇女或寡妇提供了重要的生存策略。

☐☐	household	家庭
☐☐	process	加工
☐☐	dominate	主宰
☐☐	strategy	策略
☐☐	access	机会
☐☐	asset	资产

07. It seems likely that the different **versions** were **composed** simultaneously, although the hieroglyphic **version** is the most **artificial**.

尽管象形文字版本是人为创造的,但似乎不同的版本是同时创作出来的。

☐☐	version	版本
☐☐	compose	组成
☐☐	artificial	人造的

08. **According** to Maslow's **hierarchy** of needs, physiologic needs (air, water, food, **shelter**, sex, activity, and comfort) have the highest **priority**.
根据马斯洛需求层级理论,生理需要(空气、水、食物、庇护、性、活动和舒适)是最优先需要满足的。

☐	☐	accord	根据
☐	☐	hierarchy	等级制度
☐	☐	priority	优先事项
☐	☐	shelter	庇护,遮挡

09. The **toxic** materials **diffuse** into nearby veins and are **transported** throughout the body in the blood. [真题]
有毒物质扩散入附近的血管,并由血液运输至全身。

☐	☐	toxic	有毒的
☐	☐	diffuse	分散
☐	☐	transport	运输

10. Social **status** and class are determined by the **texture**, colours, and decorations that **embellish** the garments.
社会地位和阶层是由衣服的质地、颜色和用来美化的装饰品决定。

☐	☐	status	地位
☐	☐	texture	质地
☐	☐	embellish	美化

单元练习

本单元复习内容与单词书中的10个Sublist单元对应，每个Sublist里包含四种题型的练习题，为学习者提供了全方位的复习方式。

Sentence Completion中大部分的句子摘自雅思真题阅读文章和雅思考试还原的阅读文章，四个选项词均出自各Sublist中的核心词列表，目的是检验并帮助学生巩固掌握单词书中的每个单元所学的生词。通过真实的句子来构建语境，增强学习者通过上下文理解单词意思的能力。对于句子中出现的其他单元的核心词，我们用"☆"在侧边栏做了标注，同时，对于单词书中的同源扩展词或附录中出现的学科词汇，我们用"□"进行了标注。

Word Matching的作用是通过字典里的英文释义提供单词的使用语境，通过理解上下文来选择最恰当的语境匹配词。题中的英文释义均摘自*Collins Cobuild*，力求让学习者能够通过字典中标准的语言描述充分理解单词的语义和使用语境，以加强学习者对于一些单词特定语义的理解。

Synonym Substitution考查学生对所学各个单元核心词汇的理解以及相关语义的同义词或同义短语。书中核心词的每条释义几乎都配有相应的同义词或同义短语，其作用也是帮助学习者应对雅思考试中同义替换这一考点。

Phrase Completion考查各位学习者对于每个单元中核心词所涉及的地道的词组搭配的掌握。练习分为两步，第一步先通过翻译中文完成语义填空，第二步是扫码听短语朗读来检查所填词是否正确。通过短语填空练习，学习者能够巩固记忆书中一些核心的短语搭配，为雅思的阅读、听力和写作单项备考增加语料素材。

Sublist 1

Sentence Completion

Fill in each sentence with the correct word(s).

1. By _____ which genetic *traits* made it possible for *mammoths* to survive the icy climate of the *tundra*, the project's goal is to return *mammoths*, or a mammoth-like species to the area. [C15T2R2]

   A. appointing   B. replicating
   C. pinpointing   D. exaggerating

   ☐ trait 特征 *n.*
   ☐ mammoth 猛犸象 *n.*
   ☐ tundra 冻原 *n.*

2. Collective action offers an important way for farmers to *strengthen* their political and economic _____ power, and to reduce their business risks. [C12T6R1]

   A. bargaining   B. boosting
   C. draining   D. frustrating

   ☆ strengthen 加强 *vt.*

3. Such a *beam* would easily _____ the star's outer *layer*, but the *stellar* core would be *sufficiently* dense to _____ part of it. [真题]

   A. go through, evaporate   B. penetrate, absorb
   C. merge, discard   D. block, drain

   ☐ beam 光束 *n.*
   ☆ layer 层 *n.*
   ☐ stellar 星的 *adj.*
   ☐ sufficiently 充分地 *adv.*

4. By *contrast*, the lowering of the eyebrows *associated* with an angry *scowl* can be _____ at will by almost everybody. [真题]

   A. confined   B. rendered
   C. verified   D. replicated

   ☆ contrast 对比 *n.*
   ☆ associate 联想，联系 *vt.*
   ☐ scowl 怒容 *n.*

5. _____ use of crop protection chemicals may also prove _____ to *invertebrate* populations, thus decreasing *abundance* and *diversity*.

   A. Frequent, beneficial   B. Banning, vital
   C. Excessive, toxic   D. Rare, lethal

   ☐ invertebrate 无脊椎动物 *n.*
   ☐ abundance 丰富 *n.*
   ☐ diversity 多样性 *n.*

6. *Sprawled* over the mountainside are the *ruins* of an *enormous* city, contained by _____ defensive walls seven kilometers long. [真题]

   A. crumbling   B. tangible
   C. elastic   D. exaggerating

   ☐ sprawl 延伸 *vi.*
   ☐ ruin 废墟，遗址 *n.*
   ☆ enormous 巨大的 *adj.*

7. Despite the **widespread** use of **organic** farming techniques, opinion is not _____ with regard to their safety of crop **cultivation**.

    A. appealing   B. unanimous

    C. urgent   D. eligible

☆ widespread 广泛的 *adj.*
□ organic 有机的 *adj.*
□ cultivation 培育 *n.*

8. As one of the major _____, **medium** and small **enterprises** have played an **irreplaceable** role in the economic and social development in China.

    A. elements   B. impetuses

    C. commitments   D. opponents

□ medium 中等的 *adj.*
□ enterprise 企业 *n.*
□ irreplaceable 不可替代的 *adj.*

9. Turkey plans to _____ the waters of the **Tigris** and **Euphrates** rivers for big **hydro-electric** power projects.

    A. confront   B. replicate

    C. harness   D. tarnish

□ Tigris 底格里斯河 *n.*
□ Euphrates 幼发拉底河 *n.*
□ hydro-electric 水力发电的 *adj.*

10. Because all **edible varieties** are _____, bringing in new **genetic** traits to help cope with **pests** and diseases is nearly impossible. [真题]

    A. fragile   B. tangible

    C. appealing   D. sterile

□ edible 可食用的 *adj.*
□ variety 多样性 *n.*
□ genetic 基因的 *adj.*
□ pest 害虫 *n.*

11. Volunteers _____ **via** the Internet to put data on to a map, which is **updated** every second to build a **comprehensive** picture of the **scale** and **severity** of the disaster.

    A. collaborate   B. constitute

    C. frustrate   D. verify

□ via 经由，通过 *prep.*
□ update 更新 *vt.*
☆ comprehensive 全面的 *adj.*
☆ scale 等级，规模 *n.*
□ severity 严重性 *n.*

12. To protect themselves from the emotional **consequences** of children's death, parents avoided making any emotional _____ to an **infant**.

    A. supplement   B. commitment

    C. chamber   D. manner

□ consequence 结果 *n.*
□ infant 婴儿 *n.*

13. With **tetrodotoxin**, we have a whole _____ group of animals, from fish to frogs to snails, all of whose bodies contain **identical toxin**.

    A. lethal   B. elastic

    C. disparate   D. colossal

□ tetrodotoxin 河豚毒素 *n.*
☆ identical 相同的 *adj.*
□ toxin 毒素 *n.*

14. No matter the cause of a **tsunami**, after the water is **displaced**, waves _____ **outward** in all directions — similarly to when a stone is thrown into a **serene** pond.

    A. collaborate   B. propagate

    C. merge   D. undermine

□ tsunami 海啸 *n.*
☆ displace 移位 *vt.*
□ outward 向外地 *adv.*
□ serene 宁静的 *adj.*

15. Changing the general economic and *institutional* structures that *generate* new chances would _____ the current pressures *accompanying* the *desertification* process. [真题]

   A. tarnish   B. alleviate

   C. drain   D. boost

☐ institutional 制度上的 *adj.*
☆ generate 产生 *vt.*
☐ accompany 伴随 *vt.*
☐ desertification 沙漠化 *n.*

Word Matching

Fill in each blank with the appropriate word from A, B, C and D.

01. A(An) _____ is something which regularly takes up some of your time because of an agreement you have made or because of responsibilities that you have.

   A. commitment   B. donation   C. astonishment   D. benefit

02. A(An) _____ expression or tone of voice indicates to someone that you want help, advice, or approval.

   A. insignificant   B. inanimate   C. appealing   D. pliable

03. If something is done in the _____ of something else, it is done in the style of that thing.

   A. approach   B. impetus   C. assumption   D. manner

04. If you _____ someone's efforts or their chances of achieving something, you behave in a way that makes them less likely to succeed.

   A. tarnish   B. undermine   C. penetrate   D. outweigh

05. Someone who is _____ to do something is qualified or able to do it, for example, because they are old enough.

   A. devoted   B. eligible   C. committed   D. unfinished

06. If something is _____, it is clear enough or definite enough to be easily seen, felt, or noticed.

   A. elastic   B. innate   C. tangible   D. excessive

07. If you _____, you think about something carefully, especially before making a very important decision.

   A. deliberate   B. socialise   C. submerge   D. entertain

08. If you _____ something, you check that it is true by careful examination or investigation.

   A. harness   B. outline   C. verify   D. distinguish

09. If you are _____ by something that you find threatening or difficult to deal with, it is there in front of you.

   A. accelerated   B. confronted   C. absorbed   D. frustrated

10. Something that is _____ is completely clean and free from germs.

   A. worthless   B. collaborative   C. sociable   D. sterile

Find the proper synonym or phrase for each bold word.

01.	**innate**	A. naïve	B. intricate	C. inborn	D. native
02.	**collaborate**	A. work against	B. cooperate	C. tackle	D. convey
03.	**abolish**	A. cancel	B. acknowledge	C. abuse	D. stand up for
04.	**discard**	A. give in	B. replicate	C. support	D. abandon
05.	**chamber**	A. position	B. room	C. location	D. plaza
06.	**colossal**	A. tiny	B. enormous	C. unanimous	D. maximised
07.	**mediate**	A. resolve	B. meddle	C. exaggerate	D. commit
08.	**readily**	A. unwillingly	B. easily	C. randomly	D. rarely
09.	**concrete**	A. intangible	B. recreational	C. actual	D. profound
10.	**sceptical**	A. critical	B. unbelievable	C. affirmative	D. suspicious

Phrase Completion

Complete each phrase with a proper word according to the following Chinese.

01. _____ excuse
    站不住脚的借口

02. _____ the situation
    缓和局势

03. _____ carbon emissions
    大量的碳排放

04. _____ several factors
    指出几个因素

05. _____ by the media
    被媒体夸大

06. _____ the responsibility
    承担责任

07. have a/an _____ effect
    产生深远的作用

08. a/an _____ nation
    多元化的国度

09. _____ moods and attitudes
    散播情绪和态度

10. _____ the main points
    概述主要观点

11. _____ one's confidence
    增强某人的信心

12. have a rough _____
    做个粗略的估计

13. _____ improvements
    明显的改进

14. a/an _____ effort
    值得付出的努力

15. business _____
    生意合伙人

16. _____ the solar energy
    利用太阳能

17. _____ difficult situations
    面对困境

18. _____ approximately 40%
    组成了大约40%

19. on the _____ occasions
    在极少数的情况下

20. _____ the school's reputation
    损害学校的名誉

Sublist 2

Sentence Completion

Fill in each sentence with the correct word(s).

1. The Romans **employed** a technique called **fire quenching** which _____ of heating the rock with fire, and then suddenly cooling it with cold water so that it would **crack**. [C16T4R1]

   A. overlapped   B. consisted

   C. indicated   D. obstructed

   ☐ employ 使用 *vt.*
   ☐ fire quenching 淬火
   ☐ crack 裂开 *vi.*

2. This phenomenon can be partly **attributed** to the common **counterproductive approach** to study, but it also simply _____ the way the brain _____. [C7T1R3]

   A. incurs, works   B. acquires, contemplates

   C. reflects, functions   D. presents, navigates

   ☆ attribute 归因于…… *vt.*
   ☐ counterproductive 适得其反的 *adj.*
   ☆ approach 方法 *n.*

3. The bank would then **shoulder** the loss, meaning it would have to raise capital and _____ existing **shareholders**.

   A. dilute   B. reflect

   C. speculate   D. indicate

   ☐ shoulder 承担 *vt.*
   ☐ shareholder 股东 *n.*

4. A person's ability to pay attention depends on a number of _____ **cognitive** behaviours, including memory and learning. [真题]

   A. foraging   B. overlapping

   C. coinciding   D. jeopardising

   ☆ cognitive 认知的 *adj.*

5. The definition of teaching in a creative **context** differs from the **notion** of _____ knowledge or instructing **methodically**.

   A. convincing   B. interpreting

   C. averting   D. imparting

   ☆ context 环境，背景 *n.*
   ☆ notion 想法，观念 *n.*
   ☐ methodically 有条不紊地 *adv.*

6. With Japan in a state of healthcare emergency, an **overwhelming** majority of its **citizenry** has **voiced** _____ **objection** to the country continuing to **host** the Olympics. [2021 时代周刊]

   A. external   B. potential

   C. strenuous   D. feeble

   ☐ overwhelming 压倒性的 *adj.*
   ☐ citizenry 全体公民 *n.*
   ☐ voice 表达 *vt.*
   ☐ objection 反对，抗议 *n.*
   ☐ host 主办 *vt.*

7. **Parasites** _____ the strength and limit the growth of animals, and among highly social creatures, **epidemics** can **devastate** whole populations.

    A. convince   B. diminish

    C. distribute   D. acquire

☐ parasite 寄生虫 n.

☆ epidemic 流行病 n.

☆ devastate 摧毁 vt.

8. Previously, children from both rural and **urban** families were expected to _____ in everyday labour due to the **bulk** of _____ hard working. [真题]

    A. acquire, genuine   B. impart, plausible

    C. formulate, rigid   D. participate, manual

☐ urban 城市的 adj.

☐ bulk 大量 n.

9. **Silbo** _____ parts of the brain normally associated with spoken language, suggesting that the brain is **remarkably flexible** in its ability to _____ sounds as language. [C15T3R2]

    A. activates, interpret   B. reflects, speculate

    C. imparts, interpret   D. consists, speculate

☐ Silbo 土著居民哨语 n.

☐ remarkably 非常地 adv.

☆ flexible 灵活的 adj.

10. The students then were **randomly assigned** to watch a video clip _____ either humour, **contentment**, or **neutral** feelings. [C15T2R3]

    A. fascinating   B. reflecting

    C. eliciting   D. formulating

☐ randomly 随机地 adv.

☆ assign 分配 vt.

☐ contentment 满足 n.

☆ neutral 不露声色的 adj.

11. A desert refers to a **barren** section of land, mainly in **arid** and **semi-arid** areas, where there is almost no **precipitation**, and the environment is _____ for any creature to **inhabit**. [真题]

    A. solitary   B. hostile

    C. rigid   D. genuine

☆ barren 贫瘠的 adj.

☐ arid 干旱的 adj.

☐ semi-arid 半干旱的 adj.

☐ precipitation 降雨 n.

☆ inhabit 居住在 vt.

12. Another seemingly _____ explanation — that **infants** do not form **enduring** memories at this point in development — is incorrect.

    A. juvenile   B. sufficient

    C. plausible   D. absurd

☐ infant 婴儿 n.

☐ enduring 持久的 adj.

13. With the door opened by **Thales** and the other early philosophers, Greek thinkers began to _____ about the nature of the universe.

    A. indicate   B. fascinate

    C. overlap   D. speculate

☐ Thales 泰勒斯(哲学之父)

14. Besides the rain, the forest also helps **maintain** the health and **fertility** of the soil, and without it, the field would quickly _____ and **erode**.

☆ maintain 保持 vt.

☐ fertility 肥沃度 n.

☆ erode 腐蚀 vi.

A.cluster　　　　　　　　　　B. wither

C. reflect　　　　　　　　　　D. navigate

15. Scientists at Herriot Watt University in Edinburgh found that short bursts of **high-intensity** activity every few days **reduce** the risk of _____ **diabetes** due to the **beneficial** effects on blood sugar.

　☐ high-intensity 高强度 *n.*

　☐ reduce 减少 *vt.*

　☐ diabetes 糖尿病 *n.*

　☆ beneficial 有益处的 *adj.*

A. contracting　　　　　　　B. confining

C. tackling　　　　　　　　　D. boosting

Word Matching

Fill in each blank with the appropriate word from A, B, C and D.

01. If you _____ a response or a reaction, you do or say something which makes other people respond or react.

A. relieve　　　　B. activate　　　　C. elicit　　　　D. indicate

02. If you say that something is _____, you are criticising it because you think that it is ridiculous or that it does not make sense.

A. convincing　　　　B. evident　　　　C. infamous　　　　D. absurd

03. A _____ is a small group of people who are chosen to do something, for example, to discuss something in public or to make a decision.

A. panel　　　　B. division　　　　C. episode　　　　D. shelter

04. A place or building that is _____ is empty and in a bad state of repair because it has not been used or lived in for a long time.

A. coherent　　　　B. consistent　　　　C. derelict　　　　D. activated

05. If something is in its _____, it is new and has not developed very much.

A. infancy　　　　B. hostility　　　　C. jeopardy　　　　D. procedure

06. If you say that something such as a feeling or claim is _____, you think that it is reasonable and justified.

A. contagious　　　　B. legitimate　　　　C. conspicuous　　　　D. juvenile

07. If you describe food as _____, you approve of it because you think it is good for your health.

A. troublesome　　　　B. wholesome　　　　C. inappropriate　　　　D. unfamiliar

08. If things, for example systems, ideas, and beliefs, are _____, they work well together or can exist together successfully.

A. inconsistent　　　　B. undivided　　　　C. compatible　　　　D. functional

09. To _____ progress or a process means to prevent it from happening properly.

A. avert　　　　B. distribute　　　　C. formulate　　　　D. obstruct

10. A _____ is the way that something such as an institution, company, or economy is run, especially when it involves tough or severe action.

A. concept　　　　B. manual　　　　C. regime　　　　D. individuality

Synonym Substitution

Find the proper synonym or phrase for each bold word.

01. **candidate**	A. individual	B. rival	C. applicant	D. juvenile
02. **articulate**	A. expressive	B. genuine	C. intended	D. infeasible
03. **solitary**	A. candid	B. selective	C. impartial	D. isolated
04. **spectrum**	A. speculation	B. collection	C. range	D. partition
05. **category**	A. type	B. assessment	C. discrepancy	D. distribution
06. **reflect**	A. divide	B. consider	C. regress	D. revert
07. **conspicuous**	A. informative	B. insightful	C. noticeable	D. partial
08. **cluster**	A. tendency	B. group	C. specimen	D. forager
09. **concept**	A. notion	B. catalogue	C. interpretation	D. trait
10. **rigid**	A. lavish	B. indicative	C. inactive	D. strict

Phrase Completion

Complete each phrase with a proper word according to the following Chinese.

01. get official _____
    获取官方许可

02. _____ about the future
    对未来的推测

03. _____ speech
    口齿清楚的演讲

04. _____ evidence
    令人信服的证据

05. potential _____
    潜在的对手

06. _____ delinquency
    青少年犯罪

07. a/an _____ schedule
    可行的计划

08. _____ food
    有益健康的食品

09. take _____ measures
    采取相应的措施

10. _____ education
    尖子生教育

11. _____ the negative effects
    减少负面影响

12. _____ knowledge
    传授知识

13. have _____ funds
    有充足的资金

14. _____ his opinion
    确切表达他的观点

15. _____ between theory and practice
    理论和实际的脱节

16. in the historical _____
    历史背景下

17. objective _____
    客观的分析

18. _____ public fears
    降低公众的恐慌

19. _____ the economy
    危及经济(发展)

20. _____ an additional risk
    带来额外的风险

Sublist 3

Sentence Completion

Fill in each sentence with the correct word(s).

1. During _____ II, a number of *approaches* were _____ in an effort to improve *mobility* and *access* to transport. [C7T2R3]

   A. Period, calculated   B. Step, cultivated

   C. Stage, transferred   D. Phase, implemented

   ☆ approach 方法 *n.*
   □ mobility 流动性 *n.*
   ☆ access 通道 *n.*

2. *Authorities* have _____ tents and removed *obstructions* at railway tracks near the camp.

   A. destroyed   B. dismantled

   C. restricted   D. subscribed

   ☆ authority 当局 *n.*
   □ obstruction 障碍物 *n.*

3. Carbon *capture* technologies are already in use at power stations where the greenhouse gas is taken at point of production and *pumped* underground into _____ gas and oil *reserves*.

   A. sheer   B. technical

   C. depleted   D. calculated

   □ capture 捕获 *n.*
   □ pump（用泵）抽出 *vt.*
   □ reserve 储藏区 *n.*

4. Today, agricultural researchers of *legumes* that are easier to harvest, more *resistant* to disease and _____ better crops.

   A. seek   B. yield

   C. restrict   D. modify

   □ legume 豆科植物 *n.*
   □ resistant 抵御的 *adj.*

5. As many as 3 to 5% of children are thought to suffer from *ADHD* in the US, where the _____ is highest, although *diagnosis* is often *controversial*. [真题]

   A. incidence   B. element

   C. discretion   D. impact

   □ ADHD 注意缺陷与多动障碍 *n.*
   □ diagnosis 诊断 *n.*
   □ controversial 有争议的 *adj.*

6. *Industrialisation*, *urbanisation* and mass schooling *pose* new challenges for those who are responsible for protecting children's _____, as well as promoting their learning. [真题]

   A. discretion   B. welfare

   C. proportion   D. session

   □ industrialisation 工业化 *n.*
   □ urbanisation 城市化 *n.*
   ☆ pose 引发 *vt.*

7. Printing **disseminated** _____ handbooks of technical and **magical** secrets that proved **influential** in developing Scientific Revolution.

   A. enormous   B. previous

   C. obscure   D. sheer

☆ disseminate 散播 *vt.*

☐ magical 神秘的 *adj.*

☐ influential 有影响的 *adj.*

8. **Limestone** may be found in the Cambrian or, but a **trilobite** — the _____ **marine arthropod** that had its birth in the Cambrian — will never be found in Jurassic **strata**. [真题]

   A. adequate   B. external

   C. ubiquitous   D. rigorous

☐ limestone 石灰石 *n.*

☐ trilobite 三叶虫 *n.*

☆ marine 海洋的 *adj.*

☐ arthropod 节肢动物 *n.*

☐ strata 岩层(复) *n.*

9. It has assured the island's _____ **precipitation**, ranging **irregularly** from more than 200 centimeters **annually** to about 100 in the northeast and **averaging** 180 for the country as a whole.

   A. adequate   B. feeble

   C. strenuous   D. ample

☐ precipitation 降雨 *n.*

☐ irregularly 无规律地 *adv.*

☐ annually 每年地 *adv.*

☐ average 平均值为 *vt.*

10. Land plants evolved from **ancestral** green **algae** used the same type of **chlorophyll** and _____ **pigments** in **photosynthesis** as do land plants.

   A. distinct   B. accessory

   C. relevant   D. potential

☐ ancestral 祖先的 *adj.*

☐ algae 水藻 *n.*

☐ chlorophyll 叶绿素 *n.*

☐ pigment 色素 *n.*

☐ photosynthesis 光合作用 *n.*

11. Career Test offers an online quiz that **identifies** career personality, career interests, and career _____, which is key **references** to a company when **recruiting** new employees.

   A. proportion   B. aptitude

   C. conviction   D. segment

☆ identify 确认 *vt.*

☐ reference 参考 *n.*

☐ recruit 招聘 *vt.*

12. Saltwater pearl **oysters** are usually _____ in protected **lagoons** or volcanic **atolls**, while most **freshwater cultured** pearls today come from China. [真题]

   A. perceived   B. evaluated

   C. implemented   D. cultivated

☐ oyster 牡蛎, 蚝 *n.*

☐ lagoon 环礁湖 *n.*

☐ atoll 环礁湖岛 *n.*

☐ freshwater 淡水的 *adj.*

☐ cultured 养殖的 *adj.*

13. One early **migration** into the Near East **occurred** _____ to 13000 years ago, and an examination of a map of the _____ part of Arabia shows there are two obvious **routes** this **migration** could have taken.

   A. later, negative   B. before, potential

   C. prior, adjacent   D. close, rigorous

☐ migration 迁徙 *n.*

☐ occur 出现 *vi.*

☆ route 路线 *n.*

14. In approximately 10% of patients, *autism* can be explained by genetic *syndromes* and known *chromosomal* _____.

☐ autism 孤独症 *n.*

☐ syndrome 综合征 *n.*

☐ chromosomal 染色体的 *adj.*

A. anomalies   B. accessories

C. proportions   D. penalties

15. Careless *pursuit* of *mining* could _____ the release of a great amount of *methane* into the atmosphere.

☐ pursuit 追求 *n.*

☐ mining 采矿，采矿业 *n.*

☐ methane 甲烷 *n.*

A. uphold   B. precipitate

C. exclude   D. alienate

Word Matching

Fill in each blank with the appropriate word from A, B, C and D.

01. People and things that are _____ are able to recover easily and quickly from unpleasant or damaging events.

    A. relevant   B. salient   C. resilient   D. flawless

02. _____ is the quality of behaving in a quiet and controlled way without drawing attention to yourself or giving away personal or private information.

    A. Distinction   B. Discretion   C. Conviction   D. Modification

03. A(An) _____ substance or process does not have any harmful effects.

    A. irresistible   B. sheer   C. benign   D. enormous

04. The _____ of a society or system is its basic structure, with all the customs and beliefs that make it work successfully.

    A. fabric   B. restriction   C. synthetic   D. proportion

05. The _____ of a particular situation are the conditions which affect what happens.

    A. incidence   B. subscription   C. diffusion   D. circumstance

06. If a person, a country, or an organisation has _____, they are admired and respected because of the position they hold or the things they have achieved.

    A. equation   B. prestige   C. hindrance   D. evaluation

07. If something _____ you, it makes it more difficult for you to do something or make progress.

    A. transfers   B. enforces   C. nullifies   D. hinders

08. If a medical test or scientific test is _____, it shows no evidence of the medical condition or substance that you are looking for.

    A. positive   B. perceptual   C. negative   D. adjective

09. A particular _____ of a situation, activity, or process is an important quality or feature that it has or needs.

    A. element   B. factor   C. aptitude   D. construction

10. A _____ is a group of buildings designed for a particular purpose, or one large building divided into several smaller areas.

    A. cultivation   B. regulation   C. prevalence   D. complex

Synonym Substitution

Find the proper synonym or phrase for each bold word.

01. **eradicate**	A. intercede	B. evict	C. evaluate	D. eliminate
02. **regulate**	A. emphasise	B. moderate	C. replenish	D. reconstruct
03. **surge**	A. boost	B. inhabit	C. punish	D. confuse
04. **subscribe**	A. perceive	B. infuse	C. advocate	D. amplify
05. **conviction**	A. certainty	B. confusion	C. distinction	D. evaluation
06. **implement**	A. relevance	B. prevalence	C. restriction	D. instrument
07. **phase**	A. compromise	B. stage	C. situation	D. negotiation
08. **welfare**	A. unhappiness	B. session	C. well-being	D. proposition
09. **yield**	A. come up with	B. turn off	C. take away	D. give in
10. **segment**	A. portion	B. calculation	C. character	D. household

Phrase Completion

Complete each phrase with a proper word according to the following Chinese.

01. _____ content
    营养的成分

02. _____ a serious problem
    造成了严重的问题

03. social _____ system
    社会福利体系

04. remain _____
    继续负有责任

05. _____ expenses
    巨大的花费

06. reduce the _____
    减少影响

07. _____ economic growth
    促进经济增长

08. _____ discrimination
    消除歧视

09. _____ one's expectation
    满足某人的期望

10. genetic _____
    遗传特征

11. a/an _____ issue
    一个流行的话题

12. due to _____ factors
    由于外部的因素

13. in equal _____
    以相同的量

14. take _____ measures
    采取适当的措施

15. a/an _____ woman
    一个有教养的女性

16. _____ expenses
    家庭开支

17. in certain _____
    在一些情况下

18. _____ to an idea
    赞成一个观点

19. a/an _____ argument
    站不住脚的论据

20. take _____ exercise
    做剧烈的运动

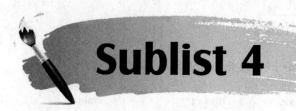

Sublist 4

Sentence Completion

Fill in each sentence with the correct word(s).

1. Knowing one's position on the earth requires two simple but ***essential*** _____, one of which is the ***longitude***. [真题]

   A. sequences   B. frameworks

   C. coordinates   D. criteria

   ☆ essential 必需的 *adj.*
   □ longitude 经度 *n.*

2. Road traffic was extremely ***rare*** within the district, and _____ means of transport were ***restricted*** to donkeys in the north of the Makete District, Tanzania. [C7T2R3]

   A. alternative   B. bizarre

   C. complex   D. strenuous

   ☆ rare 少见的 *adj.*
   ☆ restrict 限制 *vt.*

3. International commerce was therefore _____ by raw materials, such as wheat, wood and iron ***ore***, or ***processed commodities***, such as meat and steel. [C6T1R2]

   A. controlled   B. dominated

   C. coordinated   D. excluded

   □ ore 矿石 *n.*
   □ processed 加工的 *adj.*
   ☆ commodity 商品 *n.*

4. It sounds ***promising***, but the banana companies have refused to get involved in ***GM*** research for fear of _____ their customers. [真题]

   A. decaying   B. registering

   C. upholding   D. alienating

   □ promising 有前景的 *adj.*
   □ GM 转基因的 *adj.*

5. The researchers studied the schools for a(an) _____ amount of time and spent plenty of months gathering data and ***tracking*** changes over all these years. [真题]

   A. initial   B. instant

   C. considerable   D. valid

   □ track 追踪 *vt.*

6. When plants grow, they remove ***nutrients*** from the soil, but when the plants die and _____, their ***nutrients*** are returned directly to the soil.

   A. consent   B. decay

   C. justify   D. locate

   ☆ nutrient 养分 *n.*

7. The village now serves as a model for _____ non-*pesticide* management to other communities. [真题]

    A. disseminating   B. plaguing

    C. registering   D. interacting

8. The advantage of biological control in contrast to other methods is that it provides a relatively *low-cost*, *perpetual* control system with a *minimum* of _____ *side-effects*. [C8T4R2]

    A. abrupt   B. eminent

    C. intrinsic   D. detrimental

9. Thursday's *hearing highlighted* many of the operational issues continuing to _____ the *IRS* this year, including staffing shortages, processing delays and *outdated* IT *infrastructure*.

    A. imply   B. locate

    C. strengthen   D. plague

10. We humans appear to be meaning-seeking creatures that have the *misfortune* of being thrown into a world *devoid* of _____ meaning.

    A. peculiar   B. undesirable

    C. intrinsic   D. valid

11. So far, as earth's other natural resources _____, an increasing number of nations, nowadays, view the Antarctic as a final *repository*.

    A. shift   B. dwindle

    C. invest   D. maximise

12. When humans moved beyond the islands of Near Oceania, they *encountered* no _____ *mammals* except for flying foxes, fruit bats, and *seals* on some islands.

    A. initial   B. constant

    C. indigenous   D. correspond

13. The large employer can plan around the possibility of _____ illnesses among workers, with a policy of allowing sick days and *adapting* to *infirmities* by *redistributing* the *workload* as needed.

    A. dominant   B. abrupt

    C. intermittent   D. instant

14. Scientists from many *disciplines* are looking at gene _____ within *hoarders*' DNA and *scanning* their brains to try to understand their behaviour in the hope that

---

☐ pesticide 杀虫剂 *n.*

☐ low-cost 低成本的 *adj.*

☐ perpetual 长久的 *adj.*

☐ minimum 最小量 *n.*

☐ side-effect 副作用 *n.*

☐ hearing 听证会 *n.*

☆ highlight 使突出 *vt.*

☐ IRS 美国国税局

☐ outdated 过时的 *adj.*

☆ infrastructure 基础设施 *n.*

☐ misfortune 不幸 *n.*

☆ devoid 完全没有 *adj.*

☐ repository 仓库 *n.*

☆ encounter 偶遇到 *vt.*

☐ mammal 哺乳动物 *n.*

☐ seal 海豹 *n.*

☆ adapt 适应 *vi.*

☐ infirmity 病弱 *n.*

☐ redistribute 再分配 *vt.*

☐ workload 工作量 *n.*

☆ discipline 学科 *n.*

☐ hoarder 囤积物品者 *n.*

☐ scan 扫描 *vt.*

they can be helped.

    A. layers   B. monuments

    C. frameworks   D. sequences

15. Until such functional **mutations** are **identified**, the biological **mechanisms underlying** the interaction will remain _____.

    A. apparent   B. elusive

    C. contrary   D. pragmatic

□ mutation 变异 *n.*

☆ identify 确认 *vt.*

☆ mechanism 机制 *n.*

☆ underlie 构成……的基础 *vt.*

Word Matching

Fill in each blank with the appropriate word from A, B, C and D.

01. A person's _____ is their state of being a human being, rather than an animal or an object.

    A. awareness   B. perception   C. humanity   D. personality

02. A (An) _____ is the usual series of things that you do at a particular time and is also the practice of regularly doing things in a fixed order.

    A. consideration   B. absence   C. hierarchy   D. routine

03. If one thing is a/an _____ to another, the first can be found, used, or done instead of the second.

    A. alternative   B. component   C. framework   D. correspondence

04. If you _____ time or energy in something, you spend a lot of time or energy on something that you consider to be useful or likely to be successful.

    A. coordinate   B. invest   C. include   D. demonstrate

05. If you _____ something, you make it as great in amount or importance as you can.

    A. minimise   B. enlarge   C. diminish   D. maximise

06. An animal's _____ is an area which it regards as its own and which it defends when other animals try to enter it.

    A. terrain   B. obligation   C. territory   D. humidity

07. A(An) _____ is a system of organising people into different ranks or levels of importance, for example, in society or in a company.

    A. structure   B. hierarchy   C. construction   D. architect

08. The _____ is everything you can see when you look across an area of land, including hills, rivers, buildings, trees, and plants.

    A. landmark   B. landmass   C. composition   D. landscape

09. To _____ a decision, action, or idea means to show or prove that it is reasonable or necessary.

    A. corporate   B. correspond   C. justify   D. determine

10. If you try to _____ for something that is wrong or missing in your life, you try to do something that removes or reduces the harmful effects.

    A. seclude   B. compensate   C. coordinate   D. contribute

Find the proper synonym or phrase for each bold word.

01. **reliance**	A. dominance	B. dependence	C. eminence	D. reliability
02. **shift**	A. exchange	B. alter	C. turn around	D. interact
03. **criteria**	A. norm	B. invention	C. constraint	D. cycle
04. **convention**	A. invention	B. contribution	C. custom	D. relaxation
05. **undesirable**	A. disinterested	B. unattractive	C. unfriendly	D. harmful
06. **indigenous**	A. ingenious	B. diligent	C. native	D. invalid
07. **locate**	A. relate	B. pinpoint	C. allocate	D. remit
08. **register**	A. show	B. outnumber	C. introduce	D. precipitate
09. **unravel**	A. unable	B. unwind	C. unlike	D. resent
10. **deposit**	A. reliance	B. decay	C. deduction	D. sediment

Complete each phrase with a proper word according to the following Chinese.

01. _____ the challenge
喜欢挑战

02. for some _____ reason
因为某个特别的原因

03. _____ ancient traditions
维持古老的传统

04. _____ a friend
疏远一个朋友

05. _____ education
人文教育

06. _____ history
歪曲历史

07. _____ one's creativity
限制某人的创造力

08. conduct _____ analysis
进行初步的分析

09. a/an _____ supporter
忠实的支持者

10. _____ reasons
合理的理由

11. ancient _____
古代的遗迹

12. huge _____ of work
巨大的工作量

13. a/an _____ noise
时断时续的噪音

14. the inevitable _____
必然的结果

15. _____ responsibility
推卸责任

16. in the _____ stage
在初始的阶段

17. hold _____ opinions
持相反的观点

18. _____ source of energy
非传统的能量来源

19. heavy _____ on pesticides
高度地依赖杀虫剂

20. be _____ from school
被学校开除

Sublist 5

Sentence Completion

Fill in each sentence with the correct word(s).

1. Despite Turin's enthusiasm for his subject, he is _____ by many *linguists'* refusal to engage in the issue he is working on. [真题]
   A. labelled   B. invoked
   C. baffled   D. retained

   ☐ linguist 语言学家 *n.*

2. The *unintentional* consequence was to _____ the natural *eradication* of *underbrush*, now the primary fuel for *megafires*. [真题]
   A. accelerate   B. access
   C. predict   D. halt

   ☐ unintentional 偶然的 *adj.*
   ☐ eradication 根除 *n.*
   ☐ underbrush 灌木丛 *n.*
   ☐ megafire 大火 *n.*

3. Similarly, *prosperity*, *stability* and justice usually depend on the _____, or at least the *containment*, of major political struggles over wealth and power. [真题]
   A. termination   B. resolution
   C. mechanism   D. dimension

   ☐ prosperity 繁荣 *n.*
   ☐ stability 稳定 *n.*
   ☐ containment 控制 *n.*

4. After the formation of large, *imperial* states in the classical world, travel *accounts* _____ as a *prominent* literary *genre* in many lands, and they held strong appeal for rulers. [真题]
   A. embarked   B. launched
   C. emerged   D. overtook

   ☐ imperial 皇家的 *adj.*
   ☐ account 记录 *n.*
   ☆ prominent 重要的 *adj.*
   ☐ genre 体裁，类型 *n.*

5. *Fiber* is an important _____ in a healthy diet with great benefits to our *digestive* system and in reducing *cholesterol* levels, which in turn reduces our risk of heart disease.
   A. ingredient   B. attribute
   C. mechanism   D. provision

   ☐ fiber 纤维 *n.*
   ☐ digestive 消化的 *adj.*
   ☐ cholesterol 胆固醇 *n.*

6. The surface of Mars shows a wide range of *geologic* features, including huge *volcanoes* and _____ *impact craters*.
   A. authentic   B. extensive
   C. graphic   D. definite

   ☐ geologic 地质的 *adj.*
   ☐ volcano 火山 *n.*
   ☆ impact 撞击 *n.*
   ☐ crater 火山口 *n.*

7. This new shopping design and *layout* could _____ more customers to go shopping *simultaneously*. [真题]

A. launch　　　　　　B. undertake

C. inflict　　　　　　D. accommodate

8. The *fungi absorb moisture* and mineral salts from the rocks, passing these on in waste products that _____ *algae*.

A. inflict　　　　　　B. substitute

C. nourish　　　　　　D. overtake

9. Gradually, genius came to represent a person's *characteristics* and *thence* an individual's highest _____ *derived* from his "genius" or guiding spirit.[C8T3R2]

A. dimensions　　　　　　B. mechanisms

C. occupations　　　　　　D. attributes

10. Repeated experiments, _____ upon the *insistence* of *sceptical* scientists and experts, *yield* the same result. [真题]

A. undertaken　　　　　　B. elaborated

C. overtaken　　　　　　D. manifested

11. The latest 100,000 deaths _____ those caused by both the delta *variant* and *omicron*, which began spreading rapidly in December and became the *predominant version* in the U.S..

A. conceive　　　　　　B. encompass

C. predict　　　　　　D. reclaim

12. Many cultures combine beans with grains to form a complete *protein* that is high-quality _____ for meat — rice and *soy* in Japan, corn and beans in Mexico, rice and *lentils* in the Middle East. [真题]

A. integrity　　　　　　B. statistics

C. substitute　　　　　　D. provision

13. The drug is *derived* from the *bark* of the *cinchona* tree, native to South America, and by 1856 demand for the drug was _____ the available supply. [C9T1R1]

A. nourishing　　　　　　B. undertaking

C. conceiving　　　　　　D. surpassing

14. The *mushroom fungus* produces chemicals that *digest carbo-hydrates* from the tree and _____ with the tree's ability to *absorb* water and *nutrients*, eventually leading to the death of the host organism.

☐ layout 设计，布局 *n.*

☐ simultaneously 同时地 *adv.*

☐ fungus 真菌 *n.*（复数 fungi）

☆ absorb 吸收 *vt.*

☐ moisture 水分 *n.*

☐ algae 海藻 *n.*

☆ characteristic 特征 *n.*

☐ thence 因此；然后 *adv.*

☆ derive 来源 *vi.*

☐ insistence 坚持 *n.*

☆ sceptical 怀疑的 *adj.*

☆ yield 带来 *vt.*

☐ variant 变体，变种 *n.*

☐ omicron 奥密克戎新冠病毒

☐ predominant 占主导的 *adj.*

☆ version 版本 *n.*

☐ protein 蛋白质 *n.*

☐ soy 大豆 *n.*

☐ lentil 小扁豆 *n.*

☆ derive（使）起源于 *vt.*

☐ bark 树皮 *n.*

☐ cinchona 金鸡纳树 *n.*

☐ mushroom 蘑菇 *n.*

☐ digest 消化 *vt.*

☐ carbohydrate 碳水化合物 *n.*

☆ absorb 吸收 *vt.*

A. invoke   B. retain   ☐ nutrient 营养物质 n.

C. interfere   D. supervise

15. Few species, if any, will be _____ from the **dramatic**   ☆ dramatic 巨大的 adj.

changes in temperature, rainfall and sea levels. [真题]

A. malign   B. immune

C. rampant   D. vicious

Word Matching

Fill in each blank with the appropriate word from A, B, C and D.

01. If you _____ a plan or idea, you think of it and work out how it can be done.

    A. forget   B. conceive   C. get away with   D. give up

02. If something such as a decision or an arrangement is _____, it is firm and clear, and unlikely to be changed.

    A. uncertain   B. perennial   C. hypothetical   D. definite

03. If one person is regarded as _____ to another, they are regarded as less important because they have less status or ability.

    A. preferred   B. statistical   C. inferior   D. dimensional

04. If you say that someone _____ to do something, you mean that they expect to do it.

    A. estimate   B. relish   C. insist   D. reckon

05. _____ are drawings and pictures that are composed using simple lines and sometimes strong colours.

    A. Sketches   B. Photographs   C. Graphics   D. Landscapes

06. If something that you want, need, or expect is _____, it is given to you or it happens.

    A. incoming   B. forthright   C. forthcoming   D. onlooking

07. If you describe something bad, such as a crime or disease, as _____, you mean that it is very common and is increasing in an uncontrolled way.

    A. rampant   B. violent   C. extended   D. retainable

08. If something is at a _____, it is wanted or needed, but is difficult to get or achieve.

    A. exemption   B. reclamation   C. solution   D. premium

09. If you talk about the _____ of a situation or problem, you are talking about its extent and size.

    A. disclosure   B. dimension   C. attribution   D. diction

10. _____ are a set of facts or a fixed limit which establishes or limits how something can or must happen or be done.

    A. Sectors   B. Substitutions   C. Parameters   D. Measurements

Synonym Substitution

Find the proper synonym or phrase for each bold word.

01. **grant**   A. donate   B. civilise   C. admit   D. reckon
02. **contrast**   A. comparison   B. contrary   C. contradict   D. opposite
03. **occupation** A. disclosure   B. prediction   C. preoccupation D. career
04. **disperse**   A. dispatch   B. scatter   C. bypass   D. encode
05. **extensive** A. extended   B. possessive   C. comprehensive D. definite
06. **encompass** A. exclude   B. accommodate   C. integrate   D. contain
07. **overtake**   A. overthrow   B. undertake   C. surpass   D. embark
08. **gravity**   A. dependence   B. supervision   C. parameter   D. importance
09. **entangle**   A. involve   B. intangible   C. interlock   D. overlap
10. **manifest**   A. explain   B. display   C. manipulate   D. underscore

Phrase Completion

Complete each phrase with a proper word according to the following Chinese.

01. a/an _____ fuel
    替代的燃料
02. the manufacturing _____
    制造行业
03. _____ data
    真实的数据
04. express _____ views
    表达有分歧的观点
05. a/an _____ of behaviour
    行为准则
06. _____ source of revenue
    收入的重要来源
07. the _____ of the situation
    形势的严重性
08. official _____
    官方的统计数据
09. have a/an _____ effect
    带来不良的影响
10. a/an _____ system
    复杂的系统

11. _____ new problems
    引起新问题
12. have equal _____ to education
    有平等受教育的权力
13. a/an _____ problem
    严重的问题
14. physical and biological _____
    物理上和生物上的属性
15. _____ a good nature
    保留善良的本性
16. have a/an _____ knowledge
    有着广博的知识
17. defense _____
    防卫机制
18. _____ his career
    毁掉他的事业
19. _____ a permission
    给予许可
20. _____ improvement
    显著的改进

Sublist 6

Sentence Completion

Fill in each sentence with the correct word(s).

1. Scientists are confident that rapid changes in the Earth's climate are already ***disrupting*** and _____ many wildlife ***habitats***. [真题]

   A. adjusting   B. altering

   C. overlooking   D. safeguarding

   ☐ disrupt 扰乱 *vt.*
   ☐ habitat 栖息地 *n.*

2. The management of our relationship with this new world requires _____ and ***ever-increasing*** amounts of social and technical ***ingenuity***.

   A. immense   B. stable

   C. variable   D. liberal

   ☐ ever-increasing 持续增长的 *adj.*
   ☐ ingenuity 聪明才智 *n.*

3. During the Middle Ages, Europeans used ***ambergris*** as a _____ for headaches, colds, ***epilepsy***, and other ***ailments***. [真题]

   A. strategy   B. remedy

   C. version   D. texture

   ☐ ambergris 龙涎香 *n.*
   ☐ epilepsy 癫痫 *n.*
   ☐ ailment 疾病，病痛 *n.*

4. We are not yet in a position to make even ***preliminary estimates*** of answers to such _____ questions as the extent to which the sea and the coast affected human life in the past. [真题]

   A. logic   B. disruptive

   C. fundamental   D. solid

   ☆ preliminary 初步的 *adj.*
   ☆ estimate 估计 *n.*

5. The ***invasive*** species may expand their ***territory*** naturally as their ***colony*** grows; but far more frequently an _____ is ***associated*** with human activity.

   A. adversity   B. revenue

   C. expansion   D. invasion

   ☐ invasive 入侵的 *adj.*
   ☆ territory 领土 *n.*
   ☐ colony 殖民地 *n.*
   ☆ associate 与……关联 *vt.*

6. ***Approximately*** one third of drug firms' total _____ is now from ***licensed-in*** technology. [真题]

   A. strategy   B. revenue

   C. version   D. monitor

   ☐ approximately 大约 *adv.*
   ☐ licensed-in 授权的 *adj.*

7. Researchers and educators know that these playful activities *benefit* the development of the whole child across social, *cognitive*, physical, and emotional _____. [C14T3R3]

    A. domains   B. credence

    C. triumph   D. protocols

☐ benefit 使受益 *vt.*

☆ cognitive 认知的 *adj.*

8. The grass growth in the *tundra* and *boreal forests* of *Eurasia* and North America would reduce temperatures, and _____ emissions from melting *permafrost*. [C15T2R2]

    A. entail   B. sponsor

    C. transit   D. mitigate

☐ tundra 冻原 *n.*

☐ boreal forest 北方森林

☐ Eurasia 欧亚大陆 *n.*

☐ permafrost 永冻层 *n.*

9. The declining *retirement* security faced by growing numbers of Americans is being _____ by increasing *longevity* and quickly rising health care costs.

    A. postponed   B. generated

    C. exacerbated   D. withstood

☐ retirement 退休 *n.*

☐ longevity 长寿 *n.*

10. Current _____ on human *evolution* and mankind's *colonisation* of the globe are based upon *fossil* evidence, as well as *excavated* artifacts and *biogenetic* data. [真题]

    A. logic   B. perspective

    C. symbol   D. ratio

☆ evolution 进化 *n.*

☐ colonisation 殖民化 *n.*

☐ fossil 化石 *n.*

☐ excavated 出土的 *adj.*

☐ biogenetic 生物起源的 *adj.*

11. With its *donations*, the group aims to _____ recent violence, which has risen *drastically* across the region in recent months.

    A. pursue   B. insulate

    C. descend   D. thwart

☐ donation 捐赠 *n.*

☐ drastically 剧烈地 *adv.*

12. The *easternmost* of the *aquifers beneath* Sahara, extending over two million square kilometers, contains 375,000 *cubic* kilometers of water — the _____ of 3750 years of the Nile river flow.

    A. likewise   B. equivalent

    C. texture   D. capacity

☐ easternmost 最东的 *adj.*

☐ aquifer 蓄水层 *n.*

☆ beneath 在……下 *prep.*

☐ cubic 立方的 *adj.*

13. In forests and fields all over the world, plants are engaged in a *deadly* chemical war to _____ other plants and create conditions for their own success. [真题]

    A. suppress   B. sponsor

    C. dismiss   D. adjust

☐ deadly 致命的 *adj.*

14. There is evidence that all modern *turtles* are _____ from a *terrestrial ancestor* which lived before most of the dinosaurs. [C9T1R3]

☐ turtle 龟 *n.*

☐ terrestrial 陆地的 *adj.*

☐ ancestor 祖先 *n.*

A. entailed   B. descended

C. withstood   D. employed

15. Physical exercise, which was **sufficiently** _____ to   □ sufficiently 充足地 *adv.*

double the rate of breathing, had no effect on the frequency   □ yawning 打哈欠 *n.*

of **yawning**.

A. bizarre   B. innocent

C. vigorous   D. transient

Word Matching

Fill in each blank with the appropriate word from A, B, C and D.

01. The _____ of a person or animal are the parts of their body that are left after they have died, sometimes after they have been dead for a long time.

    A. contents   B. ingredients   C. remains   D. collections

02. If you _____ certain methods, materials, or expressions, you use them.

    A. consult   B. liberate   C. disrupt   D. employ

03. If you _____ something, you regularly check its development or progress, and sometimes comment on it.

    A. venture   B. monitor   C. ponder   D. expose

04. If you _____ a proposal or suggestion, you officially put it forward and support it.

    A. adhere   B. oppose   C. sponsor   D. withhold

05. If one person or institution _____ an agreement or relationship with another, they create it with a lot of hard work, hoping that it will be strong or lasting.

    A. reestablish   B. forge   C. destroy   D. recreate

06. Something that is _____ is unusual and interesting, usually because it comes from or is related to a distant country.

    A. exotic   B. external   C. exterior   D. concise

07. If you _____ something, you decide or say that it is not important enough for you to think about or consider.

    A. suppress   B. expose   C. pursue   D. dismiss

08. If you are _____ by a feeling or event, it affects you very strongly, and you do not know how to deal with it.

    A. aroused   B. overwhelmed   C. admonished   D. pursued

09. If you describe a statement, situation, or person as _____, you mean they have no real value, worth, or effectiveness.

    A. despondent   B. adverse   C. hollow   D. expansive

10. If you say that someone is _____, you mean that they act in a way which shows that they do not care about danger or the effect their behaviour will have on other people.

    A. unaware   B. reckless   C. imprecise   D. extravagant

Find the proper synonym or phrase for each bold word.

01. **entail**   A. stretch out   B. bring about   C. break apart   D. take away

02. **liberal**   A. deliberate   B. variable   C. bewildering   D. bountiful

03. **overlook**   A. neglect   B. look around   C. concentrate   D. look below

04. **adversity**   A. aversion   B. advocate   C. hardship   D. adhesion

05. **withstand**   A. hold on   B. endure   C. stand behind   D. uphold

06. **reject**   A. turn off   B. turn on   C. turn down   D. turn around

07. **vague**   A. innocent   B. unforgeable   C. unstable   D. ambiguous

08. **transient**   A. temporary   B. competent   C. aerobic   D. adhesive

09. **postpone**   A. put on   B. put off   C. put away   D. put up

10. **climax**   A. bottom   B. stability   C. peak   D. precision

Phrase Completion

Complete each phrase with a proper word according to the following Chinese.

01. _____ instructions
    明确的指示

02. provide _____ evidence
    提供确凿的证据

03. _____ controversy
    引起争议

04. _____ driving
    鲁莽的驾驶

05. _____ a problem
    使问题恶化

06. hold a/an _____ opinion
    持有相反的(有冲突的)意见

07. be environmentally _____
    环境方面没有意识的

08. original _____
    最初的意图

09. _____ to your opinion
    坚持你的观点

10. highly _____ teacher
    非常称职的教师

11. in a/an _____ order
    按下降的次序

12. urban _____
    城市扩张

13. _____ the problem
    使这个问题加剧

14. undergo a/an _____ examination
    经历一次全面的检查

15. _____ the immune system
    抑制免疫系统

16. a/an _____ logic
    让人信服的理由

17. urban _____ system
    城市的运输系统

18. _____ victims
    无辜的受害者

19. in a/an _____ state
    处在混乱的状态

20. a/an _____ relationship
    牢固的关系

Sublist 7

Sentence Completion

Fill in each sentence with the correct word(s).

1. Tea was _____ to an art form in the Japanese tea ceremony, in which *supreme* importance is given to making tea in the most perfect, most polite, most *grateful*, and most charming manner possible. [真题]

   A. enhanced   B. vanished

   C. imposed   D. elevated

   ☐ supreme(程度)最大的 *adj.*
   ☐ grateful 令人愉快的 *adj.*

2. The net effect is to _____ seawater into hot desert air, then *recondense* the *moisture* as *fresh water*. [真题]

   A. evaporate   B. motivate

   C. condense   D. assign

   ☐ recondense 再凝结 *vt.*
   ☐ moisture 水分,湿气 *n.*
   ☐ fresh water 淡水

3. In many cases, the *complexity* and speed of operation of today's *vital* economic, social, and *ecological* systems _____ the human brain's grasp. [真题]

   A. precede   B. exceed

   C. contain   D. deteriorate

   ☐ complexity 复杂性 *n.*
   ☆ vital 重要的 *adj.*
   ☐ ecological 生态的 *adj.*

4. Ants' *fungus* farming and *aphid herding* crafts are _____ when compared to the agricultural skills of humans 5000 years ago. [C7T3R1]

   A. simplified   B. explicit

   C. sophisticated   D. accurate

   ☐ fungus 真菌 *n.*
   ☐ aphid 蚜虫 *n.*
   ☐ herding 牧养 *n.*

5. Three centuries ago, _____ *malnutrition* was more or less universal, but now, it is extremely *rare* in rich countries. [真题]

   A. short-term   B. excessive

   C. permanent   D. chronic

   ☐ malnutrition 营养不良 *n.*
   ☆ rare 少见的 *adj.*

6. The influence of trade unions and economic changes *contributed* to the *evolution* by leaving some forms of child labour _____ during the 19th century. [真题]

   A. intelligent   B. redundant

   C. prolific   D. ignorant

   ☆ contribute 促使 *vi.*
   ☆ evolution 发展 *n.*

7. Amazon encourages people to get involved in the **e-commerce domain**, which will _____ more innovation in this **booming** industry.

    A. spur   B. impose

    C. comply   D. stimulate

☐ e-commerce 电子商务 *n.*
☆ domain 领域 *n.*
☐ booming 飞速发展的 *adj.*

8. Most attempts to document cultural **diversity** among **chimpanzees** have **solely** relied upon officially published _____ of the behaviours reported at each research site. [真题]

    A. acknowledge   B. instructions

    C. fragments   D. accounts

☐ diversity 多样性 *n.*
☐ chimpanzee 黑猩猩 *n.*
☐ solely 唯一地 *adv.*

9. The **primary** forms of data **analysis** include **verbal** description and involve _____ **interpretations** of human behaviours. [真题]

    A. abstract   B. explicit

    C. consequent   D. mental

☆ primary 最初的 *adj*
☐ analysis 分析 *n.*
☐ verbal 文字的 *adj.*
☐ interpretation 诠释 *n.*

10. Some of the major **enterprises** such as GE and Cisco have been impressively **triumphant** when it comes to **snatching** and _____ small companies' **accomplishments**. [真题]

    A. incorporating   B. maintaining

    C. migrating   D. enhancing

☐ enterprise 公司 *n.*
☐ triumphant 成功的 *adj.*
☐ snatch 抢夺, 抢走 *vt.*
☐ accomplishment 成就 *n.*

11. Since **Sumer** was **virtually** _____ of natural resources other than its rich soil, it traded with other people, thereby contributing to the **diffusion** of **Sumerian** civilisation.

    A. incentive   B. prolific

    C. devoid   D. relentless

☐ Sumer 苏美尔人 *n.*
☐ virtually 几乎, 差不多 *adv.*
☐ diffusion 散播 *n.*
☐ Sumerian 苏美尔人的 *adj.*

12. The Chinese used fibers from the white **mulberry** tree, which **yielded** a tough, _____ material that could be **folded**, stretched, and **compressed**.

    A. neutral   B. flexible

    C. affluent   D. portable

☐ mulberry 桑树 *n.*
☆ yield 产生 *vt.*
☐ fold 折叠 *vt.*
☐ compress 压缩 *vt.*

13. The brutal truth is that **industrialisation** often **devastated** the environment with pollution in the _____ drive for **efficiency** and profit.

    A. portable   B. redundant

    C. accurate   D. relentless

☐ industrialisation 工业化 *n.*
☆ devastate 毁坏 *vt.*
☐ efficiency 效率 *n.*

14. But with the devices in place, the researchers could use a **tablet** computer to _____ **unique sequences** of electrical pulses to **activate** the **participants'** muscles.

☐ table computer 平板电脑 *n.*
☆ unique 独特的 *adj.*
☆ sequence 顺序 *n.*

| | A. migrate | B. consume | ☆ activate 激活 *vt.* |
| | C. initiate | D. submit | ☐ participant 参与者 *n.* |

15. Some key organic *compounds* that may _____ or promote various species include *amino acids, carbohydrates,* and *fatty acids*.

A. attach   B. impose

C. overrate   D. inhibit

☐ compound 化合物 *n.*
☐ amino acid 氨基酸
☐ carbohydrate 碳水化合物 *n.*
☐ fatty acid 脂肪酸

Word Matching

Fill in each blank with the appropriate word from A, B, C and D.

01. If a feeling, plan, or activity _____, it gradually becomes weaker and eventually disappears completely.

    A. reemerges   B. recovers   C. allocates   D. evaporates

02. A _____ is money that is paid by a government or other authority in order to help an industry or business, or to pay for a public service.

    A. deposit   B. consumption   C. discipline   D. subsidy

03. If you can _____ between two things, you can recognise that they are different.

    A. initiate   B. discriminate   C. neutralise   D. deteriorate

04. If amounts or things are _____, they are added together and considered as a single amount or thing.

    A. exceeded   B. assigned   C. aggregated   D. exaggerated

05. If you _____ to something, you unwillingly allow something to be done to you, or you do what someone wants, for example, because you are not powerful enough to resist.

    A. permit   B. cooperate   C. submit   D. ignore

06. If you _____ a change, political system, or idea, you accept it and start supporting it or believing in it.

    A. incorporate   B. enchant   C. enhance   D. embrace

07. A _____ is something which could be dangerous to you, your health or safety, or your plans or reputation.

    A. hazard   B. discomfort   C. essence   D. negligence

08. If you _____ conditions to something such as an agreement, you state that specific things must be done before the agreement is valid.

    A. discover   B. dictate   C. attach   D. allocate

09. An _____ idea or way of thinking is based on general ideas rather than on real things and events.

    A. neutral   B. credulous   C. instructive   D. abstract

10. A _____ is a particular area of study, especially a subject of study in a college or university.

    A. instruction   B. discipline   C. instrument   D. assignment

Find the proper synonym or phrase for each bold word.

01. **overrate**	A. overdo	B. overtake	C. overestimate	D. overlook
02. **breed**	A. domesticate	B. nurture	C. negotiate	D. portray
03. **acknowledge**	A. aware	B. migrate	C. depreciate	D. admit
04. **accurate**	A. assiduous	B. motivated	C. precise	D. incapable
05. **consequent**	A. credible	B. subsequent	C. rational	D. instructive
06. **deteriorate**	A. upgrade	B. weaken	C. worsen	D. recede
07. **maintain**	A. sustain	B. reclaim	C. discontinue	D. attach
08. **impair**	A. repair	B. compare	C. damage	D. impede
09. **transform**	A. motivate	B. convert	C. transit	D. consume
10. **initiate**	A. set back	B. put off	C. move forward	D. trigger off

Complete each phrase with a proper word according to the following Chinese.

01. cover a wide _____
    涉及广泛的领域

02. make a/an _____ option
    做出理性的选择

03. _____ statistics
    精确的统计

04. follow the _____
    参照使用说明

05. the _____ of friendship
    友情的纽带

06. _____ economic growth
    促进经济增长

07. a detailed _____
    详细的描绘

08. _____ to urban area
    向市区迁徙

09. achieve great _____
    获得巨大成功

10. _____ technique
    尖端的技术

11. give a/an _____ answer
    给出明确的答复

12. government _____
    政府补贴

13. _____ one's reputation
    提高某人声望

14. _____ food into energy
    把食物转化成能量

15. _____ economic growth
    刺激经济增长

16. grasp the _____
    抓住要点

17. _____ equipment
    便携式的设备

18. occupational _____
    职业的风险

19. live in _____ time
    生活在富裕的年代

20. _____ equality
    性别平等

Sublist 8

Sentence Completion

Fill in each sentence with the correct word(s).

1. If _____ laughter is the product of more general thought processes, it should result from more *expansive* brain activity. [C5T2R2]

   A. massive　　　　　　　B. unique

   C. cognitive　　　　　　 D. various

   □ expansive 全面的 *adj.*

2. The information age was supposed to reduce our *impact* on the environment, but the _____ seems to be happening. [真题]

   A. cognitive　　　　　　B. visible

   C. interval　　　　　　　D. reverse

   ☆ impact 影响 *n.*

3. Even if researchers can _____ the *crucial* genes, they will be a long way from developing new varieties that *smallholders* will find suitable and *affordable*. [真题]

   A. insert　　　　　　　　B. eliminate

   C. identify　　　　　　　 D. utilise

   ☆ crucial 关键的 *adj.*

   □ smallholder 小农场主 *n.*

   □ affordable 能承受的 *adj.*

4. When a *non-native* species finds its way into a _____ environment, the damage can be serious, as the *invader outcompetes* the local wildlife, brings in new disease, or destroys the environment.

   A. vulnerable　　　　　　B. trivial

   C. cautious　　　　　　　 D. dubious

   □ non-native 非本地的 *adj.*

   □ invader 入侵者 *n.*

   □ outcompete 胜过 *vt.*

5. *Lenin* had already been _____ by the ideas of Frederick Tylor, whose time-motion studies had discovered ways of *streamlining* effort so that every worker could produce the *maximum*. [真题]

   A. isolated　　　　　　　B. intrigued

   C. shattered　　　　　　　D. utilised

   □ Lenin 列宁

   □ streamline 精简 *vt.*

   □ maximum 最大值 *n.*

6. It is a curious _____ that professional *comedians* often have unhappy personal lives.

   A. phenomenon　　　　　B. property

   C. paradox　　　　　　　D. pattern

   □ comedian 喜剧演员 *n.*

7. Until now they have been researched for more _____ solutions, such as sound *barriers* beside roads.

    A. interval   B. unique

    C. cautious   D. pragmatic

☐ barrier 屏障 *n.*

8. When most of the other *contemporary reptiles* went *extinct*, crocodiles were able to make it because their bodies changed and they _____ better to the climate. [真题]

    A. utilised   B. prohibited

    C. adapted   D. assessed

☆ contemporary 当代的 *adj.*

☐ reptile 爬行动物 *n.*

☐ extinct 灭绝的 *adj.*

9. _____ investigations of the *self-as-subject* in young children are rather _____ because of difficulties of communication. [C9T4R2]

    A. Dubious, artificial   B. Empirical, scarce

    C. Cognitive, massive   D. Visible, identical

☐ self-as-subject 主体的自我

10. The danger is not that the soil will disappear completely, but that the *microorganisms* that give it its special _____ will be lost. [C13T4R2]

    A. properties   B. patterns

    C. innovations   D. menaces

☐ microorganism 微生物 *n.*

11. Children experiencing an *auditory* function *deficit* can often find speech and communication very difficult to _____ and *process* when set against high levels of background noise. [C9T2R1]

    A. preserve   B. utilise

    C. extract   D. isolate

☐ auditory 听觉的 *adj.*

☐ deficit 缺陷 *n.*

☆ process 处理 *vt.*

12. Though musicians *employ* various online *databases*, today these options are still _____ and are only used to *supplement* musicians' *expertise*.

    A. cautious   B. rudimentary

    C. identical   D. visible

☆ employ 采用,利用 *vt.*

☐ database 数据库 *n.*

☆ supplement 补充 *vt.*

☐ expertise 专业技术 *n.*

13. Technologies do exist to reduce or _____ carbon *dioxide* as a waste product of our energy *consumption*.

    A. simulate   B. preserve

    C. eliminate   D. infer

☐ dioxide 二氧化物 *n.*

☐ consumption 消耗 *n.*

14. Researchers warned that a *critical* ice *shelf* in Antarctica, which holds back one of the most dangerous *glaciers*, could _____ within the next five years. [CNN News]

    A. entitle   B. convert

    C. shatter   D. provoke

☐ critical 关键的 *adj.*

☐ shelf 架,隔板 *n.*

☐ glacier 冰川 *n.*

15. Britain, recently, has been suffering from the failure of _____ governments to **coordinate** a national **transport** policy.

☆ coordinate 协调 vt.
□ transport 交通 n.

    A. tremendous   B. successive

    C. vulnerable   D. infinite

Word Matching

Fill in each blank with the appropriate word from A, B, C and D.

01. If you _____ a situation or condition, you make sure that it remains as it is, and does not change or end.

    A. isolate   B. preserve   C. duplicate   D. reserve

02. _____ actions or activities are done because someone chooses to do them and not because they have been forced to do them.

    A. Willful   B. Vulnerable   C. Voluntary   D. Paradoxical

03. If something _____ you, it confuses and worries you because you do not understand it or because it causes you difficulty.

    A.adapts   B. endorses   C. perplexes   D. cements

04. Something that is _____ upsets or embarrasses people because it is rude or insulting.

    A. defensive   B. classic   C. provocative   D. offensive

05. Someone's or something's _____ is another person or thing that has a similar function or position in a different place.

    A. contemporary   B. counterpart   C. participant   D. partnership

06. If you _____ an event or condition to a particular cause, you say or consider that it was caused by that thing.

    A. describe   B. ascribe   C. prescribe   D. inscribe

07. The _____ of a substance or an object are the ways in which it behaves in particular conditions.

    A. assets   B. possessions   C. identities   D. properties

08. A quality or feature that _____ one thing from another makes the two things different.

    A. innovates   B. differentiates   C. underlies   D. comprises

09. If something _____ you, it makes you so tired, either physically or mentally, that you have no energy left.

    A. exhausts   B. advocates   C. intrigues   D. utilises

10. If you _____ that something is the case, you decide that it is true on the basis of information that you already have.

    A. defer   B. refer   C. infer   D. confer

Find the proper synonym or phrase for each bold word.

01. **trivial**	A. colossal	B. numerous	C. important	D. insignificant
02. **paramount**	A. foremost	B. amount	C. autonomous	D. massive
03. **artificial**	A. artistic	B. identical	C. fabricated	D. classical
04. **profile**	A. penetrate	B. assert	C. outline	D. visualise
05. **autonomy**	A. automobile	B. independence	C. simulation	D. dedication
06. **unique**	A. specific	B. vertical	C. unidentified	D. distinctive
07. **pragmatic**	A. paradoxical	B. practical	C. unlimited	D. underlying
08. **concession**	A. compromise	B. recession	C. confession	D. depression
09. **aggravate**	A. weaken	B. accomplish	C. exacerbate	D. aggregate
10. **prompt**	A. timely	B. presumptuous	C. pending	D. irreversible

Phrase Completion

Complete each phrase with a proper word according to the following Chinese.

01. within a short _____
    在很短的时间间隔内

02. _____ to organic food
    改吃有机食物

03. show a/an _____ trend
    呈现相反的趋势

04. _____ development
    认知的发展

05. _____ sex discrimination
    禁止性别歧视

06. require _____ patience
    需要极大的耐心

07. _____ the situation
    使形势加剧

08. a/an _____ service
    义务性的服务

09. _____ of rubbish
    处理垃圾

10. _____ critical thinking
    使用批判性思维

11. a/an _____ reaction
    自然的反应

12. financially _____
    经济上自立的

13. industrial _____
    工业废弃物

14. suffer a/an _____ loss
    承受了巨大的损失

15. a/an _____ approach
    谨慎的方式

16. continue to _____
    持续激增

17. _____ problem
    潜在的问题

18. social _____
    社会意识形态

19. _____ the key issue
    弄清楚关键问题

20. a/an _____ achievement
    了不起的成就

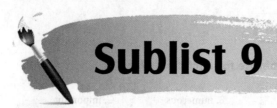

Sublist 9

Sentence Completion

Fill in each sentence with the correct word(s).

1. The past century's *incremental* changes in our societies around the planet have _____ to create a *qualitatively* new world. [真题]
    A. restored   B. accumulated
    C. minimised   D. sustained

    ☐ incremental 逐渐的 *adj.*
    ☐ qualitatively 品质上地 *adv.*

2. On the other hand, *dams*, *aqueducts* and other kinds of _____ will still have to be built, particularly in developing countries where basic human needs have not been met. [C7T1R2]
    A. cloakroom   B. pillar
    C. infrastructure   D. staircase

    ☐ dam 水坝 *n.*
    ☐ aqueduct 导水管 *n.*

3. *Redevelopment* of _____ sites and other development along the coast are *subjecting* these important locations to _____ threats, yet few surveys of such sites have been *undertaken*. [真题]
    A. harbour, unprecedented   B. port, susceptible
    C. urban, dramatic   D. suburb, implicit

    ☐ redevelopment 再开发 *n.*
    ☐ subject 使遭受 *vt.*
    ☆ undertake 从事 *vt.*

4. _____ and treating *dyscalculia* is not *straightforward* as there are many reasons for being bad at maths including poor teaching, lack of *motivation* and *inability* to concentrate for long periods of time.
    A. Analyzing   B. Restoring
    C. Sustaining   D. Diagnosing

    ☐ dyscalculia 计算困难症 *n.*
    ☐ straightforward 简明的 *adj.*
    ☐ motivation 动机,诱因 *n.*
    ☐ inability 不能,无法 *n.*

5. Massive *swirling* storms bring along winds across *tropical* oceans and land on shorelines — usually _____ vast *swaths* of *territory*. [真题]
    A. disputing   B. devastating
    C. exploiting   D. inducing

    ☐ swirling 旋转的 *adj.*
    ☐ tropical 热带的 *adj.*
    ☐ swath 一长条 *n.*
    ☆ territory 地区 *n.*

6. Clarence Saunders, with great *enthusiasm* and innovation, proposed a(an) _____ solution to the whole *grocery* store industry.

    ☐ enthusiasm 热情 *n.*
    ☐ grocery 杂货店 *n.*

| A. bleak | B. dramatic |
| C. unprecedented | D. random |

7. Finding *collagen* from a *dinosaur* that lived seventy million years ago would really _____ our ideas about how long collagen can last.

| A. inspect | B. thrive |
| C. contradict | D. exhibit |

☐ collagen 胶原蛋白 *n.*
☐ dinosaur 恐龙 *n.*

8. Repeated *spraying* killed off the most _____ *pests* and left the strongest to *reproduce* and pass on their *resistance* to generations of ever-hardier *offspring*. [真题]

| A. crucial | B. susceptible |
| C. prevail | D. radical |

☐ spraying 喷洒 *n.*
☐ pest 害虫 *n.*
☐ reproduce 繁殖 *vi.*
☐ resistance 抵抗 *n.*
☐ offspring 后代 *n.*

9. *Innovations* in agriculture tend to promote *deforestation*, although in the case of land-*augmenting* technical change this result is _____.

| A. virtual | B. ambiguous |
| C. widespread | D. mediocre |

☐ innovation 创新 *n.*
☐ deforestation 森林砍伐 *n.*
☐ augment 增大，提高 *vt.*

10. Research on the *origin* and _____ of *gems and jades* are one of the hottest topics in geology, *gemology* and *archaeology*.

| A. occurrence | B. theme |
| C. implement | D. chart |

☐ origin 起源 *n.*
☐ gems and jades 宝石和玉石
☐ gemology 宝石学 *n.*
☐ archaeology 考古学 *n.*

11. Because we are largely *unaware* of our language production and language behaviour, we are often not _____ of features in our language that give away which social group we belong to.

| A. desperate | B. bleak |
| C. conscious | D. crucial |

☆ unaware 未察觉的 *adj.*

12. The _____ design of many *contemporary* buildings can be *traced* to both the low standard of architects' *perception* and their low taste of cultural understanding.

| A. noteworthy | B. mediocre |
| C. inevitable | D. implicit |

☆ contemporary 当代的 *adj.*
☆ trace 追溯 *vt.*
☐ perception 看法，理解 *n.*

13. When a population *shifts* to a new specialised environment, genes will be selected during the following generations that _____ and replace the capacity for *nongenetic adaptation*.

| A. retreat | B. fluctuate |
| C. detect | D. reinforce |

☆ shift 转移 *vi.*
☐ nongenetic 非遗传的 *adj.*
☐ adaptation 适应 *n.*

14. Unless the huge risks of drug development are _____ by *adequate incentives*, most investments will simply not be made.

    A. paralysed   B. conformed

    C. prevailed   D. offset

☆ adequate 充足的 *adj.*

☆ incentive 刺激, 动力 *n.*

15. The ancient human *carriers* of information and understanding—elders, *priests*, teachers, and community members—are _____ by a more *durable* and efficient *medium*, the printed word.

    A. superseded   B. alleged

    C. induced   D. retreated

☐ carrier 承载者 *n.*

☐ priest 牧师 *n.*

☐ durable 耐用的 *adj.*

☐ medium 媒介 *n.*

Word Matching

Fill in each blank with the appropriate word from A, B, C and D.

01. If you say that someone _____ on a particular situation, you mean that they enjoy it or that they can deal with it very well, especially when other people find it unpleasant or difficult.

    A. derives   B. deprives   C. thrives   D. contrives

02. A _____ change or event happens suddenly and is very noticeable and surprising.

    A. restricted   B. fluctuated   C. dramatic   D. concurrent

03. If a situation is _____, it is bad, and seems unlikely to improve.

    A. cheerless   B. bleak   C. blended   D. rigid

04. If you describe an action, rule, or decision as _____, you think that it is not based on any principle, plan, or system. It often seems unfair because of this.

    A. contrary   B. predictable   C. reasonable   D. arbitrary

05. If a situation, attitude, or custom _____ in a particular place at a particular time, it is normal or most common in that place at that time.

    A. convinces   B. overcomes   C. prevails   D. reoccurs

06. If people or things _____ each other, they are different or do something different, which makes them a good combination.

    A. compliment   B. contradict   C. complement   D. appreciate

07. _____ is a tendency to prefer one person or thing to another, and to favour that person or thing.

    A. Judgement   B. Debate   C. Bias   D. Misconception

08. If something is _____, it is more important or noticeable than anything else in a set of people or things.

    A. occupational   B. predominant   C. indisputable   D. inevitable

09. If you _____ from something such as a plan or a way of life, you give it up, usually in order to do something safer or less extreme.

    A. retreat   B. extract   C. derive   D. displace

10. Something that is _____ is very clever and involves new ideas, methods, or equipment.

    A. indigenous   B. intricate   C. ingenious   D. complicated

Synonym Substitution

Find the proper synonym or phrase for each bold word.

01. **oblivion**	A. obligation	B. obstruction	C. obscurity	D. reappearance
02. **abandon**	A. give off	B. give up	C. give away	D. give in
03. **vehicle**	A. medium	B. commerce	C. tunnel	D. incidence
04. **automatic**	A. evitable	B. uncertain	C. conscious	D. spontaneous
05. **restore**	A. conserve	B. vitalise	C. rebuild	D. construct
06. **noteworthy**	A. unimportant	B. unnoticeable	C. remarkable	D. unworthy
07. **widespread**	A. uncommon	B. extensive	C. limited	D. maximised
08. **displace**	A. supersede	B. locate	C. dismiss	D. remove
09. **random**	A. deliberate	B. intentional	C. radical	D. arbitrary
10. **implicit**	A. inferred	B. contradictory	C. intensive	D. unconscious

Phrase Completion

Complete each phrase with a proper word according to the following Chinese.

01. chart a _____ rise
    记录了一个急剧的上升

02. _____ competition
    激烈的竞争

03. _____ great interest
    表现出很大的兴趣

04. television _____
    电视商业广告

05. play a _____ role
    扮演重要的角色

06. _____ in a dispute
    调解争端

07. _____ characteristic
    突出的特点

08. a _____ distinction
    细微的差别

09. _____ manual labour
    取代手工劳力

10. have a _____ effect
    造成毁灭的影响

11. a _____ occurrence
    广泛传播的事件

12. remain _____
    仍不明确的

13. _____ network
    虚拟的网络

14. take _____ measures
    采取极端的手段

15. racial _____
    种族间的紧张关系

16. _____ each other
    相互矛盾

17. be environmentally _____
    有环保的意识

18. _____ social concern
    引起社会关注

19. _____ bias
    固有的偏见

20. _____ the intention
    阐明意图

Sublist 10

Sentence Completion

Fill in each sentence with the correct word(s).

1. The university has a reputation for *spawning* scientists exploring how to _____ the use of technology in various aspects.

   A. inherit   B. optimise

   C. instill   D. conduct

   ☆ spawn 引发 *vt.*

2. A new study has challenged the popular _____ that a high *carbohydrate*, low fat *slimming* plan only works if there's little or no sugar involved. [真题]

   A. argument   B. phenomenon

   C. notion   D. revolution

   ☐ carbohydrate 碳水化合物 *n.*

   ☐ slimming 减肥的 *adj.*

3. The obvious *implication* is that cuckoo _____ from its parents an *inbuilt* _____ map and *direction-finding* capability. [真题]

   A. obtains, scale   B. inherits, route

   C. violates, road   D. attains, navigational

   ☐ implication 结果 *n.*

   ☐ inbuilt 内在的；与生俱来的 *adj.*

   ☐ direction-finding 寻找方向的 *adj.*

4. Dr. Summers decided to use modern technology to map the entire site, both above and *beneath* the surface, to *locate* the most interesting areas and _____ to start digging. [真题]

   A. priorities   B. schemes

   C. volumes   D. outcomes

   ☆ beneath 在……下 *prep.*

   ☆ locate 确定位置 *vt.*

5. Though scientists don't know exactly how *placebos* work, they have *accumulated a fair bit* of knowledge about how to _____ the effect. [真题]

   A. abandon   B. inspect

   C. induce   D. trigger

   ☐ placebo 安慰剂 *n.*

   ☆ accumulate 积累 *vt.*

   ☐ a fair bit 很多的

6. Mostly, *quantification* and *statistical* analysis only play a _____ role in *quantitative* educational research. [真题]

   A. abundant   B. coherent

   ☐ quantification 量化 *n.*

   ☐ statistical 统计的 *adj.*

   ☐ quantitative 量化的 *adj.*

C. subordinate   D. contemporary

7. When plants first made the *transition* ashore 400 million years ago, the land was _____ and *desolate, inhospitable* to life.

    A. fruitful   B. barren

    C. indulgent   D. moderate

- ☐ transition 过渡 *n.*
- ☐ desolate 荒凉的 *adj.*
- ☐ inhospitable 不适宜居住的 *adj.*

8. Many investors know that GAAP contain *numerous loopholes* that allow companies to _____ financial *statement disclosures*.

    A. evacuate   B. qualify

    C. manipulate   D. trigger

- ☆ numerous 大量的 *adj.*
- ☐ loophole 漏洞 *n.*
- ☐ statement 报表 *n.*
- ☐ disclosure 披露 *n.*

9. Some analysts think *gas plants* intended to operate near full *capacity* will soon become _____ if the cost of *renewable* energy and storage continues to fall at its current pace.

    A. abundant   B. fierce

    C. viable   D. obsolete

- ☐ gas plant 燃气工厂 *n.*
- ☆ capacity 能力 *n.*
- ☐ renewable 可再生的 *adj.*

10. An uncontrolled fire at a *fertiliser* plant in North Carolina forced thousands of people to _____ as *firefighters* stood back Tuesday because of the danger of a large explosion.

    A. evacuate   B. qualify

    C. attain   D. suspend

- ☐ fertiliser 肥料 *n.*
- ☐ firefighter 消防员 *n.*

11. Despite the economic benefits promised by its supporters, the project met _____ *resistance* from a number of businesses — particularly *ferry* companies and *civic* leaders.

    [真题]

    A. ultimate   B. fierce

    C. moderate   D. mutual

- ☐ resistance 抵制 *n.*
- ☐ ferry 渡船 *n.*
- ☐ civic 市政的 *adj.*

12. Some butterflies have *evolved* over time to closely _____ other butterfly species, species that are *poisonous* to their *predators*.

    A. suspend   B. withdraw

    C. resemble   D. conduct

- ☐ evolve 进化 *vi.*
- ☐ poisonous 有毒的 *adj.*
- ☐ predator 捕食者 *n.*

13. Nevertheless, for *archaeologists* concerned with the long periods of time of the *Paleolithic* period, there are *variations* in coastlines of much greater _____ to consider.

    A. margin   B. vision

- ☐ archaeologist 考古学家 *n.*
- ☐ Paleolithic 旧石器时代的 *adj.*
- ☐ variation 变化 *n.*

C. norm   D. magnitude

14. The *precipitous* drop came after Tesla warned *shareholders*   ☐ precipitous 急剧的 *adj.*
    in its earnings call that supply chain issues may _____   ☐ shareholder 股东 *n.*
    growth this year.
    A. hamper   B. commence
    C. secure   D. repel

15. Humans tend not to return unused parts of *harvested* crops   ☐ harvested 收割的 *adj.*
    directly to the soil to *enrich* it, meaning that the soil   ☐ enrich 使肥沃 *vt.*
    gradually becomes less _____. [C13T4R2]
    A. passive   B. fertile
    C. intrusive   D. viable

Word Matching

Fill in each blank with the appropriate word from A, B, C and D.

01. When raw materials or foods are _____, they are prepared in factories before they are used or sold.
    A. preceded   B. preserved   C. processed   D. organised

02. If you _____ an idea or feeling in someone, especially over a period of time, you make them think it or
    feel it.
    A. disseminate   B. distill   C. ignore   D. instill

03. If something is _____, it is well planned, so that it is clear and sensible and all its parts go well with
    each other.
    A. original   B. cohesive   C. coherent   D. inherent

04. When someone _____, they pass the examinations that they need to be able to work in a particular
    profession.
    A. quantifies   B. qualifies   C. permits   D. regulates

05. If there is a _____ for something in a situation, there is some freedom to choose what to do or decide
    how to do it.
    A. margin   B. border   C. verge   D. route

06. You use _____ to describe the original source or cause of something.
    A. major   B. objective   C. outermost   D. ultimate

07. If you talk about a likely or possible _____, you are talking about the way in which a situation may
    develop.
    A. circumstance   B. assumption   C. scenario   D. hypothesis

08. If someone is _____, they are cautious and not very confident because they are uncertain or afraid.
    A. extensive   B. tentative   C. definite   D. deliberate

09. If you _____ something, you delay it or stop it from happening for a while or until a decision is made
    about it.
    A. expect   B. anticipate   C. refine   D. suspend

10. If you _____ someone, you stop them from doing what they intended or wanted to do, usually by using
    your physical strength.
    A. prompt   B. repel   C. restrain   D. secure

Synonym Substitution

Find the proper synonym or phrase for each bold word.

01.	**fruitful**	A. infertile	B. productive	C. unrewarding	D. useless
02.	**withdraw**	A. put in	B. put forward	C. move in	D. take back
03.	**surplus**	A. excess	B. deficit	C. extension	D. concession
04.	**sphere**	A. location	B. section	C. domain	D. element
05.	**imitate**	A. limit	B. hesitate	C. mimic	D. meddle
06.	**originate**	A. bring about	B. take out	C. set out	D. make out
07.	**impede**	A. facilitate	B. hinder	C. invade	D. prioritise
08.	**moderate**	A. regulate	B. deteriorate	C. coordinate	D. differentiate
09.	**stamina**	A. assistance	B. maintenance	C. endurance	D. patience
10.	**stagnant**	A. active	B. provocative	C. invasive	D. motionless

Phrase Completion

Complete each phrase with a proper word according to the following Chinese.

01. the focus of _____
    争论的焦点

02. _____ the traffic rules
    违反交通规则

03. _____ new measures
    制定新的措施

04. fundamental _____
    基本的观念

05. a/an _____ report
    客观的报道

06. _____ a research
    进行一个研究

07. scientifically _____
    科学上可行的

08. at _____ price
    以便宜的价格

09. work on _____
    以赚取佣金的方式工作

10. the _____ population
    常住的人口

11. fail to _____
    没有料到

12. _____ local traditions
    损害地方传统

13. _____ personality
    充满活力的性格

14. _____ attitude
    宽容的态度

15. a labour _____
    劳动力过剩

16. a/an _____ argument
    无益的争论

17. _____ many people
    使很多人反感

18. _____ benefit
    共同的益处

19. _____ economic growth
    束缚经济的增长

20. play a/an _____ role
    产生消极的作用

Answer Key

Sublist 1

Sentence Completion:

1-15 CABDC ABBCD ABCBB

Word Matching:

1-10 ACDBB CACBD

Synonym Substitution:

1-10 CBADB BABCD

Phrase Completion:

1-10

fragile excuse

alleviate the situation

substantial carbon emissions

pinpoint several factors

exaggerated by the media

assume the responsibility

have a *profound* effect

a *disparate* nation

propagate moods and attitudes

outline the main points

11-20

boost one's confidence

have a rough *estimate*

tangible improvements

a *worthwhile* effort

business *associate*

harness the solar energy

confront difficult situations

constitute approximately 40%

on the *rare* occasions

tarnish the school's reputation

Sublist 2

Sentence Completion:

1-15 BCABD CBDAC BCDBA

Word Matching:

1-10 CDACA BBCDC

Synonym Substitution:

1-10 CADCA BCBAD

Phrase Completion:

1-10

get official *sanction*

speculate about the future

articulate speech

convincing evidence

potential *rivals*

juvenile delinquency

a *feasible* schedule

wholesome food

take *appropriate* measures

selective education

11-20

diminish the negative effects

impart knowledge

have *sufficient* funds

formulate his opinion

discrepancy between theory and practice

in the historical *context*

objective *analysis*

dilute public fears

jeopardise the economy

incur an additional risk

Sublist 3

Sentence Completion:

1-15 DBCBA BCCDB BDCAB

Word Matching:

1-10 CBCAD BDCAD

Synonym Substitution:

1-10 DBACA DBCDA

Phrase Completion:

1-10

nutrient content

pose a serious problem

social *welfare* system

remain *liable*

enormous expenses

reduce the *impact*

foster economic growth

eradicate discrimination

fulfill one's expectation

genetic *characteristics*

11-20

a *prevalent* issue

due to *external* factors

in equal *proportion*

take *adequate* measures

a *cultivated* woman

household expenses

in certain *circumstances*

subscribe to an idea

a *feeble* argument

take *strenuous* exercise

Sublist 4

Sentence Completion:

1-15 CABDC BADDC BCCDB

Word Matching:

1-10 CDABD CBDCB

Synonym Substitution:

1-10 BBACD CBABD

Phrase Completion:

1-10

relish the challenge

for some *peculiar* reason

uphold ancient traditions

alienate a friend

humanity education

distort history

constrain one's creativity

conduct preliminary analysis

a constant supporter

valid reasons

11-20

ancient monuments

huge volume of work

an intermittent noise

the inevitable outcome

shift responsibility

in the initial stage

hold converse opinions

alternative source of energy

heavy reliance on pesticides

be expelled from school

Sentence Completion:

1-15 CDBCA BDCDA BCDCB

Word Matching:

1-10 BDCDC CADBC

Synonym Substitution:

1-10 CADBC DCDAB

Phrase Completion:

1-10

a substitute fuel

the manufacturing sector

authentic data

express divergent views

a code of behaviour

principal source of revenue

the gravity of the situation

official statistics

have a malign effect

an elaborate system

11-20

invoke new problems

have equal access to education

an acute problem

physical and biological attributes

retain a good nature

have an extensive knowledge

defense mechanism

wreck his career

grant a permission

definite improvement

Sentence Completion:

1-15 BABCD BADCB BDABC

Word Matching:

1-10 CDBCB ADBCB

Synonym Substitution:

1-10 BDACB CDABC

Phrase Completion:

1-10

precise instructions

provide solid evidence

generate controversy

reckless driving

compound a problem

hold a conflicting opinion

be environmentally unaware

original intent

adhere to your opinion

highly competent teacher

11-20

in a descending order

urban expansion

exacerbate the problem

undergo a thorough examination

suppress the immune system

a compelling logic

urban transit system

innocent victims

in a chaotic state

a stable relationship

Sentence Completion:

1-15 DABCD BADBA CBDCD

Word Matching:

1-10 DDBCC DACDB

Synonym Substitution:

1-10 CBDCB CACBD

Phrase Completion:

1-10

cover a wide scope

make a rational option

accurate statistics

follow the instruction

the bonds of friendship

spur economic growth

a detailed portrait

migrate to urban area

achieve great triumph

sophisticated technique

11-20

give an explicit answer

government subsidy

enhance one's reputation

transform food into energy

stimulate economic growth

grasp the essentials

portable equipment

occupational hazard

live in affluent time

gender equality

Sentence Completion:

1-15 CDCAB CDCBA DBCCB

Word Matching:

1-10 BCCDB BDBAC

Synonym Substitution:

1-10 DACCB DBACA

Phrase Completion:

1-10

within a short *interval*

convert to organic food

show a *reverse* trend

cognitive development

prohibit sex discrimination

require *infinite* patience

aggravate the situation

a *voluntary* service

dispose of rubbish

utilise critical thinking

11-20

a *spontaneous* reaction

financially *independent*

industrial *debris*

suffer a *spectacular* loss

a *cautious* approach

continue to *proliferate*

underlying problem

social *ideology*

identify the key issue

a *tremendous* achievement

Sublist 9

Sentence Completion:

1-15 BCADB CCBBA CBDDA

Word Matching:

1-10 CCBDC CCBAC

Synonym Substitution:

1-10 CBADC CBADA

Phrase Completion:

1-10

chart a *dramatic* rise

intense competition

exhibit great interest

television *commercial*

play a *crucial* role

intervene in a dispute

predominant characteristic

a *subtle* distinction

supersede manual labor

have a *devastating* effect

11-20

a *widespread* occurrence

remain *ambiguous*

virtual network

take *radical* measures

racial *tensions*

contradict each other

be environmentally *conscious*

induce social concern

implicit bias

clarify the intention

Sublist 10

Sentence Completion:

1-15 BCBAD CBCDA BCDAB

Word Matching:

1-10 CDCBA DCBDC

Synonym Substitution:

1-10 BDACC ABACD

Phrase Completion:

1-10

the focus of *controversy*

violate the traffic rules

institute new measures

fundamental *notions*

an *objective* report

conduct a research

scientifically *viable*

at *competitive* price

work on *commission*

the *resident* population

11-20

fail to *anticipate*

erode local traditions

dynamic personality

indulgent attitude

a labour *surplus*

a *barren* argument

repel many people

mutual benefit

hamper economic growth

play a *passive* role